Tabitha King et Michael McDowell

CALLIOPE

La voix des flammes

Traduit de l'anglais (États-Unis) par Claudine Richetin

Éditions SW Télémaque

Titre original : *Candles burning*

7, rue Pérignon, 75015 Paris
www.editionstelemaque.com
ISBN : 978-2-7533-0077-4

À Michael

Ce roman est le fruit d'une collaboration. Michael McDowell l'a commencé il y a dix ans. Il est mort avant d'avoir pu le terminer. Son éditrice, Susan Allison, m'a contactée par l'intermédiaire de mon agent, Ralph Vicinanza, pour envisager de l'achever. Je fus immédiatement intriguée. Le manuscrit et les notes qu'avait laissés Michael étaient incomplets, mais il avait produit plusieurs centaines de pages. L'histoire telle que j'ai fini de l'écrire n'est pas celle que Michael avait entrepris de raconter, ni celle qu'il aurait écrite s'il n'était pas mort avant de la terminer. Tous les romanciers verront la différence. C'est l'histoire que j'ai tirée du manuscrit de Michael.

J'espère qu'elle lui aurait plu et l'aurait amusé, et qu'elle plaira à Laurence Senelick, le fidèle compagnon de Michael, ainsi qu'à sa sœur Anne et son frère James. Laurence m'a apporté soutien et approbation au fil de ce projet et m'a procuré des notes et des fragments du manuscrit original qui avait été égarés. Qu'il en soit sincèrement remercié.

Merci à Julie Ann Eugley, Marsha DeFillippo, Barbara Ann McIntyre, Margaret Morehouse, Marcella Spruce et Diane Ackerly, qui m'ont procuré soutien logistique, recherche, organisation et déjeuners ; à Dave Higgins, qui s'occupe de la maintenance de nos ordinateurs. Merci, comme toujours, à mes premiers lecteurs, Nora K., Kelly B., Owen, Joey, Steve, Sarah Jane, M., ma sœur aînée et M., ma sœur cadette. Merci aussi à ma famille, pour l'humour avec lequel ils ont toléré la susceptibilité qui me rend invivable quand je travaille. Merci à Douglas Winter, qui saura pourquoi, et coucou à Lyn.

Merci à Ralph et Susan.

Mais surtout, merci à toi, Michael. C'était super. Et tu me manques.

T. K.

1

Mon père est mort désagréablement.

C'est maman qui l'exprimait de cette façon. « Mon mari est mort », disait-elle, en laissant traîner la voix avant de conclure, « désagréablement ».

Marcher pieds nus sur une guêpe, c'est désagréable. Une gorgée de lait tourné, c'est désagréable. Ce qui est arrivé à papa n'était pas simple désagrément. C'était un meurtre. Et pas un joli petit meurtre propret, style maître d'hôtel dans la bibliothèque, avec revolver, sans effusion de sang, sans douleur, un jeu d'indices avec suicide bien élevé à la fin pour éviter l'échafaud.

J'avais sept ans quand papa est mort. Je ne compris pas totalement la nature de sa mort ni n'en acceptai la finalité. Sa mort était un événement qui nous frappait moi, maman et mon frère Ford. Ce n'est qu'avec le temps que j'ai pris conscience que c'était arrivé à papa. Les photos du coffre couvert de sang qui firent la couverture de ce qui devait être le dernier numéro de *Crimes sexuels authentiques*, les articles qui parurent dans ce minable torchon à scandale et sa kyrielle de récits nauséabonds – *Sauvagerie criminelle, horreurs du vingtième siècle* – me furent soigneusement dissimulés jusque bien longtemps après.

J'ai lu ou relu récemment toutes les coupures de journaux et de magazines et les feuilles de chou de psychologie médico-légale, telles que la publication de 1975 du Docteur Meyer, *Pathologie sexuelle et pulsions homicides*, qui comprenait un chapitre intitulé « La malle métallique, le manche à balai et le couteau de boucher ». Les détails d'une cruauté indicible de la mort de papa eurent tôt fait d'avoir raison du cynisme dont je m'étais caparaçonnée. L'euphémisme de maman, qui me semblait absurde auparavant, me reste comme une arête en travers de la gorge.

Les femmes qui assassinèrent papa furent arrêtées. Elles furent jugées, déclarées coupables et condamnées à la chaise électrique. Même en Louisiane en 1958, il était rare que des femmes soient exécutées, mais ce qu'elles avaient fait à mon père était, selon le juge, « d'une atrocité haineuse inimaginable et contre nature ».

Cependant, les deux femmes ne périrent pas par électrocution.

Judy DeLucca fut assassinée dans la lingerie de la prison – ouverte de la gorge à l'entrejambe avec une lame de rasoir dissimulée dans un manche de brosse à dents. Quand Janice Hicks, logée dans une autre aile de la même prison de Baton Rouge, apprit la mort de son amie, elle fut saisie de hoquets frénétiques. Elle mourut avant qu'on puisse appeler un médecin. L'autopsie révéla qu'elle avait les poumons pleins d'eau.

D'eau de mer.

2

Je m'appelle Calley Dakin.

Mon nom de baptême est Calliope Carroll Dakin. Chaque fois que j'ai demandé à maman pourquoi elle m'avait nommée Calliope, elle a inventé un nouveau mensonge flagrant, du plus affecté au plus sadique : Calliope était le prénom de sa meilleure amie de fac, qui s'était révélée déloyale, ou de la poupée de son enfance qui avait toujours eu une odeur bizarre, ou le nom de la crique interdite où une petite fille désobéissante piquée par un mocassin d'eau avait été retrouvée morte avec le serpent dans la bouche.

Je découvris de mon côté qu'un calliope est une sorte d'orgue à vapeur du dix-neuvième siècle, généralement associé aux cirques, et que Calliope est la muse grecque de la poésie épique. À la première occasion, je mis maman au fait de mes découvertes.

– Tu m'en diras tant, dit-elle avec une indifférence sarcastique. Dommage que je n'en ai pas eu la moindre idée.

Depuis ma plus tendre enfance, papa m'emmenait au cirque dès qu'il y en avait un dans les parages, si bien que je finis par bien connaître la tessiture du calliope. Ce n'est pas ce qu'on pourrait appeler un instrument délicat, mais j'admirais énormément sa sonorité ample et désordonnée. Maman ne nous accompagnait jamais. Elle était allergique au mélo. Ce n'est que bien des années plus tard que je compris que le mélo n'était pas une variété de plante comme l'herbe à poux qui faisait éternuer ou provoquait des enflures.

Le nom de jeune fille de ma mère était Roberta Ann Carroll. Les Carroll étaient une très vieille famille d'Alabama, aussi haut placée dans la hiérarchie sociale qu'il était possible de l'être sans être soit gouverneur en poste, soit riche au point que les gens des autres États aient entendu parler de vous. Ma mère ne ratait pas une occasion de me rappeler que j'étais une Carroll, ou que je n'étais pas à la hauteur de cette dignité.

Mais mon deuxième nom était Dakin.

Les Dakin étaient tout en bas de l'échelle en Alabama, aussi bas qu'on peut l'être sans être de couleur. Les Dakin n'avaient jamais valu grand-chose, disait toujours maman. Ils ne faisaient pas partie du gratin. Ils n'avaient rien, ni histoire ni statut social, ils auraient aussi bien pu tomber de la face cachée de la lune.

Tout ce qu'ils avaient, c'étaient leur accent de péquenaud et une multitude de garçons. Il n'y avait aucune fille dans la kyrielle de familles de maman Dakin, papa Dakin et quatre, cinq, six ou – dans le cas de la famille de mon père – sept petits garçons Dakin.

Alors pourquoi donc Roberta Carroll avait-elle épousé Joe Cane Dakin ?

Parce que, contrairement à tous les autres Dakin d'Alabama, mon père était riche.

Bien que son véritable nom fût en réalité Joe, maman l'appelait Joseph. Elle affirmait que c'était typique de l'ignorance des Dakin d'inscrire un diminutif sur un certificat de naissance. Les frères de papa s'appelaient Jimmy Cane Dakin, Timmy Cane Dakin, Tommy Cane Dakin, Lonnie Cane Dakin, Dickie Cane Dakin et Billy Cane Dakin. Maman prétendait que leur deuxième prénom commun venait du fait qu'ils étaient tous nés dans un champ de canne à sucre.

Papa m'avait dit que c'était une leçon que leur avait donnée leur mère, pour qu'ils n'oublient pas le péché que Caïn avait laissé en partage à la race humaine. La faute d'orthographe ne comptait pas. L'idée que l'orthographe soit une science exacte n'a jamais eu un profond impact sur les gens qui, comme la mère de papa, savaient à peine lire, ni sur ceux qui, comme son père, ne savaient pas lire du tout. En fait, c'est une idée qui, de nos jours, commence à passer pour une affectation. J'ai vu la signature du père de papa sur des documents du comté, sous les formes variables de Cyrus, Cyris, Syris et même Sires Dakin. Il maîtrisait parfaitement le Dakin, mais c'était le prénom qui restait incertain à chaque fois. La mère de papa avait signé la Bible familiale d'une écriture bien nette : Burmah Moses. Elle était elle-même orpheline, et avait été élevée dans un orphelinat dirigé par les Filles du Pharaon. C'était une branche particulière, désormais éteinte, de l'ordre paramaçonnique de l'Étoile orientale, qui, durant son existence, lança toutes ses pupilles dans la vie sous le nom de famille de Moses. À l'évidence son âme d'orpheline, de même que les chaussures trop grandes dont on la dota en quittant l'orphelinat, avait récupéré quelques grains de sable de ferveur religieuse.

Je ne connus jamais Cyrus ni Burmah Moses Dakin, ni Tommy Cane Dakin, le frère de papa qui mourut de la coqueluche à quatre ans, ni son autre frère Timmy Cane Dakin, mort avant la trentaine du coup de pied d'une mule dans la tête, non sans qu'il ait eu le temps de laisser une veuve et quatre garçons de moins de sept ans.

Papa était le plus jeune. Parti de rien, avec le peu d'éducation qu'on pouvait obtenir dans l'Alabama rural de cette époque, papa avait un don pour la mécanique automobile. Dès l'adolescence, il y avait toujours cinq ou six Model T ou vieilles camionnettes en panne dans la cour devant le porche de sa mère, qui était veuve. Il récupérait des pièces dans les casses et cannibalisait des épaves dans un état désespéré. Personne, dans l'Alabama rural du temps de la Dépression, n'avait beaucoup d'argent, si bien que les propriétaires des guimbardes qu'il remettait en état le payaient aussi souvent en nature – un poulet, un sac de patates douces, un jambon, un fagot de bois à brûler – qu'en liquide. Les pièces de vingt-cinq et cinquante cents ou d'un dollar ne rentraient qu'avec peine, mais une fois gagnées, il ne les laissait pas échapper.

Un concessionnaire automobile de Montgomery, M. Horace H. Fancy, entendit parler de lui et lui proposa un emploi de mécanicien. Comme Burmah Moses Dakin venait de rejoindre son créateur, papa n'avait plus de raison de rester dans le trou où il vivait. M. Fancy s'aperçut très vite que papa n'était pas un simple génie de la mécanique. Il avait aussi des qualités innées de vendeur, et avec ça aussi honnête que le soleil d'Alabama est chaud à midi au mois d'août. Les gens le trouvaient sympathique. Ils avaient l'impression en sortant du magasin que pour une fois, on n'essayait pas de les rouler. M. Fancy se rendit compte qu'il avait trouvé l'homme qu'il cherchait, celui qui allait lui succéder et lui permettre de prendre sa retraite. M. Fancy enseigna à papa le négoce automobile.

Et pas seulement. M. Fancy fit en sorte que papa s'inscrive à la bibliothèque et s'instruise. Sa femme était morte, mais il avait une sœur veuve, Miz Lulu Taylor, qui tenait sa maison ; elle se fit un devoir d'apprendre les bonnes manières à papa, ainsi que la diction et tout ce qu'il fallait pour devenir un gentleman campagnard. Maman se plaisait à taquiner papa en disant que Miz Lulu devait avoir un faible pour lui, mais papa répondait que ce n'était qu'une vieille institutrice en retraite qui avait la nostalgie de sa salle de classe.

En quelques années, papa acheta la concession de M. Fancy et en fit la plus importante d'Alabama. Ce fut un tel succès que Henry Ford II téléphona un jour personnellement de Detroit et demanda à papa d'ouvrir une concession à Birmingham parce que personne ne semblait capable d'y vendre des Ford. C'est donc ce que fit papa. À l'âge de trente et un ans, – dix ans avant d'épouser maman – papa était propriétaire de trois concessions, à Birmingham, à Montgomery et à Mobile, et valait trois millions de dollars et des poussières.

Une légère attaque de polio à l'été 1939 lui laissa une démarche raide et une faiblesse dans le bras gauche. Il n'eut d'autre choix que de faire la guerre sans quitter le pays. Quand la Garde nationale devint fédérale, l'Alabama organisa une Garde d'État pour s'y substituer. Papa s'y engagea, avec tous les vieux, les jeunes et les infirmes dont l'armée ne voulait pas. Ils étaient censés protéger l'Alabama de l'invasion de l'ennemi qui eut effectivement l'audace de faire sauter des bateaux dans le golfe du Mexique. Papa siégeait dans le Comité de défense d'État qui coordonnait toutes les activités de défense civile. Il assurait aussi les tours de garde ordinaires. Quand la guerre s'acheva et que les usines reprirent la production domestique, papa se remit à gagner de l'argent à pleines poignées.

Papa et maman se rencontrèrent juste après la guerre, dans le drugstore Boyer de Tallassee, la ville natale de maman, près de Montgomery. Papa achetait un paquet de chewing-gums Wrigley, par politesse, histoire de vérifier si M. Boyer avait toujours l'intention de changer sa vieille Ford. Maman entra chez Boyer pour acheter un rouge à lèvres dont elle n'avait pas besoin. Elle savait qui était papa. Il ne la connaissait pas mais il ne fallut pas dix minutes pour qu'elle lui fasse dire que c'était exactement la teinte de rouge qui lui convenait. En racontant l'histoire, elle s'arrangeait toujours pour donner l'impression qu'il avait été conquis dès le moment où elle avait dévissé le tube de rouge à lèvres.

À mesure qu'il montait ses entreprises, papa y plaçait ses frères. Mon oncle Jimmy Cane Dakin travaillait pour papa à Birmingham, mes oncles Lonny, Cane et Dickie Cane travaillaient pour lui à Mobile, mon oncle Billy Cane et sa femme, tante Jude, travaillaient dans son magasin de Montgomery.

Maman refusait tout rapport avec ce côté de la famille. Il tolérait qu'elle ignore les Dakin mais m'emmenait en douce voir ses frères. S'il lui était arrivé d'y emmener Ford, mon frère, il avait en tout cas cessé de le faire avant ma naissance.

Celui que je préférais était Billy Cane, surtout parce que oncle Billy et tante Jude m'adoraient. En bons Dakin, ils n'avaient qu'un tas de garçons. Tante Jude n'avait eu que des sœurs qui avaient toutes eu des filles, et elle regrettait de ne pas en avoir. J'avais une valeur spéciale à leurs yeux car j'étais la première fille de mémoire de Dakin. Je crois aussi que ça ne leur déplaisait pas de contrarier maman et sa mère, qu'on nous avait appris, Ford et moi, à appeler Mamadee. Je doute qu'aucun membre de ma famille du côté Dakin eût des remords à l'idée que quelques parents morts du côté Carroll se retournaient dans leur tombe.

Sur les photos, aujourd'hui, papa me semble étranger. On dirait que je ne le reconnais pas pour l'avoir déjà vu, mais à force d'observer les photos à la recherche de son souvenir. C'est un homme de taille et de corpulence moyennes ; les cheveux brillantinés plaqués en arrière se raréfient et les yeux clairs enchâssés dans un visage bronzé aux fortes mâchoires semblent me rendre mon regard. Il a le nez fort et aquilin, un peu tordu, comme s'il avait été cassé. C'est sûrement le cas, mais il n'a jamais eu l'occasion de me dire dans quelles circonstances. Il a de grandes oreilles aussi, qui lui font le visage étroit comme un livre entre deux serre-livres inutilement imposants. Je me souviens qu'il portait une ceinture et des bretelles. En revanche, je n'ai jamais oublié sa voix : un ténor aux accents campagnards adoucis par la tonalité traînante typique d'Alabama. Sa chanson préférée, c'était : « *You Are My Sunshine* ». Tu es mon rayon de soleil. Il disait « j'vas » pour « je vais » et oubliait les négations, comme nous le faisons tous, même si bien entendu, on nous apprenait à parler correctement.

De même qu'il ne m'a jamais révélé comment il s'était cassé le nez, papa n'eut jamais l'occasion de me dire pourquoi il avait épousé maman.

Je peux imaginer qu'il croyait être amoureux d'elle. Elle était jeune et très belle et elle voulait se faire épouser. Entre sa maladie, la guerre et son incapacité à s'engager, il cherchait peut-être à recouvrer un peu de sa jeunesse et de sa vigueur. Il commençait sans doute à se dire qu'il y avait autre chose dans la vie que l'argent et l'envie d'en gagner toujours plus. S'il n'avait pas été de la famille Dakin, s'il était né dans une famille comme les Carroll, il aurait eu une mère ou une sœur pour lui chercher une épouse convenable. Mais il n'avait pas de sœur et quand il rencontra Roberta Ann Carroll, Burmah Moses Dakin était morte depuis longtemps de misère et d'excès de travail. S'il n'avait pas épousé maman, je ne serais pas née, et Ford non plus. Et Joe Cane Dakin n'aurait pas été assassiné à la Nouvelle-Orléans en 1958.

3

Naturellement, papa choisissait toutes les voitures qu'il voulait. Il faisait conduire à maman le modèle de l'année qu'il souhaitait promouvoir. En voyant maman au volant, les maris pouvaient s'imaginer que s'ils achetaient cette voiture, peut-être que leur femme ressemblerait un peu à maman. La femme elle-même pouvait s'imaginer qu'elle lui ressemblait un peu.

À cette époque de sa vie, maman n'était pas seulement la plus belle femme d'Alabama, c'était aussi Madame Joe Cane Dakin, ce qui voulait dire qu'elle était riche. Sa beauté lui avait acquis un statut. Elle le méritait. Jouer le rôle de Madame Joe Cane Dakin au volant d'une Ford, voilà jusqu'où elle était prête à aller pour travailler et gagner sa vie.

En 1958, papa faisait la promotion de l'Edsel, si bien que maman conduisait une Edsel Citation quatre portes, traction avant et moteur puissant, avec carrosserie trois tons, or métallisé, jaune jonquille et noir de jais, sièges dorés mouchetés et garniture de cuir beige crème. Papa savait que l'Edsel n'avait pas un look extraordinaire, et maman le savait aussi, mais papa se devait d'être loyal à la compagnie Ford. La compagnie Ford, disait-il, payait les factures.

Maman ne se fatiguait pas à se faire une opinion là-dessus. Il lui suffisait que Joe Cane Dakin paye les factures. Le moins qu'elle pouvait faire, c'était de faire semblant d'aimer l'Edsel. Elle tirait toujours une certaine satisfaction des rôles qu'elle jouait. Maman croyait que d'être aussi belle qu'une star de cinéma équivalait à en avoir le talent, bien qu'elle ne se fût jamais abaissée à apprendre le dur métier d'actrice.

Lorsque papa décida d'assister à une convention de concessionnaires Ford à la Nouvelle-Orléans, il nous fit faire dans la Ford Edsel de maman les cinq cents et quelques kilomètres à partir de Montgomery : maman sur le siège avant, Ford et moi derrière. La convention devait commencer le vendredi 14 et se poursuivre la semaine suivante, ce qui permettait aux concessionnaires de fêter le Mardi gras le 18. Le lendemain, le mercredi des Cendres, était justement le jour de mon septième anniversaire. On m'avait promis non seulement un gâteau d'anniversaire, mais la *spécialité maison* de l'hôtel Pontchartrain, composition intitulée « tarte aux mille étages ».

Ford avait la possibilité de faire le voyage car la convention tombait pendant les vacances de février. Quant à moi, j'aurais pu y aller de toute façon, ma présence au cours préparatoire de Mme Dunlap n'étant pas aussi strictement indispensable que celle de Ford au cours moyen de Mme Perlmutter. À chaque fois que papa voulait que je lui tienne compagnie pour aller à Birmingham, Mobile ou ailleurs, j'étais autorisée à faire l'école buissonnière. Mme Dunlap ne disait jamais rien. Comme maman aimait à faire croire que papa ne faisait rien qu'elle ne lui dise de faire, elle s'arrangeait, quand il m'emmenait, pour que ce soit son idée. Elle affirmait que si on ne la soulageait pas un peu de ma présence, Joe Cane Dakin allait se retrouver avec une femme à l'asile psychiatrique.

Pendant que papa et maman seraient à la Nouvelle-Orléans, Ford et moi aurions pu rester avec Mamadee à Tallassee. Mais papa déclara que tout le monde devait aller au Mardi gras au moins une fois dans sa vie. Ce qui n'était pas dit mais compris de nous tous, c'est que papa tenait à être avec moi pour mon anniversaire. S'il était obligé de s'absenter, il fallait qu'il m'emmène. Maman n'était pas ravie de nous traîner avec elle mais elle allait se retrouver confrontée à une contrariété, de toute façon, et papa le savait.

Dans la voiture, maman fit remarquer qu'elle était déjà allée au Mardi gras et que si elle devait y retourner, elle aurait préféré ne pas avoir à se soucier des enfants. Elle fumait des Kool, à raison d'environ une toutes les demi-heures, et feuilletait le dernier *Vogue* en répétant à papa ce qu'elle lui avait déjà dit trente-six fois. Il fumait des Lucky Strike, tous les quarts d'heure à peu près, et ne disait pas grand-chose.

La veille exactement, il fit assez froid pour neiger sur la presqu'île de Floride, ce qui, en ligne droite sur la carte, correspond au sud-est de l'Alabama.

*

Toutes vitres fermées pour se protéger du froid, il m'était difficile de percevoir le monde à l'extérieur de l'Edsel, mais j'étais d'autant plus consciente de ses processus intérieurs et de celui de ses occupants. Comme je les connaissais trop bien, je fis de mon mieux pour les ignorer.

On s'est arrêtés à la concession Ford de papa à Mobile. Il ne pouvait guère faire autrement en traversant la ville. Maman m'a entraînée de toute urgence dans les toilettes, dont elle m'a sortie en me houspillant pour me faire réintégrer la voiture, non parce qu'elle craignait que je fasse pipi dans ma culotte ni parce que je traînassais. C'était uniquement une excuse pour entrer et sortir en coup de vent sans avoir à parler avec les gens qui travaillaient pour papa.

Ford a quitté la voiture juste le temps de se servir un Coca. Papa disait toujours que le Coca, c'était « d'la dope ». À chaque fois qu'il disait ça, maman affirmait que « dope », c'était de l'argot, et que dans sa position, il devrait savoir qu'utiliser de l'argot le faisait passer pour un crétin provincial.

L'oncle Lonny Cane Dakin est sorti dans son bleu couvert de graisse, la joue maculée de cambouis. Lonny Cane ressemblait beaucoup à papa, comme une copie qui aurait été en vente dans une boutique d'articles usagés.

Malgré le froid, papa a descendu toutes les vitres de l'Edsel avant de rentrer dans le bâtiment, pour dissiper la fumée de cigarette. Quand l'oncle Lonny Cane s'est approché de la vitre ouverte de maman, elle a eu un sursaut de recul avec un regard meurtrier en direction de ses ongles.

– Mon Dieu, Lonny Cane Dakin, ne t'avise pas de toucher ma voiture avec ces mains-là ! siffla-t-elle. Tu vas mettre de la graisse partout !

L'oncle Lonny Cane s'est immobilisé, les doigts en l'air, avant de se ratatiner et de cacher ses mains derrière son dos comme un gamin qui ne veut pas reconnaître qu'il ne s'est pas lavé avant de passer à table. Son visage est devenu écarlate sous le cambouis. Il faisait un tel effort pour sourire malgré sa gêne que je voyais tous les trous entre les chicots qui lui restaient, témoins de son enfance miséreuse.

– D'mande pardon, Miz Roberta, bredouilla-t-il.

Puis il a tordu son cou tendineux et lancé un clin d'œil vers le siège arrière, à Ford et moi.

Ford était du côté de Lonny Cane, si bien que je me suis jetée sur lui en poussant un hurlement de rébellion par la fenêtre de Ford. Maman tressaillit. Ford a failli s'étrangler avec son Coca. Il m'a repoussée violemment et je suis tombée sur le plancher de la voiture. L'éclat de rire de l'oncle Lonny Cane a résonné à mes oreilles comme de la musique de cirque. Il avait la sonorité bêlante du cornet à piston d'un clown.

– Je sens que j'ai la migraine, gémit maman. Calley Dakin, tu te tais immédiatement. Je ne veux plus t'entendre jusqu'à la fin de ma vie ! Ford, va dire à ton père de se dépêcher et apporte-moi un comprimé !

Ford a pris soin de me marcher sur la main en ressortant de la voiture.

Maman se couvrit les yeux de ses mains en gémissant.

Je chuchotai au dossier de son siège :

– Tu veux que je te chante une chanson, maman ?

Elle a replié son bras. Ce qui signifiait qu'elle ne voulait pas que je lui chante une chanson. Je savais chanter comme tout le monde mais elle n'a jamais apprécié ma voix.

Ford est revenu et s'est affalé sur le siège arrière.

Papa a ouvert la portière côté conducteur et jeté un coup d'œil à l'intérieur.

– J't'ai porté d'l'aspirine, Bobbie Ann, et une bouteille de dope.

Il tenait trois bouteilles par le col entre ses gros doigts.

– Ne m'appelle pas Bobbie Ann, dit maman. Et ne parle pas argot, Joseph. Arrange-toi pour que cette gamine se tienne tranquille ! Je t'avais bien dit qu'on aurait dû la laisser à la maison !

– Avec ta mère ! Pas question ! Et tu n'as rien voulu entendre pour appeler Ida Mae, dit papa.

Maman se raidit comme si je lui avais donné un coup de coude. Mon ancienne nounou, Ida Mae, restait un sujet délicat entre eux, des mois et des mois après que maman l'avait renvoyée.

Papa hésita. Il semblait sur le point d'en dire davantage. Mais il se tut.

Ford haussa les sourcils d'un air moqueur à mon intention tout en buvant une longue gorgée de son Coca. Il avait onze ans, des jambes de sauterelle, et il était méchant comme une teigne. Maman adorait Ford parce que c'était un vrai Carroll – tellement Carroll qu'il regardait déjà papa de haut de n'être qu'un Dakin. Mais Ford poussait encore plus loin le personnage : il méprisait maman d'avoir épousé un Dakin. Maman l'en adorait d'ailleurs d'autant plus.

Papa s'installa derrière le volant et me tendit une des bouteilles décapsulées.

– J'ai entendu ton hurlement, rayon de soleil. Ça a dû te donner soif.

Je n'avais pas su jusqu'à ce moment à quel point j'avais soif. Cependant, le Coca me faisait toujours roter, ce qui ne tarda pas, déclenchant un nouveau gémissement de maman et un ricanement de Ford.

En plus, avec la migraine de maman, il n'y avait aucune chance qu'on écoute la radio. Quand papa et moi, on partait en voyage, je pouvais m'asseoir devant et il me laissait tripoter les boutons, j'écoutais ce que je voulais au volume maximum. Mais quand maman était avec nous, on avait rarement le droit d'écouter la radio. J'étais obligée de chanter pour moi toute seule, dans ma tête. Une bénédiction que j'en sois capable. Ida Mae m'avait appris à reconnaître les bénédictions.

J'avais été autorisée à emmener une boîte à chaussures contenant mes poupées de papier mais, avec Ford à proximité, je ne pouvais pas jouer sur le siège arrière de l'Edsel. Elles étaient dans ma valise dans le coffre, avec mon tourne-disque rouge « Autographe d'Elvis » que papa m'avait offert pour Noël, certains de mes 45 tours, et la carte de Saint-Valentin que j'avais faite pour papa à l'école. Je regrettais particulièrement de ne pouvoir jouer avec ma poupée de papier Rosemary Clooney. Maman n'aimait pas beaucoup que je chante les chansons de Rosemary Clooney quand je jouais avec la poupée de papier, alors j'étais obligée de les murmurer.

Étant donné que Ford aurait préféré mourir plutôt que de toucher une vraie poupée, j'avais quand même emporté ma poupée Betsy McCall. Elle était toute petite, juste la bonne taille pour que je la tienne dans ma main. Si jamais je le touchais avec la poupée, il frissonnait de dégoût avec un mouvement de recul et menaçait de lui arracher tous les membres.

Mamadee était abonnée au magazine *McCall's.* Elle l'apportait chaque mois à maman après l'avoir parcouru. « Parcouru » était le terme qu'elle utilisait. Maman n'en voulait pas, ce qui était la raison pour laquelle Mamadee le lui apportait. Maman l'acceptait parce qu'elle n'allait pas laisser Mamadee imaginer que ce qu'elle faisait avait assez de valeur pour l'agacer. Elles parvenaient à s'insulter avec des politesses bien plus efficacement qu'avec toutes les injures du dictionnaire.

Les poupées de papier Betsy McCall paraissaient dans tous les numéros de *McCall's.* Le visage de Betsy McCall était plat et suave comme un biscuit sucré, avec de grands yeux écartés comme des pastilles de miel. Elle avait une petite bouche souriante en bouton de rose, presque pas de menton, une coiffure de vraie petite fille, avec des boucles et, quand elles apparaissaient à de rares occasions, de petites oreilles de lutin. Tous les mois, Betsy McCall avait une *Activité.* Elle Allait en Pique-nique, Rentrait à l'École ou Aidait sa Maman à Faire un Gâteau. Elle faisait toutes ses activités avec son nom et son prénom, et toujours avec une majuscule, et il y avait toujours une garde-robe appropriée prévue pour chaque activité.

Tous les mois, je découpais Betsy McCall, son chien, ses petits amis et les membres de sa famille, et je jouais avec eux devant Mamadee et maman. Maman avait dit à papa que j'aimais tant Betsy McCall qu'il devrait m'acheter la poupée pour Noël. C'est ce qu'il fit, ignorant que maman savait fort bien qu'en réalité je voulais un baigneur. Je savais déjà comment l'appeler : Ida Mae. Comme j'avais compris la méchanceté de maman, je fis semblant de m'enthousiasmer pour Betsy McCall. Je l'emmenais partout avec moi et je n'arrêtais pas de pleurnicher si on m'obligeait à la laisser à la maison. Puisqu'on me privait du privilège de choisir le nom de ma poupée, étant donné que Betsy McCall en avait déjà un, je lui donnai en secret le deuxième nom de Cane.

Au bout d'un moment, papa s'est mis à discuter avec Ford du nouveau pont de la Nouvelle-Orléans. Je me suis adossée au siège pour écouter le bruit des pneus sur la route, les bruits du moteur, du climatiseur et le son tendu et plaisant de la courroie du ventilateur. Comme les fenêtres étaient fermées, je ne pouvais entendre les oiseaux, ni les animaux ni les gens du dehors. La vitesse de l'Edsel semait derrière elle tous les sons extérieurs en tourbillon. Ces bruits séparés s'agglutinaient, comme les gouttes d'eau emprisonnées dans un tuyau forment un jet assez violent pour meurtrir.

J'ai dormi une partie de ce long trajet, bercée par

splashploc splashploc splashploc splashploc

une forte pluie qui prenait tant d'ampleur qu'on n'entendait plus qu'elle. Une pluie battante, je devais le découvrir plus tard, produit ce qu'on appelle un « bruit neutre ». C'est plus efficace que des boules de coton dans les oreilles.

J'entendais papa chanter, comme il le faisait parfois quand nous partions en voiture tous les deux ou quand je m'endormais.

L'autre nuit, chérie,
Pendant que je dormais
J'ai rêvé que je te tenais dans mes bras.
Quand je me suis réveillé, chérie,
Je m'étais trompé
J'ai baissé la tête et j'ai pleuré.

Tu es mon rayon de soleil
Mon seul rayon de soleil,
Tu me rends heureux
Quand le ciel est nuageux
Tu ne sauras jamais, chérie
Combien je t'aime
Je t'en prie laisse-moi mon rayon de soleil.

J'avais l'impression que papa chantait pour moi pendant que je dormais, comme une plaisanterie entre nous, parce qu'il pleuvait. Pleuvait si fort que j'avais peur dans mon sommeil. Comme si je me noyais dans cette pluie implacable, la pluie étant elle-même comme le dernier souffle de milliers de moribonds suspendus à mon cou, m'entraînant dans les profondeurs de la cité des morts.

Une demi-heure avant la Nouvelle-Orléans, je me suis réveillée quand Ford s'est glissé vers moi pour me pincer.

– Réveille-toi, Dumbo. On arrive. Tu es couverte de bave, me dit-il.

C'était pur mensonge. J'avais les coins de la bouche un peu humides, mais c'était tout. Je savais

splashploufsplashploc

qu'il pleuvait avant même de regarder par la fenêtre. Je sentais la pluie, par-dessus l'odeur omniprésente de la fumée de cigarette. On était à l'intérieur de mon rêve, à l'intérieur de la voiture et, pour ce que j'en voyais, on aurait aussi bien pu être sous l'eau.

Ford avait son air d'ennui. C'était son attitude favorite quand il n'était pas franchement décidé à être méchant, et il en abusait. Il n'avait pas souhaité faire ce voyage ni rester à la maison, et à l'instar de maman, il n'avait pas l'intention de s'amuser quoi qu'il arrive. Il faisait tout son possible pour garder l'air ennuyé au moment où on commençait à apercevoir la Nouvelle-Orléans, mais je voyais bien à la façon dont il se redressait que ça commençait à l'intéresser. L'attention de maman était aussi en alerte. Elle s'est interrompue une ou deux secondes, a sorti une autre cigarette.

Je me suis agenouillée sur le siège pour mieux voir de mon côté et, par-dessus papa, par sa fenêtre et la perspective du pare-brise. L'essentiel de ce que je voyais et entendais, c'était la pluie. Les autres véhicules sur la route passaient avec des lueurs vacillantes rouges et jaunes, comme des flammes de bougies tremblotant dans un courant d'air derrière une vitre mouillée.

La Nouvelle-Orléans était bien plus vaste que Mobile ou Birmingham ou Montgomery, sans parler de Tallassee – même si Tallassee s'enorgueillissait d'un bon joueur de base-ball de ligue nationale, Fred Hartfield. Je suppose qu'il y avait un si grand nombre de joueurs en ligue nationale à la Nouvelle-Orléans que personne ne songeait même à s'en vanter. Il y avait tant et tant de gens, parmi lesquels nous n'étions guère que quatre gouttes d'eau de plus dans la mer, mais je ne les voyais pas. Je savais qu'ils étaient là parce que, quand j'avais appris qu'on allait à la Nouvelle-Orléans, j'avais regardé dans l'atlas de papa qui donnait la population du monde entier. Ce n'était pas tant que j'avais du mal à les entendre avec la pluie, mais ce que je percevais d'eux était dilué au point de n'être à peine plus qu'un frémissement sur ma nuque. J'avais peur. Pas pour moi. Pour tous ces gens que je ne voyais pas, mais dont les voix lointaines sous le déluge me chantaient leur terreur.

4

L'hôtel Pontchartrain dominait de ses douze étages l'avenue Saint Charles et nous logions au tout dernier étage, dans le Penthouse B. Le mot Penthouse évoquait pour moi une sorte de prison, mais papa m'a expliqué que ça voulait dire que c'était l'appartement le plus luxueux. Je n'étais pas encore rassurée quand le directeur de l'hôtel nous a accompagnés dans l'ascenseur. Je crois que je suis née avec la haine des ascenseurs. À la minute même où j'entre dans l'un d'eux, je n'ai qu'une envie, m'asseoir par terre en enserrant mes genoux et en fermant les yeux de toutes mes forces pour ne pas voir les portes se fermer. C'est déjà assez dur de devoir écouter le fonctionnement de la machine et de voir mentalement les *clac-bang-boum-crac* des courroies et des poulies qui pourraient se détraquer n'importe quand, sans même une poignée de porte ou un sésame en vue.

Le Penthouse B se révéla être une suite de grandes pièces avec de hauts plafonds et un piano demi-queue sur lequel était la clé, que maman s'empressa de confisquer quand je fis mine de la prendre. Il y avait une télévision couleur et un bar avec des bouteilles en verre taillé, du mobilier de bois sombre sculpté, des tapis persans, et des draperies damassées sur des voilages bouffants qui oscillaient. À part le piano, notre maison de Montgomery était presque pareille, en plus grand, et celle de Mamadee à Tallassee encore plus.

Le directeur a ouvert quelques rideaux et persiennes pour nous montrer les fenêtres à la française. On est sortis sur le balcon pour regarder en bas. L'avenue Saint Charles était une sombre tranchée de pluie, si loin tout en bas que j'en avais la tête qui tournait. J'ai quitté le balcon pour rentrer dans le salon du Penthouse. Le piano était toujours fermé à clé. Un piano est une chambre d'écho, une planche de résonance, et je n'allais même pas pouvoir lui faire dire ses secrets. Maman allait garder cette clé tout le temps qu'on resterait à l'hôtel Pontchartrain. Je voyais mon visage comme un pâle fantôme indistinct se refléter dans le vernis noir. On aurait dit que j'étais dans un cercueil d'adulte, bien trop grand pour moi.

Maman a fait monter un repas pour Ford et moi. Je l'ai aidée à défaire les bagages et à suspendre ses vêtements, et je l'ai regardée se changer pour sortir dîner avec papa. Elle utilisait le dressing-room tandis que papa se changeait dans la chambre. La robe de maman était un fourreau sans bretelles à rayures horizontales, à taille de guêpe, avec une sur-jupe vaporeuse comme une courte traîne. Elle a relevé ses cheveux comme Grace Kelly et s'est fait un visage de star de cinéma, avec des sourcils arqués très accentués, des tonnes de mascara et du rouge à lèvres sombre. Quand papa a sifflé en la voyant et secoué les doigts comme pour éteindre le feu, elle a fait semblant de ne rien remarquer, mais elle avait les yeux qui brillaient.

Après leur départ, Ford a mis la télé pour regarder le Sergent Preston arrêter les criminels au nom de la Couronne. Dans ma chambre, j'ai branché mon tourne-disque « Autographe d'Elvis ». Pendant que j'hésitais entre « *Jailhouse Rock* », « *Teddy Bear* », « *The Twelfth of Never* », « *La rose jaune du Texas* », « *The Banana Boat Song* », « *Blueberry Hill* » et « *Combien pour ce chien, dans la vitrine* », j'ai entendu un cliquetis de verre contre verre et un gargouillis : c'était Ford qui se servait dans les carafes de verre taillé. Il le faisait chez nous chaque fois que papa et maman sortaient, mais il prenait garde de n'en prendre qu'un petit peu à la fois pour ne pas se faire repérer. Ford était encore plus sournois de nature que la plupart des Carroll.

Assise par terre, j'ai écouté mes disques en jouant avec mes poupées de papier. Pas facile de suivre le fil d'une histoire avec des 45 tours qui duraient à peine trois minutes et qu'il fallait que j'aille remettre ou changer. C'était dur de se concentrer. J'avais à peine sept ans, mais beaucoup de persévérance et j'y suis parvenue. Tout ça grâce à Betsy McCall, qui était ce qu'Ida Mae Oakes appelait un point de focalisation.

La Betsy McCall de janvier s'était révélée assez décevante. Betsy McCall Faisait un Calendrier, ce qui pour une fois ne requérait aucune garde-robe particulière. Mais Mamadee avait donné le numéro de février à temps pour que je l'emmène. Je n'étais autorisée à utiliser que ces petits ciseaux rikiki qui sont faits pour les jeunes enfants. Ils étaient trop petits pour mes doigts et leurs lames auraient tout juste convenu pour couper de la gélatine. Si bien qu'un jour que Rosetta, la couturière de maman, était à la maison, j'avais réussi à lui soutirer à force de cajoleries une paire de véritables petits ciseaux de sa boîte à ouvrage. C'est avec eux que j'ai découpé Betsy McCall Part en Piquenique pour la Saint-Valentin puis envoyé Betsy McCall à la Nouvelle-Orléans sur le Banana Boat pour son Piquenique à Blueberry Hill.

Dans le silence qui suivit la proposition d'Elvis de faire de Betsy McCall son Teddy Bear, j'entendis le thème musical de Zorro à la télé. La musique m'incita à utiliser les petits ciseaux comme épée. Ce qui ne se révéla pas une très riche idée, car le premier trait de mon Z coupa net la tête de Betsy McCall. Je laissai tomber les morceaux de Betsy McCall dans la boîte, ainsi que les ciseaux. Comme Betsy McCall Venait chez Calliope Carroll Dakin tous les mois, je la voyais comme renouvelable et la coupais souvent en morceaux pour les réorganiser différemment. Avec quelques découpages additionnels des publicités de *McCall's*, une feuille de papier et un peu de colle, je pouvais la transformer en clown ou en monstre de cirque, la fourrer dans une machine à laver pour faire comme si elle tournait en morceaux derrière le hublot, ou la mélanger avec des petits pois et de la purée dans un plateau télé.

Mes collages horrifiaient Mamadee, qui y voyait une preuve évidente de dégénérescence et de perturbation mentale : j'étais non seulement plus Dakin que Carroll, mais maman m'avait laissée bien trop longtemps sous l'influence d'Ida Mae Oakes. Les déclarations de Mamadee m'encourageaient naturellement à redoubler d'efforts d'inventivité.

La télévision se tut brusquement. L'ascenseur montait.

Au moment où il s'arrêtait en grinçant, j'étais au lit. Papa entra et me fit un rapide baiser sur la joue.

Il chuchota : « Mon rayon de soleil, ta lampe est encore chaude et je vois ton pyjama dans ta valise. Quand j'aurai fermé la porte, tu l'enfiles, d'accord ? Et pense aussi à dire ta prière. »

J'ouvris un œil et clignai à son intention. Il posa un baiser sur mes cheveux et sortit.

Papa était peut-être un Dakin, il avait peut-être la démarche un peu raide et une faiblesse dans le bras gauche, mais ses yeux, ses oreilles et son cerveau fonctionnaient à merveille.

J'avais sept ans : je ne connaissais que ce que je voyais. Je ne pouvais qu'imaginer que les choses étaient ce qu'elles devaient être. Je m'attendais à ce qu'elles le restent. J'avais assez à faire en étant Calliope Carroll Dakin.

Parfois, je faisais semblant d'être Ford, et en me regardant dans la glace avec ma tête de Ford qui s'ennuie, je trouvais que je lui ressemblais plus qu'un peu, malgré ce que disaient maman et Mamadee, qui disaient que je n'avais pas un soupçon d'apparence de Carroll et que j'étais désespérément Dakin pur jus, tombée de la face cachée de la lune.

Elles avaient raison.

Je ressemblais trait pour trait à mes cousins Dakin, osseux, laids et stupides, mises à part les deux couettes qui étaient censées me cacher les oreilles. Ford disait que c'était comme si quelqu'un avait laissé ouvertes les portières de la voiture. Je pouvais bouger les oreilles comme si c'étaient des moignons de membres supplémentaires qui n'auraient pas grandi. Malgré le plaisir que ce talent de société donnait aux spectateurs, je n'avais pas le droit de le faire, particulièrement en présence de Mamadee. Pour

Mamadee, mes oreilles étaient la preuve définitive de la dégénérescence des Dakin.

Sans le faire exprès, je cassais toujours quelque chose et laissais derrière moi une traînée d'objets brisés comme les miettes du Petit Poucet. En restant immobile, je réussissais à minimiser les dommages éventuels et les remarques désagréables qui s'ensuivaient. Je m'y employais avec diligence. Ida Mae Oakes me taquinait : « *Diligence, c'est ton deuxième prénom, Calliope Dakin* » et « *Calliope Diligence Dakin, je te jure* ».

Comme j'avais eu une naissance difficile et une petite enfance pénible – je hurlais constamment nuit et jour – maman avait mis longtemps à récupérer et papa avait engagé Ida Mae Oakes pour être ma nourrice. Elle avait une excellente réputation à Montgomery pour son savoir-faire avec les bébés difficiles. J'étais secrètement très fière qu'Ida Mae soit restée avec moi plus longtemps qu'avec aucun autre enfant, de toute sa carrière, en tout cas avant moi.

C'était papa qui payait les gages d'Ida Mae et maman qui lui donnait des ordres, mais Ida Mae ne laissait aucun doute sur le fait que c'était pour moi qu'elle était employée. Pas pour Ford, ni pour le ménage ni la cuisine, ni pour faire des courses pour maman. Pendant une longue période, maman fut trop soulagée de ne plus avoir à s'occuper de moi pour vouloir soumettre Ida Mae à sa volonté. À chaque fois que Mamadee commençait à critiquer l'insolence d'Ida Mae – qui ne voulait pas lui porter son thé sucré quand elle le souhaitait, ni cirer les chaussures de Ford, parce qu'elle était trop occupée avec moi – et à dire que maman ne savait pas s'y prendre pour être ferme avec ces gens-là, maman lui faisait remarquer que c'était grâce à Ida Mae Oakes que j'avais cessé de pleurer tout le temps.

Mamadee et maman se souciaient peu de savoir comment elle avait fait, même si Mamadee soupçonnait Ida Mae d'avoir corsé mon biberon de lait avec de l'alcool. Elles reconnaissaient que si elle ne m'avait pas sortie de la maison et suffisamment calmée pour vivre avec des gens normaux, elles auraient probablement fini toutes deux à l'asile d'aliénés et y seraient encore. Évidemment, si elles devaient aller un jour dans un hôpital psychiatrique, elles ne se laisseraient pas aller à traîner en peignoir de bain, décoiffées, comme certaines personnes.

Maman avait renvoyé Ida Mae Oakes entre mon cinquième et mon sixième anniversaire. Aujourd'hui j'arrivais à mon septième et il ne se passait pas une journée sans qu'elle me manque à un moment ou un autre. Maman ne savait pas que je lui écrivais des lettres que papa postait pour moi. Papa me faisait lire les réponses quand nous partions tous les deux en voiture, et ensuite il les cachait dans son bureau au magasin de Montgomery. C'était très malhonnête, bien sûr, mais papa en voulait à maman d'avoir renvoyé Ida Mae, et moi aussi. Papa disait qu'il fallait préserver la paix à la maison, que maman avait ses raisons et que je comprendrais quand je serais grande. Si on se regardait droit dans les yeux, on savait tous les deux que ce qu'il voulait me dire, c'est que ces mensonges allaient surtout lui éviter des ennuis avec maman. Il était honteux et humilié, et je détestais maman de le pousser à mentir, parce que c'était beaucoup plus douloureux pour lui que pour elle. J'aurais raconté tous les mensonges du monde pour papa.

Si Ida Mae Oakes me manquait, je ne pense pas que je lui manquais. C'était une professionnelle. Les lettres que je lui envoyais ressemblaient plutôt à des rapports, pour lui montrer que je n'avais pas oublié tout ce qu'elle m'avait appris. Ses réponses étaient promptes et polies mais aussi impersonnelles qu'un message transmis aux parents par la maîtresse. Personne en les lisant n'aurait pu l'accuser de m'encourager à défier ma mère.

La manière dont Ida Mae m'avait fait cesser de pleurer était simple. Elle me chantait des chansons.

5

Le jour de la Saint-Valentin, papa a déposé sous mon oreiller une ma-gni-fi-que carte, achetée dans un magasin, en plus. Celle que j'ai laissée sous le sien était décorée d'un cœur de papier découpé avec bord dentelé et d'autant de paillettes que pouvait en contenir la colle. Celle qu'il m'avait donnée représentait des dessins de cœurs en sucre d'orge, avec des inscriptions comme « Sois à moi » et « Ma chérie » et autres déclarations sentimentales, et dans l'enveloppe il y avait une bonne douzaine de véritables bonbons en forme de cœur. C'était une blague entre nous, car papa savait que rien n'a un goût plus écœurant que ces petits cœurs en sucre, à part les rouges à lèvres en sucre d'orge.

Maman a trouvé sous son oreiller une petite boîte enveloppée de papier doré, nouée d'un ruban rouge, accompagnée d'une carte de papa. C'étaient des boucles d'oreilles en perle. Elle l'a embrassé et ensuite il a essuyé en riant le rouge à lèvres sur son visage avec un grand mouchoir de coton blanc.

Bien entendu, il a fallu qu'elle les mette immédiatement pour voir comment elles lui allaient.

Tout en s'admirant dans le miroir, en même temps que les boucles d'oreilles, maman a déclaré :

– Je ne sais pas comment tu as fait, Joseph, mais je crois que tu as lu dans mes pensées. J'avais envie de ces boucles d'oreilles depuis le jour où je les ai vues dans la vitrine chez Cody. – Puis elle a jeté un coup d'œil au reflet de papa qui la regardait dans le miroir. – Ne t'imagine pas que ça règle quoi que ce soit, Joseph. Je te fais l'honneur de croire que tu ne tenterais jamais de m'acheter avec des colifichets. Je les prends comme un cadeau du cœur.

Papa a cessé de sourire et détourné le regard. La gêne, la colère et la lassitude durcissaient ses traits. Je ne lui avais jamais vu l'air plus triste. Cela m'a mise en rage contre maman, qui était capable de le priver du plaisir même de lui faire un cadeau.

Papa assista à des réunions toute la journée. Ford l'accompagna pour la plupart. Papa écouta des discours, serra des mains, prit la parole une ou deux fois, serra encore des mains et dit : « Non, merci, je viens d'en prendre » quand on lui offrit un verre ou une fille. C'est en tout cas le rapport que me fit Ford. Il trouvait ça très drôle. Je compris ce qui concernait le verre, mais je ne parvenais pas à imaginer pourquoi quelqu'un à une convention offrirait une fille à papa et pourquoi il répondrait « je viens d'en prendre » alors qu'il aurait dû dire « j'en ai déjà », en parlant de moi.

Maman a accompagné papa au déjeuner de la convention. Je suis restée dans le Penthouse avec Ford. Il a essayé de me faire avaler d'un seul coup la moitié d'un sandwich. J'ai serré les dents de toutes mes forces pendant qu'il m'écrasait les lèvres avec le sandwich. Quand je lui ai enfoncé un doigt dans le creux à la base du cou, il a émis un gargouillement, bondi en arrière et est sorti en claquant la porte. J'étais assez fière d'avoir réussi à lui résister, ce qui me fit d'autant plus apprécier le goût de la glace que je suçai pour stopper l'enflure de ma bouche.

Quand maman revint, elle ne demanda même pas où il était. Il ne m'avait dit ni où il allait, ni pourquoi et après tout, il avait onze ans et avait accompagné papa à ses réunions. Je me fichais éperdument d'où il était, du moment qu'il ne m'embêtait pas.

Maman n'avait rien d'autre à faire jusqu'à ce qu'il soit l'heure de s'habiller pour le grand dîner de Saint-Valentin, alors elle m'emmena faire des courses.

Il

Plicsplashplocplicsplashploc

pleuvait toujours.

En rebondissant sur le trottoir, la pluie faisait comme un brouillard autour de nos chevilles. C'était comme de prendre une douche froide tout habillé. J'ai rangé mes lunettes dans ma poche pour les garder au sec. Les gouttelettes se formaient sur mon manteau de lainage léger, puis commençaient à pénétrer dans le tissu. Maman ne faisait pas attention à la pluie. Elle avait un parapluie et se souciait peu que je sois mouillée. Plus d'une fois, elle m'avait dit que je ne risquais pas de fondre.

Maman achetait rarement ses vêtements dans les magasins à cette époque – elle méprisait pratiquement tout ce qui était prêt-à-porter. Elle faisait copier à Rosetta des modèles du magazine *Vogue.* Son couturier préféré était Elsa Schiaparelli. En plus de porter des copies des créations de Schiaparelli, elle achetait d'authentiques accessoires Schiaparelli : chapeaux, sacs, gants et bas de soie. Papa lui avait offert un manteau Schiaparelli en caracul, et on voyait que c'était un vrai parce que c'était marqué sur l'étiquette.

C'était surtout dans les magasins d'antiquités qu'elle allait. Maman aimait être riche et acheter des choses que d'autres gens riches étaient désormais trop pauvres ou trop morts pour garder, et elle aimait les acheter à petit prix. Il y avait en effet des affaires possibles, car c'était une période où le commerce d'antiquités n'était pas très florissant. Les années cinquante, c'était plutôt la production de masse d'articles neufs. Maman achetait de petits objets : des bijoux anciens, de vieux flacons de parfum, des chandeliers.

Elle aimait beaucoup l'éclairage des bougies, flatteur au teint. Je le savais à cause de la façon dont elle ne manquait pas de jeter un coup d'œil aux miroirs quand elle allumait des bougies. Chez nous, elle faisait toujours allumer des bougies sur la table pour le repas du soir. Des dizaines d'années avant que les bougies ne deviennent une des folies de la décoration, maman en mettait dans sa salle de bains et son boudoir. Bien entendu il fallait *quelque chose* pour les poser.

De même que les cendriers, les bougeoirs constituaient d'excellents projectiles improvisés. Maman n'était pas une athlète mais elle trouvait toujours la force de lancer un bougeoir ou un cendrier. Heureusement, elle touchait rarement quelque chose ou quelqu'un de trop éloigné pour lui immobiliser le poignet et arrêter son élan. Cette habitude avait quand même provoqué la destruction de quelques chandeliers et cendriers, et abîmé également quelques murs, meubles et fenêtres, favorisant leur renouvellement. Ses cendriers ne venaient jamais des boutiques d'antiquaire. Elle les commandait par douzaine en cristal taillé, dans la meilleure bijouterie de la ville, celle-là même où papa avait acheté les boucles d'oreilles en perle.

Nous avons erré d'un antiquaire à l'autre. Chaque magasin ne comportait qu'une seule pièce, bondée d'énormes meubles en acajou, noirs de cire, chargés de vieilles lampes, de figurines de porcelaine et de vieux objets en laiton dépareillés. Sur les murs, il y avait de vieux tableaux moches représentant des saints, de beaux portraits anciens de gens qui avaient été riches dans le passé et de vieilles gravures moisies sous verre qui suintaient l'humidité de la Louisiane. Même à Montgomery, Mobile ou Birmingham, toutes les boutiques étaient toujours humides et désertes, le propriétaire était toujours une vieille femme à la peau blanche comme du papier de soie, ou parfois un homme d'âge moyen, aux cheveux gominés, sans doute le fils ou le neveu de la femme à la peau de pétale de narcisse. Ces boutiques étaient poussiéreuses et mal éclairées et mon unique occupation, pendant que maman farfouillait et que la propriétaire me surveillait avec méfiance, était de m'amuser à attraper les rayons de soleil égarés émis par les prismes des cristaux oscillants d'un vieux chandelier ou d'une lampe.

Dès que nous entrions dans une boutique, maman m'ordonnait de ne rien toucher, de me tenir tranquille et de me taire, sous peine de quelque terrible punition. Le propriétaire ne me lâchait alors pas des yeux, de peur sans doute que je m'empare du tisonnier d'une des garnitures de cheminée et que je me mette à courir comme une folle dans le magasin en hurlant et en brisant tout ce que je pouvais. Parfois, c'est exactement ce que je mourais d'envie de faire. Consciente de ma maladresse, je trouvais généralement un endroit un peu à l'écart, je faisais semblant d'être une grande poupée morte, et j'imaginais que j'avais les bras ou les jambes cassés, les cheveux tout ébouriffés, les yeux sortant de la tête et louchant dans tous les sens.

Dans l'avant-dernière boutique, le propriétaire réagit aux avertissements de maman en poussant des sifflements menaçants et en me montrant la porte. Maman m'envoya dehors, et j'attendis sur le trottoir, dégoulinante, à écouter tous les sons différents avec lesquels la pluie tombait sur les surfaces environnantes. Je me demandais quel bruit ça ferait s'il neigeait. J'avais bien l'intention d'entendre la neige un jour de mes propres oreilles, de sentir son baiser glacé sur mon visage offert, mais évidemment, je ne pouvais guère l'espérer à la Nouvelle-Orléans. Je me demandais s'il y avait déjà neigé. En tombant, la neige ne faisait sûrement pas le bruit d'une feuille morte, mais plutôt celui d'un duvet. J'aurais bien voulu entendre les oiseaux. Papa n'avait-il pas dit qu'il y avait des perroquets en liberté à la Nouvelle-Orléans ? J'aurais bien aimé entendre la voix des autres créatures qui habitaient dans le coin. Il y avait à coup sûr des rats ou des écureuils, dans un endroit aussi mouillé. Il y avait obligatoirement des souris, des chats et des chiens, et quelqu'un avait peut-être un singe. Il y avait certainement un zoo. Mais la pluie noyait toute trace de ces merveilleuses possibilités. Un coup de vent soudain me jeta la pluie à la figure, et l'eau me coula jusque dans le dos. Le déluge s'intensifia et je frissonnai. Je renversai la tête en arrière, bouche ouverte, pour un débarbouillage gratuit en plus d'être désaltérant.

La boutique suivante tictaquait. Je l'entendais distinctement de l'extérieur, depuis le coin de la rue. Quand le tintement de la clochette de cuivre de la porte annonçant notre entrée s'éteignit et que le tic-tac redevint dominant, je sortis mes lunettes de ma poche où elles étaient au sec et les chaussai. Un mur entier de vieilles pendules dont aucune ne marquait la même heure, minute ou seconde que les autres, tiquait, taquait, cliquait, claquait, toquait et caquetait comme une volière pleine d'oiseaux mécaniques.

Cette boutique semblait également contenir plus de chandeliers et de bougeoirs que d'habitude, bien que les chandeliers soient assez timides par nature et généralement plus nombreux qu'on le croit au premier abord. Si vous ne bougez pas et regardez attentivement autour de vous dans n'importe quel magasin d'antiquités ou brocante, vous en verrez partout : des bougeoirs et des lumignons, des chandeliers jamais convertis pour l'électricité, des candélabres à deux, trois ou sept branches, des porte-bougies en verre rubis, cobalt ou cristal, de vieux chandeliers en étain cabossé, de vieux bougeoirs en laiton piqué, et de vieux chandeliers en argent, noirci comme les âmes de l'enfer. Donneurs de lumière d'avant la lampe à huile, avant la lampe à gaz, avant l'électricité, les porte-chandelles ne sont plus nécessaires et sont remisés au bric-à-brac du brocanteur de bric et de broc, abracadabra. De temps à autre, l'un d'eux peut encore se transformer occasionnellement en objet contondant et laisser une marque dans un mur ou faire couler un peu de sang. Voir le colonel Moutarde, dans la bibliothèque, ou maman, dans son boudoir.

Maman passa un bon bout de temps dans ce magasin-là. Lorsqu'elle passait plus de cinq minutes dans une boutique, elle achetait toujours quelque chose, de peur que le propriétaire ne croie que ses prix étaient trop élevés pour des gens de son rang, ou qu'elle n'était pas femme à apprécier pleinement les beaux objets rares.

À cause de la pluie, aucun rayon de soleil ne se réfractait dans les prismes des cristaux. Le magasin tictaquant était vide à l'exception de maman et moi, et du monsieur entre deux âges derrière le haut et vieux bureau de maître d'école qui servait de comptoir. Il avait l'air de se soucier comme d'une guigne de notre présence dans sa boutique. Alors que maman était sa seule cliente depuis dix minutes, la porte s'ouvrit avec le tintement du timbre de cuivre.

Le propriétaire sourit et dit à la dame qui entrait :

– Comme je suis content de vous voir, vous !

La visiteuse lui rendit son sourire.

Je ne me souviens plus à quoi elle ressemblait. Ou plutôt, parfois je crois m'en souvenir mais je ne suis pas sûre de pouvoir me fier à ma mémoire. Peut-être ai-je donné à la dame le visage qui lui convenait, ou qui me convenait. Je me souviens de sa jupe plissée, mais pas de la couleur du tissu, et des couvre-chaussures en plastique transparent qu'elle portait par-dessus ses souliers à talons plats. À cette époque, la plupart des femmes avaient des bottes de ce genre. Maman en avait. Elles étaient censées être translucides de façon à ce que les chaussures soient visibles, mais elles ne l'étaient jamais, ni les chaussures visibles ni les couvre-chaussures vraiment transparents, je veux dire. Elle avait les mains gantées, comme maman en fait, les gants étant à cette époque des accessoires courants.

Ce que je me rappelle bien, c'est la façon dont la dame m'a regardée.

Juste une fois d'abord, et quelques secondes seulement. C'était bien moi qu'elle regardait. Ce n'était pas la gamine gauche et trempée qui essayait de ne pas dégouliner partout. Elle regardait Calliope Carroll Dakin, quelle qu'elle fût à l'âge de sept ans. Elle me regarda un instant puis regarda maman.

Puis elle demanda au propriétaire :

– Il y a une petite fille mouillée devant votre porte, Mr Rideaux. Elle est à vous ?

– Elle est à moi, dit maman.

La dame se tourna brusquement vers le propriétaire.

– Je cherche un bougeoir, Mr Rideaux.

L'atmosphère de la boutique devint soudain très précaire. Tout pouvait arriver. Maman choisit le bougeoir le plus proche – un dollar et demi de verre bleu cobalt – et l'apporta sur le bureau du propriétaire.

C'est à ce moment que maman découvrit qu'elle n'avait plus son sac à main.

Elle était plus qu'embarrassée. Elle était confuse. Elle avait réussi on ne sait comment à commettre plusieurs faux pas successifs. Elle assura à Mr Rideaux que son sac était *quelque part*, qu'elle avait vraiment l'argent pour payer le bougeoir (dont elle ne voulait probablement même pas), et le pria de le lui mettre de côté jusqu'à ce qu'elle revienne avec l'argent.

– Vous êtes sûre que vous aviez votre sac à main tout à l'heure ? demanda-t-il poliment, mais d'un ton assez dégagé qui suggérait que de toute façon il ne s'intéressait guère à la réponse.

– Je ne me souviens pas.

L'étrange visiteuse se déplaçait lentement à proximité, regardait et prenait un chandelier ou un autre, le reposait et souriait toute seule. Elle s'arrêta à côté d'un magnifique ara empaillé que je n'avais pas remarqué jusqu'à ce qu'elle passe ses doigts gantés sur sa huppe écarlate et son dos. Il y avait bien un perroquet à la Nouvelle-Orléans, en fin de compte, mais aussi muet qu'un candélabre. Elle me regarda à nouveau – d'un regard clair, vif, suggestif.

– Tu l'avais forcément, maman, puisque quand tu as acheté cette petite broche en camée, je t'ai vu sortir ton porte-monnaie, dis-je.

Maman me foudroya du regard. Je n'étais pas censée parler en public, sauf si c'était pour saluer quelqu'un ou dire quelque chose de gentil sur elle.

– C'est probablement là que vous l'avez laissé, dans la boutique précédente, suggéra Mr Rideaux.

– Probablement, en effet, acquiesça maman. Viens, Calley.

L'étrange visiteuse et l'antiquaire échangèrent un regard.

– Oh, mais laissez la petite fille, elle est sage comme une image, dit le propriétaire.

Maman le regarda, puis me regarda. Elle essayait de savoir si ça pouvait m'être agréable, auquel cas il n'était pas question qu'elle accepte. Mais j'avais l'air aussi malheureuse et ennuyée que possible, si bien qu'elle céda.

– Frappez-la si jamais elle casse quelque chose, et je vous paierai le double du prix à mon retour, dit maman.

Maman est donc sortie avec son parapluie et la satisfaction que Mr Rideaux sache qu'elle avait assez d'argent pour payer deux fois le prix de n'importe quel objet de son magasin.

Personne d'autre ne pénétra dans la boutique. Mr Rideaux resta assis à son bureau, occupé à écrire dans un registre. La dame me regardait du coin de l'œil. Je devais donner l'impression que j'allais m'écrouler car elle émit un petit bruit de gorge qui incita Mr Rideaux à la regarder.

Il pointa son stylo dans ma direction.

– Jeune fille, va donc t'asseoir sur cette petite chaise, là-bas.

Je me suis assise sur l'extrême bord du siège en tapisserie de la petite chaise d'acajou. Mes cheveux, ma robe et mon manteau ont commencé à sécher tandis que j'écoutais les pendules sur le mur égrener toutes leurs heures différentes. Une sorte d'exaltation me saisit. Je me mis à rire tout haut. Les pendules n'avaient rien à voir avec l'heure, ce n'étaient que des instruments, le tic-tac des flèches d'argent, d'or, de bronze ou de toc n'était qu'une grosse farce, une ridicule rhapsodie de mensonges. L'étrange musique se fit encore plus étrange, moins chaotique, plus compliquée. Je m'aperçus qu'un nouveau tempo s'était emparé de la mélodie et l'avait transformée.

Aussi fascinée que je fus, je voyais la bouche de la dame frémir et le sourcil gauche de l'antiquaire se hausser quand ils échangeaient un regard. Je sentais qu'ils m'observaient de temps en temps, mais sans critique ni désapprobation, plutôt avec un plaisir tranquille, au contraire.

Le tintement de la sonnette de la porte a rompu le charme quand maman est entrée. J'ai eu un hoquet, comme si mon cœur s'était arrêté dans ma poitrine. Et juste à cet instant, toutes les pendules sur le mur se sont arrêtées, si bien que la boutique était soudain aussi silencieuse que tous les vieux trucs morts qu'elle abritait.

– Calley, qu'est-ce qui te prend de te vautrer ainsi sur la chaise ancienne de Mr Rideaux ? demanda maman.

Elle s'est précipitée vers le bureau du propriétaire.

– Mr Rideaux, je n'ai pas retrouvé mon sac à main, mais je demanderai à mon mari de vous faire un chèque pour la chaise que Calley a probablement *esquintée*, et bien entendu je veux toujours le bougeoir.

Mr Rideaux sourit à maman. Je ne crus pas du tout à son sourire, mais maman, si.

– Mademoiselle n'a pas abîmé cette chaise. Je la réserve pour les petites filles mouillées qui viennent dans mon magasin et je ne la vendrais pas pour tout l'or du monde. Et je ne suis pas du tout surpris que vous n'ayez pas trouvé votre sac à main, car il est ici depuis le début, dit Mr Rideaux.

Il se leva, tira une clé de la poche gousset de sa veste et s'en servit pour ouvrir son secrétaire. Du tiroir du haut, il sortit le sac à main de maman, sa pochette Kelly marron de Hermès.

De ma chaise, j'avais eu la possibilité de voir parfaitement Mr Rideaux. À aucun moment, je ne l'avais vu trouver le sac de maman, à aucun moment il ne s'était levé de son bureau, avait encore moins ouvert le secrétaire pour y ranger le sac. Je sentais sur moi le regard de l'étrange visiteuse. Je ne dis rien, et il me vint à l'esprit que je ne savais pas vraiment combien de temps j'étais restée sous le charme des pendules. C'était ce que papa aurait appelé une énigme.

La dame prit soudain la parole, ce qui fit sursauter maman.

– Je l'ai trouvé là-bas, juste à cet endroit.

Elle désignait une petite table miroir – cinq cents livres d'acajou et de marbre de Géorgie sculptés, assemblés et polis pour soutenir un petit miroir à quinze centimètres du sol, pour que les belles dames des années 1850 puissent vérifier le tombé de leur crinoline. Mamadee en avait une, dont elle était outrageusement fière. Mamadee et maman m'informaient fréquemment d'exemples de fierté scandaleuse de la part de l'autre. J'étais moi-même si souvent menacée de l'enfer à cause de mon orgueil, que j'en étais scandaleusement fière.

Maman sourit et serra son sac à main contre sa poitrine.

– Merci, vous m'avez sauvé la vie, dit-elle à la dame.

– J'étais sur le point de vous le voler, ainsi que votre petite fille, mais j'ai eu peur de me faire prendre, dit la dame.

– Qui pourrait vouloir de Calley ? demanda maman.

La dame me fit un grand sourire.

– Ma foi, les petites filles mouillées doivent bien servir à quelque chose. – Puis elle se tourna vers le propriétaire. – Vous avez tant de nouvelles choses, Mr Rideaux, et je ne sais pas vraiment ce que je veux. Je crois que je vais devoir revenir un autre jour, quand il ne pleuvra pas.

Elle sortit, accompagnée du tintement de la petite clochette, et sans me regarder.

– Avez-vous la monnaie sur un billet de cinquante ? demanda maman à Mr Rideaux. – Mais elle ne lui laissa pas le temps de répondre. – Non, attendez, je crois que j'ai deux billets d'un dollar.

Mr Rideaux sourit et tendit la main pour prendre les billets.

Maman ne les lâcha pas.

– Alors, tout ce que je peux vous acheter est ce petit bout de cobalt ?

– C'est tout ce que vous pouvez acheter *aujourd'hui*, dit-il en lui prenant délicatement les deux billets. Mais vous pouvez revenir demain et je vous promets que je ne vous laisserai pas repartir pour moins que le billet de cinquante que vous remettez dans votre bourse.

Maman rit, avec délicatesse elle aussi, car c'était la preuve que Mr Rideaux savait qu'elle avait de l'argent.

– Alors, je crois que vais devoir revenir.

Mais bien sûr nous n'y sommes jamais retournées.

6

L'ascenseur frémit, soupira et hoqueta avec un bruit sourd en s'arrêtant comme quelqu'un que l'on pend. Maman entra à pas de loup dans le Penthouse, pieds nus dans ses bas, tenant d'une main par les brides ses chaussures à talon. Elle se faufila dans ma chambre, saisit un de mes pieds sous la couverture et le secoua.

– Calley, réveille-toi et viens m'aider à me déshabiller, chuchota-t-elle.

Je me suis assise dans le lit en me frottant les yeux comme si je me réveillais, alors que je n'avais pas fermé l'œil depuis qu'elle et papa étaient sortis, à part juste avant qu'elle n'entre dans ma chambre. Plus j'essayais d'oublier le moment étrange passé dans la boutique qui tictaquait, plus ça me préoccupait. J'étais soulagée que maman soit revenue. J'ai mis mes lunettes, extirpé Betsy Cane McCall de sous mon oreiller, sauté du lit et suivi maman dans la grande chambre avec le dressing-room.

Maman était sortie vêtue d'une robe bustier en taffetas cuivré avec une jupe couleur pêche irisée. Elle a laissé tomber ses chaussures sur le tapis en ôtant simultanément ses boucles d'oreilles. Je la regardais ranger ses bijoux dans leurs écrins de velours. Elle a tendu le menton vers le siège de la coiffeuse. Je m'y suis agenouillée et elle a reculé vers moi pour que je puisse atteindre la discrète fermeture à glissière qui descendait jusqu'à sa taille. Il y en avait une autre, pour éviter toute tension à la ceinture ou sur les hanches, qui partait sous le bras et arrivait quinze centimètres sous la taille. Elle aurait pu la défaire elle-même mais elle s'est tournée vers moi en levant le bras, et je l'ai fait à sa place. Le taffetas est tombé sur le sol avec un luxueux froufrou et elle l'a délicatement enjambé.

J'ai suspendu la robe sur son cintre rembourré en remontant la fermeture Éclair et l'ai remise sur la tringle dans le placard.

– Où est papa ?

Maman a fait glisser sa combinaison par-dessus sa tête, l'a lancée sur le côté, et s'est tournée vers la coiffeuse en allumant une Kool.

– Il prend un dernier verre et un cigare avec les hommes.

Je l'ai regardée détacher ses bas de soie de ses jarretelles. Maman adorait ses bas de soie.

– Montre tes mains et tes ongles, dit-elle.

J'ai tendu les mains.

– Calley, est-ce que tu as ouvert des huîtres pendant mon absence ? Mets de la crème sur ces vilaines pattes.

Docilement, je me suis massé les mains avec un peu de sa crème de soins.

Maman s'est assise devant la coiffeuse et a levé un pied pendant que je lui retirais ses bas comme elle me l'avait montré, en les roulant soigneusement du haut jusqu'à la pointe. Je les ai rangés dans son sac de lingerie.

Quand elle a été démaquillée et qu'elle eut presque fini de mettre sa crème nourrissante, je lui ai demandé :

– Maman, viens dormir avec moi ce soir. S'il te plaît.

Elle m'a dévisagée avec attention :

– Pourquoi ?

– C'est juste que j'ai envie que tu dormes avec moi.

– Non, ce n'est pas juste que tu as envie que je dorme avec toi, Calliope Dakin. Tu as toujours une raison quand tu demandes quelque chose.

– J'ai peur.

– Peur de quoi ?

J'ai haussé les épaules.

– Une grande fille comme toi. Tu as peur. Tu es folle. Je vais être une de ces pauvres femmes affligées d'une enfant débile pour le restant de mes jours.

– Je t'en prie, maman.

Elle a jeté un coup d'œil à la pendule sur la table de nuit. J'étais incapable de regarder un autre cadran pour le moment.

– Si je me couche ici, ton père va faire du bruit en rentrant et me réveiller.

Après avoir écrasé sa cigarette dans le cendrier, elle m'a suivie dans ma chambre.

Elle s'est laissée tomber sur mon lit, épuisée.

– Va au pied et masse-moi les pieds. Ils me font atrocement mal.

Le pied du lit, voulait-elle dire.

Maman voulait souvent que je lui masse les pieds. Elle se couchait, la tête sur l'oreiller, et je me faufilais au fond du lit, je lui prenais délicatement les pieds entre mes mains et les massais. Si je massais assez longtemps, elle s'endormait dans mon lit. J'adorais dormir avec maman. Je n'étais pas encore prête à cesser d'être une petite fille. Le son des battements de son cœur était ma meilleure berceuse.

Je me suis arrêtée après qu'elle a fermé les yeux et rien dit pendant un long moment, mais elle a immédiatement réagi :

– Continue, Calley, sinon je pourrais aussi bien retourner dans mon lit attendre ton père qui doit être en train de courir la gueuse.

Mais quand je me suis à nouveau arrêtée un peu plus tard, maman n'a pas soufflé mot. J'ai ramassé Betsy Cane McCall sur le plancher où je l'avais laissée, je suis remontée en me faufilant à la tête du lit, j'ai retourné mon oreiller pour sentir le côté frais et sombré dans une somnolence moite. Je n'avais pas l'impression de dormir. Au contraire, j'étais piégée dans l'obscurité terrifiante juste sous la surface du sommeil. L'obscurité était un océan de gémissements, de lamentations et de mort. J'étais à nouveau sous cette eau noire, et la pluie tambourinait désespérément sur la vitre. Je respirais la détresse et le malheur par la bouche, par les oreilles, et l'amertume brûlait mes yeux.

Un moment après, maman m'a secouée pour me réveiller. Elle était sortie du lit, de toute évidence pour aller voir dans la chambre qu'elle partageait avec papa.

– Il est une heure du matin, Calley, et ton papa n'est pas rentré. Il est en train de boire ou alors il a fiché le camp avec une cocotte de la Nouvelle-Orléans qui a du sang noir dans les veines.

Comme j'avais déjà entendu des suppositions similaires en d'autres occasions où papa rentrait tard, et que je ne les comprenais pas très bien, j'ai accueilli ses remarques avec indifférence.

Elle s'est glissée dans le lit et je me suis blottie contre elle. Nous nous sommes rendormies.

Je me réveillai avant maman, vers sept heures, et sortis du lit avec précautions pour courir aux toilettes.

Maman rabattit les couvertures d'un coup sec pour que je ne puisse pas me recoucher.

– Je suis désolée, maman. J'ai pas pu faire autrement.

– Voilà ce qui arrive quand on boit de l'eau la nuit. Et maintenant tiens-toi tranquille et laisse-moi dormir.

J'allai jeter un coup d'œil dans la chambre principale. Le grand lit était exactement tel que l'avait laissé la femme de chambre, ouvert pour accueillir les occupants attendus, et inutilisé.

Ce fut mon tour de secouer maman par l'épaule.

– Papa n'est pas encore rentré.

Elle roula un peu vers moi et leva la tête pour me regarder. Ses yeux se plissèrent. Elle rejeta les couvertures et sauta du lit.

– Joe Cane Dakin, dit-elle. Tu es un homme mort !

Pendant qu'elle se précipitait vers la grande chambre, je me dis qu'il était temps de réveiller Ford. Je lui enfonçai deux doigts dans la nuque. Il se retourna en saisissant d'une main l'oreiller qu'il me lança à la figure. Je parai l'attaque.

– Papa n'est pas rentré de la nuit. Soit il est saoul soit il a fichu le camp avec une cocotte noire, d'après maman.

– C'est une connerie, Dumbo.

Ford se recoucha et ferma les yeux. Je repartis chercher maman et la trouvai dans le dressing-room.

– Il s'est battu, j'en suis sûre, chuchota maman avec un coup d'œil larmoyant vers moi.

Elle disparut dans la salle de bains. Les tuyaux résonnèrent et l'eau de la douche tambourina directement sur les carreaux, pendant que maman attendait qu'elle soit bien chaude avant d'y entrer. Je me suis assise devant la coiffeuse et j'ai touché aux différents objets mais je n'ai pas utilisé son maquillage. Je savais qu'il valait mieux m'abstenir, et mes phalanges gardaient encore le souvenir du peigne avec lequel elle me frappait si jamais j'y touchais. Dans la salle de bains, maman est entrée sous la douche.

Elle est sortie de là toute rose et toute amollie, m'a chassée de la coiffeuse où elle s'est installée pour se maquiller. Je l'observai comme je le faisais presque tous les matins quand elle se faisait une beauté. L'intensité de sa concentration me fascinait autant que ce qu'elle faisait. Soudain, elle s'immobilisa, sa brosse à mascara à la main. Elle se dévisagea dans le miroir.

– Je vais être vieille, dit-elle. Et personne ne va se soucier de ce que je deviendrai.

– Moi, si !

Son expression passa de la tristesse attendrie sur son sort à l'irritation et elle me fit signe de déguerpir au plus vite.

J'étais dans ma chambre en train d'enfiler ma petite culotte quand la sonnette de la porte retentit. Je me précipitai pour ouvrir.

Ford jeta un coup d'œil et m'informa d'une chose que je savais parfaitement : j'étais en petite culotte. Il me vint à l'idée que lorsque j'étais entièrement habillée, on pouvait encore dire que j'étais en petite culotte, mais Ford referma sa porte avant que j'aie pu avancer mon argument.

Ce n'était que la bonne qui apportait le café et la brioche sans lesquels maman ne pouvait affronter la journée. J'ai reconnu la bonne, c'était la même que la veille. Elle a eu l'air décontenancée en me voyant à moitié nue. Me rendant compte que je la mettais mal à l'aise, j'ai reculé vers la chambre de maman.

– Posez-le sur la table, s'il vous plaît, lui dis-je, comme si j'étais maman.

Au moment même où je le disais, je me suis rendu compte à quel point c'était absurde qu'une fillette de sept ans en petite culotte donne des ordres à une femme de chambre sur le ton d'une dame adulte.

J'ai battu en retraite vers le dressing-room pour dire à maman que le café et la brioche étaient arrivés. Elle aimait tout particulièrement la brioche, pour laquelle l'hôtel Pontchartrain était aussi renommé que pour la « tarte aux mille étages ».

Elle était toujours à sa coiffeuse et fumait rageusement une Kool. Je me disais que quand papa allait enfin rentrer, il allait passer un sale quart d'heure.

– Maman.

– Calley, cesse immédiatement de parader toute nue et va t'habiller décemment !

– Je ne suis pas toute nue…, commençai-je.

Elle me fila une claque.

Je ne voulais pas lui donner la satisfaction de me faire pleurer, surtout pour une petite claque de rien du tout. Elle se retourna vers le miroir.

Je courus dans ma chambre, prête à flanquer à Betsy Cane McCall une fessée dont elle se souviendrait jusqu'à la fin de ses jours.

Betsy Cane McCall était assise sur une enveloppe rose, sur l'un des oreillers de mon lit défait. Dotée d'une mère qui portait du rose Schiaparelli et du parfum Schiaparelli Shocking, je savais faire la différence entre le rose et le parfum de bon goût et – comme auraient dit Mamadee et maman – le *vulgaire*. Le rose de cette enveloppe ne pouvait être plus vulgaire. Le papier lui-même empestait d'une senteur qui l'était encore plus. Il me vint à l'idée que c'était une autre carte de Saint-Valentin, de papa peut-être. Ou c'était Ford qui m'avait fait une blague, quelque chose qui allait me faire mal ou m'envoyer un truc horrible à la figure. L'enveloppe ne portait pas d'adresse et n'était pas fermée. Elle contenait une feuille de papier de même couleur. L'inscription à l'encre verte disait :

Joe Cane Dakin est un Homme Mort
Si Vous Nous Donnez pas
1 Million de Dollars en Billets
Judy + Janice

7

Judy était Judy DeLucca, la femme de chambre qui avait apporté le plateau du petit déjeuner ce matin-là. Elle avait vingt-deux ans, les cheveux bruns et les yeux marron. Son nez était tordu vers la gauche comme si un droitier lui avait donné une très forte gifle.

Janice était Janice Hicks, âgée de vingt-sept ans, cheveux bruns et yeux marron. Tout son visage avait l'air plat parce qu'elle était joufflue et que son nez n'était qu'une petite bosse qui dépassait à peine de ses énormes joues rebondies. Elle avait tant de mentons qu'on ne pouvait pas savoir où s'arrêtait sa mâchoire et où commençait son cou. Elle pesait près de cent quatre-vingts kilos. Janice travaillait dans la cuisine de l'hôtel Pontchartrain, où elle faisait les brioches que Judy montait tous les matins dans notre chambre.

Maman haussa ses sourcils fraîchement dessinés quand je lui tendis la lettre. Elle la prit et la renifla.

– Minable, chérie, vulgaire. Si jamais tu me vois utiliser un parfum pareil, il vaut mieux m'achever.

Elle l'ouvrit et lut rapidement les mots. Ses yeux s'étrécirent.

– Calley, je déteste les plaisanteries.

Comme si je ne le savais pas.

Elle écrasa la lettre entre ses doigts pour en faire une boule aux arêtes coupantes qu'elle me lança à la figure. Et qui me piqua la joue.

Maman me dévisagea. Le rouge de la colère disparut de son visage.

– Oh… mon… Dieu, chuchota-t-elle. – Elle ramassa hâtivement la lettre, la défroissa pour l'étudier. – Ce n'est pas toi qui as écrit ça, hein ?

Elle avait les yeux écarquillés et soudain pleins de larmes. La lettre tremblait dans sa main. Ses lèvres frémirent puis elle se mit à hurler comme si quelqu'un venait de lui arracher un bras.

Ford est arrivé en courant. Maman était incohérente et hystérique. Ford a rempli un verre avec une des carafes, qu'il lui a fait serrer entre les doigts et porter à ses lèvres. Ce qui l'a effectivement calmée au bout d'un moment – assez pour qu'elle se mette à parcourir la pièce à la recherche de ses cigarettes et d'un briquet.

Ford a lu rapidement la lettre et m'a entraînée sans ménagement hors de la chambre.

– C'est toi qui as écrit ça ?

Je me suis débattue pour me libérer de sa poigne.

– Ça va pas, non ? Je forme des lettres parfaites, moi !

Mon écriture était – et est encore – extrêmement nette, chaque lettre soigneusement séparée et de taille égale à la précédente. On dirait des caractères d'imprimerie, et c'est assez logique, car j'ai appris à écrire toute seule en reproduisant les lettres qu'Ida Mae Oakes tapait sur une vieille machine Corona. Ida Mae disait que j'y arriverais si je me concentrais et qu'il *fallait* que je me concentre. Apprendre à se concentrer était encore plus important qu'apprendre à écrire.

Ma maîtresse de cours préparatoire, Mme Dunlap, voulait que j'apprenne à relier les lettres. Elle appelait ça de l'écriture script. Je fis semblant d'être trop stupide pour y arriver. Mimer la stupidité est un des autres enseignements que m'a légués Ida Mae Oakes, qui me disait que si quelqu'un se contente de se taire, en étant attentif mais sans réagir, beaucoup de gens du genre excité en déduiraient immédiatement que cette personne est stupide, ce qui peut être parfois très utile. On peut se faire engueuler, punir ou même renvoyer, mais si on ne veut pas obéir, la solution est peut-être de simuler l'idiotie. Ou peut-être que ça peut donner le temps de penser à ce qu'on va faire après, rien qu'en faisant l'idiot.

Ford avait le poing serré, prêt à me frapper.

– Menteuse !

– Imbécile !

– Si jamais c'est toi qui as fait ça, je te mets la tête dans les toilettes pour te noyer !

Il s'interrompit soudain. Sa colère se fit hésitante. Pour une fois il n'avait plus l'air sûr de lui.

– Qu'est-ce qu'on va faire ?

Son chuchotement trahissait un niveau de bouleversement et de peur qui, comme un caillou faisant des ronds dans l'eau, avait pour effet d'augmenter mes propres émotions.

Après avoir apporté à maman un peu plus de ce qu'il y avait dans la carafe, et dont il s'enfila une bonne gorgée au passage, Ford la persuada d'appeler Mr Richard, le directeur de l'hôtel, pour lui demander de venir. En attendant, Ford commanda le petit déjeuner.

Je finis de m'habiller. Je me souviens que je me suis dépêchée parce qu'il semblait soudain important que je sois habillée, et non pas uniquement parce qu'en petite culotte j'étais plus vulnérable aux claques et aux soupçons. J'avais l'impression d'être confrontée sans préparation à une crise urgente, comme un incendie, une inondation ou une tornade.

Mr Richard émergea de l'ascenseur du Penthouse B dans un état de grand calme directorial, rassurant et suintant la confiance : tout allait bien se passer. Il se présenta comme si nous ne l'avions jamais vu, afin de nous rappeler que son nom se prononçait à la manière française : *Ri-chard.*

Maman a écrasé sa Kool. Elle a ramassé la lettre sur la table de la salle à manger et la lui a lancée comme si elle lui brûlait les doigts. Mr Ri-chard l'a examinée avant de la reposer soigneusement sur la table. Ford se tenait derrière la chaise de maman, une main sur son épaule, qu'elle recouvrait brièvement de temps en temps avec la sienne.

Je restais à la périphérie, tâchant de me rendre invisible – ce qui était assez facile étant donné que maman et Ford m'ignoraient. Seul, Mr Ri-chard me jeta un coup d'œil, et avec une gêne certaine. Il s'efforçait de ne pas me regarder, mais ne put s'en empêcher. Il y avait de la peur dans son regard, et de la pitié. Sa réaction à mon égard n'était pas particulièrement inhabituelle, si bien que je n'en fus pas perturbée. J'avais d'autres raisons de m'inquiéter.

Maman assura à Mr Ri-chard que Ford et moi n'étions pas enfants à jouer un jeu idiot. À son tour, il lui réaffirma qu'il était entièrement à son service. Puis Mr Ri-chard passa quelques coups de téléphone à des gens qui assistaient à la convention – des gros bonnets dans l'association des concessionnaires – et, ayant vérifié que papa n'était pas ivre mort derrière le canapé dans la chambre ou la suite d'un autre client, il appela la police. À ce stade, il commençait à être légèrement chagriné – pour maman surtout, je pense, et un petit peu pour lui-même, puisque sa procédure classique n'avait donné aucun résultat.

La femme de chambre nous apporta un petit déjeuner complet, auquel aucun d'entre nous ne toucha. Un certain nombre de gens entrèrent et sortirent. La plupart des visiteurs étaient des collègues concessionnaires de papa. Certains étaient accompagnés de leur femme et tous étaient inquiets, solennels et rassurants.

À l'arrivée de la police, Mr Ri-chard dirigea tous les visiteurs anxieux vers l'ascenseur, de façon à ce que l'enquêteur de la police de la Nouvelle-Orléans puisse interviewer maman dans une intimité relative.

Le détective dit à maman que les kidnappeurs ne signaient jamais leur lettre de rançon de leur véritable nom. Pourrait-on imaginer plus stupide ? C'était donc inutile de chercher deux criminelles du nom de Janice et Judy. Son opinion première était que Ford et moi avions fait une blague de mauvais goût et que nous méritions une bonne fessée. Comme aucun de nous deux n'éclata en sanglots en avouant, maman nous vira de la chambre.

Ford me suggéra que le détective essayait de convaincre maman que nous avions très bien pu inventer cette histoire tous les deux et que papa était selon toute probabilité en train de cuver devant un hôtel ou dans un lupanar.

– C'est quoi, un lupanar ? demandai-je.

– Là où sont les cocottes, me répondit Ford du ton qu'il employait généralement pour laisser entendre que j'étais simple d'esprit.

Je n'avais pas en fait une idée très claire de ce qu'était une cocotte, hormis la mère potentielle des autres enfants de papa, ou peut-être le genre de femme qui fumait dans la rue. Je confondais lupanar avec luna-park, où Ida Mae Oakes m'emmenait quand j'étais petite. Le luna-park m'évoquait la fête foraine et le palais de Blanche-Neige. Un lupanar devait être une sorte de palais où régnait une princesse ou une reine des glaces. Je ne voyais aucun lien entre les cocottes et le palais de la reine des glaces. Et l'expression qu'utilisait maman si souvent quand papa était en retard – courir la gueuse – je n'avais pas réussi à la trouver dans le dictionnaire parce que je l'écrivais *geuse* au lieu de *gueuse*. Tout ce que je pouvais deviner, c'était que courir la gueuse voulait dire être excessivement en retard, et sans excuse valable.

La femme de je ne sais plus qui – j'ai oublié son nom, en tout cas, si je l'ai jamais su – est venue nous rendre visite. Elle nous a avertis que notre maman était accablée de douleur et qu'en cette période difficile, nous devions être particulièrement sages. Elle nous a annoncé que maman avait envoyé chercher Mamadee. Le train Dixie Hummingbird faisait un arrêt spécial à Tallassee rien que pour elle. Elle nous ramènerait probablement à la maison. Puis la dame nous a fait agenouiller et prier pour que papa rentre sain et sauf.

Cette prière me concernait, elle n'avait rien à voir avec papa. La prière, telle que je la comprenais, faisait partie de la même magie ordinaire que les charmes, les comptines, les pincées de sel par-dessus l'épaule. Malgré notre abondante fréquentation de l'église, je ne savais par cœur que le Notre Père et la prière du soir. Je voyais la prière du soir comme une litanie en un seul mot que je dévidais le plus vite possible pour embêter maman :

En-me-couchant-pour dormir-je-prie-le-Seigneur-
de-garder-mon-âme-
si-je-meurs-pendant-mon-sommeil-je-prie-le-Seigneur-
de-prendre-mon-âme.

Faute d'autre formule magique, je fermai les paupières de toutes mes forces en essayant de dire le Notre Père tel que je l'avais mémorisé, en adaptant le début pour s'appliquer au cas de papa.

Mon papa qui esaucieux
que ton nom soit rectifié
que ton renne vienne
que ta volonté soit fête
surlatercommociel
Donnenouzaujourd'hui notrcpindcccjour
pardonnenounosoffenses
commnoupardonnonzacekinouzontoffensé
nenoussouméрazalatentation
maisdélivrenoudumal
amène.

Je bredouillais pour que Madame Truc Chouette ne remarque pas les erreurs que je faisais.

Ford a dissimulé son dégoût jusqu'à ce que Madame Truc Chouette soit partie, puis il marmonna :

– Bon Dieu, pas question que je rentre à la maison avant que papa revienne.

Je n'avais pas besoin de lui dire que je ne voulais pas rentrer à Montgomery, ni aller avec Mamadee à sa grande maison des Remparts à Tallassee.

Ford tenta de me donner des ordres.

– Dumbo, tu as intérêt à te faire invisible. Tu la fermes. Si Mamadee décide qu'elle doit prendre la situation en main, elle ne s'occupera pas de nous.

J'étais capable de reconnaître le bon sens, même s'il venait de quelqu'un d'habituellement aussi menteur que Ford.

Ford avait de son côté sa propre stratégie. Il restait aux côtés de maman, lui tenait la main, ou allait lui chercher des boissons rafraîchissantes, une compresse pour lui humecter le front, des draps secs si elle pleurait, de l'aspirine si elle avait la migraine. Elle buvait du petit lait.

8

Mamadee ne vint pas seule. Elle était accompagnée de l'avocat de papa, Winston Weems. Maître Weems était encore plus vieux que Mamadee, qui un jour l'avait en ma présence décrit comme la rectitude même. C'est vrai qu'il en avait l'air. C'était un homme complètement incolore. Je n'ai jamais compris pour quelle raison les gens associent toujours l'aigreur, le manque d'humour, l'atonie et la vieillesse avec la rectitude.

Mamadee tenta de prendre la situation en main de manière terrifiante. Elle exigea tout d'abord de nous renvoyer à la maison. Elle allait faire en sorte que Tansy, sa gouvernante, vienne nous chercher.

Maman recouvra assez d'énergie pour se rebiffer.

– Je ne me séparerai pas de mes enfants, maman. – Elle attira Ford contre elle et il la laissa faire, ce qu'il n'aurait normalement jamais permis. – Ford a été mon petit homme !

Comme Ford était beaucoup plus Carroll que Dakin, Mamadee pouvait difficilement contester.

– Bon, mais Calley ne peut être qu'une gêne. Tu ne veux pas l'avoir dans les jambes, quand même ?

Maman dut réfléchir à la question. Ford ne dit rien, ce qui me sortit de ma réserve.

Je fis valoir ce qui me semblait une preuve évidente de l'injustice qu'il y aurait à m'éloigner avant le retour de papa.

– Je ne suis pas dans les jambes de maman ! Je ne la gêne pas ! C'est moi qui ai trouvé la demande de rançon !

Maître Weems me fixa de son regard de crapaud.

– Tu vois ? demanda Mamadee à maman. – Puis elle fronça les sourcils. – Tu as bien dit que la lettre était sur le lit de Calley ?

Ils me regardèrent tous les quatre comme un seul homme. Les yeux de Mamadee étaient glacés et effrayants. Je reculai.

– Calley, arrête de prendre cet air terrifié, c'est ridicule ! me dit sèchement maman. Puis s'adressant à Mamadee :

– Maman, tu sais que Calley écrit comme une petite machine à écrire. Et où aurait-elle trouvé cet horrible papier et un stylo vert ?

Mamadee fit remarquer que n'importe qui, y compris un enfant, pouvait se procurer ce genre d'article dans n'importe quel bazar. Comme toujours, elle était toute prête à me créditer d'une capacité d'intelligence suffisante pour nuire.

Le téléphone a sonné, me sauvant des accusations qui allaient nécessairement suivre. C'est Ford qui a répondu. L'oncle Billy Cane Dakin et la tante Jude étaient à la réception de l'hôtel Pontchartrain.

Ni Mamadee, ni Ford, ni maman ne comprenaient comment ils avaient appris la disparition de papa, étant donné qu'il n'y avait eu aucune information à la radio ni dans les journaux.

Par la suite, Mamadee devait découvrir dans la note d'hôtel la mention d'un appel téléphonique du Penthouse B au numéro personnel de l'oncle Billy Cane. Elle m'accusa d'en être l'auteur mais je n'ai jamais avoué.

Si quelqu'un voulait essayer de m'envoyer on ne sait où, il n'était pas question que je me laisse faire. Si j'avais eu le numéro de téléphone d'Ida Mae Oakes, je l'aurais appelée, elle aussi. J'avais besoin de quelqu'un – sinon Ida Mae, alors l'oncle Billy et la tante Jude. Nous tenions tous trois à papa beaucoup plus que n'importe qui. Au fond de mon cœur, j'étais convaincue que les forces réunies de notre désir qu'il revienne allaient d'une manière ou d'une autre contribuer à réaliser ce souhait. Je ne me souviens plus aujourd'hui si j'avais déjà vu *Peter Pan* à cette époque, ni même si Disney avait sorti ce film, mais ce qui est sûr, c'est que j'avais vécu les sept années de ma vie parmi des gens qui croyaient dur comme fer que s'ils voulaient ou souhaitaient quelque chose avec assez de force, ça arrivait forcément.

Mamadee ordonna à l'oncle Billy et à la tante Jude de rentrer chez eux et de ne pas se mêler de quoi que ce soit.

À la stupéfaction de Mamadee, tante Jude ne bougea pas le pied, qu'elle avait plat et osseux. L'oncle Billy redressa les épaules et prit un air déterminé et inamovible.

Maître Weems tenta à son tour de les impressionner mais sans plus de succès que Mamadee.

– Restez, dit brusquement maman à oncle Billy et tante Jude.

Je ne sais pas si elle voulait vraiment qu'ils restent mais elle se disait peut-être aussi qu'elle aurait besoin d'alliés contre Mamadee et Maître Weems. Ou peut-être qu'elle voulait juste les contredire. Elle a demandé à Mr Ri-chard de leur trouver une chambre moins chère et ensuite, elle a fait essentiellement comme s'ils n'étaient pas là, sauf pour les envoyer faire des courses si elle avait besoin de quelque chose.

Le deuxième jour de la disparition de papa, la police de la Nouvelle-Orléans ne l'ayant retrouvé dans aucun bar, bordel, hôpital ou morgue, maman, Mamadee et Maître Weems décidèrent en accord avec la police de tenir compte de la lettre demandant une rançon. Maître Weems partit pour Montgomery chercher le million de dollars. Il devait revenir le lundi soir, tard, avec l'argent en petites coupures.

C'est le jour où le FBI est intervenu. J'avais trouvé à ce moment-là le meilleur poste, et le plus discret, d'observation et d'écoute. Les agents dirent à maman, Mamadee, Maître Weems, oncle Billy et tante Jude que les signatures « Judy » et « Janice » n'étaient qu'un subterfuge pour faire croire à tout le monde qu'il s'agissait de deux kidnappeuses. Selon l'immense expérience du FBI, les femmes kidnappaient parfois de jeunes enfants mais jamais, au grand jamais, d'hommes adultes. Les agents assurèrent catégoriquement à maman, Mamadee et à la police de la Nouvelle-Orléans (qui semblait moyennement ravie de l'immense expérience du FBI) que les kidnappeurs, si kidnappeurs il y avait, étaient des hommes. Et le FBI dans son immense expertise pouvait assurer à tous les gens concernés que ce n'était pas parce que deux noms figuraient sur la demande de rançon qu'il y avait nécessairement deux kidnappeurs. Par exemple, un gang de cinq hommes avait opéré l'année précédente à Saint Louis. Et il pouvait très bien n'y en avoir qu'un seul.

Mamadee avait une question à poser aux immenses experts du FBI :

– Que voulez-vous dire par *si* ?

– Il peut encore se révéler que c'est un canular, madame, dit un agent, tandis que le deuxième s'éclaircissait la gorge et ajoutait :

– Et parfois ce qui a l'air d'un kidnapping est peut-être une façon de filer à l'anglaise.

– C'est quoi « filer à l'anglaise » ? demandai-je ensuite à Ford.

– S'enfuir à Rio de Janeiro pour commencer une nouvelle vie, sans divorcer ni rien. En général, celui qui s'en va emmène tout le fric et peut-être même sa secrétaire.

L'idée que papa puisse nous quitter volontairement dépassait mes capacités d'imagination. Et qu'il puisse emmener sa secrétaire, Miz Twiley, était incompréhensible. Pourquoi sa secrétaire ? Est-ce que ce serait elle qui lui passerait ses coups de téléphone quand il nous appellerait ? Qui prendrait en sténo comme un code secret les lettres qu'il nous écrirait ? Et pourquoi disait-on « filer à l'anglaise » ? Anglais ou français, il y avait beaucoup de choses bizarrement variées associées à ces adjectifs. Par exemple, je pouvais envoyer ma balle dans le quartier français depuis le balcon du Penthouse B.

Quelque chose me piquait les yeux, qui se mirent à couler.

– Si tu pleurniches, je ne te dis plus rien ! menaça Ford.

– Je ne pleurniche pas. Tu sais quoi d'autre ?

– Parfois, le kidnapping est une manière déguisée d'assassiner quelqu'un.

Ma gorge se serra, j'avais l'impression d'avoir reçu un coup de poing dans l'estomac. Il y avait souvent des menaces de mort à la maison mais, de même qu'à la télévision, c'était de la pure comédie sans effusion de sang. Les magazines du genre *Crimes sexuels authentiques* étaient aussi secrets à l'époque que des magazines porno. L'idée que quelqu'un de réel puisse tuer une autre personne réelle était pour moi un véritable choc. À cet instant précis, j'avais l'impression d'être idiote et, pire, que mon idiotie pouvait m'être fatale. J'avais quand même l'âge de comprendre la méchanceté des humains. Et c'était mon père qui était en jeu. Je ne l'ai jamais raconté à personne, mais j'en fis pipi dans ma culotte. Jusque dans mes chaussettes. Ma salopette dissimula le désastre juste assez longtemps pour que j'échappe à Ford.

Mais d'abord il me posa une intéressante question rhétorique dont il connaissait évidemment la réponse :

– Tu sais qui est toujours le premier suspect ?

Je fis non de la tête.

– La femme. Ou le mari, si c'est la femme qui disparaît.

– Maman ? chuchotai-je.

Ford acquiesça silencieusement. Il y avait dans cette idée quelque chose qui lui plaisait, ou alors il s'amusait à m'effrayer.

Je lui donnai une violente bourrade et m'enfuis dans ma chambre.

Pendant ce temps, Janice Hicks faisait les brioches dans la cuisine de l'hôtel et Judy DeLucca nous les apportait tous les matins avec le café de maman.

9

Judy DeLucca et Janice Hicks quittèrent toutes deux leur travail à deux heures de l'après-midi, heure à laquelle elles rentrèrent chez elles pour torturer papa.

Janice vivait avec son petit frère, Jerome, qui pesait lui aussi plus de cent trente kilos, dans une maison qui appartenait à un oncle et une tante que personne n'avait vus depuis des années. Judy louait une chambre dans la maison voisine des Hicks. La propriétaire de Judy avait quatre-vingt-deux ans et était complètement sourde, si bien qu'elle n'entendit pas les hurlements de papa.

Personne ne sait pourquoi les deux femmes étaient à l'hôtel la nuit où papa avait été vu pour la dernière fois, ni comment elles réussirent à l'en sortir sans se faire remarquer. Le témoignage de Judy fut pour le moins imprécis.

Judy déclara : « Je l'ai frappé sur la tête, je l'ai poussé dans un taxi et j'ai dit au chauffeur que c'était mon oncle et qu'il avait une plaque dans le crâne depuis la guerre et que des fois il avait des vertiges et de nous conduire chez moi. »

Janice dit seulement : « C'est Judy qui l'a emmené chez elle. Moi, j'ai presque rien eu à faire à ce moment-là. J'étais partie faire des courses. »

Ce que Janice était allée acheter, c'était une solide cantine de métal, deux bouteilles d'alcool à 90, cinq rouleaux de bandages, une paire de ciseaux à ongles et un balai neuf. Elle donna quinze cents à un homme de couleur pour porter la volumineuse malle jusque chez Judy.

Les deux femmes coupèrent en morceaux tous les vêtements de papa. Il devait être inconscient, car Judy utilisa patiemment les ciseaux à ongles – alors qu'il y avait d'autres ciseaux, plus grands, dans la maison – et elle dut mettre un bon moment. Avec des lanières de tissu de son pantalon, de sa veste et de sa chemise, et en employant telles quelles sa cravate et sa ceinture, elles l'attachèrent sur le lit de Judy.

« Je lui ai versé l'alcool dans les yeux, dit Judy. Mais ça ne l'a pas rendu aveugle. »

C'était le premier jour.

Le deuxième jour, quand Janice et Judy revinrent du travail, la propriétaire de Judy se plaignit d'une mauvaise odeur.

L'odeur venait de papa qui était resté ligoté sur le lit toute la nuit et toute la matinée sans solution pour assouvir ses fonctions corporelles.

« J'ai nettoyé, cette fois-là, dit Judy au procès. Mais Janice m'a dit : "Judy, pas question que ça recommence", alors je suis descendue chercher le balai neuf et on lui a enfoncé dans le... » Judy rougit de confusion. « ... dans le derrière », dit-elle finalement. « Et on a attaché une ficelle autour du... » Elle s'interrompit une nouvelle fois. « Prépuce », suggéra le procureur et Judy reprit : « Pré-pisse ? Mon père appelait ça..., confia-t-elle en aparté au procureur, *son chapeau de popaul.* Enfin, bon, il était pas question qu'on laisse cet homme-là pisser au lit encore une fois. »

Le troisième jour, la force des intestins de papa expulsa le manche à balai. Son prépuce s'était rompu sous la pression de l'urine. Parce qu'il traitait Judy et Janice de très vilains noms – qu'elles ne révélèrent jamais – Judy enfonça deux doigts dans la bouche de papa, lui saisit la langue et la sortit. Janice y planta perpendiculairement la lame d'un couteau qu'elle laissa ainsi, la langue de papa tirée et percée, et la lame et le manche du couteau collés contre son visage.

Le quatrième jour était le Mardi gras. En revenant de travailler, Janice et Judy découvrirent que papa avait réussi à se libérer la langue du couteau – simplement en rentrant la langue dans la bouche, ce qui avait permis au couteau de la lui fendre en deux. Il s'était craché du sang sur la poitrine et l'abdomen pendant des heures. Judy aspergea le visage de papa avec de l'insecticide jusqu'à ce qu'il ne voie plus clair. Puis elle lui taillada cinq encoches dans l'oreille gauche à l'aide de ses ciseaux à ongles.

Le cinquième jour, Janice et Judy découvrirent qu'une fois encore papa avait sali les draps. Elles avaient de bonnes raisons d'être surprises, étant donné que papa n'avait rien mangé depuis cinq jours et que le seul liquide qu'il avait absorbé était le sang qui avait coulé de sa langue coupée et l'urine que Judy lui avait fait ingurgiter en pressant le drap mouillé.

« C'est la goutte qui fait déborder le vase, dit Janice à Judy.

– Je peux pas te reprocher d'être en colère », s'apitoya Judy, compréhensive.

Elles détachèrent papa et le mirent sur le sol. Judy lui posa un oreiller sur le visage. Janice s'assit sur lui et appuya sur l'oreiller pour l'empêcher de respirer. Ses cent quatre-vingts kilos sur le torse de papa écrasèrent tous ses organes internes avant même qu'il ne perde le souffle.

Et c'est ainsi que mon papa, Joe Cane Dakin, mourut le mercredi des Cendres, en 1958, à la Nouvelle-Orléans.

Le jour de mon septième anniversaire.

10

Le kidnapping fut rendu public peu après que le FBI se fut saisi de l'affaire. S'il est une chose que le FBI a toujours su très bien faire, c'est la publicité.

Nous étions plus ou moins abandonnés à notre sort, seuls dans le Penthouse B. Maître Weems s'agitait comme une vieille mouche du coche, ses yeux pâles et marbrés me fixaient assez fréquemment pour me donner la chair de poule. Parfois, quelques bulles de salive perlaient au coin gauche de sa bouche, comme s'il avait envie de me manger.

Mamadee avait pris le lit de Ford, ce qui le forçait à dormir sur un lit pliant et à supporter l'humiliation de partager sa chambre avec sa grand-mère. Il était aussi susceptible qu'une guêpe prise au piège et me rendait responsable du choix de Mamadee qui avait préféré sa chambre à la mienne.

J'aurais dormi – si j'avais pu dormir – sous le piano ou sur le balcon plutôt que dans la même chambre que Mamadee. Ce sentiment était plus que réciproque. Elle m'en voulait tellement de devoir respirer le même air que moi que sa peau semblait avoir acquis une tonalité bleuâtre, comme si elle retenait son souffle.

La plupart du temps, la migraine clouait maman au lit dans sa chambre aux rideaux tirés. Quand elle parvenait à se lever, elle subsistait à force de cigarettes et de bourbon.

Oncle Billy Cane et tante Jude, les seuls qui pouvaient sortir sans être harcelés par les journalistes, nous apportaient les journaux, les magazines et autres nécessités que ne pouvait nous procurer l'hôtel.

Le soir de Mardi gras, alors que j'étais censée être au lit, j'écoutais par la fenêtre ouverte la cacophonie de la rue. C'était un charmant tintamarre. Je m'en souviens encore, avec plus de clarté que le reste de ce passage bizarre de ma vie. Parmi les bruits divers, j'entendis à un moment quelqu'un chanter d'une voix avinée « *You Are My Sunshine* ». Tu es mon rayon de soleil.

« *You Are My Sunshine* » est l'hymne de la Louisiane. C'est papa qui me l'a dit.

Rayon de soleil.

J'ai vu plus de pluie que de rayons de soleil à la Nouvelle-Orléans. Les journaux annonçaient qu'il avait neigé en Alabama le jour où nous étions partis pour la Louisiane, et je n'y étais pas ! Je me racontais une histoire : papa était rentré à la maison pour prendre des photos de la neige et allait bientôt nous les rapporter pour nous prouver que le miracle avait bien eu lieu. Pour mon anniversaire. Peut-être que la neige avait goût de glace à la vanille.

Oncle Billy et tante Jude m'apportèrent au Penthouse un gâteau d'anniversaire et une « tarte aux mille étages ». La vue du gâteau ne provoqua chez moi aucune trace de la joie et du plaisir dont je me souvenais pour mes précédents anniversaires. Je n'avais pas envie de gâteau et encore moins de « tarte aux mille étages ». Je fis mon vœu et soufflai les sept bougies jaunes d'une seule expiration tremblante mais papa ne réapparut pas.

Mon oncle et ma tante fournirent également quelques cadeaux enveloppés de papier décoré de clowns, un rectangle plat qui était probablement une poupée de papier à découper, un carré plat qui devait contenir un ou deux 45 tours, une petite boîte dans laquelle il y avait vraisemblablement un bracelet à breloques ou un bracelet de petites pierres, mais je me contentai de les regarder, puis je retournai à la porte pour attendre papa.

– Tu vas pas ouvrir tes cadeaux ? me demanda l'oncle Billy Cane.

Je fis non de la tête.

– J'attends papa.

Ford ricana. Mamadee était furieuse.

– Roberta Ann, tu gâtes trop cette enfant.

Mamadee m'empoigna l'épaule pour me secouer comme un prunier, à sa manière habituelle. Je poussai un hurlement qui dut s'entendre jusqu'en Alabama. L'oncle Billy Cane m'arracha aux griffes de Mamadee. Du coup elle s'en prit à lui, le traitant de pauvre minable et de péquenaud qui se mêlait de ce qui ne le regardait pas, mais il n'en tint pas plus compte que s'il avait eu affaire à un moustique.

Tante Jude me souleva dans ses bras pour me porter dans ma chambre. Maman la suivit et resta sur le seuil, hésitante.

Tante Jude s'assit sur mon lit et me prit sur ses genoux. Elle me tâta le front.

Cette enfant est toute moite. Elle grelotte et elle a des frissons. – Elle eut un regard en direction de maman. – Roberta, rendez-vous utile. Allez chercher un petit verre de bourbon.

Maman haussa un sourcil incrédule devant la témérité de tante Jude, mais suivit quand même les instructions.

Tante Jude me fit ingurgiter le bourbon.

– Si ça la fait vomir, dit maman, c'est vous qui nettoierez.

– Cette petite s'est rendue malade à force de s'inquiéter pour son papa. – Tante Jude parlait sans acrimonie, presque comme si maman n'avait rien dit. – Vous devriez peut-être appeler un médecin. Elle n'est pas bien, Roberta, pas bien du tout.

Ma mère devait craindre que ses compétences maternelles ne soient mises en cause, car elle appela effectivement le médecin de l'hôtel.

Il m'examina et, après un échange à voix basse avec maman et tante Jude, il me prescrivit un sédatif.

Je n'étais pas ravie qu'il ait interrogé maman et tante Jude sur mon état mental.

– Madame Dakin, je ne me trompe pas, n'est-ce pas, cette enfant est faible d'esprit ? Très émotive ? J'en vois de plus en plus tous les jours. Les parents ne savent plus que faire. Heureusement, la cause est facilement identifiable. Ne la laissez pas regarder la télévision ni écouter la radio et ne l'autorisez jamais à lire des bandes dessinées. Chère madame, vous avez un fardeau déjà bien lourd à porter, mais je dois être franc avec vous. Une enfant ayant de telles dispositions hystériques deviendra de plus en plus difficile à l'approche de la puberté. Il est possible que vous soyez obligée de prendre des mesures particulières. Si je peux vous aider…

Moi, je voulais seulement qu'il s'en aille et que papa revienne.

Le docteur me rendit un fier service, cependant, car le sédatif qu'il me prescrivit, en plus du bourbon, me plongea pour un bon moment dans la douceur de l'oubli.

Lorsque maman se coucha, son poids sur le lit me réveilla suffisamment pour que je lui masse les pieds, mais je restai à demi inconsciente. Ce n'est que lorsqu'elle fut endormie, que, allongée à côté d'elle, une véritable clarté d'esprit me revint. D'un seul coup, j'étais parfaitement réveillée, consciente de la présence de maman, de chacune de mes respirations, de la réalité dans laquelle j'étais enfermée comme dans un cocon. Le hurlement qui m'avait arrachée du sommeil résonnait douloureusement dans mon crâne. Je me disais qu'une ampoule qui explose doit avoir cette impression et, évidemment, l'ampoule qui grille doit avoir mal.

Il n'y avait plus de peur au fond de moi, juste un silence nouveau, qui se répandait, le sentiment qu'il n'y avait plus rien.

Le jeudi, le sixième jour, arriva la deuxième demande de rançon.

Judy DeLucca l'apporta elle-même quand elle vint servir la brioche et le café de maman ce matin-là.

– J'ai trouvé ça devant la porte, dit Judy à maman en lui tendant une enveloppe rose.

Mamadee et Ford roupillaient encore, si bien que nous avions la nouvelle lettre pour nous toutes seules. Maman avait des cernes noirs autour des yeux comme si elle était rongée par une terrible maladie. L'abominable parfum de la lettre me donna à nouveau envie de vomir. Maman grimaça comme si l'odeur lui faisait le même effet. Elle ouvrit la lettre.

Joe Cane Dakin est un Homme Mort
Si Vous n'Écoutez pas nos Instructions
Janice + Judy

– Enfin, mais quelles instructions ? demanda maman. Quelles *foutues* instructions ? – Elle regardait Judy comme si elle lui posait la question. – Et qui est Janice et qui diable est Judy ?

– Ben, Judy, c'est moi, dit Judy.

– Oh, pas vous, dit maman avec impatience.

Maman froissa la feuille de papier et me la lança.

– Dès que j'ai fini mon petit déjeuner, je téléphone au FBI, Calley.

Judy sortait de la pièce à reculons mais maman l'arrêta.

– Vous m'avez apporté trois brioches hier et ce matin il n'y en a que deux, dit maman.

– Janice a des problèmes avec le chauffage du four, dit Judy. Ça chauffe pas régulièrement. Elle a eu cinq douzaines de brioches trop dures pour quitter la cuisine.

– Dites à Janice que ses difficultés avec son four ne m'intéressent pas. Dites à Janice que je suis morte d'inquiétude à cause de la disparition de mon mari et que j'ai besoin de trois brioches le matin, et que deux ne suffisent pas pour me redonner des forces.

Après son départ, je dis à maman : « C'est peut-être elles qui l'ont fait. »

Maman beurrait une de ses brioches. « Peut-être qui a fait quoi ? »

– Cette Judy, et la Janice qui fait les brioches. Peut-être que c'est elles qui ont enlevé papa.

– Calley, je vis un enfer. Je n'ai pas besoin de tes idioties encore en plus, me tança maman.

Quelques instants plus tard, elle demanda :

– Tu crois que c'est cette crétine de Judy et Janice la cuisinière qui ont écrit ces lettres pour faire une blague ?

– Mais où est papa ?

Son visage s'assombrit. Elle a allumé une cigarette en réfléchissant puis elle est allée se maquiller.

Dès que Mamadee et Ford apparurent pour le petit déjeuner, elle leur montra la lettre. Puis Maître Weems la lut, évidemment. Il remarqua, comme nous tous, qu'elle était très semblable à la première, et conseilla d'en informer le FBI. À la fin, il compta ce conseil sur la facture de maman et n'eut que ce qu'il méritait, c'est-à-dire qu'il ne fut pas payé du tout.

Un agent du FBI vint, prit possession de la lettre et demanda à maman :

– Quelles instructions ?

– J'ai posé exactement la même question. Je l'ai demandé à la fille qui nous a apporté le petit déjeuner ce matin. Je l'ai demandé à ma fille de sept ans. Elles n'ont pas su répondre. Je n'ai aucune idée des instructions que je suis censée suivre.

– En ce cas, attendons les instructions.

– J'espère qu'elles ne vont pas tarder, dit maman. Parce que j'aimerais bien voir le FBI payer la note de l'hôtel.

Aucune instruction ne vint ce soir-là ni le lendemain matin. Judy, en revanche, n'apporta qu'une seule brioche.

Maman était si furieuse qu'elle pouvait à peine parler. Je crus un moment qu'elle allait coller sa cigarette entre les yeux de Judy.

Judy vit que maman était folle de rage et s'empressa de dire :

– On a eu un problème avec le four. Janice a dit qu'il a failli lui exploser à la figure quand elle a essayé d'allumer la veilleuse.

– Ce n'est pas une raison pour m'apporter une minuscule brioche dure comme du bois et un café imbuvable, au prix où est cet hôtel ! rugit maman.

Mais après le départ de Judy, maman appela le FBI et dit :

– Il y a une Judy je-ne-sais-quoi qui est femme de chambre dans cet hôtel et une Janice autre-chose qui travaille à la cuisine, et j'ignore pourquoi il faut que ce soit moi qui fasse votre travail, mais si je m'appelais J. Edgar Hoover, je leur demanderais ce qu'elles feraient si jamais un million de dollars leur tombait du ciel.

En entendant ça, Mamadee fut d'abord incrédule, puis horrifiée. Elle ignorait, contrairement à maman et moi, que la femme de chambre et la pâtissière de l'hôtel portaient le même prénom que les signataires des lettres. Tout comme Ford. Il était scandalisé et encore plus furieux que Mamadee que personne n'ait fait le lien.

– J'ai essayé de le dire à maman, tentai-je de lui dire.

Il ne me porta pas plus d'attention qu'elle.

– Comment est-il possible que tu ne t'en sois pas rendu compte ? siffla rageusement Mamadee à l'intention de maman, tandis que Maître Weems fronçait les sourcils, désapprobateur.

– Peut-être parce que tout le monde me dit sans arrêt ce qu'il faut que je fasse depuis huit jours ! hurla maman. Cette fille est débile, je ne vois pas comment elle aurait pu faire pour kidnapper ne serait-ce qu'un cendrier !

À ce moment-là, Judy DeLucca et Janice Hicks avaient brisé tous les os de papa, frappant son cadavre à tour de rôle pendant plus de quarante minutes avec une poêle à frire en fonte volée dans la cuisine de l'hôtel. En appuyant de toutes leurs forces et en lui coupant la tête, puis les jambes, les bras et les mains avec un fendoir également dérobé dans la cuisine de l'hôtel, elles avaient réussi à faire entrer l'essentiel de papa dans la cantine métallique. Quand on l'arrêta, Janice avait encore le pied gauche de papa dans son sac en imitation crocodile. On ne devait jamais retrouver sa tête, son avant-bras gauche ni son pied droit.

Judy et Janice avouèrent immédiatement l'enlèvement, la torture, le meurtre et le démembrement de Joe Cane Dakin.

Judy déclara à la police que quelqu'un s'était introduit par effraction dans son appartement et avait volé les parties manquantes du corps. Le petit frère de Janice, Jerome, écrivit une lettre au journal local, le *Times-Picayune*, pour se plaindre de ce que la police n'avait fait aucune enquête sur le cambriolage de la maison voisine.

Il n'est pas surprenant qu'on m'ait caché tous les détails à ce moment-là. Je ne suis pas sûre que maman elle-même les ait intégralement connus. J'ai reconstitué l'histoire grâce aux éléments d'un puzzle hallucinant récupérés dans les journaux et les magazines publiés à cette époque, dans les documents du procès et les rapports des détectives privés. Sur les coupures jaunies des photos de papa, de maman qu'on emmène au commissariat pour l'interroger, de Judy DeLucca et Janice Hicks au procès, ils ressemblent tous aux acteurs d'un film en noir et blanc.

En 1958, le monde était encore essentiellement en noir et blanc, et pas seulement sur le plan racial. Les gens lisaient encore des journaux, des magazines et écoutaient la radio. Seule, une minorité possédait un poste de télévision, et ces postes étaient en majorité noir et blanc. Depuis le triomphe de l'image couleur, c'est le passé qu'on représente en noir et blanc, et les temps plus anciens en couleur sépia. Même si elle est encore vivante, une personne photographiée en noir et blanc semble désormais morte, comme si le film ou la photo reflétait le fantôme qu'elle va devenir.

Je reconnais à peine maman. Elle est si jeune, trop jeune pour avoir pu être ma mère, ni celle de Ford. Sur ces photos, c'est une vraie starlette de tabloïd. Elle fait penser aux premières photos de Marilyn, quand elle sortait à peine de l'adolescence.

Mamadee regarde maman et se voit trente ans plus jeune. Avec ses cheveux aux ondulations vernissées, un collet de fourrure fermé par un clip en brillants sur les épaules, Mamadee est le fantôme de ce que deviendra maman, si maman vit aussi longtemps, et en tenant compte des changements de mode. La lèvre supérieure de Mamadee est froncée d'amertume et son dos est raide de rancœur. Il y a dans ses yeux une lueur qui ressemble à de la panique, comme si elle sentait le pied lui manquer. Ce n'est peut-être qu'une impression accidentelle due à la photo.

Maître Weems, les cheveux gominés et plaqués en arrière, dans son costume trois pièces qui semble fait pour quelqu'un de plus gros que lui, pourrait être un de ces parlementaires qui interrogeaient les communistes suspects d'activités antiaméricaines devant la Commission du Congrès.

La plupart des garçons sont tout sauf beaux au tournant de la puberté. Mais Ford l'était. J'étais trop jeune pour m'en rendre compte. Je vois maintenant la conscience aiguë d'une créature sauvage, prête à bondir au moindre craquement de brindille. Les photos ne peuvent le capturer totalement, il y a toujours une partie de lui qui est en mouvement. Le film est trop lent, le flash trop faible, l'ouverture de l'objectif trop étroite pour le fixer physiquement, au moment où il s'échappait du Ford qu'il était pour devenir quelqu'un d'autre.

Je regarde au fond des yeux fanés de papa sur les photos d'identité rigides prises pour raisons professionnelles, ou sur les clichés de la convention, ou récupérées dans les archives des journaux d'Alabama. Je me rends compte aujourd'hui qu'ils sont très semblables aux miens. Ce sont les yeux d'un fantôme, figés et inquiets à la fois. Ses lèvres mortes ne me disent rien.

Ce que ni les articles, ni les récits, ni les chapitres de livres, ni les témoignages du procès ne révélèrent, c'est le mobile de l'enlèvement.

Le million de dollars aurait pu être un mobile, c'est vrai, mais seulement si Janice et Judy avaient tenté de venir le chercher. Elles savaient que maman l'avait. Tout le monde à l'hôtel, tout le monde à la Nouvelle-Orléans savait que maman avait l'argent, en petites coupures, dans un coffre apporté de Montgomery par Maître Weems qui avait fait le voyage exprès sur le Dixie Hummingbird.

Il me paraît étrange que personne n'ait alors fait remarquer la coïncidence : le coffre contenant l'argent de la rançon était en tous points identique à celui dans lequel Janice et Judy s'étaient efforcées, de manière si inefficace et si sanglante, de faire entrer les restes du corps de papa. Même taille, même couleur, même fabricant. La guerre n'était finie que depuis quelques années et, compte tenu du nombre de soldats qui avaient pris les armes, je suppose qu'il devait y avoir eu des centaines de milliers de ces cantines en circulation dans l'ensemble du pays.

Quand on leur demanda pour quelle raison précise elles avaient enlevé papa, Janice répondit : « Parce qu'il était au douzième étage. »

Quand on leur demanda ce que représentait le douzième étage, Judy ne put donner aucune réponse.

Quand on leur demanda pourquoi elles n'avaient pas tenté de venir chercher la rançon, Judy répondit : « On attendait le bon moment. »

Quand on leur demanda quand aurait été le bon moment, Janice ne put que hausser les épaules.

Pourquoi avaient-elles torturé papa ?

Pourquoi, après sa mort, avaient-elles mutilé et démembré son cadavre ?

Pourquoi, après avoir pris la peine de cacher son torse dans un coffre trop petit pour le contenir en entier, avaient-elles laissé le coffre au pied du lit ensanglanté ? Faute d'avoir un homme de couleur qui aurait eu besoin de quinze cents pour le transporter au rez-de-chaussée ?

Dans d'autres États, quelques années plus tard, Janice et Judy auraient pu être jugées irresponsables. En Louisiane, en 1958, Janice et Judy furent jugées coupables d'enlèvement et de meurtre au premier degré. Janice et Judy reconnurent tous les détails de la torture infligée à papa. Si elles en avaient oublié, personne n'aurait pu imaginer ce que cela avait été. Mais les deux femmes moururent sans que quiconque puisse découvrir *pourquoi* elles avaient agi de la sorte.

Qu'est-ce qui les y avait poussées ? Voilà le grand mystère, et pourquoi on continue, encore aujourd'hui, à s'interroger sur cette affaire.

Mais voici la vérité : Janice et Judy n'avaient pas la moindre idée de la raison pour laquelle elles avaient agi. Il y avait bien eu un mobile, mais il ne venait pas d'elles. Il appartenait à quelqu'un d'autre.

En 1958, quand je n'avais que sept ans, j'étais absolument sûre de savoir pourquoi papa était mort.

Il était mort parce que maman et moi étions allées faire des courses.

Il était mort parce que nous étions allées dans la boutique qui tictaquait.

Il était mort parce que le sac à main marron Kelly de Hermès de maman avait disparu, pour réapparaître ensuite dans un secrétaire fermé à clé.

Le jour même où nous avons reçu le premier message, j'ai essayé d'expliquer tout ça à maman, mais elle m'a prise par les épaules et m'a secouée comme un prunier en criant : « Quelle boutique, Calley ? Pourquoi est-ce que tu me parles de sac à main ? Et qui est Mr Rideaux, pour l'amour du ciel ? Tu ne vois donc pas que ta mère a autre chose à penser ? »

11

Deux jours après avoir récupéré la Dépouille, nous sommes rentrés à Montgomery sur le Dixie Hummingbird. C'était mon premier voyage en train. Il y avait encore beaucoup de premières fois dans ma vie à l'âge de sept ans.

Nous étions seuls, au bout d'une voiture, assez loin des quelques rares passagers. Ils nous regardaient avec curiosité en chuchotant, mais nous laissèrent tranquilles dès que le train commença à rouler.

onyvaonyvaonyvaonyva

Le coffre métallique contenant la rançon voyageait avec nous. Ma mère me fit asseoir les pieds posés dessus pendant tout le trajet du retour. Peut-être se disait-elle que personne ne soupçonnerait une petite fille à l'air hébété et aux grandes oreilles, qui serrait dans une main une poupée de papier Betsy McCall, d'avoir sous ses sandales un coffre plein d'argent, dont la clé était suspendue à un cordon de soie rouge autour de son cou. Et j'étais hébétée, en effet, grâce aux tranquillisants prescrits par le médecin de l'hôtel, qui continuaient à faire leur effet dans mon petit corps d'enfant. La capacité très développée dont disposait maman pour croire ce qu'elle voulait lui permettait de faire comme si, malgré les reportages incessants depuis une semaine dans la presse et sur les ondes, les passagers de notre voiture ignoraient totalement l'enlèvement et le meurtre de Joe Cane Dakin. Même à cette époque, les meurtres n'avaient rien d'exceptionnel à la Nouvelle-Orléans mais le meurtre d'un Blanc, riche de surcroît, fait toujours sensation partout.

Maman n'avait pas emporté de vêtements de deuil appropriés mais en attendant que le coroner autorise la levée de la Dépouille et le départ du prochain train, elle s'était procuré un tailleur noir de confection, des souliers noirs et un chapeau avec une voilette. Elle était obligée de soulever la voilette de temps en temps pour fumer une cigarette. Son maquillage semblait encore faire ressortir sa pâleur, ses yeux battus et gonflés de larmes. Quand elle parlait, elle avait la voix rauque, tremblante et lointaine.

Ford gardait le visage tourné vers la fenêtre. Il portait une cravate noire neuve avec son costume des dimanches en gabardine bleu marine. Il n'avait pas pleuré quand on nous avait annoncé la nouvelle, mais ses ongles étaient rongés jusqu'au sang. Toutes les occasions lui étaient bonnes pour me bousculer, me donner des coups de poing ou me tourmenter. À un moment, il me poussa dans un coin à l'écart des adultes et m'annonça que papa avait été abattu comme un cochon et découpé en morceaux comme à la boucherie. Que les deux femmes qui l'avaient fait avaient eu l'intention de le faire cuire et de le manger. Qu'elles avaient récupéré son sang pour faire du boudin. L'excès de détails ne fit que me convaincre qu'il mentait, comme d'habitude. J'échappai à ses griffes pour me réfugier dans les jupes de tante Jude. Je faillis la renverser en m'accrochant à elle.

Je portais sur moi tout ce que ma garde-robe comptait de noir, c'est-à-dire mes sandales noires et ma ceinture en vernis noir. Il y a des mères qui habillent leurs petites filles comme des poupées. Si maman l'avait fait un jour, elle avait cessé dès que j'avais été capable de m'habiller seule.

Toutes mes robes et jupes, tous mes chemisiers avaient le style solide, sans âge, sans grâce ni originalité d'un uniforme de pensionnaire. Pour ce voyage de retour, je portais une robe grise avec col blanc Peter Pan sous mon manteau de laine marine. La cordelette de soie rouge était assez longue pour disparaître sous la robe. La robe et le manteau étaient les vêtements que je portais pendant notre sortie magasins sous la pluie. Maman les avait fait repasser le lundi suivant la disparition de papa. Je me suis demandé depuis si c'était Judy DeLucca qui avait repassé ma robe et mon manteau. En tout cas, ils étaient revenus dans la penderie recouverts des housses de papier de l'hôtel Pontchartrain.

Au moment où nous traversions l'Alabama, j'ai moi aussi regardé avec attention par la fenêtre, mais il n'y avait plus de neige. Malgré tous mes efforts, je ne parvenais pas à me rendre compte de l'énormité de la catastrophe qui nous frappait. Je comprenais à peine ce que signifiait la mort. En tout cas, ça arrivait surtout aux vieilles personnes. J'en avais déjà vu. Maman et Mamadee partageaient l'avis qu'un enfant n'est jamais trop jeune pour qu'on le traîne dans un funérarium ou à un enterrement. Sans garder un souvenir précis des occasions, je me rappelais seulement les vieillards endormis sur leur coussin de satin dans un lit imposant. Je me souviens bien que je n'avais pas éprouvé de peur, ni de répulsion, et certainement pas de chagrin.

Mais mon papa n'était pas devenu un vieux ridé, ratatiné, à cheveux blancs. Il était simplement sorti et n'était jamais revenu. Tout le monde affirmait qu'il ne reviendrait plus jamais. Je savais que c'était puéril, et je m'en cachais donc, mais je m'accrochais encore à l'idée qu'il allait revenir. J'étais épuisée de tension à force de guetter constamment le bruit de son pas.

Un porteur est venu avec un diable nous aider à descendre le coffre. C'était un homme d'un certain âge, presque chauve, avec des lunettes à monture noire, des bras puissants dans la manœuvre du fardeau, et un uniforme qu'il portait avec fierté. Il me fit un clin d'œil et me tendit la main pour m'aider à m'asseoir sur le coffre qu'il fit rouler

takatakatakataka

derrière maman et Ford. Maman ne remarqua rien. Pour être juste, elle avait effectivement beaucoup d'autres préoccupations mais il est également évident que pour elle les gens de couleur étaient simplement transparents. Quant à Ford, il faisait semblant d'être seul au monde ou alors s'attendait à ce que tout le monde tombe à genoux devant lui en lui demandant pardon d'exister.

– Vous connaissiez mon papa ? demandai-je au porteur.

Il cligna des paupières en penchant la tête d'un air interrogateur. Je suppose qu'il lut sur mon visage une réponse à la question qu'il n'avait pas posée, car il sourit en hochant la tête.

– Pas personnellement, mam'selle. J'suis désolé quand même. J'ai entendu parler que m'sieur Dakin était quelqu'un d'honnête dans ses affaires.

Il parlait si doucement que maman ne pouvait l'entendre.

– Merci, dis-je. Et je répétai la formule que j'avais entendue aux veillées mortuaires et aux enterrements : « Il va me manquer. »

J'aurais pu lui demander s'il connaissait Ida Mae Oakes mais Mamadee était en vue, qui nous attendait près de la sortie du hall. Dès que nous avions été informés du décès de papa, elle s'était dépêchée de rentrer en Alabama. C'était presque comme si elle reculait devant l'horreur. La responsabilité d'accompagner maman pour aller identifier la Dépouille avait du coup échu à l'oncle Billy Cane Dakin. Mr Weems était resté un jour de plus pour aider à l'organisation puis avait filé rejoindre Mamadee.

– Calley Dakin, descends immédiatement de là-dessus, s'écria Mamadee. Qu'est-ce que c'est que cette petite barbare ? Roberta Ann Carroll Dakin, tu aurais pu avoir la décence d'acheter un cercueil !

Comme Mamadee trouvait que tout ce que je faisais était mal, je ne fus pas surprise de me retrouver une fois de plus en tort. Je ne compris pas le reste, car j'ignorais encore tout du coffre de Janice et Judy.

La voilette noire de maman cachait son visage mais ne dissimula ni n'étouffa la fureur contenue dans sa voix.

– Maman, j'ai honte pour toi. Tu pourrais avoir la décence de m'éviter tes remarques ridicules. Tu sais parfaitement que Joseph est dans un cercueil d'acajou dans le fourgon à bagages.

Mamadee le savait. Elle voulait seulement s'assurer que personne à la gare n'avait manqué de remarquer la célèbre veuve Dakin et ses enfants.

– Tu pourrais tâcher de te comporter comme une veuve éplorée, Roberta Ann, remarqua Mamadee, cinglante.

– C'est bien à toi de dire ça, maman, tu t'y connais.

Mamadee parut grandir tout à coup, comme des nuages qui accourent pour constituer une tornade. Je crus un instant qu'elle allait se métamorphoser en quelqu'un d'autre, comme l'archange qui chassait Adam et Ève du paradis sur une image que j'avais vue dans la Bible. Mais elle se laissa détourner de son sujet, et prétendit qu'elle devait s'occuper du chargement de nos bagages dans sa Cadillac garée au bord du trottoir devant la gare.

En costume noir et gants blancs, un employé des pompes funèbres attendait également au bord du trottoir avec un corbillard dont le coffre était ouvert. Je le reconnaissais pour l'avoir déjà vu au milieu des fleurs, du bois ciré et des chuchotements de son salon funéraire.

Il s'est précipité vers maman et a serré sa main entre les siennes en murmurant des condoléances. Nous avons attendu sur le trottoir tandis que des porteurs solennels avançaient le cercueil de papa sur un chariot de métal. Cet appareil était coulissant et on pouvait le soulever ou le baisser au niveau désiré afin de faire glisser le cercueil dans le coffre du corbillard. En regardant

clicketiclacketiclock

déplacer le cercueil sur le chariot, ça m'évitait de penser que ce qui restait de papa était ballotté et mélangé à l'intérieur. Je ne croyais pas vraiment qu'il y avait quelque chose dedans. Les porteurs quittèrent leur casquette pour saluer maman et l'entrepreneur des pompes funèbres.

Celui-ci pressa à nouveau la main de maman et inclina la tête en direction de Mamadee avant de remettre son chapeau, puis il se dépêcha de prendre place sur le siège avant du corbillard. Le chauffeur en uniforme était un vieil homme de couleur qui avait conduit des Blancs à leur morgue de Blancs puis à leur cimetière de Blancs depuis que Moïse braillait dans sa première chemise. Il faisait partie du paysage, comme tant de gens de couleur de notre environnement quotidien, indiscernable de sa fonction.

Mamadee ne conduisait que des Cadillac blanches, qu'elle remplaçait tous les trois ans. Maman ne lui avait jamais rien dit et papa n'avait jamais fait de remarque sur sa déloyauté automobile, mais nous en étions tous parfaitement conscients. Sa Cadillac avait toujours un changement de vitesses classique parce qu'il était bien connu qu'un changement de vitesses classique vous faisait économiser de l'essence. Conduire en changeant les vitesses était pour Mamadee une façon d'informer le reste du monde qu'elle savait ce qu'elle faisait. Le seul problème était qu'elle n'en avait jamais réellement maîtrisé la technique.

Lorsque nous fûmes tous installés dans la Cadillac, Mamadee

vroum

tourna la clé de contact et

bang

poussa d'un coup sec le levier de vitesses, appuya à la fois sur les pédales d'accélérateur et de frein. Les vitesses hurlèrent et la voiture tressauta sur place. Des assauts répétés sur le levier de vitesses finirent par produire un mouvement frontal,

crash

escaladant le trottoir et

bing

redescendant dans la rue

boum

de l'autre côté.

– J'ai trouvé toute cette lamentable histoire humiliante à l'extrême, dit Mamadee. Jamais rien de tel n'est arrivé aux Carroll. Comment as-tu pu laisser se produire une chose pareille ?

Nous étions déjà très au fait de l'indélébilité de la tache faite à la réputation des Carroll, car Mamadee avait exprimé à plusieurs reprises le même sentiment lorsqu'elle était avec nous à la Nouvelle-Orléans. Cette fois-ci, maman ne fut pas prise de court. Elle avait attendu en prévoyant de prendre sa revanche qu'il n'y ait plus de témoins importants. Maman et Mamadee étaient très semblables de bien des manières. Comme des aimants dont les polarités s'affrontaient, elles se repoussaient.

– Je n'ai rien *laissé* se produire, dit maman, détachant lentement chacun de ses mots. Personne ne m'a demandé la permission de kidnapper Joseph, de le torturer, de l'assassiner ni finalement de le fourrer dans un coffre trop petit pour le contenir.

C'était la première fois que le coffre était mentionné en ma présence. Je jetai immédiatement un regard à Ford. Il se tenait tout raide, le visage blanc. Je n'avais pas besoin d'autre preuve : ce qu'elle voulait dire par torturer et fourrer papa dans un coffre était vrai. Ford avait prétendu précédemment que papa avait été découpé comme à la boucherie. J'étais abasourdie par la simple idée des deux femmes en train de couper la tête et les membres de papa.

Avant ce moment, le mot torture n'avait évoqué que le fait de parler quand quelqu'un avait la migraine. À chaque fois que maman avait mal à la tête et que je prononçais deux paroles dans son champ d'écoute, elle s'écriait : « Calliope Carroll Dakin, tu tortures ta maman ! »

Comme j'ignorais que le torse de papa avait été rentré de force dans un coffre, je n'avais jusque-là aucune idée qu'il était identique à celui qui contenait la rançon. Mon imagination, cependant, était tout à fait capable de représenter le torse de papa entassé tant bien que mal dans le coffre de la rançon. Je me voyais moi-même coincée dans un espace incommensurablement exigu, sans pouvoir bouger, sans air ni lumière. Un instant, la terreur me fit perdre le souffle : maman m'avait fait asseoir pendant tout le trajet depuis la Nouvelle-Orléans avec les pieds sur cette cantine, et la clé suspendue à mon cou par la cordelette de soie rouge. Mais il y avait l'argent de la rançon qui n'avait pas été réclamée, le cercueil et le corbillard, et maman avait affirmé explicitement à Mamadee que papa était dans le cercueil. Et, bien entendu, j'avais l'habitude des déclarations cruelles caractéristiques de Mamadee.

– Si j'avais su que ça allait se produire, contre-attaqua immédiatement Mamadee, je ne t'aurais jamais laissée épouser cet homme. Les gens rient, Roberta Ann, ils rient et il m'est difficile de ne pas rire avec eux. Penser que Joe Cane Dakin a été assassiné par deux monstres de foire.

Maman se tut quelques instants. Elle devait avoir eu des pensées de ce genre avant que Mamadee n'évoque le sujet. Par la suite, l'horreur de cette affaire serait pour maman à jamais réduite à cette unique singularité.

Calley, me disait-elle de ce ton désespéré qui vous donnait envie d'aller vous pendre et même d'emmener quelques amis, *tu sais ce qui était le pire de tout ? Le pire, c'est que cette femme pesait cent quatre-vingts kilos.*

– Tu ne m'as pas *laissée* épouser Joseph, dit maman.

– J'ai fait de mon mieux pour t'en empêcher.

– Je me rappelle clairement que tu m'as dit : « Roberta Ann, si tu ne mets pas le grappin sur Joe Cane Dakin, c'est moi qui le ferai. »

– Roberta Ann ! C'est un pur mensonge ! Je n'aurais jamais dit quelque chose d'aussi vulgaire !

– Tu l'as toujours pris pour un péquenaud.

– Jamais de la vie !

– Tu n'as pas arrêté d'acheter des Cadillac. C'était une insulte délibérée à feu mon mari, et à moi ! Tu crois peut-être qu'on ne l'a pas compris ?

– Tu perds la tête, Roberta Ann. – Mamadee parlait du ton raisonnable qu'elle prenait toujours quand elle avait réussi à faire sortir quelqu'un de ses gonds. – Je vais faire comme si tu n'avais dit aucune de ces stupidités. – Sur cette position vertueuse, elle changea de sujet. – Tu as pris toutes les dispositions pour l'enterrement, bien entendu ?

– Je me disais que j'allais d'abord changer de chaussures, figure-toi, rétorqua maman.

– Vraiment, Roberta Ann, quel manque de tenue ! Tu parles devant ton fils. Tu devrais faire en sorte que l'enterrement ait lieu à proximité de l'endroit où habite la famille de Joe Cane Dakin.

– Et pourquoi ?

Le ton de maman impliquait clairement qu'elle se moquait de la réponse.

– Parce qu'il y aura moins de badauds à l'enterrement ! s'écria Mamadee. Parce que tu sais ce qui va arriver si ça se passe ici à

Montgomery ou à Tallassee ? Autant louer tout de suite un chapiteau de cirque ! Et tous ces Dakin qui vont réapparaître et rappeler à tout le monde que tu t'es mariée au-dessous de ta condition !

– Maman, dit maman d'une voix douloureuse, les obsèques de Joseph auront lieu à Saint Jean. Le gouverneur, sa femme et un directeur de la compagnie Ford y assisteront. Ainsi que tout un troupeau de Dakin, et la seule chose, c'est de faire comme s'ils étaient comme tout le monde. Est-ce que tu as déjà entendu dire qu'il y avait des mères qui s'efforçaient de réconforter leurs enfants quand ils traversaient une période difficile ?

– J'ai entendu parler d'enfants qui s'adressent à leur mère avec respect et gratitude, rétorqua Mamadee.

Maman rejeta sa voilette, ouvrit son sac à main – le sac Kelly marron de Hermès –, y farfouilla, en sortit ses cigarettes et un briquet et en alluma une. La fumée sortait rageusement de ses narines frémissantes.

De temps à autre, je jetais un coup d'œil à Ford assis de l'autre côté du coffre. Une fois, il me tira la langue. Une autre fois, il mit ses mains de chaque côté de son visage, comme si c'étaient des oreilles, et il les agita dans ma direction. Puis il se détourna pour fixer d'un regard vide par la fenêtre. En voyant son reflet dans la vitre, je me rendis compte qu'il se regardait.

Mamadee conduisit la Cadillac cahin-caha jusqu'à l'entrée de la maison, puis l'arrêta brutalement à l'extrémité de l'allée. Le silence s'abattit tandis que nous regardions la bâtisse. C'était une belle maison bourgeoise, l'une des plus belles de Montgomery, comme le disait toujours maman. Je me souviens d'énormes arbres, de grands piliers, d'une vaste terrasse et, à l'intérieur, de pièces avec de hauts plafonds et des lustres qui scintillaient au soleil.

Il y avait un chevalet au pied de l'escalier de devant, avec un écriteau.

DÉFENSE D'ENTRER

En dessous, l'inscription précisait que c'était par ordre de quelqu'un, je ne sais plus qui.

Une banderole orange pendait des piliers et il y avait un deuxième écriteau sur la porte d'entrée. Je distinguais les lettres de CORDON DE POLICE, répétées sur la banderole, exactement comme des décorations JOYEUX ANNIVERSAIRE ou JOYEUX NOËL, comme j'en avais déjà vu.

– Pourquoi m'as-tu amenée ici ? demanda maman d'une voix étranglée. Tu aurais pu me le dire !

– Tu crois que je le savais ? répondit Mamadee. Je n'allais quand même pas faire le détour exprès, non ?

Aucun de nous ne la crut. Rien n'était plus caractéristique de Mamadee que de faire un détour rien que pour donner à quelqu'un un coup de pied dans le ventre.

– Je *peux* pas croire que la police a perquisitionné chez moi. Ou c'était peut-être le FBI ?

– Les deux. Tu ne *peux* pas rester ici. – La note de triomphe dans la voix de Mamadee était à peine voilée. – Tu vas devoir venir chez moi aux Remparts.

Maman s'enfonça dans le siège et descendit la voilette sur son visage.

– Oui, maman. Oui, maman. Oui, maman. Oui, maman. Voilà, tu es contente ?

Mamadee se tourna vers elle.

– Enfin, Roberta Ann Carroll Dakin, qu'est-ce que ça signifie ? Comment pourrais-je être contente de voir ma fille veuve et mes petits-enfants orphelins ?

Maman ne répondit pas. Je vis qu'elle avait décidé de ne plus adresser la parole à Mamadee, en tout cas pour un certain temps.

– Et Portia, alors ? Et Minnie et Clint ? demandai-je.

Portia était notre cuisinière, Minnie faisait le ménage et Clint les gros travaux.

– Tais-toi, Calley Dakin, répliqua Mamadee. Ce n'est pas à toi de t'occuper des domestiques. De toute façon, étant donné les commérages des gens de couleur, je suis sûre et certaine qu'ils savaient avant toi que Joe Cane Dakin était mort. Je les ai tous renvoyés dès mon retour de la Nouvelle-Orléans !

La fumée de cigarette de maman s'exhala encore plus violemment devant cet abus d'autorité de Mamadee.

Je savais naturellement que les domestiques de couleur n'avaient rien de mieux à faire que de colporter des commérages sur leurs employeurs blancs, car c'était un des sujets favoris de conversation entre Mamadee, maman et leurs amies. Ces dames étaient encore furieuses à cause de la grève, quand les domestiques noirs avaient décidé d'aller travailler à pied plutôt que de prendre le bus, pour soutenir Miss Rosa Parks. Miss Parks avait refusé de céder sa place à un Blanc et de rester debout à l'arrière d'un autobus, c'est pourquoi elle avait été arrêtée et les gens de couleur avaient lancé un mouvement de révolte. La plupart des bonnes, des cuisinières, des chauffeurs et des jardiniers avaient été en retard tous les jours pendant des mois et s'étaient mis à répondre avec insolence quand on les réprimandait. Désormais, ils avaient tous le droit de voyager à l'avant des autobus, mais tout le monde était encore énervé et les rapports tendus.

Je me rappelais ce que papa avait répondu aux lamentations de maman quand ça avait commencé : « Tu sais, ma chérie, maintenant que l'œuf est cassé, le poussin ne va pas y retourner. »

Je me rappelais ce que papa avait dit parce que le lendemain même maman avait renvoyé Ida Mae Oakes.

12

Les Remparts étaient situés pratiquement au point le plus élevé de la petite ville de Tallassee. La maison était entourée de plusieurs hectares de vieux chênes enguirlandés de mousse qu'on appelle « barbe espagnole ». De fait, les Remparts étaient le musée des Carroll, consacré à leur glorification éternelle. Il n'y avait pour ainsi dire pas un mur sans portrait d'un Carroll ou d'un autre, en un ou plusieurs exemplaires : des juges Carroll, des sénateurs Carroll, des députés Carroll, un membre du Congrès Carroll, un lieutenant-gouverneur Carroll, un ministre de la Justice Carroll, un général Carroll et trois capitaines Carroll.

J'imagine que tous ces anciens Carroll étaient comme tout le monde, un mélange de bon et de mauvais, de force et de faiblesse. Ce qui était certain, c'est que la plupart avaient été propriétaires d'esclaves et que tous avaient été de bons ségrégationnistes – le genre de Blancs riches qui avaient soutenu secrètement le Klan et son terrorisme. C'étaient des hypocrites, tout simplement, comme la plupart d'entre nous.

Je n'ai jamais connu mon grand-père, Robert Carroll Senior, car il est mort avant ma naissance. Il avait eu le rang de capitaine pendant la Première Guerre et Mamadee y faisait toujours référence sous le nom de Capitaine Carroll. Maman disait que la ville était trop petite et que tout le monde se connaissait trop bien pour que Mamadee l'appelle le Général, mais qu'elle l'aurait sûrement fait si elle l'avait pu. Robert Carroll Senior avait été l'unique héritier de la Banque Fiduciaire Carroll et de quelques autres propriétés familiales – il y avait eu jadis des plantations et deux ou trois usines de je ne sais quoi. Il y avait même un village nommé Carrollton quelque part dans l'ouest de l'Alabama, mais s'il y vivait des Carroll, Mamadee n'entretenait pas de relations amicales avec eux.

Bien que la Banque Fiduciaire Carroll n'ait jamais connu la banqueroute pendant la Dépression, la fortune des Carroll avait souffert. C'est en tout cas ce que prétendait Mamadee dans ses moments de pingrerie. Capitaine Senior avait réussi à conserver la banque et les Remparts, à fournir Mamadee en Cadillac et à lui léguer un patrimoine suffisant pour lui éviter de finir à l'hospice. Mamadee faisait des économies sur les articles les plus insignifiants tout en justifiant d'autre part des dépenses plus importantes sous prétexte de valeur. Je doute qu'elle ait été réellement fauchée, car j'ai noté cette même attitude chez nombre de riches. C'est peut-être seulement un frémissement de honte qui pousse les gens riches à rogner sur les bouts de chandelles alors qu'ils se laissent aller sans hésitation au grand luxe, mais il est possible que je leur prête des scrupules immérités.

Dans le salon des Remparts, trônait un demi-queue Chickering. Depuis le début de ma courte vie, je l'avais toujours vu fermé à clé, sauf une fois par an, quand l'accordeur venait. Mamadee ne jouait pas mais elle n'était pas prête à laisser la place à qui que ce soit. Maman non plus ne jouait pas et je n'avais pas réussi à découvrir si quelqu'un d'autre avait jamais joué dans la famille. Je savais déjà que ce n'était pas le seul piano du monde à être moins un instrument qu'un piédestal élaboré pour candélabre, vase de fleurs ou portrait de mariage avec cadre en argent.

La pièce que je préférais aux Remparts était la vieille bibliothèque du Capitaine Senior. D'abord, Mamadee n'y entrait pratiquement jamais. On appelait cette pièce la bibliothèque parce qu'elle en contenait une, mais personne ou presque ne touchait jamais à un des livres des rayonnages. Les vieux livres tombaient en ruine, le bord des pages s'effritait et les reliures de cuir craquelées s'écaillaient. Chaque fois que j'en ouvrais un, j'éternuais. C'étaient surtout des livres sur des explorateurs, illustrés d'anciennes cartes aux couleurs pastel : bleu ciel, vert menthe, jaune crème. Toute ma vie j'ai aimé regarder les cartes, qui nous donnent la glorieuse illusion de savoir où nous sommes.

Sur le mur derrière son bureau, il y avait plusieurs photos du Capitaine Senior, avec des hommes, des fusils, des chiens, mais aucune ne le représentait avec Mamadee. Leur photo de mariage était dans le hall et le grand portrait de Mamadee en robe de mariée trônait sur le Chickering.

Un phono Victrola de 1913 orné d'une plaque annonçant que c'était une Machine Parlante Victor trônait près du fauteuil en cuir préféré du Capitaine Senior – et qui portait encore, tant d'années après, l'empreinte de ses fesses. Quand j'étais plus petite, je m'étais écorché la lèvre plusieurs fois en tentant de tourner la manivelle pour mettre en marche le plateau du phono. Comme le cercueil de papa, le Victrola, ou plus exactement le meuble qui le contenait, était en acajou. Je le savais car Mamadee et sa bonne, Tansy, m'avaient mise en garde plus d'une fois de ne pas le rayer.

Dans la partie qui ressemblait à un placard, il y avait de grands disques très lourds. Personne ne semblait se soucier que je les raye, eux. Je jouais avec depuis que je n'étais guère plus qu'un bébé. Ils étaient lourds et coupants. Alors que j'étais encore trop petite pour les porter, j'en avais soulevé un que j'avais laissé tomber sur mon pied. Je me rappelle encore que tous mes petits orteils étaient devenus entièrement violets.

Le son des 78 tours me donnait l'impression qu'ils avaient été enregistrés au fond de la mer. Ils étaient superbement ponctués.

poum poum tchou tchou poum tchou

Même si par la suite je devais me rendre compte que les goûts musicaux du Capitaine Senior n'étaient pas très distingués, les 78 tours me procurèrent à cette époque un fond sonore très agréable. « *Alabama Jubilee* », « *Hard Hearted Hannah* », « *Red River Valley* », « *Down Yonder* », « *The Tennessee Waltz* » et « *Goodnight, Irene* » font partie des titres que je me rappelle.

D'un côté de la cheminée, il y avait la radio superhétérodyne Westinghouse du Capitaine Senior. Elle marchait encore très bien. Il n'y avait pas de téléviseur dans la pièce, ni d'ailleurs dans aucune autre pièce des Remparts. Mamadee pensait que la télé était une mode qui allait passer très vite, comme les images 3 D. À la façon dont elle contournait le téléviseur dans notre maison de Montgomery, je la soupçonnais d'en avoir peur.

Je suis allée dans la bibliothèque et j'ouvrais le placard pour prendre un disque quand Mamadee a passé la tête par la porte et a lancé :

– Calley, tu as décidément l'intention de rayer ce meuble. Monte immédiatement dans ta chambre défaire tes valises.

Nous venions assez souvent pour avoir nos chambres attribuées. Celle de maman était sa chambre de jeune fille. Papa faisait des plaisanteries sur la taille du lit à chaque fois que nous venions. Mamadee n'avait absolument rien modifié dans la chambre quand maman avait épousé papa et exigeait que mes parents dorment dans son ancien lit. Heureusement, c'était un lit à deux places. Un peu étroit, disait papa, mais douillet.

Pour moi, ce qu'il y avait de plus intéressant dans la chambre de maman, c'était la photo couleur racornie qui était fixée dans le cadre du miroir de la coiffeuse. Elle y portait un chemisier sans manches et le large short aux genoux des années quarante. Elle était assise sur la balustrade de la véranda, appuyée contre un pilier, les bras serrés autour des genoux.

Elle était coiffée avec une raie au milieu, les cheveux ramenés en rouleau puis tirés vers l'arrière dans le style des années quarante. Je n'ai jamais vraiment compris comment on faisait pour se coiffer comme ça. Je n'aurais jamais pu, avec mes cheveux, de toute façon. Je sais que maman avait cette tête-là quand elle a fait la connaissance de papa.

La chambre de Ford avait appartenu au frère cadet de maman, Robert Carroll Junior. Des avions en balsa étaient pendus au plafond et une copie encadrée de « Invictus » était accrochée au-dessus du bureau. Dans une petite bibliothèque s'entassaient des romans d'aventures pour garçons pleins de Tom, Joe, Frank et

Dick, tous plus super, épatants et géniaux les uns que les autres. Je me souviens vaguement de fanions sur les murs et d'un diplôme suspendu avec un cordon à glands dorés.

Une autre chambre, meublée de lits jumeaux, avait été celle des sœurs aînées de maman, Faith et Hope. Je ne le sais que parce que maman en a parlé une fois. Je pensais qu'elles étaient soit en prison, l'endroit le plus horrible que je pouvais imaginer, à part l'enfer, soit qu'elles étaient mortes. Il y avait des dizaines de portraits, photos et clichés de Junior disséminés dans tous les coins des Remparts, mais je ne me souviens pas d'une seule photo, même racornie, de Faith ni de Hope. J'aurais pu dormir dans cette chambre, mais les lits n'étaient jamais faits, les tapis étaient roulés le long des murs et tous les objets étaient recouverts de housses. Les boiseries encadrant la porte du couloir étaient curieusement marquées de trous de clous. J'en conclus qu'à un moment donné, la porte avait dû être condamnée. Je n'en aurais pas été surprise, et j'imaginais que Faith et Hope avaient été enfermées et qu'on les avait laissées mourir de faim, en punition de quelque offense faite à Mamadee. Peut-être une rayure sur le meuble en acajou du phono Victrola.

La pièce que j'avais l'habitude d'utiliser était à l'étage au-dessus des autres, sous les combles. Jadis chambre de bonne, l'espace exigu avait été investi par Junior, qui n'y avait peut-être jamais vraiment dormi. La situation plus élevée dans la maison lui assurait probablement une meilleure réception pour ses radios. La chambre était meublée d'un lit à une place en fer émaillé marron, d'une commode sur laquelle était posée une radio en bakélite, un bureau et une chaise de bois qui avaient connu des moments difficiles. Sur le bureau, il y avait une radio à ondes courtes, une pile de brochures et de vieux bouquins sur les radioamateurs et un tourne-disque portable. Sur la tringle de la penderie, était suspendu un filet de boules de naphtaline. Sur le plancher de l'armoire, une caisse en bois contenait des disques dont toutes les pochettes portaient le nom de Bob Carroll Jr.

La caisse de disques valait pour moi tous les trésors de pirate. Tous les disques étaient bien plus récents que ceux du Capitaine

Senior. On entendait encore bon nombre de leurs chansons à la radio. La caisse contenait des enregistrements de Charlie Parker, Count Basie, Duke Ellington et Dizzy Gillespie et mieux encore, des *tubes* (comme on disait dans les émissions de radio) comme «*Don't Sit Under The Apple Tree*», «*Swinging on a Star*», «*Rum and Coca-Cola* », «*Sentimental Journey*».

Au milieu des disques, j'avais caché un ciseau à bois rouillé volé dans une boîte à outils dans la grange, au cas où Mamadee aurait fait clouer la porte de la chambre pendant que j'y étais. J'étais maintenant assez grande pour sortir par la fenêtre, et je n'en aurais probablement plus besoin, mais je le laissais pour dépanner tout autre enfant que Mamadee aurait l'idée d'emmurer dans la pièce à l'avenir.

Sous le lit de fer, il y avait un vieux pot de chambre en faïence tachée au couvercle fêlé. Au-dessus du lit, quelques vieux livres poussiéreux portant l'inscription *Robert Carroll Jr* se serraient sur une étagère de fabrication artisanale. L'un d'eux était un *Manuel d'identification des oiseaux du centre et de l'est de l'Amérique du Nord*. C'était une édition originale publiée en 1934, mais les éditions originales n'avaient aucune valeur pour moi à cette époque. Un autre, *Oiseaux d'Amérique du Nord*, également daté de 1934, contenait 106 planches en couleurs des peintures de Louis Agassiz Fuertes. C'était un vieux grimoire lourd comme une Bible, ce qui ajoutait à son autorité. Le *Manuel des arbres d'Amérique du Nord* était plus facile à descendre de l'étagère sans risquer de m'assommer. Le troisième livre d'ornithologie, plus récent, était le *Guide Audubon des oiseaux terrestres orientaux*, de Richard Pough, de 1946. Il était relié en vert et tenait bien dans la main. Il y en avait encore trois ou quatre autres, traitant tous du monde de la nature et, dans la marge, quelqu'un avait écrit des notes devenues illisibles avec le temps. Je regardais ces livres depuis que j'étais assez grande pour les prendre sur l'étagère, avant même de savoir lire. Heureusement, Mamadee ne mettait jamais le nez dans cette chambre, si bien que je n'avais pas à redouter qu'elle me surprenne en train de feuilleter ces livres et qu'elle les confisque, ce qu'elle n'aurait pas manqué de faire, de peur que je ne prenne plaisir à leur lecture.

Un jour j'avais entendu Mamadee dire à l'une des femmes avec qui elle jouait au bridge que, quand son Bobby était mort, cela avait tué aussi le Capitaine Carroll, aussi sûr que deux et deux font quatre. J'imaginai que cela voulait dire que le Capitaine Senior était mort de chagrin, destin courant des affligés en Alabama. Il fallait que je me pose la question : à présent que papa était mort – s'il l'était vraiment – pouvais-je mourir de chagrin ?

Juste devant la fenêtre, l'un des vieux chênes craquait et chuchotait et, dans ses branches, les petits oiseaux et les écureuils vaquaient à leurs occupations quotidiennes.

Le jardinier de Mamadee, Leonard, avait posé ma valise sur le lit, mon tourne-disque par terre et ma poupée Betsy Cane McCall et la boîte de poupées de papier sur le lit. Il avait entrouvert la fenêtre pour aérer la pièce. La température s'était rafraîchie. J'ai jeté mon manteau sur le lit, ouvert ma valise et l'un des tiroirs de la commode, vidé le contenu de l'une dans l'autre et refermé vivement les deux. J'ai glissé la valise sous le lit, à côté du pot de chambre. Il restait ma poupée et les poupées de papier. J'ai soulevé le couvercle de la boîte pour regarder à l'intérieur. Betsy McCall Était Encore En Petits Morceaux. Aux Remparts.

Mon estomac gargouillait. Je suis descendue quatre à quatre et j'ai fait irruption dans la cuisine. Tansy immobilisa son couteau au-dessus des carottes qu'elle coupait en cubes.

– T'vas arracher les charnières d'la porte, dit Tansy. Va-t'en, ma fille. J'ai pas besoin d'gamins dans mes jambes, dans ma cuisine. Pourrait y avoir du mal de fait.

– J'ai faim, m'écriai-je. Horriblement faim !

– Tout comme un million de Chinois. File.

Tansy faisait la cuisine et le petit ménage et trouvait à redire aux compétences professionnelles de la kyrielle de pauvresses engagées successivement pour les gros travaux. Mamadee avait renvoyé tous ses domestiques, ou c'étaient eux qui étaient partis. Tansy avait été renvoyée par tous ses employeurs ou les avait quittés. Il n'y avait qu'aux Remparts qu'elle pouvait trouver du travail. Elles étaient condamnées à se supporter. Tansy donnait tous les jours à Mamadee l'occasion de tourmenter quelqu'un, et Mamadee donnait tous les jours à Tansy l'occasion d'en vouloir à quelqu'un.

Je suis ressortie en claquant la porte et j'ai pris la direction de la bibliothèque.

Ford surgit de nulle part et me saisit par le poignet. Il me fit dévier de ma course et me poussa face au mur, me maintenant le bras derrière le dos. J'ouvris la bouche pour crier et il me donna un coup de genou dans le bas du dos, si bien que je ne pouvais plus respirer.

– Chut, me chuchota-t-il à l'oreille en m'entraînant de force dans le cabinet de toilette. Son haleine empestait le bourbon, ce qui signifiait qu'il avait une fois de plus franchi les défenses du placard à liqueurs de Mamadee. Il me poussa dans la pièce et referma la porte à clé derrière nous. Je le regardai en face. Il avait les cheveux en bataille et on voyait qu'il avait pleuré. Son nez coulait. Il l'essuya d'un revers de main.

– Je deviens fou, me dit-il d'une voix rauque. J'en peux plus. Maman a fait assassiner papa, et l'a fait couper en morceaux par ces bonnes femmes. Je ne sais pas comment elle a fait, mais je suis sûre que c'est elle. Tu le sais. Toi, tu es capable de repérer un pet de souris. – Il me menaça du poing. – Tu vas me dire immédiatement comment elle a fait et tu vas me dire pourquoi, ou je te jure que je vais te tuer, Dumbo, je vais couper tes oreilles d'idiote et ta tête d'idiote et je vais te les faire avaler !

– C'est pas vrai ! – Puis je baissai la voix et chuchotai. – Maman n'a pas fait ce que tu viens de dire. Tu es un menteur, Ford Carroll Dakin, un menteur, une brute et un lâche.

Nous nous sommes dévisagés pendant un bon moment. Puis Ford dit :

– Et après, elle va me tuer, moi. Tu serais contente, hein ? Tu l'aiderais.

Je fis non de la tête.

– Bien sûr que je l'aiderais, mais maman ne va pas te tuer. Pourquoi elle ferait ça ? Pourquoi elle tuerait papa ?

– Pour l'argent, chuchota-t-il. Elle se débarrasse de moi, comme ça elle a tout le fric.

Je savais que l'argent avait de l'importance. Maman et Mamadee en parlaient assez. Mais je ne voyais pas pourquoi une somme d'argent, quelle qu'elle soit, pouvait expliquer ce qui était arrivé à papa, surtout que je n'étais pas totalement sûre de *ce qui était arrivé*, hormis le fait que deux cinglées l'avaient tué, coupé en morceaux et fourré en grande partie dans un coffre. Maman n'avait pas tué papa. C'étaient ces bonnes femmes. Et ces cinglées n'avaient pas récupéré la rançon.

Et, bien que maman ait menacé de me tuer de si nombreuses fois que je pouvais difficilement la prendre au sérieux, elle n'avait jamais, à ma connaissance, menacé de tuer Ford. Elle l'adorait. Il n'avait jamais tort à ses yeux.

– Pour l'argent ? Si tu veux, je te donne le mien. Tu n'as qu'à prendre la pièce d'argent d'un dollar que j'ai cachée dans ma chambre, chez nous. – Je reconsidérai ma décision. Papa m'avait donné ce dollar d'argent pour mon cinquième anniversaire. – Si tu en as vraiment besoin. – On aurait dit que nous marchandions. Tu pourrais me donner ta carte de Fred Hartfield, en échange.

– Je peux te piquer ton dollar d'argent quand je veux. Pas question que tu prennes Fred Hartfield. Pas la peine d'y compter.

J'étais soulagée. S'il me le piquait, j'étais absoute de la culpabilité d'un échange.

J'entendis le pas de Mamadee dans le couloir.

– Mamadee, chuchotai-je.

Ford mit un doigt sur ses lèvres. Nous nous sommes immobilisés. Mamadee s'est arrêtée devant la porte du cabinet de toilette.

– Calley ? Ford ? Ford, bébé, tu es là ? Je t'ai entendu. Tu es malade, mon chéri ? – La poignée de la porte s'agita violemment. – Ouvre cette porte immédiatement !

L'unique fenêtre était trop haute et trop petite pour permettre la fuite. Il n'y avait aucune issue. Ford n'avait jamais eu assez de jugeote pour s'assurer une porte de sortie. Il me lança un regard d'avertissement et poussa le verrou.

Mamadee se tenait sur le seuil, mains sur les hanches.

– Qu'est-ce que vous fabriquez ?

– Rien, mamie, dit Ford. Il fallait qu'on pleure un peu, alors on est venus là pour déranger personne.

Mon estomac a émis un gargouillis sonore.

– Calley, dit Mamadee. Combien de fois t'ai-je dit de ne pas avaler de l'air ?

Elle a enlacé Ford d'une étreinte dont il aurait eu mauvaise grâce à s'échapper. Je m'attardai suffisamment pour profiter de son inconfort.

– Mon pauvre, pauvre petit orphelin, murmura Mamadee. Ne t'inquiète pas, je vais te protéger.

En passant près d'eux pour sortir, j'ai entendu le soupir triste que poussa Ford, comme un pneu crevé qui se dégonfle.

Je me suis arrêtée, la main sur la poignée de la porte de la bibliothèque. Maman était à l'intérieur et parlait au téléphone.

« ... jamais prévenue que la police devait perquisitionner chez moi. Je n'ai pas vu de mandat de perquisition... » Il y eut un silence pour réponse, puis maman poursuivit : « Je vous demande pardon ? Que voulez-vous dire par "m'épargner", Mr Weems ? Vous n'aviez aucun droit d'autoriser l'intrusion dans ma maison. Je ne vous ai pas donné de pouvoir légal. » – sa voix monta dans les aigus en chevrotant – « Ce n'était que pour vous procurer l'argent de la rançon ! Vous avez intérêt à vous expliquer sur-le-champ. Je vous attends dans l'heure qui vient. »

Bruit de combiné raccroché avec fracas.

Maman se moucha. « Seigneur Jésus », marmonna-t-elle.

J'ai ouvert la porte et passé la tête. Elle était assise devant le bureau de Senior.

– Tu as tout entendu, je suppose, dit maman. Ne fais pas attention aux mots que je viens d'utiliser. Je suis en pleine crise. Je ne sais pas ce qui se passe, mais je m'en moque éperdument.

– Maman, tu veux que je te masse les pieds ?

Elle a eu un gloussement incrédule.

– Oui, bien sûr, Calley. Oui.

Maman a relevé sa jupe et détaché ses jarretelles. J'ai tiré un pouf et m'y suis assise pour rouler ses bas et lui frictionner les pieds.

– La seule chose utile que ce vieil imbécile a trouvé le moyen de me dire, c'est que votre cher papa possédait un emplacement dans je ne sais quel champ de navets dans un trou perdu. C'est la cerise sur le gâteau, non ?

Je devinai que « champ de navets » signifiait cimetière mais que voulait dire posséder un emplacement ? Je n'en avais pas la moindre idée. La seule chose que je comprenais, c'est que maman n'était pas ravie.

Tout le bénéfice de mon massage plantaire fut anéanti, comme le repas que Tansy nous avait préparé. Une heure plus tard, deux heures plus tard, Mr Weems n'avait toujours pas répondu à l'injonction de maman de venir aux Remparts, et personne ne répondait au téléphone chez les Weems. L'Edsel était encore sur le chemin du retour, grâce à l'oncle Billy Cane Dakin qui la ramenait de la Nouvelle-Orléans, et Mamadee refusait de laisser à maman les clés de la Cadillac. Maman menaça d'aller à pied chez Maître Weems. Tallassee était une si petite ville qu'aucun endroit, y compris les Remparts, n'était très loin d'un autre. La réponse de Mamadee fut d'enfermer maman dans le salon. Pendant que maman lançait des cendriers et des bougeoirs, cassait des lampes et s'attaquait aux fenêtres avec une chaise, Mamadee téléphonait au docteur Evarts.

13

Le docteur Evarts était né et avait grandi à Chicago puis était allé à l'université de New York City et avait fait ses études de médecine à Boston. Il s'était installé à Tallassee, en Alabama, pour la bonne et simple raison qu'il savait qu'il n'y aurait aucune concurrence. Avant son arrivée, le médecin le plus proche était à Notasulga, à quarante kilomètres. Comme il avait pratiquement le monopole à Tallassee, le docteur Evarts se faisait plus de cinquante mille dollars par an en dollars de 1958. La ville mit un cabinet à sa disposition. Il régla la question du personnel en épousant une infirmière compétente, efficace et raisonnablement jolie. C'était un mariage de raison et de commodité, voire un mariage d'amour, si l'amour de l'argent de la part du docteur et l'amour du statut social de la part de sa femme comptaient pour de l'amour. Il possédait également la petite clinique fréquentée par un certain nombre de personnes très âgées et très malades lorsque leurs proches ne pouvaient plus s'occuper d'elles, et par quelques bébés qui, après une naissance difficile, réussissaient parfois à s'en sortir. Le docteur Evarts touchait des gratifications des pharmacies, des laboratoires et des entreprises de pompes funèbres en rapport avec sa clientèle, ainsi que des hôpitaux plus importants de Montgomery quand il leur envoyait des patients pour des opérations compliquées. Il était reçu dans les meilleures familles pratiquement comme un de leurs pairs. Mais pas plus. Après tout, personne ne le confondrait jamais avec un véritable Sudiste.

À l'exception de ses vacances, deux fois l'an, il était de service vingt-quatre heures sur vingt-quatre tous les jours de l'année. Il payait un médecin en retraite de Montgomery pour venir le remplacer pendant ses vacances, non parce qu'il se souciait à ce point de la santé de ses patients, mais parce qu'il craignait que des concurrents déloyaux exerçant à proximité de Tallassee n'en profitent pour braconner sur son territoire.

Bien entendu, il avait à traiter Mamadee et les autres gros bonnets des grandes familles – *gros bonnets des grandes familles* était l'un des termes utilisés par papa, ce qui (lorsque j'étais toute petite) m'avait induite à penser que les gens importants de Tallassee étaient en quelque sorte mes *grands-parents.* Papa les appelait aussi les huiles. Les gros bonnets et les huiles exigeaient des soins immédiats, un soulagement instantané, puis ils discutaient le prix de la consultation.

Le docteur Evarts traitait également les innombrables maladies des misérables petits Blancs de la campagne, lorsqu'ils pouvaient trouver un ou deux dollars. Hâves, difformes et indigents, ces infortunés vivaient inconnus de tous, sauf des assistantes sociale, du shérif et du médecin. Ils étaient ravagés par des maladies que les professeurs du docteur Evarts avaient décrétées éradiquées. Le dollar qu'il exigeait d'eux pour une visite au cabinet couvrait à peine ses dépenses et cette seule raison lui permettait de dormir du sommeil du juste. Ses scrupules de conscience n'allaient pas jusqu'à lui faire soigner les gens de couleur. Pour eux, les soins médicaux les plus proches étaient à Tuskegee et la façon dont ils trouvaient l'argent pour payer leurs consultations était le dernier de ses soucis. J'ai appris plus tard que quand un homme de couleur entrait par erreur dans le cabinet, Mme Evarts évaluait ses chances d'être atteint de syphilis. Dans ce cas, le docteur le dirigeait vers Tuskegee, pour participer à l'étude qui devait montrer par la suite que la syphilis n'était *pas* soignée. Il n'était pas le premier ni le seul médecin blanc à appliquer cette méthode. Tous les médecins blancs du pays avaient accepté de le faire. Cela faisait partie de l'étude. J'ai lu quelque part que certains médecins noirs y ont participé.

C'était un bel homme à la chevelure argentée – toutes les femmes le disaient. Il devait avoir dans les quarante-cinq ans quand je l'ai connu. Avant son mariage, il avait été l'un des admirateurs de maman, en tout cas c'est ce que prétendait Mamadee. Maman souriait toujours d'un air mystérieux quand on abordait le sujet. J'ai de grands doutes là-dessus, étant donné que maman devait avoir dix ou onze ans quand le docteur Evarts est arrivé à Tallassee. L'essentiel de ce que je sais sur lui, je l'ai appris quand j'étais petite, en écoutant discrètement les conversations de maman, Mamadee et leurs amies. Pour le reste, je l'ai découvert des années plus tard, en faisant des recherches sur la mort de papa.

Mamadee nous avait ordonné, à Ford et à moi, de monter dans nos chambres. Ford s'embusqua derrière la balustrade du grand escalier du hall, pour écouter et observer ce qui se passait en bas. Je sortis par une porte sur le côté de la maison et grimpai dans le chêne le plus proche avec vue sur la fenêtre du salon – à la force du poignet et en chaussettes. Je voyais très clairement maman. Elle s'est interrompue pour allumer une cigarette. Puis elle s'est remise à casser

craccraccrac

les morceaux de verre qui restaient sur l'encadrement des portes-fenêtres. La cigarette aux lèvres, elle maniait avec aisance un bougeoir en argent qui brisait les montants des carreaux avec un bruit de bréchet qui se casse.

Au coin de la maison, la Lincoln noire – de l'année passée – du docteur Evarts crissa sur les graviers de l'allée. Mamadee vint personnellement lui ouvrir avant même qu'il puisse sonner.

Mamadee tourna la clé dans la serrure et ouvrit la porte à la volée.

Maman avait déjà glissé le bougeoir derrière le coussin du canapé le plus proche. Elle jeta sa cigarette dehors parmi les débris par la porte aux vitres brisées.

Mamadee s'arrêta net en feignant la surprise devant la scène de destruction.

En posant son sac à côté du canapé, le docteur Evarts dit d'une voix apaisante :

– Allons, Roberta Ann.

Échevelée, pieds et jambes nus, elle fit un pas vers le docteur Evarts et se pâma dans ses bras.

– Oh, Lewis. – Elle sanglotait. Puis, elle leva le visage vers le plafond, et poursuivit. – Doux Jésus, merci, merci de m'envoyer un ami pour m'aider dans mes souffrances !

Maman savait, bien entendu, qu'on avait appelé le docteur Evarts. Elle se laissa aller mollement dans ses bras et il la porta sur le canapé.

– Roberta Ann, dit gravement le docteur Evarts. Votre maman est votre meilleure amie, et vous le savez. Vous avez vécu des moments horribles, n'est-ce pas ? Pardonnez-moi, mon amie, j'ai été négligent. Je vous prie d'accepter mes plus sincères condoléances.

Mamadee passa son mouchoir à maman et elle s'essuya les yeux, ce qui permit au docteur Evarts de sortir une seringue de son sac.

– Je parie que vous n'avez pas dormi depuis le début de cette terrible tragédie ? demanda-t-il tout en pompant la seringue, faisant jaillir une goutte de liquide.

La remarquant soudain, maman s'écarta.

– Je n'ai pas besoin de ça, Lewis. J'ai juste besoin que ce foutu avocat réponde à mes questions.

La seringue dans une main, le docteur Evarts tapota l'avant-bras de maman avec un tampon.

– Cela vous fera dormir, mon amie.

Il s'arrêta, posant un regard admiratif sur ses jambes nues. Elle retira vivement son bras.

– Pour qui vous prenez-vous, Lewis Evarts ? Maman vous a demandé de m'endormir et de me faire transporter à l'hôpital psychiatrique, c'est ça ? Elle voudrait que tout le monde me prenne pour une folle. Eh bien, je ne suis pas folle. Je suis aussi saine d'esprit que vous, Lewis.

Le docteur Evarts soupira et posa la seringue.

– Roberta Ann, personne ne parle de vous faire enfermer. Allez, laissez-moi vous aider à dormir un peu. Vous vous sentirez beaucoup mieux demain matin.

– Non ! Vous pouvez coller cette aiguille dans le bras de maman si vous voulez. Comme ça, je pourrai aller chez Winston Weems et il me *répondra* ou je saurai pourquoi.

Le docteur Evarts jeta un rapide coup d'œil à Mamadee, qui, les bras croisés, fusillait maman du regard.

– Win a eu une crise de coliques hépatiques, dit le docteur à maman. J'étais chez lui il y a moins d'une heure. Il n'est plus tout jeune, Roberta Ann. Tout ça a été un choc terrible pour lui aussi.

Maman était sidérée, en tout cas en apparence.

De ma branche d'arbre, je percevais le mensonge dans la voix du médecin. Maman ne le pouvait pas, bien entendu, mais elle s'en doutait. Elle n'était pas capable de percevoir le mensonge dans sa propre voix, comment aurait-elle pu dans celle d'un autre ? Comment aurait-elle pu entendre la vérité et la croire ? Je me suis parfois demandé si elle ne passait pas sa vie à croire que tout le monde mentait tout le temps, simplement parce qu'elle était sourde à la vérité.

– Je le savais, dit Mamadee. Roberta Ann Carroll, tu as fait un caprice juste parce qu'un vieil homme est trop malade pour venir en courant quand tu l'appelles. Qu'est-ce que ton père penserait de toi ? Ce ne sont pas des manières.

Le docteur Evarts reprit la seringue. Il tendit la main vers le bras de maman.

– Lewis, dit maman. Remettez ça dans votre sac et servez-moi un verre de bourbon. Avec une cigarette, ça me remettra et je dormirai comme un bébé.

Le docteur Evarts acquiesça de la tête et rangea la seringue.

– Lewis, protesta Mamadee.

– Madame Carroll, dit le médecin en se levant, je crois qu'un peu de bourbon nous ferait à tous le plus grand bien.

Mamadee lui lança un regard meurtrier. L'une des choses – comme de faire accorder le piano qui ne servait jamais – que Mamadee continuait à faire après le mort du Capitaine Senior, parce qu'elle l'avait toujours fait, c'était de s'approvisionner en bourbon de première qualité. Tout le monde le savait. Ses proches se délectaient de la forcer à en concéder un verre. Ford pillait sa réserve à chacune de nos visites, juste pour se prouver qu'il en était capable.

Mamadee se dirigea vers le meuble-bar du salon où, derrière les portes vitrées, des douzaines de verres de cristal s'alignaient en rangs serrés. Pendant la journée, quand les rideaux étaient ouverts, les verres réfractaient la lumière en mille feux d'arc-en-ciel, tout comme les prismes dans les boutiques d'antiquités que maman et moi visitions. Derrière les portes en verre, il y avait d'autres portes en acajou et, derrière celles-ci, des carafes en verre taillé très semblables à celles du Penthouse B de l'hôtel Pontchartrain de la Nouvelle-Orléans.

Par le côté de l'arbre qui était caché de la maison, Ford grimpa tant bien que mal pour regarder avec moi ce qui se passait dans le salon.

Maman remonta ses jambes sous elle sur le canapé et alluma une cigarette. Mamadee sortit trois verres et une carafe. Pendant qu'elle versait, le docteur Evarts admirait le jet du bourbon coulant dans les verres.

Je tâtai la clé attachée à la ficelle autour de mon cou. J'avais si faim que j'aurais pu manger cette clé, et avaler la ficelle comme dessert. Il faisait froid dehors et je frissonnais. J'abandonnai l'arbre à Ford, descendis et remis mes chaussures.

Je trouvai Tansy à la table de la cuisine, mangeant une portion de la compote de fruits qui aurait dû être notre dessert. Sans y être invitée, je grimpai sur l'autre chaise. Tansy se leva lourdement pour aller chercher un bol ébréché et un verre terni dans le placard où elle rangeait la vaisselle réservée à son usage et celui de Leonard. Elle me versa du lait puis remplit le bol avec de la compote. Elle y ajouta une cuillerée de glace à la vanille et la posa devant moi avec une cuillère.

Elle se rassit en bougonnant et me regarda engloutir la compote et vider le verre.

– T'as encore la place pour pâté poulet ?

Elle avait le ton sarcastique. J'acquiesçai avec enthousiasme.

Elle se leva de nouveau et m'apporta un morceau du feuilleté posé sur son fourneau et qui était encore chaud. Elle remplit mon verre.

– Toi la seule à vouloir mon dîner. Le Seigneur veut me rend' modeste. Je m'dis : *C'que tu fais pour le plus p'tit d'entre nous, tu l'fais pour moi.*

– Merci, Tansy. Est-ce que tu as vu la neige ?

– La neige ? La neige en Alabama ! L'mensonge est un péché, Miss Calley Dakin !

Je changeai de sujet.

– Tu as du scotch ?

– Et si j'en avais ?

– J'en ai besoin.

Elle m'observa un instant, tentant de décider si j'étais assez responsable pour qu'on puisse me confier un rouleau de scotch. Quand j'eus fini mon assiettée, vidé mon deuxième verre et remercié encore une fois, elle consentit à sortir le rouleau. Il était tout jauni tant il était vieux.

– T'vas pas faire d'bêtises avec mon scotch, hein ? dit-elle.

Je levai la main droite, et fis avec deux doigts et le pouce croisé le signe de promesse des scouts que j'avais vu faire à des grandes dans la cour de l'école.

– C'est quoi, ça ?

– Je te promets.

– File, tu m'fatigues.

Je la laissai en train de maugréer dans la cuisine. Les p'tits Blancs gâtés, et ce qu'sa mère lui aurait fait, à elle, si elle avait gaspillé la nourriture, sans parler des rouleaux de scotch…

J'ai grimpé quatre à quatre les deux étages jusqu'à ma chambre. La partie collante du scotch était presque sèche et je suis arrivée rapidement au bout du rouleau. Le papier collant faisait un bandage aussi inutile que laid. Pas moyen de recoller à ses épaules le cou et la tête de ma Betsy McCall en papier.

Il faisait aussi froid dans la chambre que dehors. Mon estomac était trop plein. J'eus juste le temps de tirer de sous le lit le vieux pot de chambre avant que le feuilleté au poulet de Tansy, sa compote chaude, sa crème glacée et son demi-litre de lait, sans avoir été beaucoup transformés, ne fassent leur réapparition.

Peu de temps après le départ de la voiture du docteur Evarts, j'entendis les pieds nus de maman dans l'escalier, puis la porte de sa chambre claquer à l'étage au-dessous.

– Roberta Ann ! appela Mamadee du bas de l'escalier, mais maman ne répondit pas.

Je descendis à pas de loup, pot de chambre à la main, et je frappai à la porte de maman. Un instant après, maman ouvrit. Elle me regarda, vit le pot de chambre et fit une grimace.

Je me faufilai derrière elle pour aller le vider dans sa salle de bains. Maman attendait devant la porte ouverte.

– Je suppose que Tansy t'a laissée te goinfrer ?

J'ai rincé le pot de chambre dans le lavabo puis me suis fait un bain de bouche avec la Listerine de maman.

– Tu veux que je te masse les pieds, maman ?

– Je vais prendre un bain, Calley. Tu peux attendre dans mon lit. Va te mettre en pyjama pendant que je fais couler mon bain.

Je n'en espérais pas tant.

Il y avait plus de quatre jours que mon pyjama avait été lavé pour la dernière fois à l'hôtel Pontchartrain. Je le laissai en tas sur le plancher avec ma robe grise, ma petite culotte et mes chaussettes. J'avais une petite culotte de rechange. Je l'enfilai avant de redescendre sans bruit à la chambre de maman.

– Mon pyjama est sale, lui dis-je quand elle m'ouvrit.

Elle poussa un soupir de résignation épuisée et farfouilla dans un tiroir où elle trouva un vieux maillot de corps de papa. Il était en coton, tout doux d'usure et de lavages répétés. Sur moi, c'était comme une chemise de nuit trop grande, mais du moins j'étais décente. J'étais mieux que décente. J'avais l'impression de sentir les bras de papa autour de moi.

– Ne te couche pas avec ta petite culotte, me dit maman, comme si je ne savais pas que c'était mal de dormir en petite culotte.

Je l'ai ôtée, ramassée et pliée comme je la trouvais habituellement dans mon tiroir à la maison : à plat, les côtés repliés comme une enveloppe sur le dessus.

Entre les draps de maman, je serrai un oreiller contre moi. Le tee-shirt de papa commençait à me réchauffer et je m'aperçus que je ne frissonnais plus. Mon estomac s'était calmé. Peut-être parce que je me sentais mieux, je me mis à penser à Ida Mae Oakes. Je me laissai aller à espérer qu'elle allait venir me voir pour me présenter ses condoléances. Peut-être viendrait-elle directement aux Remparts. Elle frapperait à la porte de la cuisine, Tansy lui offrirait à boire, mais elle insisterait pour me voir d'abord. Ou alors elle viendrait à l'enterrement et à la réception.

Maman a été obligée de me réveiller quand elle s'est couchée. Et nous avons mis au point un nouveau rituel.

Maman avait ordonné à Leonard de placer le coffre contenant la rançon dans une autre caisse en cèdre encore plus grande au pied de son lit. Elle avait attaché la clé de la caisse de cèdre à la cordelette de soie rouge nouée autour de mon cou. Ce premier soir chez Mamadee, quand elle me réveilla, elle déverrouilla la caisse de cèdre et vérifia le coffre à l'intérieur. Comme elle ne voulait pas que j'enlève la cordelette de mon cou, je dus m'agenouiller devant les coffres pour qu'elle puisse introduire les clés dans les serrures. Cela ressemblait tant au rite de la prière du soir que j'avais l'impression que j'aurais dû prier en même temps.

Cette nuit-là, je rêvai pour la première fois que je trouvais un coffre comme celui-là et que je soulevais le couvercle. Parfois, dans mes rêves – encore à présent – j'y découvre la rançon. Parfois, c'est papa que j'y trouve, vivant, soigneusement replié comme un diable dans une boîte, prêt à me sauter à la figure pour me faire une surprise. Et parfois, j'y découvre ce qu'on peut s'attendre à m'y voir découvrir : le cauchemar, la vision sanglante, dépecée, profondément *désagréable.*

14

Quand j'ai ramassé mon linge sale pour le porter à Tansy, j'ai gardé le tee-shirt de papa en le cachant sous mon oreiller, dans le petit lit.

C'était dimanche. Maman m'a dit de mettre ma salopette. Ce qui signifiait que nous n'allions pas à l'église. Nous n'étions pas allés à l'église depuis notre retour de la Nouvelle-Orléans. Peut-être n'irions-nous plus jamais. À la place, il suffirait de nous agenouiller tous les soirs et tous les matins à côté d'un coffre plein d'argent. Maman n'a donné aucune explication.

Maman a réveillé Ford avec ménagements et l'a obligé à descendre déjeuner. Avachi sur sa chaise, il fixait sans le voir le bol de céréales que Tansy avait posé devant lui. Maman lui a mis une cuillère dans la main. Ford a commencé à touiller ses céréales d'un air absent.

– Tu te languis, dit maman. Il ne me manquerait plus que d'avoir deux enfants malades !

Ford m'a jeté un regard surpris. J'ai fait semblant de vomir dans son bol pour lui montrer de quel genre de maladie j'étais atteinte.

Tansy s'est détournée en hâte en faisant un drôle de bruit. Elle a fait semblant d'éternuer et a sorti un mouchoir des profondeurs de son ample tablier pour se moucher, mais je crois qu'elle s'efforçait de ne pas rire.

– Bien sûr, dit maman, c'est bien fait pour Calley. Tansy, comment as-tu pu la laisser manger au point de se rendre malade ? Ne lui donne pas une bouchée de dessert au déjeuner ! Tu m'entends ?

– Oui, ma'ame, acquiesça Tansy en remplissant la tasse de café de maman.

Ford a lâché sa cuillère. Qui a coulé dans le bol de corn flakes.

Tansy l'a repêchée avec une petite pince en argent. Quand elle lui a présenté une cuillère propre, Ford l'a laissée choir sur la nappe avec un bruit sourd.

– Ford, mon chéri, supplia maman, si tu ne manges pas tu vas devenir l'ombre de toi-même.

– Quand est-ce qu'on rentre chez nous ?

Maman s'est tournée vers Tansy.

– Tansy, je crois que ta brioche est bien supérieure à celle de l'hôtel Pontchartrain.

Le sourire de Tansy fut si fugitif qu'on eut à peine le temps de le voir.

Peut-être la remarque sur l'hôtel Pontchartrain lui avait-elle rappelé que la pâtissière de cet établissement s'était révélée être une maniaque du meurtre. En voyant s'effacer toute expression du visage de Tansy, je me dis que maman aurait pu mieux choisir son compliment.

Ford a laissé à maman une ou deux minutes de répit puis a demandé :

– Tu as l'intention de casser d'autres fenêtres aujourd'hui ?

– Peut-être. Tu veux me donner un coup de main ?

– D'accord, sauf si on me fait une meilleure proposition.

Mamadee prenait toujours sa première tasse de café au lit. Maman était encore en train de beurrer sa brioche quand Mamadee est descendue.

Ford a demandé immédiatement à Mamadee la permission de sortir de table et l'a obtenue, avec un baiser.

– Puis-je sortir de table, Mamadee ? dis-je aussitôt.

– Tu es encore là, Calley ? demanda Mamadee en regardant Ford sortir avec l'adoration béate d'un chien qui suit des yeux un steak saignant.

– Oui, Ma'ame.

Son regard se glaça progressivement dans ma direction et finit par me fusiller. Puis elle émit un petit bruit dégoûté. *tzzt.*

– Je serai heureuse quand le Seigneur me fermera les paupières et que je n'aurai plus à voir ta moue maussade, jusqu'au jour du Jugement dernier.

– Moi aussi, rétorquai-je avec désinvolture.

– Quoi ?

– Je serai contente quand tu seras morte.

Elle me donna une claque sur la figure, puis une deuxième sur l'arrière de la tête.

– Quelle honte ! – Puis elle serra les mains sur sa poitrine et s'affaissa dans sa chaise. – Une vipère dans mon sein !

Comme j'avais entendu plus d'un prêcheur dire que le Seigneur dans sa bonté ne nous envoie jamais d'épreuve que nous ne pouvons supporter, je voulais rester à proximité pour voir si elle allait mourir. Mais, consciente qu'il lui restait assez de forces pour quelques gifles supplémentaires et quelques appels au Seigneur, je suis allée prudemment jusqu'à la porte et j'ai attendu sur le seuil.

La crise cardiaque cessa instantanément.

– Je jure que cette enfant n'a rien d'humain. Un méchant troll a dû voler ton bébé et mettre Calley à la place, dit Mamadee à maman d'une voix parfaitement normale. Winston Weems viendra à onze heures et demie, après la messe.

– Vraiment ? – Maman alluma une cigarette. – Les coliques hépatiques sont déjà finies ?

– Apparemment. Je me souviens combien j'avais souffert quand j'en ai eu. Je me souviens que j'avais supplié Lewis Evarts de m'enlever la vésicule et de mettre un terme à mes souffrances, mais il n'a jamais voulu, l'opération est trop dangereuse. Je suis restée couchée depuis la semaine d'après Thanksgiving, en 1954, jusqu'à Pâques 1955, et j'étais persuadée que j'allais me trouver mal à l'église le jour de Pâques.

Les souvenirs médicaux et chirurgicaux de Mamadee auraient pu continuer indéfiniment. La liste comprenait, mises à part les coliques hépatiques, quatre accouchements, une appendicectomie, des calculs néphrétiques, une hystérectomie et des migraines, tout cela infiniment plus grave pour Mamadee que pour les gens ordinaires affligés des mêmes troubles.

De mon poste d'observation dans le vieux chêne, j'ai passé le temps à regarder Leonard qui ramassait les morceaux des portes-fenêtres et balayait les débris de verre à l'intérieur et à l'extérieur. Il a pris ensuite toutes les mesures possibles et griffonné des chiffres dans un vieux carnet graisseux.

Il s'est absenté pendant une heure et est revenu accompagné de son vieux père. Pépé Cook était au moins aussi vieux et aussi sourd que Dieu mais il continuait à donner un coup de main à Leonard quand le travail nécessitait deux personnes. Ce qu'il aimait, ce n'était pas tant travailler que donner des ordres à Leonard. Leonard a reculé son vieux pick-up bricolé aussi près que possible de la maison et ils ont déchargé tous les deux plusieurs plaques de contreplaqué. Leonard a expliqué à Pépé Cook ce qu'il devait faire puis Pépé Cook, qui n'en avait pas entendu un mot, a expliqué à Leonard ce qu'il devait faire. Leur méthode semblait fonctionner parfaitement.

De toute évidence, il ferait trop sombre dans le salon pour la réunion entre maman et Maître Weems.

La voiture du vieux Weems a fait son entrée dans l'allée à onze heures trente tapantes. Il portait sa grosse serviette d'avocat. Sur le perron, il s'est arrêté pour s'essuyer le front avec son mouchoir.

J'étais à ce moment-là sur le toit devant la fenêtre de ma chambre, à l'ombre des poutres, et je le guettais. Ford était à l'intérieur, sur le lit de fer, et feuilletait un vieux *National Geographic* en faisant claquer un briquet de cuivre qu'il avait trouvé derrière les livres de poche sur l'étagère au-dessus du lit. Le briquet ne marchait pas car il n'y avait plus d'essence dedans, mais le claquement de la molette était suffisamment agaçant pour amuser Ford.

– Il arrive, dis-je.

Tansy fit entrer Maître Weems.

– Il a l'air malade, d'après toi ? me demanda Ford.

– Pas plus que d'habitude. Il est toujours aussi gris.

J'ai entendu Tansy, en haut du petit escalier, qui accompagnait Mr Weems jusqu'à la bibliothèque de mon grand-père. Puis Mamadee est arrivée pour accueillir Mr Weems.

J'ai siffloté pour prévenir Ford. Il a laissé tomber le *National Geographic* et nous nous sommes faufilés à pas de loup jusqu'au coin du premier palier, en attendant que maman sorte de sa chambre.

Tansy est montée lourdement et a frappé discrètement à la porte de maman. Maman est sortie, dans une de ses tenues Lauren Bacall : pantalon à pont en soie bleu marine, pull à rayures et sandales à talon haut. Ses cheveux relevés mettaient en valeur son cou gracile et ses boucles d'oreilles scintillantes en saphir serti d'or. Elle ne ressemblait guère à une veuve. Évidemment, à part les vêtements de deuil achetés en magasin, elle n'avait dans ses bagages que ce qu'elle avait emporté à la Nouvelle-Orléans.

Quand maman et Tansy furent descendues, Ford et moi nous sommes faufilés dans la chambre de maman en refermant doucement la porte. Sa chambre était au-dessus de la bibliothèque. Comme la cheminée de la bibliothèque communiquait par le même conduit que celle de la chambre de maman, il suffisait de s'allonger dans l'âtre en posant l'oreille sur le froid carrelage de céramique.

– Monsieur Weems, entendis-je maman dire en entrant dans la bibliothèque de Senior.

– Madame Dakin.

Maître Weems avait la voix aussi froide qu'un os qu'on vient de déterrer. Je me demandai s'il avait la même odeur.

Il y avait une banquette dans la bibliothèque, avec un fauteuil de chaque côté. Maman a pris le fauteuil du côté le plus proche de moi. Mamadee a hésité un instant puis j'ai entendu la banquette craquer sous son poids. Je ne veux pas dire que Mamadee était très lourde. Elle avait un assez gros derrière mais pour le reste elle était seulement bien rembourrée. Ce que je veux dire, c'est que la banquette était un peu frêle. Mr Weems a posé son maigre postérieur dans le deuxième fauteuil.

– J'espère que vous allez mieux, dit maman.

– Je vous remercie, chère amie, c'est exact. – Il s'est alors mis à tousser, comme pour menacer d'une rechute. – Puis-je vous demander quelles seront les heures de visite ?

– Il n'y en aura pas. Pas question de laisser tous les imbéciles d'Alabama contempler bouche bée le cercueil de mon mari en essayant d'imaginer ce qu'il contient et de quoi il a l'air. L'enterrement aura lieu après-demain à dix heures.

Mr Weems pianota nerveusement sur les bras de son fauteuil.

– J'ai parlé avec la police, dit-il, et également avec un agent du bureau de Birmingham du Bureau fédéral d'investigation. Le FBI voudrait vous interrroger à nouveau le plus tôt qu'il vous sera possible. La perquisition de la maison est terminée. Il n'y a aucune objection pour que vous y retourniez, ni de la part de la police ni du FBI. Cependant, le détenteur des droits de rétention s'y oppose.

– Les droits de rétention ? – La voix de maman défaillit puis elle se reprit. – Il n'y a pas de droits de rétention sur cette propriété. Joseph l'a intégralement payée. Nous la possédions de plein droit.

– Je suis désolée d'avoir à vous dire, chère madame, que vous n'en êtes pas propriétaire de plein droit. Feu votre mari, Dieu ait son âme, a hypothéqué la propriété jusqu'à la garde. Elle est depuis quelque temps sous le coup d'un processus de saisie. Si cette tragédie n'avait pas eu lieu, la saisie serait intervenue le mercredi des Cendres. Le débiteur s'est montré patient eu égard aux circonstances.

Maman bondit.

– Je ne vous crois pas ! C'est un mensonge ! Il me l'aurait dit. Il ne m'a jamais fait secret de ses affaires. Vous savez parfaitement qu'il tenait à me mettre au courant de tout ! Vous l'avez entendu vous-même dire qu'il ne voulait en aucun cas laisser sa veuve dans l'ignorance, comme tant d'hommes le font pour leur femme. J'ai mon propre compte en banque, et non seulement il l'alimentait régulièrement, mais il ne m'a pas dit une seule fois que je dépensais trop ou hors de propos !

Tansy frappant à la porte a interrompu la tirade de maman. Tansy est entrée, portant un plateau où cliquetaient les tasses et clapotait le café dans la verseuse. Personne ne dit mot pendant qu'elle servait. Maman alluma une cigarette et se déplaça, à la recherche d'un cendrier.

Quand le cliquetis de la porte a annoncé le départ de Tansy, Maman éclata :

– Winston Weems, ce que vous me dites est bizarre, c'est insensé !

– C'est *exact*, dit sèchement Mr Weems. Le débiteur est la Banque de Dépôt d'Atlanta, en Géorgie. À l'évidence, feu votre mari voulait éviter que quiconque en Alabama connaisse ses difficultés financières. En fait, c'était avisé de sa part.

Mamadee sirotait son café. Curieusement, elle n'avait encore rien dit.

Je veux voir l'hypothèque. Et le testament de Joseph, dit maman. À la minute même.

Mr Weems poussa un soupir. S'ensuivit un craquement de charnières et de vieux cuir, tandis qu'il ouvrait sa serviette pour en sortir un dossier.

– Les hypothèques, plus exactement, corrigea-t-il. Les concessions automobiles sont également hypothéquées. Feu votre mari avait déshabillé Pierre pour habiller Paul. En fait, je crains qu'il n'y ait eu tentative de fraude de sa part. – La voix de Maître Weems trahissait un immense plaisir. – Voyez vous-même.

On a entendu le bruit du dossier qu'on posait sur la table basse, suivi du froissement des pages qu'on feuilletait.

– Voici le testament. C'est à peu de choses près le document standard. Comme le prescrit la loi, vous recevez au titre de veuve le tiers de la succession.

Maman expulsa violemment la fumée.

– À quel jeu jouez-vous ? J'ai vu le dernier testament de Joseph quand il l'a fait actualiser. Il n'avait rien d'un document standard.

Il comporte deux fidéicommis pour les enfants et je suis sa légataire résiduelle.

– Ce dernier testament, poursuivit Mr Weems, a été exécuté le 17 février de cette année. Il n'a pas été exécuté à mon cabinet. Je ne l'avais jamais vu avant de le découvrir dans le coffre que détenait votre défunt mari à la banque Carroll. Par ce testament, c'est Ford Carroll Dakin qui est légataire résiduel et reçoit les deux autres tiers.

La respiration de maman était à peine plus audible que le grésillement de sa cigarette.

– Malheureusement, continua Mr Weems, il n'y a pas d'héritage. Il n'y a pas d'actif, uniquement des dettes.

– C'est impossible, dit maman.

On a entendu un bruit de porcelaine et de café qui coulait, tandis qu'elle se versait une tasse d'une main peu assurée.

– Mensonges, mensonges et calomnies. Comment osez-vous diffamer Joseph ?

– Vous ne me croyez peut-être pas, Roberta Ann, répondit Mr Weems, mais je suis sincèrement désolé de votre deuil, et sincèrement atterré de découvrir l'état des affaires de votre mari. Mais le fait demeure qu'il vous a laissé un tiers de moins que zéro, et qu'il a laissé au jeune Ford deux tiers de moins que zéro.

Il s'est levé. Le fermoir de la serviette a claqué.

– Le débiteur m'a fait savoir qu'il vous autorise à prendre quelques effets personnels dans la maison, sous ma supervision. Vous en trouverez la liste dans ce dossier, ainsi que ma démission. Je vous souhaite une bonne journée, madame.

Maman avança d'un pas et fit un geste brusque. On entendit un bruit de liquide aspergeant quelque chose. D'après le hoquet qui s'ensuivit immédiatement, il était clair que ce qui avait été aspergé était la tête de Mr Weems. Mamadee émit presque au même moment un hoquet similaire.

Pendant un instant, il n'y eut qu'un remue-ménage confus de reniflements, de froissements et claquement du mouchoir de Mr Weems quand il l'arracha de sa poche de poitrine. Il s'éclaircit la gorge et s'épongea le visage, puis la cravate et le plastron.

Maman expulsa triomphalement sa fumée de cigarette. Puis elle se servit calmement une autre tasse de café.

L'avocat prit sa serviette et se dirigea vers la porte.

Mamadee le suivit de près en murmurant : « *Je suis horriblement confuse, horriblement choquée, je ne pourrai plus jamais vous regarder en face, le chagrin et le choc ont fait perdre la tête à cette pauvre Roberta Ann, mais ce n'est pas une excuse pour autant* », et ainsi de suite.

Maman a reniflé avec mépris. J'ai entendu le léger crissement de ses ongles sur la table et sur le papier tandis qu'elle ramassait le dossier. Elle a fait quelques pas vers le bureau et j'ai perçu à nouveau un bruit sourd lorsqu'elle l'y a posé. Les roulettes du fauteuil grincèrent quand elle le tira pour s'y asseoir.

Elle poussa un profond soupir de dégoût.

– Joe Cane Dakin, dit-elle, je voudrais te sortir de ta tombe pour te passer dans un hachoir à viande ! L'enfer te paraîtra doux quand j'aurai fini de m'occuper de toi !

Tansy ouvrit la porte sans frapper.

La main sur la bouche pour étouffer nos rires, nous avons écouté les soupirs indignés et les marmonnements de Tansy pendant qu'elle épongeait, essuyait et frottait les fauteuils et le tapis.

Ford et moi n'avons pas dit un mot avant de revenir à la pièce où était la radio de Junior. Il s'est à nouveau affalé sur le lit en regardant fixement le plafond.

Je me suis assise au pied du lit, à côté de Betsy Cane McCall.

– C'est pas la télé, ni un film, ni un roman.

Il a replié le bras et calé le poignet sous sa tête.

– Tu sais où tout ça va mener, Dumbo ?

J'ai hoché la tête en signe de dénégation.

– La chaise électrique. Ton papa s'est fait assassiner et ta maman a engagé quelqu'un pour faire le coup.

J'ai pris Betsy Cane McCall et la lui ai lancée.

– Menteur !

Il a renvoyé Betsy Cane McCall d'un coup de poing.

– Ton papa *à toi*, rétorquai-je. Ta maman *à toi.* Tu iras en enfer pour les mensonges que tu dis quand tu accuses ta propre mère du pire des crimes.

– Tu crois ça ? Il y a pire. T'es pas assez grande pour comprendre ce qu'ils peuvent être. Et pourtant, y en a un qui a des oreilles comme les tiennes.

– C'est pour mieux entendre tes mensonges, dis-je.

– T'as rien de spécial. T'es tarée, c'est tout. Un rebus de l'atavisme des Dakin. Tu sais ce que c'est, l'atavisme, hein ? – Il s'est mis à genoux et a fait semblant d'être un singe. – *Hu, hu, hu*, bafouilla-t-il. – Puis il cessa de faire le singe et posa le pied par terre. – Tu es une dégénérée.

J'agitai mes oreilles.

Il a bondi vers moi, m'a saisie par l'épaule et tenté de me faire tomber du lit. Mes lunettes ont failli dégringoler. J'a repoussé son attaque par un coup de pied dans le genou. Ses beaux yeux bleus de Carroll s'emplirent de larmes.

Il est sorti de la chambre en titubant. Il était incapable d'encaisser les coups et moi, je savais en donner.

Le plus bizarre, c'est qu'il n'avait pas parlé de la rançon. Encore plus étrange, ni Maître Weems, ni Mamadee, ni maman n'en avaient parlé non plus. Comme si cet argent s'était évaporé.

J'ai remis mes lunettes en place, et Betsy Cane McCall sur l'oreiller.

Au début de l'après-midi, je suis allée voir maman.

– Va-t'en, me dit maman quand je frappai. Elle avait les yeux pleins d'une sombre inquiétude. Elle semblait décomposée par le chagrin.

Je me suis approchée pour l'embrasser.

– Tu as des bouchons géants dans les oreilles, Calley Dakin ? J'ai bien dit *va-t'en*, non ?

Elle a touché les clés suspendues à mon cou et vérifié le nœud de la cordelette de soie. Celle-ci provenait d'un de ses sacs à chaussures.

– Calley, j'ai lu ces papiers jusqu'à me rendre à moitié aveugle. Joe Cane Dakin sera condamné au feu de l'enfer pour ce qu'il m'a fait. Les clés attachées au lacet suspendu autour de ton cou sont tout ce qui nous reste au monde, et tu ferais bien de ne pas les perdre.

J'aurais pu l'interroger à ce moment-là sur l'argent de la rançon mais soudain j'ai entendu arriver l'Edsel. Elle m'aurait menti, de toute façon. Je sortis en courant pour accueillir l'oncle Billy Cane Dakin.

15

– Je t'en prie, maman, je t'en prie, suppliai-je.

Je voyais bien qu'elle n'écoutait pas. Elle était en train de se remettre du rouge à lèvres et portait toute son attention sur le miroir.

Elle devait prendre l'Edsel avec Ford pour aller à notre maison de Montgomery chercher les affaires personnelles qu'elle était autorisée à récupérer, comme l'en avait informée Mr Weems. Comme Mr Weems et maman ne se parlaient plus, Mamadee y allait également, dans sa Cadillac, pour surveiller maman et s'assurer qu'elle ne prenait rien qui ne fût sur la liste. On nous permettait de récupérer nos vêtements et ce qui s'appelait « effets personnels », ce qui, d'après ce que j'avais compris, signifiait dans mon cas les poupées de papier déjà découpées. Je suppose que nos vêtements n'étaient à la taille d'aucun des représentants de la banque de Géorgie qui bénéficiait de la saisie.

Mamadee affirmait que les bijoux de maman faisaient partie de la succession. Tous ceux qui se trouvaient dans le coffre de la banque de Montgomery avaient été saisis quand celui-ci avait été ouvert par Maître Weems avec la procuration de maman. Quant aux bijoux que maman avait emportés à la Nouvelle-Orléans, soit elle les portait sur elle, soit ils étaient dans son sac à main, et il n'aurait fallu pas moins de Mamadee, Winston Weems et une armée entière pour les lui prendre.

Elle m'a à peine jeté un coup d'œil.

– Calley, si tu n'arrêtes pas de m'agacer, je vais te mettre une gifle.

– Mais c'est un dollar en *argent.*

Elle me regarda bien en face en refermant son tube de rouge.

– Mais c'est un dollar en *argent*, répéta-t-elle en m'imitant. Voudrais-tu avoir la gentillesse de te souvenir que j'ai quelques autres *soucis* à l'esprit ?

J'étais sûre qu'elle essaierait de s'en emparer avant Ford. Je n'aurais plus ensuite qu'à le lui reprendre. Je ne voulais pas l'accompagner pour aller le chercher moi-même. Un sentiment d'angoisse terrifiante m'étouffait comme si j'avais avalé un noyau de pêche. Si la maison était vraiment vide, cela signifierait que papa était parti pour toujours. Et si jamais il y était encore, serait-ce encore vraiment papa ? Ce serait peut-être un fantôme, ou pire, si ça existait.

Pendant leur absence, j'ai grimpé dans le chêne pour regarder Leonard et Pépé Cook installer les nouvelles portes-fenêtres à la place de celles que maman avait brisées. Ils savaient que j'étais là-haut, je n'avais donc pas besoin d'essayer de me rendre invisible. Comme cela ne les dérangeait pas que je chante de temps en temps, je me suis lancée, et parfois ils chantaient avec moi, puis se mettaient à rire, comme si ça leur faisait plaisir.

Tansy aussi était de bonne humeur. Elle nous a apporté du café, des sandwiches et du gâteau au citron pour tout le monde. Leonard est allé lui chercher une chaise longue, elle s'est assise et a pique-niqué avec nous. En fait, je suis restée dans l'arbre et elle a mis mon sandwich et une bouteille de thé glacé dans un panier que j'ai hissé avec une corde. C'était plus amusant de cette façon et, pour une fois, Tansy n'avait pas l'air d'avoir d'objection à ce que je m'amuse.

Quand nous avons été bien rassasiés, nous nous sommes tapoté le ventre en disant que si nous mangions une miette de plus, notre estomac allait exploser, je suis descendue de l'arbre et je l'ai aidée à rapporter les plats à la cuisine.

Tansy a fait un geste du menton en direction de l'escalier, en disant qu'elle n'était pas payée pour surveiller les enfants et m'a demandé de déguerpir avant de casser quelque chose.

Le déjeuner m'avait donné envie de dormir. Je suis montée me jeter sur le petit lit de fer. Je ne me suis réveillée que lorsque, des profondeurs de mon rêve, j'ai entendu revenir l'Edsel et la Cadillac. L'après-midi était presque fini, la lumière dans la petite chambre sous les combles commençait à baisser. J'ai essuyé les commissures mouillées de mes lèvres sur la taie d'oreiller. Malgré la fraîcheur de la chambre, je transpirais. Je venais de faire un cauchemar en plein jour. Les bras de papa me serraient sans vouloir me lâcher. Sa tête tombait de ses épaules. Judy DeLucca, dans son uniforme de femme de chambre, avec une énorme femme que je ne connaissais pas, la ramassait et essayait de la recoller avec une grande bande de scotch. Je voulais appeler Ida Mae mais j'avais moi aussi la gorge tranchée et recollée avec du scotch et ma voix restait à l'intérieur, coincée comme de la ouate sur le côté collant.

Soudain, tout le monde sauf moi entrait et sortait de la maison, montait et descendait les escaliers, allait et venait dans les chambres. Leonard, Tansy, Mamadee, maman et Ford transportaient des valises et des caisses. Le remue-ménage était gênant. J'attendais que Leonard m'apporte une valise ou un carton contenant mes vêtements, peut-être même quelques jouets. Qu'est-ce qu'une banque aurait bien pu faire de ma maison de poupées ? Mais il n'est pas venu, car ils n'avaient rapporté aucune de mes affaires ni de mes vêtements de notre maison de Montgomery. Je n'aurais en tout et pour tout que ce que j'avais ici.

Ce n'est que quand j'ai pu les regarder dans les yeux et détecter les mensonges dans leur voix ou dans leur silence que j'ai su qui de maman ou de Ford avait réussi à s'emparer le premier de mon dollar d'argent. J'étais soulagée. Les vêtements n'auraient pas tardé à être trop petits de toute façon. Et j'aurais été bientôt trop grande pour les jouets. Si maman et Ford ne m'avaient rien ramené de notre maison qui n'était plus celle que nous habiterions, ils y avaient laissé aussi tout ce qui aurait pu rester accroché à ces objets. La poussière même de notre ancienne maison aurait pu contenir une horrible malédiction inconnue, ou quelque fantôme innommable. Cette maison était un placard à souvenirs qu'il me fallait fermer soigneusement à clé jusqu'au moment où je serais assez grande pour les analyser sans danger.

16

D'un côté de l'église, il y avait le gouverneur et sa femme, les maires de Montgomery, Birmingham et Mobile, une délégation de la Ford Motor Company de Detroit, la plupart des hommes d'affaires importants d'Alabama et la plupart des gros bonnets et des huiles des grandes familles de Montgomery et de Tallassee et, dispersés au milieu de tout ce monde, le docteur Evarts et madame, les deux agents du FBI de Birmingham, Mamadee, Ford, maman et moi.

Dans le groupe de notables, celui qui m'intéressait le plus était le directeur de la Ford Motor Company. On aurait dit que ses cheveux étaient peints sur sa tête. Quand la lumière frappait directement ses lunettes dépourvues de monture, il avait le regard aussi vide qu'Annie la Petite Orpheline. Il avait aussi des lèvres quasiment imperceptibles et ses dents avaient l'air nettement plus vieilles que lui. Il donnait l'impression d'être froid au toucher, comme un batracien. Je me disais que ce devait être Mr Henry Ford, le plus jeune, mais j'ai appris le lendemain dans le journal qu'il s'appelait Mr Robert S. McNamara. Le S. était l'initiale de Strange, ce qui en soi est inoubliable.

De l'autre côté, il y avait environ quatre cents Dakin, en tout cas c'est ce que disait maman, mais Ford devait me dire par la suite qu'en réalité, c'étaient des hommes d'affaires de moindre importance et un grand nombre de gens de la campagne environnante qui occupaient ces bancs.

– Il y avait à peu près cent Dakin, me dit Ford. Cent un, si on te compte et cent un et demi environ, si on compte en plus ce qui restait de papa.

Il ne se comptait pas, bien sûr. Ça ne me dérangeait en aucune façon, si Ford ne voulait pas être compté pour un Dakin.

Maman avait toujours souligné l'irréparable perversité des Dakin – par laquelle elle entendait qu'ils étaient sans le sou. Donc, au lieu de fixer mon attention sur le prêtre ou sur l'organiste qui avait de stupéfiants cheveux orange frisés comme ceux de Mamadee, ou de penser à papa, mort et coupé en morceaux dans son cercueil, je regardais avec curiosité de l'autre côté de l'allée mes oncles et leur famille, et toute cette parenté que je connaissais à peine. Mes oncles Dakin – Jimmy Cane, Lonny Cane, Dickie Cane, Billy Cane –, mal à l'aise dans le costume de piètre qualité qu'ils avaient peu porté, étaient alignés solennellement comme des vieillards sur le balcon dans leurs rocking-chairs, un samedi soir dans les bas quartiers de la ville. Ils avaient la peau épaisse et marquée de profondes cicatrices, comme la surface de la lune. Leurs femmes, les tantes Dakin – Jude, Doris, Gerry, Adelina – avaient la poitrine uniformément plate et tombante, comme si on les avait vidées de lait maternel et de tendresse. Même si toutes n'avaient pas que la peau sur les os, leur graisse avait l'air lourde et dure. Les fleurs de leur chapeau étaient fanées et leurs robes-chemisiers en rayonne à ceinture de plastique de toute taille dont la couleur importait peu, du moment qu'elle était foncée, venaient toutes du rayon confection de Sears. Mes cousins, les fils Dakin, étaient nombreux et agités. Ils avaient du mal à se faire aux durs bancs de chêne et aux vestes transmises par les grands frères, à la carrure étriquée ou aux manches trop courtes. Il y en avait un trop grand nombre pour que je puisse me rappeler leur nom ni à quelle famille ils appartenaient. Ils n'arrêtaient pas de ricaner ou de nous dévisager, Ford et moi. Il n'y avait pas de filles Dakin.

En tout cas pas de ce côté de l'église. De notre côté, j'étais la seule. J'avais des gants blancs neufs et un chapeau neuf, un canotier de paille blanche avec une bande et des rubans noirs. Maman avait dû sortir pour aller les acheter quand elle s'était rendu compte que je n'avais rien à me mettre sur la tête ni sur les mains pour l'enterrement. Comme d'habitude, elle avait acheté le chapeau trop grand, afin de maintenir mes couettes et mes oreilles. Les brins de paille me grattaient impitoyablement les oreilles. Quand je tentais de regarder autour de moi, Mamadee m'enfonçait les ongles dans la nuque.

Maman s'était naturellement attendue au pire de la part des Dakin, mais aucun d'eux ne sanglota ostensiblement, même s'ils usèrent à l'occasion de leurs mouchoirs à carreaux pour essuyer une larme et se moucher bruyamment. Du moins n'y eut-il aucune manifestation de « Gloire à Jésus ». S'ils regardèrent maman, ce ne fut que pour lui jeter des coups d'œil furtifs.

Une fois sortis de l'église, avant de monter en voiture pour nous rendre au cimetière, mes oncles prirent leur chapeau à la main et tirèrent sur les nœuds sauvagement serrés de leur cravate.

– Mon pauvre bébé ! Je sais comme tu es malheureuse, s'écria la tante Jude en me serrant dans ses bras.

Les autres tantes murmurèrent à l'unisson en me tapotant la tête.

Maman se hâta de dire :

– Cette petite est bien loin d'être aussi malheureuse que moi. Bien loin.

Mais les tantes n'embrassèrent pas maman et ne lui adressèrent pas directement la parole. Ce que maman interpréta à tort comme un signe de respect pour sa personne et sa position sociale. Les Dakin ne s'occupèrent pas non plus de Ford, ni de Mamadee, et Mamadee et Ford ne s'occupèrent pas des Dakin.

À tout hasard, au cas où ce seraient des électeurs, le gouverneur s'approcha et serra les mains des oncles Dakin. Il n'accorda aucune attention aux tantes. Vraisemblablement, elles votaient comme leur mari, à moins qu'elles ne votent pas du tout.

Nous sommes montés dans l'Edsel, qui avait été lavée le matin même par Leonard. C'est maman qui nous avait amenés à l'église Saint Jean de Montgomery. Elle n'était pas disposée à voyager dans la Cadillac de Mamadee. Elles ne se parlaient que pour se dire « passe-moi le sel » et « merci » ou toute autre méchanceté courtoise qu'elles pouvaient inventer.

Le trajet jusqu'au cimetière était si long que je me suis endormie. Quand l'Edsel s'est arrêtée et que je me suis réveillée, nous étions en rase campagne. Maman m'a recollé mon chapeau sur la tête et j'ai redressé mes lunettes. Je m'attendais à un cimetière frais et verdoyant comme ceux de Montgomery ou de Tallassee. Mamadee avait décrété que l'enterrement de papa tournerait au spectacle de cirque s'il n'avait pas lieu dans un trou perdu à l'abri des badauds. Visiblement, elle avait gagné sur ce point contre maman.

Mais il n'y avait pas de pelouse, juste quelques mauvaises herbes éparses par endroits. Les mauvaises herbes poussaient dans du sable grossier, parmi des graviers si acérés que je les sentais sous les semelles de mes sandales. Des bordures de ciment en mauvais état délimitaient les rectangles des tombes à demi effondrées et toutes les pierres tombales piquaient du nez comme si elles voulaient regarder de plus près l'homme, la femme, l'enfant ou le bébé mort-né qu'elles commémoraient. Sur pratiquement toutes les tombes, un pot de terre ébréché ou une vieille bouteille contenait des fleurs desséchées. Les rares arbres des alentours étaient tous tordus, noueux et apparemment à moitié morts. Ils ressemblaient aux arbres en papier qu'on découpait au jardin d'enfants quand on préparait les décorations d'Halloween, pour servir de décor aux chauves-souris et aux fantômes, en plus de l'inévitable lune. Sur un pin dépenaillé, était perché un corbeau, qui explorait activement du bec sous une de ses ailes.

La bouche sèche, je chuchotai à l'intention de Ford :

– Où sommes-nous ?

– En enfer, répondit Ford, avant d'ajouter : C'est ici qu'on enterre les Dakin.

Il m'arracha mes lunettes et en barbouilla les verres avec ses pouces humides avant de me les relancer. Tandis que j'essayais de les remettre en place, il me poussa vers maman.

En m'efforçant de voir à travers mes verres maculés, je rattrapai maman et m'accrochai à sa main gantée.

– C'est quoi, ici, maman ?

– La Terre promise. Où ton papa avait acheté un emplacement pour y être enterré. C'est comme ça qu'on l'appelle. La Terre promise.

Je n'étais pas assez grande pour me demander pourquoi papa avait acheté cet emplacement, ni quand, ni pour quelle raison il avait acheté un emplacement unique et non un caveau familial. Je compris mieux quand, en regardant autour de moi, je ne vis nulle trace de la Cadillac de Mamadee, ni de sa personne, ni d'aucune des huiles et notables et gros bonnets des grandes familles.

En revanche, les deux agents du FBI étaient là. Je les vis descendre de leur Buick noire et quitter leur chapeau mou. L'un d'eux avait un début de calvitie. J'avais compris que c'étaient des agents du FBI dès que je les avais vus débarquer aux Remparts le lundi. Ils ressemblaient aux autres, ceux de la Nouvelle-Orléans. Mr J. Edgar Hoover avait dû se dire que s'ils étaient tous pareils, personne ne les remarquerait. Ça marcherait peut-être pour les hommes. Mais n'importe quelle femme peu futée remarquerait immédiatement deux hommes qui avaient l'air de sortir du même placard à vêtements.

Les deux agents avaient passé la plus grande partie de l'après-midi de lundi avec maman. Ils s'étaient beaucoup intéressés aux papiers que lui avait passés Mr Weems. Il avait fallu qu'elle leur dise qu'elle avait la migraine pour qu'ils s'en aillent.

Maman, Ford et moi étions d'une côté, et la tribu des Dakin de l'autre, exactement comme à l'église, sauf que là nous n'étions pas séparés par l'allée de la nef mais par le cercueil de papa qu'on était en train de descendre dans la tombe.

Ce cimetière reste pour moi l'image de la vie – de la mort – qui vient après qu'on meurt. Floue. Reconnaissable mais dénuée de tout confort.

La dame à la chevelure orange et bouclée qui jouait de l'orgue pendant la messe d'enterrement passa pour distribuer des feuilles polycopiées qui sentaient la poire. Les montures vertes de ses lunettes en forme d'yeux de chat étaient incrustées de strass étincelants. Elle portait du rouge à lèvres Mandarine, je le reconnaissais.

– Calley et moi suivrons sur la même feuille, dit maman.

– Non, dit gentiment la dame. La petite fille peut en avoir une pour elle toute seule.

Elle a tendu les feuilles et j'en ai pris une. Pas celle du dessus ni celle du dessous, mais au milieu du tas de papiers ramollis. Comme c'est souvent le cas, les mots polycopiés n'étaient pas nets et l'état graisseux de mes verres de lunettes ne me facilitait pas la lecture. J'avais également de la peine à tenir la feuille à cause de mes gants.

C'étaient des copies de cantiques. Pendant qu'on les distribuait à tous les Dakin, un prêtre – pas celui de Saint Jean, mais un prêcheur rondouillard portant un dentier acheté par correspondance et un complet dont l'étoffe était lustrée au niveau des fesses – récita les couplets de *Pour toutes choses il y a une saison.* Ce texte est très populaire pour les enterrements, vraisemblablement pour consoler les affligés, mais en l'occurrence, comme je m'en suis rendu compte quelques années plus tard, il était ridiculement inapproprié.

Quand le prêcheur eut terminé, la femme à la permanente orange leva la main pour imposer le silence, comme si tout le monde était en train de bavarder, alors qu'à ce moment-là, personne ne faisait rien d'autre que s'éclaircir la voix, se moucher ou passer d'un pied sur l'autre.

Elle serra les lèvres et fredonna une note.

Tous les Dakin se mirent alors à chanter.

Il existe un pays plus beau que le jour,
Et dans notre foi nous le voyons de loin ;
Car Notre Père attend sur le chemin
Pour nous y préparer notre plus beau séjour.

Je chantais avec la voix de papa. Maman chantait très fort, pour couvrir ma voix. Ford m'écrasa le pied, ce qui n'eut pour effet que de me faire chanter plus fort. Aucun des Dakin ne semblait surpris que je puisse chanter comme papa. Nous chantions tous le mot *chemin* pour rimer avec *loin*, ce qui incita maman à lever brièvement les yeux au ciel. Cependant, aucun archange de la prononciation ne jugea utile de nous foudroyer sur-le-champ d'un éclair vengeur.

Dans la douceur de l'avenir
Nous nous retrouverons sur ces riantes rives ;
Dans la douceur de l'avenir
Nous nous retrouverons sur ces riantes rives.
Nous chanterons sur ces riantes rives
Le chant mélodieux de ceux qui sont bénis,
Et nous ne connaîtrons plus jamais la douleur,
Ne soupirerons plus pour le repos béni.

C'est au refrain après ce premier couplet que les choses se gâtèrent. Les paroles que j'avais sur ma feuille polycopiée étaient différentes de celles des autres.

Tout le monde avait le même refrain que précédemment. Mais les mots ne chantaient que pour moi :

Dans l'obscure clarté de la lune,
Tu te lèveras sur ces rives riantes
Dans les cendres et les ruines
Tes os seront lavés de toute trace sanglante.

Croaaahaha, lança le corbeau sur le pin dépenaillé.

À peine avions-nous fini le refrain que les Dakin entonnaient le quatrième couplet et que maman m'arrachait des mains la feuille polycopiée en soufflant : « Calley, qu'est-ce qui te prend, bon sang ? »

À notre Père bienveillant au plus haut des cieux,
Nous offrirons nos hommages glorieux
Pour le don de son illustre amour
Et les bienfaits qui sanctifient nos jours.

Je tentai de lui reprendre la page – la page polycopiée que j'avais choisie au hasard dans la pile flétrie que la femme à la permanente orange m'avait proposée. La page que j'avais sélectionnée comme un spectateur volontaire choisit une carte dans le paquet que lui présente le magicien. La page portant un message qui m'était spécialement destiné.

Mais maman la jeta dans le trou sous le cercueil de papa. Elle tomba en tourbillonnant comme la tête de Betsy McCall quand je l'avais coupée. Puis les oncles Dakin descendirent le cercueil dans la terre sableuse et croulante qui le recouvrit. Je n'avais pas le sentiment qu'ils enterraient papa mais qu'ils s'assuraient que je ne pourrais jamais récupérer la feuille polycopiée qui sentait la poire.

Je me jetai sur le cercueil, et fus immédiatement rattrapée par les grands bras des oncles. Je me débattis sauvagement dans l'étreinte de ces bras puissants qui se resserraient sur moi.

– *Tu es mon rayon de soleil*, chantai-je à gorge déployée. *Tu me rends heureux quand le ciel est nuageux.*

Me serrant dans ses bras et m'exhortant au silence, l'oncle Billy Cane Dakin m'éloigna de la tombe.

17

La réception d'enterrement avait lieu chez l'oncle Jimmy Cane Dakin – une grande et vieille maison au fin fond de la campagne à quelque distance de Montgomery. Quand je découvris l'endroit, je me rendis compte que Mamadee avait dû également gagner la bataille sur ce terrain-là.

La maison de l'oncle Jimmy Cane était recouverte de planches non peintes et délavées par les intempéries. Elle était pourvue de portes étroites, de petites fenêtres exiguës qui ne comportaient que deux vitres et deux ou trois lucarnes révélant un étage de mansardes qui devaient être aussi glaciales pendant le bref hiver d'Alabama que torrides pendant les dix autres mois de l'année. Un grand balcon de bois poussiéreux ceignait les trois quarts de la maison. L'ensemble était juché sur des piles de briques d'un mètre cinquante de haut, surmontant un sous-sol sombre, froid et sablonneux où les serpents laissaient des traces enroulées et créaient des dunes miniatures. Autour, s'étendait un champ de terre dans lequel, en saison, pousserait une maigre récolte de quelques immangeables légumes cultivés par l'oncle Jimmy Cane, sa femme Gerry et leur meute de garçons.

Maman n'avait pas la moindre intention de rentrer. Elle a garé l'Edsel à quelques mètres de la maison. L'oncle Jimmy Cane

Dakin a apporté un vieux fauteuil d'osier qui était sur le balcon et l'a installé à côté de la voiture, pour maman. Elle s'y est assise pour sourire tristement et répondre quelques mots à voix basse, sans soulever son voile, aux divers Dakin qui s'approchèrent pour offrir leurs condoléances hésitantes. Ford ôta sa cravate et la fourra dans la poche de sa veste. Il refusa même de regarder aux alentours et s'enfonça dans le siège arrière, le chapeau rabattu lui couvrant presque tout le visage.

Maman dit : « Calley, entre et va voir si tu peux me trouver quelque chose à boire avec de la glace. Et n'oublie pas d'enlever les insectes du verre avant de verser quelque chose dedans, tu m'entends ? »

Maman parlait juste assez fort pour être entendue par un ou deux Dakin, mais assez doucement pour qu'ils puissent croire qu'elle n'avait pas l'intention de l'être.

Les oncles et tantes Dakin s'écartèrent, me frayant un passage pour aller jusqu'à l'escalier de bois grinçant. Ils me chuchotaient gentiment des paroles de réconfort.

La double porte s'est ouverte avant que je touche la poignée. La femme aux cheveux orange, celle-là même qui jouait du piano à l'église Saint Jean et distribuait les feuilles de cantiques au cimetière de la Terre promise, m'a fait signe d'entrer.

J'étais déjà venue dans la maison de l'oncle Jimmy Cane Dakin une demi-douzaine de fois avec papa, mais cette visite – la dernière, même si je ne le savais pas – est la seule dont je me souvienne. Dans la voiture, j'avais fait des efforts discrets pour nettoyer les verres de mes lunettes avec l'ourlet de ma robe, sans pour autant améliorer significativement leur transparence, si bien que je continuais à voir plus ou moins dans le brouillard tout ce qui m'entourait. Les pièces étaient carrées, le plafond haut. Le soleil avait pâli les rideaux de chintz des fenêtres, tant et si bien qu'ils étaient presque incolores. Le papier peint desséché aux motifs fanés au point d'être indistincts cloquait et s'écaillait sur le mur. Le linoléum était gauchi et ondulé comme la couverture d'un lit mal fait. L'évier de la cuisine portait en guise de rideau une nappe à carreaux usée et il n'y avait pas de vrais placards de cuisine mais de simples étagères sur des équerres de fer. Tante Gerry faisait la cuisine sur un poêle à bois en fonte noire, repassait avec un fer chauffé sur les brûleurs et conservait les aliments périssables dans une glacière. La cuisine exhalait une puissante odeur de chien, car les beagles dormaient derrière la cuisinière.

Je ne cessais de guetter par la porte ouverte pour apercevoir l'oncle Jimmy Cane Dakin ou la tante Gerry, ou la tante Jude ou l'oncle Billy Cane, n'importe lequel aurait fait l'affaire, du moment que je ne restais pas seule avec cette femme inconnue qui m'avait donné un papier polycopié sentant la poire dans le cimetière. J'avais l'estomac crispé tant j'étais mal à l'aise.

– Je ne suis pas *vraiment* une Dakin, me confia la femme en m'entraînant dans les profondeurs de la maison. La nièce par mariage de ma demi-sœur a épousé l'un des fils de Jimmy Cane Dakin, mais il a été tué quand son pick-up a percuté un cerf cinq-cors sur l'autoroute de Montgomery, et plus tard elle est morte en donnant naissance à des triplés. Un seul des garçons a survécu mais il n'a jamais été très net au niveau de la tête. Alors, je ne suis pas une Dakin, comme toi, mais je fais partie de la famille, ce qui fait que je suis parente avec toi, je suppose.

J'acquiesçai sans rien dire.

– Comment Roberta Ann Carroll Dakin prend-elle les choses ? La mort de ton papa, je veux dire ?

Ça semblait bizarre qu'elle appelle maman *Roberta Ann Carroll Dakin* au lieu de dire *ta maman*. Ce qui m'incita à la prudence dans ma réponse.

– Tout le monde dit que c'est dur pour elle.

– Exactement, dit la femme à la permanente orange – comme si elle m'avait demandé *Quelle est la capitale du Dakota du Nord ?* et que j'avais répondu *Bismarck*.

– Au fait, dit-elle, comme pour me récompenser d'avoir donné la bonne réponse, je m'appelle Fennie.

– Fennie comment ?

– Fennie Verlow. J'ai déjà préparé un verre de thé sucré pour Roberta Ann Carroll Dakin, qui doit être épuisée après avoir eu à faire face au chagrin et au deuil. Laisse-moi juste ajouter un peu de glace et tu pourras le lui porter.

Fennie a sorti une poignée de glaçons d'une glacière posée sur la table de la cuisine et les a fait tomber un à un dans le verre de thé sucré.

– Porte ça à Roberta Ann Carroll Dakin, ma chérie. – Je lui ai pris le verre des mains. – Et tu peux lui dire que j'ai rincé le verre et vidé tous les insectes avant d'y verser le thé.

Quand j'ai répété le message de Miz Verlow, les yeux de maman se sont écarquillés sous son voile comme si elle avait vu un fantôme. Ses doigts ont lâché le verre et le thé glacé s'est répandu sur l'empreinte que le pneu avant avait laissée dans le sol clair et sableux. Maman s'est évanouie, on aurait dit qu'elle se liquéfiait sur le fauteuil d'osier. Tante Jude, tante Doris et tante Gerry se précipitèrent. L'une d'elles rabattit son voile sur son chapeau pour pouvoir lui tapoter les joues, lui tamponner les tempes avec un mouchoir humide et lui susurrer des mots de réconfort.

Maman a repris connaissance juste le temps de chuchoter faiblement :

– La journée est plus longue que je ne le croyais.

Puis ses yeux roulèrent vers le haut. Elle serait tombée de sa chaise si Miz Verlow n'était pas soudain apparue pour aider les tantes. À quatre, elles la hissèrent doucement sur le siège passager de l'Edsel.

Miz Verlow chuchota quelque chose à l'oreille de maman. Personne n'était assez près pour entendre, sauf moi et Ford, qui avait laissé tomber son chapeau et se penchait en avant.

– Vous ne pouvez pas conduire cette voiture, Miz Dakin. Vous êtes une veuve éplorée avec deux orphelins et aucun homme pour vous guider, assurer votre subsistance ou se battre à vos côtés dans l'adversité. Alors, vous n'avez qu'à vous détendre et être prudente et me laisser vous ramener chez vous. Dormez tranquillement et confortablement et rêvez de Joe Cane Dakin comme s'il était encore en vie. Je vais vous reconduire chez vous en toute sécurité.

D'abord, j'ai cru que maman était encore inconsciente et n'avait rien entendu des instructions réconfortantes de Miz Verlow. Mais je me trompais.

Maman en avait assez entendu pour murmurer :

– Vous n'avez qu'à conduire. Je veux seulement fermer les yeux. Ne laissez pas Calley ouvrir la bouche.

Les tantes Dakin finirent de charger le coffre de la voiture de viande rôtie, de pots de soupe, de cocottes à couvercle, de plats recouverts d'une feuille d'aluminium contenant des trucs cuits en différentes couches alternées, des gâteaux enveloppés, des tourtes dont la croûte flottait comme de l'écume sur des morceaux de fruits inconnus dans du sirop noirâtre, et des bouteilles de soda Nehi remplies de liquide sucré et épais et fermées par des bouchons humides. Tous ces aliments avaient une odeur de teinture brûlée, de linoléum gondolé, de corps mal lavés et d'éclaboussures graisseuses.

Ford et moi, silencieux sur le siège arrière, étions tous les deux intensément conscients de l'état de maman. Elle respirait lentement, immobile, tandis que Miz Verlow ajustait le pare-soleil.

Au moment où nous avons franchi le panneau d'entrée dans Tallassee, les paupières de maman frémirent. Un instant plus tard, elle s'étira, bâilla et se mit à chercher ses Kool dans son sac Kelly de chez Hermès.

– Calley, dit-elle, montre à cette gentille dame – quel que soit son nom, et il me semble impossible qu'elle puisse être de la famille Dakin – montre à cette gentille dame comment on fait pour aller chez Rosetta. Nous allons lui laisser toute la nourriture. C'était très gentil de la part des Dakin de se donner tout ce mal, mais je ne mangerai jamais – et vous non plus – nous ne mangerons jamais quoi que ce soit qui ait été préparé par une femme blanche qui ne sait même pas écrire son nom.

– Tante Jude sait écrire son nom, hasardai-je. Papa dit qu'elle est allée jusqu'en seconde.

– Tais-toi, lança Ford.

– Amen, dit maman.

– Je connais le chemin pour aller chez Rosetta, dit Miz Verlow. Et, au fait, je m'appelle Fennie Verlow.

Maman répondit pendant qu'elle allumait la cigarette qu'elle avait entre les lèvres :

– Ravie de faire votre connaissance.

– Et elle n'est pas non plus de la famille Dakin, ajoutai-je.

Ford arracha sa cravate de sa poche et me fouetta avec.

– Tu crois que j'aurais dit ce que j'ai dit si c'était le cas ? demanda maman.

Maman et Fennie Verlow rirent de concert.

Les filles de Rosetta ont déchargé toute la nourriture et l'ont portée dans la maison. Avant que le coffre soit à moitié vidé, les enfants et les mères du voisinage se pressaient à la porte de derrière. Quand ce fut fini, Miz Verlow nous conduisit aux Remparts.

– Calley, Ford, aidez Roberta Ann Carroll Dakin à rentrer, nous ordonna-t-elle. Elle est loin d'être complètement remise.

Ford et moi avons aidé maman à monter les marches – elle était effectivement encore un peu chancelante – et nous avons frappé à la porte d'entrée jusqu'à ce que Mamadee vienne ouvrir elle-même.

Dès que Mamadee m'a aperçue, elle a dit :

– J'espère qu'il y a quelqu'un *d'autre* qui est mort, Calley Dakin, parce qu'il n'y a aucune autre excuse pour que tu fasses un tel vacarme !

À cet instant précis, maman a failli tomber et j'ai eu l'impression que c'était maman *l'autre* personne qui allait mourir. Mais Mamadee ne voulait pas croire que maman ne faisait pas la comédie.

– Roberta Ann Carroll, la réprimanda-t-elle, relève la tête, tiens-toi droite et respire à fond.

Tansy accourut, s'essuyant les mains sur son tablier, et prit le bras de maman. Ford d'un côté et elle de l'autre, ils entreprirent d'aider maman à monter dans sa chambre. Mamadee les suivait, sans cesser de sermonner maman et de l'accuser d'en rajouter pour se faire plaindre.

– On croirait que tu es la première femme qui a perdu son mari ! Il y en a d'autres qui enterrent leurs maris *tous les jours*, déclara Mamadee.

Je gloussai à l'image qui me vint immédiatement à l'esprit : des foules de femmes vêtues de noir brandissant des pelles, avec les cercueils de leur mari à proximité des trous que creusaient les veuves. Peut-être que chacune d'elles avait plus d'un mari à enterrer. Peut-être que les maris ne restaient pas dans leur tombe mais en ressortaient toutes les nuits, si bien que les veuves devaient recommencer toute la procédure le jour suivant.

Puis je me suis souvenue que Miz Verlow était dehors et attendait que quelqu'un l'invite à entrer. Les gens qui rendaient service aux Carroll étaient généralement priés d'entrer et on leur offrait un verre de thé sucré. Si c'était un Blanc, la bonne âme se voyait servir son thé sucré dans le deuxième salon, et si c'était une personne de couleur, dans la cuisine.

Quand j'ai ouvert la porte, Miz Verlow n'attendait rien ni personne. La clé de la voiture était posée sur le capot.

18

Maman avait réellement subi un choc. Je savais à quel point elle dormait mal la nuit, et ne mangeait presque plus. Mes propres insomnies suivaient le rythme des siennes si bien que j'étais perpétuellement épuisée. Quand je mangeais, je dévorais à une telle vitesse que mes repas et mes goûters ressortaient immédiatement. Après plusieurs incidents de ce genre, Mamadee me déclara inapte à manger à table et me bannit dans la cuisine. Tansy dut me prendre en pitié, car elle me donnait du riz à l'eau et des pêches au sirop, que je pouvais généralement garder. Pour s'assurer que tout le monde savait qu'on abusait de sa bonté, elle râlait constamment d'avoir deux repas différents à préparer.

Maman passa les jours qui suivirent l'enterrement d'abord à envoyer des lettres de remerciements à tous ceux qui avaient envoyé des fleurs et leurs condoléances, puis, dans un nuage de fumée de cigarette, à lire et relire les papiers de papa. Le FBI revint, parfois pour de brèves conversations, parfois pour de très longues. Maman flirtait avec les deux agents et, d'après leurs réactions, il était clair qu'ils étaient sous le charme. Ou abusés.

Sans grande surprise, maman était accablée de telles migraines qu'elle utilisa toutes les réserves d'aspirine de la maison.

Un soir que je lui faisais un massage de pieds, maman me dit :

– J'ai rencontré ton amie à la pharmacie.

– Quelle amie ?

– Tu sais bien. Mandarine. Cheveux orange. Fannie.

– Fennie, tu veux dire. Miz Verlow. Comment Miz Verlow pourrait-elle être mon amie, maman ? C'est une grande personne. Qu'est-ce qu'elle a dit ?

– Oh, elle m'a raconté tout un tas de choses, comme si ça pouvait m'intéresser. Elle m'a dit que sa sœur avait une maison sur la plage près de Pensacola – comme si je me souciais que sa sœur soit vivante ou en train de manger les pissenlits par la racine – et m'a dit que nous pourrions aller chez elle pendant quelque temps.

– C'est où, Pensacola ?

Elle ignora ma question.

– Je n'accepterais *jamais* – et quand je dis *jamais* je parle de l'éternité – je n'accepterais *jamais* de me mettre à la merci d'un Dakin.

Maman attendait que je lui rappelle que Fennie n'était pas réellement une Dakin. Je gardai le silence. Je pensais déjà à chercher dans un livre où se trouvait Pensacola, dès que je pourrais le faire à l'insu de maman.

– Ou de n'importe qui, d'ailleurs.

Elle ne put s'empêcher de jeter un coup d'œil à la malle de cèdre qui contenait la cantine.

Tout le monde était au courant de *tout*, comme d'habitude.

Tout le monde savait que maman avait fait enterrer papa comme un chien dans un trou au milieu de nulle part.

Tout le monde savait que si maman avait eu le culot de donner une réception correcte après l'enterrement, tous les riches, les notables et les gens respectables que papa avait connus ne seraient pas venus, de peur d'être vus en compagnie d'une femme soupçonnée de meurtre.

Tout le monde savait que papa avait sans doute fait frauduleusement faillite et que maman l'avait fait assassiner dans l'espoir évident de récupérer au moins l'assurance.

Tout le monde savait aussi que c'était maman qui avait provoqué la faillite frauduleuse et s'était ensuite arrangée pour le faire assassiner.

Tout le monde savait que maman avait dû faire quelque chose de terrible à papa pour qu'il annule un généreux testament en sa faveur et ne lui laisse que le minimum légal.

Maman elle-même avait peur – bien qu'elle ne le dise jamais – qu'il l'ait fait pour la punir de quelque chose d'assez affreux pour justifier une telle vengeance, et dont soit elle ne se souvenait pas, soit elle ne s'était pas rendu compte. Et maman avait peur que le FBI continue à farfouiller dans les papiers de papa et à lui poser des questions. Maman avait tout un tas d'inquiétudes, dont beaucoup étaient justifiées.

Personne ne se demanda, à part une fois, pourquoi papa m'avait totalement omise dans son testament. Rosetta, la couturière noire qui faisait les vêtements de maman et à qui nous avions porté les victuailles de l'enterrement, était en train de mettre des épingles sur une robe de maman dont elle reprenait la taille. Nous étions dans la chambre de maman. Rosetta était déjà la couturière de maman quand elle était jeune fille et ensuite, quand maman s'était mariée avec papa et avait déménagé à Montgomery, elle avait continué. Il y a très longtemps, Rosetta avait été la couturière de Mamadee, mais elles s'étaient brouillées. C'était pour embêter Mamadee que Rosetta continuait à coudre pour maman, et que maman l'employait. Rosetta n'avait pas oublié les détails de sa dispute avec Mamadee, mais elle avait depuis longtemps décidé de prendre le parti de maman.

– Mais pourquoi M'sieur Dakin – Paihassoname – n'a rien laissé à… ? demanda Rosetta à maman, avec un coup d'œil dans ma direction.

J'étais assise par terre en tailleur et j'épinglais sur Betsy Cane McCall des chutes de tissu que Rosetta m'avait données.

Vu le regard que me lança maman, c'était la première fois qu'elle se posait la question.

– Il pensait probablement que Calley n'était pas de lui, dit maman. Évidemment, je ne pense pas qu'elle est de moi non plus.

Je fis semblant de ne pas entendre la réponse de maman. Je piquai Betsy Cane McCall avec une épingle, en plein milieu de la tête.

Évidemment que j'étais la fille de papa. Maman et Mamadee ne m'avaient-elles pas informée depuis ma naissance, à la moindre occasion, que j'étais Dakin pure souche, Dakin du fin fond de nulle part ?

Le fait est que j'étais exclue du testament – même si l'héritage était réduit à néant – mais que maman ne l'était pas. Si maman voyait tout ce qui lui arrivait comme un complot dirigé contre elle, il était normal que j'aie le même sentiment, en plus fort. Cela m'était bien égal en ce qui concernait l'argent. À sept ans, on est riche si on possède une pièce de dix cents. Mon dollar d'argent valait pour moi une rançon d'un million de dollars. Mais maintenant qu'on me le faisait remarquer, je ne pouvais m'empêcher de me demander si papa m'avait oubliée. Ou pire. Le seul confort qui me restait, c'était de m'accrocher à l'idée que le testament était faux.

Le séjour aux Remparts commençait à ressembler moins à des vacances qu'à un exil forcé. L'école me manquait. Je ne voulais pas retourner dans notre ancienne maison de Montgomery. Je ne savais pas où je voulais être, sauf que je ne voulais pas rester aux Remparts. Je me mis à rêver de Pensacola, en Floride, sur la côte du golfe du Mexique, où habitait la sœur de Fennie Verlow.

Ford devenait plus pénible, et même franchement odieux, à mesure que les jours passaient. Quand il n'essayait pas de me faire des croche-pieds dans l'escalier pour me faire tomber, ne me coinçait pas dans un coin pour me pincer ou me tirer les cheveux, il s'en prenait à maman. Quelle que soit la pièce où elle se trouvait, il l'y poursuivait, s'asseyait et la dévisageait sans rien dire. Si elle lui parlait, il ne répondait pas. Si elle essayait de l'embrasser ou de le câliner, il s'écartait violemment ou même la repoussait.

Au début, maman était perplexe. Puis la froideur de Ford et son attitude de rejet commencèrent à l'effrayer et à lui faire de la peine. Si je pouvais douter de son amour pour moi, il n'y avait aucun doute possible sur ses sentiments à l'égard de Ford.

Son sommeil déjà perturbé se réduisit bientôt à néant. Je le savais, car malgré le lit qui m'était attribué dans la pièce radio de

Junior en haut du petit escalier, je m'arrangeais pour m'endormir dans son lit tous les soirs après lui avoir massé les pieds.

Plusieurs fois par nuit, elle se levait pour aller fumer dans la salle de bains. Elle perdit du poids qu'elle n'avait pas besoin de perdre. Avant de se maquiller le matin, elle restait souvent immobile pendant un long moment à s'observer devant le miroir. Parfois, on aurait dit qu'elle s'examinait d'un œil critique. Parfois, c'était comme si elle regardait de l'autre côté du miroir vers un autre lieu, un autre temps. Les cernes noirs qu'elle avait sous les yeux me faisaient peur.

Un jour Ford refusa de se lever. Quand il se mit à faire pipi au lit, Mamadee appela le docteur Evarts, qui vint parler avec Ford. Puis il parla avec maman et Mamadee. Il leur dit que Ford était profondément affecté par la mort de papa et la situation familiale. Ford était très sensible, expliqua le docteur Evarts, et le choc avait été terrible pour lui. Il était clair que Ford était *marqué à vie* et qu'on devait *le traiter avec ménagements.*

Ce que signifiait *le traiter avec ménagements* fut bientôt évident. Mamadee sortit pour acheter un téléviseur couleur qu'elle fit installer dans la chambre de Ford. Rien que pour le hisser dans l'escalier, il fallut que Leonard et le livreur du magasin se mettent à deux. Ford commença à passer la plus grande partie de son temps au lit, à regarder la télévision. Tansy lui apportait ses repas sur un plateau.

Parfois, Ford faisait semblant d'être somnambule. Dans cet état, il arrivait qu'il fasse directement pipi par la fenêtre. Ou alors il pouvait aller dans la cuisine et manger tout ce qu'il voulait, buvait le lait à la bouteille, ou le jus d'orange directement au pichet, ou encore mangeait le sucre à la cuillère dans le sucrier. Il lui arrivait de laisser tomber un verre ou une assiette et alors il restait planté au milieu des débris, avec un air de totale incompréhension comme s'il ne savait pas où il était ni comment le verre ou l'assiette se retrouvaient cassés.

Un matin de bonne heure, pour ne réveiller personne, je suis sortie de la maison et j'ai trouvé un message sous l'un des essuie-glaces de l'Edsel. Papier rose et encre verte. On y lisait :

Meurtrière

Le papier rose était humide, non de rosée mais de parfum. Celui de maman, Shocking. Je suis rentrée en courant pour demander à maman de venir voir. Elle n'était pas ravie d'être réveillée de ses quelques heures de sommeil matinal.

– Tu n'as pas intérêt à me déranger pour rien, menaça-t-elle en mettant ses cigarettes et son briquet dans la poche de sa robe de chambre.

Elle eut le réveil mauvais. Elle arracha le papier du pare-brise et le déchira en petits morceaux. Puis elle me gifla.

– Si ce n'est pas toi qui as écrit ce message, prends celle-ci comme un avertissement, au cas où ça te donnerait des idées.

Mais ce ne fut pas le dernier. Ils apparurent dans son sac à main, sur son oreiller, dans le cadre de la coiffeuse de sa chambre, et même dans sa poche. Tous écrits à l'encre verte, sur du papier rose. Tous avec la même inscription. Après les avoir déchirés en morceaux, jetés dans les toilettes et tiré la chasse d'eau, elle faisait comme s'ils n'avaient jamais existé. Elle enferma son parfum à clé dans le coffre de cèdre. Quand elle croyait que personne ne la voyait, elle cherchait dans toute la maison du papier rose et un stylo à bille vert. Elle ne trouva ni l'un ni l'autre. Elle ne semblait pas comprendre que même si elle les trouvait, elle n'aurait pas pour autant de preuve de l'identité de son tortionnaire.

Elle ne pouvait se réfugier aux Remparts, mais elle ne pouvait se montrer nulle part à Tallassee – ni à la pharmacie, ni à l'église le dimanche – sans être suivie par des chuchotements qui en étaient à peine. Si les mots étaient trop bas pour qu'elle les distingue, le ton était toujours audible, et toujours accusateur. Maman gardait un port digne et la tête droite, mais, dans l'intimité des Remparts, elle était extrêmement nerveuse. Chaque jour qui passait était comme le supplice chinois (pratique qu'avait apprise Ford dans l'un de ses romans d'aventures et dont il me menaçait à chaque fois qu'il y pensait), et l'usait toujours un peu plus, lentement.

Nous étions toujours aux Remparts et les nuits et les jours se faisaient de plus en plus chauds, les magnolias et les cornouillers fleurirent, les feuilles apparurent sur les arbres, le bourdonnement des abeilles et le piaillement des oiseaux au moment des amours et des nids reprirent. Cette période dura environ deux mois. La plupart du temps, j'étais dehors. Maman était préoccupée et personne d'autre ne semblait se soucier de ma présence. Ce qui m'était complètement égal. Je voulais seulement être hors du champ de vision de Mamadee et Ford – mes ennemis et persécuteurs. Loin d'eux, je pouvais penser à papa. Du moment qu'ils ne m'entendaient pas, je pouvais parler et chanter en imitant sa voix, afin de ne pas l'oublier.

Dans mes souvenirs d'enfance, je vois Tallassee comme un endroit très vallonné au milieu duquel un grand mur d'eau tombait d'un barrage dans une bruine d'éclaboussures. Les côtes et les descentes paraissaient bien plus pentues, les boutiques et les arbres bien plus grands, les rues bien plus longues à mes yeux de sept ans. Je vagabondais par monts et par vaux. Dans la marge des vieux guides des arbres et des oiseaux trouvés sur l'étagère de Junior, je marquais ceux que je connaissais déjà et ceux que je rencontrais au cours de mes déambulations. Merles et oiseaux moqueurs, pacanier et catalpa. L'énonciation des mots me procurait du plaisir. C'était un peu comme d'être à nouveau à l'école.

J'errais souvent du côté du dépôt de la compagnie Birmingham et Southeastern. La gare Boumboum et Tampon, comme disait papa. Aucun train régulier de voyageurs ne s'y arrêtait plus désormais – il n'y avait plus que celui du courrier – et le dépôt n'était pas loin d'être abandonné. Les fenêtres du vieux bâtiment étaient hautes, avec des rebords assez bas pour me permettre de scruter à travers les vitres, aussi sales que les yeux d'une vieille femme aveugle. Au catéchisme et à l'église, j'avais entendu plusieurs fois la phrase biblique : « Aujourd'hui, nous voyons à travers le miroir obscurément. » En tentant de regarder par ces fenêtres à l'intérieur du dépôt, je compris tout à coup qu'un *obscurément* n'était pas un objet, comme une paire de lunettes noires ou des jumelles, mais un adverbe qui décrivait une façon de voir. Car à cet instant précis, je voyais à travers une vitre, obscurément.

19

Pour obtenir une douzaine d'œufs vidés sans les casser, j'ai dû en percer et souffler dix-neuf. Ce qui a permis à Tansy de bien se moquer de moi, mais ma maladresse et ma prodigalité ne devaient avoir comme seule conséquence que de décorer la tarte au citron d'une couronne de meringue plus belle que celle du pape. Après avoir entortillé les coquilles d'œufs avec des rubans de dentelle, je les ai trempées dans de l'eau vinaigrée et du colorant alimentaire. Pendant qu'elles séchaient, j'ai tressé un panier avec des bandes de papier, et ramassé de la mousse pour confectionner un nid afin d'y mettre mes œufs. Quand j'ai détortillé les rubans, le résultat m'a paru ravissant. J'ai déposé les coquilles dans le panier avec le soin qu'un orfèvre aurait pu consacrer à un œuf Fabergé, et mis le panier au beau milieu de la table.

C'était la première fois que nous allions à l'église depuis l'enterrement de papa et, comme c'était Pâques, maman avait une nouvelle toilette. Comme Ford était marqué à vie, il resta à la maison. Sinon, il aurait eu un costume neuf, dont il aurait probablement besoin car, en dépit de son insondable affliction, il poussait comme un bambou japonais. Rosetta, la couturière, émit un toussotement critique en constatant que mes vêtements n'étaient pas neufs, car tout le monde sait que les vêtements neufs le jour de Pâques portent chance, tandis que les vieux portent malheur. Même à sept ans, je trouvais cette coutume stupide, étant donné qu'il était évident que celui qui avait des vêtements neufs avait déjà assez de chance pour se les offrir, alors que les habits usés étaient clairement un signe de pauvreté, ou peut-être d'avarice.

Je portais ma robe grise et mes sandales noires à brides, qui avaient été jugées suffisantes pour l'enterrement de papa, et Mamadee m'encouragea à m'estimer heureuse d'avoir un canotier et des gants qui n'avaient été portés qu'une fois. Le catéchisme avant la messe me parut interminable puis, pendant la cérémonie de Pâques, l'odeur des lys était si forte qu'elle en était suffocante. Par moments, je m'endormais quelques secondes et me réveillais en sursaut. Une idée étrange me poursuivait : j'étais à la place de Jésus et je ne parvenais pas à déplacer le rocher qui fermait la tombe.

À notre retour de l'église, après avoir quitté mon canotier et mes gants, je me suis précipitée directement vers la table qui était mise pour le déjeuner pour admirer mon panier d'œufs. Mamadee me suivait mais c'était son habitude et je n'y ai pas porté attention. Je présumais qu'elle voulait s'assurer que je ne casserais pas ses précieux verres en cristal.

– Ravissant, me murmurai-je.

– Plus on est fier, plus dure est la chute, lança Mamadee derrière moi.

Puis elle me piqua l'épaule avec l'épingle qu'elle venait de retirer de son chapeau.

Sous le choc, je hurlai : « Seigneur Jésus ! »

Mamadee me colla une gifle sur la nuque.

– Le nom du Seigneur ! Le jour de Pâques !

– Tu m'as piquée avec ton épingle à chapeau ! criai-je.

– Ce n'est pas vrai !

Je lui aurais craché à la figure. Je relevai le menton et déclarai :

– Je te déteste.

Maman avait tout entendu. Tout vu. Elle était juste à la porte de la salle à manger, le chapeau à la main.

– Va dans ta chambre, Calley, dit maman.

Quand je suis passée près d'elle, elle m'a giflée derrière la tête. Sans doute pensait-elle que Mamadee ne l'avait pas fait assez fort.

– Cette enfant est un monstre, une petite diablesse, dit Mamadee. Comment peux-tu douter une seconde que ce soit Calley qui t'envoie ces horribles messages ?

– Ce n'est pas moi, hurlai-je depuis l'escalier. Je n'ai rien fait, jamais ! Menteuse !

J'ai monté le reste de l'escalier quatre à quatre. Je savais qu'avec la distance que j'avais prise, Mamadee ne pourrait pas me rattraper. J'ai claqué la porte de la chambre de Junior assez fort pour en casser la vitre. L'écho a résonné dans toute la maison. Retenti d'autant mieux dans le silence qui a suivi.

J'ai rouvert la porte et je suis revenue sur le palier pour crier dans le calme soudain religieux :

– Et maintenant je vais faire pipi au lit ! Qu'on aille m'acheter une télé couleur !

Ma provocation ne produisit aucune réponse.

Je suis rentrée dans la chambre, j'ai poussé les volets et suis sortie sur le toit. Je m'y suis assise en tailleur et j'ai commencé à faire des projets. J'allais m'enfuir. Retrouver un de mes oncles Dakin. Il y en aurait bien un qui voudrait de moi, certainement Billy Cane et tante Jude. Si maman ne voulait pas me garder, elle aurait dû me laisser chez eux, de toute façon. J'ai pensé à Ida Mae Oakes mais, évidemment, même si j'avais su où la trouver, je ne pouvais pas aller chez elle. Je n'aurais pas fait trois pas dans le quartier noir de la ville que quelqu'un m'aurait prise par la main, ressortie de là et confiée à une grande personne blanche qui m'aurait ramenée directement à maman. Les Remparts auraient aussi bien pu se trouver sur une autre planète.

Un corbeau me regardait, perché sur l'avant-dernier chêne. Je soutins son regard. Il lança un horrible *crooâââ !* Je lui répondis sur le même ton. Le corbeau s'envola comme s'il avait le diable à ses trousses. Quelques minutes plus tard, il revint se poser sur la même branche. Il hésitait, tâtant la branche de ses pattes crochues pour décider à quel endroit il allait s'installer, sans me quitter une seconde du regard de ses yeux froids. Juste pour voir, je fis un geste soudain. L'oiseau sursauta. Mais quand je m'immobilisai, il resta où il était.

Les corbeaux ont beaucoup de choses à se dire, et c'est parfois assez clair, exactement comme pour les gens. Il est certain qu'un corbeau va prévenir tous les autres du voisinage quand un chien ou un chat fait son apparition.

Au bout d'un moment, afin de convaincre le corbeau que je ne lui voulais aucun mal, j'émis quelques croassements.

L'oiseau écouta attentivement. Puis il s'envola et je le vis lâcher une énorme fiente blanche sur le pare-brise de la Cadillac de Mamadee.

Je rentrai à quatre pattes dans la chambre, ôtai la taie d'oreiller dans laquelle je mis une petite culotte propre, des chaussettes, le tee-shirt de papa, Betsy Cane McCall et mes poupées de papier. Je quittai ma robe et la jetai par terre. Lançai d'un coup de pied mes sandales dans un coin. J'envisageai de couper le cordon de soie suspendu à mon cou et de le faire disparaître dans les toilettes, ou de le jeter par la fenêtre, avec les clés et tout. J'avais mal à l'omoplate. Je vérifiai l'intérieur de ma robe et trouvai la tache de sang provoquée par la piqure.

Je portai la robe jusque sur le palier et la lançai dans le hall.

– Menteuse ! criai-je.

Cette fois encore, personne ne répondit. On aurait cru que j'étais toute seule dans la maison.

Je rentrai dans ma chambre et me jetai à plat ventre sur le lit. L'air confiné se chargeait d'une odeur de lys.

Un rayon de soleil caressait mon visage comme une main tiède. Je flottais, légère et élégante, au fil du courant. Je n'étais rattachée à la terre que par un orteil et l'unique ancrage d'un mince ruban vert. J'étais une oreille, une oreille blanche et charnue, et le courant qui me berçait chuchotait le chant incessant d'une voix familière.

C'est le bruit de l'argenterie et de la porcelaine qu'on utilisait dans la salle à manger qui m'a réveillée, en même temps que la faim. L'odeur du jambon piqué de clous de girofle envahissait l'escalier. Mamadee et maman étaient les seules convives. La seule conversation consistait en quelques « passe-moi-quelque-chose-s'il-te-plaît » et « merci » et « je t'en prie » poliment murmurés.

Personne ne vint m'apporter à manger ni me dire que j'étais autorisée à descendre.

Je passai tous les disques de be-bop et de swing contenus dans la caisse du placard, à plein volume, aussi fort que le permettait le bouton du tourne-disque. Tout à coup, le plateau se mit à ralentir et l'aiguille grinça dans le sillon. Le plateau s'arrêta. Je débranchai le tourne-disque et branchai une lampe dans la prise pour voir s'il y avait du courant. Il n'y en avait pas. Je vérifiai les autres prises de la pièce, elles étaient toutes dans le même état. Quelqu'un avait coupé le courant.

Ils avaient dû oublier que je n'avais pas besoin de tourne-disque. Je me mis à chanter à gorge déployée toutes les chansons que je me rappelais.

Je fis pipi dans le pot et le jetai par la fenêtre, deux fois.

Les disques étaient éparpillés sur le sol. Quand je les ramassai pour les remettre dans leurs pochettes et les ranger dans la caisse, je vis quelque chose qui brillait sous le lit. À plat ventre, je me faufilai assez loin pour l'attraper.

Affalée sur le lit, j'examinai l'objet que j'avais trouvé. Il était fait de brins de soie tressés, comme une embrasse de rideau en passementerie, mais en beaucoup plus fin et léger. Ce n'était pas une embrasse, d'ailleurs. L'un des brins de la tresse portait une minuscule boucle d'or. Un autre brin séparé en forme de Y s'entortillait autour du premier en trois endroits. On aurait dit une paire de bretelles sur une ceinture, mais pour quelqu'un de très petit.

Le brin en forme de Y passa facilement autour de la tête de Betsy Cane McCall, mais la partie ceinture était beaucoup trop grande pour elle. Je réussis à l'entortiller deux fois autour de sa taille. Puis je lui enfilai un de ses pulls pour dissimuler le tout. J'en conclus qu'il devait y avoir quelque part une poupée à laquelle cette ceinture convenait. Voilà qui me donnait un but de recherches dans l'immensité des Remparts.

Au crépuscule de cette longue journée de printemps, j'avais vraiment très faim. Étendue sur le lit dans l'obscurité grandissante, j'entendais Mamadee, maman et Ford qui dînaient sur un plateau dans leur chambre. Ce qui me rendit d'abord à nouveau furieuse, jusqu'à ce que je me rende compte que c'était peut-être le bon moment pour me faufiler dans la cuisine.

C'est donc ce que j'ai fait. Comme je n'avais pas pris la peine de me rhabiller, j'étais pieds nus et en petite culotte. Je suis descendue à pas de loup dans la cuisine. Le jambon de Pâques dans son linceul d'aluminium fut la première chose que je vis quand j'ouvris le réfrigérateur. Sous l'aluminium, il était découpé en tranches impeccables. L'odeur qui en émanait aiguillonna mon appétit déjà intense. Je saisis une tranche et mordis dedans, et fus submergée au même moment par la sensation que c'était de la viande, de la chair morte, que j'avais entre les dents. De la viande morte et froide. Froide comme de l'argile. Le goût du sel séché et du sirop caramélisé sur la peau qui croustillait sous la dent m'emplissait la bouche. Mon estomac se rebella. J'avais envie de m'évanouir, de vomir et de suffoquer en même temps. Je crachai dans ma main libre et remis les deux tranches de viande sous le papier d'aluminium. J'avais dans la bouche un goût de sable, comme si j'avais mangé de la terre.

Les restes de la tarte au citron meringuée étaient posés sur l'étagère inférieure du frigo. J'ai pris une poignée de meringue et de crème au citron pour m'en emplir la bouche. L'acidité du citron et la suavité plus neutre de la meringue couvrirent le goût du jambon et leur fluidité fraîche eut facilement raison de la crispation de mon œsophage. Je mangeai avec les doigts jusqu'à satiété et les restes de la tarte disparurent bientôt, accompagnés de thé sucré provenant du pichet. Ce ne fut pas un repas bien propre. Des miettes et des morceaux de croûte de tarte, de crème au citron et de meringue jonchaient le sol devant la porte ouverte du frigo. Je rotai bruyamment. J'avais de la tarte tout autour de la bouche. Je me suis léchée en tirant la langue au maximum, histoire de me débarbouiller un peu.

Puis je suis allée dans la salle à manger regarder mes œufs dans leur panier. C'étaient les seuls œufs de Pâques que j'aurais. L'année précédente, le lapin de Pâques m'avait apporté un énorme panier de bonbons et un lapin en chocolat. Ford m'avait traitée d'idiote et m'avait dévoilé le secret. C'est comme ça que j'avais appris que c'était papa, le lapin de Pâques. À ce souvenir, le chagrin me submergea à nouveau. J'étais triste parce que Ford avait détruit le mystère, parce que maman ne m'avait rien donné cette année, et parce que papa ne serait plus jamais mon lapin de Pâques.

Tansy avait débarrassé la table et il n'y restait plus que le panier que j'avais fait. En m'approchant, j'ai vu que tous les œufs du panier étaient écrabouillés. Pendant une fraction de seconde, j'ai cessé de respirer. Puis j'ai vu que sous le tas de fragments, il y avait un autre œuf, intact celui-là, le seul. Écartant les débris de coquilles, j'ai pris l'œuf entier et l'ai posé dans ma paume. Il avait été vidé et teint, mais pas par moi. Je connaissais les miens. Ils étaient roses comme une fleur d'azalée et décorés d'une résille verte.

Maman est sortie de sa chambre. Je me suis tournée vers la porte pour l'attendre.

Elle s'est arrêtée sur le seuil et a demandé :

– Calley, qu'est-ce que tu fais ?

J'ai tendu l'œuf que j'avais dans la paume.

– Quelqu'un a écrabouillé mes œufs. J'ai trouvé celui-ci. Il n'est pas à moi.

Maman s'est approchée pour me le prendre. Elle y jeta à peine un coup d'œil.

– Il m'a l'air d'être comme les autres.

– Je t'assure que non.

Maman a regardé le panier de coquilles écrasées en faisant la grimace.

– Après tout le temps que Tansy a passé pour t'aider à faire ces œufs, tu les as réduits en miettes.

– Ce n'est pas moi !

Ses doigts se sont refermés sur l'œuf et l'ont écrasé. Un instant, elle a cligné rapidement des paupières puis a ouvert la main pour regarder. Au milieu des fragments, il y avait un petit rouleau de papier. Elle a posé le tout sur la table et pris le message. Elle l'a déroulé avec un regard hâtif comme si elle risquait d'être aveuglée si elle le fixait trop longtemps. Encre verte, papier rose. Puis elle me l'a tendu.

– Toi qui as si faim, dit-elle. Mange-le.

Je l'ai fourré dans ma bouche, l'ai mâché frénétiquement puis lui ai craché la boule de papier à la figure. J'ai fait demi-tour et me suis enfuie. Elle ne prit pas la peine de me poursuivre.

20

Un soir, au début de mai, maman et Mamadee étaient assises dehors sur la galerie. Elles fumaient des cigarettes en se balançant côte à côte dans de grands rocking-chairs peints en vert. Un croissant de lune pointait entre les feuilles du chêne à proximité de la façade.

Je vois la lune
Et la lune me voit

J'étais dans l'arbre et je faisais semblant d'être un oiseau moqueur.

– Maman, dit maman, je n'ai plus d'argent. Tout ce que j'ai est bloqué à cause de cette horrible histoire et je ne peux pas vivre sans rien. Tu pourrais peut-être me prêter un petit peu d'argent de temps en temps jusqu'à ce que tout soit arrangé.

Le silence de Mamadee a duré trop longtemps.

– Il faut que je voie de combien je dispose, Roberta Ann.

Maman a éclaté de rire.

– Tu sais à un sou près ce que tu as dans ta bourse, maman. Il faut que je trouve un autre avocat. Un vrai. Tu sais que ça va me coûter un tiers de tout ce que j'ai pour faire annuler ce testament.

Mamadee dispersa ses cendres dans la nuit d'un geste rageur.

– Pourquoi ne peux-tu te mettre dans la tête qu'il n'y a aucune raison de faire annuler ce testament ? Je te conseillerais, Roberta Ann, de ne plus jamais me parler de ce testament.

Maman fulmina un instant avant de répliquer :

– Au début, j'étais veuve, maman, mais maintenant je suis devenue victime.

– Évidemment, je savais que tu verrais les choses sous cet angle, dit Mamadee. Mais je ne suis pas sûre que ce soit aussi clair pour tout le monde.

– De quoi parles-tu ?

Plus on met de temps à aborder un sujet déplaisant, et plus il se révèle déplaisant au bout du compte. Maman pressait Mamadee de continuer.

– Dis-moi seulement ce que tout le monde dit dans cette satanée ville, maman. Ce ne peut guère être pire que ce que j'ai toujours dit sur eux, sauf que je dis toujours la vérité, moi.

– Tu es allée à la Nouvelle-Orléans, commença Mamadee d'un ton condescendant, avec l'intention d'assassiner ton mari. Tu as engagé une grosse femme et son amie pour faire le travail. Il a découvert le complot et a refait son testament, sauf que tu ne le savais pas et que tu l'as quand même fait tuer, et maintenant c'est bien fait pour toi si tu te retrouves sans un sou.

– C'est ce que disent les gens ?

– Oui, sauf que la plupart rajoutent des détails. Et la seule chose positive qu'ils trouvent à dire, c'est qu'au moins tu as engagé les services de deux femmes blanches pour le torturer, l'assassiner et le couper en morceaux après coup.

Les deux femmes continuèrent à se balancer furieusement pendant quelques instants en silence, inhalant et soufflant comme une paire de dragons se menaçant mutuellement par signaux de fumée.

Maman écrasa le mégot de sa Kool dans le couvercle d'un bocal en verre qu'elle utilisait comme cendrier.

– Les gens disent ça, probablement. Mais il y en a d'autres qui disent autre chose.

– Quelle autre chose les autres disent-ils ?

Le ton de Mamadee exprimait clairement sa conviction que maman était sur le point d'affabuler.

– D'autres disent que la mort de Joseph n'a rien à voir avec moi, que Winston Weems et Deirdre Carroll ont simplement trouvé un moyen de mettre la main sur l'argent de Joe Cane Dakin. Ils ont rédigé un testament, payé des témoins pour jurer que Joseph l'a réellement signé, et ils essaient de faire croire à tout le monde que c'est moi la coupable. Donc je vais quitter la ville, et vous allez pouvoir engager une autre grosse femme et sa copine pour tuer l'idiote de femme de Winston Weems, et toi et Mr Weems allez pouvoir mener la grande vie jusqu'à ce que vous en creviez.

– Les gens ne disent absolument rien de tel, rétorqua Mamadee. Je suppose que c'est toi qui as fait avaler cette invention à ces crétins du FBI.

– Elle a plus de sens que l'autre.

– Ce qui a le plus de sens, chérie, c'est la partie où tu quittes la ville.

Le rocking-chair de maman cessa de se balancer.

– Je n'en crois pas mes oreilles. Non, je mens. J'en crois mes oreilles. Tu as donné mes sœurs comme si c'étaient des vêtements usagés. Tu n'as jamais voulu aucun de nous, sauf Robert.

– Doucement, Roberta Ann. Si tu veux remuer la boue, ça va puer, tu le sais. – Mamadee adoptait sa tactique habituelle : toute résistance à ses projets démontrait un manque évident de vertu. – Si tu es trop égoïste pour penser à moi, tâche au moins d'avoir une pensée pour Ford. Ces deux bonnes femmes vont être jugées dans quelques jours. Le scandale va être ravivé pour faire vendre les journaux. Tu ferais bien de trouver un endroit où tu pourrais te faire oublier. Et pas seulement le temps que la sensation provoquée par le jugement soit retombée. Pendant dix ou douze ans. Toi et Calley. Ford est beaucoup trop fragile pour t'être confié. En fait, je suis sûre que n'importe quel juge un peu raisonnable estimerait que c'est de ta faute si cet enfant est dans un tel état, et que tu n'es pas apte à jouer ton rôle de mère.

Maman eut distinctement le souffle coupé.

Mamadee connaissait tous les juges d'Alabama. Beaucoup d'entre eux devaient leur nomination à son financement et à son influence pendant leurs campagnes électorales. Mamadee était capable de mettre ses menaces à exécution.

Maman sortit une nouvelle cigarette et l'alluma.

– Ma propre mère. – Maman tira la première bouffée de cigarette en tremblant. – Est-ce que tu m'as jamais aimée, maman ?

Mamadee dédaignait les questions.

– J'ai honte de devoir rappeler à ma propre fille que par pure bonté d'âme, j'ai payé une note d'hôtel exorbitante à la Nouvelle-Orléans, ainsi que les frais d'obsèques de son mari en faillite, et qu'elle et sa fille mangent à ma table et dorment sous mon toit depuis des mois et font des dépenses à crédit sur mon compte dans toute la ville de Tallassee. Et, plus important encore, Roberta Ann, je n'ai pas oublié que tu as un million de dollars dans un coffre qui appartient de droit aux bénéficiaires de l'héritage de Joe Cane Dakin. Et tu oses me demander de t'avancer de l'argent.

Maman bondit. La main gauche posée sur l'autre avant-bras et sa cigarette tremblant dans la main droite, elle s'éloigna à grands pas sous les chênes.

Restée seule dans le calme qui suivit, Mamadee continua à se balancer complaisamment. Elle toussota, puis émit un petit rire de gorge.

Mes sœurs, avait dit maman. Comme des vêtements usagés. À qui Mamadee avait-elle donné les sœurs de maman ? Et pour quelle raison ? Les réponses se trouvaient peut-être aux Remparts, au fond d'un placard, ou d'une vieille malle, dans un grenier, une cave, une grange. Les Remparts redevenaient soudain dignes d'intérêt.

J'aurais dû savoir qu'il n'y avait aucune chance que les démons de l'enfer me donnent jamais l'occasion de le découvrir.

21

Maman me secoua avant l'aurore, un doigt posé sur les lèvres pour me faire taire. En fait, j'étais déjà réveillée mais je gardais les yeux fermés. Elle était debout depuis un moment, et s'était maquillée, coiffée et habillée. Elle portait un tailleur et un élégant chapeau. Sans un mot, elle sortit ses valises de sous le lit.

Je me suis habillée en hâte et l'ai aidée à faire ses bagages. À un moment, en jetant un coup d'œil dans le miroir de sa coiffeuse, je l'ai vue glisser dans la valise une boîte à bijoux, derrière mon dos. Elle ne lui appartenait pas.

Une feuille de papier sur la commode a attiré mon attention. On y lisait : *Deirdre Carroll est autorisée par la présente à agir in loco parentis en mon nom, Roberta Ann Carroll Dakin, en ce qui concerne mon fils mineur, Ford Carroll Dakin jusqu'à sa majorité.* La lettre était tapée à la machine, à l'exception de la signature de maman, en bas. Je compris donc que c'était un des tours de passe-passe du vieux Weems.

On a ensuite ouvert la malle de cèdre, sorti le coffre et on l'a porté en bas sans faire de bruit. Ce truc était horriblement lourd. Je ne savais pas que l'argent pouvait peser autant. Il aurait été à peine plus difficile de déménager la table de toilette de Mamadee.

Maman a filé ses bas et s'est cassé les ongles. Elle a réussi, je ne sais comment, à ne pas lâcher de gros mots.

Quand on a eu fini de le charger dans la malle arrière de l'Edsel, je ne tenais plus debout. Maman s'est aperçu que j'avais besoin de récupérer. Je me suis assise quelques minutes sur le rebord de l'escalier et j'ai examiné les écorchures, bleus, éraflures et coupures de mes jambes et de mes pieds. Ma salopette m'avait protégée dans une certaine mesure mais, comme j'étais sans chaussures, c'étaient mes pieds qui avaient le plus souffert. Ils saignaient en une multitude d'endroits et étaient non seulement couverts de bleus, mais plusieurs ongles de mes orteils étaient noirs.

Maman a descendu une autre de ses grosses valises. Puis je suis remontée avec elle. On a fait ainsi plusieurs voyages pour charger le reste. La caisse de l'Edsel s'était abaissée sous le poids. On a tout fait sans pratiquement échanger un mot.

À voix basse, elle m'a dit d'aller chercher ma valise et de me dépêcher.

Il m'a fallu moins de quatre minutes pour monter et redescendre. Les livres dans la valise ballottaient lourdement à chaque pas, et je trébuchais sous leur poids, en plus de celui de mon tourne-disque. Maman sortait à cet instant du cabinet de toilette du rez-de-chaussée. Elle était jambes nues.

Elle m'arrêta du regard.

En posant la valise, puis le tourne-disque, je faillis tomber. Je me précipitai dans le cabinet de toilette. Les bas déchirés de maman étaient dans la poubelle.

J'entendis maman rentrer et ressortir vivement de la maison à pas de loup. Quand je réapparus, ma valise et mon tourne-disque étaient encore où je les avais posés. Je craignais que maman ne parte sans moi et je me hâtai de la rejoindre en trébuchant sous le poids. La valise me cogna les jambes, y ajoutant quelques bleus.

Elle était devant le coffre ouvert et tenait une paire de candélabres en argent de Mamadee enveloppés dans des serviettes de table. Elle les coinça judicieusement entre les valises, en compagnie d'autres objets enveloppés de serviettes qui n'étaient pas là précédemment.

Mes tennis étaient dans les poches de ma salopette, avec Betsy Cane McCall. Je portais sur moi le tee-shirt de papa. La brosse à dents et le peigne que j'avais emmenés à la Nouvelle-Orléans étaient toujours dans la salle de bains de maman, mon manteau dans la chambre de Junior. J'aurais voulu emmener tout ça, et aussi la caisse de disques. Mais j'étais certaine, au point d'en avoir mal au cœur, que maman me laisserait si j'essayais de retourner les chercher.

Il n'y avait pas de place pour mes affaires dans le coffre. Maman avait même rempli le siège arrière avec ses valises. J'ai tenté d'y coincer mon tourne-disque.

Maman émit un sifflement menaçant. Elle prit ma place, saisit le tourne-disque et le balança dans l'allée. Sous l'impact, le couvercle s'ouvrit et tous les disques se répandirent sur le gravier. Maman s'empara de ma valise, hoqueta de surprise sous le poids inattendu qui faillit la déséquilibrer et la lança sous le siège avant. Elle me saisit à bras-le-corps, me fourra dans la voiture et claqua la portière.

Dans ma rage pour récupérer mon tourne-disque, je tentai de tourner la poignée. Maman plongea sur le siège avant et verrouilla la portière. Puis elle me donna une bonne claque, en plein sur l'oreille gauche. J'en vis trente-six chandelles.

Au moment où maman tournait la clé de contact, Mamadee apparut sur la galerie. Elle était encore en chemise de nuit, kimono de soie et mules en agneau, ses cheveux gris enroulés sur des bigoudis roses. Elle avait le visage enduit de crème blanchâtre. Elle avait dû être réveillée par la chasse d'eau du cabinet de toilette ou par le claquement de la portière, à moins que ce ne soit par la révélation instinctive que maman était en train de la dévaliser.

Agrippant son kimono d'une main sur la poitrine, Mamadee se précipita sur la portière côté conducteur et cogna à la vitre.

Maman appuya sur l'allume-cigare, ficha sa cigarette dans le petit cercle rouge et passa la marche arrière. Puis elle baissa lentement la vitre. Mamadee prit en plein visage la fumée de sa cigarette.

Mamadee toussa en essayant de parler :

– Je ne peux pas croire que tu t'en vas sans dire un mot ! Sans me dire où tu vas ! Les agents du FBI vont vouloir une adresse et les papiers pour la garde de Ford doivent…

Mamadee ne put placer un mot de plus.

Maman jeta un rapide coup d'œil par-dessus son épaule et appuya sur l'accélérateur. Mamadee faillit tomber. Je fus projetée en avant, la tête contre le pare-brise, et rebondis sur le bord du siège. Mon tourne-disque fut écrabouillé avec un bruit de boîte en carton – ce qu'il était, en mieux – sous les roues de l'Edsel. Maman fit marche arrière sur la pelouse et repartit en trombe dans l'allée de gravier. Tentant de reprendre mon équilibre, je me cramponnais au dossier du siège. Les roues de la voiture projetèrent une envolée de gravillons quand la voiture reprit contact avec le sol.

Derrière nous, Mamadee tentait d'esquiver les projections de gravier et de poussière en levant les mains. Dans le contre-jour du soleil qui montait sur l'horizon, elle était toute blanche, des pieds à la tête, comme un fantôme. Je ne l'ai jamais revue en vie, mais maman et moi avons eu de ses nouvelles et à ce moment-là, elle était déjà devenue un fantôme, pour de vrai.

22

Je n'avais plus de souffle pour parler, et encore moins pour crier et protester mais j'aurais voulu m'emparer du volant et envoyer valdinguer l'Edsel dans l'arbre le plus proche. J'étais également en proie à la peur tout aussi violente qu'elle se débarrasse de moi en m'abandonnant sur le bas-côté. Ou alors, ce qui semblait désormais totalement possible, en m'écrasant délibérément en marche arrière comme elle l'avait fait avec mon tourne-disque.

Mon oreille était encore brûlante et douloureuse. Recroquevillée sur le siège, plus désespérée que jamais, je voulais que mon papa revienne.

Sur la route de terre rouge à la sortie de Tallassee, maman mit ses lunettes noires pour se protéger du soleil qui se levait dans un beau ciel bleu et pur. Si les cartes dans la bibliothèque du Capitaine Senior disaient vrai, en allant vers l'est on se retrouverait en Géorgie. Pensacola était pratiquement dans la direction du sud. Maman ne savait sans doute pas où nous allions. Sinon pourquoi partirait-elle vers l'est ?

La route traversait des champs déjà secs et des bosquets de chênes verts, près de maisons abandonnées envahies de plantes grimpantes. Maman descendit les vitres et l'odeur de la campagne miséreuse envahit l'Edsel. Des chiens enchaînés à des arbres dormaient dans les cours de ferme où des poulets dépenaillés grattaient la poussière sans la moindre énergie. Les moustiques pullulaient déjà dans les profondes rigoles de chaque côté de la route. Mon papa m'avait dit un jour que les mocassins d'eau élevaient leurs petits dans ces fossés.

En retrouvant ma place familière sur le siège du passager, comme quand je voyageais avec papa, je commençais à me sentir mieux. Il appelait ce siège la place du fusil. Chaque kilomètre nous éloignait un peu plus de Mamadee. Mon tourne-disque était dans le même état que Humpty Dumpty, c'est-à-dire en mille morceaux. Je ne donnerais pas à maman la satisfaction de pleurer ouvertement pour ça. Mes poings se desserrèrent, ma mâchoire se détendit à mesure que l'Edsel avançait. Mamadee était derrière nous. Un bienfait qui valait largement la perte de mon tourne-disque.

Nous sommes arrivées à un croisement où il n'y avait pas de panneau indicateur, ni maison en vue, ni magasin, ni âme qui vive. Même pas un nuage de poussière rouge indiquant qu'un véhicule était passé là récemment. Pas un oiseau dans le ciel, ni merle quiscale, ni étourneau, ni merle roux, ni corbeau d'aucune sorte, corneille de rivage ou corbeau ordinaire. En Alabama, il y a toujours des oiseaux dans le ciel.

Maman arrêta la voiture en plein milieu de l'intersection. Elle éteignit le moteur.

– Que vais-je devenir ? Ma position dans le monde, mon fils chéri, on m'a tout pris.

Sa voix tremblait. Elle se sentait vraiment persécutée. Sa conviction était suffisante pour me faire croire qu'elle était victime, sans que je sache pourquoi.

– Tu m'as encore, lui rappelai-je.

Le regard cynique qu'elle me lança était à peu près ce que méritait ma flagornerie.

– J'ai promis à ton papa, dit-elle avec impatience, et elle regarda d'un côté, puis de l'autre. On pourrait tourner à droite, ou tourner à gauche. Ou bien on pourrait aller tout droit et voir où nous mène ce chemin de terre.

Je voulais savoir ce qu'elle avait promis à mon papa. Je regardai de tous les côtés, comme elle, puis en l'air. Toujours pas de merle dans le ciel, ni rien d'autre.

– Tournons à d…, commençai-je. – Je modifiai immédiatement. – Non, je veux dire, tournons à gauche, maman. Je veux aller à gauche.

Soudain un vol de merles arriva à tire-d'aile au-dessus de nous.

– Compte les corbeaux, dit maman.

– Un comme chagrin, récitai-je, deux comme adieu, trois va à gauche, quatre tourne à droite, cinq on s'arrête, on fait la fête…

– Oh, tais-toi, s'exclama maman. Je ne parlais pas littéralement. Calliope Calley Dakin, je jurerais que tu es débile. Et de toute façon, tu te trompes toujours. J'ai cru mourir de honte quand tu chantais n'importe quoi dans ce cimetière de malheur.

Maman regarda vers la gauche. Elle soupira comme si elle voyait les tours d'émeraude du magicien d'Oz. Puis elle me regarda avec un petit sourire et hocha la tête, comme pour me prévenir que les tours d'émeraude du magicien d'Oz étaient un mirage et une trahison. Elle jeta un rapide coup d'œil à droite et rejeta aussi cette possibilité.

– Je veux aller tout droit.

Je fis semblant de réfléchir un instant.

– On peut pas aller à gauche ?

– Pas aujourd'hui.

Maman tourna la clé de contact. L'Edsel fit un bond en avant, soulevant de la poussière rouge des deux côtés.

J'ouvris la boîte à gants et sortis les cartes routières. Maman tendit instantanément la main droite. Pendant nos voyages, avec papa, il me laissait étudier les cartes tant que je voulais. Maman claqua des doigts avec impatience. Je lui donnai les cartes. Elle les transféra dans sa main gauche et les jeta une par une par la fenêtre. Je me retournai sur mon siège pour les voir s'envoler derrière nous, cartes-oiseaux dans le sillage de l'Edsel, ailes de papier claquant au vent, toutes hachurées de routes.

Il y avait encore un manuel et un bout de crayon dans la boîte à gants. Je les ai pris et j'ai écrit au dos du manuel les panneaux indicateurs à mesure que nous les passions.

Carrville, Milstead Goodwins, LaPlace, Hardaway, Thompson, Hector,
High Ridge, Postoak, Omega, Sandfield, Catalpa, Banks.

Je ne devais pas les revoir avant des années, sauf dans un atlas des États.

Avant d'arriver à Banks, maman a arrêté la voiture sur le bas-côté. On a fait pipi dans un petit bois de pins. Sur des routes aussi désertes, notre pudeur ne courait guère de risques. Nous avions des mouchoirs en papier mais j'ai jugé prudent de ne pas faire remarquer l'incapacité où nous étions de nous laver les mains.

Ensuite, maman s'est mise au volant et a regardé fixement la route en direction de Banks. Elle a rectifié son rouge à lèvres dans le rétroviseur. Elle a tiré le cendrier et l'a vidé sur la route par la fenêtre. Elle a allumé une autre cigarette. En redémarrant, elle a fait demi-tour. Nous avons traversé Troy et sommes arrivées à Elba.

Nous avions fait plus de deux cents kilomètres. Je regrettais de ne plus avoir les cartes. J'étais presque sûre que l'itinéraire que nous avions suivi était facilement deux fois plus long que nécessaire, en partie à cause du détour par Banks. Je n'avais pas la moindre idée de l'intérêt que Banks pouvait avoir pour maman.

Elle ne semblait pas savoir où aller. Elle prit le prétexte que l'heure du dîner – le repas de midi en Alabama – était passée, et déclara que si elle ne mangeait pas rapidement, elle allait se trouver mal. En fait, elle n'avait pas seulement faim, elle était épuisée.

Elba est une petite ville dans le comté de Coffee. Sa principale qualité, dit maman, c'était que nous n'y connaissions personne et que personne ne nous connaissait. En quoi elle avait tort. La principale qualité d'Elba, en ce qui me concernait, c'est qu'elle était au sud de Montgomery. Mais pas encore assez loin à mon gré.

Les choses ont sans doute changé depuis ce temps-là, et Elba doit compter aujourd'hui un Holiday Inn ou un Motel 6, voire le luxe d'un Marriot Courtyard, mais à cette époque le seul choix était entre l'hôtel Osceola, Le Sillon – que dans le coin on appelait le Souillon à cause des puces, me dit maman – ou un meublé. Maman aurait préféré dormir dans la voiture que de descendre dans un meublé. Elle m'expliqua que tous ceux qui logeaient en meublé avaient tellement honte que les rideaux étaient toujours tirés, qu'il y avait toujours quelqu'un qui était mort dans le lit que vous occupiez, que tout le monde utilisait la même salle de bains, ce qui, à cause de l'infâme nourriture, provoquait une constipation universelle. Dans un meublé, c'était le seul sujet de conversation. La constipation, selon maman.

L'hôtel Osceola n'avait pas, et de loin, la splendeur de l'hôtel Pontchartrain. À ma grande surprise, dès notre arrivée, maman est allée directement au comptoir et a demandé la meilleure chambre. La meilleure chambre était au troisième étage et c'était la seule de tout l'hôtel à avoir une salle de bains privée. Maman est retournée à la voiture avec le gros bonhomme qui était derrière le comptoir et lui a fait monter une partie de nos bagages – une de ses valises à elle, ma petite valise rouge et le coffre. Maman me laissa dans le hall pendant qu'elle accompagnait le bonhomme avec les bagages dans la chambre qu'elle avait réservée, comme si elle avait l'intention de passer la nuit en cet endroit. J'étais à la fois déçue et inquiète. Si jamais maman changeait d'avis, faisait demi-tour et nous ramenait aux Remparts ?

Elle est redescendue et nous avons dîné – dans la salle à manger au rez-de-chaussée, d'où nous pouvions voir la rue principale et faire des conjectures sur le nombre de vieillards assis dans les rocking-chairs, le menton sur la poitrine, sur la galerie extérieure du magasin général de l'autre côté de la rue, qui étaient effectivement morts. À deux heures, nous étions les derniers et les seuls à être servis. Maman avala coup sur coup je ne sais combien de verres de café glacé sans sucre sans cesser de se plaindre de la chaleur, alors qu'il ne faisait pas chaud du tout.

Je me souviens que je me suis dit, à ce moment-là, heureusement que maman ne se fait pas de souci pour moi. Parce que si elle avait dû se sentir responsable de moi en plus, son angoisse aurait été insoutenable.

– Heureusement que nous avons ce coffre là-haut, Calley, hein ? Peut-être qu'il n'a pas porté chance à ton papa, mais c'est sacrément sûr qu'il va nous sauver la vie.

On voit à quel point maman était bouleversée. Elle disait « sacrément » en public. Elle disait aussi « nous », ce qui me rassura un peu.

Une fois dans la meilleure chambre, elle allait être encore bien plus bouleversée. Pour la première fois depuis qu'elle me l'avait attaché au cou, elle dénoua le cordon de soie avec les deux clés. L'une des clés, naturellement, était celle de sa malle de cèdre aux Remparts. Elle la jeta sur la courtepointe du lit. Puis elle s'agenouilla près du coffre pour l'ouvrir.

Il était vide.

À l'exception des traces noires du sang de papa.

Son visage devint livide. Elle s'appuya sur les talons et se redressa en chancelant.

– Oh, Jésus, Seigneur Dieu ! s'écria-t-elle, et elle fonça dans la salle de bains.

Évidemment, je l'ai suivie et l'ai vue s'agenouiller devant les toilettes pour y vomir tout le café noir glacé contenu dans son estomac.

Quand elle s'est relevée pour s'asseoir sur ses talons, j'ai mouillé un gant de toilette dans le lavabo et le lui ai donné pour qu'elle s'essuie la bouche. Puis j'en ai humecté un autre et lui ai bassiné le visage, qu'elle levait vers moi. Ses tremblements et ses frissons me faisaient peur. J'avais envie de me précipiter sur le téléphone pour demander à la direction d'appeler un médecin.

Elle m'a pris le poignet et m'a dit d'une voix implorante :

– L'argent était là ce matin, Calley ! Tu l'as vu ! Il était là quand nous nous sommes levées ce matin et il était si lourd qu'on pouvait à peine le bouger. La seule clé était celle qui était attachée autour de ton cou et tu ne l'as jamais quittée, n'est-ce pas ?

– Non, maman.

– *Tu ne l'as jamais quittée ?*

Non. Mais j'eus la conviction immédiate que personne n'avait pris l'argent dans le coffre.

Quand nous l'avions sorti des Remparts et mis dans l'Edsel, et que maman et moi étions rentrées dans la maison, quelqu'un avait simplement pris le coffre contenant l'argent en lui substituant un coffre identique, celui qui avait contenu le torse démembré de papa. À sept ans, je n'avais pas encore assez regardé la télé ni vu assez de films pour comprendre que le coffre sanglant aurait dû se trouver sous séquestre dans une cour de justice à la Nouvelle-Orléans. Je finis par obtenir cette information grâce à des romans populaires de type juridique, à l'âge de treize ou quatorze ans. Si je l'avais su, j'aurais probablement compris que si Mamadee était capable de soudoyer des juges en Alabama, elle pouvait de la même façon acheter des flics de la Nouvelle-Orléans. Je le crois encore à ce jour.

Maman a commencé à se remettre et m'a permis de l'aider à se relever et à aller jusqu'à son lit. Elle a eu un mouvement de recul devant le coffre et a fermé les yeux pour ne pas le voir. Quand elle a été allongée, je suis retournée à la salle de bains pour tremper à nouveau l'un des gants de toilette dans l'eau fraîche. Je l'ai plié en compresse sur ses yeux et me suis assise près d'elle pour lui tenir la main.

– Enlève *ça* de ma vue !

Les mots de maman sortaient de ses dents serrées sous le masque humide du gant de toilette posé sur ses yeux.

Je réussis à tirer et à pousser le coffre dans un placard et à fermer la porte. Il puait. Il empestait le sang, comme dans une boucherie. L'odeur était si affreuse que je ne comprenais pas comment on ne l'avait pas sentie instantanément en entrant dans la chambre, ni comment maman ni celui qui l'avait monté ne l'avaient pas remarquée.

– Qu'allons-nous faire ? me demanda maman d'un ton désespéré.

– Et si on appelait Fennie ?

C'était la question que maman attendait de moi, je pense.

– Qu'est-ce que Fennie pourrait faire ? Nous ne connaissons même pas son nom.

Mais maman avait dit son nom correctement, cette fois-ci. En disant *nous ne connaissons pas son nom*, maman sous-entendait que ce serait bien que je puisse fournir le nom de famille de Fennie, et éventuellement imaginer une façon de lui envoyer un signal de détresse.

– Elle s'appelle Verrill, dis-je. – Maman n'aimait pas que je voie trop clair en elle. – Verrill. Non, ce n'est pas ça. Verlow. Oui, c'est ça, elle s'appelle Verlow.

– Et ça nous fait une belle jambe !

Je hochai la tête.

– Je ne sais pourquoi, dit maman, j'ai l'impression que Fennie Verlow n'habite pas à Tallassee.

– Moi non plus.

– Moi aussi, Calley, me corrigea maman. Où que se trouve l'humble demeure de cette femme, elle a peut-être le téléphone. Mais nous n'avons pas son numéro, que je sache ?

– Non, maman.

– Bon, eh bien, je crois que si tu veux vraiment te rendre utile, tu ferais bien de descendre chercher de l'aspirine pour la pauvre tête de ta maman.

– Mais il me faut de l'argent.

– Tu descends et tu demandes l'aumône, ma chérie.

Je suis restée plantée là, médusée.

– Autant que tu t'y habitues, parce que, à partir de maintenant, nous allons devoir compter sur la charité des autres tous les jours de notre vie. Aujourd'hui, tu as seulement à mendier vingt cents pour un tube d'aspirine au premier venu qui aura l'air gentil que tu croiseras dans le hall. Ne demande pas à une dame, ma chérie, parce qu'elle te donnera les vingt cents mais après, elle n'aura de cesse de savoir qui est ta mère.

Maman mentait. Oh, comme elle mentait ! Nous n'étions pas encore sans le sou. Elle n'avait pas parlé de ses bijoux ni des autres objets de valeur qu'elle avait piqués aux Remparts, ni de sa réserve secrète, qui contenait vraisemblablement mon dollar d'argent. Et nous avions l'Edsel. Elle pouvait la vendre. Je savais qu'elle rapporterait… un montant représentant aux yeux d'une enfant de sept ans une fortune équivalente à la rançon d'un million de dollars.

Au moment où je refermais la porte, le téléphone sonna dans notre chambre. Le *drrring* de ce téléphone, dans une chambre d'hôtel d'Elba, Alabama, où personne ne connaissait notre présence, me redonna la respiration.

C'était Fennie, bien sûr. Pas la peine de s'attarder pour en être sûre.

– Allô ? dit maman de sa voix la plus suave, celle qu'elle réservait toujours aux inconnus.

Je courus dans le couloir pour ne pas en entendre davantage.

Au rez-de-chaussée, je ne mendiai pas les vingt cents de l'aspirine de maman. Je m'adressai à la dame qui tenait le petit comptoir, dans le hall près de la porte. Elle vendait des Chicklets, des Tiparillos et le journal local, le *Dothan Eagle*.

Les sourcils froncés pour que mes lunettes soient un peu de travers, je lui dis : « Ma maman a une migraine affreuse et elle m'envoie chercher de l'aspirine, mais elle ne m'a pas donné d'argent. Elle a dit que je pouvais le faire compter sur la note comme on avait fait une fois à la Nouvelle-Orléans… »

La vendeuse était une jeune femme, à peine sortie de l'enfance. Elle se serait peut-être attendrie sur un nourrisson mais les enfants en âge de marcher ne l'intéressaient pas du tout. Confrontée à un bout de gamine d'intelligence douteuse, elle voulait se débarrasser de moi plutôt que de vérifier que j'étais effectivement l'enfant d'un client. Elle me tendit l'aspirine par-dessus le comptoir en souriant artificiellement en direction d'un point largement au-dessus de ma tête.

Maman ne me demanda jamais comment je m'étais procuré l'argent pour l'aspirine. Elle avait autre chose en tête. Il lui fallait trouver une solution pour quitter l'hôtel Osceola avec la splendeur compatible avec son standing, tout en ne payant pas la note.

– Nous allons retrouver ton amie, la sœur de Fennie, à Pensacola Beach, dit maman. Quand j'ai dit que tu n'avais jamais vu le golfe du Mexique ni joué dans le sable, il a été impossible de contredire ton amie Fennie. Alors, à cause de toi, je crois que nous allons être obligées de quitter cet endroit pour aller là-bas.

Maman s'attribuait les questions que Fennie avait dû poser, j'en étais sûre.

– Tu sais, on peut rester ici, maman.

– Non, c'est impossible. Si nous restons ici, ça va nous coûter cher. Nous allons chez ton amie la sœur de Fennie à Pensacola Beach, ou alors tu redescends et tu mendies beaucoup plus de vingt cents pour un tube de comprimés d'aspirine.

– Comment Fennie savait-elle que nous étions ici ?

– Elle a de la famille à Elba – pas mal l'idée que personne ne nous connaissait – en tout cas c'est ce qu'elle dit. Peut-être qu'une de ses cousines travaille dans la cuisine de l'hôtel. Ou comme femme de chambre. Ou au standard téléphonique.

– Peut-être, dis-je. Alors peut-être qu'on peut juste prendre la voiture et partir comme si on allait voir quelqu'un, et on laisserait toutes nos affaires ici, et comme ça personne ne saurait qu'on est parties et les cousines de Fennie s'occuperaient de tout quand il n'y aurait plus personne au bureau.

Maman me regarda avec un amusement songeur.

– Je sais ce qui s'est passé. Je devais marcher au bord du caniveau un jour quand un bébé s'est accroché à ma jupe. C'était toi, ce bébé. Parce qu'une fille de mon propre sang ne conseillerait jamais le vol et la malhonnêteté.

– Je te demande pardon, maman.

– Et j'espère que tu as profondément honte, comme il sied à une bonne petite fille.

– Oui, maman.

Et c'est exactement ce que nous avons fait.

Personne ne nous a arrêtées quand nous sommes parties en voiture sans valises et sans avoir payé la note. Et les bagages nous attendaient quand nous sommes arrivées chez la sœur de Fennie.

23

Le trajet vers le sud d'Elba à Pensacola est d'un peu moins de trois cent vingt kilomètres, bien que cela semble beaucoup plus court sur la carte. J'ai eu tout le temps de me demander pourquoi maman avait pensé à Fennie en premier. Je l'ai soigneusement observée. J'ai écouté tout ce qu'elle disait. C'est la jauge d'essence qui me donna la certitude que, finalement, maman n'avait pas la moindre idée de ce qui se passait.

Nous avons quitté l'hôtel par la grande porte – partir autrement aurait été équivalent (du moins pour maman) à être marquée au fer rouge d'un *P* comme pauvre. Nous avons superbement traversé le hall minuscule avant de rejoindre la voiture, garée sur une des places devant la salle à manger, tandis que maman s'accordait le luxe d'un débat à haute voix avec elle-même pour savoir si nous avions vraiment envie de rendre visite à notre tante Tallulah qui habitait sur la route de Opp. Je regrettais bien de ne pas avoir de tante Tallulah. Ce serait chouette d'avoir une tante qui s'appelait comme ça. Pendant un instant insensé, je me demandai si mes véritables tantes, Faith et Hope, habitaient sur la route de Opp, sous le nom de Tallulah. Faith et Hope Tallulah, vêtements usagés.

Personne ne porta la moindre attention à la comédie de maman.

Je savais que personne ne nous arrêterait et que nous parviendrions à Pensacola Beach. Je m'attendais à ce que la sœur de Fennie lui ressemble. Je me disais même que Fennie elle-même serait là-bas pour nous accueillir.

Maman soupirait encore sous l'effort d'une prise de décision cruciale quand elle s'est assise au volant et a tourné la clé de contact. Elle a regardé dans le rétroviseur en reculant et a continué à y jeter des coups d'œil incessants. Grâce à sa longue expérience, elle réussit à mettre en marche l'allume-cigare et à allumer une cigarette, en y mettant les deux mains, avant que l'hôtel Osceola dans tout son manque de splendeur ne disparaisse au loin derrière nous. Elle tenait sa cigarette entre deux doigts en exhalant la fumée.

– Regarde derrière si tu vois arriver le shérif et tends l'oreille pour entendre quand il va armer son fusil, bébé. Il faut que tu préviennes maman de se baisser à temps, dit-elle.

Penchée au-dessus du siège arrière, je fis semblant de guetter le shérif. Étrange coïncidence, une voiture de police apparut juste au moment où nous quittions Elba. Je n'attirai pas l'attention de maman. Le shérif n'était pas à notre poursuite. J'avais vu assez de films à la télé pour savoir que les shérifs ne tirent pas sur n'importe qui, juste pour des délits mineurs comme des excès de vitesse ou parce qu'on part sans payer la note d'hôtel. Et si nous étions effectivement arrêtées, aucun simple policier, et encore moins un shérif, n'aurait la moindre chance contre maman. Ce qu'elle avait fait aux agents du FBI, elle pouvait le faire à n'importe quel simple policier. Et, selon l'essentiel de ce que j'avais observé à cette époque, tous les hommes étaient simples.

– Nous avons passé la frontière de la Floride, me dit maman environ une heure plus tard. Tu peux t'asseoir et te reposer la vue, Calley.

En m'asseyant, mon regard s'est posé par hasard sur la jauge à essence. J'ai regardé une deuxième fois. Elle était au plus bas. Vide.

J'aurais pu le signaler à maman. Elle aurait vraisemblablement dit : *Bon, tu fais bien de me faire remarquer ce petit détail, et je suppose que nous devrions nous arrêter à la prochaine station-service, mais d'après toi qui va payer l'essence quand je vais demander au gentil monsieur de remplir le réservoir de cette Edsel dévoreuse d'essence que ton papa a voulu m'acheter ?*

Ce serait en quelque sorte de ma faute si le réservoir était vide. Elle serait capable de prétendre que nous n'avions pas d'argent pour faire le plein.

Voilà pourquoi je n'ai rien dit. Quand l'Edsel cesserait de rouler faute de combustible, elle serait obligée de cracher un peu de son magot secret pour en acheter. Peut-être même aurais-je l'occasion d'entrevoir mon dollar d'argent.

J'ai écrit Floride sur le manuel puis, en dessous, le nom de la première ville que j'ai vue : *Prosperity.* Mon papa m'avait appris que « prospérité » voulait dire vivre grand train. Ce serait rigolo si on tombait en panne d'essence à Prosperity. Mais *Prosperity* fut bientôt derrière nous, dans les deux sens du terme. Nous sommes arrivées à *Ponce de Leon*, et nous avons tourné vers l'ouest en direction du soleil.

Le soleil couchant semblait mettre le feu aux grands pins qui bordaient la route du côté ouest. À part quelques instants avant Banks et un peu plus longtemps à Elba, nous avions roulé ce jour-là d'est en ouest. À présent, la jauge à essence indiquait que le réservoir était au quart plein. Elle devait être déréglée.

– C'est quoi, Ponce de Leon ? ai-je demandé à maman.

Elle balança un mégot de cigarette par la fenêtre ouverte.

– Une espèce de fée espagnole historique. Tu me prends pour l'*Encyclopaedia Britannica*, ou quoi ?

J'essayais de m'imaginer en quoi une fée espagnole pouvait être différente d'une fée américaine. Il ne m'était jamais venu à l'esprit que les fées puissent avoir des nationalités différentes.

Argyle. Defuniak Springs.

Argyle, je savais ce que c'était : c'était un motif de tricot pour un pull ou des chaussettes.

– Qu'est-ce que ça veut dire, « Defuniak » ? ai-je demandé à maman.

– Ça veut dire jeter un enfant par la fenêtre parce qu'il pose trop de questions, répondit-elle.

La jauge redescendait doucement vers le niveau le plus bas. Malgré les fréquents coups d'œil que je ne cessais d'y jeter, maman ne la regarda pas une seule fois. Le soleil disparut derrière les pins échevelés, puis descendit derrière l'horizon que maman et moi ne pouvions voir.

Maman alluma les phares. La jauge indiquait un peu plus de la moitié du réservoir.

Crestview, Milligan, Galliver, Holt. Harold, Milton, Pace, Gull Pt.

Je n'avais pas de questions à poser sur ces noms-là. Crestview et Gull Pt. désignaient les endroits eux-mêmes, où vous pouviez monter sur une crête et regarder le panorama, ou bien une pointe où il y avait tout un tas de mouettes. En arrivant à Gull Pt., la pointe des Mouettes, l'aiguille de la jauge était redescendue presque en bas.

– Maman.

Elle ne répondit pas.

– Maman, est-ce que tu sais à qui Mamadee a donné tes sœurs ?

Maman me lança un regard furieux. Elle crispa les mâchoires.

– J'aimerais bien le savoir, mentit-elle. Je t'enverrais chez cette personne par le premier train, avion ou automobile. Je t'enverrais franco de port si j'avais une adresse.

Nous sommes arrivées à Pensacola peu après neuf heures. Je mourais d'envie de faire pipi. Maman fit le tour du centre-ville de Pensacola, empruntant toutes les rues, *Zaragoza*, *Palafox*, *Jefferson*, *Tarragona*, *Garden*, *Spring*, *Barrancas*, *Alcaniz*, et recommença. Certains coins ressemblaient beaucoup au Quartier français. Tous les magasins étaient fermés et même la plupart des enseignes des hôtels étaient éteintes. Une horloge devant une banque indiquait presque dix heures. Nous avons fini par trouver le chemin du front de mer.

Maman s'arrêta.

– Ce sont des représailles. Pour m'humilier, parce que je suis ta mère et que ton *amie* Fennie Verlow est jalouse de l'influence que j'ai sur toi.

Je ressentis alors ce que je pouvais difficilement exprimer à l'âge de sept ans – c'est-à-dire que, si c'était vrai, ce devait être la première fois qu'elle m'accordait assez d'intérêt pour avoir envie de m'influencer. Je me suis redressée sur le siège pour regarder aux alentours, en faisant des efforts exagérés pour tourner la tête le plus loin possible et me pencher le plus longtemps possible par la fenêtre.

– Tu as dit que Fennie a dit que sa sœur habitait à Pensacola Beach. Ici, il n'y a que des docks. Je vois de plage nulle part.

– Je *ne* vois de plage nulle part, dit maman. – Elle démarra le moteur. – J'avais oublié. Elle a dit Pensacola Beach, en effet.

Elle fit demi-tour juste devant une voiture de police de Pensacola.

– Cette foutue plage a intérêt à ne pas être loin, nous n'avons pratiquement plus d'essence, dit-elle.

La voiture de police nous klaxonna.

Maman gémit mais s'arrêta immédiatement.

La voiture de police se gara juste devant nous, un policier descendit et par la vitre ouverte, nous regarda, maman et moi. Il avait un visage large et quand il ôta sa casquette, il découvrit une calvitie envahissante. Il sourit à maman avec une jovialité de pleine lune.

– Bonsoir mesdames, dit-il. Je crois que vous êtes perdues.

Maman lui sourit de la manière dont elle souriait aux hommes dont elle avait besoin.

– Oui, c'est vrai, dis-je d'une petite voix. On devrait être à Pensacola Beach.

– Chut, me dit maman, sans aucune trace de son irritation habituelle. Ma petite fille est si fatiguée, capitaine, qu'elle en oublie les bonnes manières. Mais elle a raison, par ailleurs. Nous cherchons Pensacola Beach.

Le policier me jeta un regard indulgent.

– Je vois qu'la p'tite est fatiguée. Faut prendre la prochaine à droite puis deux fois à gauche. Ça vous ramènera sur l'autoroute. Vous avez vu les panneaux ?

Maman fit oui de la tête.

– Vous tournez à droite sur l'autoroute Scenic Highway et ça va vous m'ner tout droit sur le pont du Causeway jusqu'à Gulf Breeze. Là, y a pas d'autre endroit où aller, à part tout droit, vous passez sur un p'tit pont de rien du tout, et voilà, vous arrivez à Pensacola Beach.

– Ah oui, dit maman. Ce n'est pas la même ville que Pensacola. Pas étonnant que nous ne trouvions pas.

– Exactement, acquiesça le policier. Allez, et maintenant, vaut mieux aller mettre au lit cette p'tite fille fatiguée. Ma sœur Jolene en a une du même âge. C'est mignon, à cet âge-là. Pas gênant du tout.

Maman joua des cils. Le sourire du policier s'élargit encore tandis qu'il faisait un pas en arrière.

– Bonne nuit, mesdames, dit-il en inclinant la tête.

Il remit sa casquette et resta sur le bord de la route pour nous regarder partir.

– J'étais sûre qu'il allait me mettre une contravention, dit maman. Ça aurait été le bouquet.

On a repris l'autoroute – le *Scenic Highway* – qui nous avait amenées à Pensacola. On voyait de l'eau sombre sur laquelle tremblotait la lueur de la lune. La route nous conduisit jusqu'à un grand pont qui rejoignait l'autre rive. Le *Causeway*.

– Merci, monsieur le policier, dit maman. Et elle éclata de rire.

Tandis que nous passions ce pont du Causeway, une lune énigmatique était suspendue au-dessus de nos têtes dans le ciel nocturne.

Je vois la lune
Et la lune me voit.

Si la lune me voyait, c'était en tapinois, car son rai de lumière semblait jouer à cache-cache derrière un rideau.

Sur l'autre rive, il y avait un panneau indiquant *Gulf Breeze*, puis tout de suite après le deuxième pont de rien du tout, dont avait parlé le policier, au bout duquel étaient entassés quelques bâtiments sombres d'un usage indéterminé. C'était ça, Pensacola Beach. Devant, il y avait l'eau noire. Les cornes fragiles de la lune pointaient vers la droite.

– À droite, dis-je à maman. C'est ici qu'on tourne à droite.

Cette fois, elle ne m'opposa aucun argument. Elle tourna et poursuivit sa route. Le trottoir finissait brusquement. La route se rétrécissait régulièrement, le gravier devenait moins dense jusqu'au moment où, de chaque côté, il n'y avait plus que de l'eau noire qui sentait la saumure et la crevette avariée. La route non goudronnée serpentait entre du sable couleur de lune et de hautes herbes noires. Le mince zeste de lune était juste au-dessus de nous. Je ne la voyais qu'en me sortant à moitié par la fenêtre pour regarder directement dans le ciel. Il n'y avait aucun signe de l'endroit où nous étions, ni de ce qu'il y avait plus loin.

Finalement, l'Edsel s'est mise à tousser et à frémir. Maman me tira pour me faire rentrer. L'Edsel a eu un nouveau soubresaut puis s'est immobilisée sur la route. Ses phares tremblotaient comme la flamme d'une bougie qui coule.

– En panne d'essence sur un chemin de terre au milieu de la nuit, dit maman. Et qui nous a amenées ici, si ce n'est toi et ton amie Fennie ?

– Je suis désolée, maman.

– Tu peux l'être. Elle aurait pu avoir la courtoisie de nous prévenir que Pensacola Beach n'est pas la même chose que Pensacola, et que c'est sur une île, qu'il faut passer deux ponts, un grand et un de rien du tout. Si je l'avais su, j'aurais pu m'arrêter pour prendre de l'essence.

– Je vois une lumière.

– Où ça ?

Je montrai du doigt.

– Je ne vois rien.

Maman tourna la clé de contact. La faible lumière des phares vacilla et s'éteignit. Avec un soupir, elle appuya sur le bouton pour les éteindre.

– Et voilà que cette foutue batterie est morte.

Nous étions dans une obscurité quasi totale.

– Je ne vois toujours rien, dit-elle.

– Moi, si.

J'ouvris la portière et – sans le faire exprès – tombai dans le sable pâle.

– Ne va pas te faire du mal, dit maman. Je n'ai pas besoin d'avoir une enfant blessée en plus de tous mes soucis.

Je refermai la portière.

– C'est une maison, maman.

En fait, je n'avais vu ni maison ni lumière.

– Frappe fort, parce qu'ils dorment peut-être.

J'ai avancé péniblement dans le sable, qui rentrait dans mes tennis, montait jusque dans mes chaussettes et me mettait les pieds en feu. Ils étaient sensibles et douloureux à cause de mon combat du matin avec le coffre.

Dans l'ombre des herbes hautes, je me suis accroupie pour me soulager. Puis j'ai escaladé la crête de la dune et de là, j'ai vu la lumière que j'avais prétendu voir auparavant. La lumière de la fenêtre d'une maison qui, je le savais, appartenait à la sœur de Fennie.

Le paysage s'étalait dans une seule dimension, pas plus substantiel qu'un collage enfantin de morceaux de papier. Végétation rare, dune et sable, clair de lune blafard sur des vitres, balcons extérieurs sur deux étages, tout cela ne composait que fragments approximatifs superposés dans l'obscurité imprécise. Le nuage qui passait sur la lune la fit cligner de l'œil, sournoisement.

La lumière de la fenêtre s'éteignit. Sa disparition soudaine me figea sur place mais alors, à l'étage inférieur, une autre lumière apparut sous la forme gauchie d'une porte qui s'ouvrait. Au même instant, une ombre noire fendit la lumière en son centre, comme un iris qui s'écarquille. Une silhouette tordue me fit un signe de la main.

Une voix appela : « Je te vois, Calley Dakin ! Amène-moi ta maman, mon enfant ! »

24

– Tu as pris un coup de lune et tu délires, me dit maman.

Peut-être refusait-elle le message, mais elle quitta quand même ses chaussures de conduite. Elle prit ses souliers mais ne les enfila pas. Pieds nus, serrant d'une main contre elle son sac Hermès, elle s'arrêta pour fermer la voiture à clé avant de me prendre par la main et de se laisser conduire. Un nuage éclipsa notre malheureux croissant de lune et nous avons avancé en pataugeant dans le sable, chaque pas nous éloignant potentiellement du bord de la terre.

– Il peut y avoir des scorpions cachés dans le sable, dit maman. Et cette herbe est le paradis des puces. Je vais me casser une jambe, à trébucher comme ça dans le noir dans les dunes. Si je ne meurs pas d'une infection à la suite d'une piqûre de scorpion sur une jambe cassée, ce sera un miracle. Et tu resteras orpheline, pauvre petite malheureuse. Tu seras dans un orphelinat jusqu'à ce que tu aies l'âge de te débrouiller toute seule, parce que tu n'as pas l'ombre d'une chance de te faire adopter. Seigneur, qu'est-ce que c'était ? Un vautour ? Ça avait l'air d'être assez gros pour emporter une grande personne.

J'interprétai ce discours comme une façon de crâner quand on passe devant le cimetière.

Mais quand nous avons atteint le sommet de la dune, maman a cessé ses élucubrations.

La lune est réapparue dans le ciel pour déverser sa maigre mesure de lumière sur les vagues et noyer d'argent le magnifique rivage.

sssssssssshSSSSSSSSSSSHssssssssssssssshSSSSSSSSSSSH

Je suis restée bouche bée, et maman aussi.

Je n'avais vu un moment plus tôt que les dunes et la maison dans les dunes, la lumière à la fenêtre puis à la porte, et la silhouette de la femme qui m'avait appelée. Mais pas le golfe du Mexique juste derrière, ni l'eau

sssssssssshSSSSSSSSSSSHssssssssssssssshSSSSSSSSSSSH

sur la grève. Je n'avais pas *entendu* le golfe du Mexique – je veux dire ce qui fait l'essentiel de son bruit, celui de l'eau qui rejoint le sable, et du sable qui libère l'eau. Les seuls sons que j'avais entendus précédemment, je m'en rendais compte, avaient été ceux que je produisais et les craquements ou soupirs naturels de la végétation. *Ceci n'est pas un souvenir d'enfance que l'on réexamine pour le préciser*. Je n'avais pas *entendu* le golfe. Ce qui voulait dire qu'il était *forcément* silencieux. Aucune vague ne pouvait déferler sur la plage à cet instant-là, car à une telle distance de la maison, je n'aurais jamais pu entendre la sœur de Fennie qui m'appelait.

Maman était muette pour une raison différente.

– Oh, Calley, chuchota-t-elle.

Elle tremblait de tout son corps. Je lui serrai la main très fort mais elle tremblait encore.

– Maman, qu'est-ce qui ne va pas ?

– Rien, rien. Tout va bien. Mais ça n'est pas la maison de la sœur de Fennie.

– Si, je t'assure, maman. Elle m'a appelée.

– C'est ma maison, Calley. La maison de ma grand-mère. Je venais ici tout le temps quand ça ne se passait pas bien avec maman. C'est là que j'étais heureuse, Calley, le seul endroit où j'aie jamais été véritablement heureuse. J'adorais ma grand-mère. Je l'aimais tant, Calley. Je l'aimais plus que tu ne m'aimes.

C'était la première fois que maman parlait de sa grand-mère. Je ne savais pas non plus que maman et Mamadee avaient vécu séparément avant que maman épouse papa, mis à part le semestre qu'elle avait passé à l'université. Cette information était si stupéfiante que je ne songeais même plus à en vouloir à maman de prétendre qu'elle avait aimé sa grand-mère plus que moi, je l'aimais.

– Tu as déjà habité ici ?

Maman éclata de rire.

– Bien sûr que non. La maison de grand-mère était à Banks. Grand-mère est morte quand cette maison a brûlé.

Maman a commencé à descendre la dune. J'ai été obligée de courir et de me laisser glisser dans la pente pour la suivre. C'était la première fois que je la voyais marcher si vite, quand ce n'était pas pour aller d'un magasin chic à un autre.

– Oh, regarde, Calley ! – Maman me montrait du doigt la lumière jaune qui brillait soudain à la même fenêtre du premier étage que tout à l'heure. – La sœur de Fennie va me loger dans mon ancienne chambre !

La porte d'entrée était entrebâillée sur les planches délavées par les intempéries de la large galerie extérieure. Une femme aux cheveux blancs, sur le seuil, guettait notre arrivée. C'était elle qui m'avait hélée de la porte ouverte de la maison sur le bord du golfe du Mexique.

Quand les vagues se taisaient pour que je puisse entendre sa voix.

– Tapez vos pieds, ordonna la femme.

Maman piétina de long en large sur le paillasson pour décoller le sable de ses pieds nus.

Je n'avais jamais vu maman obéir à un ordre aussi sec et aussi bref – et venant d'une inconnue, qui plus est – avec tant d'empressement et de bonne volonté. Je tapai des pieds en écho.

– Je m'appelle Roberta Carroll Dakin, dit maman en tentant d'apercevoir l'intérieur de la maison par-dessus l'épaule de la femme. Vous êtes sans doute la sœur de Fennie, l'amie de Calley.

– Je suis Merry Verlow.

La femme accentua légèrement le *suis.*

– Tu diras Miz Verlow, me dit maman avec une petite tape sur l'arrière de la tête.

Comme si je ne savais pas qu'on disait « Miz » pour s'adresser à toutes les femmes, mariées ou célibataires.

– Bienvenue à Merrymeeting.

– Merrymeeting ?

Maman sursauta. Miz Verlow fit un geste désignant ce qui l'entourait :

– Chez moi.

Maman regardait autour d'elle, plongée dans une sorte d'hébétude distraite, mais elle se secoua en disant vivement :

– Je suis très heureuse que vous ne soyez pas une Dakin.

– J'avoue que j'ai seulement entendu parler des Dakin, par Fennie, bien entendu, dit Miz Verlow, qui est en quelque sorte une de leurs parentes. Vous êtes la première que je rencontre et je dois dire que je suis agréablement surprise.

Ce dénigrement des Dakin, surtout de la part de quelqu'un qui n'en avait jamais connu un seul, fit un excellent effet sur maman.

– Ma foi, vous ne seriez pas si agréablement surprise si vous connaissiez les autres, car je ne leur ressemble pas du tout. Je suis une Carroll de naissance, après tout.

– Oh ! dit Miz Verlow. Entrez donc. Je suppose que vos pieds sont sur le point de quitter vos chevilles et de sortir de cette galerie pour aller se creuser une tombe dans le sable. – Elle s'interrompit au moment où je passai près d'elle. – Calley, quitte tes tennis avant d'aller plus loin.

Dans le miroir surmontant une table de bois blanc dans le couloir, je vis la trace luisante d'une larme sur la joue de maman. Ce qui provoquait cette larme, c'est que maman s'attendait – sans avoir aucune raison de s'y attendre – à retrouver dans la maison de Merry Verlow le même mobilier, les mêmes tapis, les mêmes lithographies fanées, le même pommeau fêlé au bas de la rampe d'escalier que dans ses souvenirs de la maison de sa grand-mère. Mais elle était bien trop épuisée pour admettre l'existence, sur le golfe du Mexique, à près de deux cent cinquante kilomètres, d'une copie de la maison de sa grand-mère, depuis longtemps réduite en cendres à Banks, en Alabama.

Elle se contenta de dire :

– Quel est ce bruit ?

– Les vagues sur la grève. – Miz Verlow semblait amusée. – C'est marée haute.

Maman se dirigea presque à l'aveuglette vers l'escalier. J'étais gênée, car nous étions les invitées de Miz Verlow et elle ne nous avait pas proposé de monter. Maman n'avait pas prononcé un mot de remerciements pour l'hospitalité offerte par Miz Verlow.

Je devais avoir l'air effrayée, car Miz Verlow tapota d'une chiquenaude l'une de mes couettes, pour rire.

– Miz Dakin, dit-elle à maman, je vais vous demander de me laisser les clés de votre véhicule. Il va falloir le déplacer au plus tôt demain matin, pour dégager la route.

Maman s'immobilisa, fouilla dans son sac et laissa tomber les clés dans la paume tendue de Miz Verlow.

– Toutes les bougies sont éteintes ? demanda maman d'une voix incertaine.

– J'y veille moi-même tous les soirs, répondit Miz Verlow.

Maman tendit la main pour prendre la rampe et se mit à monter l'escalier, aussi lentement et solennellement qu'une mariée avançant dans la nef. Comme si le marié l'attendait.

– Va aider ta maman à se déshabiller, mon enfant, fit Miz Verlow en hochant la tête en direction de maman.

– Mais…

– Elle sait quelle est sa chambre. Ce soir et pour l'instant, tu dormiras avec elle.

– Merci, mais…

– Vos bagages d'Elba sont dans la chambre. J'ai tout rangé. Ta maman saura où trouver ce qu'il faut. Vous partagez la salle de bains au fond du couloir avec deux autres invités. Je laisse toujours une lampe allumée.

– J'aime le bruit des vagues, dis-je tout de go.

Miz Verlow sourit.

– Parfois, on a l'impression que c'est tout ce qu'on entend, et parfois on les entend à peine.

Elle éteignit la lumière dans le hall.

– Maman dit que cette maison est celle de sa grand-mère, à Banks, en Alabama. Elle dit qu'elle a brûlé dans un incendie.

– Tu n'as que sept ans, mon enfant. As-tu déjà entendu dire qu'on voit à travers un miroir, obscurément ?

– Oui. – Je me souvenais de la fenêtre au dépôt du chemin de fer. – Maman dit qu'elle a été heureuse dans la maison de sa grand-mère.

– Roberta Carroll Dakin heureuse ? Voilà ce que toi et moi et les anges du paradis aimeraient voir au cours de leur vie.

Peut-être que Miz Verlow savait tout.

Ou peut-être répondait-elle absurdité pour absurdité à une petite fille qui aurait dû être au lit depuis longtemps, désorientée par un long voyage en voiture et les étranges déclarations de sa mère.

Sur le palier, une fenêtre en forme de losange bordée de carrés de vitraux donnait sur l'immense grève colorée par la lune. Au-delà, le golfe du Mexique roulait, aussi noir et insondable que le ciel où errait toujours un croissant de lune.

– Je vois la lune, chuchota Miz Verlow près de moi. Et la lune me voit.

Maman m'appela doucement du haut.

– Elle est avec moi, Miz Dakin, répondit Miz Verlow aussi doucement. Elle arrive dans deux minutes. Je veux lui donner quelque chose pour vos pieds.

– Oh, ce serait très gentil à vous.

Une porte se referma sans bruit. Je regardais toujours le paysage par la fenêtre du palier.

– Est-ce que Miz Fennie Verlow va venir ?

– Qu'en penses-tu ?

Je fis non de la tête.

– Où les petites filles vont-elles chercher l'idée qu'elles doivent être heureuses ? Il y a autre chose de beaucoup plus important pour les petites filles.

Comment était-elle passée de l'absence de sa sœur Fennie à mon bonheur, je me le demandais. Je ne me rendis compte de la bizarrerie de sa remarque que bien des années plus tard. Mais je savais qu'elle ne parlait pas de toutes les petites filles. Elle parlait de Calliope Dakin et de personne d'autre.

– Comme de dire des choses justes, hasardai-je.

– C'est exact.

– Et prendre soin de sa maman.

– Également.

– Et ne pas poser tant de questions.

Miz Verlow effleura ma couette d'une autre chiquenaude.

– Roberta Carroll Dakin a une petite fille très intelligente.

Je secouai la tête.

– Maman ne pense pas que je suis intelligente.

– Ma sœur Fennie et moi nous fichons comme de l'an quarante de l'opinion de Roberta Carroll Dakin.

Elle m'a montré la salle de bains et a sorti une brosse à dents, du dentifrice, une savonnette, un gant de toilette et une serviette. Elle m'a donné un pot de crème parfumée pour les pieds de maman et m'a quittée en me souhaitant familièrement bonne nuit.

Je me suis brossé sérieusement les dents, plus sérieusement que d'habitude, et lavé avec soin le visage, le cou et les oreilles. Il fallait que Miz Verlow voie que j'étais une bonne petite fille, soigneuse et obéissante, sinon elle pourrait nous renvoyer à cause de moi. J'ai pensé à Ford, coincé là-bas en Alabama avec Mamadee. J'ai compris par la suite que c'était moins son choix qu'il n'y paraissait. Mais à ce moment-là, il me semblait aussi mort que papa. Je me suis demandé s'il allait me manquer autant. Probablement pas, ai-je conclu.

Assise au pied du lit de maman, je lui ai massé les pieds avec la crème, à la lueur de la bougie. J'ai extirpé délicatement les grains de sable qui s'étaient logés sous ses ongles. Le sable avait écaillé le vernis rouge, si bien qu'on aurait dit qu'elle avait marché dans du sang. Je m'efforçais de distinguer les formes des meubles, me demandant de quelle couleur apparaîtraient dans la journée les rideaux, le tapis, les fauteuils, le papier peint, les gravures suspendues.

L'océan continuait à soupirer sans relâche. J'écoutais une voix qui résonnait – ou semblait résonner – sous le bruit des vagues. Une voix qui chantait, peut-être, ou qui posait des questions. Mes yeux commençaient à se fermer et j'ai secoué la tête, pour ne pas m'endormir.

De l'intérieur de la maison, montaient d'autres bruits : le pas de Miz Verlow dans le couloir, une porte qu'on ouvrait et refermait – Miz Verlow qui allait se coucher. Mais nous n'étions pas seules avec Merry Verlow dans cette maison. Je détectais la respiration régulière de plusieurs dormeurs, une petite toux, des ronflements, le grincement d'un lit quand quelqu'un se retournait, le froissement des draps, un tapotement sur un oreiller de plumes. Aucun de ces sons n'était caractéristique des gens que je connaissais.

Ida Mae Oakes se pencha sur moi pour murmurer simultanément à mes deux oreilles – un de ses tours de magie. Les mots lents de sa berceuse étaient les *shhhh* et les *slushh* des vagues déferlant sur le sable. J'étais si… oh si fatiguée.

– Tu peux arrêter, a finalement chuchoté maman. – Elle moucha la flamme de la bougie. – Viens mettre ta tête sur mon épaule.

J'ai posé le pot de crème et me suis faufilée dans le lit à côté d'elle. La bosse dure de Betsy McCall dans la poche de ma salopette me faisait mal aux côtes. Je l'ai sortie furtivement pour la glisser sous l'oreiller.

J'accordai mes oreilles au chuchotement d'Ida Mae

shhhdorsbébédorsshhhdorsbébédors

qui montait du golfe. Une note différente s'interposa.

– J'entends quelqu'un dans la pièce d'à côté, maman, murmurai-je. J'entends quelqu'un qui tourne en rond et qui parle à quelqu'un. J'entends un bruit d'ailes.

– Bien sûr, petite sotte. C'est ton arrière-grand-mère. Elle ne peut jamais s'endormir avant deux heures du matin, et elle empêche tout le monde de dormir.

25

Comme j'avais dormi tout habillée, avec ma salopette et le tee-shirt de papa, je me suis réveillée avec l'impression d'être téméraire, sale, et bizarrement nue. Légère et sans contraintes. Aucune clé ne me piquait ses petites dents acérées au creux du cou, aucun cordon de soie ne m'étranglait.

Les bruits et les odeurs de petit déjeuner suscitèrent en moi une explosion de faim, immédiate et quasi douloureuse. Nous n'avions rien mangé depuis le déjeuner à Elba, la veille.

Je suis allée à la fenêtre la plus proche et me suis glissée entre les rideaux et la vitre. Les mystères de la nuit passée s'étaient résolus en un petit matin pâle et ordinaire, légèrement ombragé par l'angle du soleil levant. À la lumière du jour, je voyais la dune qui s'étendait entre l'immense bande blanche de la plage et la maison. La magnifique grève. Le bruit du golfe n'avait pas cessé pendant la nuit.

Je suis allée réveiller maman avec ménagement.

– Maman, sens cette bonne odeur de petit déjeuner !

Elle a ouvert un œil, à contrecœur, froncé le nez, puis s'est assise pour s'étirer langoureusement.

– Seigneur, quelle bonne odeur ! Je sens du café, du bacon. – Elle inspira profondément. – Et je sens aussi l'odeur de la mer. – Sa voix était presque joyeuse.

Elle a rejeté les couvertures, pris son peignoir et ses affaires de toilette et s'est hâtée dans le couloir.

Je m'étais lavé le visage et brossé les dents avant de me coucher, mais j'avais oublié d'ôter les élastiques de mes couettes. Par conséquent, ils s'étaient entortillés dans mes cheveux en un inextricable nid de sorcière.

Quand maman revint de la salle de bains et me vit tirailler avec précaution une mèche à la fois, elle s'empara de moi et faillit me scalper en arrachant les élastiques. Je serrai les dents. Si je pleurais et gémissais, ce serait encore pire. Elle m'a passé un peigne dans les cheveux. J'avais l'impression qu'elle m'arrachait ce qui en restait. Mais il y en avait encore assez pour les rattacher avec l'ancien élastique débarrassé de ses résidus.

Puis elle s'est habillée – simple chemisier blanc, pantalon noir et sandales. Après avoir fixé ses cheveux crêpés avec des barrettes et mis du rouge à lèvres, elle était toute prête à faire une entrée à la Loretta Young.

Nous avons suivi l'odeur jusqu'au hall d'entrée où nous étions arrivées la veille. Il se révélait à la lumière du jour comme étant une salle de séjour. Mes tennis étaient encore là, juste devant la porte, dûment secouées et bonnes à enfiler. Je les ai mises et j'ai rattrapé maman.

Elle ne semblait pas désorientée. Peut-être se fiait-elle à son nez, ou alors la maison lui était familière, comme elle me l'avait dit. Elle est allée directement vers une large ouverture qui n'apparaissait pas la veille à cet endroit. Parmi les bruits que j'avais entendus, j'avais identifié le glissement de portes coulissantes. Ce devait être celles-ci.

Maman s'est immobilisée à l'entrée de la pièce.

– Qui sont ces gens ?

Je jetai un coup d'œil derrière elle. Plusieurs inconnus prenaient leur petit déjeuner, assis devant la longue table d'acajou, servis par une femme noire en tenue de soubrette. Les convives ont tous interrompu leur repas et leurs conversations pour nous sourire d'un air accueillant.

Derrière nous, la sœur de Fennie surgit à côté de maman.

– Miz Verlow, ces gens ne sont pas des *Dakin*, dites-moi ?

– Ce sont mes invités.

– Vos invités… – La voix de maman se fit hésitante. Elle respira profondément. – Vos invités payants, vous voulez dire…, murmura-t-elle, les dents serrées.

– Bien sûr.

L'idée qu'une personne de la famille, même si sa relation de parenté était aussi distante et obscure que celle de Miz Verlow, puisse louer des chambres de sa maison à des inconnus, était humiliante pour maman – bien pire que d'être soupçonnée d'avoir été complice du sauvage assassinat de son mari. Louer des chambres, c'était le premier pas vers une lamentable admission publique de sa pauvreté. Parmi toutes les illusions qui meublaient le monde de maman, la plus ridicule était sa conviction que le monde entier attendait avec impatience – non, fomentait – sa déchéance du milieu social décadent sur lequel elle possédait de naissance le droit de régner. Mais, comme je n'avais que sept ans, et malgré toute ma défiance acquise à l'égard de maman, et le sentiment qu'elle ne m'aimait pas, je connaissais trop peu le monde pour ne pas penser comme elle et me sentir menacée par des forces qui me dépassaient totalement.

Nous n'avions pas d'autre refuge. En dépit de son horreur et de sa consternation, maman attendait que Merry Verlow nous donne une bonne raison de rester. J'étais désespérée. Quel prétexte Miz Verlow pourrait bien trouver pour soulager maman de l'humiliation et de la disgrâce qu'elle croyait de son devoir de ressentir et de manifester ?

– Ce sont tous des Yankees, chuchota Miz Verlow à maman.

C'était l'argument idéal, l'unique argument valable, le seul suffisant que pouvait proposer Merry Verlow.

Aucun des clients de Miz Verlow n'était riche, mais ils étaient aisés. Leurs raisons de venir passer des semaines ou des mois sur cette plage étaient diverses et sans aucun intérêt pour maman ni, à ce moment de ma jeune vie, pour moi. La plage m'intéressait mille fois plus que les clients de Miz Verlow. Ils n'étaient pour moi qu'une quantité de grandes personnes que je ne connaissais pas. Ce qui les rendrait supportables aux yeux de maman, c'est qu'ils ne pourraient colporter de commérages à quiconque de notre connaissance, ou en tout cas c'est ce qu'elle en vint rapidement à croire.

Avec le sourire le plus charmant que je lui avais jamais vu, maman prit place au bout de la table. Elle endossait instantanément son rôle d'hôtesse, avec toutes les subtiles implications de propriété qu'il sous-entendait.

Maman s'adressa à la table en général.

– Je suis ravie de pouvoir me joindre à vous pour le petit déjeuner.

Les convives répondirent par un chœur de murmures polis de bienvenue.

L'un d'eux demanda à Miz Verlow si les journaux étaient arrivés.

– Pas encore ! Je suppose que l'imprimeur ne sait pas que nous l'attendons ! fit Miz Verlow en levant les mains en signe de consternation feinte.

Les invités eurent un petit rire bienveillant.

Comme elle avait pris la place d'honneur à la table, maman dirigea la conversation pendant ce premier petit déjeuner ainsi que tous les repas qu'elle prit par la suite avec les pensionnaires.

Je n'avais aucune idée de la place que je devais occuper. Je regardai Miz Verlow d'un air interrogateur. Elle me poussa vers la serveuse qui à son tour me fit avancer devant elle par une porte battante ouvrant sur une resserre qui donnait dans la cuisine.

Une autre femme noire, les bras enfarinés jusqu'à ses coudes dodus, pétrissait de la pâte. Les deux femmes échangèrent un regard. Un index blanc de farine me désigna une petite table dans un coin. Je supposai que c'était là que les domestiques prenaient leur repas.

Selon mon expérience, presque tous les gens de couleur, sauf les très âgés, avaient tendance à être très laconiques en présence des Blancs. Les jeunes enfants semblaient souvent exemptés de cette précaution de réserve et je savais donc que les Noirs étaient plus bavards lorsqu'ils étaient entre eux. Après quelques échanges, j'en avais assez entendu de la part des deux femmes qui travaillaient pour Miz Verlow pour me rendre compte que leur discours était aussi laconique, voire même plus opaque que celui des gens de couleur d'Alabama et de Louisiane. La syntaxe, l'accent, la diction, la cadence et même le timbre – avec des mots que je ne connaissais pas à cette époque, même si j'en devinais le sens –, tout était différent à mon oreille, de façon significative ou subtile. Je ne voudrais pas donner d'un dialecte évolué une image d'ignorance et de stupidité – en fait, l'idée de les représenter comme des personnages sortis de *Amos et Andy* (le feuilleton télévisé farci de stéréotypes sur les Noirs) me répugne. Ma perception d'enfant de sept ans n'est qu'un compromis peu satisfaisant.

– Assis-toi là, dit la cuisinière en me montrant la table. – Mais elle tendit la main au passage et pinça mon bras. – Maigre, murmura-t-elle à la serveuse. Pas beaucoup d'bonne soupe là-d'dans.

La serveuse pouffa de rire entre ses mains. Puis elle me servit un petit déjeuner : jus de pamplemousse, un œuf hobo – œuf sur le plat cuit jusqu'à durcissement –, des morceaux de bacon et une saucisse. Je me demandais comment elles savaient que l'œuf hobo est mon œuf préféré. L'œuf sur sa tranche de pain frit sortait juste de la poêle. Les viandes provenaient des assiettes revenues à la cuisine, refroidies ou dédaignées par les pensionnaires. J'étais un peu trop jeune et trop affamée pour me sentir insultée. Je ne levai pas le nez avant d'avoir tout avalé.

La serveuse est revenue de la salle à manger, portant un plateau où s'entassaient les assiettes débarrassées de la table. Après l'avoir posé, elle a pris un mug dans un placard, y a versé une quantité invraisemblable de sucre, du café, puis a achevé de le remplir avec une bonne couche de crème. Puis, à ma stupéfaction, elle l'a posé devant moi. Même si j'avais déjà bu en douce quelques gorgées de café dans les tasses abandonnées par les grandes personnes, on ne m'en avait jamais servi personnellement une tasse, et certainement pas un tel festin.

De l'escalier de derrière, Miz Verlow est entrée dans la cuisine avec un autre plateau pour un seul petit déjeuner. Quelqu'un avait pris son petit déjeuner dans sa chambre, peut-être même au lit. Peut-être Merry Verlow elle-même. Les bruits de la maison étaient trop nouveaux pour que je sois sûre du nombre de résidents.

– Calley, je te présente Perdita, me dit Miz Verlow avec un signe de tête en direction de la cuisinière.

La bouche de Perdita frémit d'un sourire fugace.

Miz Verlow désigna la serveuse de la tête :

– Calley, je te présente Cleonie.

– Cli-ônie, répétai-je.

Cleonie me fit un signe de tête en posant le plateau sur le comptoir près de l'évier.

– Calley va t'aider à faire la vaisselle, Cleonie. Montre-lui comment il faut faire.

Sans rien dire, Cleonie tira un tabouret devant l'évier. Je grimpai dessus.

– D'abord verres, m'instruisit Cleonie. Puis âgenterie. On vide, on remplit. Suite assiettes, bols, tasses, plats service. On vide, on remplit. Saladiers, cass'roles, faitout. Essuyer tout pour pas tacher pas rouiller.

Cleonie secoua en pluie des flocons de savon sous la cataracte d'eau chaude du robinet. Elle regarda autour d'elle. Miz Verlow n'était plus là.

– Ma p'tite, t'z'oreilles rend' lapin jaloux. Ti peux t'envoler ?

– Clo-nie June Huggins, tes sottises m'donner mal au cœur, gronda Perdita. Ti bien trop parler. Plus ti parler, moins t'en fais. Laisse la p'tite tranquille.

Cleonie posa avec précaution un verre dans l'eau savonneuse.

– Vaut mieux pas casser un d'ces verres. Sont en vrai cristal. – Elle se tourna vers Perdita. – Qui payer pour c'qu'elle casser ? Ou pris sur ma paye ?

– Comment moi savoir ? D'mande à Miz Verlow.

Perdita renifla et lança la pâte sur la table comme si c'était la question de Cleonie.

– Ti, m'a tout l'air bonne pour casser verres, fit Cleonie en me regardant d'un œil critique. – Elle me tendit un torchon propre. – Voyons voir comment ti fais.

Avec précautions, je pêchai un verre dans l'évier. La chaleur de l'eau me fit rougir violemment la main mais je supportai la douleur sans rien dire.

– L'eau chaude, que ça pour laver prope.

J'ai nettoyé le verre et je l'ai rincé. Elle me l'a pris et l'a essuyé avec un torchon de grosse toile. Elle l'a miré dans la lumière. Puis elle l'a baissé en me regardant solennellement à travers le fond du verre.

Par la fenêtre au-dessus de l'évier, je voyais dehors. À ma surprise ravie, je vis que l'Edsel était garée dans la cour avec d'autres véhicules. L'un d'eux était un Ford Country Squire de 56. Un coupé gris métallisé d'une marque qui m'était inconnue, avec une plaque d'immatriculation du Maryland, attendait à proximité, moteur en marche. Miz Verlow était à côté, penchée à la fenêtre ouverte du conducteur. C'était une femme au volant, ou en tout cas quelqu'un portant un chapeau féminin, un feutre mou très chic, incliné sur le visage.

– Au revoir, a dit Miz Verlow, faisant un pas en arrière.

La conductrice a levé une main gantée en un petit geste d'adieu, puis la voiture s'est éloignée.

Miz Verlow l'a regardée partir puis a fait demi-tour et est rentrée dans la maison par une porte que je ne pouvais voir d'où je me trouvais.

Quelques minutes plus tard, Miz Verlow réapparut au même endroit devant la fenêtre de la cuisine en sortant d'une autre partie de la maison. Elle avait noué un foulard autour de sa tête et changé sa jupe et son chemisier pour une combinaison assez semblable à celle que portent les mécaniciens. Pendant que je lavais les verres, elle commença à décharger les bagages de l'Edsel dans un chariot. L'aisance avec laquelle elle soulevait les valises et les sacs les plus lourds révélait une force physique insoupçonnée.

Il y avait beaucoup de verres à laver et beaucoup de bagages à décharger. Miz Verlow disparaissait de temps en temps avec le chariot chargé. J'entendais le bruit des roues monter une rampe en dehors de mon champ de vision, mais qui ne devait pas être très loin. Une porte s'ouvrait, le bruit des roues se répercutait différemment, et on devait décharger le chariot quelque part à l'intérieur. Non loin de là, il y avait un autre escalier, l'escalier de service, pour Cleonie, Perdita et Miz Verlow.

Mes mains devenaient de plus en plus rouges et ridées, comme si la peau était trop imbibée pour rester tendue. J'étais franchement fatiguée quand je suis arrivée à la fin et ça m'aurait été complètement égal si Miz Verlow avait par magie plié l'Edsel en quatre ou en huit et l'avait chargée sur le chariot pour la faire disparaître dans la maison, elle aussi.

Quand Cleonie a quitté la cuisine, je l'ai entendue dans l'escalier de service. Puis, sous le bruit de son pas, celui de ballots de linge tombant de l'étage supérieur par une trappe dans un coffre invisible.

Quand Miz Verlow est revenue, elle avait repris sa tenue habituelle, jupe et chemisier. Le foulard avait disparu. J'ai remarqué alors, pour la première fois, que ses cheveux n'étaient pas blancs, comme j'en avais eu l'impression, mais d'un blond-blanc, comme Jean Harlow. Ils n'étaient pas frisés comme ceux de Fennie. Elle les portait en nattes enroulées autour de la tête. De petites mèches s'échappaient des nattes et formaient un halo à peine perceptible. Pourtant, Miz Verlow n'avait pas la peau d'une vieille femme, ni la démarche. Je ne portais aucun intérêt à son âge à l'époque, mais si on m'avait posé la question, j'aurais répondu sans faire de manières qu'elle n'était pas aussi jeune que maman ni aussi vieille que Mamadee.

Elle portait du rouge à lèvres, mais aucun maquillage par ailleurs. Comme maman m'avait fait prendre l'habitude de faire attention aux bijoux, je notai que Miz Verlow portait une alliance en or et un solitaire à l'annulaire de la main droite. Elle ne parla jamais d'un mari, mort, parti ou divorcé, et je ne vis aucune photo d'elle avec un homme pouvant passer pour un époux. Aujourd'hui, bien entendu, je suis capable d'imaginer des tas de raisons pour lesquelles une femme célibataire pourrait arborer de telles marques symboliques du mariage. En ce temps-là, je m'attendais simplement à ce qu'un jour, un monsieur Verlow fasse son apparition. Trop jeune pour avoir complètement saisi les conventions, je n'avais pas encore compris que si Merry Verlow portait le même nom que sa sœur Fennie, c'était plus vraisemblablement parce que c'était leur nom de jeune fille que parce qu'elles avaient épousé deux hommes portant le même nom.

Miz Verlow rentra par l'arrière-cuisine et fit une rapide inspection des cristaux et de la vaisselle qui avaient réintégré leurs placards.

– Miss Calliope Dakin a-t-elle fait du bon travail ? demanda-t-elle à Perdita.

Perdita me regarda d'un air impassible.

– Elle bien travaillé.

Miz Verlow mit la main dans une poche à la couture de sa jupe et quand elle ouvrit la paume, il y avait une pièce de cinq cents.

– Bon. Tu ferais bien de faire des économies, Calley. Tout ce que tu casses, il faut le payer.

Je regardai la pièce de cinq cents. Puis je refusai de la tête.

– Il vaut mieux que vous la gardiez pour moi.

Miz Verlow observa mon visage. Puis elle remit la pièce dans sa poche.

– Nous allons être en comptes toutes les deux. Allons voir où est ta maman.

Miz Verlow s'arrêta dans le hall pour prendre un paquet de journaux locaux qui avait été déposé sur le seuil. Ils étaient attachés en un gros rouleau avec une ficelle. Miz Verlow défit le nœud et les détacha. De l'encre noire maculait la moitié de la première page. Cette encre était d'un noir extraordinairement laid et j'en éprouvai une répulsion immédiate. Aucun des pensionnaires ne voulut les toucher non plus, et ces journaux ne furent jamais lus.

Maman avait pris le café sur la galerie extérieure avec certains des résidents puis, avec un nombre plus réduit, avait entamé une pause cigarette. C'était une belle journée, la température fraîche du petit matin commençait à se réchauffer et tout le monde s'extasiait sur le panorama de mer et de sable.

Miz Verlow posa les journaux à disposition sur une petite table en osier et présenta ses excuses en faisant remarquer qu'un désastre semblait avoir eu lieu au moment de l'impression des journaux.

Habituellement, ses invités n'étaient pas tous intéressés par les journaux, en particulier locaux. La plus grande partie de la clientèle de Miz Verlow souhaitait échapper au reste du monde, du moins pendant un certain temps.

Le même problème de tache d'encre survint plusieurs jours de suite. Puis apparemment, l'imprimeur réussit à le résoudre. Quelques semaines plus tard, le phénomène se reproduisit, mais un seul jour.

Quand par la suite je fouillai dans les archives concernant le meurtre de papa, je vis finalement ces journaux sans tache. Ce que dissimulait l'encre, bien entendu, c'étaient les comptes-rendus du procès de la Nouvelle-Orléans et les condamnations qui s'ensuivirent.

Le tout premier journal relatait également qu'aucune preuve n'avait pu relier la veuve Dakin à l'assassinat. Elle n'assistait pas au procès et n'avait pu être jointe pour commentaires. Le journal faisait aussi état d'une étrange coïncidence. Mais nous ne devions avoir connaissance de cet événement que par un autre canal, en un autre temps. Le dernier journal maculé relatait les morts étranges de Judy DeLucca et de Janice Hicks.

À l'époque, je n'y portai que peu d'attention. Maman n'avait jamais été une grande lectrice de journaux – pas de journaux respectables, en tout cas, ni même de tabloïds – et j'étais pour ma part trop jeune pour me préoccuper d'autres rubriques que celles des bandes dessinées et des histoires drôles. Et, apparemment, le journal local était souvent en retard et taché au point d'être illisible.

– Miz Dakin, dit doucement Merry Verlow. Puis-je vous dire deux mots ?

Avec un sourire aimable, maman écrasa sa cigarette dans un cendrier et suivit Miz Verlow à l'intérieur, où j'attendais.

– Est-ce que Calley a cassé quelque chose ? Vous n'avez qu'à la frapper, n'hésitez pas.

– Je n'ai jamais vu que frapper les enfants les rende meilleurs, dit Miz Verlow. Et je sais que moi, ça ne me fait pas de bien.

Cette remarque arrêta maman dans son élan. Elle avait pris Miz Verlow, qui lui avait donné son ancienne chambre et l'avait éclairée pour elle, pour une alliée. Et voilà que Miz Verlow se mettait à faire des déclarations.

– J'ai mis de l'essence dans votre voiture et je l'ai amenée derrière la maison, poursuivit Miz Verlow. Pour des raisons pratiques, j'ai l'habitude de demander aux résidents de me laisser leurs clés de voiture, car notre parking est très limité et il faut parfois changer les véhicules de place. J'ai pris la liberté de décharger votre voiture et de faire porter vos bagages dans votre chambre. Vous pouvez entreposer ce que vous désirez dans le grenier, qui ferme à clé, bien entendu. Il vous suffit de demander la clé au cas où vous désirez reprendre ce que vous avez décidé de ranger là-haut, à n'importe quel moment. Si vous souhaitez monter tout de suite et décider de l'endroit où vous voulez les ranger…

La bouche de maman avait un pli rigide indiquant que personne n'était autorisé à lui en imposer.

– Je crois que c'est ce que je vais faire, en effet.

Elle commença à monter.

– Va jouer dehors, Calley, dit Miz Verlow sans me regarder.

Elle suivit maman dans les escaliers.

26

Afin de laisser aux deux femmes le temps d'arriver dans la chambre de maman, je me suis assise par terre pour défaire les nœuds imaginaires de mes lacets. Puis, laissant mes tennis à la porte, j'ai monté l'escalier pieds nus.

Elles étaient au-dessus de moi, sur le seuil de la chambre de maman. À ma grande consternation, elles ne donnaient aucun signe de vouloir bouger. J'espérais qu'elles allaient entrer et refermer la porte. Mais elles restaient plantées là, sans même parler. Quand je suis arrivée au sommet de l'escalier, maman et Miz Verlow étaient immobiles et me regardaient. Elles m'avaient sans doute entendue monter furtivement.

Je me précipitai vers la salle de bains. Mais la poignée refusait de tourner et je me rendis compte que les lieux étaient occupés. Je me tournai vers maman et Miz Verlow, et mon expression de panique était plus sincère qu'elle ne l'aurait normalement été.

Miz Verlow me désigna l'étage au-dessous : « Sous l'escalier. »

Je fis volte-face et descendis quatre à quatre.

Derrière moi, j'ai entendu maman qui disait : « Je ne peux vous dire le nombre de fois où j'ai répété à cette enfant de ne pas attendre la dernière minute, Miz Verlow. »

Je n'avais guère d'autre choix que d'aller jusqu'au bout de ma comédie et de me ruer dans les toilettes sous l'escalier. La pièce exiguë, inévitablement obscure, avec un plafond pentu, était inoccupée pour l'instant. J'y ai passé quelques minutes d'isolement. Autant valait en profiter, après tout. Je me suis dit qu'il serait intéressant de noter ce que je pouvais entendre de cet endroit, de toute façon. En sortant, j'ai pris soin de pousser la porte avec un peu plus de force que nécessaire, pour qu'on l'entende du haut. J'ai traversé le hall, jusqu'à la porte à double vitrage donnant sur la galerie extérieure, que j'ai ouverte et laissé refermer en la claquant, comme si un enfant était sorti en courant.

J'ai remonté l'escalier à pas de loup. La porte de la chambre de maman était fermée. Il y avait des portes dans le couloir des deux côtés de la chambre de maman. La plupart donnaient sur des chambres, ou même de petits appartements, comme je n'allais pas tarder à le découvrir. J'ai longé le mur, testant les poignées en faisant le moins de bruit possible, prête à expliquer à tout éventuel adulte que je m'étais perdue et que je ne retrouvais plus la chambre de maman. L'une après l'autre, les poignées se révélèrent impossibles à tourner.

En passant devant la porte de maman, je retenais mon souffle. J'ai franchi le tournant du couloir. Il se terminait sur le palier de l'escalier de service qui descendait dans la cuisine. Une seule porte de taille normale rompait l'alignement aveugle de ce mur. Une petite porte de métal y ouvrait à mi-hauteur. C'était sûrement la trappe pour le linge, l'origine des bruits sourds que j'avais entendus. Quand j'ai essayé de tourner la poignée de la grande porte, j'ai découvert une lingerie avec des étagères. Le temps d'un battement de cœur, j'étais à l'intérieur et j'avais refermé la porte. Le bourdonnement de récrimination incessante de la voix de maman m'aida à localiser le meilleur poste d'écoute, c'est-à-dire le mur qui séparait le placard à linge de notre chambre.

Les murs de la lingerie étaient couverts de placards dans la partie inférieure et d'étagères au-dessus. Sur les étagères, il y avait des piles de serviettes liées avec des rubans. Je me servis du dessus des placards pour me hisser sur une étagère à environ deux mètres du sol. Une couche de serviettes amortissait le bois dur de l'étagère et j'en disposai des piles autour de moi pour me dissimuler – c'est du moins ce que j'espérais – en cas de découverte désagréable. Dans ma poche, Betsy Cane McCall me gênait. Je l'en sortis donc et la collai entre les piles de serviettes. Je pouvais maintenant ouvrir grand mes oreilles.

– Je sais ce qu'il y avait dans ma voiture, disait maman, d'une voix coupante. Expliquez-moi, je vous prie, pourquoi tout n'est pas ici.

– Mais tout y est, Miz Dakin.

Miz Verlow ne paraissait pas le moins du monde impressionnée. Maman tapa du pied :

– On ne me volera pas encore une fois !

Miz Verlow se tut un instant et dit :

– J'ai entendu dire qu'on ne peut voler un voleur.

– Et que voulez-vous dire ?

– Je veux dire que je vous ai donné refuge chez moi pour faire une faveur à ma sœur Fennie. Cette faveur n'est pas sans coût pour moi, Miz Dakin, comme vous le comprendrez aisément. Vous avez très peu de ressources et je ne sache pas que vous ayez la perspective d'un revenu futur. Vous avez le choix. Vous acceptez mes conditions ou vous allez ailleurs.

Maman gratta une allumette sur une boîte avec une violence rageuse, j'entendis la petite détonation et le grésillement de la flamme, puis elle tira sur sa cigarette.

– Même si tout ce que vous venez de dire était vrai, je ne sais même pas quelles sont vos conditions !

Miz Verlow lui donna des explications.

J'entendis le pas léger de Cleonie dans le couloir.

Je retenais mon souffle en espérant qu'elle passerait sans s'arrêter. La porte s'est ouverte. Elle est entrée. Elle a commencé à prendre du linge dans un placard. Puis elle s'est tournée vers les serviettes. Tout à coup, elle s'est immobilisée. Elle a soulevé les serviettes derrière lesquelles j'étais cachée avec Betsy Cane McCall. En me voyant, Cleonie haussa un sourcil interrogateur.

Je mis un doigt sur mes lèvres, l'air suppliant.

Comme un oiseau, elle a penché la tête et a entendu le murmure monotone de Miz Verlow. Cleonie a plissé les lèvres en une moue désapprobatrice. Elle a laissé retomber les serviettes qui étaient devant moi et en a pris une autre pile. La porte s'est refermée derrière elle.

Même un idiot aurait vu que ma chance ne tenait plus qu'à un fil. Je me suis faufilée hors du placard à linge une demi-minute après Cleonie. Et la minute n'était pas achevée que j'avais filé hors de la maison avec Betsy Cane McCall.

Au-delà de la première grande dune et de la rangée échevelée des hautes herbes, l'eau du golfe du Mexique s'acharnait tranquillement sur le sable. La lumière du matin et la marée basse transformaient la plage en un vaste désert dont on ne voyait la fin dans aucune direction. Hors d'haleine après ma fuite éperdue, je m'arrêtai au sommet de la dune pour regarder tout alentour.

Derrière moi, Merrymeeting se dressait, solitaire. Je ne voyais d'autre maison nulle part, que des ondulations de sable et cette végétation bizarre.

La maison ne m'intéressait pas particulièrement. Même si elle était grande, les grandes maisons ne m'étaient pas étrangères. Contrairement à d'autres, cependant, celle-ci semblait à mes yeux d'enfant de sept ans comme dressée sur la pointe des pieds. Elle ressemblait plus, pour cette raison, à la maison de l'oncle Jimmy Cane Dakin sur ses pilotis de briques qu'aux Remparts ou à notre maison de Montgomery, qui étaient bâties sur de vraies fondations et des caves souterraines. Un réseau de buissons de résineux grimpait jusqu'à la limite des treillages. Quelle qu'ait été la couleur du bâtiment à l'origine, les intempéries en avaient rongé le dernier vestige du bois, des bardeaux et des briques, si bien que la maison paraissait bizarrement immatérielle. Une antenne de télévision qui, par contraste, semblait très réelle, dépassait de l'un des pignons. Elle me faisait penser à une portée sur laquelle on écrit les notes de musique. L'antenne voulait dire que Miz Verlow, elle, ne pensait pas que la télévision était une mode passagère. Je n'avais pas encore entendu de poste de télévision, mais ça signifiait simplement qu'il n'était pas allumé.

Dans un proche avenir, j'allais apprendre les règles de Miz Verlow concernant l'usage du combiné tourne-disque et radio hi-fi et de la télé Zenith noir et blanc qui trônait dans le petit salon. Les invités pouvaient écouter la radio – soit sur le poste Stromberg Carlson de la bibliothèque, soit sur le poste qu'ils avaient apporté –, mais devaient modérer le volume par respect pour les autres pensionnaires. Le poste de télévision n'était autorisé que pendant un temps très limité chaque soir, et les émissions choisies à la majorité.

Un rideau bougea. Miz Verlow me regardait par la fenêtre de maman.

En tournant comme une toupie, j'ai descendu la dune en courant vers la plage. Certains des pensionnaires prétendument Yankees étaient également sortis pour se distraire. Quelques-uns s'étaient déjà installés sur des chaises de bois et de toile prises sur la terrasse. Quelques autres vagabondaient le long de la plage.

Des volées de petits oiseaux se lançaient à l'assaut des minuscules vagues du reflux, immédiatement mis en déroute, avec des piaillements et des battements d'ailes frénétiques, par la vague montante. Je m'accroupis au bord de l'eau pour les observer et les écouter. Je ne connaissais pas encore leur nom, mais leur voix me fascinait. Je m'aperçus également que les palourdes chuintaient dans le sable. Mes tennis ne tardèrent pas à être trempées, mais je n'allais pas fondre.

Au bout d'un moment, je me suis relevée et j'ai quitté mes tennis en m'aidant du pied opposé. Si Mamadee m'avait vu faire, j'aurais pris une fessée, c'était certain. *Paresseuse et sans souci du prix des chaussures, deux preuves de dégénérescence à la fois.* J'ai ramassé mes tennis dans l'eau et les ai lancées en direction des dunes.

La grève semblait se poursuivre à l'infini. Je me mis à courir dans l'eau à l'endroit où elle clapotait sur le sable. Je ne savais pas où j'allais et je n'avais aucune envie de m'arrêter. Je courais, c'est tout. J'éprouvais une sensation extraordinaire à me mouvoir pieds nus dans l'eau qui affleurait, aussi vite que mes forces me le permettaient. Le long voyage en voiture avait dû me tendre comme un ressort. Il est vrai que j'étais pratiquement tout le temps tendue comme un ressort. Ce n'était rien d'autre que la violente énergie de l'enfance, aussi simple et irrationnelle que les éléments eux-mêmes, qui me propulsait.

Quand j'ai fini par avoir un point de côté et que j'ai ralenti, j'étais hors de vue de la maison et de toute âme qui vive. D'un côté, scintillait l'eau infatigable du golfe. De l'autre, le maquis sauvage des dunes somnolait au soleil. Derrière et devant moi, le sable s'étendait entre les deux. Quand j'ai fait demi-tour en remontant plus haut sur la plage et que je suis sortie de l'eau peu profonde pour passer sur le sable mouillé, j'ai laissé derrière moi mes seules empreintes de pas. Je me suis amusée à sauter le plus haut possible en faisant volte-face pour retomber dans le sens inverse, afin de marcher à reculons et de laisser une fausse piste.

Au loin, un pick-up ou une camionnette progressait sur le chemin de terre au-delà des dunes. Par ses fenêtres ouvertes, parvenait une voix féminine, d'abord faible mais qui augmentait régulièrement de volume, avec des accents de Desi Arnaz[1]:

I'm Chiquita Banana
And I've come to say
Bananas have to ripen in a certain way.

Je suis remontée au sommet de la dune, d'où je pouvais voir la route. Une petite camionnette déglinguée avançait à petite vitesse vers la maison, toutes fenêtres ouvertes. Sur les côtés étaient peints les mots :

LAVERIE ATOMIQUE

Le conducteur de la LAVERIE ATOMIQUE avait les cheveux noirs et coupés en brosse. En m'approchant, j'ai vu qu'il était chinois. Ou japonais. J'ignorais l'existence d'autres variétés d'Asiatiques. Ford m'avait appris un jour qu'on pouvait distinguer les Japonais des Chinois grâce à la fente de leurs yeux, montante ou descendante, mais je ne me rappelais pas si c'était montante

1. Desi Arnaz (1917-1986) : chanteur, acteur et producteur américain né à Cuba. Sa musique mélange les sons jazz et cubains.

pour les Japonais et descendante pour les Chinois, ou vice versa. De toute façon, je me disais que comme d'habitude, Ford avait dû me raconter des histoires ; ça n'avait donc aucune importance.

Le conducteur de la LAVERIE ATOMIQUE me fit un geste de la main en contournant la maison du côté de la cuisine. Je dévalai la dune pour le rattraper et j'arrivai juste à temps pour voir Cleonie se pencher par une fenêtre ouverte du premier étage.

La chanson de Chiquita était maintenant remplacée par une publicité :

Le chocolat Bosco
C'est ce qu'il nous faut.

Le conducteur de la camionnette éteignit la radio.

En se penchant par la portière, il appela : « Ohé, M'dame Cleonie Huggins ! »

Cleonie fit un geste du bras et disparut.

Le livreur se mit à décharger des paniers d'osier pleins de draps repassés et pliés, et de serviettes. C'était un petit homme propret, en pantalon et veste blancs, comme une sorte d'uniforme. Il me paraissait jeune – c'est-à-dire que sa peau n'était pas ridée et qu'il n'avait pas de cheveux blancs – mais sinon c'était un adulte de plus dans un monde qui en était plein.

Cleonie sortit par la porte donnant sur la rampe, portant une corbeille de linge à laver qu'elle échangea contre celles de linge propre. Le chauffeur fit remarquer que c'était une belle journée. Cleonie acquiesça. Elle fit plusieurs allers-retours dans la maison pour échanger les paniers de linge. J'essayai de l'aider mais le panier était trop lourd pour moi.

– Tu es trop petite, me dit le livreur, comme s'il m'apprenait une nouvelle.

La découverte que Cleonie faisait les lits et nettoyait les salles de bains mais ne lavait pas le linge m'intéressa un moment. Après investigation (j'interrogeai Miz Verlow), il s'avéra que l'eau du puits était trop précieuse pour faire la lessive, et que par conséquent tout le linge était traité par la LAVERIE ATOMIQUE de Pensacola.

Au cours des jours suivants, je m'aperçus que Merrymeeting dépendait des services de nombreux commerçants. La camionnette du laitier livrait lait, crème glacée, beurre et œufs et, la plupart du temps, le journal. Si les journaux rataient la camionnette du laitier, ils avaient la possibilité d'arriver avec la dame qui apportait le courrier, lequel, en cette époque bénie, était distribué deux fois par jour et une fois le samedi, ou avec les autres livraisons. Les pêcheurs locaux – dont l'un était le mari de Perdita – apportaient poissons et coquillages à l'entrée de service sous la supervision de Perdita. Miz Verlow commandait la viande choisie par Perdita chez un excellent boucher de Pensacola, qui la livrait ensuite à domicile. Les produits d'épicerie étaient également livrés. Les gens du cru frappaient souvent à l'entrée de service pour apporter des produits saisonniers. Et, chacun vaquant ainsi à ses occupations, la maison de Miz Verlow tournait comme une horloge, si bien que ses pensionnaires n'avaient aucune idée de toute l'énergie nécessaire à son fonctionnement.

Je suivis Cleonie sur la rampe pour rentrer dans la maison.

– Cleonie, où est la trappe à linge sale ?

– Jusse là-bas.

Elle me montra du menton droit devant nous.

Nous étions dans le couloir derrière la cuisine, au bas de la cage de l'escalier de service qui desservait le palier où se trouvait le placard lingerie. L'escalier de service permettait à Cleonie, Perdita et Miz Verlow de se déplacer dans la maison sans gêner les pensionnaires. Une petite porte étroite, comme celle que j'avais vue en haut de l'escalier, ouvrait sur le mur devant nous. La partie inférieure était au niveau de mes yeux. La poignée de bois était facile à atteindre et je l'ouvris immédiatement. L'intérieur révélait un espace cylindrique chemisé de fer-blanc. Sur la pointe des pieds, je mis la tête dedans et regardai vers le haut le conduit qui montait vers les étages supérieurs. Mon inspection terminée, je bondis dans l'escalier, Cleonie sur mes talons.

La porte de la trappe à linge du palier était fermée. Avant que Cleonie ne puisse me retenir, je l'ouvris en un clin d'œil et, avec un hurlement de révolte, plongeai la tête la première.

J'avais l'impression que mon estomac tombait plus vite que le reste de mon corps mais j'eus à peine le temps de le remarquer que je dégringolais par la porte ouverte de la trappe du rez-de-chaussée. Mon visage entra en contact avec le sol, directement suivi par la masse du reste de mon corps. L'impact m'étourdit brièvement, comme si j'avais foncé dans un mur, avant que le sang ne se mette à gicler de mon nez. Je me roulai en boule comme un opossum et mes lunettes tombèrent.

Cleonie et Perdita accoururent de deux directions différentes.

– Al a sauté tout dret, dit Cleonie à Perdita. Vlan !

J'avais les yeux troubles mais je vis quand même l'incrédulité sur le visage de Perdita.

– *L'innosainte*, marmonna-t-elle. – Puis sa voix s'éclaircit. – Toi être une *innosainte*… Place, dit-elle à Cleonie, qui partit précipitamment.

Quand Cleonie me colla un torchon à vaisselle rempli de glaçons sur le visage, je me rendis compte qu'en fait, Perdita avait dit : « Glace ».

Miz Verlow, qui descendait l'escalier, comprit la situation au premier coup d'œil. Elle me prit par la main pour me remettre sur pied, ramassant en même temps mes lunettes sur le sol de sa main libre. Elle me poussa vers l'escalier.

– Voilà qui était très bruyant, dit-elle en me suivant. Si quelqu'un essayait de dormir, le pauvre a dû se demander si le plafond avait explosé.

– Oui, m'dame, ai-je admis d'une voix étouffée par le paquet de glaçons et mon visage enflé.

– C'est un grave manque d'égards de ta part, continua Miz Verlow. Cette attitude ne m'aurait pas surprise de la part d'un garçon.

– Dommage que je sois pas un garçon, murmurai-je.

– Eh bien, ce n'est pas le cas, et c'est une bonne chose. Je ne supporte pas les garçons. Soyons bien claires, Calliope Dakin. – Miz Verlow parlait sans colère apparente. – Tu ne vas pas devenir le trublion de la maison. Tu ne te comporteras pas comme si tu étais le démon de la famille, l'enfant sans mère ou tout autre rôle que tu as pu adopter par le passé. Dans cette maison, tu vas devenir la Calliope Dakin que tu seras pour le restant de tes jours, et cette Calliope Dakin… – Elle s'interrompit sur le palier du premier étage et referma la porte de la trappe à linge. – … et cette Calliope Dakin saura se tenir.

Je reniflai.

– J'aurais dû attendre qu'il y ait du linge en bas de la trappe.

Elle me regarda.

– Exactement.

Puis elle me donna mes lunettes. La monture de plastique était cassée au niveau du nez. Les verres étaient tout sales.

– Miz Verlow, c'est quoi, une *innosainte* ?

– Une *innosainte* ?

– Perdita m'a dit que j'étais une *innosainte.*

Miz Verlow eut un petit sourire.

– Une innocente. Une pauvre créature qui n'a pas tous ses esprits.

J'étais sévèrement déçue. J'espérais qu'*innosainte* signifiait pirate ou casse-cou, ou en tout cas quelque chose de brave et d'indomptable.

Nous sommes arrivées à la porte de la chambre de maman. Miz Verlow frappa doucement avec les phalanges.

En ouvrant la porte, le sourire anormalement accueillant de maman s'évanouit à ma vue, pour faire place à un air triomphant.

– Si je comprends bien, dit-elle à Miz Verlow, Calley a réussi à vous faire changer d'avis en ce qui concerne les châtiments corporels.

– Pas vraiment. – Miz Verlow me poussa vers maman. – Je crois que j'ai surestimé les capacités d'une enfant de son âge à se passer de surveillance maternelle.

Sur cet habile retour de balle, Miz Verlow m'abandonna aux bons offices de maman.

Maman referma la porte derrière elle.

– Eh bien, dit-elle, c'est extraordinaire de constater à quel point les gens sans enfants en savent toujours plus que tout le monde sur les méthodes d'éducation. Où est ta valise ? fit-elle en regardant autour d'elle. Cherche-toi des vêtements propres et va t'asseoir dans la baignoire, Calley, comme ça tu ne mettras pas du sang ailleurs que sur ce torchon et tes vêtements. Et quand tu auras fini de saigner, prends un bain.

Je m'accroupis près de ma valise, posée à l'écart dans un coin sombre de la chambre. Elle contenait deux petites culottes propres et une salopette qui enveloppait les livres de l'étagère de Junior, et un paquet de vêtements de Betsy Cane McCall – beaucoup plus pour elle que pour moi.

Maman regarda par-dessus mon épaule pendant quelques secondes, puis me donna une taloche sur l'arrière de la tête.

– C'est tout ce que tu as pris dans ta valise ? – Elle me gifla. – Tu me prends pour un magasin de vêtements ? – Elle claqua des doigts. – Tu penses que je peux remplacer tes vêtements comme ça ? Les vêtements coûtent cher, Calley, très cher. Et nous sommes pauvres, maintenant. Très… pauvres.

Je tiraillai le lobe de mon oreille et la dévisageai d'un air de défi.

– Nous… ne… sommes… pas… très… pauvres, répondis-je.

Elle me gifla une nouvelle fois.

– Je devrais t'acheter une veste rouge et un fez et te faire passer pour un singe, et te faire tourner la manivelle d'un piano mécanique. Au moins, tu ramènerais peut-être quelques pièces dans ton chapeau. Disparais de ma vue.

27

Tout en prenant mon bain, je réfléchis aux conditions posées par Miz Verlow et aux réactions de maman, qui avaient été quasiment plus intéressantes que les conditions.

Vous résidez ici selon mon bon plaisir.

Vous obéirez à mes règles.

Je prendrai sur ce que vous avez apporté avec vous le dédommagement de votre pension. Ou alors vous pouvez choisir de travailler, mais uniquement sur cette île, et avec mon consentement.

Vous ne tenterez de communiquer avec personne sans m'en avoir avertie ni sans mon consentement.

Vous ne contracterez aucun engagement ni dette sans m'en avoir avertie ni sans mon consentement.

Vous ne quitterez pas l'île sans intention d'y revenir et ne voyagerez dans un rayon de plus de quatre-vingts kilomètres sans m'en avoir avertie ni sans mon consentement.

Vous n'abandonnerez pas l'enfant ici. Vous devez comprendre qu'elle est tout ce qui vous protège d'un sort pire que celui qui a frappé votre défunt mari.

L'enfant ira à l'école.

Vos ennemis sont capables de vous retrouver aussi loin que vous soyez et leur hostilité est tenace. Si vous ne le comprenez pas, vous mettez en péril votre vie et votre liberté.

Ces conditions ne sont pas négociables.

Le choix dépend entièrement de vous.

Maman, au début, s'était montrée dédaigneuse, elle renâclait et reniflait de mépris mais à la fin, elle tremblait de colère et d'effroi.

Je ne pouvais rien imaginer de plus tentant que de rester où nous étions. Étant donné que j'avais craint depuis notre départ que maman ne m'abandonne, ce n'était pas une surprise de découvrir que Miz Verlow la soupçonnait également d'en avoir l'intention. Le discours concernant le péril, les ennemis et leur hostilité me satisfaisait au plus haut point. Non seulement il confirmait mon sentiment personnel de précarité, mais il le faisait à la manière d'une condition de conte de fées : tu désobéis à une règle aussi simple que l'interdiction de parler à un inconnu, et tu es condamné à cent ans de sommeil forcé. Mon soulagement était immense de savoir maman solidement enchaînée à moi aussi bien qu'à cet endroit. Quant à la nature des périls, des ennemis et de leur hostilité, toute explication détaillée était inutile. *Mon papa avait été coupé en morceaux.* Quelqu'un, ou plusieurs personnes, nous en voulait au point de nous avoir fait un très sale coup. Il n'était que logique de se dire qu'ils n'en avaient pas fini avec nous. Un enfant de sept ans ne voit généralement pas très loin au-delà du moment présent, mais l'âpreté de la peur m'y contraignait.

Après avoir pris un bain et m'être lavé les cheveux, je nettoyai les deux morceaux de mes lunettes à l'eau savonneuse. Je les essuyai et les mis, en compagnie de Betsy Cane McCall, dans la poche de ma salopette propre.

Miz Verlow me retrouva sur le palier de l'escalier de service, au moment où je passais mes serviettes tachées de sang et mon linge sale dans la trappe à linge.

– Mon enfant, j'ai vu des buissons d'épines où se prenaient les oiseaux qui étaient moins embroussaillés que tes cheveux, dit-elle. Va dire à ta maman de te les peigner et de les attacher.

La porte de maman était fermée à clé. J'avais déjà essayé. J'avais le visage douloureux, mal à la tête. Je me rendais compte que le martèlement de mes tempes était ce que maman voulait dire quand elle parlait de migraine. Je ne savais plus quoi faire. La voix de Miz Verlow s'adoucit.

– Tu as besoin d'une aspirine, Calley.

Elle m'entraîna avec elle par une porte donnant dans une autre partie de la maison, en suivant un couloir jusqu'à une autre chambre. Je fus surprise de la voir ouvrir une porte donnant sur une autre salle de bains. Cette chambre – la sienne, apparemment – avait sa propre salle de bains. Elle en ressortit avec un gant de toilette mouillé, un verre d'eau et un petit comprimé orange.

Le petit comprimé orange était sans doute ma première aspirine. Je n'ai certes aucun souvenir d'en avoir vu dans notre maison de Montgomery. Cette aspirine était non seulement de couleur orange, mais elle avait un goût d'orange et son aspérité sur ma langue me donna la chair de poule.

Elle a pris une petite bouteille dans le buffet et en a versé quelques gouttes irisées dans sa paume. Après s'être frotté les mains l'une contre l'autre, elle a fait très doucement pénétrer le produit dans mes cheveux. Elle me massait le cuir chevelu de la même façon dont je massais les pieds de maman le soir. Mon mal de tête commençait à s'estomper. Ensuite, elle a peigné mes cheveux et attaché mes couettes. Sans me faire mal du tout.

– Que dirais-tu d'un ruban ?

Elle tenait entre ses doigts un long ruban jaune et, une seconde plus tard, il y en avait deux, tombant des lames de ses ciseaux avec un léger chuintement. Les ciseaux étaient extrêmement acérés, suffisamment pour couper un doigt ou un pied, et très bien graissés, car l'axe des lames se mouvait avec un son à peine audible. Le ruban tomba avec une précision hypnotique en deux parts égales entre l'éclair des deux lames.

– Qui était la dame qui est partie ce matin ?

– J'ai cru que tu ne me le demanderais jamais. Pourquoi crois-tu qu'elle portait un chapeau qui lui cachait le visage ?

– Pour que je demande qui c'était ?

Miz Verlow rit doucement.

– Tu es aussi fine que la lame de mes ciseaux, Calley Dakin.

J'avais soudain la langue pâteuse et la tête lourde, et je ne pouvais plus soulever les paupières.

*

C'est la cloche du dîner qui me réveilla. Je ne me souvenais pas de m'être endormie. J'avais la nuque raide et moite et je mourais de faim. J'avais l'impression que la cloche du dîner était ma faim, qui résonnait dans ma tête et dans mon estomac.

Réchauffé par ma chaleur corporelle, le gant de toilette mouillé reposait sur mon front comme un vieux crapaud dégonflé : je m'en débarrassai. L'oreiller était humide à cause de mes cheveux mouillés. J'avais dormi si profondément que j'avais un peu bavé. Les lobes de mes oreilles et le dessous de mon cou et de mes oreilles étaient incrustés de salive séchée.

Je suis descendue du lit pour aller dans la salle de bains faire pipi et me laver le visage. Par l'étroite fenêtre ouverte entraient l'air marin et les conversations entremêlées des oiseaux, de la mer et du vent. La pièce elle-même était imprégnée d'un arôme complexe, mêlant les odeurs d'un placard à épices et d'une armoire à pharmacie.

Les rubans jaunes de mes couettes me renvoyaient leur reflet dans le miroir au-dessus du lavabo. Mon visage enflé était bleu de meurtrissures. Le jaune des rubans était la couleur la moins seyante qu'on puisse imaginer pour moi. Il faisait paraître mes cheveux encore plus ternes, mon teint plus fiévreux, et accentuait le bleu de mes contusions. Rien que de me voir dans la glace, mon mal de tête me reprenait. Je tâtai ma poche à la recherche de mes lunettes cassées et de Betsy McCall, mais elle était vide.

J'étais si affamée que je me sentais vide moi-même.

J'ai retrouvé le chemin du salon et de la salle à manger et je serais allée jusque dans la cuisine, mais Miz Verlow était à table, avec maman et les autres résidents qui voulaient dîner, et elle m'a arrêtée d'un regard autoritaire.

– Miss Calley Dakin, dit-elle. Vous êtes en retard. Demandez pardon, je vous prie, et prenez place.

Elle m'indiqua une chaise d'un très léger mouvement de tête.

– J'vous d'mande pardon, ai-je essayé de dire, mais les mots sont sortis avec difficulté, aussi étouffés que si j'étais enrhumée.

Maman a ricané.

Mais personne d'autre. Je me suis attaquée à mon dîner comme les loups tombant sur les Assyriens – en tout cas, c'est comme ça que je me rappelle l'expression – et j'ai mangé tout ce que contenait l'assiette que me servit Cleonie : jambon en sauce et pain de maïs, maïs à la crème, pommes de terre rôties et haricots verts au jus, suivis de gâteau de riz avec crème fouettée. J'ai bu trois grands verres de limonade sucrée. Puis, devant les convives consternés, maman horrifiée et humiliée, Cleonie qui fronçait le nez et Miz Verlow apparemment indifférente, je suis finalement tombée de la chaise et j'ai vomi sur le tapis persan.

– Mettez cette enfant au lit, dit brièvement Miz Verlow.

28

Quand les premiers oiseaux du matin m'ont réveillée, j'étais entortillée dans une couverture sur le plancher. Maman dormait dans le lit. J'avais passé une nuit agitée de rêves horribles dont je ne voulais pas me rappeler les détails. Et quand ils me sont revenus malgré moi, je le regrettais amèrement.

Mais d'abord, j'avais soif. À cette heure matinale, personne ne me disputait l'usage de la salle de bains commune. J'ai bu directement au robinet comme le petit animal à peine domestiqué que j'étais. Puis j'ai fait le contraire pour me soulager.

Je me rendais compte que je me sentais un peu moins substantielle, un peu plus légère sur mes jambes. Après m'être passé de l'eau sur le visage et la tête, je me suis brossé les dents pour éliminer le goût nauséeux de mes cauchemars. Quelques mèches de cheveux tombèrent dans le lavabo en même temps que la mousse du dentifrice.

J'avais les cheveux dénoués, et les rubans et les élastiques étaient posés sur la commode de maman à côté du peigne édenté qu'elle m'avait donné depuis que j'avais perdu le mien. Mon cuir chevelu me semblait plus léger que d'habitude. J'avais une tête à faire peur, évidemment : les yeux à moitié fermés tant ils étaient enflés, le nez comme une pomme de terre moisie. J'ai fait une grimace dans le miroir et je me suis tiré la langue.

Quand je suis rentrée à pas de loup dans la chambre avec l'intention de prendre mes vêtements et de ressortir en vitesse, maman commençait à bouger. Elle a ouvert un œil, m'a vue, a poussé un gémissement et s'est retournée de l'autre côté en se collant un oreiller sur la tête.

Je me suis habillée aussi vite et aussi silencieusement que j'ai pu. Les élastiques, les rubans jaunes, le peigne m'attendaient sur la commode. J'avais l'impression qu'ils m'observaient : les élastiques étaient bouche bée, le peigne grinçait des dents, les rubans ondulaient comme des langues de serpents dont la morsure allait me brûler. Je me suis glissée dehors sans les toucher, avec le sentiment intense d'avoir échappé au péril.

Cleonie et Perdita étaient déjà dans la cuisine, en conversation avec Miz Verlow, si bien que je pus me faufiler dehors sans être vue ni entendue.

La lumière qui frangeait l'horizon à l'est éclairait l'écume des vagues à l'ouest d'une blancheur éclatante. Un vol de pélicans parallèle à la rive passa presque silencieusement au- dessus de ma tête, projetant leurs ombres gigantesques sur moi et sur le sable blanc. Ma petitesse relative les faisait paraître énormes.

De part et d'autre de la plage, des hérons isolés guettaient dans les clapotis. *Harong*. Je comprenais tout à coup la prononciation de Cleonie. Lorsque je m'approchai de celui qui était à proximité, il avait l'air complètement indifférent et en même temps conscient de ma présence. Je le voyais dans ses yeux et je l'entendais au battement accéléré de son cœur. C'était aussi un grand oiseau, plus haut que moi, mais avec des pattes comme des baguettes, un long cou fin comme mon poignet et une tête pas plus grosse que mon poing. Une longue aigrette mince et molle de plumes couleur d'encre flottait sur sa tête et les grandes plumes de son poitrail frémissaient dans la brise.

Toute une théorie d'oiseaux pataugeaient dans les vaguelettes du bord ou à proximité : bécasseaux sanderlings et bécasseaux variables, bécassines, chevaliers des sables, échasses et avocettes.

Les pélicans, becs-en-ciseaux, sternes et mouettes chassaient plus au large.

Alors que je m'accroupissais pieds nus sur la plage, un vent léger ébouriffa mes cheveux et en emporta une mèche. Puis une deuxième.

Une corneille de rivage lança un croassement menaçant en s'élançant vers moi. Elle passa au-dessus de ma tête, les serres déployées et me heurta légèrement avant de s'éloigner. Pas besoin de voir les mèches de cheveux dans ses serres pour comprendre qu'elle m'en avait arraché. Le curieux de la sensation était l'absence de résistance des cheveux. Ce n'était pas douloureux du tout. Les cheveux tombaient dès qu'on tirait dessus. J'avais l'impression qu'ils n'étaient plus enracinés ni liés à moi d'aucune façon.

Je lançai à mon tour un *crooâ* à l'intention de la corneille. En tourbillon, une douzaine ou plus de corneilles de rivage se mirent à tourner au-dessus de ma tête, plongeant sur moi, m'arrachant quelques mèches de cheveux à la fois, remontant à nouveau. Je sentais mon cuir chevelu de plus en plus dénudé. La brise marine passait en souffle frais entre mes boucles de plus en plus rares. Les oiseaux jouaient autour de ma tête un ballet acrobatique, agaçant, et leurs ailes m'éventaient dans tous les sens jusqu'à ce que je n'entende plus rien d'autre. Leurs cris résonnaient soit comme des questions – *quoaâ-quoaâ ?* – soit comme des réponses – *broaâ-broaâ.* J'en avais la voix rauque à force de leur répondre, puis tout à coup, ils disparurent.

J'entendais à nouveau les autres oiseaux, les grandes herbes mouvantes des dunes, les clapotis, chuchotements et soupirs de l'eau, les galopades ténues des crabes émergeant de leurs trous dans les rochers, les chuintements mouillés des coques sous le sable. Puis l'hilarité enrouée d'une mouette rieuse.

La plage et les oiseaux me fascinaient tant que si la faim ne m'avait ramenée à la maison, j'aurais pu y rester toute la journée. Je n'avais pas encore compris toute la nourriture que je pouvais trouver dans cet environnement.

Maman était à nouveau à table dans la salle à manger, avec les résidents et Miz Verlow.

Les yeux de maman s'écarquillèrent à ma vue. Elle eut un hoquet comme si elle s'étranglait avec une arête de poisson. Miz Verlow lui tendit un verre d'eau. Maman reprit son souffle, se tapota la bouche avec sa serviette et recouvra son calme. Les convives, après quelques murmures d'inquiétude, se concentraient d'un air gêné sur leur déjeuner.

Je pris ma place à table et remerciai Cleonie lorsqu'elle posa une assiette devant moi.

– Qu'est-ce que ça signifie, Calliope Carroll Dakin ?

Maman parlait d'une voix basse et à demi étranglée.

– Qu'est-ce qui signifie quoi ?

J'avais la bouche pleine de biscuit au beurre sortant du four.

Maman prit une profonde inspiration. Elle ne portait que du rouge à lèvres à cette heure de la journée, si bien que la rougeur de son visage était très visible. Tous les autres s'intéressaient à leur assiette avec la plus grande attention. La table aurait pu se trouver dans le réfectoire d'un monastère soumis au vœu de silence – même si, à cette époque, j'ignorais tout des réfectoires, monastères et autre vœu de silence.

– Quitte la table, ordonna maman.

Je posai correctement ma fourchette sur mes œufs brouillés, descendis de la chaise, pris mon assiette, puis la direction de la cuisine. J'aidai à faire la vaisselle.

Personne ne fit allusion à mon crâne chauve. Au moment où je m'essuyais les mains, Perdita m'appela d'un signe de l'index. Elle m'enveloppa la tête d'une serviette de table pliée de manière compliquée et fixée par un petit nœud serré sur le côté, laissant mes oreilles découvertes. Puis de chaque côté, elle rabattit le tissu dont les plis bouffants vinrent les cacher.

Sur le mur près de la porte du placard à provisions, il y avait un petit miroir auquel Miz Verlow, Perdita et Cleonie jetaient un coup d'œil presque à chaque fois qu'elles sortaient de la cuisine. D'après la manière dont Miz Verlow étirait les lèvres pour vérifier ses dents, on devinait qu'elle avait la hantise d'y avoir laissé des traces d'épinards ou de rouge à lèvres. Quant à Cleonie et Perdita, c'est juste qu'elles étaient coquettes, vaniteuses comme des paons.

Elles se faisaient toujours un sourire en passant. Le plaisir avec lequel elles se regardaient me faisait penser à elles avec respect comme si elles étaient les plus belles du monde. Perdita posa l'escabeau sous le miroir pour que je puisse me voir. La serviette de table était d'une blancheur de neige et, avec mes yeux au beurre noir et mon visage enflé, je ressemblais à une espèce étrange de chevêche à tête blanche.

Maman était plus furieuse qu'un nid de guêpes qu'on aurait percé avec un bâton. Je dis ça parce que je l'ai fait une fois, quand j'étais trop petite pour me rendre compte, et j'avais été piquée tant de fois que j'en avais fait pipi dans ma culotte. Mais je n'avais même pas peur. Qu'est-ce qu'elle pouvait me faire ? Me faire faire pipi dans ma culotte ? Me coller un œil au beurre noir ? M'arracher les cheveux ? Me mettre en pièces ?

Miz Verlow était dans le couloir du haut au moment où maman m'entraînait *manu militari* vers notre chambre.

– Miz Dakin, je vous demande pardon, dit Miz Verlow. J'ai oublié de vous dire que les châtiments corporels sont interdits dans cette maison.

– Je vous demande pardon, Miz Verlow, dit maman d'une voix aussi coupante que les propres ciseaux de Miz Verlow. Calley est ma fille et je l'élèverai comme bon me semble.

Miz Verlow hocha la tête.

– Je vous rappelle notre contrat, Miz Dakin.

Maman pâlit. Sa main voleta en direction de sa gorge.

– Vous n'êtes pas sérieuse. Vous devez être folle.

– Encore votre numéro de Loretta Young ? Je vous en prie, ne gâchez pas votre talent d'actrice à mon profit, chère madame. Vous ne ferez usage d'aucune forme de châtiment corporel à l'égard de Calley sous mon toit. C'est bien compris ?

Maman devint aussi rigide que Mamadee. Ses doigts crispés s'agitaient, comme si elle mourait d'envie de jeter quelque chose ou d'arracher les yeux de quelqu'un.

Miz Verlow semblait à peine le remarquer. Elle souhaita le bonsoir à maman et se détourna.

Maman est passée devant moi d'un air furieux et rentrée dans la chambre en claquant la porte.

Miz Verlow s'est arrêtée, et sa main s'est attardée un instant au-dessus de mon foulard comme pour me caresser la tête, mais elle ne m'a pas touchée.

J'entrai dans la chambre, dont l'obscurité contrastait avec le soleil extérieur. Maman était assise devant la coiffeuse et tiraillait une de ses boucles. Dans le miroir, elle me regardait méchamment en plissant les yeux.

– Tu veux que je te masse les pieds, maman ?

Elle se débarrassa de ses chaussures et se jeta sur le lit.

– Ne va pas t'imaginer que je vais me laisser impressionner par ta Merry Verlow, Calley Dakin. Ni par toi, d'ailleurs. Je vois clair, tu sais.

J'hésitai.

– Masse-moi les pieds, Calley, dit maman avec impatience. Le moins que tu puisses faire, c'est de te rendre utile.

Ceci, en tout cas, était un principe établi. Au bout d'un moment, maman était assez calmée pour parler normalement et revenir à son sujet de prédilection, c'est-à-dire elle-même.

– J'ai été si perturbée que j'avais oublié que tu manquais l'école.
– Comme si je le faisais délibérément ! – Dès la rentrée, tu iras à l'école. Tu n'apprendras peut-être rien mais au moins tu ne seras pas tout le temps dans mes jambes.

J'aimais l'école – pour l'apprentissage, en tout cas, et ne pas être dans les jambes de maman. Pour le moment, j'avais assez à faire avec l'exploration de l'île.

Dès que je fus à nouveau dehors, je me hasardai de l'autre côté de la route jusqu'à l'autre rive de l'île de Santa Rosa. La maison de Miz Verlow se tenait à l'endroit le plus étroit du milieu de l'île, qui n'était pas large. Cependant, ce côté de la route était extrêmement différent du côté golfe. Sur la baie, le sable s'amoncelait de façon chaotique, comme si les dunes étaient liées en chapelets embrouillés. Il y avait des pins maritimes et des buissons sur les crêtes tandis que d'autres variétés d'arbres et d'arbustes poussaient dans les déclivités. Certaines de ces dépressions étaient envahies par l'eau, du moins à certaines heures, et avaient une végétation et une faune particulières. L'embrouillamini de dunes abritait des marais salants. La plage y était étroite et moins fraîche, car elle était protégée des vents du golfe par la végétation et le reste de l'île. L'île était séparée du continent par les eaux plus calmes de Pensacola Bay, où passaient plus de bateaux. Sur la côte inférieure, la ville de Pensacola s'étendait sous mes yeux comme un jouet.

La vue de Pensacola me rappela notre voyage, notre départ de Tallassee, et Mamadee et Ford. Je ne voulais pas m'en souvenir. Je ne voulais pas non plus me rappeler que j'avais perdu mon papa à la Nouvelle-Orléans, ni notre vie d'avant. Plus que tout, je voulais m'accrocher à papa vivant. Je me parlais avec sa voix, en répétant des choses qu'il m'avait dites. Il était encore avec moi. J'entendais encore sa voix, même si c'était moi qui devais l'imiter. Je n'avais guère besoin des raisons évidentes de me protéger du deuil, du traumatisme et du chagrin. Comme tous les enfants, je vivais beaucoup plus dans l'instant que la plupart des adultes.

Mon exploration sur l'autre rive m'avait incitée à demander à Miz Verlow si elle avait une carte de l'île. C'était le cas. Dans le tout petit bureau attenant au salon – on aurait dit que c'était un ancien placard – elle avait une table de travail, une chaise et un secrétaire. Ce secrétaire contenait de nombreux classeurs pour répondre aux questions des résidents : cartes de la région, restaurants, animations, églises, et ainsi de suite.

La carte qu'elle me donna était très simple, mais n'aurait pu être autrement. L'île de Santa Rosa est une bande de sable de plusieurs kilomètres de long partagée plus ou moins en son milieu, à cette époque, par une seule route. La partie ouest de la route se nomme Fort Pickens Road et l'autre l'Avenue de la Luna. À l'extrémité ouest se trouvaient le fort Pickens – les fortifications abandonnées de la guerre de Sécession – et un terrain de camping. L'extrémité est faisait partie de la base militaire aérienne d'Eglin. J'avais naturellement entendu des avions, jets et avions à hélices, mais je ne leur avais pas porté une attention particulière, présumant que Pensacola devait avoir un aéroport. En trois points de l'île, il y avait des ponts au bout desquels se regroupaient quelques entreprises, hôtels, motels et résidences. Le pont le plus à l'ouest reliait une autre petite île intermédiaire, où il y avait un village nommé Gulf Breeze. De là, le pont du Causeway conduisait à Pensacola.

La séparation physique de l'île par rapport au continent était une forme de sécurité. J'aurais bien effacé le Causeway de la carte si je l'avais pu, mais la baie qu'il traversait jouait quand même le rôle de douves. Mamadee ne savait pas que nous étions ici. Les deux folles, la femme de chambre et la cuisinière de l'hôtel Pontchartrain, ne pourraient jamais nous découvrir. Miz Verlow représentait une autre sorte de sécurité, moins évidente et dont la fiabilité n'était pas prouvée, mais sans conteste un recours contre maman.

Pourtant, quand je demandai à Miz Verlow si elle n'avait pas vu mes lunettes cassées ou ma Betsy Cane McCall, elle me surprit :

– Je ne suis pas responsable de vos affaires, Miss Calliope Dakin, me dit-elle avec sévérité. Elles sont sous votre entière responsabilité.

Bien sûr, elle avait raison. J'avais l'impression que je voyais assez clair sans lunettes et quant à Betsy Cane McCall, ma foi, elle ne me manquait guère. J'avais oublié les poupées de papier et les ciseaux de Rosetta dans leur boîte à chaussures. L'île de Santa Rosa était le plus beau jouet que j'avais jamais eu. Et que j'aurais jamais.

Un ou deux jours plus tard, au moment de changer de vêtements, je m'aperçus que les vêtements et les serviettes tachés de sang que j'avais mis dans la trappe à linge sale ne m'avaient pas été rendus. Quand je demandai à Cleonie si elle savait où ils étaient, elle fronça les sourcils en disant qu'elle ne les avait jamais vus. Elle s'en souviendrait à cause du sang, dit-elle, qu'elle aurait fait tremper dans l'eau froide avant de donner le linge à la laverie. Je cherchai partout désespérément mais ne pus éviter la colère de maman pour avoir réussi à perdre les quelques vêtements de rechange que je possédais, sans parler des serviettes de Miz Verlow. Maman me força à dormir par terre pendant un mois.

29

Même si les enfants très jeunes guérissent rapidement par nature, l'onguent que me donna Miz Verlow hâta le processus. Ce que c'était, je n'en sais rien. Comme tous ses remèdes, il provenait d'un petit pot ou d'un flacon sans étiquette. Ils avaient tous une odeur de plante ou d'herbe médicinale.

Il y en avait rarement plus que nécessaire dans le pot ou le flacon, à l'exception de la pommade vert pâle pour les pieds de maman, que Miz Verlow fournissait dans des récipients cylindriques en verre opalescent comme de grosses bougies courtes. Le contenu durait une semaine. Le parfum était nouveau pour moi, mais pas pour maman.

Maman déclara qu'elle cherchait cette pommade depuis des années. C'était celle qu'utilisait la grand-mère qu'elle aimait tant. Ce devait être une ancienne recette, me précisa-t-elle, car la pommade de sa grand-mère était fabriquée par le pharmacien local. Soit Miz Verlow avait elle aussi eu la recette, soit elle se l'était procurée dans une pharmacie qui l'avait encore. L'important, c'est que maman reconnaissait aussi peu de mérite que possible à Miz Verlow pour cet excellent onguent. Parfois, cependant, quand ça lui chantait, elle se répandait en éloges extravagants sur la pommade pour les pieds de Miz Verlow, prédisant qu'elle pourrait rapporter une fortune si elle était commercialisée.

Merrymeeting disposait de deux salons. Le petit salon – relativement plus petit – contenait, comme je l'ai dit, le poste de télévision et le combiné radio-tourne-disque. La collection de 33 tours de Miz Verlow comprenait de la musique classique ordinaire, des comédies musicales et des musiques de films. Elle m'autorisait à utiliser le tourne-disque en fin d'après-midi, avant le souper. Le téléviseur Zenith, dans l'autre coin, restait pour moi d'un intérêt moindre. Pensacola n'avait qu'une station de télévision WEAR, et les émissions étaient limitées. Je savais comment faire marcher le Zenith et comment régler l'antenne, ce que je faisais parfois pour les résidents lorsqu'ils voulaient regarder une émission particulière en début de soirée.

Le grand salon pouvait s'enorgueillir de la plus importante bibliothèque de la maison. En partant, les résidents laissaient souvent des livres. Les volumes abandonnés trouvaient asile dans la vaste bibliothèque du grand salon, ou dans d'autres plus petites dans le reste de la maison. C'était Miz Verlow qui classait ou reclassait les livres jusque-là, mais avant de rentrer en classe, je pris sa relève. Pendant les premiers jours, je feuilletai les innombrables livres concernant les oiseaux, les coquillages et les plantes de la région.

Miz Verlow me surprit un jour pendant que je les parcourais, assise par terre derrière un grand fauteuil à oreillettes, pour ne pas être dans les jambes de qui que ce soit ni déranger personne. Elle me dit que je pouvais emporter ceux que je lisais dans la chambre de maman, sauf si quelqu'un les demandait. Je les ajoutai à ceux que j'avais volés à mon oncle défunt. Dans la chambre que je partageais avec maman, je disposais du tiroir du bas de la commode pour mettre mes vêtements. Mes livres trouvèrent facilement place sous mes habits, du moins pendant un certain temps.

Par la suite, Miz Verlow m'emmena avec elle dans ses longues promenades pour aller ramasser des herbes et des écorces qu'elle utilisait dans ses préparations médicinales. L'une de ces plantes était un arbuste qui poussait aux alentours de la maison. Dès que je la sentis, je reconnus l'un des ingrédients qui composait la pommade pour les pieds de maman. Miz Verlow m'apprit qu'on l'appelait communément *arbuste aux chandelles*, à cause de ses fleurs jaunes pointues. Perdita et Cleonie l'appelaient *Chandelles ardentes*.

Pendant une semaine, Miz Verlow fit porter une tisane à maman tous les soirs. Maman faisait la grasse matinée et se levait de bonne humeur. Je pouvais ainsi me glisser dehors chaque jour sans la déranger.

Quand je lui massais les pieds au moment d'aller se coucher, maman se lamentait sur son sort et jurait qu'elle récupérerait Ford et son argent et enverrait sa mère en enfer. Dans cet objectif, il lui fallait un avocat, naturellement. Elle se plaignait amèrement de ne pas avoir d'argent pour engager un avocat. Il lui était impossible de prendre un avocat en Floride, de toute façon, car les avocats de Floride ne pouvaient exercer en Alabama. Elle le savait avec certitude car elle avait appelé un cabinet de Pensacola, en se servant simplement de l'annuaire. Elle se consolait en se disant que les avocats de Pensacola étaient vraisemblablement tous des ivrognes de toute manière, et totalement incompétents dans la défense et la protection des veuves et des orphelins.

Maman était si courtoise et si gentille avec Miz Verlow qu'aucun des résidents n'aurait pu imaginer qu'elle la détestait. Maman avait passé sa vie à faire la guerre à Mamadee. Rien ne pouvait être plus facile ni plus commode que de remplacer Mamadee par Miz Verlow. Maman ne pourrait jamais se résigner à l'idée qu'en fait, elle n'avait pas beaucoup d'importance pour Miz Verlow.

Maman jouait à la maîtresse de maison sudiste avec les résidents quand ils étaient présents. Elle ne parlait pas de ce qui était arrivé à papa et ne se hâtait pas de révéler que j'étais sa fille. Miz Verlow se contentait de me présenter comme « la petite Calley ». Certains des visiteurs en concluaient que j'étais une sorte de pupille confiée à la charité bienveillante de Miz Verlow. D'autres remarquaient à peine mon existence, ce qui m'allait fort bien.

Les tâches ménagères qui structuraient la journée ne me pesaient jamais. Elles me donnaient un sentiment d'appartenance. Lorsque je commençai à faire la vaisselle après chaque repas, Miz Verlow me montra la page d'un carnet sur lequel elle inscrivait tous les dix cents que je gagnais. Jusqu'à ce que mes contusions disparaissent – en quelques jours – je mangeai dans la cuisine.

Les invités de Miz Verlow partaient le plus souvent le samedi, et de nouveaux arrivaient le dimanche soir. On appelait un taxi pour emmener ceux qui n'avaient pas de véhicule personnel et le parking se vidait, à l'exception de la Country Squire de Miz Verlow et de l'Edsel.

Vers une heure et demie, Cleonie et moi débarrassions l'habituel déjeuner-buffet du samedi et remettions la table pour le souper que préparait Perdita. C'était Miz Verlow qui le servait, pour permettre à Perdita et Cleonie de prendre leur congé. À trois heures, les lits étaient défaits et refaits, les salles de bains nettoyées et réapprovisionnées. Ensuite, le taxi noir venait chercher Cleonie et Perdita pour les conduire à leurs vies respectives à Pensacola. Elles revenaient le dimanche soir vers neuf heures. Les six autres nuits de la semaine, elles dormaient dans une chambre au-dessus de la cuisine. Qui avait son propre petit cabinet de toilette, avec lavabo et W-C.

Sur la vieille commode que partageaient les deux femmes, il y avait les photos de leur famille que je n'avais pas encore eu l'occasion d'examiner. Perdita et Cleonie étaient deux respectables paroissiennes de l'église méthodiste épiscopale et pratiquaient aussi consciencieusement qu'elles travaillaient pour Miz Verlow.

L'église méthodiste épiscopale ne figurait pas, naturellement, dans la liste fournie par Miz Verlow à ses clients. L'église la plus exotique de cette liste était l'église catholique St Michel de Pensacola. Les juifs, les baha'is, les mormons et les musulmans n'étaient sur aucune liste, pas plus que les jongleurs de serpents[1] ni

1. Secte du sud des États-Unis pratiquant, au cours de ses rites, la manipulation de serpents pour atteindre l'état de transe.

les pentecôtistes. Il y en avait sûrement quelques-uns à Pensacola et ils avaient tous sans aucun doute des lieux de culte. Pensacola avait alors, comme maintenant, autant d'églises que n'importe quelle autre ville, si bien que n'importe qui n'étant pas totalement païen pouvait et peut encore y trouver chaussure à son pied. Quant aux païens, évidemment, ils n'ont pas à se plaindre.

Pour sa défense, je dirai que Miz Verlow n'exprimait strictement aucun intérêt pour les affiliations ou pratiques religieuses de ses clients. Si elle savait que certains d'entre eux étaient catholiques, juifs ou bouddhistes et pratiquaient clandestinement leur religion, cela ne l'empêchait aucunement de leur louer des chambres. Je suis certaine qu'elle aurait trouvé un moyen de refuser d'accueillir quelqu'un qu'elle aurait soupçonné d'appartenir à la secte des jongleurs de serpents, non parce qu'elle éprouvait des sentiments particuliers à l'égard de cette pratique, mais pour éviter à d'autres résidents le risque de prosélytisme. Elle était très stricte sur la protection de l'intimité des résidents, qu'elle faisait respecter grâce à des règles bien précises. Et elle les conduisait volontiers en voiture au lieu de culte de leur choix.

Ce premier dimanche, nous ne sommes pas allées à l'église.

– Je ne peux pas t'emmener en public avec la tête que tu as, m'a dit maman. Je suppose que tu n'as pas pensé une seule seconde aux désagréments que cela pouvait me causer, naturellement ?

– Je n'ai pas de robe de toute façon, répondis-je, ni chapeau, ni veste ni gants.

Au souvenir que j'étais arrivée à Merrymeeting avec à peine deux tenues de rechange dans ma valise, dont une que j'avais déjà perdue, maman me fusilla du regard.

– La robe grise m'aurait été bientôt trop p'tiote, de toute façon, fis-je remarquer.

– Je suppose que tu t'imagines que les vêtements poussent sur les arbres ? lança-t-elle lèvres pincées. Et cesse de dire « p'tiote ». On t'a appris à parler correctement. Vraiment, le côté Dakin a anéanti chez toi tout le côté Carroll !

Maman dormit jusqu'à midi ce dimanche-là puis passa l'après-midi sur la plage. Il faisait à peine assez chaud pour des bains de soleil, mais maman avait décidé qu'elle était d'une pâleur maladive à force de se faire du souci pour son veuvage, la perte de son fils et tous les autres terribles chocs des derniers mois, et par conséquent elle grelotta en maillot de bain sur une chaise longue. J'étais chargée d'aller lui chercher un café ou un autre magazine dans la maison. Malheureusement pour elle, j'étais aussi son seul public.

Maman expliqua à Miz Verlow la nécessité d'aller à Pensacola pour m'acheter une robe. Le mardi, quand tous les résidents furent installés, Miz Verlow nous conduisit en ville dans sa Country Squire. Elle savait où était le meilleur magasin, nous assura-t-elle, et il se trouva qu'il y avait des soldes sur les vêtements d'enfants. Usant de flatterie et faisant remarquer à maman toutes les bonnes affaires qu'elle pouvait faire, Miz Verlow réussit à convaincre maman de m'acheter non seulement trois robes neuves, mais un manteau, des sandales, des chaussettes et un chapeau – un autre canotier pour aller sur mon foulard –, des petites culottes, un pyjama, une salopette et des chemises. Tous les vêtements étaient à ma taille, mais les couleurs me faisaient paraître à moitié morte. Ça m'était bien égal. Je n'avais jamais eu de jolis vêtements et n'en espérais pas. L'ensemble était effectivement étonnamment bon marché, ce qui fit extrêmement plaisir à maman. Évidemment, après tous ces achats, j'ai dû lui masser les pieds encore un peu plus longtemps que d'habitude ce soir-là.

Maman a été obligée de me laisser quelques centimètres dans sa penderie pour suspendre mes trois robes neuves, mais elle m'a fait ôter les livres du tiroir de la commode pour ranger le reste de ma nouvelle garde-robe. Elle m'a menacée de jeter les livres à la poubelle. Mes gémissements ont alerté Miz Verlow, qui a sauvé mes livres en me concédant l'usage de l'étagère inférieure de la lingerie, qui n'était jamais utilisée.

Le dimanche suivant, le premier de mai, Miz Verlow nous conduisit très gentiment, maman et moi, à l'église épiscopale du Christ. Un brouillard épais obscurcissait le passage entre l'île et le continent, au départ comme au retour, mais Miz Verlow semblait toujours savoir où elle était.

Mon apparition, à cause de la serviette de table nouée autour de ma tête sous mon canotier neuf, souleva quelque agitation dans l'église. Maman était vêtue de noir, voile y compris. À la sortie de l'église, le pasteur prit la main de maman. Je me jetai entre les deux, marchant sur les chaussures bien cirées du pasteur, ce qui eut pour effet satisfaisant de le faire reculer et lâcher la main de maman.

À notre retour, la brume noyait la maison de Miz Verlow au point qu'elle avait l'air abandonnée. Toutes les lumières étaient éteintes, il y avait une coupure de courant. L'intérieur de la maison paraissait aussi vide qu'une vieille grange. La lumière diffuse et blafarde ne pénétrait pas jusqu'aux recoins les plus sombres de la maison, et l'humidité nous transperçait jusqu'à la moelle des os.

Miz Verlow m'a envoyée à la cuisine chercher les repas froids préparés par Perdita. Nous avons mangé dans la salle à manger, à la lueur d'une unique bougie jaune dans un chandelier d'argent provenant de chez Mamadee. Je n'eus pas la sottise de remarquer que je l'avais reconnu. Ce qui m'intéressait davantage, c'est que la bougie était visiblement de production domestique – non pas grossière, mais raffinée. En brûlant, elle exhalait une légère odeur de goudron, qui n'était pas désagréable et me rappelait celle de la pommade pour les pieds de maman.

Même si je m'efforçais de ne pas penser aux conditions posées par Miz Verlow, je ne ressemblais pas assez à maman pour chasser de mes pensées ce qui était… désagréable. Au contraire, plus je souhaite oublier quelque chose, et plus j'y pense. J'ai appris ainsi à penser à ce qui est nécessaire quand c'est nécessaire. Naturellement, il arrive que des pensées reviennent m'importuner, mais de cette façon, elles sont moins gênantes.

Une fois le déjeuner débarrassé, Miz Verlow suggéra une partie de cartes.

La première réaction de maman à cette proposition de jouer aux cartes un dimanche fut un haussement de sourcils scandalisé, mais elle se rendit immédiatement compte que son indignation n'avait aucun impact en l'absence de public. Elle s'assit donc à la table de jeu avec un timide manque d'enthousiasme. Maman avait toujours adoré les cartes. Elle jouait plus mal, et avec la plus spectaculaire malchance, que tous les gens que je connaissais. Elle se prenait cependant pour une joueuse avisée et sans égal. Dès qu'on lui en donnait l'occasion, elle exerçait ses talents. Toutes autres considérations mises à part, les cartes lui donneraient peut-être la chance d'exercer une pression sur Miz Verlow.

Maman, Miz Verlow et moi nous sommes installées dans le grand salon pour jouer à la Dame de Pique. Mes talents de joueuse de cartes étaient à l'époque assez élémentaires mais j'en savais déjà assez pour laisser maman gagner. Plutôt que d'en ouvrir un neuf, nous avons joué avec un vieux paquet de cartes, rouge, portant au dos les initiales CCD. Mes initiales, bien que le paquet eût au moins vingt ans d'âge et fût vraiment nul pour autre chose que tricher au Solitaire. Le salon était aussi silencieux qu'on peut l'imaginer, avec seulement nous trois, qui parlions le moins possible en nous concentrant sur nos cartes. Notre seul éclairage était la bougie que Miz Verlow avait apportée de la salle à manger. Sa lumière était amplifiée par l'immense miroir du salon, suspendu sur le mur opposé à la cheminée, en face de moi. La courte flamme brûlait intensément et la mèche diminuait de plus en plus tristement dans la petite flaque de cire fondue. Dans le miroir, on aurait dit une langue de feu, surgie de l'obscurité insondable du reflet de la cheminée. L'odeur de la bougie me rappelait la messe à laquelle nous avions assisté, et l'enterrement de mon papa.

Ça ne fera aucune différence.

– Qu'est-ce qui ne fera aucune différence ? demanda maman laconiquement, regardant ses cartes étalées avec un regard furieux, dans l'espoir de braver l'ironie inattendue de Miz Verlow.

– Je vous demande pardon ? dit Miz Verlow.

Miz Verlow et maman m'ont alors regardée, bien que la voix qu'on venait d'entendre n'ait eu ni le timbre ni la tonalité d'une fillette de sept ans.

Miz Verlow m'a transmis la question. « Qu'est-ce qui ne fera aucune différence, Calley ? »

Ça ne fera aucune différence tout simplement parce que je suis morte.

Nous nous regardions toutes trois à ce moment-là. Aucune de nous n'avait parlé.

Alors qui ?

Nous étions seules, toutes trois, dans cette maison isolée.

Maman pâlit. Miz Verlow elle-même avait l'air inquiète. C'était à moi de prendre les choses en main. Et l'origine de la voix qui résonnait dans le salon étouffant me paraissait parfaitement évidente, à moi, Calliope Carroll Dakin, dont les initiales figuraient sur le paquet de cartes sur la petite table triangulaire devant nous. Je regardai dans le miroir. *Elle* semblait regarder, non pas vers nous, mais comme au travers d'une fenêtre. Ses yeux étaient écarquillés et larmoyants de terreur.

– Mamadee, est-ce toi ? demandai-je.

C'est moi et ce n'est pas moi.

– Ferme-la ! me cria maman.

Je gardai les yeux fixés sur le miroir, mais avant que je puisse dire à maman d'y regarder, la voix de Mamadee se fit à nouveau entendre.

Tu n'as pas besoin d'être impolie, Roberta Ann.

Maman bondit et se précipita vers la porte, prête à l'ouvrir à la volée, même si elle savait aussi bien que moi que la voix ne provenait pas du couloir ni d'aucune autre partie de la maison.

Je ne suis pas dehors, Roberta Ann.

Maman s'arrêta, la main tendue vers la porte. Puis elle fit un pas en arrière, comme si la porte elle-même avait parlé.

Miz Verlow se leva :

– Êtes-vous là ?

On aurait dit un mineur qui creuse pour venir secourir un enfant tombé dans un puits désaffecté. Ouvrant une brèche dans un mur qui s'effondrait, elle interrogeait doucement l'obscurité figée et feutrée : *Êtes-vous là ?*

J'ai compris que ni Miz Verlow ni maman ne voyaient Mamadee dans le miroir.

Je ne sais. Je ne sais où je suis. Mais je sais que je vois celle qui m'a tuée…

– Elle ment. Maman n'est pas morte. – Maman me regarda intensément. – Si ma mère était morte, nous le saurions.

– Est-ce que tu es morte ? demandai-je à haute voix.

Maman me prit par les épaules et me secoua de toutes ses forces.

– Arrête de faire croire que tu es maman !

Puis elle jeta un regard autour d'elle, comme si quelque chose se cachait derrière son dos. Elle avait les yeux plus grands que jamais et tremblait de tous ses membres.

– Maman ! gémit-elle. Tu n'es pas morte, c'est impossible !

Soudain, la pièce se fit plus froide, comme si quelqu'un avait ouvert une fenêtre. La bougie vacilla avant de s'éteindre. De minces filaments de fumée blanche montaient de la mèche.

La voix s'exclama, indignée : *Roberta Ann Carroll, mais c'est mon bougeoir que je vois sur cette table !*

Maman n'allait pas se laisser distraire par de simples questions de propriété.

– Tu veux me donner des remords ! s'écria-t-elle. Eh bien, tu ne peux pas me donner de remords parce que premièrement je ne t'ai pas tuée et deuxièmement je ne savais même pas que tu étais morte et troisièmement je ne crois même pas que tu es ma mère parce qu'il n'y a pas de fantômes dans notre famille ! Il n'y a pas de fantômes de Carroll !

Le fantôme, si c'en était un, n'eut aucune réaction au bombardement illogique de maman. Celle-ci me lâcha les épaules. Miz Verlow se dirigea vers la porte. Elle allait essayer de nous sortir d'ici avant que quelque chose d'autre – quelque chose de pire – ne se produise.

Puis, brutalement, Mamadee parla encore, tentant une question confuse : *Roberta Ann, où diable es-tu là ?*

– Que veut-elle dire ? me chuchota maman.

– Nous sommes à Pensacola, en Floride, Mamadee. Dans la maison de Miz Verlow. C'est une lointaine parente des Dakin mais elle n'a pas de liens de sang avec eux, répondis-je de la voix que prennent les fillettes de sept ans quand elles récitent les versets devant la congrégation le jour de Pâques.

De nouveau, la voix se fit entendre, douce et hésitante, s'adressant à maman et ignorant ma réponse tout autant que moi.

Je regarde une chaise, Roberta Ann, cette chaise qui est juste derrière toi. C'est ma mère qui a fait la broderie de cette chaise. Alors, où diable l'as-tu trouvée ? Car je sais que cette chaise a brûlé. Elle a brûlé en 1942. Es-tu revenue dans la maison de ma mère, Roberta Ann ?

– Non ! s'écria maman. Nous sommes en 1958, à Pensacola Beach !

C'est la maison de Banks, dit la voix de Mamadee, *et cette maison a brûlé dans un incendie, à cause de ton imprudence avec les bougies, avant la naissance de Calley. Donc, si vous y êtes, c'est que vous êtes mortes, toutes les deux… et je suis bien contente…*

– Elle ne veut pas dire ça, chuchota maman avec véhémence à mon oreille. Elle ne souhaite pas que nous soyons mortes.

– Pourquoi es-tu contente que nous soyons mortes ? ai-je demandé à Mamadee.

Parce qu'alors, Calley, espèce de méchante, méchante petite sorcière… Mamadee éclata de rire, du même rire que quand elle lisait dans le journal que quelqu'un qu'elle n'aimait pas était mort avant elle. *… parce qu'alors, Calley, je n'aurai pas besoin de te prévenir de ce qui va t'arriver. Alors peut-être que maintenant ils me laisseront revenir. Alors peut-être…*

Je suppose qu'« ils » n'ont pas laissé Mamadee « revenir », parce qu'elle est partie à ce moment-là, juste au milieu de sa phrase, sans avoir précisé sa pensée, et nous n'avons plus jamais entendu sa voix.

30

L'esprit de maman se fixa non sur ce qui s'était passé mais sur ce que cela signifiait peut-être pour elle. Si c'était vraiment le fantôme de Mamadee que nous avions entendu, alors Mamadee était morte. L'idée que Mamadee soit morte jetait maman dans une panique incontrôlable. Cela voulait dire que la corde sur laquelle elle avait tiré toute sa vie ne résistait plus à l'autre bout. La réalité de la mort de Mamadee était impossible à admettre. Elle lui restait en travers de la gorge comme une souris dans le ventre d'un serpent. Avant de pouvoir la digérer, il fallait qu'elle comprenne pourquoi elle en avait été informée – si c'était un fait avéré – d'une manière aussi extraordinaire.

Si cela ne suffisait pas, la remarque énigmatique de Mamadee *Je n'aurai pas besoin de te prévenir de ce qui va t'arriver* était assurée de nous perturber. Maman devait trouver une interprétation de cette déclaration sibylline qui ne soit pas un mauvais présage.

J'aurais volontiers dit que c'était la voix de Mamadee, tout simplement parce que si c'était vrai, Mamadee était sans doute morte. Je l'espérais, sans aucun doute, de tout mon cœur de païenne, tout en étant déçue de ne pas l'avoir entendue se plaindre des tourments de l'enfer. Je ne voyais pas pourquoi Mamadee dirait la vérité, uniquement sous prétexte qu'elle était morte. Je n'ai trouvé à ce jour aucune raison de croire que l'âme humaine, si elle est fondamentalement fourbe, devienne soudain sincère juste parce qu'elle se trouve séparée de sa forme corporelle. Je savais que j'avais eu une conversation avec Mamadee. Je tins ma langue, attendant de voir ce qui allait se passer. Attendant que maman se rende à l'évidence.

Miz Verlow a ramassé calmement les cartes éparpillées et les a laissées tomber dans une corbeille à papier. Elle a pris le bougeoir.

– Mon Dieu, dit-elle, que j'ai froid ! Je crois que je vais m'accorder une tasse de thé chaud. Si vous souhaitez vous joindre à moi, je suis sûre que nous serons mieux dans la cuisine que dans cette pièce obscure qui a toujours été déprimante.

Grâce à cette excuse fort raisonnable pour abandonner le salon, nous nous sommes repliées vers la cuisine. C'était peut-être la première fois de sa vie que maman entrait avec empressement dans une cuisine. Je fus soudain saisie de la certitude que Mamadee avait parlé, non pour nous informer de sa mort ni pour nous prévenir, maman ou moi, d'un quelconque danger, mais parce que j'étais dans la pièce avec maman et Miz Verlow. D'au-delà de la tombe, elle me désignait d'un de ses doigts noueux et méticuleusement manucurés. Elle voulait que maman, et peut-être Miz Verlow, croient que j'étais à l'origine d'une tromperie – ou alors son assassin. Ou les deux. Miz Verlow posa le bougeoir sur la table.

– Asseyez-vous, Miz Dakin, je vous en prie. Je vais chercher un châle pendant que la bouilloire chauffe. Voulez-vous que je vous descende un châle ou un pull ? Ainsi que pour Calley ?

Maman acquiesça de la tête.

Miz Verlow emplit la bouilloire, alluma le gaz et nous laissa seules quelques minutes.

Je pris la responsabilité d'aller chercher tasses, soucoupes, cuillers, théière, sucre et crémier dans l'arrière-cuisine, comme on me l'avait appris récemment.

La bouilloire se mit à siffler comme pour annoncer le retour de Miz Verlow. Elle me sourit quand elle constata que je n'avais pas perdu de temps. Elle avait drapé autour de ses épaules un châle de laine très fine et légère de couleur ardoise.

Elle avait descendu le cardigan de cachemire noir de maman et pour moi, un gilet de laine plus rêche. Il ne m'appartenait pas. Je n'en avais plus, à vrai dire. Le gilet que m'avait apporté Miz Verlow était en laine rase et apparemment bien usée, avec un motif de taches rouges sur fond jaune qui était à la fois compliqué et laid. Le tricot avait une odeur, en plus, comme s'il sortait de la naphtaline, mêlée d'une autre senteur de crasse rance qui me rappelait furieusement les cabinets. Maman enfila rapidement son pull sans commenter le fait que Miz Verlow avait dû entrer dans sa chambre et ouvrir son armoire pour le trouver.

Je fourrai les mains dans les manches du tricot jaune au singulier motif rouge et, non sans un effort considérable, passai les boutons dont le bord était tranchant dans des boutonnières trop étroites. Le gilet ne me réchauffa pas. Au contraire, j'avais l'impression d'avoir plus froid. La laine me grattait. Il était mal tricoté, en plus, avec des paquets de nœuds par endroits, et trop lâche par d'autres, au point d'avoir presque des trous. Il était si serré aux entournures qu'il me coupait la peau. Après l'avoir enfilé, j'eus la conviction immédiate qu'il avait appartenu à un enfant mort. J'entendais cet enfant suffoquer dans les vagues, et l'eau l'entraîner impitoyablement vers le fond. Quand j'ai essayé de le déboutonner pour le quitter, j'avais les doigts trop froids pour sortir les boutons des boutonnières.

Miz Verlow fredonnait tout en préparant le thé et en le servant. J'ai reconnu la chanson.

– *Tu es mon rayon de soleil*, chantai-je de ma voix habituelle, *mon seul rayon de soleil.*

– Arrête, Calley ! s'écria maman. J'ai un mal de tête atroce.

Miz Verlow s'est penchée vers maman. Elle a pris l'une des mains de maman, qui n'a pas résisté, puis la seconde, et les a posées autour de sa tasse de thé.

– Prenez un peu de chaleur, Roberta Ann. Buvez. Cela fera du bien à votre pauvre tête.

Maman ne demandait qu'à croire Miz Verlow. Je le voyais sur son visage.

Miz Verlow était assise d'un côté de maman et je me tortillais sur la chaise de l'autre côté.

La flamme de la bougie se reflétait obscurément dans mon thé. On aurait dit qu'elle brûlait à l'intérieur du liquide. Le thé me brûlait la bouche et jusqu'au fond de la gorge. C'était du Lapsang souchong, dont la saveur normale était modifiée par un goût de cire et de mèche carbonisée. J'avais la tête lourde, les yeux fatigués. J'avais l'impression que mon cuir chevelu saignait par des milliers de trous d'épingle. Je sentais les cheveux repousser sous chaque follicule.

Maman reposa sa tasse vide et Miz Verlow la remplit.

Maman me regarda.

– Calley, dit-elle d'une horrible voix monocorde, c'est toi qui faisais cette voix, je le sais ! Pour te moquer de moi ! Te moquer de ma pauvre maman chérie !

D'un lent signe de tête, je niai silencieusement.

Une expression de supposition amusée dansait dans les prunelles de Miz Verlow qui nous regardait alternativement.

– Vas-y, dit maman. Dis « Ça ne fera aucune différence » avec la voix de Mamadee.

Je regardai Miz Verlow et haussai les épaules.

Miz Verlow n'avait pas l'air surprise, mais intéressée.

– Ne me fais pas passer pour une menteuse, dit maman. Ne me fais pas passer pour une folle, Calley !

Miz Verlow tendit la main et la posa sur mon poignet mais elle s'adressa à maman.

– Miz Dakin, nous avons subi un choc. Si je comprends bien, la voix que vous avez entendue est celle de votre maman. Qu'est-ce qui peut bien vous faire croire que c'était Calley qui parlait ? Nous la regardions toutes deux. Je n'ai pas vu ses lèvres bouger, sauf quand elle a posé une question à la Voix.

Maman ignora l'intervention. Elle dit mon nom avec colère. « Calley ! »

– C'est vrai, maman, je peux pas faire la voix de Mamadee sans bouger les lèvres.

Les doigts de Miz Verlow se resserrèrent autour de mon poignet.

– Mais tu peux imiter la voix de ta grand-mère ?

– *Roberta*, dis-je avec la voix de Mamadee, *où diable es-tu là ?*

Maman se mit à trembler.

– Est-ce la voix de votre maman ? lui demanda Miz Verlow.

– Oui, chuchota maman. À s'y méprendre.

– Mais il faut que je bouge les lèvres, fis-je remarquer. Et je me moque de personne.

– Dis quelque chose avec ma voix, ordonna Miz Verlow.

– *Dis quelque chose avec ma voix*, m'exécutai-je.

Dans le silence qui suivit, j'avalai une grande gorgée de thé. Parler avec la voix de quelqu'un d'autre me donnait soif. Le thé me brûla la gorge sans étancher ma soif.

– J'aurais dû prendre Ford et la laisser, dit maman. Je crois qu'elle est possédée.

Je ne fis pas attention à la raillerie. Ce n'était pas la première fois que j'entendais que j'étais possédée et ça n'avait pas grand sens pour moi.

– Ford voulait pas venir, lui rappelai-je. Il voulait rester avec sa télé couleur. Et Mamadee.

– Ford. – La voix de maman se fit plus aiguë, sous le coup de l'émotion. Elle se rendait enfin compte de la première conséquence de la mort de Mamadee. – Je vais retrouver mon petit garçon !

Juste à cet instant les lumières se mirent à clignoter, puis se stabilisèrent, une fois le courant complètement revenu. La flamme de la bougie semblait s'amenuiser.

Miz Verlow tendit la main au-dessus de la table pour la moucher.

Une fumée noire comme des âmes en fuite s'éleva en volutes de la mèche. L'odeur de cire brûlée s'attardait dans l'air, ainsi que le goût dans ma bouche, charbonneux et gras. L'odeur et le goût des feuilles de thé dans ma tasse semblaient être tout ce qui restait de l'apparition. Ce qui me frappa, c'est que les feuilles au fond de ma tasse formaient un motif semblable aux horribles taches rouges sur le gilet que m'avait apporté Miz Verlow. Je n'avais jamais vu un dessin aussi bizarre. Les pois se tiennent le plus souvent à distance les uns des autres, mais ceux-ci étaient non seulement isolés les uns des autres mais disposés en lignes et en biais, sans pourtant aucune symétrie. Certains ressemblaient à des taches de sang séché.

Maman chercha dans la poche de sa jupe son paquet de Kool. Froissé et serré sur son maigre faisceau de trois cigarettes, il n'était pas plus large que la boîte d'allumettes coincée dans l'enveloppe de cellophane. Elle rationnait ses cigarettes, espérant en taper quelques-unes à de nouveaux arrivants, avant d'aller en chercher d'autres à pied demain matin à la station-service de Pensacola Beach. Elle se mit à farfouiller dans la cuisine à la recherche d'un cendrier.

Miz Verlow porta la théière vers le poêle pour y ajouter de l'eau chaude.

La bougie en s'affaissant avait pris une nouvelle forme et la cire fondue était légèrement transparente. Je touchai la bougie pour m'assurer qu'elle était chaude. Mes doigts s'y imprimèrent comme si c'était de l'encre. Se superposant au fracas des vagues et du vent qui se levait, j'ai entendu au loin un bruit de moteur que je connaissais.

– Tu peux prendre cette bougie, si tu la veux, Calley, il n'en reste plus qu'un bout. – Miz Verlow se retourna vers nous, tenant la théière à deux mains. – Et nous pouvons nous en passer.

Elle ne m'avait pas vu toucher la bougie, pas plus que maman.

Maman exhala bruyamment la fumée.

– Ne lui donnez pas d'allumettes, conseilla maman, laissant hâtivement tomber la sienne dans le cendrier qu'elle portait de la main droite, au moment où la flamme lui léchait le bout des doigts. À moins que vous ne vouliez qu'elle mette le feu à cette maison !

Miz Verlow se servit une deuxième tasse de thé. Elle ne s'assit pas, mais resta debout à me regarder.

– Est-ce que ça t'arrive souvent, Calley ? demanda-t-elle. De mettre le feu à la maison ?

Je fis non de la tête. Je me demandais si je devais annoncer à Miz Verlow que la dame au chapeau de feutre était revenue.

– Dommage, dit Miz Verlow. Un jour, je prendrai une assurance complète et je t'achèterai les allumettes.

Maman faillit s'étrangler. Quand elle reprit haleine après sa quinte de toux, elle dit :

– Ne parlez pas de malheur ! Est-ce que vous essayez de donner des idées à Calley ?

Miz Verlow ne répondit pas. Elle porta la main à son oreille pour mieux écouter.

– Je crois bien que j'entends quelqu'un arriver.

31

Le monde extérieur était encore submergé par le brouillard. Je courus de la porte d'entrée vers l'allée, laissant maman et Miz Verlow suivre de manière plus digne. Il n'y avait encore rien à voir, bien que le *vroum* du moteur continuât de se rapprocher. Je croisai les bras contre ma poitrine pour me réchauffer, tandis que le vent faisait palpiter le voile fragile du brouillard. J'avais les dents qui claquaient et la chair de poule.

– Calley ! cria maman.

Je me tournai dans la direction de sa voix.

Un géant fantomatique se dressait devant moi. J'en eus le souffle coupé. Le brouillard frissonnait et ondulait, et le géant venait vers moi en ondulations frissonnantes, comme pour m'engloutir.

Le véhicule qui arrivait était derrière moi, le bruit du moteur croissait et la lumière des phares s'intensifiait au moment même où le fantôme géant se rapprochait de moi, menaçant. Un klaxon retentit violemment.

Un coup de vent soudain dissipa le géant fantomatique. Le coupé couleur de brume, perdant progressivement de la vitesse, finit sa course dans le sillage laiteux de ses phares.

Je bondis sur les marches du porche et trouvai Miz Verlow qui souriait en direction du coupé, tandis que maman, à ses côtés, le scrutait avec inquiétude. Quand je me faufilai derrière maman et m'accrochai à sa jupe, elle m'arracha sèchement le tissu des mains.

– Cesse de faire le bébé, dit maman.

Mais son attention était fixée sur la voiture qui arrivait.

Comme les domestiques dans les films d'époque de la BBC, maman et moi nous tenions à l'écart tandis que Miz Verlow ouvrait la portière du coupé gris métallisé avec des plaques du Maryland. Une femme émergea de derrière le volant.

La dame était grise des pieds à la tête et cependant elle ne semblait ni vieille ni fanée le moins du monde. Elle paraissait plus âgée que maman et Miz Verlow, plus jeune que Mamadee, et elle n'avait l'air ni stupide ni faible. Ce n'était nullement un fantôme sorti du brouillard mais une femme de chair et d'os. Sa présence me rasséréna. La silhouette gigantesque du fantôme que j'avais vu ne semblait tout à coup plus qu'une illusion passagère.

Elle quitta ses gants de voiture, elle avait des mains délicatement manucurées, dont la peau était plus jeune que celle de son cou. De toute évidence, elle protégeait et soignait ses mains, même si elles n'avaient rien en elles-mêmes de beau ni d'élégant. C'étaient des mains totalement ordinaires, carrées, aux doigts courts. Douces, bien sûr. Cette femme ne devait jamais faire aucune tâche ménagère, ni même s'abaisser à jouer au tennis ni à jardiner. Elle ne portait ni bagues ni bracelets.

Comme je notais ces détails pour m'en souvenir, je me suis rendu compte qu'elle ressemblait à quelqu'un dont le visage m'était familier. Ce n'est que bien des années plus tard que je réussis à mettre un nom sur ce visage.

Miz Verlow nous la présenta ce soir-là sous le nom de Mrs Mank.

Mrs Mank avait les cheveux gris, parsemés de mèches noires, et coiffés en courtes ondulations serrées, presque hérissées. Elle avait aussi les yeux gris, d'une teinte un peu plus claire que les perles qu'elle portait autour du cou. Ses joues, blanches de poudre, étaient pleines et rondes, son nez long, pointu et froid comme du marbre gris. Le rose de son rouge à lèvres était comme le plus clair de ceux de maman, avec une couche de gris cendré. La robe qu'elle portait était de deux tons presque identiques de gris, les passepoils gris perle et le fond du tissu un peu plus argenté. Un double rang de perles scintillait autour de son cou et le lobe de ses oreilles était orné de grosses perles.

Ses chaussures avaient la douce couleur de l'étain poli. Maman me dit par la suite qu'elles étaient faites sur mesure. Et qu'elles étaient de la même pointure que les siennes, du trente-sept. C'était peut-être du trente-sept, mais maman faisait du trente-huit. Ce qui ne l'empêchait pas de se torturer en portant du trente-sept ou du trente-sept et demi. Les bas de Mrs Mank étaient en soie, de la couleur des toiles d'araignée. Mrs Mank sourit chaleureusement :

– Roberta Ann Carroll Dakin, enfin.

Elle n'avait pas l'accent familier de l'Alabama, ni de Floride, ni de Louisiane, ni un accent que je trouvais ostensiblement étranger, comme celui de la chanteuse de *Chiquita Banana*, ni l'accent anglais snob que je connaissais surtout par la télé ou la radio. Si sa voiture était immatriculée dans le Maryland, me dis-je, elle était peut-être du Maryland. Et son accent était sans doute celui du Maryland.

Déjà déconcertée par les événements récents, maman devait être plus qu'un peu éblouie par le coupé gris argent que conduisait Mrs Mank – d'une marque étrangère, à une époque où peu d'Américains conduisaient des voitures étrangères – puis par les perles de Mrs Mank autant que par sa simple présence.

Mrs Mank me jeta un regard rapide, comme le faisaient la plupart des gens, espérant peu de choses et en trouvant visiblement encore moins.

En signe de bienvenue, Miz Verlow accompagna Mrs Mank à sa chambre. Elle avait une salle de bains séparée et un salon en plus d'une chambre, suite créée par la communication de plusieurs chambres. Miz Verlow me surprit en me demandant de porter les bagages de Mrs Mank. Elle devait savoir qu'ils ne consistaient qu'en une valise et un sac Gladstone (terme que j'avais appris récemment depuis notre arrivée chez Miz Verlow). Ils me parurent lourds au début, mais à peine m'étais-je éloignée de deux pas du coffre de la voiture étrangère de Mrs Mank qu'ils me semblèrent aussi légers que s'ils étaient vides.

Après avoir déposé les deux bagages dans la suite de Mrs Mank, je revins fermer le coffre du coupé. L'automobile me fascinait : c'était une deux-places au capot très allongé et arrière court, avec des enjoliveurs ajourés, totalement différente des marques américaines que je connaissais de vue. L'Edsel avait l'air lourdaud, par comparaison. Alors que l'Edsel arborait une quantité aveuglante de chromes, un toit aplati, des phares enfoncés comme des yeux de hibou au-dessus d'un pare-chocs massif, ce véhicule était net, élégant, discret. Alors que l'Edsel se projetait en avant comme pour fendre l'air, la voiture de Mrs Mank occupait complètement son espace. L'Edsel avait la forme d'une boîte. La carrosserie du coupé de Mrs Mank était tout en courbes. Il était garni de chrome, évidemment, mais avec originalité et élégance. Les phares étaient sur le dessus du capot, dans des réceptacles bordés de chrome. Sur le capot et le coffre, un médaillon représentait un cheval en train de sauter et un autre médaillon un cheval ailé, de face. Et sur le coffre, en écriture anglaise, le mot

Pegaso

Comme Pégase, le cheval ailé. *Pegaso* devait vouloir dire Pégase dans une langue étrangère, mais laquelle, je n'en avais pas la moindre idée. Je m'essayai à le prononcer avec l'accent et la voix de Mrs Mank. *Pegaso.* Visiblement, ce n'était pas un mot magique, car aucune manifestation n'intervint – ni éclair soudain, ni accord de piano, ni cheval ailé grattant le sable du sabot.

La boîte à gants était fermée à clé, ce qui m'empêcha de m'instruire en matière de manuels d'utilisation ou papiers d'immatriculation qui auraient pu s'y trouver.

Le vent s'était levé et se faisait plus insistant, fragmentant et dispersant le brouillard. Il s'engouffrait dans mes vêtements, pour tenter de m'entraîner vers la plage. Mais il n'était pas assez fort pour couvrir le bruit de deux nouveaux véhicules sur la route de Pensacola Beach.

Le gilet jaune ne me procurait aucune chaleur. J'avais l'impression qu'il se resserrait en bandes autour de mon cou, mon torse et mes poignets.

J'ai couru à la cuisine chercher une paire de ciseaux et commencé à couper les boutons du gilet. À partir du bas, car c'était plus facile. Les bords des boutons ne s'étaient pas émoussés depuis que je les avais rentrés de force dans les boutonnières, et c'était difficile de les saisir. Mais je suis parvenue, au prix de quelques coupures et gouttes de sang, à introduire les lames des ciseaux à la base des boutons pour couper le fil qui les reliait à la laine. Malgré le relâchement du tricot à mesure que les boutons tombaient par terre, celui du haut fut le plus difficile, car j'avais le menton juste sur la pointe des ciseaux. Les fils cédèrent brusquement à la morsure des lames et le bouton sauta le plus haut et le plus loin de tous – directement sur l'index et le pouce de Mrs Mank, comme s'il était propulsé par un élastique. *Je ne l'avais pas entendue entrer dans la cuisine.* Un sentiment de terreur instantanée me saisit. Comme si j'avais mis les doigts dans une prise électrique.

Elle était debout au milieu de la cuisine et me regardait. Elle avait le visage aussi rigide que son dos.

Le bouton scintilla entre ses doigts et disparut.

– Pour ne manquer de rien, il ne faut rien gaspiller, déclara-t-elle. Du moins, c'est ce qu'on m'a appris.

Là-dessus, elle sortit majestueusement de la cuisine par la porte battante du cellier. Quand elle traversa la salle à manger et le salon et franchit la porte de la véranda, j'écoutai son pas. Il était aussi distinct que celui de n'importe qui.

Je ramassai les trois autres boutons dans les coins où ils avaient roulé. Le gilet me gênait toujours aux entournures. Je m'en débarrassai tant bien que mal, y enveloppai les boutons et le bout de chandelle resté sur la table et jetai un coup d'œil autour de moi pour trouver un endroit où le dissimuler pendant quelque temps. La cuisine n'allait pas tarder à être occupée, aucun endroit n'y était à l'abri d'observation. J'ouvris la porte de la chambre de Perdita et Cleonie et laissai tomber mon paquet juste à l'entrée.

Les nouveaux arrivants descendaient de voiture.

Le dimanche précédent, j'avais aidé Miz Verlow à servir les rafraîchissements. Aujourd'hui, j'avais l'intention de le faire toute seule mais l'étrange visitation de la voix de Mamadee et le géant fantomatique dans le brouillard m'avaient donné un élan supplémentaire. La longue liste de responsabilités différait à la fois le choc immédiat et la réflexion qui s'ensuivait. Je courus au salon, où la cafetière était préparée, et je la branchai. Puis je revins en hâte à la cuisine. Après que les invités avaient été conduits à leur chambre et avaient pris le temps de se soulager et de se rafraîchir, j'étais censée avoir tout préparé dans le salon de lecture, autour de la cafetière sur la grande table à bord festonné : les tasses sur leur soucoupe, les cuillères à café, les petites assiettes et les serviettes de table. Il fallait faire le thé, remplir le pot d'eau chaude, disposer la crème, le sucre en morceaux, les tranches de citron, les assiettes de sucreries et de petits sandwichs laissés par Perdita dans le réfrigérateur. Rien qui ne fasse plus d'une ou deux bouchées, pour ne pas couper l'appétit des dîneurs.

Maman apparut la première. Elle se versa très maladroitement une tasse de café. Elle était elle aussi encore sous le choc de la voix et de ses implications. Le manque de cigarettes ajoutait à son agitation. Je ne fus pas étonnée de la voir me regarder en fronçant les sourcils par-dessus sa tasse au moment où elle la portait à ses lèvres.

– Je servirai les invités, Calley. Débarrasse le plancher. On ne doit pas entendre les enfants bien élevés.

Je n'avais pas dit un mot. J'espérais qu'elle aurait la main plus sûre avant de devoir verser le café aux autres. En faisant demi-tour, je faillis heurter Mrs Mank.

– Oh mon Dieu, dit maman. Calley, présente tes excuses à Mrs Mank pour lui avoir marché sur les pieds.

Mrs Mank me sourit avec froideur, et encore plus à maman.

– Il n'y a pas de mal, Mrs Dakin. – Elle articulait clairement le « Mrs ». – Cette petite fille est toujours très occupée, me semble-t-il, continua-t-elle. Je suppose qu'elle a encore beaucoup à faire.

– Oui, en effet, acquiesça maman, visiblement ravie à cette idée.

J'étais très curieuse de savoir comment maman et Mrs Mank allaient s'entendre, mais j'avais également conscience que Miz Verlow avait besoin de moi. Dans ma tête, je l'entendais presque qui m'appelait.

Dehors, à l'arrière de la maison, elle chargeait son chariot de bagages. Je courus l'aider à le pousser pour monter la rampe vers l'escalier de service.

– J'espère que tu vas grandir vite, dit-elle. J'ai hâte que tu puisses charger les bagages à ma place.

Je me suis redressée en tentant de paraître plus grande. L'idée que j'allais vivre assez longtemps dans la maison de Miz Verlow pour y grandir m'emplissait d'émotion.

Elle s'écarta du chariot pour reprendre haleine.

– Miz Verlow, demandai-je, avez-vous déjà vu un fantôme ?

La question ne sembla pas l'étonner.

– C'est possible.

Pour moi, cela valait un aveu.

– De quelle taille était-il ? Est-ce que les fantômes peuvent être de tailles différentes ?

Elle me regarda en hochant la tête.

– Doucement, petite fille. J'ai dit que c'était possible. Ce qui ne fait pas de moi une spécialiste en la matière.

Autant dire qu'elle ne voulait pas me répondre. Et que vraisemblablement il y avait des fantômes de toutes les tailles. J'optai pour une autre question.

– Est-ce que les journaux de Floride publient les nercologies sur les gens qui meurent en Alabama ?

– Les nécrologies, tu veux dire ? fit Miz Verlow avec un petit rire.

J'admis que c'était ce que je voulais dire.

– Uniquement si la personne qui est morte en Alabama était très importante, ou si elle est morte de façon très inhabituelle.

Et si jamais Mamadee n'était pas aussi importante qu'elle en avait l'air, ou qu'elle le prétendait ? Évidemment, nous n'avions aucune idée de la façon dont elle était morte, si c'était vrai qu'elle l'était. J'essayai un autre angle d'attaque :

– Est-ce qu'il y a une autre manière de savoir si une personne est morte ?

– Un coup de téléphone à l'adresse de cette personne pourrait suffire. Ou à un ami ou connaissance. – Elle changea de sujet. – Tu es très douée pour imiter les voix.

Je haussai les épaules.

– C'est ce que je pensais. Fennie avait parlé de... – Miz Verlow n'acheva pas. – Ta maman dit que tu étais le bébé le plus difficile qui soit.

Tout ce qui était arrivé à maman était toujours le pire, tout le monde le savait, je m'abstins donc de répondre. J'étais distraite par l'idée que Miz Verlow venait de sous-entendre que je pourrais appeler le numéro de téléphone de Mamadee et prendre la voix de quelqu'un d'autre pour demander si Mamadee faisait toujours partie du monde des vivants ou si elle était partie chercher sa récompense éternelle dans les bras passionnés de Satan. Je songeai à appeler un de mes oncles Dakin. L'un des oncles ou l'une des tantes sauraient sans aucun doute si Mamadee était morte. Il faudrait que je demande le numéro à une opératrice.

– Tu entends extraordinairement bien, n'est-ce pas ? continua Miz Verlow.

– Oui, Ma'ame.

J'acquiesçai aussi modestement que possible. Ida Mae Oakes m'avait toujours dit que se vanter d'un don du ciel était stupide.

– Ce doit être un problème pour se concentrer, dit Miz Verlow, comme si nous parlions de trouver la bonne pointure pour des chaussures.

J'avais mis l'essentiel de mes sept années d'existence pour arriver où j'en étais, apprenant à m'isoler suffisamment du monde extérieur pour m'entendre penser. Évidemment, je savais, dès l'âge dc trois ans environ, que j'entendais beaucoup plus que la plupart des gens, et que les autres ne savaient pas imiter les sons comme je le faisais, plus ou moins naturellement. Ida Mae Oakes me mettait du coton dans les oreilles pour me protéger des bruits gênants, puis je l'ai fait toute seule. Plus tard, je me suis rendu compte que je pouvais dormir en acceptant le bruit, en y prêtant attention jusqu'à ce que je m'endorme en dérivant. Quand je l'avais dit à Ida Mae, elle m'avait assuré qu'elle était sacrément soulagée, car avec le prix du coton qui augmentait, à cause du charançon, est-ce que j'avais vu comme elle avait les mains rouges et abîmées à force de cueillir le coton, et tout ? Elle m'avait tellement fait rire que j'en avais le nez qui coulait.

Je me disais encore qu'un jour peut-être je rencontrerais quelqu'un qui entendait aussi bien que moi, et qui serait naturellement doué pour reproduire les sons. Les personnes que j'ai rencontrées qui me ressemblaient le plus sont les savants autistes : j'en connais une demi-douzaine qui sont aveugles et qui peuvent, après la première audition, jouer n'importe quelle musique au piano, et l'adapter à n'importe quel style, sans avoir eu une minute d'apprentissage ou d'entraînement. Je me dis aujourd'hui que c'était peut-être un accident si je vois clair. Cela dit, j'entendais quand même – et j'entends toujours – les imperfections dans mes imitations. Je ne suis ni musicienne ni chanteuse, mais plutôt quelque chose comme un tourne disque. Quant à l'acuité auditive, le bruit extérieur est non seulement gênant, mais il peut être franchement douloureux, et mortellement épuisant.

Mais je me contentai d'acquiescer de la tête à la remarque de Miz Verlow.

– Calley ? dit-elle. – Sa voix n'était qu'un murmure. – Calley, peux-tu entendre les morts ?

Je la regardai en clignant des paupières. Sa question expliquait beaucoup plus que je ne pouvais répondre.

– Oui, Ma'ame, lui dis-je. Mais ça n'en vaut pas la peine.

Elle a eu l'air stupéfaite :

– Tu veux dire que tu ne les comprends pas ?

J'ai serré les lèvres. J'avais l'impression d'avoir laissé échapper un secret. Pas question de lui dire que j'avais vu Mamadee dans le miroir, en plus.

Miz Verlow m'a regardée d'un air critique pendant un moment. Comme je ne disais plus rien, elle s'est tournée vers le chariot.

– Je crois que tu peux prendre ce petit sac-là.

C'était une petite valise, pour une nuit, qui n'était pas très lourde, du moins jusqu'à ce que j'arrive presque en haut de l'escalier de service. Mais je me débrouillai. À ce moment-là, je voulais me dépêcher de grandir et de grossir.

En rentrant dans le salon pour débarrasser la vaisselle sur un plateau, j'ai entendu le pas de maman sur la véranda et je l'ai aperçue qui déambulait de long en large. Mrs Mank était avec elle. Elles fumaient toutes les deux, les cigarettes de Mrs Mank, sans nul doute, car maman n'aurait jamais partagé ses dernières cigarettes avec âme qui vive. J'ai écouté avec attention, mais elles ne se parlaient pas. Elles semblaient seulement fumer de concert en marchant, la plus jeune en noir et la plus âgée dans des tons de gris. Un autre couple de résidents s'adonnaient à la même occupation, mais ceux-là se dirigeaient nonchalamment vers la plage, emportant avec eux leurs bouffées et leurs volutes.

J'étais troublée – cela me faisait peur – de penser à maman et Mrs Mank en train de converser, mais je n'aurais su dire pourquoi.

Les invités avaient éparpillé leurs tasses, leurs soucoupes et leurs cuillères n'importe où dans le salon et les autres pièces du rez-de-chaussée. En grande hâte, je les ai ramassées et rapportées à la cuisine où j'avais déjà tiré l'eau de la vaisselle. Miz Verlow m'avait dit de compter les couverts et la vaisselle, et je savais donc si j'avais récupéré tout ce que j'avais sorti. Mais maman et Mrs Mank ne le savaient pas.

Je me faufilai dehors aussi silencieusement que possible et m'attardai aux abords de la véranda, en m'efforçant de prendre la tête d'une fillette attentive qui cherche les cuillers et les tasses manquantes.

La véranda faisait pratiquement tout le tour de la maison, de la cuisine à l'arrière jusqu'à la façade sur la mer et le côté inférieur. À ma grande déception, maman et Mrs Mank avaient pris deux chaises l'une à côté de l'autre et, en silence, regardaient les résidents qui se hasardaient sur la plage pour découvrir les lieux ou simplement pour se dégourdir les jambes après leur voyage.

– Il n'y a ni vaisselle ni argenterie sur la véranda, dit Mrs Mank sans même me regarder. Emporte tes grandes oreilles, Calley Dakin, et va voir Miz Verlow qui a sans nul doute de quoi occuper tes petites mains, sinon ton nez de curieuse.

Maman ricana. On aurait dit exactement un des bruits qu'émettait Ford.

– Ce n'est pas juste que tout le monde me dise ce que je dois faire, protestai-je, furieuse d'avoir été démasquée.

Mrs Mank rit méchamment.

– Bientôt, tu vas vouloir voter.

Le feu me monta aux joues. Mon teint transparent me trahit toujours.

– Mon papa m'a dit que les gens qui marchent sur les autres, dis-je lentement, risquent de se faire mordre les chevilles.

Maman se redressa.

– Jamais il n'a dit ça ! Tu es une vilaine petite menteuse, Calley Dakin !

Je fis une révérence moqueuse et m'en fus. Derrière moi, maman ne trouvait pas assez de mots pour s'excuser de mon attitude scandaleuse. Tant mieux.

Dans la cuisine, je grimpai sur mon tabouret et lavai la vaisselle. Très soigneusement, et je l'essuyai avec précaution, puis je remis tout en place dans le cellier pour le service d'après dîner. J'étais déjà bien fatiguée mais la vaisselle du dîner, préparée sur la table de la salle à manger, n'était même pas encore salie.

Je montai dans la lingerie. Là, je me fis un petit nid, à portée de ma demi-douzaine de livres. Personne ne saurait où j'étais. Personne ne me donnerait d'ordres pour exécuter mon service, quel qu'il soit. Je n'aurais pu expliquer pour quelle raison j'étais si convaincue qu'un placard sans fenêtre au cœur d'une grande maison était à l'abri des voix et apparitions de fantômes. Ça me semblait logique, c'est tout. Comme si j'allumais la radio, j'ajustai mes oreilles aux sons montant du golfe. Le clapotis susurrant, si semblable à un battement de cœur, m'entraîna doucement dans le sommeil.

32

Moins de deux heures après que l'Edsel l'eut éclaboussée de gravier, Mamadee prit sa voiture pour se rendre au centre-ville de Tallassee, à quelques rues de là. Elle s'arrêta devant la boutique de vêtements de Mrs Weaver. Elle entra et annonça qu'elle allait acheter tous les parapluies qu'ils avaient en magasin. Quand Mrs Weaver réagit avec une surprise compréhensible, Mamadee se contenta de répondre d'un ton impérieux qu'elle avait ses raisons. Mrs Weaver s'excusa alors de n'avoir que cinq parapluies à vendre, mais ajouta qu'elle serait heureuse de céder le sien avec une remise appropriée.

– Pourquoi *diantre* voudrais-je votre *vieux* parapluie ? répliqua Mamadee.

Mrs Weaver renifla discrètement, sûre que Deirdre Carroll avait bu, avant même l'heure de midi, mais ses conjectures furent déçues. Déception momentanée, cependant, car en un quart d'heure, elle avait réussi à se persuader que l'haleine de Deirdre Carroll empestait effectivement le bourbon.

Mamadee déposa les cinq parapluies dans le coffre de sa Cadillac avant de se rendre dans les Grands Magasins Chapmann où elle acheta tous les parapluies en vente dans le rayon femmes, tous les parapluies en vente dans le rayon hommes, et le seul minuscule parasol de dentelle en vente dans le rayon enfants. Elle donna ses clés à un vendeur à qui elle ordonna de porter tous ses achats – les parapluies – dans le coffre de sa Cadillac, disant qu'elle serait de retour dans un instant pour reprendre ses clés. Tandis que le vendeur rangeait les parapluies dans le coffre de la Cadillac, Mrs Weaver sortit devant sa porte et lui communiqua sa conviction que Deirdre Carroll avait bu avant l'heure de midi. Le vendeur répondit qu'il n'en serait pas étonné le moins du monde.

Une demi-heure plus tard, Mamadee revint au magasin suivie d'un petit garçon noir. L'enfant était chargé de cinq paquets enveloppés de papier brun d'où sortaient un ou plusieurs manches de parapluie. Au bazar Franklin, elle s'en était procuré sept, trois à la Jardinerie, trois à la quincaillerie Bartlett, deux à la boutique à un dollar de Durlie, et un à l'épicerie Piggly Wiggly, reste d'une vente publicitaire de sel Morton. Elle n'en avait trouvé aucun chez Dooling, le barbier, ni au restaurant Tastee Freeze, ni aux assurances Ranston, à la compagnie d'électricité d'Alabama, ni à la bijouterie Smart, pas plus qu'à la Compagnie Quantrill, qui vendait du matériel électrique et de plomberie, mais il était sûr qu'elle leur en avait demandé.

Reprenant ses clés de voiture, Mamadee emmena le petit garçon noir avec les seize parapluies jusqu'à la Cadillac. Après avoir refermé le coffre, Mamadee compta soigneusement non les vingt-cinq cents promis, mais trente-trois dollars et trente-deux cents. Elle les tendit au gamin en lui disant de passer à la maison pour qu'elle puisse lui donner le cent qui manquait.

Quand le petit garçon fut parti à pas lents, stupéfait de cette fortune inattendue, Mamadee entra dans le drugstore Boyer, le seul commerce du centre-ville de Tallassee qu'elle n'avait pas encore visité. Cependant, elle n'y demanda pas de parapluie mais alla directement vers le comptoir de pharmacie où elle prit place impatiemment derrière un vieux fermier dont la surdité ralentissait considérablement l'acquisition d'une préparation au séné destinée à sa mère, encore plus vieille.

Le pharmacien, Mr Boyer, fut surpris de voir Mamadee devant son comptoir. Elle envoyait toujours une bonne si elle avait besoin de faire exécuter une ordonnance ou si elle voulait faire recharger illégalement sa bouteille bleue de parégorique. Elle ne venait pratiquement jamais en personne.

Après avoir terminé avec le vieux fermier sourd, Mr Boyer se prépara au pire, sourit obséquieusement et demanda :

– Miz Carroll, que puis-je faire pour vous ?

Mamadee leva le menton très haut, pour en montrer la face inférieure.

– Regardez à cet endroit, ordonna-t-elle.

Cet *endroit* désignait une petite contusion, une écorchure ou une plaie d'origine indéterminée.

– Je ne vois rien d'où je suis, temporisa Mr Boyer, perplexe. Il vaudrait peut-être mieux que je passe de l'autre côté. – Le pharmacien fit le tour et scruta avec attention le dessous du menton de Mamadee. – Je ne vois toujours rien, Miz Carroll.

– Eh bien, il y a quelque chose ! Je le sens !

À ce stade, tous les clients du distributeur de boissons devant le drugstore s'étaient retournés pour voir ce qui se passait.

Mr Boyer fit le geste d'appuyer avec l'index sous le menton de Mamadee, mais elle s'écarta, effrayée.

– N'y touchez pas ! Donnez-moi seulement quelque chose pour le faire passer.

Mr Boyer était désemparé. Sa femme quitta sa place derrière le comptoir pour venir au fond du magasin.

– Est-ce une ampoule, Miz Carroll ? demanda Mrs Boyer.

– Ce n'est pas une ampoule, rétorqua Mamadee. C'est un furoncle. Je sais que c'est un furoncle.

– Je ne vois rien, moi non plus, dit Mrs Boyer avec circonspection, soucieuse de ne pas fâcher.

– Vous croyez que ça m'intéresse de savoir si vous le voyez ou pas ? Ça me démange et j'ai envie de le gratter mais il ne faut pas gratter un furoncle. Alors, tout ce que je vous demande, c'est de me donner quelque chose pour mettre dessus, pour ne pas que je le gratte et que ça s'infecte.

– Donne-lui quelque chose, marmonna Mrs Boyer à Mr Boyer.

Mr Boyer n'avait pas vraiment besoin d'incitation en ce sens. Il mélangea une certaine quantité de cold cream, d'huile de foie de morue, de crème contre l'érythème fessier des bébés, de calamine, emplit un gros pot en verre, tapa à la machine l'étiquette prescrivant *Appliquer selon justification*, et le tendit à Mamadee.

– Je ne suis pas censé vous donner ceci sans ordonnance, et je pourrais avoir de sérieux ennuis. Ça vous fera deux dollars soixante-quinze. Je le mettrai sur votre note.

Avant midi, tout Tallassee savait que Roberta Carroll Dakin avait quitté précipitamment les Remparts. Avant quatre heures de l'après-midi, tout Tallassee avait entendu parler de l'attitude étrange de Deirdre Carroll en pleine ville et dans la pharmacie Boyer. Le docteur Evarts ne fut par conséquent guère surpris quand Mamadee lui téléphona pour lui dire de venir immédiatement chez elle.

– J'ai cinq personnes dans ma salle d'attente et elles ont toutes des rendez-vous, répondit-il.

Le docteur Evarts voulait juger par l'intensité de sa réaction à quel point son cas était grave.

– Si je dois y aller, répondit Mamadee, les gens qui sont dans votre salle d'attente ne vivront pas assez longtemps pour que vous les guérissiez. Vous m'entendez ?

Le docteur Evarts avait entendu parler du départ de Roberta Ann Carroll Dakin avec sa drôle de petite fille, mais sans son fils, et de Deirdre Carroll Dakin et des parapluies. Il considérait les commérages comme partie intégrante de la vie de la ville, c'est-à-dire source de distraction et d'information, mais il ne se sentait pas tenu d'agir en conséquence. Cependant, quand il arriva aux Remparts, le docteur Evarts se rendit compte que les histoires qu'il avait entendues n'avaient rien d'excessif. Il trouva la porte ouverte et quand il appela Tansy, il ne reçut pas de réponse. La porte était ouverte, nota le docteur Evarts, et une malade était couchée dans la maison.

Il trouva toutes les portes ouvertes, et des parapluies ouverts dans toutes les pièces.

Des parapluies ouverts étaient posés sur des chaises, des parapluies ouverts étaient suspendus aux lustres, un parapluie ouvert était planté dans la poche d'un manteau de fourrure dans une armoire ouverte. Un parapluie ouvert emplissait le cornet du gramophone de la bibliothèque du Capitaine. Un petit parasol d'enfant à franges – du genre que porterait sur son épaule une future reine de beauté pendant la parade de Pâques – était accroché à la moulure du plafond sur le palier.

À l'étage, des parapluies ouverts couvaient sur les lits comme d'énormes chauves-souris, s'accrochaient aux tringles à rideaux ou protégeaient de la pluie les tables de toilette. Le docteur Evarts s'arrêta pour jeter un coup d'œil dans la chambre de Roberta Ann. Visiblement, Roberta Ann avait dévalisé sa propre chambre. Il y regarda de plus près. La photo de Roberta Ann en short montrant ses jambes avait disparu. Ce qui l'ennuya plus qu'il ne s'y attendait. Il avait toujours eu plaisir à regarder cette photo. Joe Cane Dakin, tant qu'il était en vie, avait joui des faveurs d'une femme remarquablement belle. D'autre part, le destin de Joe Cane Dakin n'était pas enviable, c'était le moins qu'on puisse dire.

Déjà préoccupé, il jeta à peine un regard par la porte ouverte de la chambre suivante et la dépassa avant d'enregistrer ce qu'il avait vu. Il refit trois pas en arrière et regarda de nouveau.

Le garçon, Ford, était assis sur le bord du lit. Il portait un costume et une cravate. Il avait les cheveux humides comme s'il venait de se coiffer. À côté de lui, sur le couvre-lit, il y avait une valise. Il avait l'air de s'ennuyer. Le docteur Evarts ne put s'empêcher de remarquer que le garçon était beau, ayant hérité du don de Dieu – si don il y avait – qu'étaient la beauté et la grâce de sa mère, ainsi que de son obstination et de celle de Deirdre, qui n'était certes pas un cadeau.

– Vous avez pris votre temps, dit Ford en se levant. La vieille sorcière a pété les plombs.

– Merci pour ton diagnostic, dit le docteur Evarts.

– De rien, je vous en prie. – Ford vint jusqu'à la porte. Il fit un signe de tête vers le bout du couloir en direction de la chambre de Deirdre. – Alors ?

La porte de la chambre de Deirdre était fermée. Le trou de la serrure était bloqué par la virole d'un parapluie – un petit, rouge et jaune, avec un long manche, conçu pour abriter un siège de tracteur.

– Deirdre ! appela le docteur Evarts devant la porte.

Il tenta de retirer le parapluie de la serrure, mais la pointe se cassa. Il frappa.

– C'est moi, le docteur Evarts ! Êtes-vous là, Deirdre ?

Ford était appuyé au mur, à un mètre de là, le visage impassible.

Bien que le docteur Evarts n'entendît rien, il n'avait aucun doute que Deirdre Carroll était de l'autre côté de la porte. Il tourna la poignée, appuya de l'épaule contre le panneau, tenta d'extirper de la serrure le bout cassé du parapluie, mais en vain. Il jeta un coup d'œil autour de lui, traversa le couloir en deux pas, et décrocha le parapluie ouvert qui était suspendu sur une applique de gaz. C'était un grand parapluie sobre, avec un manche d'ébène, des baleines d'acier et une toile de soie noire aussi fine que du crêpe. Il plaça la pointe contre le plancher, écrasa violemment les baleines avec le pied pour les tordre et les casser, arracha et déchira la toile, jusqu'à ce qu'il ne lui restât plus que la poignée, le manche, un petit cercle de baleines cassées, et la pointe. Tout ce dont il avait besoin.

Introduisant la pointe dans la serrure à côté de l'autre embout cassé, le docteur Evarts tordit, poussa, tira, souleva, secoua vers le haut, vers le bas, et força jusqu'à ce qu'il entende le mécanisme de la serrure se briser. La poignée tourna aisément dans sa main.

La pointe qui avait été fichée dans le trou de la serrure tomba. Elle était rougie, comme si elle avait été chauffée, et elle fumait en roussissant le tapis du couloir.

Ford applaudit d'un claquement de mains bref et sardonique.

Le docteur Evarts lui jeta un regard. Si Deirdre Carroll était effectivement de l'autre côté de la porte, quelqu'un d'autre avait dû coincer ce parapluie dans la serrure, quelqu'un qui avait l'intention d'enfermer Deirdre dans cette chambre.

– Où est Tansy ?

– Elle s'est barrée, dit Ford en haussant les épaules.

Comme le docteur Evarts en était certain, Deirdre Carroll était bien dans la chambre. Avant même de la voir, il entendit sa respiration – courte, haletante, rauque.

Elle était allongée immobile sur le lit, la tête légèrement tournée vers la porte dans sa direction. Quand le médecin entra dans la pièce, Deirdre Carroll ne parla pas. Il était très possible qu'elle ne le pouvait pas, en raison du furoncle qu'elle avait sous le menton.

Il était presque rond, plus gros qu'une balle de base-ball, et d'un noir sinistre, comme la suie qui recouvre les parois d'une cheminée où l'on brûle du charbon de la plus mauvaise qualité. Quelles que furent son origine et la purulence qui suppurait à l'intérieur, le furoncle noir était la boursouflure la plus obscène de toutes les tumeurs malignes que le docteur Evarts avait jamais vues. Deirdre Carroll rejeta la tête en arrière. Le furoncle luisant était si engorgé qu'il exerçait une pression sur ses poumons et l'obligeait à garder la bouche fermée. Rien d'étonnant à ce qu'elle ne puisse respirer qu'avec difficultés, rien d'étonnant non plus qu'elle n'ait pas répondu à ses appels.

Les yeux de Deirdre roulèrent vers le haut lorsqu'elle s'efforça de le regarder. Évitant de la regarder dans les yeux, le docteur Evarts s'approcha du lit. La surface du furoncle était d'un noir de suie mais c'était bien de la peau, la peau noire carbonisée des grands brûlés qui sont obligés de dormir assis parce que c'est moins douloureux que de dormir couché. Cependant, le furoncle luisait par endroits, brillait d'une lueur violacée. Se rendant compte qu'il avait la bouche tordue de dégoût, le docteur Evarts tenta de sourire. Sans succès.

– Vous auriez dû m'appeler plus tôt, dit-il, tendant un doigt pour toucher le furoncle.

Elle eut un sursaut de recul. Il ne put éviter de lire la panique dans ses yeux : *Je vous en prie, n'y touchez pas !* La même panique qu'éprouvaient la plupart des gens en voyant une seringue, un scalpel, ou les forceps d'acier glacial.

– Ce n'est rien, Deirdre, vous allez juste sentir une petite pression, dit-il en appuyant légèrement l'index sur la peau brûlée du furoncle.

Qui explosa.

33

Alors même que je souffrais et transpirais pendant ce cauchemar, je me rendais compte que je l'avais déjà rêvé et oublié plusieurs fois. Mais cette fois, je m'éveillai avec la conviction que Mamadee était bel et bien morte.

La serviette nouée autour de ma tête s'était détachée. Dès que je posai le pied par terre, elle tomba. Je n'y fis pas attention. Tout ce que je voulais, c'était sortir de ce placard obscur et me laver le visage.

Ce que je vis alors dans le miroir me fit sursauter. Les cheveux qui poussaient sur ma tête n'étaient pas de la triste couleur de sable de mes anciens cheveux. Ils étaient tout à fait de la teinte de ceux de Miz Verlow. Très fins, cependant, plus fins que les siens, et tirebouchonnés. Genre péquenaud albinos. Maman va être folle de rage, me dis-je. Il ne me manquait plus que des yeux rouges. Mes nouveaux cheveux étaient encore très courts, juste assez pour que je puisse les enrouler au bout de mon petit doigt, mais ça paraissait déjà assez remarquable compte tenu du peu de temps qu'ils avaient mis pour pousser. Mes oreilles avaient l'air extrêmement dénudées. Je trouvais que je ressemblais beaucoup à un petit singe blond.

En bas, maman exerçait son numéro de charme sur les convives à la table du dîner.

Mrs Verlow montait par l'escalier de service. J'ai gardé la porte de la salle de bains fermée jusqu'à ce qu'elle passe puis j'ai jeté un coup d'œil. Elle portait un plateau. À la porte de la suite de Mrs Mank, elle s'est arrêtée, a frappé doucement. On l'a fait entrer.

Je me faufilai jusqu'à la cuisine par l'escalier de service. Cleonie et Perdita n'étaient pas encore rentrées. Me souvenant de mon petit paquet, je me hâtai d'aller le récupérer. Il avait disparu. Cette absence inexplicable m'effraya d'autant plus que j'étais déjà nerveuse. Je tentai de me rassurer en me disant que personne dans la maison, à part moi, n'aurait l'idée de rentrer en douce dans la chambre de Cleonie et Perdita. Il n'y avait rien à voler et, de surcroît, personne n'avait envie de savoir qu'on leur accordait un espace aussi exigu.

Miz Verlow était sur le seuil de la porte de la cuisine venant du couloir du fond quand je me retournai après avoir refermé la porte de la chambre de Cleonie et Perdita avec d'excessives précautions. Elle me sourit.

– Est-ce là Calley Dakin sous ces cheveux en nid d'oiseau ? Ou bien est-ce une autre petite fille qui est venue prendre sa place ? – Elle me passa doucement la main dans les cheveux, pas tant avec admiration qu'avec satisfaction. – Mon Dieu, ils me font penser à mes cheveux quand j'étais petite. Je crois qu'ils sont légèrement plus clairs que les miens. Un jour, ils seront très beaux, même si toi, tu ne le seras jamais. Ma foi, Roberta Ann Dakin ne va pas du tout apprécier. Tu ferais mieux de dîner ici. Si mes hôtes te voient, ils vont croire que cet endroit est un orphelinat pour singes albinos. Oh, au fait, je t'ai mis du shampooing dans la salle de bains.

Elle ne fit absolument aucune remarque sur le fait qu'elle m'avait surprise à refermer la porte de Cleonie et Perdita.

Pour une fois, la porte de la chambre de maman n'était pas fermée à clé, et tandis que tout le monde était encore en train de dîner, je pus me laver les cheveux, prendre un bain et me mettre en pyjama. Je passai un peigne dans mes boucles emmêlées et réussis à plaquer l'essentiel de mes cheveux sur mon crâne pendant qu'ils étaient mouillés. Je voyais bien qu'ils allaient se remettre à tirebouchonner dès qu'ils seraient secs.

J'étais à plat ventre sur le lit en train d'étudier un guide sur les oiseaux quand maman introduisit la clé dans la serrure avant de la retirer vivement. Elle poussa la porte d'une seule main.

– J'avais fermé cette porte ! Comment es-tu entrée ? interrogea-t-elle, notant au même moment ma nouvelle coiffure. – Elle claqua la porte derrière elle sans renverser une seule goutte du verre qu'elle portait à la main. – Seigneur Jésus !

Je résistai à l'envie de répondre *Il est pas là.* Je me contentai de suggérer :

– Peut-être que tu n'as pas tourné la clé à fond...

Ce devait être Miz Verlow qui l'avait ouverte pour moi. Pas question que je la dénonce à maman.

– Tu n'as pas rampé sous la porte, je suppose ?

Maman posa son verre et tapota la poche de sa jupe. Avec un mystérieux air de triomphe, elle en sortit un paquet de Kool presque plein. Je ne voulais pas lui donner la satisfaction de demander où et comment elle se l'était procuré. Elle mourait d'envie de me le dire mais elle ne me le dirait que si je le lui demandais. Elle en fuma trois à la suite pendant que je lui massais les pieds.

– Cette femme t'a complètement décoloré les cheveux et tu ne lui as même pas dit non, hein ? Tu n'espères tout de même pas que je dise que tu es ma fille ?

– Non, ma'ame, répondis-je, faussement docile.

– Et tu as sacrément raison, déclara maman. Je le jure. Il n'y a pas une seule personne capable de voir clair qui ne te prenne pour une Dakin, désormais.

Ce qui ne me dérangeait pas du tout.

– Je crois que cette femme doit avoir du sang Dakin. Elle a des cheveux qui sont presque de la même maudite couleur albinos, si on tient compte qu'ils ont dû foncer avec l'âge. Je me demande comment elle les défrise. Elle essaie de faire croire que tu es sa fille, on dirait.

Maman semblait ravie à l'idée que Miz Verlow voulait quelque chose qui lui appartenait.

– Je n'ai jamais eu confiance en Merry Verlow, pas soixante secondes, dit-elle. Je préférerais la revoir en enfer plutôt que de la laisser me prendre ma petite fille.

Persuadée que la possession était les neuf dixièmes de la maternité, maman avait effectué une volte-face complète en une demi-minute environ. Elle se retrouvait à la case départ : elle ne voulait pas me reconnaître pour sa fille, mais elle y était obligée, de peur que quelqu'un d'autre ne me revendique.

Ce que ces deux femmes avaient en tête de faire de moi, mis à part de les servir l'une et l'autre, me dépassait. Tout ce que j'espérais, c'est que ça n'impliquerait pas le recours à Salomon et que je ne finirais pas coupée en deux. Est-ce que ça n'avait pas suffi de couper papa en morceaux ?

Je n'avais pas plus peur de Miz Verlow que de maman. Miz Verlow voulait peut-être que je sois sa servante, mais du moins elle me payait. Elle me disait s'il te plaît et merci, ce qui était plus que maman ait jamais fait. Si c'était à cause d'elle que j'avais perdu mes cheveux et qu'ils repoussaient de cette vulgaire couleur de lin, maman de son côté se complaisait à m'habiller comme un garçon de vêtements minables, et à laisser entendre aux gens que j'étais simple d'esprit. Pour moi, tout ça revenait à peu près au même.

Les femmes allaient chez le coiffeur pour se faire couper, friser, permanenter, décolorer, teindre et crêper les cheveux. Les cheveux féminins sont clairement susceptibles de mutations caractéristiques. Ce qui était plus important pour moi, c'est que j'avais perdu un gilet qui ne m'appartenait pas, avec ses boutons découpés et un bout de chandelle, ainsi que mes lunettes et ma Betsy Cane McCall, tout cela depuis notre arrivée chez Miz Verlow. Les enfants comprennent dès leur plus jeune âge l'idée de propriété. *C'est à moi.* Pendant toute ma vie, la nourriture, les vêtements, un lit et un toit, des livres, de la musique et des jouets m'avaient été procurés en quantité modeste mais fiable. Ce que je portais avait peu d'importance pour moi. Les jouets, les livres, la musique, toutes ces choses avec lesquelles j'avais respectivement joué, que j'avais regardées ou plus tard, lues, ou écoutées, et que j'avais délaissées en grandissant, aussi facilement que mes chaussures devenues trop petites. Mais je n'étais pas une enfant sans soin. Je n'avais pas pour habitude de perdre ou d'oublier mes affaires. J'avais assez hérité la possessivité des Carroll – régulièrement agacée par Ford qui me piquait mes affaires rien que pour m'embêter, ou maman qui faisait de même parce que j'aimais visiblement trop quelque chose – pour ne pouvoir m'empêcher de ressentir le manque de ces objets sans importance. Mon côté Carroll me disait qu'on m'avait volée, et que ce qui a été pris doit être rendu.

Le fait d'avoir été volée, cependant, n'était qu'une simple diversion après avoir entendu le fantôme de Mamadee, vu son fantôme dans le miroir du salon, rêvé de sa mort, et été quasiment engloutie par un fantôme géant dans le brouillard.

Le lendemain matin, j'aidai Cleonie à débarrasser la table du petit déjeuner. Seules maman et Miz Verlow s'attardaient avec leur café quand Mrs Mank descendit de sa suite. Dans la cuisine, Cleonie me tendit tasse, soucoupe et serviette pour Mrs Mank et me fit signe d'aller dans la salle à manger. Elle me suivit, portant un pot de café frais et un plateau avec un petit déjeuner complet sous cloches d'argent. Lorsque j'eus posé la tasse et la soucoupe de Mrs Mank, Cleonie versa son café et remplit les tasses de maman et Miz Verlow. Elle ôta les couvercles des assiettes et disparut dans la cuisine. Je tirai une chaise pour m'asseoir.

Mrs Mank portait un tailleur de taffetas de coton bleu paon et ses chaussures couleur d'étain. Ses boucles d'oreilles étaient en argent, serties d'une pierre de la même couleur que son ensemble. Des années plus tard, je devais apprendre qu'il s'agissait de tanzanite. Mrs Mank eut un petit sourire en me voyant et son regard s'attarda une fraction de seconde sur mes cheveux.

Maman était trop occupée à détailler ce que portait Mrs Mank et à en évaluer le prix pour m'accorder le moindre regard. Maman portait un pantalon de toréador avec un chemisier blanc croisé et une petite veste noire qui faisait penser à un boléro sans en être vraiment un. Aux oreilles, elle avait les perles que papa lui avait offertes pour la Saint-Valentin. Ses pieds étaient comprimés dans des sandales noires à petit talon.

Tandis que Mrs Mank s'attaquait à son petit déjeuner avec la plus totale concentration, Miz Verlow me fit un petit sourire.

– Je devrais peut-être passer un appel longue distance, tenta maman s'adressant à voix basse à Miz Verlow.

– Oh non, intervint Mrs Mank, les yeux toujours fixés sur son assiette. C'est une très mauvaise idée.

Maman se raidit sur sa chaise. Qui était cette femme qui se permettait de donner ainsi son avis sur quoi que ce soit à Roberta Carroll Dakin ? Plus grave encore, qui était Mrs Mank pour savoir ce que sous-entendait un appel téléphonique longue distance ?

Imperturbable, Mrs Mank mâcha, avala, se tapota les lèvres avec sa serviette de table et regarda enfin maman.

– Merry m'a dit deux mots de ce qui s'est passé hier.

Maman fusilla Miz Verlow du regard, sans plus d'effet qu'une unique goutte de pluie glissant sur une vitre. Miz Verlow sourit à Mrs Mank :

– Je me confie à Mrs Mank, Miz Dakin. Il n'y a personne en qui j'aie plus confiance.

À la façon dont elle reprenait sa respiration, je savais que maman allait dire quelque chose de méchant.

– Maman, peut-être que…, commençai-je.

– Nous n'avons *absolument* pas besoin de t'entendre, Calley Dakin, parce que si tout ceci est la faute de quelqu'un, je crois fermement que c'est de la tienne. Mamadee serait allée directement au paradis après sa mort et nous aurait laissées en paix si tu n'avais pas *insisté* pour *bavarder* avec elle comme si vous étiez toutes deux en pique-nique au bord de l'eau à Babylone.

Je me rendais compte que Miz Verlow m'observait avec attention, ce qui me réconforta et me calma, sans savoir pourquoi.

Une fois le premier jet de colère de maman détourné sur moi, elle réussit à s'adresser à Mrs Mank d'un ton presque poli.

– Eh bien, Mrs Mank, cela doit vous paraître *bien* étrange. Est-ce que vous croyez, vous, que nous avons eu la visite inattendue et importune d'un fantôme ?

– Bien sûr que non, concéda Mrs Mank. Mais Miz Verlow ne me ment pas, à moi. Donc, lorsqu'elle me dit qu'elle a entendu une voix et qu'il était absolument impossible que quiconque dans la maison ait pu essayer de vous berner, je la crois.

Maman la défia comme si elle ne venait pas elle-même d'affirmer que Mamadee nous avait parlé depuis le royaume des morts.

– Ainsi vous croyez aux fantômes ?

– Absolument pas, dit Mrs Mank.

– Mais…

– Mais je crois en revanche que quand quelqu'un vous parle d'au-delà de la tombe, il faut l'écouter très attentivement.

Maman s'empara de son paquet de cigarettes tandis que Mrs Mank réattaquait son petit déjeuner.

– *Ça*, je le comprends. – Maman se colla une cigarette entre les lèvres avec des doigts tremblants. – Et… – Elle gratta une allumette, alluma sa Kool et aspira. – Je commence à me dire que vous pensez comme moi. – Sa voix était empreinte de sincérité et de soulagement. Maman était capable, sans difficulté particulière, de croire en même temps deux choses totalement contradictoires. Ce n'est pas un talent exceptionnel, mais elle était virtuose. – Mais si c'était ma mère qui me parlait depuis l'Autre Côté, poursuivit-elle, pourquoi ne pourrais-je tout simplement téléphoner pour m'assurer qu'elle est morte ?

Mrs Mank se tamponna poliment les lèvres encore une fois. Je fus fascinée de voir que cela n'avait aucun effet sur son rouge à lèvres.

– Vous êtes certaine que c'était votre mère qui vous parlait cet après-midi ?

– Oui, dit maman. Demandez à Calley si ce n'était pas sa mamadee.

– Calley, était-ce ta mamadee ?

J'hésitai avant de répondre.

– C'était sa voix.

– Vous voyez.

Maman prenait mon affirmation comme une confirmation de la sienne.

– Non, dit Mrs Mank. Ce que dit Calley est un peu différent, Mrs Dakin. Elle dit que c'était la voix de votre maman, non pas que c'était elle.

34

J'aurais pu dire à Mrs Mank, à Miz Verlow et à maman que j'avais *vu* Mamadee. Je ne l'avais pas fait. Ma décision n'avait pas été raisonnée, mais j'avais instinctivement retenu l'information. C'était quelque chose qu'aucune d'elles ne connaissait, non pas au sujet de Mamadee, mais à mon sujet.

– Mais qui d'autre voulez-vous que ce soit ! s'exclama maman. Elle me connaissait. Elle a reconnu la chaise qu'a brodée sa propre mère ! Elle voulait son chandelier…

Maman s'interrompit brusquement.

– Elle se trompait en ce qui concerne la chaise, Roberta Ann, dit Miz Verlow. Car vous m'avez dit vous-même que cette maison et tout ce qu'elle contenait avait brûlé il y a des années.

Maman me lança un coup d'œil, comme pour m'appeler à l'aide.

– La voix ressemblait à celle de Mamadee, l'assurai-je. Mais peut-être que c'était quelqu'un d'autre, un autre fantôme, qui se faisait passer pour Mamadee.

– Dans quel but ? s'écria maman.

– C'est exactement la question que j'aurais posée, Mrs Dakin, dit Mrs Mank. C'était peut-être votre maman qui parlait, ou peut-être simplement la voix d'un esprit maléfique – ou entité quelconque, selon le nom que vous voulez lui donner.

– Mais pourquoi un quelconque crétin d'esprit maléfique me poursuivrait-il ? demanda maman.

Mrs Mank eut un petit rire amusé.

– Parfois, je ne sais même pas moi-même pourquoi je fais quelque chose, je ne saurais certainement pas spéculer sur les motivations des esprits maléfiques, ni des bons, ni même de cette petite fille. Mais compte tenu du peu que je sais de la situation, je vous conseillerais vivement de ne pas passer d'appel téléphonique à…

– Tallassee, dis-je spontanément.

– Calley ! Tu ne sauras donc jamais tenir ta langue ?

Je commençai à descendre de la chaise.

– Si vous voulez bien *m'escuser*…, commençai-je.

Mrs Mank m'interrompit.

– Mrs Dakin, je pense que cette enfant doit rester.

– Pas moi ! rétorqua maman. – Puis elle aspira une longue bouffée et exhala la fumée. – Mais si vous dites qu'elle doit rester, Mrs Mank, alors elle restera. Calley, assieds-toi et cesse de te tortiller.

– Mrs Dakin, poursuivit Mrs Mank, supposez que vous passiez ce coup de téléphone à… Tallulah ? Vous appelleriez, je suppose, le numéro de votre mère. Si elle répond, vous saurez qu'elle est en vie. Mais qu'allez-vous lui dire ? « Oh, je voulais juste savoir si tu étais morte ou vivante ? » Vous auriez l'air idiote, vous ne croyez pas ?

– Je ne serais pas obligée de dire exactement ça.

– Mais vous n'avez pas parlé à votre mère depuis que vous avez quitté Talla-lulah. Si vous l'appeliez maintenant et si elle répondait, elle aurait l'impression que vous lui cédez. Est-ce ce que vous voulez ?

– Et si j'appelais quelqu'un d'autre ?

– Pour lui demander : « Pouvez-vous, s'il vous plaît, me dire si ma mère est morte ou vivante ? » – Mrs Mank eut un bref frisson. – Étant donné les circonstances dans lesquelles vous avez quitté la maison de votre maman, et vu la façon dont les gens parlent, votre coup de téléphone ne resterait pas secret plus de temps qu'il n'en faut à quelqu'un pour raccrocher et faire un autre numéro.

– Mais je pourrais être plus discrète.

– Demander quelque chose comme « Au fait, est-ce que le fleuriste a fait quelque chose de bien pour la couronne que j'avais commandée pour le cercueil de maman ? »

Maman fit oui de la tête, stupéfaite. C'était exactement le genre de question qu'elle aurait imaginée.

– Mais si vous posez cette question alors que votre maman n'est pas morte, que penseront les gens ? Vous pourriez prendre une autre voie et dire : « Dites-moi, en toute amitié, comment vous trouvez maman ces temps-ci. Je suis très inquiète à son sujet, mais elle refuse mon aide. » Si vous posiez cette question et qu'elle ait été enterrée une semaine avant, toute la ville saurait que vous n'étiez même pas au courant de la mort de votre propre mère.

– Calley pourrait appeler…

– Ils sauraient que c'est vous qui le lui avez demandé.

Le conseil de Mrs Mank était jusque-là tombé en plein dans le mille. Le souci majeur était comment maman apparaîtrait aux yeux des autres, son bien-être et son confort.

Mrs Mank embrocha le reste de sa saucisse et la dégusta avec le même plaisir précédemment manifesté. Enfin, sa serviette reprit brièvement contact avec ses lèvres.

– Il y a une autre raison pour laquelle vous ne devez pas passer cet appel, Mrs Dakin, dit-elle.

– Laquelle ?

– Supposez un instant que votre maman soit morte.

Maman afficha une expression affligée.

– C'est parfaitement possible. Les nécrologies sont pleines de gens plus jeunes que maman, tous les jours. Mon cher Joseph m'a été enlevé dans la force de l'âge…

– Mes condoléances, dit Mrs Mank avec une sincérité très légèrement exagérée.

Maman assuma courageusement.

– Merci. Donc ?

– Mrs Dakin, si votre maman est morte, pourquoi n'avez-vous pas été informée ? Pourquoi personne, l'avocat de votre maman, par exemple, n'a-t-il envoyé de télégramme ou téléphoné ?

– Parce qu'il ignore où nous sommes ! Parce que personne ne sait que nous sommes ici.

– Fennie le sait, dit Miz Verlow. Et si votre maman était morte et que quelqu'un cherchait à vous joindre, Fennie leur dirait que vous êtes ici avec moi.

Je sursautai. Pourquoi Fennie n'aurait-elle pas appelé pour le dire à Merry Verlow, à maman ou à moi ? Pourquoi ne pas appeler Fennie et lui poser la question directement ?

– Alors, c'est que ma mère n'est pas morte, dit maman.

Sa déception était mal dissimulée.

– Pas nécessairement. Et si vos parents et amis ne cherchaient pas à vous prévenir ?

Maman réfléchit un long moment. On aurait dit le genre de subterfuge auquel elle avait recours elle-même.

– Et pourquoi ne le voudraient-ils pas ?

Mrs Mank en termina avec ses œufs avant de répondre :

– À cause de rancunes familiales, qui sait ? Ou pour une question d'argent. Le testament de votre maman. Étiez-vous en bons termes avec l'avocat de la famille, par exemple ?

– Non, il m'a volée comme au coin d'un bois. Lui et maman. Ils m'ont pris mon fils chéri, fit maman dans une grimace.

– Supposons que l'avocat vous tende un piège. Si vous appelez, vous risquez de tomber en plein dedans.

– Mais si Winston Weems a l'intention de me gruger une fois de plus, est-ce que je suis censée rester ici et ne rien faire ?

– Bien sûr que non, dit Mrs Mank. J'ai seulement dit que vous ne deviez pas passer cet appel vous-même.

– Et qui le fera, alors ?

– Quelqu'un que je connais, un autre avocat.

Maman sourit.

– Elle saura ce qu'il faut faire, assura Mrs Mank à maman.

Maman cessa de sourire.

– Une femme avocat ?

Mrs Mank réagit sans une seconde d'hésitation.

– Pour éviter vos objections concernant les femmes avocats, Mrs Dakin, je ne mentionnerai plus le sujet.

À cet instant, Cleonie apparut pour voir si quelqu'un d'autre voulait du café.

Mrs Mank posa son couteau et sa fourchette en croix sur son assiette et plia sa serviette. Elle sourit à Cleonie.

– Je crois que je vais prendre cette tasse sur la véranda.

Se levant avec un sourire poli et sa tasse remplie de café, elle se dirigea vers la porte.

Maman s'attendait à ce que Mrs Mank passe les quinze minutes suivantes à la convaincre de *permettre* à son amie, la femme avocat, de consacrer la totalité de sa carrière professionnelle à défendre sa cause. Maman n'avait tout simplement pas l'habitude d'être prise au mot, qui était toujours exagéré. Paniquée, elle saisit sa tasse et bondit de sa chaise.

– Quelle bonne idée ! s'écria-t-elle.

Mrs Mank s'arrêta, une main sur la porte, l'autre tenant sa tasse de café. La vapeur montait vers son visage et elle en respira l'odeur.

– De quelle idée parlez-vous, Mrs Dakin ? Souhaitez-vous rouvrir la discussion ?

– Le café sur la véranda, dit maman. Et votre amie avocate, les deux idées. J'étais perturbée par l'idée d'avoir perdu ma mère si vite après mon cher Joseph… – Maman retombait dans son rôle de beauté sudiste désemparée. – Je suis si troublée ! Vous devez croire que je n'ai vraiment rien dans la tête.

Avec un bref signe de tête suggérant un agrément poli de la dernière affirmation de maman, Mrs Mank passa sur la véranda. Maman la suivit, Miz Verlow sur les talons, et je fermai la marche.

Tandis que Mrs Mank s'installait dans un fauteuil, elle me sourit à la façon des adultes qui sourient à des enfants qu'ils détestent.

Rien ne pouvait plus rassurer maman. Une fois assise, elle s'adressa à Mrs Mank avec précaution.

– Vous savez pourquoi ?

– Pourquoi *quoi* ?

– Pourquoi j'ai réagi de cette façon quand vous avez parlé de votre amie avocate. C'était à cause de Martha Poe. Tu sais de qui je parle, Calley, bien sûr ?

Maman voulait que je cautionne son mensonge.

– Tu veux dire la femme qui est avocat, maman ?

– Évidemment, qui d'autre ? Bien sûr, je sais que toutes les femmes qui réussissent à devenir avocates doivent être intelligentes, plus que n'importe quel homme, mais Martha Poe est sans doute l'exception qui confirme la règle. La seule raison pour laquelle Martha Poe a des clients, c'est parce que son beau-père est juge à la cour, et il tranche tous les procès en faveur de Martha, si bien que je l'engagerais sans doute, moi aussi. Mais toute seule, Martha Poe ne saurait même pas traiter une contravention pour excès de vitesse. C'est uniquement à cause d'elle que j'ai dit ça.

L'expression de Mrs Mank s'adoucit un peu, comme si elle acceptait l'explication de maman.

Je savais que Martha Poe n'était pas du tout avocate – elle était infirmière à Tallassee et avait passé deux nuits aux Remparts un jour où Mamadee avait eu des calculs rénaux.

– Je me disais, poursuivit maman, qu'un autre avantage d'une femme avocat, c'est qu'elle ne prend probablement pas des honoraires aussi élevés qu'un bon avocat.

Mrs Mank se raidit.

– Un bon avocat si c'est un homme, je veux dire, se corrigea maman prestement. Un bon avocat, si c'est une femme, ne prendrait pas autant, non ? Comment s'appelle-t-elle, au fait ?

– Adele, dit Mrs Mank, sans la moindre chaleur. Adele Starret.

– Adele est le prénom que je préfère, s'extasia maman. Si je n'avais pas donné à Calley le nom d'une muse, je l'aurais appelée Adele. Ma meilleure amie à l'université s'appelait Adele. Mrs Mank, puis-je compter sur votre gentillesse pour parler en ma faveur à votre amie Adele ?

– Nous verrons, répondit Mrs Mank.

– Quand ? insista maman. Parce que si ça ne marche pas avec…

– Je vais étudier la question, Mrs Dakin. Mais pour l'instant, je vais déguster mon café. Merry, ma chère, les journaux sont-ils arrivés ?

Maman fit des efforts pour ne pas harceler Mrs Mank à propos de la femme avocat mais quand Mrs Mank replia enfin la dernière page du troisième journal qu'elle lisait de la matinée, maman était toujours là, sirotant sa cinquième tasse de café d'un air sinistre en contrôlant difficilement la nervosité provoquée par l'excès de caféine. Maman émit un soupir de martyr dans l'espoir que Mrs Mank allait *enfin* dire quelque chose, mais Mrs Mank se contenta de nous adresser un bref sourire poli.

Maman ne put se contenir plus longtemps :

– Allez-vous l'appeler aujourd'hui ?

Mrs Mank haussa les sourcils d'un air interrogateur.

– Allez-vous appeler Adele Starret ? Votre amie avocate qui va m'aider ? Je veux dire votre amie Miz Starret qui pourrait peut-être m'aider. Si elle le veut. Si elle pense que j'en vaux la peine.

Le sourire de Mrs Mank se réchauffa.

– Ah oui, Adele.

Miz Verlow se leva quelques secondes avant Mrs Mank, ramassant non seulement sa propre tasse mais celle de Mrs Mank. Maman se leva très vite elle aussi mais je fus plus rapide qu'elle et pris sa tasse à café.

– Calley et moi allons juste porter ceci à la cuisine, annonça Miz Verlow.

– Merci, dit Mrs Mank. S'il vous plaît, dites à Perdita de ma part à quel point je me suis régalée avec le petit déjeuner, la saucisse tout particulièrement. Je ne trouve nulle part dans le monde entier de saucisse aussi bonne que la sienne, et dites-lui que j'ai essayé.

Je la croyais quand elle affirmait qu'elle avait cherché *dans le monde entier*. À ma connaissance, je n'avais jamais rencontré quelqu'un qui était allé *dans le monde entier*. Et pourtant, Mrs Mank prenait la peine de faire transmettre ses compliments à Perdita.

Maman, cependant, ne songeait ni aux saucisses ni aux globe-trotters.

– Vous disiez, Mrs Mank…

– Moi ?

– … à propos de votre amie avocate.

– Ah oui. Bien. Je vais appeler Adele aujourd'hui. Si elle est disponible.

– Oh, je vous remercie infiniment.

Mrs Mank inclina la tête et s'éloigna à pas lents sur la véranda.

Pendant pratiquement toute la journée du lendemain, maman ne quitta pas notre chambre. Marchant de long en large, fumant cigarette sur cigarette, elle maudit l'indifférence horripilante de Mrs Mank, maudit l'amie avocate de Mrs Mank, maudit Miz Verlow et sa sœur Fennie, et tous les Dakin et toute leur parenté, directe ou par alliance, mais avec la plus grande véhémence maman maudit surtout Mamadee, morte ou vive, pour tous les problèmes qu'elle avait causés.

Comme c'était l'endroit de la maison où maman avait le moins de chance d'aller, je passai beaucoup de temps dans la cuisine. J'y appris de Cleonie et Perdita que Mrs Mank était une résidente occasionnelle, qu'elle avait toujours la même chambre, où elle prenait la plupart de ses repas, et que Miz Verlow la traitait comme la reine d'Angleterre.

– Miz Mank a endu sèvice à Miz Verlow un jou, expliqua Cleonie.

– Et elle aime les saucisses de Perdita, dis-je, ajoutant avec sincérité : Probablement autant que moi.

Perdita ne dit rien mais cet après-midi-là, mon thé glacé était mystérieusement relevé d'une goutte de bourbon.

Perdita me mit bien en garde :

– Toi fais attention, t'entends ? Miz Mank, elle peut pas suppoter les gamins.

35

Pendant les quelques jours qui suivirent, pendant les rares moments où personne d'autre n'était en vue, j'ai essayé d'ouvrir la porte du bureau de Miz Verlow, dans l'espoir de trouver le numéro de téléphone de Fennie. C'était toujours fermé à clé. Chaque fois que je me hasardais dans le couloir, il y avait toujours quelque chose pour m'en dissuader : soit elle apparaissait, soit c'était Cleonie, ou maman.

C'est le jeudi matin que maman m'informa qu'elle et Miz Verlow allaient à Pensacola faire des courses, verser à la banque les mensualités sur les plans d'épargne de Cleonie et Perdita, et chercher des lettres importantes qu'attendait Mrs Mank.

J'osai demander la permission de les accompagner.

– Calley, non, et c'est mon dernier mot. Je pense que tu peux trouver quelque chose à faire ici cet après-midi.

Je fis la tête.

– Non, j'peux pas.

– Un mot de plus…, menaça maman, d'un air à moitié convaincu.

Je me balançais avec morosité sur la balancelle de la véranda quand maman et Miz Verlow sortirent par la porte de devant.

– À quelle heure vous rentrez ?

– Vers quatre heures, répondit Miz Verlow.

– Pourquoi le demandes-tu ? s'enquit maman.

– J'espérais que vous me rapporteriez quelque chose.

Maman fit la moue.

– Quatre heures et demie. Peut-être même cinq heures, ça dépend si nous devons faire la queue. Et je ne crois pas que là où nous allons il y ait des cadeaux pour les enfants, alors ne gâche pas ton après-midi à *espérer*, pour ne pas passer la soirée à te *désespérer*.

Elle jeta un coup d'œil malicieux à Miz Verlow, s'amusant de son propre humour.

Elles montèrent dans la Country Squire de Miz Verlow et s'en furent. Je restai sur la balancelle, faisant semblant de me plonger dans le guide ornithologique, au cas où elles reviendraient pour une raison quelconque.

Mrs Mank était dans la maison – je l'aurais entendue ou vue si elle était sortie. Je vérifiai les deux salons et la salle à manger et guettai tous les bruits aux endroits stratégiques du rez-de-chaussée. À la porte du bureau de Miz Verlow, je regardai dans toutes les directions, écoutai avec attention, puis tentai de tourner la poignée. Elle ne bougea pas. Puis, avant que j'aie le temps de retirer ma main, la poignée tourna sans effort de ma part. Je cachai vivement la main derrière mon dos en même temps que je faisais un pas en arrière, et me retournais pour m'enfuir. Mrs Mank ouvrit la porte et m'attrapa par l'épaule.

J'avais l'impression d'être un simple mouchoir rattrapé dans le vent par une main énorme et puissante. La porte se referma, avec moi à l'intérieur.

Pétrifiée, je pouvais à peine respirer, et encore moins parler. *Je n'avais pas entendu Mrs Mank de l'autre côté de la porte.* Et maintenant j'étais sa prisonnière.

Elle me lâcha et mes pieds nus reprirent contact avec le sol.

Je me sentais encore toute petite. Elle était si proche de moi que j'étais forcée de lever la tête pour voir son visage. En s'éloignant, elle reprit des proportions normales. J'étais rouge de honte et d'humiliation mais je commençais à retrouver l'instinct de survie. Un millier de mensonges bourdonnaient dans mon cerveau comme un essaim de guêpes.

Mrs Mank se laissa choir dans le fauteuil de Miz Verlow derrière le petit bureau. Elle portait de petites lunettes en demi-lune à monture d'argent.

– Assieds-toi et tiens ta langue.

J'obéis et m'assis directement en tailleur sur le sol. J'étais à nouveau obligée de lever la tête. La petite pièce sans fenêtres semblait encore plus exiguë qu'avant et je me rendis compte que je ne m'étais jamais trouvée à l'intérieur avec la porte fermée. Elle tapota le carnet d'adresses de Miz Verlow sur le bureau.

– Tu ne trouveras pas le numéro de Fennie Verlow là-dedans. Merry n'a guère besoin de garder le numéro de téléphone de sa sœur dans un carnet, pas plus que Fennie n'a besoin de noter celui de Merry.

Je me sentis stupide. Bien sûr que deux sœurs connaissaient leurs numéros de téléphone par cœur. Je n'étais pas surprise que Mrs Mank ait compris mon intention et sache ce que je cherchais. J'avais l'impression qu'elle lisait en moi aussi facilement que j'entendais les crabes déguerpir sur le sable. Je tentai une diversion.

– Vous n'aimez pas beaucoup maman, hein ?

– Ta mère ?

– Oui, ma'ame.

– Pourquoi n'aimerais-je pas ta mère ?

– Parce que vous savez comment elle est. C'est vrai, non ?

Elle m'adressa son sourire glacial.

– Cela veut-il dire que tu sais comment est Roberta Carroll Dakin, toi aussi ?

J'acquiesçai.

– Mais il me semble que tu l'aimes beaucoup, et que tu l'aimes en dépit des réserves que tu peux avoir sur sa personnalité et son comportement.

– C'est ma mère. Je suis censée l'aimer.

– Censée ? Cette règle vient de qui ?

– De maman.

– Je ne crois pas une seconde que tu fais les choses parce que ta mère te le dit.

Avant que je puisse contredire cette affirmation par un mensonge, Mrs Mank poursuivit :

– Évidemment, Dieu te dit aussi d'aimer ta mère – dans la Bible, au catéchisme, et dans le discours chrétien. Naturellement. Mais il faut ajouter que le dieu des Juifs et le Christ qui a souffert et est mort sur la croix n'ont jamais eu à supporter Roberta Carroll Dakin tous les jours.

La remarque de Mrs Mank me sidéra, car elle était à la fois sacrilège et vraie.

– Au fait, demanda Mrs Mank avec une indifférence doucereuse, crois-tu en Dieu ? Et à la Bible ? Et à Jésus, au Paradis, à l'Enfer, à la Communion des Saints et au Pardon des péchés ?

– Oui.

Je ne mentais pas. Il ne m'était jamais venu à l'idée que tout ça puisse ne pas être vrai.

– Bien sûr que tu y crois. Tu n'as que sept ans. Tu dois faire comme si tu croyais en la sagesse de tes aînés. Je te répète : Crois-tu à tout cela – Dieu, la Bible, Jésus, le Paradis et l'Enfer, le Pardon des péchés et la Résurrection de la Chair ?

– Non.

Le mot sortit de ma bouche sans hésitation. Je compris instantanément que si ces choses étaient vraies, Mrs Mank ne me demanderait pas si j'y croyais.

– Y crois-tu de la façon dont tu crois en toi ? En ce que tu penses, et ce que tu ressens ?

– Non. – Je réfléchis un moment, avant d'ajouter quelque chose qui n'était pas totalement sincère. – Je crois en vous, aussi.

– Tu n'as aucune raison pour cela, poursuivit Mrs Mank. La société te dit également que tu dois aimer ta mère. En général, il vaut mieux écouter la voix de la société que celle de Dieu ou de Roberta Carroll Dakin, mais la société n'a pas toujours raison. En tout cas en ce qui te concerne.

– Mais j'aime vraiment maman.

J'étais à la fois frustrée et troublée. J'avais des questions à poser à Mrs Mank mais son interrogatoire me les avait fait totalement oublier.

– Et c'est normal.

– Pourquoi ?

– Pourquoi est-ce normal que tu aimes Roberta Carroll Dakin ? Et pourquoi est-ce que tu l'aimes ? – Avant que je puisse trouver une réponse, Mrs Mank me la fournit. – Tu l'aimes parce que c'est ta maman. Parce que tu es une enfant et que tu crois ce que croient les enfants. Tu crois que tu as besoin de ta maman pour survivre. Mais réfléchis... tu dois savoir que ce n'est pas vrai. As-tu déjà pensé une seconde que ton papa pouvait mourir avant qu'il ne meure ? Et pourtant il est mort, et tu es toujours vivante.

Ma gorge se serra et je me jetai à genoux aux pieds de Mrs Mank, ses petits pieds dans ses chaussures sur mesure.

– Je vous en prie, ne tuez pas maman ! m'écriai-je.

Mrs Mank baissa les yeux vers moi, avec un léger frémissement ironique de sa petite bouche.

– Je ne suis pas responsable de la vie de ta mère. Et toi non plus. Elle, si.

J'avais les yeux brûlants de larmes non versées, retenues avec peine selon un instinct qui me soufflait de ne pas révéler de faiblesse.

– Si jamais vous lui faites du mal..., dis-je tout de go, avant d'éclater en sanglots.

– Tu feras quoi ? demanda Mrs Mank d'un ton d'ennui. Calley Dakin, je me moque éperdument que ta mère meure, vive, aille au paradis ou soit réincarnée en moucheron.

Les mots en eux-mêmes n'auraient pas dû être rassurants mais je fus rassurée. Mrs Mank n'avait aucunement l'intention de faire du mal à maman. La menace de l'horreur des deux folles qui avaient démembré et dépecé papa s'éloigna. Là-dessus, je croyais vraiment Mrs Mank.

Je me frottai les yeux pour faire rentrer les larmes dans mes orbites. Un mouchoir apparut devant mon visage, au bout des doigts de Mrs Mank.

– La morve et les larmes n'ont rien de séduisant, surtout lorsqu'on est aussi peu favorisée par la nature. Tu ferais mieux d'apprendre à les réprimer.

Je m'essuyai le visage et me mouchai. Je ne proposai pas de lui rendre le mouchoir, qui de toute façon n'était pas brodé à ses initiales, ni d'un tissu particulièrement fin, mais simplement un mouchoir ordinaire. Je crois que ce n'était même pas le mouchoir de Mrs Mank.

– Quoi qu'il en soit, dit lentement Mrs Mank, si tu veux garder ta mère en vie, tu dois faire en sorte qu'elle reste ici. Partout ailleurs, ses ennemis – qui sont ceux de ton père – la trouveront. Veux-tu que je te dise un secret, Calliope Carroll Dakin ?

Un frisson de terreur me coupa les jambes. Je ne voulais pas connaître de secret. J'en connaissais déjà beaucoup trop. Tentant désespérément d'éviter cette révélation importune, je bafouillai :

– Je connais le secret.

– Ah bon ? – Mrs Mank avait l'air amusée. – Bon, en ce cas, je suppose que je n'ai pas besoin de te le dire.

Étais-je déçue ? Pire. C'était comme de tomber dans la trappe à linge : un instant d'exaltation follement jubilatoire due à mon audace, anéantie par la simple terreur sans mélange des conséquences que ma stupidité me laissait ignorer. La certitude que je me trompais, que j'aurais dû écouter, s'empara de moi avec autant de force que Mrs Mank m'avait saisie à la porte du bureau de Miz Verlow.

Je me retrouvai, encore ébahie, devant la porte du bureau qui se refermait sur Mrs Mank. Elle m'avait mise dehors sans plus de cérémonies qu'elle m'avait fait entrer.

J'étais absolument certaine que Mrs Mank avait voulu que je refuse le secret. La manipulation était pour moi un deuxième langage que j'avais appris de maman. Cela me paraissait plus naturel que le comportement direct. Mrs Mank était une autre manipulatrice, la plus habile que j'avais rencontrée à ce jour, et elle me faisait peur, sans que je sache pourquoi sa manière de tirer les ficelles était tellement plus dangereuse que celle de maman ou de Mamadee.

Ce n'était pas seulement la peur physique qui me fit courir à toute allure vers la plage. Mon instinct me soufflait que je pourrais y respirer.

Je courus sans la joie qui m'étreignait habituellement dans mes courses sur la grève. Entre mes orteils, le sable était presque froid. En le sentant gicler entre mes orteils qui s'y enfonçaient, me revint le sentiment de la réalité. Du monde extérieur. Le monde extérieur était lui-même, et ne faisait jamais semblant d'être autre chose. Il ne se souciait pas de la façon dont je le regardais.

Une lueur noire dans l'eau attira mon regard. Quand je ralentis mon galop pour regarder le golfe, la lueur plongea dans l'eau tandis qu'une autre surgissait à côté : des dauphins qui jouaient. Je m'assis, serrant mes genoux, pour observer les dauphins. La vue de leur sourire permanent me calma. Le tumulte des battements de mon cœur se ralentit et s'apaisa.

Je m'allongeai sur le sable et scrutai le ciel : c'était la moitié d'un tout, sans limites supérieures et, même en comptant les oiseaux qu'il contenait, essentiellement un gigantesque vide.

Je roulai sur le ventre pour examiner le sable : fait de grains nacrés en quantité indénombrable, il était aussi plein que le ciel était vide. Le sable était du marbre, m'avait dit Miz Verlow, produit de l'érosion par l'eau de l'Alabama et de la Géorgie pendant des milliers d'années avant qu'on ne songe à appeler ces endroits Alabama et Géorgie, lentement broyé en particules infinitésimales dans les rivières qui le transportaient. Du marbre comme les stèles funéraires des gens riches. L'image me vint de celle que mon papa devrait avoir : Joe Cane Dakin RIP. Repose en Pièces[1].

Je me laissai porter par l'incessant vacarme du sable en mouvement et de la mer. Un coup de vent, une ombre qui passait, un froissement d'immenses ailes au-dessus de ma tête, et je ne pus le supporter plus longtemps. J'escaladai en courant le flanc de la dune dans les hautes herbes – dont certaines étaient de l'avoine de mer et de l'herbe panique, selon les indications de mes guides

1. Jeu de mot macabre autour de l'expression RIP : « Rest in Peace » (Repose en Paix), traduit ici par « Pièces ».

de flore champêtre. Herbe panique. J'étais affolée, je devais donc être à l'endroit qui convenait, me dis-je. Avoine de mer. On n'y voyait aucune graine. C'étaient les herbes les plus hautes, avec des toupets échevelés à l'endroit où il y avait eu des graines. D'autres herbes encore anonymes pour moi. L'herbe ne poussait pas sur la plage en tapis comme l'herbe d'une pelouse. Elle se développait en écheveaux et en vagues sur le flanc de la dune, s'accrochait le long de la crête et dégringolait de l'autre côté. D'épaisses plantes grimpantes serpentaient traîtreusement entre les herbes. Sur l'arrière de la dune, des buissons odorants moutonnaient en oasis de vert, gris-vert et bleu-vert. Le sable apparaissait entre les touffes comme le mortier d'un carrelage. Malgré l'ondulation naturelle du sable en collines et en creux, ses grains ne se dispersaient pas au vent comme le sable de la plage, et ne roulaient pas si finement sous les pas.

Au sommet de la dune, parmi les herbes, je tombai à genoux et creusai avec mes mains dans les grains cristallins et acérés un espace abrité du soleil. Les herbes chuchotaient, me prodiguaient les caresses les plus éphémères et les plus étrangement menaçantes. Le sable s'insinuait sous mes ongles et m'asséchait la bouche. L'ombre tachetait mes bras et mes mains et je sentais les rayons du soleil me réchauffer le dos. Je m'enroulai dans le creux que j'avais confectionné.

Les vagues ondulaient sur la grève quelques mètres plus bas, je respirais l'air salin. Mon cœur et mes poumons trouvèrent bientôt le rythme de l'océan. Des voix mouillées ondulaient avec la houle, s'épanouissant et se recroquevillant, entre flux et reflux, repli et progression. Les voix se noyèrent.

36

– Calley Dakin ! Calley Dakin !

L'écho de mon nom me sortit de l'inconscience : c'était Miz Verlow qui m'appelait. Mes yeux s'ouvrirent sur un ciel assombri : le crépuscule tombait, plus frais, plus calme et plus désert. Pourtant, malgré l'ombre épaissie par les hautes herbes, je voyais aussi bien qu'en plein midi. Mieux, sans l'éclat aveuglant.

Une souris se tapit tout près, juste à côté de mon visage dans le sable. Elle lécha le coin de ma bouche d'un coup de sa minuscule langue. Ses yeux étaient d'un noir scintillant et le battement de son cœur un bavardage ténu.

– Calley Dakin !

De peur d'effrayer la souris, je ne bougeai pas.

La souris donna un dernier coup de langue au coin de ma bouche et s'assit une seconde sur son arrière-train. Elle avait l'air presque satisfaite.

Miz Verlow avançait vers moi en remontant l'arrière de la dune, aussi sûrement que si elle avait eu une carte de l'endroit où je me trouvais. Le froissement des hautes herbes me prévenait de son approche.

La souris bondit. On aurait dit qu'elle ouvrait une fermeture à glissière dans le sable avec ses minuscules pattes. La fente se referma immédiatement derrière elle et aucune couture n'apparut dans le sable, naturellement.

Miz Verlow me regardait de sa hauteur.

– Je ne te demande pas si tu m'as entendue t'appeler.

J'avais la bouche sèche. Je ne réussis qu'à marmonner :

– Je dormais.

– Évidemment.

Je me levai en hâte.

– J'ai vu une souris ! Elle était blanche !

– Bien sûr ! C'est la couleur des souris de sable, ici. Tu es en retard pour le souper.

Elle fit immédiatement volte-face et se dirigea vers la maison. Je courus derrière elle, puis m'arrêtai pour jeter un regard en arrière, à l'endroit où j'étais, dans mon nid au milieu des herbes. Les avoines de mer, l'herbe panique, les plantes dont je ne connaissais pas le nom, se détachaient par milliers entre le ciel et la plage, toutes semblables, comme les grains de sable entassés pour former les dunes et balayés par la mer pour former la plage, comme les gouttes d'eau fusionnées pour former le golfe. Mon cœur se serra : jamais je ne retrouverais l'endroit. La gorge nouée, je me hâtai de rattraper Miz Verlow.

Mes craintes étaient inutiles, comme c'est souvent le cas. Au cours des années, la lune m'a montré le creux que j'avais façonné chaque fois que je l'ai cherché. Ce n'est que pendant les nuits de nouvelle lune qu'il m'était caché. Aucune souris ne s'y est à nouveau montrée, même si j'ai vu maintes souris des sables en d'autres endroits, mais c'est de là que j'observais les phases de la lune. Là que je faisais ami-ami avec les ratons laveurs, que je dressais à m'apporter des huîtres en échange des restes de la cuisine. De là que j'épiais les tortues de mer qui venaient pondre et enterrer leurs œufs. Quand les avoines de mer montaient en graine, je les secouais pour nourrir les oiseaux que je persuadais de venir se percher sur mes doigts. La nuit, je regardais les eaux noires rouler et s'élancer en dentelles d'écume ou, d'humeur plus calme, se soulever et s'abaisser aussi doucement que la poitrine d'un dormeur sous des nuages visibles même dans l'obscurité.

Mais ce soir-là, après avoir fait un brin de toilette et enfilé une robe, j'étais fort en retard en arrivant à table. Mon assiette était froide mais appétissante, pour moi en tout cas, car mon estomac criait famine de n'avoir pas été nourri depuis le petit déjeuner.

Maman me réserva un regard irrité qui laissait présager un bon savon par la suite. L'arrivée de Cleonie à gauche de maman, avec un plat de tarte au citron meringuée, détourna son attention. Mais pour quelques secondes seulement, avant que maman ne se remette à lancer des coups d'œil anxieux en direction de Mrs Mank.

Miz Verlow était assise à droite de Mrs Mank. À gauche de Mrs Mank, il y avait une femme que je n'avais jamais vue. Chaque semaine avait jusqu'ici amené de nouveaux arrivants que je ne connaissais pas, parfois même en milieu de semaine. Le seul détail distinctif ce jour-là, c'est que cette femme était assise très près de Miz Verlow. Personne ne prit la peine de me la présenter et elle ne fit pas attention à moi.

L'inconnue était une grande femme d'allure commune, qui devait peser plus près de quatre-vingt-dix kilos que de soixante-dix. Sa robe, dans des tons vifs de jaune et de vert chartreuse, semblait sur le point d'éclater aux coutures. Elle avait choisi un rouge à lèvres discordant et l'avait appliqué en dehors des lèvres, selon une technique que j'avais déjà rencontrée. Maman m'avait expliqué que c'était pour essayer de donner du volume à des lèvres trop minces. Deux lignes noires en arc de cercle bien au-dessus de la position normale des sourcils donnaient à ses petits yeux bleus un air perpétuellement étonné. Ses cheveux, permanentés en ondulations serrées, étaient de la couleur que maman décrivait comme « bouse de vache cuivrée ».

Ma purée froide de pommes de terre, accompagnée de sauce coagulée et de poulet frit tiède, occupa toute mon attention pendant un certain temps, jusqu'à ce que les convives commencent à repousser leur chaise et à se diriger avec leur tasse de café ou de thé vers le salon ou la véranda.

Je captai le signe de Mrs Mank à maman, qui se leva en hâte pour la suivre. Les quatre femmes emportèrent leur café sur la véranda en gardant un silence poli.

Sous le coup de la curiosité, je me levai de ma chaise, mais Cleonie me saisit fermement par l'épaule.

– Pas si vite, dit-elle. Qui ça va fai vaisselle ?

Puis elle rit de mon expression déconfite et me pinça la joue. Elle me tendit un plateau sur lequel il y avait un pot de café frais, de la crème et du sucre.

– Va, alo. Miz Verlow va avoi besoin d'ça.

Miz Verlow voulait à l'évidence que je les suive. Je me dépêchai et trouvai ces dames en train de s'installer sur des fauteuils regroupés en cercle dans un renfoncement tranquille, à distance discrète des quelques autres convives qui jouissaient de la soirée printanière sur la véranda.

À cet étranglement de l'île, perpendiculairement à la maison, ce coin permettait d'avoir un panorama allant du bord de la baie jusqu'au golfe. La lune, qui entamait son dernier quartier, était prête à se lever. Sa lumière embrasait déjà l'est, sur l'horizon vallonné entre baies et collines. La lumière laiteuse dissolvait l'obscurité de la nuit et soulignait des taches d'écume sur l'eau noire du golfe.

– Calley, dit Miz Verlow dès que j'apparus, viens poser ça ici.

Je posai le plateau sur la petite table au centre du groupe.

– Merci, mon petit, dit Miz Verlow. Maintenant, file… La vaisselle ne va pas se laver toute seule dans la cuisine.

Furieuse et frustrée, je rentrai en courant dans la maison, en passant par la salle à manger et l'office pour aller dans la cuisine. Mon tabouret était déjà tiré devant l'évier qu'avait rempli Cleonie. Elle et Perdita étaient assises à leur petite table, tout à leur dîner. Je passai comme une flèche devant elles et ressortis par la porte de la cuisine. La stupéfaction lisible sur leur visage me procura une stimulation inattendue.

J'entendis leur chaise racler le sol quand elles bondirent, mais avant qu'elles puissent regarder dehors ou sortir sur le perron de la cuisine, j'étais dissimulée sous le sous-bassement de la véranda. Je courus à quatre pattes en direction du renfoncement, mais je m'arrêtai juste avant, pour reprendre mon souffle. Je rampai pendant les derniers mètres et me pelotonnai sous le plancher du renfoncement de la galerie.

Maman était assise, penchée en avant avec attention. Elle était la seule des quatre femmes à porter des souliers à talon haut, pour mettre ses chevilles en valeur. Je distinguais entre les lattes du plancher les semelles pointues de maman.

– Savez-vous, Miz Starret, si ma chère maman est encore en vie ? demanda maman, d'une voix aussi solennelle et retenue que si elle assistait à un enterrement.

– Je suis désolée d'avoir à vous annoncer qu'elle est morte, dit l'étrange femme qui devait être Miz Starret.

Elle n'avait pas l'air particulièrement désolée.

Maman bondit :

– Miz Verlow, il me faut absolument mes clés de voiture. En partant maintenant, je peux mettre des fleurs sur la tombe de ma mère quand le jour se lèvera !

Miz Verlow ne dit rien. Mrs Mank renifla.

– D'accord, dit Miz Starret. Avant de partir, aimeriez-vous apprendre comment votre mère est morte et pourquoi personne ne vous a prévenue ?

Maman s'attendait à ce que quelqu'un tente de la dissuader. Prise de court, elle s'arrêta, indécise.

– Vous voulez peut-être également savoir où elle est enterrée, poursuivit Miz Starret. Sinon, vous allez courir aux quatre coins de Tallassee.

– Et pourquoi ? fit maman ébranlée. Elle doit être dans le caveau de famille. Dans le cimetière de Tallassee. Nous y avons toujours été enterrés – les Carroll, je veux dire. Voulez-vous dire que ce n'est pas là que maman a été enterrée ?

Miz Starret s'agita sur sa chaise. Elle cherchait dans la poche de sa robe trop étroite.

Non sans quelques difficultés, Miz Starret extirpa une liasse pliée de petites pages quadrillées.

– Votre mère, dit-elle, ouvrant le carnet comme pour consulter des notes, a été enterrée dans le cimetière de l'église de la Dernière Demeure.

Maman poussa un cri de rage. Puis elle se rappela son rôle et s'écroula dans son fauteuil avec une réaction plus digne.

– Pardonnez-moi, c'est une surprise si horrible !

Je faillis laisser échapper un ricanement. Pour une fois, maman disait vrai.

Elle dissimula le choc en cherchant son mouchoir à tâtons.

– Ma pauvre maman doit se retourner dans sa tombe. Pourquoi a-t-elle été enterrée dans un cimetière de jongleurs de serpents ?

– C'est le seul endroit où on l'a acceptée. – La voix de Miz Starret était distinctement teintée d'une auto-satisfaction qui sentait le moisi. – Et malgré tout, Mr Weems a dû payer deux fois le tarif normal à l'église de la Dernière Demeure. Les aînés ont dit que le Seigneur les enjoignait en tant que chrétiens à ne pas juger, et qu'en conséquence ils fourniraient un emplacement pour enterrer Mrs Carroll, mais que cela leur coûterait fort cher de célébrer un certain nombre de rituels spécifiques pour protéger leurs propres morts des démons que le cadavre recelait peut-être encore.

Maman poussa un petit gémissement et frémit à l'idée d'être traitée avec condescendance par des jongleurs de serpents.

Puis Adele Starret lui raconta, dans les grandes lignes, exactement le rêve que j'avais fait sur la mort de Mamadee.

37

L'affaire des parapluies faillit rendre impossible l'acquisition d'un emplacement pour enterrer Deirdre Carroll. Son comportement en ville ce jeudi matin-là – le fait qu'elle avait acheté tous les parapluies en vente, les avait ramenés chez elle, et ouverts dans toute la maison – était un phénomène qui perturba bien plus les habitants de Tallassee que la peur de la contagion de l'étrange et rapide maladie fatale qui l'avait emportée. Ils jugèrent que Deirdre Carroll était devenue folle. Ce fut une chance, en réalité, que sa mort survînt aussi vite. L'intensité de cette démence soudaine lui ferma les portes de tous les cimetières dans les limites de la ville.

Adele Starret n'en dit rien à maman, mais je sais ce qui se passa ensuite. D'accord, j'en avais rêvé, mais n'importe quel enfant de sept ans, même pas trop futé, aurait pu le prédire.

Leonard et Tansy refusèrent de remettre les pieds aux Remparts. Aucune autre personne de couleur douée de bon sens ne l'aurait envisagé, et les autres encore moins. Quant aux Blancs, sensés ou idiots, il ne s'en trouva que cinq pour accepter de pénétrer dans la maison. Le docteur Evarts, bien sûr, et personne ne le critiqua pour autant, car son origine yankee le protégeait d'une manière indéfinissable et après tout, c'était un homme de sciences. Mon frère Ford, qui naturellement se disait qu'il pouvait y avoir intérêt et, après tout, c'était son héritage familial. Winston Weems, qui avait les mêmes raisons d'intérêt personnel, et sa réputation d'homme d'affaires coriace à protégeer. Le docteur Evarts et Mr Weems ne pouvaient croire aux histoires de malédiction ou de mauvais œil, car ce genre de choses échappait nécessairement à leur contrôle ou leur compréhension. Quant aux deux Blancs que Mr Weems engagea, ils auraient fait n'importe quoi pour un verre de vin, mais n'étaient pas encore trop dépravés pour être soupçonnés de chapardage important.

Les Remparts furent vidés en un seul week-end de tous les objets périssables, utilisables ou vendables (hors de la ville, où leur provenance serait inconnue), sous la direction de Mr Weems, du docteur Evarts et de mon frère Ford.

On ne laissa qu'un seul meuble : le lit de Mamadee, dont les draps ensanglantés commençaient déjà à pourrir, resta dans la chambre.

Ainsi que les parapluies. Des courants d'air provenant de tous les coins de la maison faisaient rouler les parapluies ouverts de-ci de-là dans les pièces vides. Le bout des baleines cliquetait sur les parquets et les murs, tic-tac-tic-tac, avec le rythme régulier de pendules qui auraient toutes été réglées à des heures différentes. Les froissements, cliquètements, claquements et chocs étouffés des parapluies se répercutaient en écho dans toute la maison, s'ajoutant aux craquements et gémissements de celle-ci.

Cela ne faisait aucun doute : les Remparts étaient hantés. Dehors, les chênes frissonnaient, et leurs guirlandes de mousse espagnole se tordaient et claquaient dans le vent comme le linceul de quelque revenant momifié. Les enfants se mettaient au défi d'aller en cachette sur la véranda pour regarder par les fenêtres poussiéreuses. La vitre était si froide sous leur paume qu'ils retiraient vivement la main. L'un ou l'autre des parapluies ouverts posés à l'endroit, à l'envers ou sur le côté dans toutes les pièces se mettait alors en branle, et les enfants s'enfuyaient en poussant des cris de terreur. Rares étaient ceux qui revenaient tenter une seconde exploration.

38

Pour maman, savoir si Mamadee était vivante ou morte importait bien moins que l'assurance qu'on ne pouvait rien reprocher à Roberta Ann Carroll des événements ayant eu lieu à Tallassee. Le certificat de décès signé par le docteur Evarts indiquait comme cause de la mort de Mamadee l'exsanguination due à une tumeur à la gorge. Les allusions du médecin – discrètes selon son habitude – pour expliquer que la démence soudaine de Mamadee avait été causée par une perturbation cérébrale provoquée par hypoxie, ou manque d'oxygène lié à la tumeur, furent relayées avec enthousiasme dans tout Tallassee. Deirdre Carroll n'avait jamais été très aimée dans la ville et sa mort tapageuse, aussi divertissante soit-elle, avait rallié la sympathie des habitants en faveur de maman. Roberta Ann devait avoir eu un pressentiment et, constatant les premiers signes de démence de sa mère, avait judicieusement pris la fuite. Ce n'était au demeurant que la deuxième fois que maman avait agi avec discernement, la première étant son mariage avec Joe Cane Dakin, et voyez comment cela avait tourné ! Même le fait que Roberta Ann et sa pitoyable gamine n'étaient pas revenues pour assister aux brèves funérailles ne fut pas condamné, car personne d'autre n'y était allé, à l'exception de Ford, du docteur Evarts et de Mr Weems. Mrs Weems et Mrs Evarts s'y étaient refusées avec véhémence, sous prétexte qu'elles ne voulaient pas passer pour hypocrites. Ce qui avait dû être le seul moment de leur vie où les deux matrones avaient brillé par leur franchise, mais était en accord avec leur pratique parcimonieuse de la charité.

– Oh, tout cela est terrible, si terrible que je ne peux pas supporter d'y penser, dit maman.

Évidemment.

Adele Starret demanda à maman si elle se sentait la force de conduire jusqu'à Tallassee.

Maman lui renvoya aussitôt la balle :

– *J'irai*, c'est sûr, mais demain matin, quand j'aurai eu assez de temps pour me remettre un peu. Puisque j'ai déjà été *privée* du réconfort d'être près du lit de mort de maman et de lui tenir la main au moment de son dernier soupir, puisqu'il ne *m'a pas été permis* de pleurer à son enterrement, puisqu'on m'a *empêchée* de voir son cercueil descendre dans la tombe d'un *cimetière de jongleurs de serpents*, il est clair que *personne* ne m'empêchera d'être présente quand on lira le testament de ma pauvre maman ! *Personne*, vous m'entendez ?

– Eh bien, vous n'aurez même pas besoin de faire le voyage jusqu'à Tallassee, dit Adele Starret, parce que le testament a déjà été lu, homologué et exécuté.

Maman s'immobilisa, le souffle coupé.

Adele Starret présenta à maman une longue enveloppe étroite. Vivement, maman en extirpa une unique feuille pliée. Elle se raidit puis la donna brusquement à Adele Starret.

– Lisez-la-moi, je vous prie, Miz Starret, demanda-t-elle, un tremblement dans la voix.

Adele Starret s'exécuta.

Tout ce que Deirdre Carroll, défunte des Remparts, Cité de Tallassee, Comté d'Elmore, Alabama, possédait, détenait ou contrôlait, toutes ses propriétés, biens et meubles, était légué à son petit-fils Ford Carroll Dakin. Jusqu'à son vingt et unième anniversaire, cet héritage resterait sous le contrôle de ses gardiens, Winston Weems, avocat, et Lewis Evarts, médecin, résidant à

Tallassee, Alabama. La tutelle de Ford Carroll Dakin avait été assignée par documents séparés au docteur Evarts, jusqu'au moment où Ford Carroll Dakin aurait vingt et un ans.

À sa fille, Roberta Ann Carroll Dakin, Deirdre Carroll léguait un certain stylo, qui était contenu dans l'enveloppe. Maman tenait encore l'enveloppe, oubliée, sur ses genoux. Lentement, elle la retourna à l'envers et un objet cylindrique roula dans sa paume ouverte, sans doute le stylo précédemment mentionné. Elle laissa tomber l'enveloppe sur le plancher de la véranda.

Maman restait abasourdie.

Adele Starret poursuivit sa lecture. « À la fille de Roberta Ann Carroll Dakin, Calliope Carroll Dakin, Deirdre Carroll lègue deux fois ce que Calliope Carroll Dakin a hérité de son père, feu Joe Cane Dakin. »

Maman parut ne pas entendre cette clause pendant qu'Adele Starret la prononçait. Elle avait refermé les doigts autour du stylo. Dans le silence qui suivit la lecture du testament par Adele Starret, maman actionna le déclic du stylo. La bille apparut et maman sursauta et laissa choir le stylo. Il roula doucement jusqu'au prochain interstice entre les lattes et tomba dans le sable en dessous.

– J'arrive pas à croire que Lewis Evarts a pu me faire ça, marmonna maman, avant d'ajouter : Maman devait être aussi dingue qu'un oiseau moqueur sur un fil électrique quand elle a écrit ça. Mais c'est un fait, Miz Starret !

– Qu'est-ce qui est un fait ?

– Ma mère n'a pas rédigé ce testament. C'est Winston Weems qui l'a écrit. Ce serpent a trempé sa langue fourchue dans l'encre et a signé un faux du nom de ma mère !

– J'ai photocopié le testament au palais de justice, dit Adele Starret, et l'ai fait examiner par un expert en graphologie, ainsi que des échantillons de l'écriture de votre mère. C'est bien votre mère qui a écrit ce testament.

J'étais stupéfaite de la rapidité du travail d'Adele Starret, qui avait obtenu le testament (et l'avait fait examiner par un graphologue), des échantillons de l'écriture de Mamadee, le certificat de décès et toute la longue histoire de la mort de Mamadee, tout ça depuis que Mrs Mank lui avait téléphoné.

– Alors, il lui tenait un revolver sur la tempe pendant qu'il le dictait !

– Il n'était pas présent. J'ai interrogé les deux témoins, et votre mère était seule avec eux.

– Qui étaient les témoins ? demanda maman.

Miz Starret agita son exemplaire du testament.

– Mr Vincent Rider et une certaine Martha Poe.

– Rider ? Je n'ai jamais entendu parler de lui. Et Martha Poe ? Qu'est-ce qu'elle faisait dans la maison ?

– Peut-être aidait-elle votre mère à faire son testament.

– En quoi diable est-ce que ça la concernait ? Martha est infirmière !

– Vraiment ? dit Mrs Mank. – Elle avait été si silencieuse que j'avais presque oublié qu'elle était là. Elle souriait, amusée. – J'avais l'impression que Martha Poe était avocat, comme Adele.

D'habitude, maman se souvenait de ses mensonges. Le fait qu'elle ait oublié celui-ci donnait la mesure de sa détresse. Elle hésita un instant, puis dit mollement :

– Je crois que Martha a étudié à la fois le droit et la médecine, à la faculté Huntingdon, mais n'a pas su décider si elle se consacrait à… guérir les gens ou à les défendre. – Elle changea de sujet. – Et l'autre, là, ce Rider, c'est un inconnu, inconnu de moi, en tout cas.

– Mr Rider est arrivé récemment à Tallassee, vous ne l'avez donc peut-être jamais rencontré. C'est un marchand de pianos. Apparemment, votre maman lui a demandé d'évaluer un piano qu'elle avait l'intention de vendre. C'est un homme d'affaires respectable.

– Maman n'aurait jamais demandé à deux personnes étrangères, l'un d'eux étant je ne sais quel revendeur de pianos totalement inconnu, d'être témoins d'un document de cette importance.

– Néanmoins, les témoins ont confirmé tous les deux que votre mère a écrit le testament en entier, l'a signé et l'a mis dans une enveloppe avec le stylo, et a scellé l'enveloppe.

Maman alluma une cigarette, les doigts tremblants. Rien de tout ça n'avait de sens. Tout ça sentait très mauvais.

Ce que Miz Starret dit ensuite à maman était encore bien pire.

– Votre fils va hériter d'un peu plus de dix millions de dollars de votre mère.

Maman émit un grondement. Un véritable feulement.

– Maman n'avait pas dix millions de dollars ! Elle n'a jamais eu une somme pareille ! Elle achetait ses Cadillac à tempérament !

– J'ai tendance à faire une estimation à la baisse, en l'occurrence.

– Mais c'est un mensonge !

– En ce cas ce n'est pas moi qui mens. Ce sont US Steel, AT&T et Coca-Cola qui mentent en ce qui concerne le nombre des actions dont votre mère était propriétaire.

J'attendais que maman parle, qu'elle proteste, qu'elle questionne, qu'elle provoque une réponse apaisante d'Adele Starret. Mais elle était réduite au silence, pour un long moment. Bruits de tasses. Les femmes buvaient leur café. Maman fumait. Enfin :

– Je veux mon petit garçon. Je suis le seul parent qui lui reste. Je ne l'ai laissé à maman que parce qu'il était en mauvaise santé et qu'elle pouvait s'occuper de lui. Il a toujours été prévu que je revienne le chercher. Il va sûrement se faire gruger de son héritage par ce vieux grigou de Weems. N'y a-t-il rien que je puisse faire ?

– Vous avez effectivement signé un abandon de vos droits parentaux à votre mère, et elle a fait le choix de transmettre la tutelle à Mr Weems et au docteur Evarts. Mais vous pouvez certes engager une action en justice pour reprendre la garde. Vous avez de bonnes chances. La plupart des tribunaux seraient favorables à ce qu'un membre de la famille, en particulier la propre mère, demande la garde d'un mineur dans la situation de votre fils. Évidemment, si vous gagniez, il vous faudrait encore parvenir à un accord avec Mr Weems et le docteur Evarts en ce qui concerne l'accès à son héritage.

– J'ai été grugée une fois, et je le suis à présent une seconde fois, dit maman. D'abord par l'homme que j'ai épousé et ensuite par la femme qui m'a donné naissance. Cela ne dépend plus ni de vous ni de moi, Miz Starret, parce qu'ils sont morts tous deux et au-delà de notre atteinte.

Miz Starret ignora la déclaration théâtrale pour passer aux considérations pratiques :

– Quel jour avez-vous quitté Tallassee ?

– Je n'ai pas quitté Tallassee. Ma propre mère m'a chassée de la ville. Le jour où elle est morte.

– Quel *jour* de la semaine votre mère vous a-t-elle chassée de Tallassee ? s'impatienta Miz Starret.

Maman finit par comprendre ce qu'elle voulait dire :

– Le jeudi. Je sais que c'était jeudi parce qu'il y avait une nouvelle motte de beurre sur la table le mercredi soir, et que la crémière apporte le beurre le mercredi matin, et qu'il n'en restait plus la veille au soir.

– C'était donc le jeudi, c'est-à-dire le 24, dit Miz Starret.

– Oui, le jeudi 24.

– Le testament porte la date du *jeudi* 23, dit Miz Starret avec insistance. Soit votre mère s'est trompée dans le jour du mois, soit elle s'est trompée dans le jour de la semaine.

– Quelle foutue différence cela peut-il faire ? Maman ne se rappelait même pas le jour de mon anniversaire et le jeudi elle se croyait toujours le vendredi.

– Voici exactement la foutue différence, répondit Miz Starret, du ton d'un véritable avocat. Si elle a fait son testament le 23 et qu'elle s'est seulement trompée sur le jour de la semaine, alors elle avait probablement toute sa tête, et ce n'est pas de chance pour vous.

Maman se redressa.

– Mais si elle s'est trompée sur la date, cela signifie qu'elle a fait le testament le jeudi, c'est-à-dire le jour où elle a perdu la tête et est allée acheter tous les parapluies de la ville. Et si elle était folle lorsqu'elle a fait le testament, alors…

– Alors, nous pouvons le contester, déclara Adele Starret avec la plus grande satisfaction.

39

Adele Starret avait dû remarquer l'anomalie de la date quand elle s'était procuré le testament. Elle aurait pu le dire tout de suite à maman. Mais non.

Maman fut instantanément revigorée. Mamadee était peut-être morte mais maman pouvait encore la combattre, sans que Mamadee ait la possibilité de riposter. Quand elle serait à nouveau en possession de l'argent, maman ne retrouverait pas seulement le statut social qui lui était dû, mais elle aurait à nouveau Ford.

Maman aurait volontiers réexpédié sur le champ Miz Starret à son automobile tant elle était pressée de voir l'avocate commencer sa mission.

Miz Starret n'était pas si facile à bouger. Elle avait une autre préoccupation.

– Nous n'avons pas encore parlé de mes honoraires.

– Je vous donnerais un million de dollars, Miz Starret, rien que pour que justice soit faite, mais j'ai été abominablement grugée deux fois cette année, et je n'ai pas un sou à ma disposition, dit maman.

– Je le comprends, et j'attendrai jusqu'à ce que nous ayons résolu l'affaire. C'est une pratique habituelle chez les avocats. Ce que nous appelons des honoraires sous condition. Mes honoraires ne seront pas d'un million de dollars, poursuivit Miz Starret. Je me contenterai de quinze pour cent de la somme dont vous hériterez éventuellement.

– Cela me semble beaucoup, dit maman après un instant de silence.

– Je regrette, mais je ne marchande jamais, conclut Miz Starret.

Elle se leva. Miz Verlow et Mrs Mank se mirent debout une fraction de seconde plus tard.

– Merci, Merry Verlow, dit Miz Starret. Ce fut un plaisir de vous revoir.

– Dites bien des choses à Fennie de ma part, répondit Miz Verlow.

– Je vous remercie, chère amie, dit Mrs Mank à Miz Starret d'un ton de regret qui n'était pas loin d'avoir valeur d'excuse.

Maman était trop agitée pour avoir une réaction cohérente.

Adele Starret atteignit les marches de la véranda avant que maman ne la rattrape.

– Miz Starret ! – Maman baissait la voix mais ses mots se bousculaient et sa respiration était hachée. – J'avais cru que vous disiez *cinquante* pour cent. J'ai cru que vous aviez dit *la moitié* ! Bien entendu, vous aurez vos *quinze* pour cent !

– Quinze pour cent ! dit Mrs Mank, juste derrière maman.

Maman sursauta. Elle n'avait pas remarqué que Mrs Mank la suivait. Ni Miz Verlow, d'ailleurs.

Serrant le stylo ramassé, je rampai à leur suite sous la véranda jusqu'au moment où j'atteignis l'escalier. Le sous-bassement s'écartait un peu à cet endroit, pour permettre la montée de l'escalier, et j'étais encore assez menue pour me faufiler à l'extérieur, dans l'ombre, sans être vue. Je sortis de l'obscurité et m'assis sur la marche du bas, comme si j'avais été là depuis le début.

– Normalement, dit Mrs Mank, mon amie Adele ne se chargerait pas d'un procès comme celui-ci. Elle ne l'a envisagé que pour me rendre service. Même lorsqu'elle prend des affaires de ce genre, qui ont beaucoup plus de chance d'aboutir, elle prend au minimum vingt-cinq pour cent, et son tarif est en général un bon tiers de l'héritage.

Miz Starret, Mrs Mank et Miz Verlow commencèrent à descendre l'escalier, maman sur leurs talons. Elles me frôlèrent comme si j'étais une plante en pot qui avait toujours été posée là, près de la rambarde. Je bondis et m'accrochai à la jupe de maman. Elle me lança un regard qui n'était ni surpris ni particulièrement intéressé.

Mrs Mank et la dame avocat se tenaient à quelques mètres, échangeant à voix basse des propos familiers. Elles gloussaient. Elles se remémoraient le repas qu'elles avaient pris à Merrymeeting. Maman ne pouvait pas les entendre, évidemment.

– Ne reste pas plantée là, me dit maman, mets-toi à prier, parce que si Mrs Mank ne peut convaincre cette femme avocate de contester le testament, nous allons mourir de faim, toi et moi et, étant donné que tu es plus petite, tu vas commencer à te dessécher longtemps avant moi. – Maman croisa les bras contre sa poitrine. – J'en peux plus, dit-elle enfin. Je rentre et je vais me trancher la gorge. Si elles finissent leurs palabres, viens me prévenir de ce qu'elles ont décidé.

Maman passa à côté de Miz Verlow, qui observait le tête-à-tête entre son amie Mrs Mank et l'amie de Mrs Mank, Adele Starret, au pied de l'escalier. La double porte claqua bruyamment quand maman rentra dans la maison.

– La vaisselle, dit Miz Verlow, sans me regarder.

J'ai monté les marches et suis allée jusqu'au renfoncement de la galerie, où j'ai ramassé l'enveloppe, l'ai pliée et glissée dans une de mes chaussettes, le stylo dans l'autre. J'ai empilé les tasses et les soucoupes qu'avaient laissées les quatre femmes et les ai portées à la cuisine. Cleonie et Perdita ignorèrent mon entrée. Sur mon tabouret, je voyais le parking, où Mrs Mank se tenait près de la vitre ouverte côté conducteur d'une Cadillac jaune dernier modèle et parlait encore avec Miz Starret, qui était au volant. Tout comme j'avais vu Miz Verlow dire au revoir à Mrs Mank. Enfin, l'avocate tourna la clé de contact et partit, pendant que Mrs Mank la regardait s'éloigner.

Ce soir-là, nous nous sommes retirées dans notre chambre dès que ce fut décemment possible.

J'allai ostensiblement dans la salle de bains pour me laver les dents et le visage et je fermai la porte à clé pour examiner le stylo et l'enveloppe. L'enveloppe portait l'inscription suivante :

Dernières volontés et testament de Deirdre Carroll.

La bille du stylo luisait d'encre verte.

Maman m'attendait dans notre chambre.

– Donne-le-moi, dit-elle en tendant la main.

L'un après l'autre, je sortis de mes chaussettes le stylo et l'enveloppe pliée et les lui donnai.

Elle examina l'enveloppe pendant un bon moment avant de me regarder.

– Tu comprends ce que ça signifie ?

Je fis oui de la tête.

Maman jeta l'enveloppe sur sa coiffeuse et laissa tomber le stylo dessus.

– J'y crois pas !

Elle s'assit sur le bord du lit et leva un pied. Je lui ôtai ses chaussures.

– Va te laver les mains, dit-elle.

Quand je revins après m'être brossé les dents, lavé le visage et les mains, elle était en pyjama.

Elle attrapa un cendrier et ses cigarettes et s'installa sur le lit. Elle me regarda ouvrir son pot de pommade pour les pieds.

– Quelle idiote j'ai été, dit maman. J'ai cru que maman m'aimait. Tout au fond. Qu'elle m'aimait. Mais elle ne m'a jamais aimée. Elle devait me détester.

– J'pense que oui, acquiesçai-je en m'asseyant à ses pieds.

Maman agita sa cigarette dans ma direction.

– Qu'est-ce que tu en sais ? Tu as sept ans. Ton papa et ta maman t'ont aimée tous les deux chaque jour de ta vie. Tu es peut-être une Dakin, mais tu as toujours eu tout ce que tu désirais. Ton père t'a gâtée pourrie.

Je préférais qu'elle continue à divaguer, dans l'espoir de glaner quelques informations quand elle ne faisait pas attention à ce qu'elle disait, et je me tus.

– Je ne sais pas pourquoi je suis étonnée, poursuivit maman. J'aurais dû le prévoir. Quand je me suis enfuie chez grand-mère, je croyais que j'essayais seulement d'échapper à son autorité. J'aurais dû penser à mes sœurs et à ce qu'elle leur avait fait. Le seul qui ait jamais eu de l'importance pour elle, c'était Bobby. Et ensuite Ford. Il a fallu qu'elle me prenne Ford.

– Qu'est-ce qu'elle a fait ? demandai-je dans un murmure, au risque qu'elle se referme comme une huître si je l'interrompais.

Maman soufflait des ronds de fumée en direction du plafond.

– Grand-mère est venue les chercher et maman a dit bon débarras.

J'appuyai mes phalanges sur la plante de ses pieds, ce qu'elle aimait bien, en essayant de l'entraîner où je voulais.

– Parle-moi de mon arrière-grand-mère.

Elle ferma les yeux.

– Continue à faire ça. Personne ne sait à quel point mes pieds me font souffrir. Ce soir, c'est une torture.

Quelques minutes passèrent. Je me disais qu'elle avait fini de parler de ce que j'avais envie de savoir.

– Ma grand-mère, dit-elle, en portant sa main libre à sa poitrine, ma grand-mère m'aimait. Elle m'aimait vraiment. Elle avait accepté Faith et Hope, mais moi, elle m'avait accueillie à bras ouverts, quand je m'étais enfuie. Il me suffisait d'être moi-même, avec elle.

– Mais pourquoi les avait-elle acceptées ?

Elle me lança un regard irrité et je regrettai d'avoir posé la question.

– Elles étaient spéciales, dit-elle avec une légèreté délibérée. Très spéciales.

– Pourquoi ? hasardai-je.

Maman me regarda en plissant les paupières.

– Je croyais qu'on parlait de moi. – Je m'appliquai immédiatement à lui masser les pieds. – Je n'avais même pas ton âge quand grand-mère les a emmenées. Je m'en souviens à peine.

– Qu'est-ce que grand-mère en a fait ?

– Elle les a élevées, dit maman. Je jure que c'est impossible que tu sois ma fille, tu peux être si bête, parfois !

– Où sont-elles maintenant ?

Maman écrasa son mégot dans le cendrier.

– Tu me prends pour un service de recherche de personnes disparues ? Fais attention à ce que tu fais et cesse de poser des questions stupides.

– Oui, ma'ame, acquiesçai-je.

Elle se rallongea et referma les yeux.

Quelques instants passèrent et sa respiration se fit plus régulière. Je rebouchai le pot.

– J'aurais dû m'appeler Charity, chuchota maman. Est-ce que tu trouves que ça m'irait bien ?

Je ne répondis pas.

Aussi vite et aussi silencieusement que possible, je quittai mes vêtements et enfilai mon pyjama.

C'est alors qu'elle recommença à parler.

– Un exemple de ce que maman trouvait amusant : se moquer de grand-mère et la mettre en colère. Ah ah ah.

Le seul bruit que j'entendis ensuite était un discret ronflement.

*

Au cours des années qui suivirent, les communications transmises par Miz Starret étaient toujours encourageantes et optimistes. Un règlement de l'héritage de maman était imminent. La requête pour reprendre la garde de Ford était en bonne voie d'aboutir, selon Miz Starret, sauf que la date du procès était sans cesse repoussée. Même si maman recevait des lettres, parfois des télégrammes, des papiers à signer en présence de témoins, et quelquefois des appels interurbains de Miz Starret pour rendre compte de la progression de l'affaire, ni maman ni moi ne l'avons jamais revue.

J'ai commencé ce récit en racontant la mort de papa et les recherches que j'avais faites pour rassembler les détails qui m'avaient été cachés. Au cours de ces recherches, je suis tombée sur une photo de l'amie de Mrs Mank, Miz Starret.

La photo montrait Miz Starret assise à une longue table. À sa gauche se tenait Janice Hicks et à sa droite Judy DeLucca – les deux femmes qui avaient enlevé et assassiné papa.

La photo avait été prise au tribunal, au banc de la défense.

Adele Starret était leur avocat.

40

Maman signa presque immédiatement à Miz Verlow une traite sur l'Edsel. La perte ne sembla pas lui peser. Elle économisait l'entretien et le carburant et diminuait ainsi ses dépenses courantes plus qu'elle ne couvrait ses arrières. Au cours des années, elle allait vendre ses toilettes démodées de couturier dans un dépôt-vente et utiliser l'argent pour s'acheter les vêtements de confection qui n'étaient plus désormais au-dessous de sa condition. Elle laissa passer la date de renouvellement de son permis d'Alabama, et sembla volontairement oublier qu'elle savait conduire. Si elle voulait aller quelque part, elle dépendait de la gentillesse de Miz Verlow et parfois d'un résident.

Un matin, l'Edsel n'était plus là. Miz Verlow ne donna aucune explication. Maman ne voulut pas s'abaisser à demander ce qu'elle était devenue et, en fait, son absence évita de lui rappeler ce qu'elle avait perdu.

Depuis le berceau, maman et Mamadee m'avaient appris l'insatisfaction. Maman et moi avons continué sur le même mode entre nous, ne serait-ce que par habitude. Mais ce sentiment ne m'était pas naturel. J'étais sur ce point une enfant très saine. Pratiquement tout ce qui existait sous le soleil était nouveau pour moi et presque rien n'avait encore perdu de son intérêt. Je n'avais besoin d'aucune promesse pour être heureuse de l'intant présent.

Tous les jours après le déjeuner, une liste de tâches ménagères m'attendait. Comme je me sentais utile, je me sentais nécessaire et, me sentant nécessaire, j'avais l'impression d'être plus en sécurité. C'était un plaisir ténu et secret – selon moi, l'un des meilleurs – de savoir que j'accumulais les pièces de cinq cents dans le livre de comptes de Miz Verlow.

Mes cheveux étaient toujours aussi horribles. Chaque fois que maman les remarquait, elle pérorait sur l'arrogance qu'avait eue Miz Verlow à me les décolorer et les friser sans lui en demander la permission. À cause de cette tignasse emmêlée de filasse et de mes oreilles démesurées, j'avais l'air d'une gamine loufoque et un peu demeurée, ce qui avait au moins le léger avantage d'avoir un effet désarmant.

Miz Verlow faisait de son mieux pour me protéger des coups de soleil permanents, grâce à une de ses pommades, avec plus ou moins de succès. Elle décida que je devais porter un chapeau quand j'étais dehors, afin de me protéger le visage. Je m'exécutais, du moins quand elle était dans les parages. C'était Perdita qui faisait mes chapeaux, un mélange de panama en palme tressée et de foulard qui permettait de l'attacher sous le menton quand il y avait du vent et qu'on détachait pour le laver. Ses chapeaux me protégeaient non seulement le visage, mais me couvraient les cheveux et les oreilles et atténuaient un peu ma capacité auditive, ce qui était souvent pour moi une bénédiction.

À cause de la fragilité de ma peau, je portais des chemises à manches longues sous ma salopette, mais ce n'était pas un problème. Je relevais mes manches et mes jambières de pantalon, et me brûlais de toute façon les bras, les jambes et les pieds, du moins dès que j'étais hors de la vue de Miz Verlow. Quand elle m'emmenait avec elle dans ses promenades apparemment sans but, je m'en gardais bien, naturellement. Mes manches, jambières, chaussettes et même tennis étaient alors indispensables pour certaines de ces balades, car elle nous entraînait à travers des marais ou des fondrières où en été pullulaient les insectes, ou sur la plage, les puces de mer. Miz Verlow me faisait ramener des brindilles, des fleurs, des graines, des baies et autres écorces, pour que je les identifie toute seule dans les livres. Même si au premier abord la végétation de l'île semblait peu développée, elle comportait une variété inattendue de plantes sur le revers et dans les creux des dunes. C'est là que poussaient le romarin arbustif, le calament, la corallhorize, la conradine et le rhododendron pinxter.

La première leçon, et la plus importante, fut qu'on ne trouvait pas tout dans les livres. La deuxième fut que les curieuses plantes odoriférantes, ou arbustes aux chandelles, qui grimpaient tout autour du sous-bassement de Merrymeeting, étaient d'origine sauvage. Miz Verlow les avaient transplantées de divers endroits de l'île. C'était une variété de casse ou de séné, spécifique à l'île et de taille naturellement réduite par les dures conditions climatiques. *Cassia alata, var. santarosa* ne figurait pas dans les livres dont je disposais, ni dans aucun de ceux que j'ai examinés par la suite. Miz Verlow utilisait dans ses préparations toutes les parties de la plante, de la racine et des branches aux fleurs qui apparaissaient en mai et aux gousses qui se formaient ensuite.

Avant la fin des grandes vacances, je commençais à connaître un peu la famille proche de Cleonie et Perdita. Le mari de Perdita, Joe Mooney, avait un petit bateau et pêchait pour gagner sa vie. Comme je l'ai déjà dit, il approvisionnait souvent la table de Merrymeeting. Joe avait des enfants adultes d'un précédent mariage, qui pêchaient avec lui. Il les avait élevés seul à la mort de leur mère quand ils étaient petits. Perdita et lui n'avaient pas eu d'enfants ensemble.

Cleonie appelait toujours son mari Mr Huggins, et je m'attendais à ce qu'il soit aussi solennel qu'un prêtre. Il se révéla qu'il l'appelait Miz Huggins, et que le formalisme était une manière de plaisanterie entre eux. Son prénom était Nathan et il travaillait pour une scierie qui importait des billes d'acajou qui arrivaient au port de Pensacola. Il y travaillait depuis l'adolescence, avec l'unique interruption de son service militaire. Il était contremaître d'une équipe de dockers – de couleur, bien entendu – qui débardaient les billes de bois. Les Huggins avaient trois filles plus âgées que moi, ainsi qu'un garçon, Roger, qui était à peu près de mon âge. Ils habitaient tous dans la même maison avec la mère de Mr Huggins, la mère, le père et le grand-père de Cleonie.

Quand je découvris que les Huggins avaient un chien et que Perdita avait deux chats chez elle, je suppliai Miz Verlow de me permettre d'avoir un animal. J'essayai de faire ma demande la plus modeste possible : je me contenterais d'un chaton.

– Ah, Calley, je regrette d'être obligée de dire non. Les chatons deviennent des chats, et les chats mangent les souris et les oiseaux.

Je n'avais pas réfléchi aux régimes alimentaires des chats.

– Un chiot, alors ?

Miz Verlow sourit tristement.

– Les chiots deviennent des chiens, dis-je. Que font les chiens ?

– Ils dorment sur les fauteuils, dit-elle. Laissent des poils partout. Mordillent tout. Sentent le chien quand ils sont secs et le chien mouillé quand ils sont mouillés. Vieillissent et meurent et vous brisent le cœur.

– Qu'est-ce que ça peut faire ?

Elle hocha la tête.

– Crois-moi sur parole, Calley. Il faut faire très attention à la façon dont on donne son affection, parce que l'affection, ça se paie obligatoirement.

Elle changea radicalement de conversation. Je laissai tomber, me disant comme tous les enfants que je réussirais à la faire changer d'avis un jour.

Même si j'étais extrêmement curieuse des Huggins et des Mooney, ils n'étaient de leur côté que peu intéressés par ma personne. Ils étaient très gentils avec moi mais avaient leur propre vie. Cleonie et Perdita exerçaient sur moi une certaine autorité, me grondant comme elles l'auraient fait pour leurs propres enfants, mais ce n'était pas parce qu'elles voulaient se mêler de m'éduquer. Elles avaient des principes, et l'un d'eux était que tout enfant, blanc ou noir, devait respecter ses aînés.

Je me retrouvai cependant à passer beaucoup de temps avec Roger, qui venait généralement à Merrymeeting avec sa mère pendant les vacances, jusqu'à ce que nous entrions dans l'adolescence. Il dormait sur un lit pliant dans la chambre de Cleonie et Perdita pendant la semaine et rentrait chez lui le dimanche, tout comme elles.

Je ne dirais pas que nous étions amis, mais nous nous entendions assez bien. Comme c'était un garçon et qu'il avait sept bons mois de plus que moi, il se considérait comme responsable. Bien entendu, nous avions quelques désaccords. Le jour de notre première rencontre, j'agitai les oreilles pour lui montrer ce dont j'étais capable. Ce qui l'impressionna fortement. Il répliqua en me montrant comment il pouvait replier tous les doigts en arrière, et faire sortir ses bras de leur articulation. Ce qui me fit également forte impression, et pas seulement pour lui rendre la politesse.

Miz Verlow avait des accords avec les guides chargés d'emmener les clients qui venaient parfois pour pêcher en haute mer. Elle voulait éviter la contrainte d'entretenir un bateau pour la haute mer et le plus grand bassin d'amarrage qui lui serait nécessaire. La propriété de Merrymeeting allait de la baie au golfe, sur toute la largeur de l'île, et, côté baie, il y avait une petite plage et un bassin. Miz Verlow y gardait quelques skiffs et un ou deux voiliers. Un enfant de sept ans aurait eu beaucoup de mal, seul, à tenir la petite plage propre, le minuscule bassin en état, les bateaux étanches et les voiles en bon ordre, mais à deux, c'était faisable. Ce premier été sur l'île de Santa Rosa, l'entretien de la plage fut l'une des premières tâches que Miz Verlow nous assigna en équipe, à Roger Huggins et à moi.

Nous avions nos corvées domestiques respectives, dans la maison, mais pour certaines nous travaillions ensemble parce qu'à quatre mains, c'était plus facile.

Très souvent, les chambres ne pouvaient contenir tous les bagages des pensionnaires, en particulier pour ceux qui restaient deux semaines d'affilée. Roger et moi étions donc souvent chargés de monter divers bagages dans le grenier pour un stockage temporaire. Les plus grosses valises étaient généralement vidées dans les armoires et commodes des chambres, si bien qu'elles étaient souvent plus encombrantes que lourdes.

La première fois que je montai tout en haut de l'escalier, c'était à reculons et je faisais face à Roger qui portait l'autre poignée d'un coffre. C'était une cantine de style militaire – il ne pouvait en être autrement – mais vide, pour que nous puissions la transporter. Nous l'avons prestement hissée jusqu'en haut de l'escalier.

Une longue chaîne composée de petites billes métalliques, d'un modèle courant pour les lampes et les ventilateurs de plafond, pendait de l'obscurité au-dessus de nous. Quand on tirait dessus, elle allumait une série d'ampoules suspendues aux poutres. Bien que dépourvues d'abat-jour, les ampoules étaient de faible intensité et couvertes de poussière et de saleté. Leur lumière ne pénétrait pas dans tous les recoins et le grenier nous sembla immense. Il l'est encore, dans mon souvenir. Malgré les soupiraux sous les combles qui devaient évacuer la chaleur accumulée, le grenier était étouffant en toutes saisons. Au moment où nous nous sommes arrêtés en haut de l'escalier, j'ai entendu un roucoulement de pigeons, un froissement de plumes, les galopades de petites griffes. Le grenier était bondé d'objets inanimés, mais il pullulait aussi de bestioles : papillons de nuit, araignées, mouches, cafards, guêpes, insectes, chauves-souris, oiseaux et souris.

Nous avons fourré le coffre dans le premier espace disponible et avons fait une seconde pause pour regarder autour de nous. Roger et moi avons échangé un regard de regret. Nous mourions d'envie d'explorer les lieux, mais n'osions nous attarder. Miz Verlow attendait nos services.

Nous allions avoir d'autres occasions de visiter le grenier et finalement, en grandissant, nous aurions libre accès à la clé que Miz Verlow gardait dans un certain tiroir de son bureau. Le grenier était à chaque fois aussi bondé. Nous y trouvions toujours des choses que nous ne nous rappelions pas avoir vues la fois précédente. Les pensionnaires ne laissaient pas seulement leurs bagages pendant leur séjour, mais pour un stockage temporaire quand ils partaient en voyage. Il arrivait que le stockage temporaire devienne permanent, pour des raisons qui nous dépassaient. Peut-être qu'un client ne revenait pas, ou oubliait qu'il avait laissé une valise, ou l'abandonnait délibérément. Le grenier contenait plus que des bagages, bien entendu. Il contenait tout ce qu'il devait y avoir dans un grenier, et encore davantage.

Certains des clients de Miz Verlow allaient et venaient, puis ne revenaient plus. Certains venaient irrégulièrement, alors que d'autres étaient réglés comme du papier à musique. Certains restaient une semaine, d'autres un mois ou six semaines. Mrs Mank se révéla totalement imprévisible. Sa plus longue absence dura cinq mois, la plus courte, un week-end. Nous la voyions au moins trois fois par an. Miz Verlow savait toujours très longtemps à l'avance que Mrs Mank venait mais elle ne me le disait jamais avant qu'il ne soit temps de préparer sa suite.

Je m'attendais à ce que nous voyions un jour arriver Fennie Verlow. Miz Verlow lui téléphonait tous les trois ou quatre jours et des lettres et de petits colis arrivaient pour Merry, portant l'écriture de Fennie. La possibilité d'une visite fut évoquée mais Miz Verlow n'alla jamais voir sa sœur Fennie. Je ne me souviens pas que Miz Verlow soit jamais allée assez loin pour ne pouvoir rentrer dormir à Merrymeeting.

Miz Verlow ne chercha jamais à contester la comédie d'hôtesse que maman jouait devant les pensionnaires. Avec le temps, même d'anciens invités qui avaient connu une autre époque finirent par faire comme si cela avait toujours été. Maman conduisait la conversation à tous les repas, ne permettant aucune discussion sur la religion, la politique, l'argent ou le sexe. Ses règles menaient évidemment à des conversations limitées – les clichés habituels sur le temps et les souvenirs de maman, de sa jeunesse de jeune fille de bonne famille du Sud, juste après la guerre, à tel point que parfois on aurait cru qu'elle parlait de la guerre de Sécession et non de la Seconde Guerre mondiale – mais en maintes occasions, les convives étaient plus ou moins obligés de parler d'eux.

Les clients de Miz Verlow étaient généralement instruits – parfois même érudits – et pratiquement toujours bien élevés. Artistes et photographes, aussi bien amateurs que professionnels, étaient souvent assis à sa table, ainsi que des ecclésiastiques, universitaires, professeurs, musiciens, et nombre de professions libérales. Une grande proportion des pensionnaires de Merry Verlow étaient également férus d'ornithologie. Je me sentis des affinités immédiates avec ce groupe. À mesure que les noms des clients changeaient sur le registre, de nouveaux sujets étaient abordés et les anciens se poursuivaient. Tandis que maman supportait difficilement les conversations sur les oiseaux, la peinture, la musique et bien d'autres choses qui ne correspondaient pas du tout aux besoins ni aux envies de Roberta Ann Carroll, je m'en imprégnais avec délice. Pour moi, il en résulta un niveau de stimulation intellectuelle que je n'aurais jamais connu dans ma propre famille si papa n'avait pas été assassiné et maman et moi contraintes à l'exil.

41

Quand arriva le jour de la rentrée, j'allai à pied jusqu'à la route et montai dans l'autobus qui, à l'exception du conducteur, se révéla vide. Je serais la première à monter et la dernière à descendre, car c'était moi qui habitais le plus loin de l'école.

Dès que Merrymeeting fut hors de vue, je quittai mon chapeau fait maison. C'était l'une des rares choses en mon pouvoir pour éviter de devenir souffre-douleur. Je ne pouvais rien changer à mon apparence physique, pas plus qu'à la notoriété inévitable concernant l'assassinat et le dépeçage de mon père. Plus les enfants sont jeunes, moins ils ont d'inhibitions sociales. On me demanda immédiatement s'il était vrai que mon papa avait été étouffé et coupé en morceaux. Instinctivement, je fis comme si je n'avais pas compris la question.

Mon front plissé assorti d'un « hein ? » et suivi de l'annonce idiote que j'avais vu une souris sur la plage eut tôt fait de convaincre ceux qui m'interrogeaient que j'étais bête comme une oie. Mes camarades d'école ne persistèrent pas, fort heureusement, car le début de l'année scolaire était source d'émotions plus passionnantes que le frisson d'un massacre sanglant associé à une nouvelle arrivante. Quand j'eus un peu grandi, je me rendis compte que mon instinct avait été juste : si jamais j'avais commencé à décrire le meurtre de papa, je n'en serais jamais sortie.

La partie apprentissage m'était plutôt facile et agréable, alors que l'aspect social de l'école était pour moi une douleur constante. Les sciences et les langues me venaient sans effort, tant et si bien qu'à l'âge de dix ans, on me fit suivre les cours de collège dans ces matières. On s'attendait à une certaine inaptitude sociale de la part de ceux qui étaient particulièrement doués dans une matière ou une autre. Mes camarades en tout cas étaient aussi désarçonnés par la preuve de mon intelligence qu'ils l'étaient par la taille de mes oreilles – des oreilles mobiles, après tout, témoignaient d'un véritable talent, comme d'être capable de se toucher le nez avec le bout de la langue ou d'émettre des pets avec les aisselles. Mes professeurs, pour la plupart, étaient comme mes camarades d'école, version adulte. Ils soupçonnaient automatiquement les enfants qui s'avéraient plus intelligents qu'eux, et toute attitude non conformiste était écrasée dans l'œuf. Naturellement, il y avait d'autres élèves dans mon cas, à certains égards : ceux qui avaient des défauts physiques évidents, qui étaient d'une intelligence trop vive ou trop lente par rapport à la norme. Tout groupe social avait ses castes : j'acceptais la mienne avec un quasi-soulagement, car c'était une excuse me dispensant de faire semblant d'être ce que je n'étais pas. Ma capacité à percevoir les chuchotements de mes camarades et les confidences échangées par les professeurs me procurait également une arme de défense appréciable.

Mon apprentissage scolaire sur l'île ne fut bientôt plus qu'une impitoyable répétition routinière des heures de la matinée et du début d'après-midi, comme en rêve, cinq jours par semaine, trente-huit semaines par an. J'y pensais rarement, sauf quand j'étais en classe.

Ma meilleure école était l'île de Santa Rosa. À la fois plus vieille et plus jeune que ses habitants humains, elle se reformait constamment au fil d'un temps infinitésimal aussi bien qu'infini, incommensurable à l'aune de mes perceptions humaines limitées. Les grandes tempêtes que je vécus sur cette côte exposée, Irene, en octobre 1959, Hilda, en 1964, le premier véritable cyclone de ma vie, la tempête tropicale sans nom qui sévit en juin 1965 et l'ouragan Betsy, à l'automne de la même année, Alma, en juin 1966, toutes allaient me faire connaître des sentiments mêlés de terreur, d'humilité et d'exultation. Mais pas plus que le héron aperçu dans les basses eaux de la grève meurtrie par la tempête, une patte posée sur le tronc d'un pin maritime déraciné. Pas plus que les chevaliers bargettes qui jouaient à provoquer les vaguelettes apaisées, le crabe fantôme qui pointe un œil hors de son tunnel, le bernard-l'hermite dans sa conque, la trompette couleur de narcisse du liseron, ou le motif pied-de-poule des pattes d'oiseaux sur le sable.

Comment une école ordinaire aurait-elle pu rivaliser ?

Quant à maman, jouer la comédie à Merrymeeting ne lui suffisait pas. Elle découvrit au cours de ce premier automne un petit groupe de théâtre à Pensacola et se vit immédiatement dans le rôle d'une star. Quand elle apprit que la troupe avait monté *La Petite Maison de thé* la saison précédente, elle fut anéantie. Seule la conviction que la représentation devait continuer permit à maman de lutter comme une migraine épouvantable. Elle se consola avec la perspective d'une audition pour la nouvelle production que préparait la troupe : *Anastasia*. Elle passa des heures à se coiffer et mit ses boucles d'oreilles en diamants les plus majestueuses. Son accent prit une légère nuance étrangère, bien qu'il fût impossible de dire de quelle origine. Britannique constipé, selon la seule indication que je pus distinguer. Le reste n'avait vraisemblablement jamais été entendu sur aucun continent ni planète connus.

Elle revint de son audition avec la pire des migraines, mal aux pieds, douloureuse de la racine des cheveux au bout des orteils.

Voyant à quel point maman était pâle et avait les traits tirés, Miz Verlow lui fit porter un bourbon glace dans notre chambre.

– C'est bien gentil de sa part, dit maman, son accent d'Alabama retrouvé, avant d'avaler la moitié du verre d'un seul coup.

Les larmes coulaient sur son visage tandis que je lui massais les pieds ce soir-là, à la lueur des bougies.

– J'aurais dû m'en douter, dit-elle. Toutes ces petites troupes de théâtre ne sont que des cliques, et sans talent en plus. Passe-moi le cendrier, chérie. Ces gens… pas la moindre classe. Ils ne reconnaîtraient pas le talent si quelqu'un entrait et leur cognait sur la tête avec un Oscar.

Sous mes doigts, elle étira les orteils, fléchit les pieds et gémit doucement.

– Dis-moi, est-ce que j'ai la tête d'une doublure ? Je suis censée attendre en coulisses que cette mollassonne bredouillante à tête d'enterrement tombe de la scène ? – Elle souffla sa fumée de cigarette vers le plafond. – Enfin, la prochaine pièce qu'ils vont monter, c'est *Un tramway nommé désir*. Je suis le personnage de Blanche DuBois, c'est clair. Il suffit de me regarder.

Même en comptant sur la gentillesse des gens qui ne la connaissaient pas, elle n'était pas Blanche DuBois, et ne réussit pas non plus à éliminer sa rivale dans *Anastasia*. À chaque fois qu'elle allait à Pensacola pour une répétition, elle revenait avec migraine et mal aux pieds. Un soir vint où elle pouvait à peine marcher.

Miz Verlow fit venir le docteur McCaskey, qui prescrivit à maman de garder le lit. Ce fut la fin de sa brève carrière théâtrale. Les migraines cessèrent, ainsi que le mal aux pieds. Quand elle fut à nouveau debout, le médecin la convoqua pour lui faire une radiographie des pieds. Le docteur McCaskey ne trouva aucun problème que ne puisse résoudre le port de chaussures d'une pointure au-dessus. Le diagnostic rendit maman folle de rage. Elle me fit jurer que, même sur son lit de mort, je n'appellerais jamais ce charlatan.

Le 21 novembre, un gros nuage de fumée s'éleva au-dessus de Pensacola. Maman, Miz Verlow et moi, assises sur un skiff retourné sur la plage, avons regardé brûler les docks de la ville. On sentait la suie dans l'air. Le feu faisait rage sur les quais et vomissait fumée blafarde et cendres, les sirènes des camions et bateaux des pompiers hurlaient, les tuyaux et canons déversaient de l'eau sur les flammes et les silhouettes humaines, rétrécies par la distance et l'énormité de l'incendie, ressemblaient à des lutins au milieu du feu de l'enfer. La cacophonie sonore était tout aussi infernale. J'avais l'impression que si on pouvait entendre les hurlements des damnés, ce serait exactement la même chose. L'eau de la baie reflétait des colonnes de feu joyeuses et dansantes, comme une mer de bougies noyées.

42

Les migrations d'oiseaux, au printemps et en automne, attiraient de nombreux résidents. Parmi les fidèles, les Llewelyn faisaient partie de ceux qui étaient là quand maman et moi étions arrivées, mais je ne leur avais pas porté attention à l'époque et, de leur côté, ils ne m'en avaient pas accordé non plus. Le docteur Gwilym Llewelyn était dentiste en retraite et invitait tout le monde à l'appeler Will. Mrs Gwilym Llewelyn se désignait avec insistance sous le nom de Mrs Llewelyn. Cette façon d'accentuer ainsi son statut conjugal était une feinte. Son prénom était Lou Ellen, ce qui se révélait beaucoup trop poétique pour elle.

À leur retour, à l'automne 1958, les Llewelyn notèrent l'intérêt que je portais aux oiseaux. Leur enthousiasme était contagieux, le plaisir que leur donnaient les oiseaux si intense et si immédiat que je fus tout de suite très à l'aise avec eux. Quand ils découvrirent que j'avais une capacité inhabituelle à imiter les oiseaux, c'est tout juste s'ils ne m'adoptèrent pas. Le docteur Llewelyn insista pour m'examiner les dents et me les nettoyer avec un petit kit dentaire qu'il apportait, il me donna du dentifrice au fluor qui sauva probablement mes dents du régime hypersucré de Merrymeeting. Mrs Llewelyn m'emmenait parfois faire des courses, sous prétexte qu'elle avait besoin de quelqu'un pour porter ses paquets. Au cours de ces expéditions, elle m'acheta des chaussures et des vêtements à ma taille, et m'offrit des déjeuners ou des goûters à Pensacola ou Milton.

À chaque Noël, j'envoyais aux Llewelyn une carte que j'avais faite moi-même et qui contenait un origami en forme de grue à suspendre dans leur sapin, et ils m'envoyaient une carte achetée en magasin, une demi-douzaine de brosses à dents, une réserve de dentifrice et un calendrier. Pour mon anniversaire, je recevais non seulement une carte mais un cadeau, invariablement du genre que Mrs Llewelyn qualifiait de « frivole ». Une fois, ce fut une jupe à godets, avec le jupon empesé indispensable, si bien qu'en me déplaçant dans la classe entre les rangées, j'avais l'impression d'être un bateau à voiles. Pour un autre anniversaire, les Llewelyn m'envoyèrent un journal intime de petite fille, avec une fragile serrure, et un set de papier à lettres avec des timbres et un carnet d'adresses. C'étaient les cadeaux ordinaires que mes camarades avaient des chances de recevoir de leurs grands-parents ou des tantes et oncles qui voulaient les gâter, et je me sentais toujours un peu moins orpheline quand je les ouvrais.

De la mi-mars au mois de juin, la plage offrait aux habitants du Nord une parenthèse à l'hiver. De juin à septembre, nos proches voisins du Sud brûlant venaient y chercher le soulagement d'une relative fraîcheur. La clientèle se ralentissait en octobre et chutait en novembre, décembre, janvier et février, mais ne cessait jamais complètement, car les visiteurs prenaient le chemin de Merrymeeting pour des raisons qui n'avaient que peu à voir avec le climat. Même pour Thanksgiving ou Noël, que la plupart des gens fêtent en principe chez eux, quelques clients venaient chercher asile à Merrymeeting. Les Llewelyn partaient toujours à temps pour passer les fêtes avec leur famille. Il est à remarquer que Mrs Mank n'en célébrait aucune avec nous.

De tous les clients de Merrymeeting, ceux qui venaient pour Thanksgiving et Noël composaient l'assortiment le plus excentrique.

D'aussi longtemps que je peux me rappeler, un couple d'un certain âge du nom de Slater arrivait chaque année la troisième semaine de novembre et restait jusqu'au 1er janvier. Mrs Slater adorait le bridge. Si elle ne pouvait organiser une table, elle tricotait. Mr Slater était toujours à la recherche d'un partenaire pour jouer aux échecs ou au pinochle. Ils avaient tous deux un sens aigu de la compétition et je les ai souvent vus tricher. Pour des personnes âgées, leurs réflexes pour manier les cartes, les épingles et les aiguilles à tricoter étaient stupéfiants.

Mr Quigley était un homme extraordinairement grand, maigre et dégingandé, qui avait pour habitude d'arriver la veille de Thanksgiving, de rester une semaine, puis de revenir à nouveau pour une semaine à la période de Noël. Il jouait au bridge avec Mrs Slater, et aux échecs ou au pinochle avec Mr Slater. J'avais l'impression qu'il avait lui aussi remarqué qu'ils trichaient et que ça l'amusait de les laisser faire. Il peignait des aquarelles, généralement des marines.

Le docteur Jean Keeling était une passionnée de lecture qui passait les deux dernières semaines de décembre et tout le mois de janvier à Merrymeeting. Lorsqu'elle ne lisait pas des romans de science-fiction en édition de poche, elle écoutait de l'opéra sur le Stromberg Carlson et écrivait quantité de cartes postales et de lettres. Elle jouait au bridge et à d'autres jeux avec les Slater et était aussi rapide qu'eux avec ses cartes mais, comme Mr Quigley, ne semblait se soucier ni de gagner ni de perdre. Elle me donnait gentiment ses livres de poche quand elle les avait finis, mais n'était pas particulièrement sociable. Elle avait un ami dans le groupe, qui était le père Valentine.

Le père Valentine était un vieux prêtre aveugle qui arrivait le 1er novembre et restait jusqu'au 15 février. Il était censé être retraité de l'église épiscopale, mais n'avait rien perdu de sa vigueur. Il me payait à l'heure pour lui faire la lecture, ce qui améliora énormément ma lecture et mon vocabulaire, sans parler de ma culture biblique, théologique et philosophique. Heureusement pour moi, le père Valentine appréciait aussi les romans policiers et grâce à lui, j'acquis les principes de base de la littérature policière. Il était bavard, pour ne pas dire indiscret, mais de manière très franche, sans puérilité ni malveillance.

Ce n'étaient pas leurs passe-temps, cependant, qui rendaient ces pensionnaires excentriques, ni leur habitude de passer à Merrymeeting des fêtes considérées généralement comme familiales. C'étaient leurs inébranlables et diverses superstitions. Ils parlaient et discutaient de ces croyances sans plus de façons que d'autres parlent de la pluie et du beau temps. On aurait dit qu'il y avait toujours quelqu'un qui jetait du sel par-dessus son épaule gauche, ou effectuait un petit rituel bizarre juste pour se protéger du mauvais sort entraîné par quelque événement apparemment insignifiant.

Le lit du père Valentine devait être placé avec la tête au sud, ce qui devait garantir sa longévité.

Tous les autres exigeaient d'avoir la tête de leur lit à l'est, assurance de richesse, et considéraient l'insistance du père Valentine comme une simple superstition qui lui porterait probablement malheur.

Ils faisaient tous des nœuds à leur mouchoir pour des raisons variées spécifiques à chacun.

Le père Valentine m'informa que le collier de perles d'ambre que portait le docteur Keeling la préservait des maladies.

Il m'apprit également que la perle de verre bleu montée sur une épingle de sûreté que Mrs Slater portait systématiquement sur son col était destinée à éloigner le mauvais sort.

Mr Quigley et le père Valentine, qui fumaient tous deux, n'auraient jamais allumé trois cigarettes avec la même allumette.

Mr Quigley avait besoin d'un demi-oignon sous son lit quand il était enrhumé.

Le docteur Keeling considérait ceci comme une superstition ridicule.

Ils faisaient tous une fixation sur les bougies.

Il fallait qu'une bougie soit allumée sur la fenêtre pendant toute la nuit de Noël. C'était signe de malchance pour toute l'année si elle s'éteignait, et de chance si elle restait allumée.

Se voir dans un miroir à la lumière d'une bougie apportait une malédiction. Je restais neutre à ce sujet car je m'étais vue dans des miroirs à la lueur d'une bougie sans avoir ressenti de malédiction particulière.

Voir un être cher dans un miroir éclairé par une bougie pouvait être l'avertissement de sa mort. Je pouvais le croire. J'avais effectivement vu Mamadee dans le miroir du salon avant d'avoir la confirmation de son décès.

Et puis il y avait ceux qui disaient que quand on voyait un cher disparu dans un miroir éclairé par une bougie, ça signifiait que votre propre mort était proche. Bon, mais comme je n'avais pas été sûre pour Mamadee, je me disais que je n'avais pas besoin de rédiger mon testament tout de suite.

Tous ces petits rituels finissaient par créer une atmosphère inquiète, comme si tout le monde marchait sur la pointe des pieds parce que quelqu'un était en train de mourir au premier étage.

Maman me faisait taire la plupart du temps. Je m'échappais souvent à l'extérieur, mais le vent froid du golfe me transperçait jusqu'aux os, me coupant le souffle et me faisant couler le nez. Je ne pensais presque jamais à prendre un mouchoir, si bien que les rabats de mon chapeau étaient constamment raidis de morve à force de me moucher dedans.

Pour notre premier Noël à Merrymeeting, Miz Verlow ne fit aucun préparatif avant le 24 décembre, quand elle revint de Pensacola avec un sapin artificiel.

Je fus très soulagée, car l'absence des préparatifs traditionnels suggérait que nous n'allions pas fêter Noël à Merrymeeting. Maman me dit de cesser de faire l'idiote. Nous étions en deuil, pauvres comme Job et Noël était devenu bien trop commercial de toute façon. Nous allions lui redonner son véritable sens religieux.

Les pensionnaires de Merrymeeting étaient rarement accompagnés d'enfants et je me suis demandé depuis si Miz Verlow s'était procuré cet arbre uniquement pour moi. Il était tout blanc et ressemblait à une antenne de télévision garnie de goupillons pour laver les bouteilles. Maman le jugea vulgaire. Nous avions toujours eu de vrais sapins de Noël.

L'arbre artificiel m'allait très bien. Nous l'avons dressé dans le grand salon. Miz Verlow me donna un vaporisateur contenant un liquide transparent qu'elle avait concocté elle-même – un retardateur de combustion, dit-elle – et j'en aspergeai le sapin. Le liquide sentait le pin, avec un léger parfum de menthe poivrée. Je me demandais pourquoi il fallait que l'arbre soit ignifugé, mais ce n'était qu'une des nombreuses bizarreries des adultes, comme de jeter du sel par-dessus leur épaule, ou faire croire qu'ils n'allaient jamais aux toilettes.

Les décorations que ramena Miz Verlow, en même temps que le faux sapin, consistaient en une guirlande d'ampoules de couleur censées ressembler aux petites bougies des lampes victoriennes et qui clignotaient quand elles avaient un peu chauffé, ainsi qu'une douzaine de boules dorées et argentées de la taille d'un œuf d'oie. Je réussis à casser huit de ces boules scintillantes. Le sapin avait l'air un peu nu.

Miz Verlow le considéra pendant quelques instants, soupira, puis se dirigea vers le tiroir du bureau où on rangeait les cartes. Elle y farfouilla et en sortit un vieux paquet de cartes usées et graisseuses. Elle me les lança. Je les reconnus en vol pour celles que nous avions utilisées quand nous avions entendu la voix de Mamadee.

Je les agrippai fermement. Miz Verlow voulait-elle inviter Mamadee à s'exprimer une nouvelle fois ?

– Jean, dit Miz Verlow à Mrs Keeling, qui était blottie dans un fauteuil rembourré dans un coin.

Comme les autres pensionnaires, Mrs Keeling avait observé le montage et la décoration du sapin, mais n'y avait pas participé. Pas plus que les autres.

– Ne savez-vous pas faire des choses avec les cartes ? lui demanda Miz Verlow.

Mrs Keeling haussa un sourcil, puis eut un mouvement d'épaules.

– Calley, me dit-elle, apporte-moi ces cartes, s'il te plaît.

Je les lui apportai et, d'un seul geste fluide, elle les fit couler de leur vieil étui déchiré dans sa main droite. Elle laissa tomber la boîte sur ses genoux. Elle détacha une carte du paquet et posa le reste sur le bras du fauteuil. Ses doigts s'animèrent à la vitesse de l'éclair – je crus même voir une étincelle – et soudain, il y avait un drôle de petit oiseau tout raide dans le creux de sa main. Elle me le tendit.

Par un adroit pliage, le roi de cœur s'était métamorphosé en un oiseau irréel et anguleux.

– C'est une grue, dit Mrs Keeling. – Ses doigts oscillèrent au-dessus du paquet de cartes, voletèrent une fraction de seconde et, en un éclair, il y en avait une autre posée sur sa paume. – Origami.

– Un oiseau, dit maman au père Valentine. Jean a fait un oiseau avec une carte à jouer.

Tout le monde avait le sourire, y compris maman.

– Quelle dextérité ! dit maman.

Le docteur Keeling fit la grue suivante au ralenti, pour que je puisse suivre le modèle. Puis elle me guida, étape par étape, pour le pliage de ma première grue.

Tout le monde applaudit, et Mr Quigley siffla dans ses longs doigts osseux, et tout le monde se mit à rire.

Assise par terre, j'ai transformé le reste du paquet de cartes en grues origami tandis que Mrs Keeling passait une aiguillée de fil dans chaque oiseau pour faire une boucle. Puis je les ai toutes suspendues dans le sapin, avec l'aide de Mr Quigley pour les plus hautes.

Tout le monde était si joyeux que j'en ai oublié ma peur de provoquer les fantômes.

Quand Miz Verlow éteignit la lumière pour allumer la guirlande du sapin, tout le monde applaudit à nouveau en riant et s'entendit à déclarer que c'était absolument magique. Puis les lumières sur le sapin se mirent à vaciller, ce qui provoqua un murmure général d'inquiétude.

43

– Calliope, dit une voix de femme, différente de la voix de toutes les femmes présentes. C'était une voix basse, amusée et affectueuse.

Maman bondit sur ses pieds avec un hurlement perçant. Elle fouillait frénétiquement du regard la pièce obscure.

Des nouvelles d'une autre contrée, continua la voix, qui semblait émaner du faux sapin. *Roberta Ann, ressaisis-toi. Je ne voudrais pas être obligée de demander à quelqu'un de te gifler pour que tu cesses d'être hystérique. Tu te souviens de notre discussion sur l'indélicatesse de Shakespeare ? Voilà, tu vois que ce ne peut être que moi. Il n'y a que moi qui puisse savoir ça.*

– Grand-mère, chuchota maman, en s'adressant plus ou moins au sapin.

Calliope, dit la voix, *j'ai peur que le pliage de papier ne soit pas ton fort. Mais c'est quand même un sapin charmant et original.*

– Que veux-tu, grand-mère ? demanda maman. Pourquoi es-tu ici ?

Pour jouer le rôle, répondit la voix. Un joli rire grelotta, cascadant comme un glissando de piano. *Le rôle du fantôme du Noël d'antan, ma chère enfant.*

– Tu parles par énigmes ! s'écria maman, n'y pouvant plus tenir.

On pourrait le dire, en convint la voix. *Permettez à l'enfant de veiller cette nuit sur la bougie de la fenêtre pour qu'elle ne s'éteigne pas. Je ne voudrais pas être responsable des conséquences, si jamais elle venait à s'éteindre.*

– Comme vous voudrez, dit soudain Miz Verlow, dans le noir.

Elle me paraissait plutôt effrayée.

Merci, dit la voix. *Calliope, un frôlement d'aile, un souffle qui passe, le courant d'air d'une porte qui se referme, pourraient provoquer plus que l'obscurité. Y a-t-il rien de plus triste qu'une bougie qui vient de s'éteindre ? Qu'une flaque de cire visqueuse qui refroidit, constellée des parcelles de suie d'une flamme évanouie ? Promets-moi de veiller.*

J'hésitai avant de chuchoter :

– Je promets.

Les lumières du sapin de Noël se remirent à clignoter. Miz Verlow se hâta de rallumer les lampes. L'arbre avait l'air totalement artificiel et minable.

Miz Verlow regarda autour d'elle.

– Eh bien, dit-elle calmement. Je crois qu'il est l'heure du cidre chaud.

– Bravo, dit le père Valentine. Rien de tel que le cidre chaud pour faire fuir les esprits. Je n'ai jamais vu d'aussi jolie femme, quel que soit son âge. Qui était cette femme extraordinaire ? Et quand est-elle morte ?

– Vous l'avez vue ? demandai-je au père Valentine.

– Bien sûr, gloussa-t-il. Quel est l'intérêt d'être aveugle si on ne voit pas ce que les voyants ne peuvent voir ?

– Vous êtes tous dingues, dit maman en portant les mains à son visage.

Mr Quigley et Mr Slater se levèrent pour porter une chaise près de la fenêtre du salon où brûlait la bougie.

– Calley ne restera pas toute la nuit à veiller cette stupide bougie, dit maman.

– Si, dit Miz Verlow, au grand soulagement de tout le monde, visiblement, sauf maman.

– Je suis sa mère…

– Miz Dakin, dit Miz Verlow, je ne suis pas simple d'esprit. Évitez de dire des évidences, je vous en prie.

– Je déciderai de l'heure où elle ira se coucher…

Miz Verlow ne répondit rien. Personne d'autre ne parla. Maman jeta un coup d'œil inquiet autour d'elle. Tout le monde s'appliquait à prendre un air solennel et désapprobateur, sauf moi. J'étais sur le point de faire pipi dans ma culotte.

– Excusez-moi, m'écriai-je d'une voix affolée en me précipitant vers le cabinet de toilette sous l'escalier.

Le père Valentine éclata d'un rire sonore derrière moi et la tension qui régnait parmi les grandes personnes se relâcha d'un seul coup.

À mon retour, aucun des pensionnaires ne me parla de ce qui venait de se passer. Ils m'ignorèrent avec une ferveur quasi religieuse, comme si c'était moi le fantôme de la maison. On fit grand cas du cidre chaud et des pâtisseries que Miz Verlow servit avec. Toutes leurs conversations résonnaient en moi avec un affolant bruit de crécelle, *clic-clac-snic-snac.*

Quand vint l'heure de se coucher, maman monta sans un mot, et sans moi.

Miz Verlow m'apporta un pot de chambre et une Thermos de café.

– Calley Dakin, si tu sens le sommeil venir, donne-toi des gifles. Pince-toi. – Elle glissa une épingle dans le col de mon pyjama. – Si tout cela ne suffit pas, pique-toi avec cette épingle. Entre les doigts, entre les orteils, n'importe quel endroit vraiment sensible.

Les doubles portes donnant dans le grand salon restaient ouvertes, ce qui me permettait de voir le faux sapin de Noël. Miz Verlow avait éteint les lampes du salon mais laissé les lumières du sapin. Ce n'était pas du tout l'image classique de Noël, car aux crochets sous le manteau de la cheminée étaient suspendues des chaussettes, de véritables chaussettes. Une chaussette du père

Valentine, en nylon noir, un bas de soie de maman, une longue chaussette marron en coton tricoté de Mr Quigley, une chaussette bleu marine de Mr Slater, un bas de nylon de Mrs Slater, une chaussette de Mrs Keeling, en laine mèche blanche, une chaussette haute de Miz Verlow et une de mes socquettes de coton rose. Tout ça à cause de moi : j'avais demandé à Miz Verlow si nous allions suspendre nos bas dans la cheminée. Miz Verlow était rarement déconcertée mais cette question la troubla, bien qu'elle tentât de dissimuler sa confusion par un rapide *bien sûr !* J'en vins à me demander si Miz Verlow avait déjà fêté Noël ou même si elle avait jamais *cru au Père Noël.*

Rester éveillée toute la nuit était bien plus dur que je ne l'avais imaginé. Quand tout le monde a été couché, j'ai commencé à m'ennuyer. Je ne pouvais ni lire ni faire quoi que ce soit qui détournerait mon regard de la bougie de la fenêtre. Je sirotai le café copieusement sucré et me mis à écouter les bruits de la maison et de ses habitants.

Maman toussa, éteignit sa dernière Kool de la journée et remarqua pour elle toute seule : « Bon sang, que j'ai mal aux pieds. Et où est Calley ? En train de surveiller une stupide bougie. » Plus tard : « Au moins, je sais à présent que grand-mère est morte. »

Les prières chuchotées du père Valentine étaient ponctuées de flatulences.

Les ronflements de Mr Quigley étaient perceptibles par toute personne ayant une capacité auditive normale.

Miz Verlow tourna les pages d'un livre pendant plus d'une heure avant le cliquetis de son interrupteur, le soupir de son oreiller et le léger froissement de ses draps quand elle s'y allongea.

Mrs Slater embrassa Mr Slater et ils se tournèrent dos à dos, en tirant chacun sur le côté de leur couverture.

J'entendis le claquement des ciseaux sur les ongles de pieds du docteur Keeling. Les rognures tombèrent avec un bruit sec dans un petit plat en verre. Quand les claquements cessèrent, elle fit grincer une lime émeri et après avoir fini avec la lime, elle versa les rognures dans un morceau de papier sur sa coiffeuse, le plia soigneusement et le rangea dans son tiroir à mouchoirs, pour le brûler le lendemain. Puis elle s'agenouilla près du lit et pria.

Maintenantjemecouchepourdormir
jeprielechiendegardermonâme
Sijemeursavantdemeréveillerjeprielechiendeprendremesos.

À peine sous les couvertures, elle s'endormit instantanément.

Je surveillais la bougie qui se consumait et sentais le sommeil me gagner. Je me piquai avec l'épingle. La flamme de la bougie se tordait et vacillait au-dessus du cône de cire fondue et un léger souffle de fumée s'en échappait à chacune de mes respirations.

Calliope, dit la voix de mon arrière-grand-mère émanant de la bougie, et elle poussa un soupir. *Ce qu'il ne faut pas faire pour avoir une conversation en tête à tête !*

– Arrière-grand-maman, c'est toi ?

Que de grr et de mmm dans une si petite bouche ! Appelle-moi Cosima.

Oui'm. Cosima.

Mon enfant, la première personne qui frappe à la porte le matin de Noël, tu dois l'accueillir en tenant la bougie allumée à la main.

– Oui'm.

Tout ce que tu entends n'est pas vrai. Ne me dis pas oui'm, s'il te plaît.

– Non'm.

Une autre façon de voir les choses, c'est que la vérité est une affaire délicate. Choisis avec prudence ceux à qui tu fais confiance. Ne fais jamais entière confiance à personne.

– Même toi ?

Ne me fais pas perdre mon temps avec des sarcasmes faciles, petite fille.

– Je te demande pardon, dis-je.

Oh, ce n'est pas vraiment nécessaire. Tu es le vortex, mon enfant chérie, l'œil du cyclone. Ce n'est pas ta faute mais, disons, celle du temps. Des forces qui s'écoulent naturellement, pour ainsi dire. Est-ce que je me fais comprendre ?

Je fis non de la tête.

Ah, dit-elle. *Enfin, tu n'es encore qu'une enfant. Comme j'aimerais pouvoir m'attarder assez longtemps pour tout te dire.*

– Papa ! dis-je tout de go.

Chut, mon enfant ! s'écria-t-elle. *Appelle un deuxième fantôme et l'un de nous sera anéanti !*

– Mais…

Mai ne vient qu'après avril !

La flamme de la bougie s'élargit et vacilla violemment pendant une seconde. Je me dis qu'elle allait sûrement s'éteindre et la panique me coupa la respiration. Puis la flamme se stabilisa, diminua et redevint normale.

– *Ma chandelle brûle par les deux bouts*, dit Cosima. *Elle ne durera pas toute la nuit. Mais ah, mes ennemis, oh, mon amour, elle donne une belle lumière.* Elle rit comme si elle était très contente d'elle. *Calley, mets le doigt sur la bougie.*

Une légère poussée projeta mon doigt sur la flamme. Je le retirai vivement. La morsure brûlante me fit sursauter, frémir et enfouir le bout de mon doigt douloureux dans mon autre poing.

Brûle avec éclat, brûle avec ardeur, Calley, entendis-je murmurer derrière mon épaule.

Le choc de la brûlure fit plus que me réveiller. Une vague d'énergie m'envahit, me faisant prendre intensément conscience non seulement de la substance du monde matériel qui m'entourait, mais que je n'avais pas sommeil, pas sommeil le moins du monde, et que je n'étais même pas fatiguée. Je sais que cet état d'esprit n'a rien de surnaturel. J'éprouvais simplement la clarté et le sentiment d'une super réalité communs à ceux qui n'ont pas dormi de la nuit. Je soupçonne que c'est là l'une des addictions des noctambules. Mais à ce moment-là, je crus que c'était ce qu'éprouvait en ce monde le fantôme de Cosima.

Un coup d'œil au manteau de la cheminée me révéla que chaque chaussette était désormais pleine. Je crus l'espace d'un instant qu'elles contenaient toutes un pied dépourvu de jambe. En y regardant de plus près, les chaussettes étaient simplement chargées de mystérieux objets. Comment avaient-elles pu être remplies sans que je m'en aperçoive, cela dépassait mon entendement.

À la lisière des rideaux, la nuit commençait à s'éclaircir, se faisait transparente. Le jour de Noël n'était pas loin.

44

Au premier *ding-dong !* mécanique de la sonnette de la porte, je faillis tomber de ma chaise. Mon geste brusque fit vaciller la flamme du bougeoir, ce qui me glaça d'effroi. Je ne me remis à respirer que lorsque la flamme se redressa. La seule fois où j'avais entendu la sonnette de la porte, c'était quand je jouais avec. C'était une de ces vieilles sonneries de cuivre qui faisait un charmant *ding-dong !* métallique quand on en tournait les ailettes extérieures. À cause de son exposition constante au sel de l'air marin, cette sonnette avait un tintement plutôt rauque. Je me souviens très bien de son goût d'eau de mer. Toute une matinée, j'avais étudié son mécanisme et maman m'avait surprise en train de la lécher. Elle m'avait conseillé de ne plus jamais toucher à la sonnette, sous peine d'avoir les mains coupées, et encore moins de la lécher, sinon on me couperait la langue. Miz Verlow et Cleonie ne m'avaient fait aucun reproche. En fait, j'avais eu l'impression qu'elles étaient amusées, en tout cas jusqu'au moment où maman avait menacé de me couper la langue.

La sonnette émit à nouveau son *ding-dong !* enroué. À l'étage, les dormeurs commencèrent à s'agiter.

À cause de ma brûlure au doigt, il me fallut prendre des précautions considérables pour trouver une manière moins douloureuse de saisir le bougeoir dans la main droite. Le simple fait de le serrer accentuait la douleur. Heureusement, je n'étais qu'à quelques pas de la porte.

Je tournai maladroitement la clé dans la serrure de la main gauche. Le pêne s'enclencha. Je tournai la poignée. Qui céda lentement. J'étais sûre que la sonnette allait retentir à nouveau, et le bout de mon doigt me faisait horriblement souffrir. La porte grinça sur ses gonds. Je regardai dehors pour voir notre visiteur matinal.

Dans le vent froid du golfe, une femme grelottait, le dos voûté, les mains enfouies dans les poches d'un léger coupe-vent. Son visage avait l'air figé, comme sculpté dans un plastique à demi translucide, comme la Vierge Marie phosphorescente sur le tableau de bord de la Chevy Bel Air de Mr Quigley. Derrière d'épaisses lunettes bordées de givre, ses yeux fixes ressemblaient plus à des yeux congelés dans des cubes de glace qu'à ceux d'une personne vivante. Un épais rouge à lèvres brillant lui dessinait autour de la bouche des lèvres caricaturales. Un élégant foulard de tulle brodé de sequins entourait son cou. Elle portait des tennis de toile sale au bout caoutchouté.

J'ai laissé la porte s'ouvrir et lui ai tendu vivement le bougeoir. Elle a sorti la main gauche de sa poche pour s'en saisir. Instantanément, la flamme de la bougie a vacillé et s'est éteinte. Son regard a croisé le mien et elle a penché légèrement la tête en avant. Elle avait les phalanges rouges et rugueuses de froid, les ongles bleuis. Comme son visage, ses mains auraient pu être en plastique de sainte vierge.

– Joyeux Noël ! ai-je lâché maladroitement.

D'un filet de voix rauque que je ne compris que parce qu'elle parlait lentement, elle dit : *Oh, c'est vrai ? Est-ce… Merrymeeting ?*

J'acquiesçai d'un air hébété. Son arrivée avait été annoncée par mon arrière-grand-mère morte. Tout comme Mamadee elle ne savait pas très bien où elle se trouvait. Mais je n'avais guère besoin d'en déduire que c'était un fantôme, car je l'entendais à sa voix. Après tout, j'écoutais les voix des morts depuis ma naissance et il aurait été bizarre qu'au fil des jours ma perception de la différence entre les voix des morts et celles des vivants ne se soit pas aiguisée.

Je suis Tallulah Jordan, dit-elle.

Je m'écartai ; elle entra. Je fermai la porte derrière elle pour ne pas laisser le vent s'engouffrer dans la maison.

– Personne n'est encore levé, à part moi, lui dis-je. Je vais faire du café frais.

J'en serais ravie, dit-elle.

Soit c'était un fantôme buveur de café, soit elle approuvait que j'en prépare.

Dans la cuisine, je lui désignai du geste la petite table de Cleonie et Perdita. Tallulah Jordan y posa le bougeoir. Elle écarta une chaise de la table, la tourna dans l'autre sens et s'y assit pour me regarder préparer le café.

– Je peux faire du thé, si vous préférez, dis-je.

Non, non, le café me va très bien. Elle quitta ses lunettes, les nettoya et les essuya avec une serviette de table en lin avant de les remettre.

Je préparai le café avec une main coincée sous l'aisselle. Même si c'était malaisé, j'avais moins de risques de faire tomber quelque chose que si j'utilisais ma main au doigt brûlé. Tandis que le café passait, je fis griller du pain que je beurrai. Quand je posai l'assiette devant elle, elle avala la tartine comme si elle n'avait pas mangé depuis une semaine. Ou des années. Elle se passa la langue sur les lèvres. Je lui servis du jus d'orange à la suite de sa tartine. Elle prit avec empressement la tasse de café que je lui tendis.

Je profitai de l'occasion pour l'observer tant que je pouvais. Compte tenu des bruits que j'entendais à l'étage au-dessus, je savais que nous ne tarderions pas à être interrompues.

Poignets et doigts osseux et gercés, visage figé et anguleux, pantalon de toile ceinturé d'une lanière de cuir tressé, elle ressemblait à la mort dans un mauvais jour. Tallulah Jordan n'était pas seulement mal nourrie, elle était émaciée. Malingre. Ses cheveux étaient raidis et poudrés du sel des embruns du golfe. C'étaient des cheveux noirs, de ce noir violent qui trahit la teinture.

Je lui versai une seconde tasse de café, sentant qu'elle m'observait à son tour.

Comment t'appelles-tu ? demanda-t-elle. *Qu'est-ce que tu as à la main ?*

– Calliope Carroll Dakin. Je suis plus Dakin que Carroll.

Je ne répondis pas à la deuxième question.

Elle eut une ombre de sourire. Elle tendit la main et je mis la mienne, celle au doigt brûlé, dans sa paume. Elle posa ses lèvres sur mon doigt. Immédiatement, la douleur disparut. Elle lâcha ma main et je m'écartai lentement, les yeux fixés alternativement sur mon doigt, puis sur elle, puis à nouveau sur mon doigt. La brûlure était toujours là mais la douleur s'était envolée.

Quand je levai les yeux, la bougie sur la table s'était remise à brûler.

J'entendis le pas de Miz Verlow dans l'escalier de derrière. Mon regard fut attiré par la porte par laquelle elle allait entrer et je me tendis comme un ressort.

Une main froide et osseuse agrippa mon poignet. Je sursautai violemment. Si j'avais été assise sur la chaise près de la fenêtre, je suis sûre que je serais tombée.

Tallulah Jordan me dévisageait avec intensité en me serrant le poignet.

Écoute le livre, me dit-elle de sa voix de papier de verre.

À l'instant précis où ma main fut libérée de son étreinte, la porte de l'escalier s'ouvrit.

Miz Verlow s'immobilisa brusquement sur le seuil. Toute couleur disparut de son visage et elle renifla comme si elle sentait la fumée.

– J'ai fait brûler le pain, dis-je.

Miz Verlow fronça les sourcils d'un air incrédule.

Je me dirigeai vers elle, avec l'intention de monter à ma chambre aussi vite que possible. Elle saisit mon poignet au moment où je passai près d'elle et le lâcha comme si elle s'était brûlée. Elle regarda dans sa paume s'il y avait une trace de brûlure.

– La sonnette, dit-elle.

Il n'y avait aucune interrogation dans sa voix mais je réagis comme si c'était une question.

– C'est moi, avouai-je. Je vous demande pardon.

Elle savait que je mentais. Je ne voulais pas chercher ce qu'elle savait d'autre. Ou ne savait pas. Elle frémissait de colère et, ce qui était plus intéressant, de peur.

– Tu as laissé s'éteindre la bougie, dit-elle.

– Non, ma'ame.

Le « ma'ame » ne l'attendrit pas.

– Qui est venu, Calley ?

Je bâillai en me tortillant d'un air gêné.

– Personne. Pas âme qui vive.

À son air indigné, je ne doutai pas qu'elle avait compris que je disais la vérité dans son sens littéral.

– Disparais de ma vue, Calley Dakin, dit Miz Verlow, et la prochaine fois que je te vois, j'exige la vérité.

Je fonçai vers l'escalier.

Quel livre ? Lequel ?

J'ai regardé derrière moi pour m'assurer que Miz Verlow ne m'observait pas et me suis glissée dans le placard à linge, en refermant la porte aussi silencieusement que j'ai pu, au cas où elle m'écoutait.

Au bout d'un instant, mes yeux se sont adaptés à l'obscurité et j'ai réussi à distinguer l'ombre plus noire de la chaîne de l'interrupteur, avec sa poignée de céramique blanche à l'extrémité, qui permettait d'allumer la lampe dans le placard. Je l'ai tirée. La poignée et la chaîne étaient bien plus froides que d'habitude, ce qui me procura une sensation bizarrement déplaisante. J'aimais bien habituellement tirer sur la chaînette, sentir le déclic au moment où elle était en extension, puis la relâcher, guettant l'instant précis où l'ampoule s'allumait ou s'éteignait. À l'instant où se fit la lumière électrique, je vis où j'étais, où je voulais aller, et je tirai une deuxième fois sur la chaîne pour replonger le placard dans l'obscurité. Aucun rai de lumière ne serait ainsi visible sous la porte.

Je me suis mise à genoux pour atteindre à quatre pattes mon étagère à livres.

Comment pouvais-je être certaine que Tallulah Jordan voulait parler d'un de ces livres quand elle m'avait dit d'*écouter le livre* ? Il y avait des gens qui appelaient la Bible le Livre. Elle avait dit *écouter* et non pas *lire*.

Je passai les doigts sur le dos des livres alignés. Au moment où je touchai le *Guide Audubon des oiseaux*, le doigt brûlé par la bougie recommença instantanément à me faire mal, aussi mal que quand il était en contact avec la flamme. Par réflexe, je le retirai vivement. Et la douleur cessa. Plus de sensation de brûlure. Je m'armai de courage et touchai à nouveau du doigt le dos du manuel ornithologique. Cette fois, je ne ressentis aucune douleur.

Et une voix dit : *Celui-ci*.

Ce n'était pas la voix de Tallulah Jordan, ni celle de mon arrière-grand-mère, ni de Mamadee. C'était la voix d'Ida Mae Oakes, la voix mélodieuse, réconfortante d'Ida Mae Oakes. Mes yeux se remplirent de larmes et je faillis me mettre à pleurnicher. J'extirpai le livre de l'étagère et le serrai de toutes mes forces contre moi.

Je n'avais pas dormi de la nuit. Je grimpai sur mon étagère favorite, m'installai dans un nid douillet de serviettes de bain et d'oreillers de plumes, et fourrai le livre sous l'oreiller où je posai la tête. Je ne pensai ni à mon pyjama, ni à me brosser les dents, ni à aucun détail de la routine quotidienne du coucher. L'étrange prière de Mrs Keeling me revint en mémoire. J'entendis parler mon arrière-grand-mère Cosima :

Je m'éveille au jour levant
qui pointe sur moi ses rayons brûlants
Si je vis jusqu'à midi,
j'allumerai un cierge à la lune jolie,
Si je vis toute la journée
de tout cœur le soleil je louerai.

J'entendais l'eau, distinctement, marée montante et descendante, qui soupirait comme de grandes ailes

shhhhfroufrou, shhhhfroufrou, shhhhfroufrou,

tout autour de moi.

45

On aurait dit que la pendule s'était arrêtée ce jour de Noël, car lorsque je redescendis au début de l'après-midi, les bas pendaient toujours aux crochets de la cheminée et aucun des cadeaux sous le faux sapin n'avait été ouvert. C'était la première fois que je me rendais compte que les grandes personnes n'avaient pas besoin de contenir leur impatience avant d'ouvrir leurs cadeaux. Une telle indifférence à l'émotion de Noël me bouleversa et je les plaignis de tout cœur de n'en rien éprouver. Il me sembla à cet instant précis que c'était la ligne de démarcation la plus nette entre les enfants et les adultes. Les adultes étaient des gens qui avaient perdu la joie gourmande et innocente du matin de Noël.

Encore vêtue de mes habits de la veille et ressemblant, j'en suis certaine, à un lit défait, je n'avais par bonheur aucune inclination à me lamenter sur mon avenir, grâce à l'appétit d'une enfant en bonne santé qui n'avait pas mangé depuis la veille. Je trouvai dans les placards de la cuisine de quoi me remplir l'estomac et me rendis ensuite dans le salon, où le sapin trônait, lugubre, entouré des ses fruits parcimonieusement dispersés, étranges et bariolés.

Le père Valentine était seul, dans son fauteuil préféré, avec ses lunettes noires d'aveugle, et ne faisait rien. Il m'entendit entrer, naturellement, et sourit.

– Serait-ce Rip Van Calley ? gloussa-t-il. Je croyais te trouver en train de déballer tous les cadeaux quand je suis descendu ce matin.

– Joyeux Noël, dis-je.

– À toi aussi, répondit-il. Il aurait pu être plus joyeux, dans la maison de *Merry* Verlow. Je crois que j'aime autant l'odeur de la fumée de ce feu de bois que la chaleur qui en émane. C'est la nostalgie, je suppose.

– C'est quoi, la nostalgie ?

Je tiraillai ma chaussette pour la décrocher de la cheminée.

– C'est quand on regrette comme c'était avant, sauf que bien sûr, ça ne l'était pas vraiment. Apporte-moi mon bas, Calley. J'en ai assez d'attendre.

Le père Valentine n'hésitait jamais à faire l'enfant, et il y avait alors dans sa voix un frémissement qui valait un clin d'œil complice. Quel soulagement d'avoir une grande personne disposée au moins à faire semblant d'être un peu enthousiaste et impatient le jour de Noël.

Utilisant un pouf en guise de tabouret, je décrochai son bas. Il était mystérieusement gonflé mais bien que le tricot soit distendu au point d'être quasi transparent, je ne parvenais pas à distinguer ce qu'il contenait.

Il le prit avec empressement et le tâta ostensiblement sur toute la longueur.

– Super, dit-il. Exactement ce que je voulais. Quelle délicate attention !

Comme si c'était le signal attendu, tout le reste de la maisonnée commença à entrer au compte-gouttes dans le salon, me souhaitant un joyeux Noël et nous taquinant, le père Valentine et moi, de notre impatience à ouvrir les cadeaux.

Le docteur Keeling s'arrêta près de sa chaise pour demander :

– Qu'est-ce que nous avons là ?

– Moi je le sais, et vous n'avez qu'à le deviner, répondit le père Valentine, les mains agrippées sur son bas. C'est à moi et vous ne l'aurez pas.

– Je n'en veux pas, répondit Mrs Keeling. Mais si je voulais, je le prendrais.

– Arrêtez de vous chamailler, tous les deux, dit Mr Quigley. Pas aujourd'hui.

Et il décrocha ma chaussette pour me la donner.

Miz Verlow et maman arrivèrent les dernières, après les Slater.

Je m'accroupis sur le tapis persan, ma chaussette à mes pieds. Elle contenait une boîte rectangulaire dont les coins étaient bloqués dans le tricot, ce qui m'obligea à l'extirper petit à petit. Je la tenais entre le pouce et le majeur quand Miz Verlow entra. Elle s'arrêta pour appuyer sur l'interrupteur et les lumières de l'arbre d'aluminium s'épanouirent comme une douzaine de bougies allumées. Les grues s'agitèrent doucement, comme mues par un courant d'air, mais c'était peut-être une illusion d'optique provoquée par les sources soudaines de multiples lumières sur le sapin réfléchissant.

La chaussette adhérait à la boîte rectangulaire, qui avait environ la taille d'un paquet de cigarettes. Miz Verlow se pencha vers moi pour saisir l'extrémité de la chaussette et la boîte me tomba dans la main.

Elle me souriait. Si auparavant elle avait été en colère ou soupçonneuse à mon égard, ça ne se voyait plus.

– Joyeux Noël, dit-elle en desserrant les doigts de sa main libre.

Deux piles apparurent dans sa paume.

Je me hâtai d'arracher le papier qui enveloppait la boîte et découvrit la petite radio transistor que devaient alimenter les piles.

Tous les invités rirent et applaudirent.

– Je n'ai pas l'intention d'entendre ce crin-crin du matin au soir, dit maman. Tu m'entends, Calley ?

Trop bien, quelque part dans l'oreille interne, comme si elle m'y plantait des aiguilles.

Miz Verlow me fit un clin d'œil.

Je ne me souviens de rien d'autre de ce qui m'a été offert ce Noël-là, sauf le pull et la cagoule qu'avait envoyés Mrs Llewelyn. Il me semble que ce n'étaient pas de véritables jouets – pas vraiment pour mon âge, je veux dire. Pas des poupées, ni des livres d'enfant, ni des disques de chansons enfantines, et certainement rien d'aussi extravagant qu'une bicyclette, par exemple. Mes souvenirs de Noëls plus récents en compagnie des mêmes résidents me confirment au contraire que je ne reçus que des cadeaux improvisés, du genre de ce qu'un parent pourrait trouver dans un aéroport en revenant de voyage, après avoir oublié d'acheter un véritable souvenir : un jeu de cartes neuf des Slater, sans doute l'un des nombreux qu'ils apportaient toujours, un roman de science-fiction déjà lu de la part du docteur Keeling, une petite aquarelle marine dans un cadre sans valeur de Mr Quigley, un Père Noël en chocolat du père Valentine.

Maman me disait toujours que nous n'avions pas les moyens d'offrir des cadeaux de Noël. Chaque année, je lui en fabriquais un à l'école, une décoration en papier, un ange découpé, un sachet fait d'un bout de tissu et rempli d'aiguilles de pin ou de romarin qu'on trouvait sur l'île, ou un pot de papier mâché peinturluré de couleurs primaires qui commençait à s'écailler dès que la peinture séchait.

C'était toujours Miz Verlow qui m'offrait les choses dont j'avais envie et d'autres dont j'avais besoin. Je me disais parfois que j'aimais plus Miz Verlow que maman, ou parfois même regrettais qu'elle ne soit pas ma mère à la place de Roberta Ann Carroll Dakin. Évidemment, je culpabilisais toujours de l'aimer plus que maman et de regretter une telle chose. Je la craignais également plus que maman car, en grandissant, je me rendais de plus en plus compte que maman n'était qu'un tigre de papier.

Ce Noël-là, ce premier Noël, je décrochai les grues en cartes à jouer de l'arbre artificiel et les emportai en douce dans le placard à linge où, sur une étagère très haute, dans un coin inaccessible, au risque de me rompre le cou, je les cachai dans la boîte qui contenait le gilet et la cagoule offerts par Mrs Llewelyn. Peut-être qu'en gardant ces grues qui avaient été des cartes à jouer, et si j'avais la bonne bougie, je pourrais poser davantage de questions à mon arrière-grand-maman Cosima. Si je me sentais un jour assez courageuse. Je regrettais qu'elle ne puisse pas me parler, si elle le voulait, sans toute cette comédie, comme les autres voix que j'avais déjà entendues chuchoter et babiller. Évidemment, je m'efforçais autant que possible de les ignorer mais maintenant que je connaissais sa voix et son nom, je la reconnaîtrais. Bien sûr. Comment pouvais-je être aussi bête ? Elle m'avait parlé la première fois pour se présenter. Quand j'entendrais à nouveau sa voix, je la reconnaîtrais.

Cependant, bizarrement – ou peut-être n'était-ce pas si bizarre, étant donné ce que j'ai appris par la suite – la visite de mon arrière-grand-mère, ma nuit de veille, ma visiteuse et ce qu'elle me dit ce jour de Noël, sortirent totalement de mon esprit. Je ne m'en souvenais que pendant mes rêves. Quand j'en rêvais, je me promettais de bien me le rappeler, mais au réveil, j'avais tout oublié. Il me fallut de très nombreux rêves avant d'y parvenir. Avant de me souvenir que je devais *écouter le livre*.

46

Le fonctionnement et l'entretien de Merrymeeting nécessitaient une masse énorme de travail que Miz Verlow s'efforçait de ne pas montrer. Rien ne perturbe davantage les résidents que les problèmes de plomberie, alors qu'en même temps les meilleures installations et tuyauteries du monde sont mises à rude épreuve par les utilisateurs successifs. Après avoir perdu un bon plombier malencontreusement victime de la foudre pendant un pique-nique de la paroisse, Miz Verlow fit plusieurs essais avec les artisans locaux. Elle n'était satisfaite d'aucun jusqu'à ce qu'elle trouve Grady Driver.

D'abord, elle renvoya son père. À sa toute première intervention à Merrymeeting, Heck Driver réussit à faire éclater un tuyau et détruire un mur, non par incompétence mais parce que les Coca qu'il buvait à la chaîne, en se plaignant de la chaleur, étaient additionnés d'environ autant de mauvais rhum. La destruction du papier peint d'une des chambres à cause de la fuite d'un tuyau dans la salle de bains voisine était une conséquence prévisible. Miz Verlow réprimanda Heck Driver, il lui répondit par une volée de jurons et non seulement elle le renvoya et refusa de le payer, mais elle lui dit qu'elle allait lui faire payer la facture des réparations.

Une heure après le départ titubant de Heck Driver – qui laissa ses outils où ils se trouvaient – et son démarrage incertain dans sa camionnette rouillée, celle-ci réapparut, avec un gamin au volant. Il était à l'école avec moi : Grady Driver, le fils de Heck, était d'une timidité maladive et d'une saleté chronique. Il avait été renvoyé plusieurs fois à cause des poux et avait redoublé une ou deux fois, si bien que, malgré ses deux ans de plus que moi, nous étions dans la même division.

Grady frappa à la porte de la cuisine et demanda à parler à Miz Verlow.

Quand elle apparut, il présenta les excuses de son père, faisant usage d'une formule qu'il connaissait par cœur.

– Mon papa m'envoie vous demander pardon, Miz Verlow, et de pas lui en vouloir, compte tenu qu'il était déjà malade avant de venir, parce qu'il avait mangé du poisson avarié hier soir, mais qu'il voulait pas vous faire faux bond, et peut-être que je pourrais nettoyer à votre place et ramasser ses outils.

Miz Verlow était sur le seuil, les bras croisés sous la poitrine.

– J'excuse tes mensonges, je comprends ton désir de défendre ton papa. Cependant, Mr Driver était saoul. Il est trop tard pour que tu nettoies, car ma bonne l'a déjà fait, et il faudrait un plombier compétent pour réparer le tuyau cassé. Mais tu peux reprendre ses outils.

– C'était une assident, j'vous jure, Miz Verlow, insista Grady.

Miz Verlow leva les yeux au ciel.

– Articule, jeune homme. Accident. C'était-un-accident.

– C'était-un-accident, répéta Grady.

– Ce n'était pas un accident, dit Miz Verlow.

Grady, l'air ahuri, ne comprenait plus rien. Il était bâti comme Roger, dégingandé, tout en bras et en jambes, mal nourri pour sa carrure, avec une expression flegmatique que les gens prenaient souvent pour de la niaiserie ou de la déficience intellectuelle.

– Les véritables accidents sont étonnamment rares. La plupart des événements que les gens appellent accidents sont totalement prévisibles. À maintes reprises, si on y regarde de plus près, les soi-disant « accidents » révèlent que c'est l'incompétence, la malhonnêteté ou l'ivrognerie, ou plusieurs de ces défauts, qui en sont la véritable cause. Le seul aspect « accidentel » des dégâts que ton père a faits, c'est le fait qu'ils se soient produits ici, parce que par hasard j'ai eu la malchance de faire appel à ses services.

Grady était passé de l'ahurissement à l'accablement, puis à nouveau à l'ahurissement.

Miz Verlow leva les bras :

– Va chercher les outils de ton père !

Je rôdais dans la cuisine pour essayer de voir et d'entendre ce que je pouvais. Quand Miz Verlow rentra et que Grady, hésitant, restait planté sur le seuil, je le tirai à l'intérieur.

– Je vais te montrer, lui dis-je.

Il me suivit dans l'escalier de service et dans le couloir. Cleonie et moi avions passé la serpillière et même essuyé les outils dans la caisse de Mr Driver, mais nous n'avions pu réparer le tuyau. Miz Verlow avait coupé le robinet d'arrivée d'eau si bien que la salle de bains était inutilisable.

À ma grande surprise, Grady examina sérieusement la situation. Puis il prit certains des outils de son père et se mit au travail. Inutile de préciser que j'étais fascinée, non seulement par la façon dont Grady prit audacieusement le problème en main, mais également par ce qu'il fit. En un quart d'heure, il avait réparé le malheureux tuyau et m'avait demandé de lui montrer le robinet d'arrivée d'eau. Une fois l'eau remise, la salle de bains était opérationnelle.

Je demandai alors à Miz Verlow de fermer les yeux et de se laisser guider sur les lieux, où elle ouvrit les yeux sur une salle de bains propre et fonctionnelle et un Grady Driver hilare, bien que toujours d'une regrettable saleté.

– J'peux arranger l'mur, Miz Verlow, dit Grady. V'z'avez qu'à acheter d'la colle à plâtre.

Miz Verlow hochait la tête, incrédule.

– Jeune homme, tu m'épates. Il va falloir que tu reviennes pour réparer le mur. J'aurai le matériel nécessaire demain.

Grady remballa les outils de son père.

Miz Verlow le regarda un moment, soupira et sortit.

Je la suivis jusque dans son bureau. Elle me lança un regard interrogateur et je lui tendis la main.

– Il a pas fait du mauvais boulot, l'avisai-je.

– Tu sais parler plus correctement que cela, Calley Dakin, fit-elle fronçant les lèvres.

Je me corrigeai.

– Oui, ma'ame. Il a bien travaillé.

Elle ouvrit un tiroir du bureau, celui dans lequel elle gardait de petites coupures et de la monnaie. Je vis ses doigts hésiter puis prendre vivement un billet. Elle me le fourra dans les mains.

Je le saisis et courus dehors, où je rattrapai Grady au moment où il chargeait la caisse à outils de son père dans la camionnette. Exactement comme Miz Verlow me l'avait donné, je fourrai le billet dans la main de Grady.

Il regarda les cinq dollars avec stupéfaction, se gratta la tête, et referma les doigts.

– Très obligé, dit-il, faisant appel à toute sa dignité d'adulte suppléant.

– Hé, lui demandai-je, tu as des poux ?

Immédiatement, il redevint le gamin habituel, et furieux en plus contre moi.

– Hé, dit-il, j'parie qu'tu voles, avec des oreilles comme ça ?

– Ça, c'est original. Combien d'fois tu crois que j'l'ai entendue, celle-là ? Mes oreilles, j'suis née avec. Toi, t'as des poux parce que tu t'laves pas la tête !

– J'ai pas d'poux ! – Il grimpa dans la camionnette et claqua la portière. – J'ai pas d'poux !

Histoire de bien marquer ma supériorité, je croisai les bras et le regardai partir. Il avait probablement de nouveau des poux, vu comme il se grattait la tête.

Je rentrai directement et montai me laver les cheveux.

47

Attirée par le rugissement et le rythme du moteur, je courus au sommet de la dune pour voir ce que c'était : une Corvette noir et crème fonçait vers Merrymeeting. Mrs Mank avait peut-être changé de carosse. Je ne brûlais pas d'envie de voir Mrs Mank mais la Corvette m'intriguait. Quand j'atteignis le parking, le moteur ne tournait plus. Le conducteur était à côté de la voiture et ôtait ses lunettes de soleil. Il me fit un clin d'œil et sourit.

C'était l'un des agents du FBI qui avait interrogé maman je ne sais combien de fois aux Remparts. Il avait nettement moins de cheveux que la dernière fois que je l'avais vu mais je le reconnus quand même et je l'aurais reconnu de toute façon à sa voix quand il parla.

– Comment va, Miss Dakin ? demanda-t-il. Pourquoi te caches-tu sous ce grand chapeau ?

Je ne répondis pas à sa question. J'avais des choses plus importantes en tête.

– Je vous connais.

Il éclata de rire.

– Tu es une petite futée. Je crois que tu avais tout au plus sept ans la dernière fois que je t'ai vue. Tu as bien grandi, on dirait.

– Vous ne portez pas votre uniforme du FBI.

– Même les agents du FBI prennent des vacances, chérie. Ta maman est là ?

Je ne voulais pas lui répondre. Et si jamais il venait nous arrêter, et si sa chemise hawaïenne et son pantalon de toile n'étaient qu'un déguisement pour me faire croire qu'il était en vacances ?

– Si tu ne dis rien, chérie, ça veut dire que c'est oui, affirma-t-il.

Je me fis effrontée :

– Vous êtes intelligent pour un agent du FBI.

– Je suis trop grand pour qu'on me donne la fessée. Mais pas toi. Pas encore, fit-il en clignant de l'œil.

– J'ai onze ans, bientôt douze, l'informai-je, et je suis bien trop grande pour avoir une fessée.

Il gloussa puis demanda :

– Miz Verlow est chez elle ?

Je ne vis aucune objection à répondre vivement :

– Oui, m'sieur.

– Montre-moi le chemin, dit-il avec une petite courbette.

Je lui rendis la courbette en tendant la main en direction de la maison.

Il me suivit pour faire le tour par la véranda afin de prendre l'escalier de l'entrée principale.

Miz Verlow était dans son petit bureau, dont la porte était ouverte. Elle se leva en entendant nos pas sur la véranda et apparut dans le hall obscur.

– Vous êtes Mr O'Hare ? demanda-t-elle.

– Du matin au soir, répondit-il.

Miz Verlow tendit la main et il la lui serra.

– Soyez le bienvenu.

– Tout le plaisir est pour moi, ma'ame.

– C'est un agent du FBI, l'informai-je.

Miz Verlow pencha la tête d'un air interrogateur.

– C'est mon métier, en effet, dit Mr O'Hare. Miss Dakin et moi sommes de vieilles connaissances.

Le sourire de Miz Verlow s'évanouit. Son ton était méfiant :

– J'avais compris que vous veniez comme résident.

– C'est exact. Je suis en vacances, ma'ame.

– Je ne tolérerai aucune perturbation, Mr O'Hare.

– Il n'y en aura pas, dit-il. Je suis ici uniquement pour raisons personnelles. Vous devez savoir que l'enquête sur l'affaire Dakin est close depuis longtemps.

– Vraiment. Néanmoins, je dois vous demander de promettre que vous n'ennuierez aucun membre de cette maison à ce sujet.

– Vous avez ma parole, acquiesça Mr O'Hare. Vous pouvez m'appeler Gus.

– Il m'a demandé si maman était là.

Miz Verlow nous regarda tous deux à tour de rôle.

– Oui, admit-il sans difficulté. Je ne nie pas que je souhaite revoir Mrs Dakin.

Miz Verlow me regarda à nouveau.

– Calley, va chercher ta maman, s'il te plaît.

Je courus comme une flèche au petit salon. Même si je n'avais pas entendu la télévision, je savais que maman était en train de la regarder. C'était l'heure de *Reine d'un jour.*

Maman n'était pas contente qu'on l'appelle.

– C'est important, lui assurai-je.

En râlant, elle fit la moue et éteignit sa cigarette avant de me suivre dans le hall.

Miz Verlow et Mr O'Hare étaient dans la position où je les avais laissés et j'étais sûre que ni l'un ni l'autre n'avait dit un mot pendant que j'étais allée chercher maman.

– Mrs Dakin, dit Mr O'Hare.

Maman s'arrêta net. Les yeux écarquillés d'inquiétude, elle porta une main tremblante à sa gorge.

– Gus O'Hare, dit-il. Nous nous sommes rencontrés dans des circonstances malheureuses.

Maman hocha la tête. Elle était paralysée, et luttait contre l'envie de s'enfuir.

– Pardonnez-moi, Mrs Dakin. Je n'ai jamais eu une mauvaise opinion de vous et, en fait, j'ai toujours pensé à vous avec plaisir depuis. J'ai appris par hasard que vous étiez ici. J'avais des vacances à prendre et je voulais vous revoir. Pour vous dire que je n'avais jamais pensé de mal de vous.

Miz Verlow fit un curieux bruit de gorge.

Maman sourit faiblement.

– Je ne suis pas venu pour vous embêter, continua Mr O'Hare. Je serais ravi de passer mes quelques jours de congé dans cet endroit charmant et d'avoir le plaisir d'échanger quelques mots avec vous, pas plus que vous ne le désirerez, Mrs Dakin. Si vous souhaitez que je m'en aille tout de suite, je le ferai.

Maman sourit avec réticence.

– Cela me semble correct.

– Bon, d'accord, dit vivement Miz Verlow. Laissez-moi vous montrer votre chambre, Mr O'Hare.

Gus O'Hare fit une petite courbette à l'intention de maman et me gratifia d'un signe de tête, avant de suivre Miz Verlow.

Maman me regarda en roulant des yeux étonnés. Je mis la main sur ma bouche. Nous sommes retournées toutes deux sur la pointe des pieds dans le salon de télévision, où maman ralluma le poste et reprit ses cigarettes.

– J'ai fait une conquête, me chuchota-t-elle avec un petit rire de gamine.

Je ne pus m'empêcher de pouffer, moi aussi.

– Il a une Corvette, lui dis-je.

– Oh là là ! Reconnais, a-t-elle continué à voix basse, qu'il est plutôt joli garçon.

Ce n'est pas tant ce que maman m'a dit ni la façon dont elle l'a dit, mais c'est que j'avais juste l'âge de comprendre, enfin, l'éventualité que maman se remarie, un beau jour.

Maman avait toujours attiré les hommes. On pouvait parfaitement s'attendre à ce que les clients de sexe masculin de Miz Verlow jettent un regard admiratif dans sa direction. Cependant, la plupart des résidents étaient des couples. Les quelques célibataires qui venaient à Merrymeeting étaient rarement du genre que maman aurait considéré comme éligible.

À mon grand soulagement, maman avait fait preuve de beaucoup de tact envers ses admirateurs, qu'ils soient mariés ou occasionnellement célibataires. Il aurait été très maladroit d'alarmer les épouses et Miz Verlow n'aurait pas toléré une ombre de scandale. Maman n'accepta donc jamais un compliment de la part d'un homme marié sans le renvoyer à sa femme, et ses flirts avec les célibataires étaient aussi chastes que ceux de Doris Day – en tout cas sous le toit de Miz Verlow et à portée de regard ou d'oreille de Merrymeeting. Miz Verlow était trop cynique, j'en suis sûre, pour compter sur la vertu des gens. Elle se contentait du respect des conventions et d'une décente hypocrisie.

J'ignorais tout, naturellement, des comportements sexuels et n'avais pas encore découvert la pudibonderie de l'époque et ses ridicules charades. Mais je n'étais pas trop jeune pour avoir vu maman à l'œuvre dans son numéro de séduction aussi bien des hommes que des femmes pour leur faire faire ce qu'elle voulait. J'étais assez jeune pour me sentir assez peu menacée et encore moins intéressée par les deux ou trois célibataires qui manifestèrent de l'intérêt pour maman. Je n'avais pas oublié non plus que nous étions assignées à résidence sur l'île. Les résidents, eux, partiraient tôt ou tard. En tout cas, les premiers flirts furent brefs.

Mr O'Hare continua à faire preuve d'une courtoisie appuyée à l'égard de maman. Il se précipita pour lui tirer sa chaise quand elle s'assit pour dîner et prit place à côté d'elle. Il ne lui imposa pas sa conversation mais au contraire, avec la plus stricte politesse sudiste, s'adressa autant à Miz Llewelyn, son autre voisine, qu'à maman, ainsi qu'à Mr Llewelyn, assis en face de lui. Son intérêt pour les oiseaux semblait sincère et averti, sans être trop expert, ce qui plut aux Llewelyn. Il tenta d'entraîner maman dans la conversation, décrivant différentes espèces d'oiseaux qu'il avait vus, tous assez communs et aisément identifiables pour elle, et capables de choses qu'elle trouva remarquables : corbeaux qui dénouaient des fils et autres martins à dos pourpre plus malins que les écureuils pour venir picorer dans les agrainoirs.

Maman se sentit très flattée de cette attention, bien entendu. En même temps, elle observait Mr O'Hare de très près. Conscient de l'évaluation à laquelle elle le soumettait, il demeura détendu et imperturbable. Il ne joua pas les jolis cœurs, ce qui l'aurait rendu ridicule, et ne fit aucune allusion à leurs précédentes rencontres. Miz Verlow observait d'un air approbateur.

De temps à autre, Mr O'Hare m'adressa la parole, en m'appelant Miss Calley, avec la chaleur d'un vieil ami de la famille. Il m'interrogea sur ma scolarité et mes activités et se déclara ravi de mon intérêt pour les oiseaux. Ma méfiance s'atténua.

Il proposa à maman d'aller voir le coucher de soleil sur la plage. Les voyant se lever de leur chaise sur la véranda, Miz Verlow vint dans la cuisine, où je faisais la vaisselle.

– Calley, murmura-t-elle, Mr O'Hare emmène ta maman voir le coucher de soleil. File donc dans les hautes herbes pour écouter ce qu'ils disent. J'attendrai dans ma chambre que tu viennes me le raconter.

Miz Verlow ne m'avait jamais demandé d'espionner qui que ce soit. Je n'hésitai pas, cependant. Maman s'éloignait de notre vue en compagnie d'un homme qui avait pour métier d'arrêter les gens.

48

À mon retour, Miz Verlow m'attendait. Elle posa un doigt sur ses lèvres lorsque je passai près d'elle pour me glisser dans sa chambre.

– Il a montré les étoiles à maman, racontai-je sans reprendre haleine. Elle ne les voyait pas mais elle a fait semblant.

Miz Verlow me montra une Thermos de café et deux tasses sur une petite table, entre son rocking-chair et une chaise. Je pris la chaise et elle s'installa dans le rocking-chair.

– Il pense que maman est innocente et qu'elle a été grugée de l'argent de papa.

Miz Verlow soupira.

– Elle le croit, dis-je.

– Mais pas toi, dit Miz Verlow.

– Maman croit toujours ce qu'elle a envie de croire. Moi, je ne le crois pas vraiment. Je crois qu'elle est innocente, sinon, elle n'aurait pas besoin de le croire, lui.

Miz Verlow tressaillit et se redressa dans son fauteuil, saisissant les accoudoirs.

– Bien, bien, marmonna-t-elle.

– Il n'a aucune preuve, poursuivis-je d'un ton méprisant pour que Miz Verlow ne s'imagine pas que j'étais déçue.

Elle lâcha les accoudoirs du rocking-chair et se balança très légèrement.

– Impossible de prouver quelque chose de négatif, dit-elle mystérieusement.

C'était une façon intéressante de voir les choses, mais j'allais devoir attendre pour y réfléchir.

– Maman lui a demandé s'il savait quelque chose sur Ford. Il a éludé la question. Je crois qu'il sait des choses.

– Que veut-il, exactement ? demanda Miz Verlow.

– Il dit qu'il veut réhabiliter sa réputation et lui ramener Ford et la voir profiter du bonheur qu'elle mérite.

Miz Verlow eut un petit rire de gorge.

– Le parfait chevalier.

J'entendis « cavalier ». Elle comprit immédiatement ma méprise.

– Un chevalier, précisa-t-elle. Comme au Moyen Âge. Il veut l'enlever sur son cheval blanc, comme une princesse de conte de fées.

Je pensai que c'était une autre façon de dire que Mr O'Hare était tombé amoureux de maman.

Miz Verlow ajouta sans façons :

– Quel imbécile !

Elle m'a versé une demi-tasse de café et nous sommes restées toutes deux silencieuses et méditatives.

– Que je ne te prenne jamais à m'espionner, finit-elle par dire.

Je posai ma tasse.

– Parfois, je ne le fais pas exprès, Miz Verlow.

Elle hocha la tête.

– Disons les choses autrement : je ne veux pas apprendre que tu m'as entendue et que tu as répété ce que j'ai dit à quelqu'un d'autre.

Immédiatement, je me demandai pour quelle raison, et ce qu'elle ferait en ce cas.

– Ne me mets pas à l'épreuve, Calley, dit-elle, comme si elle avait lu dans mes pensées. Et maintenant, va te coucher.

Maman n'était pas dans notre chambre. Je la trouvai dans le petit salon, avec Mr O'Hare. Ils avaient chacun un verre de bourbon à la main, et un air rayonnant. Je fis comme si j'étais venue embrasser maman avant d'aller au lit.

J'étais en pyjama, prête à lui masser les pieds, quand maman monta se coucher. Elle se débarrassa de ses chaussures et s'assit sur le tabouret de sa coiffeuse pour défaire ses jarretelles, de façon à détacher ses bas pour que je puisse les lui ôter en les roulant délicatement.

– Gus O'Hare, dit-elle comme si le nom la réchauffait. C'est un homme extrêmement sympathique. Évidemment, je l'avais déjà noté… mais non, je ne veux plus penser à cette horrible période.

Le lendemain matin, j'étais sur la plage avant le lever du soleil, en compagnie des Llewelyn, de Mr O'Hare et de deux autres pensionnaires qui voulaient observer les oiseaux.

Mrs Llewelyn m'avait donné un de ses vieux guides ornithologiques et ce matin-là, je l'avais mis dans la poche de ma salopette. Elle savait que j'avais eu jadis un guide Audubon encore plus ancien, mais comme elle ne me voyait plus l'utiliser, elle en avait déduit que je l'avais perdu. Elle avait attendu que je sois assez grande pour être plus soigneuse et m'avait donné celui dont elle ne se servait plus. J'étais contente du cadeau. J'en avais d'autres, laissés par des pensionnaires, mais je ne voulais pas le lui dire pour ne pas l'embarrasser. En fait, j'avais toujours l'ancien, mais je m'étais mis dans l'idée qu'il était si vieux qu'il tomberait en pièces rien qu'en le touchant, sans même parler de l'ouvrir.

Alors que nous nous déplacions lentement et sans faire de bruit dans les hautes herbes au sommet de la dune, je me retrouvai à côté de Mr O'Hare.

– Maman vous aime bien, lui dis-je, aussi doucement que je pus.

Il me jeta un coup d'œil, et le plaisir illumina son visage.

– Je l'aime bien, moi aussi. Et je t'aime bien, Calley.

– Vous ne me connaissez pas, répondis-je. Peut-être que vous ne m'aimerez pas autant quand vous me connaîtrez davantage.

Il s'arrêta pour me lancer un regard interrogateur.

– Où est mon frère Ford, Mr O'Hare ? Que fait-il en ce moment ?

Mr O'Hare saisit les jumelles suspendues à son cou et se mit à scruter le ciel.

– Il est pensionnaire dans une école. Une excellente école.

– Et il ne se soucie pas du tout de maman ?

Mr O'Hare baissa les yeux pour me regarder. Il avait le visage grave.

– Il se trouve que ton frère croit que ta maman est responsable non seulement de la mort de ton papa, mais de la mort de ta grand-mère, Mrs Carroll. Je crois qu'il ne pardonnera jamais à ta mère.

Puis il se remit à regarder avec les jumelles.

Je ne dis pas à Miz Verlow que Mr O'Hare savait quoi que ce soit concernant mon frère Ford. De mon côté, j'avais trop de questions dont j'espérais trouver la réponse.

Pourquoi Ford accusait-il maman de la mort de Mamadee ? Même si maman avait tué Mamadee, je doute que Ford ait considéré ça comme impardonnable. Il n'avait jamais eu plus d'affection que moi pour Mamadee. C'était Mamadee qui l'adorait, et la seule chose qu'il avait faite, c'était de la manipuler pour obtenir ce qu'il voulait.

Évidemment, si maman avait quelque chose à voir avec la mort de papa, ça, c'était impardonnable. Mais pour le croire, Ford devait avoir des informations que j'ignorais. Je me disais que ce n'était pas impossible. D'autre part, Ford était un Carroll, et par conséquent, extrêmement peu fiable.

Mr O'Hare resta deux semaines à Merrymeeting, à faire la cour à maman. Il l'emmena dîner chez Martine et au restaurant Driftwood, aux courses de lévriers et au cinéma. Maman ne tenait pas particulièrement à m'inclure dans leurs sorties, mais Mr O'Hare nous emmena aussi au golf miniature et au Famous Diner. Ce qui suffit à me faire penser à Gus O'Hare comme à Jésus-Christ sur un bâton de sucette. Maman m'aurait donné une gifle si j'avais utilisé cette expression devant elle. Après l'avoir entendue dans la cour de récréation, je la trouvais géniale et j'avais hâte de lui trouver une application. Elle allait comme un gant à Gus O'Hare.

49

Maman était étendue à plat ventre comme une étoile de mer molle sur une chaise longue tressée. Elle avait détaché les bretelles de son maillot de bain une pièce vert très décolleté dans le dos pour exposer complètement ses épaules au soleil. J'achevai de lui huiler le dos et passai à l'arrière de ses jambes.

– Maman, demandai-je, est-ce que Mr O'Hare va revenir nous voir ?

– Pas nous, Calley, répondit-elle d'une voix qui résonnait d'une satisfaction malicieuse. Mr O'Hare revient me voir, moi. Les hommes adultes ne s'intéressent pas aux petites filles de ton âge. Quand il reviendra, je te préviens que je ne veux pas te voir suspendue à ses basques comme tu l'as fait.

– Même pas vrai, marmonnai-je en direction des fesses gainées de vert.

– Ne réponds pas.

– Non, ma'ame, opinai-je. Maman, est-ce que papa te manque, des fois ?

Il y a eu un long silence, si long que je me suis dit qu'elle avait décidé de ne pas répondre. Elle a passé la main sous la chaise longue où elle avait posé un cendrier, un briquet et son paquet de Kool. Elle a allumé une cigarette, en insérant l'extrémité entre les brins du tressage de la chaise longue avant d'aspirer. Puis elle dit :

– Bébé, je me rappelle à peine quelle tête il avait. Tout ça semble comme un cauchemar qui serait arrivé à quelqu'un d'autre.

Une réplique d'un film ou d'une série télévisée que j'avais peut-être même regardée avec elle. Un truc de Loretta Young, probablement.

– Moi, je me rappelle comment était papa, dis-je. Et le son de sa voix, aussi. Tu veux l'entendre ?

– Non, coupa maman. Je ne veux pas. Je ne sais pas ce que j'ai fait pour mériter que tu sois si méchante avec moi. Je n'ai pas eu une vie des plus faciles, tu sais ?

J'aurais pu discuter sur ce point. Dire que depuis la mort de papa, elle n'avait jamais eu faim et n'avait jamais travaillé une seule journée pour gagner un salaire, encore moins levé volontairement le petit doigt, ni eu à choisir entre porter les vieilles chaussures trop grandes de quelqu'un d'autre ou marcher pieds nus, comme Grady Driver.

– Est-ce que Mr O'Hare te parle de papa… ?

– Non, m'interrompit maman. Pourquoi voudrait-il parler de toutes ces vieilles lunes désagréables ?

Je laissai tomber l'huile solaire dans le sable à côté d'elle.

– Je m'le demande, dis-je avec la voix de maman.

Maman se retourna pour s'asseoir et ce faisant, faillit perdre sa cigarette.

Je me mis hors d'atteinte.

– Si je pouvais, je te donnerais une claque !

Elle était trop indolente pour faire cet effort. Je tournai le dos et m'éloignai nonchalamment, la laissant sur le gril, dans tous les sens du terme.

Gus O'Hare revint effectivement pour le long week-end de la fête du travail. Maman fit en sorte que je n'aie aucune occasion d'être incluse dans leurs sorties. Puis Gus proposa que nous allions tous les trois au drive-in. Maman résista un moment mais, de peur de paraître intransigeante, elle finit par céder. Une dame du

Sud, bien sûr, ne doit jamais paraître déraisonnable à son prétendant.

Mr O'Hare emprunta la Lincoln noire de Miz Verlow. On m'assigna la banquette arrière, avec un oreiller et une couverture, afin que je puisse dormir quand j'en aurais assez. Le premier film, *Les Yeux du témoin*, ne pouvait commencer avant la nuit, et celle-ci ne tombait pas avant neuf heures. Je réussis à rester éveillée pendant toute la durée du film, bien que je n'en aie gardé à ce jour qu'un souvenir très vague. Je me rappelle Hayley Mills et je me souviens que je regrettais de ne pas m'appeler Hayley plutôt que Calley. Le deuxième film était *Monte là-d'ssus*. Je m'endormis.

Ce sont leurs voix qui m'ont ramenée à la surface.

– Vous devez vous faire du souci pour Calley, dit Gus.

Maman émit un bruit évasif.

– Ce doit être dur pour elle, d'avoir des oreilles comme ça. Je trouve qu'elles sont plutôt mignonnes mais je parie que les autres gamins doivent se moquer d'elle.

– La vie est dure dans ce monde cruel. Il va bien falloir qu'elle apprenne à être coriace si elle veut survivre.

– C'est bien vrai. Voilà ce que j'aime en vous, Roberta Ann. Vous regardez les choses en face, vous, non ?

Maman ronronna.

– Mais vous êtes sa mère et vous l'aimez tant que vous avez envie de croire que vous pourrez toujours la protéger. Elle va grandir, Roberta Ann. Un jour vous ne serez plus là pour vous occuper d'elle. Elle devra se débrouiller toute seule. Ce serait dommage de ne pas faire tout ce qui est possible pour lui donner un maximum de chances.

– Où voulez-vous en venir ?

– Écoutez, je ne voudrais pas vous vexer. J'ai un peu d'argent de côté. Je serais très heureux de l'utiliser pour Calley, pour lui faire arranger les oreilles. Ma chérie, il lui sera tout simplement impossible de trouver un travail correct avec ces oreilles-là. Elles font croire aux gens qu'elle est simple d'esprit, et ce n'est pas le cas, vous le savez. Elle a un cerveau qui fonctionne très bien, au contraire.

– Inutile d'aller plus loin, dit maman. Je n'ai jamais dépendu de la charité de quiconque, Gus O'Hare, ni emprunté d'argent, et je ne le ferai jamais.

Elle l'avait déjà fait, bien sûr, et le referait.

Cela prit un certain nombre d'allers et retours mais finalement Gus O'Hare réussit à lui mettre un chèque de deux mille dollars dans les mains. Argument décisif, il lui fit valoir ses craintes que, par sollicitude pour moi, maman ne rejette une chance d'être heureuse – ce à quoi elle avait bien droit, après les épreuves qu'elle avait traversées. Maman fut extrêmement sensible à ce portrait d'elle en victime de ses propres vertus. Une fois en possession de l'argent, elle inventa quantité de mensonges sur les médecins qu'elle m'emmenait consulter.

Maman ne ratait jamais une occasion de lire tous les magazines qu'elle pouvait emprunter – ou, si elle n'avait d'autre solution, de les acheter – s'ils contenaient un article sur la chirurgie esthétique. Je les avais étudiés aussi souvent qu'elle et j'avais une assez bonne idée de ce qui pouvait se faire. Je ne voulais pas me faire opérer les oreilles. Un chirurgien ne pouvait vraisemblablement faire plus que de les recoller, si bien que je n'aurais plus eu la possibilité de les agiter. Elles resteraient toujours aussi grandes. Gus O'Hare se faisait probablement des illusions s'il croyait qu'un chirurgien pouvait par magie les réduire à des proportions normales. Comme je n'étais pas censée savoir que maman acceptait l'argent de Gus, je ne pouvais faire ouvertement aucune objection.

Pendant tout l'hiver et le printemps suivants, Gus O'Hare est venu pendant une semaine à chaque période de fête. La veille de Noël, il tenta d'offrir à maman la bague de fiançailles de sa défunte mère. Maman l'essaya et feignit de l'admirer. N'importe qui était capable de voir que la valeur de la bague, un minuscule grenat serti d'or 12 carats, était purement sentimentale. Maman n'aimait pas les grenats. Plus important, elle n'aimait pas ce qui, aux yeux de tous, avait plus de valeur sentimentale que de prix.

Anéantie par son veuvage tragique, maman était si affligée qu'elle n'avait jamais envisagé d'ouvrir son cœur à un autre homme. C'était un tel choc… enfin, il lui fallait du temps pour réfléchir. Quand Gus lui demanda d'accepter la bague comme gage d'amitié, elle rougit et se tamponna les yeux. Elle réussit finalement à éviter d'accepter immédiatement.

Gus se montra courageux, ce pauvre idiot, et admira sa fidélité à un mort comme il admirait ses sacrifices maternels à mon endroit. C'était maman qu'il voulait, bien sûr, et je la lui laissais avec plaisir.

Il revint le samedi d'avant Pâques. Je l'entraînai sur la plage sous le prétexte de découvrir un nid de balbuzard pêcheur, et lui avouai incidemment que les gamins de l'école me faisaient enrager à cause de mes oreilles. On ne sait comment, il s'avéra que je n'avais jamais consulté de médecin à ce propos et que, en fait, maman n'avait rien fait en ce sens.

Ma trahison précipita la première de plusieurs conversations tendues entre eux. Maman, bien entendu, était *anéantie* par son manque de confiance, ainsi que profondément offensée et horrifiée qu'il se révèle aussi mercenaire. Elle réussit à retourner la situation et à se faire passer pour une victime, et il lui écrivit une longue lettre pathétique la suppliant de lui pardonner. J'avais pitié de Gus mais je me disais aussi que, comme il allait devoir se rendre compte de la réalité tôt ou tard, je lui épargnais quelques mois d'illusions.

Maman lui pardonna, bien entendu, mais son pardon n'incluait pas la pitié. Elle le congédia et, le cœur brisé, c'est lui qui se reprocha d'avoir perdu par sa faute une femme merveilleuse. J'en ai eu plus de regrets que je ne devais l'admettre. S'il fallait que j'aie un beau-père, il aurait mieux valu que ce soit Gus que n'importe quel autre. Je suppose que maman avait eu quand même pitié de lui, d'une certaine façon : elle ne l'avait soulagé que de deux mille dollars. Elle ne l'avait pas épousé.

Je ne lui ai jamais demandé ce qu'elle avait fait de l'argent.

50

– Tu as déjà vu deux chiens qui font ça sur la route, non ?

– Oui, ma'ame.

– Eh bien, maintenant, te voilà prête pour la même chose, dit maman.

Elle sortit un tampon d'un tiroir et me le lança. J'en voyais depuis des années sans avoir la moindre idée de ce que c'était. Comme si ce n'était pas suffisamment embarrassant de demander abruptement à maman ce que signifiait ce sang, je me demandais vraiment comment j'avais pu être assez stupide de ne pas avoir essayé de savoir à quoi servaient les tampons.

J'étais au courant que maman et les autres femmes adultes étaient parfois « indisposées », de façon plus ou moins régulière. Je n'avais pas compris que cette indisposition était accompagnée de saignements, jusqu'au jour où, après avoir eu mal au ventre toute la journée, alors que je prenais un bain, un petit panache de sang est monté des environs de mon pubis à la surface de l'eau. Je me suis dit que c'était le résultat d'une écorchure que je n'avais pas remarquée.

Le sang s'est désagrégé dans l'eau du bain. Quand je me suis essuyée, la serviette est ressortie de mon entrejambe avec une autre trace de sang. Cette goutte de sang de la taille d'une pièce de monnaie a commencé à m'inquiéter. Malgré un examen minutieux, maladroit et absurde, je n'ai pas réussi à trouver la moindre coupure.

Apparemment, au cours de l'été, de petites bosses coniques avaient commencé à se développer sur mon torse. Elles se limitaient essentiellement à une aréole brune. Je les dissimulais en portant une petite chemise sous mon chemisier ou mon polo. Certaines autres filles revinrent en septembre avec des bosses, elles aussi, mais j'étais encore trop garçon manqué pour faire attention aux gloussements et chuchotements incessants de mes camarades d'école plus âgées. À mesure que nous grandissions, les filles semblaient toutes devenir de plus en plus abêties par leur féminité. Qu'est-ce que j'avais à leur dire ?

À l'instar d'Alice, je grandissais à toute allure. Si je voulais que mes vêtements me fassent un minimum d'usage, je devais les acheter trop grands, car au bout de six semaines, ils seraient devenus trop petits. Je n'avais guère le temps ni l'envie de remarquer les ombres pâles de mes aisselles et les rares duvets apparaissant sur le petit renflement de mon pubis, même si j'avais su ce qu'ils signifiaient. Je faisais pipi par la fente entre mes jambes, sans effort et régulièrement, et je n'avais jamais éprouvé la moindre difficulté à ce sujet. Je me préoccupais de me récurer les oreilles, de me tailler les ongles, de me laver les cheveux et me brosser les dents, et de débarrasser ma personne du sable que je ne devais pas rapporter dans la maison.

Quand j'ai dit à maman qu'il y avait un peu de sang dans mon bain et que je lui ai montré la serviette, elle a levé les yeux au ciel.

– Ce sont tes maudites règles, dit-elle d'un air dégoûté. Quel âge as-tu ?

Elle regardait ses doigts comme s'ils avaient pu lui indiquer la réponse.

– Douze ans, lui rappelai-je.

– Flûte ! – Elle fit une grimace en soulevant son verre de bourbon. – Il ne me manquait plus que ça. Ma vie n'est pas encore assez difficile. Je n'ai pas l'âge d'avoir une fille qui a ses règles.

Puis elle me parla des chiens.

Je ne fis pas très attention parce que je venais d'avoir une révélation : voilà pourquoi les autres filles trouvaient le mot « règles » si amusant, et pourquoi elles parlaient de malédiction en chuchotant, et pourquoi l'adjectif « mensuel » avait un sens particulier pour les femmes.

J'examinai le tampon.

– Tu l'enfonces, c'est tout, me dit maman d'un ton impatient.

Elle farfouilla dans la boîte dans son tiroir et trouva un prospectus qu'elle me tendit.

Le prospectus se révéla être un mode d'emploi. Je retournai dans la salle de bains et m'assis sur le siège fermé des toilettes pour l'étudier. Les diagrammes qui indiquaient la nature et la disposition de mes organes féminins internes étaient une nouveauté totale pour moi. Consciente de ne pas être très au fait de ma propre anatomie, je fis plusieurs tentatives et finis par réussir à insérer le tampon. J'avais l'impression d'avoir encore plus mal au ventre, ce qui me fit douter de l'avoir correctement mis en place.

Miz Verlow était encore dans son bureau au rez-de-chaussée. En pyjama, pantoufles et robe de chambre, je suis descendue et j'ai frappé doucement à sa porte.

Elle m'a dit d'entrer, en levant à peine les yeux de son bureau. Je me suis souvenue de Mrs Mank assise à la même place.

– J'ai mal au ventre, dis-je. J'ai mes règles.

Miz Verlow se redressa.

– Oh, dit-elle. Oh, mon Dieu. C'est la première fois ? Non, c'est une question idiote. Tu n'as que douze ans.

Elle se leva et contourna le bureau pour me prendre la main. Nous sommes montées à sa chambre. Combien de fois y étais-je allée, combien de fois irais-je encore, pour qu'elle me frictionne avec ses panacées, me donne une de ses petites pilules orange, ou me réconforte à sa façon efficace et professionnelle ?

Elle m'a apporté un verre d'eau et deux comprimés. Ils étaient de couleur vermillon. Je n'en avais jamais vu de semblables, mais je supposai que c'était une sorte d'aspirine. Ils m'ont gratté la gorge quand je les ai avalés, si bien que j'ai bu le verre d'eau en entier.

– Une couverture chauffante peut t'aider à soulager les crampes, me dit Miz Verlow. Et maintenant, va vite te coucher.

Je l'ai remerciée avant de partir et au moment où j'arrivais à la chambre que je partageais encore avec maman, la douleur a commencé à s'estomper. J'ai massé les pieds de maman puis je me suis glissée près d'elle.

Le lendemain matin, Miz Verlow m'a donné une chambre pour moi toute seule, un petit coin exigu utilisé précédemment comme placard de rangement. Je l'ai nettoyé de fond en comble et Roger et moi y avons porté un lit de camp et fixé une étagère sur le mur au-dessus du lit, pour mettre mes livres, et c'est tout. Une chambre à moi, comme je n'en avais pas eu depuis mes « six ans bientôt sept ». Quand papa était en vie. La Calley de « six ans bientôt sept » ne rêvait que de dormir avec sa maman. Celle de douze ans avait hâte de dormir seule. Et maman aussi, sans nul doute.

Miz Verlow m'a emmenée à la pharmacie et a choisi des tampons plus petits qui, disait-elle, étaient spécialement conçus pour les fillettes plus jeunes. C'est elle qui les a payés.

Elle a également commencé à me donner une vitamine de sa composition. Elle contenait du fer, m'a-t-elle expliqué, car les saignements mensuels pouvaient rendre les femmes anémiques.

Heureusement, mes premières règles furent brèves et peu abondantes, comme elles devaient le demeurer pendant de nombreuses années, jamais plus qu'une légère incommodité passagère. Je pus garder mes façons de garçon manqué, ce qui était pour moi le principal. Je ne me disais pas que j'étais « devenue une femme ». Même si je vivais dans un corps de femme, j'étais encore une enfant et je continuais à penser comme une enfant.

51

Roger Huggins avait commencé à aider les vacanciers à mettre leurs bateaux à l'eau, ou à les amarrer, puis il s'était mis à accompagner les débutants lorsqu'il avait un peu de temps disponible. Il y avait des dauphins à repérer, des mulets qui sautaient dans la baie. Les sorties à proximité de la côte étaient une bonne alternative pour ceux qui craignaient la haute mer. Roger n'avait pas son pareil pour montrer à l'un ou l'autre le meilleur endroit pour pêcher le mulet, ou indiquer une plage retirée pour la pêche à pied.

Miz Verlow remarqua ses talents croissants de navigateur et de guide et, quand Roger eut treize ans, elle acheta un voilier de plus grande taille ainsi qu'un plus gros bateau à moteur, bien qu'encore modeste, afin qu'il puisse donner libre cours à ces activités. Elle ne le payait pas beaucoup mais encourageait les vacanciers à lui donner de généreux pourboires.

Si la science spatiale est parfois de la plomberie, la plomberie n'a rien de la science spatiale. Grady avait réussi à en maîtriser les rudiments avant l'âge de douze ans. Pendant ses brèves périodes de sobriété, son père, Heck, parvint à lui en enseigner un peu plus et, en cas d'urgence, Grady posait ses questions aux professeurs d'atelier. Miz Verlow le fit travailler, à condition qu'il ne vienne jamais avec son père. Grady ne tarda pas à connaître la plomberie de Merrymeeting mieux que n'importe qui.

Comme il venait souvent à Merrymeeting, Grady fit la connaissance de Roger. Il s'y connaissait un peu en bateaux et avait envie d'apprendre à naviguer. Bientôt, il accompagnait Roger plus souvent que moi. Si un estivant était particulièrement nul sur un bateau, Grady ou moi pouvions réellement aider Roger. D'abord, Grady et moi parlions un américain du sud à peu près compréhensible, alors que Roger, même s'il faisait des efforts en ce sens, préférait de loin ne pas parler du tout.

Je ne prétendrai pas que nous étions tous les trois comme Huckleberry Finn, Tom Sawyer et Jim sur un radeau avec nos perches dans l'eau. Ce que nous avions en commun, c'est que nous travaillions tous les jours et que nous avions à peu près le même âge. Nous plaisantions ensemble, discutions de notre travail et de musique, et disions du mal de nos parents. Non, ce n'est pas vrai. Roger ne disait jamais du mal de ses parents. Il connaissait maman, mais nous étions tous les deux choqués par la misère noire et les conditions sordides de la famille de Grady. Grady ne se plaignait jamais d'être pauvre. Mais il supportait mal d'être rossé par Heck et ses cinq oncles.

Depuis la première fois où j'avais transporté un coffre au grenier avec Roger, nous y étions allés au moins une fois par semaine. Parfois, après avoir monté quelque chose au grenier, nous avions un peu de temps entre deux corvées et nous nous amusions à ranger les bagages, les meubles et le bric-à-brac pour faire un peu de place. Pratiquement chaque semaine, nous devions aller y chercher les malles des pensionnaires qui partaient. L'habitude avait fini par atténuer l'impression menaçante de l'endroit. C'était devenu simplement une sorte d'immense placard. Une fois de temps en temps, un détail attirait mon attention, ou celle de Roger, et nous méditions sur son origine : une carte postale trouvée sur le plancher, une plume de corbeau, le sapin de Noël en aluminium, remplacé chaque année depuis longtemps par un vrai. Rien de tout cela n'avait de signification particulière, rien n'était inquiétant. Il ne manquait apparemment jamais de choses curieuses et nous en découvrions constamment que nous n'avions pas remarquées auparavant.

Les travaux de plomberie de Grady ne le conduisaient jamais au grenier, mais il en entendait parler par Roger et moi. C'était le seul endroit de Merrymeeting que Grady ne connaissait pas aussi bien que nous. Il sembla bientôt anormal qu'il n'y soit jamais allé.

Pour la première visite du grenier de Grady, pendant l'été précédant notre rentrée au lycée, nous avons choisi le jour de la Fiesta annuelle des Cinq Drapeaux, jour de congé pour Perdita et Cleonie et où Miz Verlow et les vacanciers étaient tous à la fête du matin au soir.

Une fois la maison silencieuse, nous nous sommes lancés dans notre mission. Pour que les garçons n'aient pas d'ennuis si jamais nous étions surpris, c'était moi qui tenais la clé que j'avais prise dans le bureau de Miz Verlow. Le grenier, naturellement, était horriblement surchauffé. Je ne portais qu'un débardeur et un short. Les garçons étaient torse nu. Nous étions munis d'un pichet de thé sucré que j'avais préparé et auquel j'avais ajouté du bourbon chapardé. Nous avions quelques cigarettes, piquées une par une dans des paquets laissés sans surveillance, et soigneusement mises de côté pour l'occasion. Grady possédait un briquet. J'avais pris quelques bougies et des gobelets en carton pour le thé. Et Roger avait apporté un minuteur de cuisine.

Immédiatement, nous avons eu le corps et les vêtements trempés de sueur collante de saleté. Nous avons étendu une grande toile cirée à proximité d'un soupirail pour nous installer, fumer et boire le thé sirupeux et alcoolisé. Grady a allumé trois bouts de bougie. Les vieilles bougies usées nous semblaient beaucoup plus sophistiquées que les ampoules électriques. Nous avons fait couler suffisamment de cire sur la toile cirée pour y ficher les bougies.

Grady a grimpé au bord d'une table cassée et a examiné les alentours pour avoir une idée de l'espace.

Nous avions un plan. Après la première cigarette et la première tournée, nous allions explorer. Prenant chacun une bougie, nous sommes partis dans des directions différentes. Nous avons réglé le minuteur sur une durée de dix minutes, pendant lesquelles nous devions trouver quelque chose d'intéressant à montrer aux deux autres.

J'ai soulevé des bâches, tiré d'énormes tiroirs où j'ai farfouillé à tâtons tandis que j'entendais Roger et Grady qui faisaient la même chose. Sous une bâche, j'ai découvert ce que j'ai pris au début pour une sorte de totem, un objet qui m'arrivait à hauteur de la taille, avec sept paires d'yeux de chouette les unes au-dessus des autres. Ma première réaction fut de m'écarter vivement de leur regard malveillant. En approchant la bougie, je vis que c'était un semainier, une petite commode étroite comportant sept tiroirs peu profonds. Ce que j'avais pris pour des yeux de chouette étaient les poignées, et les sourcils des incrustations de bois noir. Je ricanai de ma crédulité. J'ouvris tour à tour les sept tiroirs, surprise de constater que chacun contenait plusieurs objets. J'en pris un seul. Sans réfléchir, je le saisis, refermai vivement le tiroir et m'écartai d'un bond comme si quelqu'un risquait de l'attraper.

Ma trouvaille tenait dans mon poing fermé. Je revins à notre toile cirée longtemps avant que les dix minutes soient passées. Deux minutes plus tard, Roger s'accroupit à côté de moi. Il gardait une main derrière le dos et de l'autre fit un geste pour demander une cigarette. J'en allumai une de notre précieuse réserve, tirai une bouffée avant de la lui passer. Juste avant la limite des dix minutes, Grady émergea de l'obscurité, les mains derrière le dos, lui aussi.

Roger avait une cuiller. C'était une cuiller en argent et le manche était terminé par le visage caricaturé, grosses lèvres et cheveux crépus, d'un négrillon. La cuillère portait la légende gravée : Souvenir de Pensacola.

Grady avait trouvé un singe en noix de coco. Je l'avais fait moi-même quand j'avais sept ou huit ans, avec une noix de coco pas mûre qui avait échoué sur la plage.

– C'est mon vieux singe, dis-je. Il s'appelle Ford.

Les garçons éclatèrent de rire.

– Ford ? demanda Grady.

– C'est mon frère.

– Je ne savais pas, dit Grady, et Roger tambourina avec la cuiller sur la noix de coco.

– On sait que tu ne sais pas, dit Roger.

– C'est pas grave, dis-je. Je pense que je n'en ai jamais parlé.

Grady était gêné d'avoir réveillé ce que Roger et lui croyaient être un souvenir douloureux. Pour moi, la seule surprise était de constater que j'étais plus émue par le singe, qui évoquait une création de mon enfance, que par la pensée de mon frère.

J'ouvris le poing avec une impatience triomphante qui me faisait glousser. Dans ma paume, un œuf doré de la taille d'une pièce de vingt-cinq cents scintillait dans son nid de brins de soie tressés.

Les garçons s'extasièrent.

Ouvrant les doigts, je laissai l'œuf glisser en déroulant la ganse de soie derrière lui. Je m'attendais à ce qu'il pende sur toute la longueur mais il s'arrêta presque immédiatement. Je crus d'abord que la tresse était emmêlée mais alors, l'œuf d'une main et la ganse dans l'autre, je me rendis compte qu'il y avait deux brins distincts. Le plus long, auquel était accroché l'œuf, portait une minuscule boucle et ressemblait à une ceinture. L'autre lui était attaché en trois points, comme une paire de bretelles. Ce n'était donc pas, comme je l'avais cru tout d'abord, un pendentif d'enfant.

– C'est quoi ? marmonna Grady.

Je le lui passai. Il le fit tourner dans sa paume.

– On dirait un harnais. Trop grand pour une souris, trop petit pour un raton laveur.

Il le passa à Roger.

– Pt'êt' ben un rat, suggéra Roger. La ficelle, pour balancer…

Roger et moi avons ricané. Grady s'est gratté la tête, ce qui m'a rappelé le temps où il avait des poux. Grady n'avait pas dépassé le stade où il bougeait les lèvres en lisant.

Roger me l'a rendu et ils m'ont accordé le premier prix, donc le droit de boire deux fois plus de thé glacé. Tout en buvant, j'ai examiné l'œuf proprement dit. Il n'était pas d'une seule pièce. Une ligne en relief le coupait du haut en bas d'un côté, un peu plus lisse de l'autre. Comme un médaillon fermé, me dis-je, et j'ai appuyé, pour voir, sur la partie supérieure, le petit anneau doré par lequel passait la ganse. L'œuf s'ouvrit comme un livre.

– Punaise, s'exclama Grady.

Roger émit une expiration explosive.

Ils se sont rapprochés de moi et nous avons regardé ensemble l'œuf ouvert.

D'un côté, l'intérieur de l'œuf encadrait une minuscule photo. C'était un portrait en buste, une de ces photos sépia de l'ancien temps, et la jeune femme représentée était effectivement coiffée à la Gibson, selon ce que j'avais appris. Elle avait une nuque très longue, ce qui lui faisait un cou gracieux de cygne sous le poids d'une luxuriante chevelure relevée en chignon.

Nous sommes restés sans voix pendant un long moment.

– C'est le portrait craché de ta mère, dit Grady, quand ta mère était plus jeune.

– On dirait ta m'man déguisée avec les ch'veux à l'ancienne mode, acquiesça Roger.

Sauf, me dis-je, que maman n'avait jamais souri comme ça de sa vie.

Je portai mon regard sur l'autre moitié de l'œuf. Délicatement gravé en lettres fleuries, était inscrit le nom CALLIOPE.

Quand je le montrai aux garçons, ils réagirent avec une stupéfaction et un émerveillement accrus.

– C'est ton nom ! dit Roger. Tout ben écrit.

Grady hocha la tête en silence, puis demanda :

– Alors, c'est son nom ? Calliope ?

– J'en sais rien.

J'ai avalé le reste de mon thé et fourré l'œuf et sa tresse de soie dans la poche de mon short.

Nous avons programmé un quart d'heure sur le minuteur pour le deuxième round. Nous étions censés partir dans une direction différente à chaque fois.

Grady est revenu avec une bouteille de Pepsi bleue. Il nous a annoncé que son oncle Coy en avait une pareille et prétendait qu'elle avait été fabriquée avant la Première Guerre mondiale.

J'ai trouvé une assiette. C'était un souvenir décoratif, avec la Floride imprimée en jaune. La carte de l'État était entourée de divers pélicans, poissons bondissant hors de l'eau et fleurs tropicales.

Dans la poche d'une vieille vareuse de marin suspendue à un portemanteau, Roger avait trouvé une poignée de tickets de course de lévriers.

Nous l'avons désigné comme gagnant.

Pendant le troisième round, j'ai erré un long moment, avec le sentiment croissant que le temps pressait. J'ai tourné sur moi-même avant de plonger dans les profondeurs du grenier – et j'ai failli me crever un œil en me heurtant au portemanteau de Roger, celui de la vareuse. En le saisissant par une patère pour l'empêcher de tomber et de m'entraîner dans sa chute, je me suis retrouvée en train de le serrer dans mes bras. J'ai repris mon souffle avant de relâcher mon étreinte et de faire un pas en arrière. La vareuse était tombée sur le plancher. Entortillé autour d'un des bras du portemanteau, il y avait un foulard de gaze scintillante. Il me parut si familier que je me suis dit qu'il avait dû appartenir à maman.

Je réussis à arriver juste au moment où le minuteur se déclenchait, le foulard enroulé en turban autour de la tête.

Roger avait un bougeoir en verre bleu.

Grady avait découvert une cravache.

Les garçons admirèrent le foulard en me taquinant mais nous avons tous convenu d'attribuer le troisième round à Grady. Il gagna le droit de boire trois gobelets de thé ; Roger et moi n'en avons bu qu'un. Nous avons fumé une deuxième cigarette avant de commencer le quatrième round, pour lequel nous avons prévu sept minutes. Roger et moi avons fait tourner Grady sur lui-même avant de le pousser dans une direction, ensuite Roger m'a fait tourner et m'a lancée dans une autre. Puis il en a pris une troisième. Je me suis cogné les tibias sur je ne sais quoi et j'ai dû écarter les extrémités du foulard qui me tombaient dans les yeux. La gaze était aussi trempée de sueur que le reste de ma personne. Jusqu'à mes paumes qui étaient moites. Je les ai essuyées sur mon short, sans résultat car il était si imbibé de sueur qu'il me collait à la peau. Je regardais autour de moi à la recherche d'un tissu absorbant et j'ai repéré une guenille qui recouvrait un coffre. Posant soigneusement ma bougie sur une pile de valises à proximité, je m'agenouillai pour m'essuyer les mains sur les restes d'un vieux tapis persan. Les mains un peu plus sèches, je commençai à me redresser. Une douleur violente explosa dans ma tête. Je me remis à genoux, puis à quatre pattes, me raidissant contre la douleur sourde qui m'envahissait. Puis je me couchai à plat ventre, comme si, en descendant, je pouvais éviter l'horrible mal de tête. J'avais les yeux qui coulaient à flots mais mon visage était si mouillé de sueur que ça ne faisait aucune différence. Des gouttelettes dégoulinaient sur mon visage et tombaient de mes joues et de mon menton.

J'ai fermé les yeux. Au bout d'un instant, la douleur a paru se calmer. J'entendais Roger et Grady, déjà revenus à la bâche, qui discutaient.

Je remontai les genoux et tentai de me relever. Une douleur fulgurante me traversa le crâne. J'avais l'impression que le foulard s'était resserré autour de ma tête. Je tentai de le desserrer mais le tissu était trop mouillé et glissant. J'abandonnai le nœud et réussis à me remettre sur pied. Je ne pensais qu'à rebrousser chemin tant bien que mal et à reconnaître ma défaite. En plissant les paupières pour évacuer les larmes, j'ai vu quelqu'un. Pas Grady. Ni Roger. Quelqu'un d'autre. Puis je m'aperçus que la silhouette vacillante n'était que mon reflet. Je vis le cadre. À quelques pas de moi, posé sur une table encombrée, il y avait quelque chose d'encadré sous verre. Je m'en emparai. C'était un grand cadre, mais plus encombrant que lourd. L'ensemble était à peu près de la taille d'une des fenêtres du palier, celle qui était décorée d'un vitrail. Le cadre était incroyablement poussiéreux et la saleté me fit grimacer, mais je me rendis compte que la poussière absorbait l'humidité de mes paumes et de mes doigts.

Serrant ma trouvaille contre moi, je trébuchai hors d'haleine jusqu'à la toile cirée juste au moment où le signal sonore retentissait.

Roger siffla pour montrer à quel point c'était limite.

Je m'accroupis à côté d'eux, en tenant contre moi le mystérieux encadrement.

Grady exhiba un paquet de cartes pliées en forme de grues. Chaque oiseau était percé d'un trou où passait un bout de ficelle, ce qui montrait à l'évidence qu'elles étaient destinées à être suspendues.

Roger avait trouvé un vieux parapluie noir, du genre que les croque-morts pouvaient utiliser pour abriter les gens pendant un enterrement.

Maladroitement, à cause de sa taille, je retournai ma trouvaille pour qu'ils puissent la voir. J'essayais de regarder en même temps mais c'était impossible. Je la posai donc debout contre le mur du grenier et changeai de place en me traînant sur les fesses pour me placer devant.

– Wow, dit Roger.

– Amen, s'exclama Grady.

Je frottai le verre poussiéreux.

C'était une affiche sous verre.

VENEZ ENTENDRE L'ORGUE À VAPEUR

LE CALLIOPE DES FRÈRES DEXTER

***

LE PLUS GRAND,

LE PLUS BEAU DES SPECTACLES

DU SUD

***

TROIS PISTES DE CIRQUE

***

EXPLOITS STUPÉFIANTS

FRISSONS GARANTIS

Autour du texte qui occupait le centre de l'affiche, divers numéros de cirque étaient représentés, dans des couleurs criardes.

Une parade d'éléphants, une femme en costume pailleté assise sur le dos de la première des énormes bêtes.

Tiré par des chevaux blancs, un calliope, orgue à vapeur sur roues, une femme au clavier.

Un homme en queue-de-pie et chapeau haut-de-forme, rayonnant sous les projecteurs.

Un dompteur moustachu en jodhpurs, avec une cravache, entouré de lions complaisants.

Une femme très peinturlurée avec de grands anneaux aux oreilles, qui présentait une boule de cristal.

Une femme incroyablement grosse, assise sur une bascule.

Des clowns, entassés les uns sur les autres, qui dégringolaient d'un carrosse en forme de citrouille tiré par des moutons.

Un autre homme en queue-de-pie, tenant un chapeau haut-de-forme dont sortait un lapin.

Une femme en collant, aux cheveux orange, aux formes rebondies, dans un costume qui ressemblait à un corset, se balançait en équilibre pieds nus sur un fil. En approchant ma bougie de l'affiche, je regardai de plus près l'équilibriste. Elle présentait une ressemblance frappante avec Fennie Verlow. Je me demandai si je me rappelais vraiment les traits de Fennie Verlow. Cette femme ne pouvait pas être Fennie Verlow, car l'affiche était bien trop ancienne, les costumes et les coiffures suggéraient les années 1900.

J'époussetai un peu mieux et, tenant ma bougie au plus près, j'examinai avec la plus grande attention tous les personnages de l'affiche. Les foulards de la diseuse de bonne aventure ressemblaient beaucoup à celui que j'avais autour de la tête. Le nom Tallulah me vint soudain à l'esprit, mais sans plus d'informations utiles. Est-ce que je connaissais la grosse femme sur la bascule ? L'homme très grand et très mince qui se pliait comme du caoutchouc ? Serait-ce Mr Quigley ? Et le maître de piste en queue-de-pie et chapeau haut-de-forme, le père Valentine ? La femme qui jouait de l'orgue à vapeur était le portrait craché de la reine Elizabeth. Non, elle ressemblait encore plus à Mrs Mank. Je secouai la tête, stupéfaite, en me rendant compte que c'était Mrs Mank qui ressemblait à la reine Elizabeth. Depuis toujours.

La femme sous le dais sur le dos de l'éléphant était assise en tailleur comme un charmeur de serpents, avec des bas résilles. J'ai eu un coup au cœur en m'apercevant que son visage était une grossière copie de la femme représentée sur la photo dans le petit œuf doré. Elle portait une bougie allumée dans une main et sur l'autre était perché un ara écarlate. Sur le dos de l'oiseau, on devinait le dessin d'un harnais. Je compris immédiatement la nature des ganses de soie tressée dans ma poche, auxquelles l'œuf était suspendu. C'était le harnais, non pas d'un rat, mais d'un oiseau de la taille d'un ara.

Tous trois serrés l'un contre l'autre, nous dévorions l'affiche des yeux.

– Ce truc, dit Grady, date peut-être de cent ans.

– Pus qu'ça, dit Roger.

– C'est Calley qui a gagné, dit Grady.

Roger acquiesça de la tête.

Assis sur les talons, nous avons bu une autre tournée de thé. La glace avait fondu depuis longtemps et le goût du bourbon était quelque peu dilué. Nous avions de plus en plus soif et nous avons bu avidement, tout en continuant à examiner l'affiche.

– Je suis crasseuse, dis-je. Si Miz Verlow me voit comme ça, elle va m'demander pourquoi.

Je me disais que j'allais descendre me laver. Mais quand je commençai à me mettre debout, je fus obligée de me rasseoir.

– Eh oh, dit Roger.

– T'es bourrée ? demanda Grady.

– Pas du tout, assurai-je.

– Vaut mieux rester assise, alors, conseilla Grady.

– Je vais fondre, dis-je.

Je me penchai en avant pour souffler ma bougie. Les garçons ne s'attendaient pas à l'obscurité soudaine qui m'environna. Ils sursautèrent puis se mirent à ricaner pour cacher leur alarme passagère.

J'ai bu le reste du thé. J'avais mal au cœur, la tête qui tournait… j'ai fermé les yeux.

Grady et Roger m'ont soutenue sous les coudes en me guidant pour descendre.

Ils me disaient où poser les pieds.

– Descends. L'autre maintenant.

– On est à la salle de bains, dit Grady. Tu ferais peut-être mieux de t'arrêter et de te mettre un peu d'eau sur la tête.

Ils m'ont accompagnée à l'intérieur et je suis tombée à genoux. Grady m'a poussé la tête au-dessus de la baignoire. Roger a ouvert le robinet de douche. L'eau dégoulinait sur ma tête et le long de mon dos. Les extrémités du foulard de gaze gouttaient sur mon visage et dans la baignoire.

L'eau arrêtée, l'un des garçons m'a enveloppé la tête d'une serviette et ils m'ont assise à côté des toilettes.

– Qu'est-ce qu'on va faire d'elle ? a demandé Grady à Roger.

– On peut pas la laisser, a dit Roger.

Ils se sont mis à deux, me portant à moitié, pour me sortir de la maison jusqu'à la plage, et m'ont fait entrer dans la mer jusqu'à la taille. Ils me tenaient entre eux comme des serre-livres. La lumière extérieure était aveuglante. Mes yeux ruisselaient et tout semblait flou autour de moi.

« Un, deux, trois », ont-ils compté en me balançant sous l'eau. J'ai entendu Grady qui disait : « Je te baptise, au nom du Père, du Fils et du Saint-Esprit. » Rire de Roger. Ils m'ont hissée hors de l'eau comme un poisson mort. Je me suis appuyée sur leurs bras et j'ai vomi dans la mer.

– Voilà, dit Grady. Je crois que tu te sens mieux.

Ils m'ont allongée dans les hautes herbes. Roger s'est accroupi à côté de moi, me tenant la main et me murmurant des sons réconfortants.

Grady est revenu quelques instants plus tard avec un broc d'eau, de l'aspirine et des serviettes.

Je grelottais. Ils m'ont enveloppée dans les serviettes, m'ont fait avaler l'aspirine avec de l'eau. Grady m'a assise entre ses jambes, ma tête sur son épaule, comme dans une chaise.

J'ai fermé les yeux.

J'écoutais le golfe. Le vent omniprésent. Comme un pouls, une respiration. Plus j'écoutais intensément, plus j'entendais « *You Are My Sunshine* » émis par les multiples gorges de cuivre d'un calliope.

52

Miz Verlow ne crut pas une seconde que j'avais eu une insolation, ni que j'avais été intoxiquée par une huître avariée.

– J'ai déjà entendu l'histoire de l'huître avariée, dit-elle à Grady.

– Oui, Ma'ame, reconnut-il.

Je les entendais parler devant la porte de ma chambre, où Grady et Roger m'avaient déposée, dans toute ma grotesque splendeur.

Mue par l'impulsion soudaine d'aider Grady, je tentai de tomber du lit pour me cacher dessous. Miz Verlow et Grady se précipitèrent pour m'en empêcher, réintégrant la pièce qu'ils venaient de quitter.

Trop abasourdi et trop gentil pour m'abandonner, Grady était resté à mon chevet jusqu'à ce que maman et Miz Verlow reviennent de la Fiesta. Comme maman avait mal aux pieds, la responsabilité échut à Miz Verlow de savoir pourquoi Grady Driver était assis dans ma chambre, et ce que je faisais, avachie sur mon lit comme un ivrogne, dans des draps trempés de sueur.

Quand ils m'eurent remise au lit, Miz Verlow renvoya Grady chez lui. Elle s'assit au pied du lit et observa le nœud du foulard de gaze. Patiemment, elle le défit. J'eus immédiatement l'impression que ma tête n'était plus prise dans un étau.

– Combien de bourbon me dois-tu ? demanda-t-elle.

– Une demi-bouteille.

– C'est toi qui as dû en boire l'essentiel. – Elle parlait avec une satisfaction évidente. – Je ne peux pas t'éviter de masser les pieds de ta mère. Essaye de ne pas lui vomir dessus.

– Oui, Ma'ame.

– Et maintenant, commence par prendre un bain, en essayant de ne pas te noyer. Mais bois quand même beaucoup d'eau. Grady m'a dit qu'il t'avait donné dc l'aspirinc.

– Oui, Ma'ame.

Miz Verlow s'est levée et s'est dirigée vers la porte. Elle s'est retournée.

– Grady s'est conduit en gentleman ?

– Qu'est-ce que vous voulez dire ? ai-je marmonné.

– Tu sais ce que je veux dire.

– Mettriez-vous en doute la vertu de la féminité sudiste ? ai-je demandé en imitant la voix de maman.

– Comme c'est amusant, dit Miz Verlow d'un ton qui signifiait qu'elle ne trouvait pas ça drôle du tout.

– Grady est trop naïf pour essayer de me peloter, si c'est ce que vous voulez dire. Ou pour autre chose. Mais regardez-moi, punaisc. Jc suis laidc.

– Grady aussi, rétorqua Miz Verlow. La laideur n'a jamais empêché le sexe, que je sache.

– Ha-ha. Roger était là. Il nous servait de chaperon.

Ce qui a mis Miz Verlow vraiment en colère.

– Très drôle, ha-ha, en effet.

Si ça avait été des cubes de glace, ses mots auraient pu rafraîchir un bon verre d'eau.

Elle est revenue vers le lit et s'est penchée pour me dire :

– Je ne veux jamais entendre dire que tu traînes avec Roger Huggins, avec ou sans Grady Driver. Tu veux peut-être qu'on retrouve ce garçon pendu à un arbre ? Pense à sa mère, si tu es capable de voir plus loin que le bout de ton nez.

Elle est sortie en claquant la porte, me laissant tout loisir de réfléchir. Je l'ai entendue monter l'escalier du grenier, puis se déplacer au-dessus de ma tête.

En 1955, une bande de connards couverts de draps blancs avaient assassiné un gamin de quinze ans, qui s'appelait Emmett Till, parce qu'il avait sifflé une femme blanche. Il est extrêmement probable qu'Emmett Till n'avait pas en fait sifflé cette femme, ni émis de remarque grossière, ni quoi que ce soit de ce genre.

Je n'avais que treize ans, sans doute, mais je ne pouvais pas prétendre ignorer cette histoire horrible. Roger m'avait montré l'exemplaire du magazine *Life* qui contenait les photos, et que son père avait essayé de cacher pour qu'il ne les voie pas. Nathan Huggins n'avait pas acheté ce magazine chez un marchand de journaux. Si ce numéro avait été vendu par les marchands de journaux de Pensacola, il est peu vraisemblable qu'il ait été vendu à un homme de couleur, l'eût-il demandé. L'exemplaire de Mr Huggins lui venait d'un cousin de Chicago. Roger l'avait découvert par accident. Son père l'avait trouvé en larmes en train de le lire et ils avaient longuement parlé.

Je ne me sentais pas fière. Je me forçai à me lever et à aller prendre un bain. Affalée dans la baignoire, j'avais envie de me laisser couler et de ne pas remonter à la surface.

Je me suis rendue dans la chambre de maman et je lui ai massé les pieds pendant qu'elle me racontait toute sa journée à la Fiesta. Bien entendu, ses pauvres pieds avaient été à rude épreuve. Tandis que maman bavardait, je m'aperçus que j'avais envie de me faufiler dans le lit à côté d'elle, d'écouter les battements de son cœur et l'air qui entrait et sortait de ses poumons, et de m'endormir.

Soudain, maman cessa de parler. Elle écrasa sont mégot dans un cendrier.

– Calley, bébé, dit-elle, tu as une mine de papier mâché. Tu as tes règles ? Allez, grimpe dans le lit à côté de moi.

Elle se glissa dans les draps et les rabattit pour me border. Il faisait trop chaud pour les couvertures. Les draps étaient juste supportables grâce au ventilateur qui tournait sans arrêt au plafond.

Maman s'est mise à ronfler doucement. Son pouls suivait en contrepoint le rythme du ventilateur. Soixante-dix pulsations minute, me dis-je. Elle avait les poumons un peu encombrés, mais il y avait longtemps que ça durait. Ça n'avait pas l'air d'empirer. Est-ce qu'elle n'avait pas un peu maigri ? Non, sa peau semblait plus flasque.

Comme je l'aimais ! Ce sentiment me submergeait. Comme j'avais besoin d'une mère à aimer !

Bien que nous ne dormions plus dans la même chambre, j'avais continué, d'aussi longtemps que je me souvins, à masser les pieds de maman.

Et fréquemment, maman venait dans ma chambre, tard le soir, et me secouait pour me réveiller avec autant de violence que si la maison était en feu, en me demandant mon opinion concernant Adele Starret et la probabilité qu'elle conteste le testament de Mamadee. Elle craignait que, si Adele Starret attaquait trop agressivement la succession, l'avocat Weems ne fasse croire à Ford que sa mère tentait de le léser de son héritage légitime. Et si elle perdait le procès ? Elle perdrait également l'affection de son fils et se retrouverait très exactement sans rien, très exactement moins que rien. Je me disais que je ne pouvais pas *savoir* qu'elle avait déjà perdu l'affection de Ford, si elle l'avait jamais eue, mais même quand j'étais le plus en colère, j'étais incapable d'être assez cruelle pour le lui dire.

Maman était secrètement soulagée d'avoir si rarement des nouvelles d'Adele Starret. Elle se persuadait qu'à la minute même où mon frère Ford atteindrait sa majorité, tout allait rentrer dans l'ordre. Une fois qu'il serait libéré de l'autorité de ce *voleur*, ce *menteur*, ce *vaurien* d'avocat qu'était Winston Weems, Ford prendrait immédiatement le contrôle de ce qui restait de la fortune familiale et remettrait maman à la place qui lui revenait dans la société.

Ford était encore en vie, j'en étais certaine. Je n'avais pas entendu sa voix parmi celles que m'apportait le golfe.

Mon sommeil fut peuplé d'horribles cauchemars. Ils n'étaient pas nouveaux, ce qui ne les rendait que plus effrayants, car je savais où ils allaient et pourtant je ne pouvais leur échapper. En me réveillant le matin, cependant, au son du *ding-dong* de la vieille sonnette de l'entrée, me revint en mémoire le souvenir très net d'avoir ouvert la porte au fantôme qui avait dit s'appeler Tallulah Jordan, et qui portait le foulard que j'avais retrouvé dans le grenier.

53

Merry Verlow se mit à surveiller très attentivement la clé du grenier. Quand j'avais quelque chose à aller y chercher ou y porter, elle s'arrangeait pour être présente. Elle ne me laissa aucun loisir de retrouver l'affiche encadrée. Dans mes efforts pour regagner ses bonnes grâces, je me promis de la retrouver plus tard, en ayant la patience d'attendre très longtemps.

Le lycée que je fréquentais était un endroit étrange. D'abord, il était de construction récente et manquait à la fois de passé et de cohérence. La moitié au moins des élèves étaient des enfants de militaires. Parmi les locaux, aucun d'entre nous n'était aussi aisé, n'avait autant voyagé et ne parlait aussi bien qu'eux. Notre centre d'intérêt principal était rarement d'ordre scolaire, mais lié à nos familles ou sur les petits boulots que nous effectuions le matin avant les premiers cours ou après l'école, en début d'après-midi.

Mes cours étaient organisés de façon à ce que je puisse sortir tous les jours à deux heures. Grady sortait à deux heures, lui aussi. Il faisait une journée complète de plombier avant et après l'école.

Grady habitait avec son père, à côté de chez son grand-père et juste en dessous de ses cinq oncles. Son père et ses oncles possédaient en commun deux bateaux chroniquement en panne dont ils tiraient un revenu occasionnel. Ils avaient chacun une camionnette au dysfonctionnement tout aussi chronique, avec laquelle ils vendaient de petites quantités de poissons ou de coquillages au bord de la route, à des gens qu'ils ne connaissaient pas et qui ne pourraient pas les retrouver si le poisson acheté les rendait malades. Ils étaient tous divorcés, veufs ou abandonnés, ou une quelconque combinaison des trois.

Ayant vécu si longtemps dans une maison dirigée par des femmes, j'avais été obligée de glaner auprès des résidents de passage le peu que je savais de la façon dont les hommes pensaient, réagissaient et se comportaient. Grady et sa famille faisaient partie d'une tribu totalement différente. Ils me rappelaient les oncles Dakin que j'avais à moitié oubliés. Je ne croyais pas me souvenir qu'aucun de mes oncles était divorcé ou veuf mais tout le monde savait qu'ils buvaient, se battaient, se faisaient arrêter, avaient des accidents de voiture, des affaires en faillite, passaient parfois le week-end dans la prison locale et retrouvaient Jésus à toutes les réunions de repentir public organisées à proximité. Le pouvoir de leurs femmes – toutes dures à la peine et pourvues de mauvaise dentition – était tout aussi réel que celui de Cleonie sur Nathan Huggins ou de Perdita sur son Joe Mooney.

Un samedi soir d'été entre l'année de seconde et de première, Grady et moi, on s'est retrouvés bourrés après avoir bu un pack de bières Straight Eight. La plage était l'endroit idéal pour aller crier, rire comme des fous et roucouler. Après avoir blagué, rigolé, s'être pris par la main, on est passé au pelotage et on a continué. Bien sûr, on était trop maladroits et ignorants et ça n'a pas marché du premier coup mais l'appétit et l'excitation ont suffi, comme c'est généralement le cas, à vaincre l'embarras.

Nous étions pleins de gratitude l'un pour l'autre, oh oui ! Grady à cause de son extrême timidité et moi parce que j'étais trop jeune pour me rendre compte que la laideur n'empêche pas l'activité sexuelle. Miz Verlow avait raison. Notre amitié nous permettait d'admettre en toute sincérité que *l'amour* n'entrait pas en ligne de compte. Je n'étais pas la petite amie de Grady, j'avais juste l'équipement nécessaire, et il n'était pas mon petit ami, avait juste l'indispensable, etc. Nous avions le désir et la curiosité et cela nous suffisait à tous les deux.

Cette première fois, idiots que nous étions, nous avons pris des risques qui nous valurent ensuite des affres bien méritées, mais nous nous en sommes sortis sans dommages. Après ça, Grady piquait des préservatifs à son père et ses oncles, et nous avons cessé de nous soucier de ce petit problème, sauf une fois où le préservatif s'est rompu et une autre où il a glissé, et nous avons connu une nouvelle fois les angoisses et les « jésus-marie-ayez-pitié-de-nous », comme tous ceux qui ont un jour compté sur ce que, à cette époque, nous appelions des « protections ».

Maman et moi étions incapables de maintenir une trêve pendant plus de quelques heures. Si nous ne nous sommes pas entretuées, c'est uniquement parce que je l'évitais autant que je le pouvais. Au début, elle ne s'en rendait pas compte mais quand elle s'en est aperçue, elle est montée sur ses grands chevaux. Par la suite, elle a essayé de jouer les martyrs. Aucune de ces deux attitudes n'avait beaucoup d'effet sur moi. À ce stade, mon cœur était enseveli dans le marbre d'Alabama.

La comédie de maman pour faire croire que je n'étais pas sa fille s'est renouvelée plus fréquemment après ma puberté et s'intensifiait généralement quand elle commençait à s'intéresser à un homme. Après Gus O'Hare, je me souviens qu'elle est sortie avec un photographe de la faune et de la flore, puis un ancien pilote de la Navy qui était revenu visiter les lieux de sa gloire passée à Pensacola, puis un ingénieur radio, Ray Pinette. Tous m'ont appris quelque chose, Ray en particulier. J'essayais toujours de leur trouver un côté positif. Et je m'efforçais de rester en dehors des projecteurs qui devaient rester braqués sur maman.

Elle allait aux courses de lévriers, au cinéma, ses soupirants l'emmenaient dîner ou faire de longues promenades en voiture. Elle fumait tout son saoul et buvait les cocktails les plus coûteux. La seule chose qui ne lui plaisait pas, c'était qu'on ne fasse pas ses quatre volontés, ce qui arrivait de toute façon, avec ou sans soupirants. Tôt ou tard, la véritable Roberta Ann Carroll Dakin refaisait surface, refroidissait les ardeurs les plus enflammées en les écrasant dans l'œuf d'un coup de talon aiguille.

Quand j'ai commencé mon année de première au lycée, elle s'évertuait sérieusement à mettre le grappin sur un deuxième mari, un officier en poste à Eglin, rien moins que colonel.

Tom Beddoes était deux fois divorcé, grâce à ses efforts pour soutenir la réputation d'infidélité des pilotes. Il avait compris la leçon, dit-il à maman, et ne souhaitait désormais qu'une chose, trouver une bonne chrétienne au cœur généreux qui lui pardonnerait et avec qui il passerait le reste de sa vie. Maman se mit à porter au cou une croix d'or suspendue à une chaîne.

Mais elle hésitait.

Le salaire du colonel Beddoes était excellent, avec tout un tas de primes et des perspectives d'avancement et, même après une retraite précoce, des opportunités dans l'industrie militaire. Le mot « colonel » avait sur ses lèvres la valeur d'un caramel au beurre double-crème, comme le mot « capitaine » l'avait été pour sa mère. Mais… Les forces armées étaient multiraciales, surtout l'armée de l'air, et il y avait même des *officiers* noirs. En tant que femme d'officier, il lui faudrait les fréquenter.

L'intégration raciale avançait à petits pas à Pensacola, sur la pointe des pieds et en retenant son souffle, depuis que Harry Truman avait supprimé la ségrégation dans les forces armées. Les ségrégationnistes avaient ouvert en hâte des écoles pour Blancs uniquement, naturellement, sous l'égide le plus souvent d'un Jésus blanc comme neige, et pas seulement dans le Sud mais aussi dans certaines villes du Nord. Cependant, comme les militaires foisonnaient apparemment dans la région de Pensacola, les écoles publiques ne purent résister à l'attente des militaires qui voulaient pour leurs enfants des écoles intégrées.

Quand maman s'aperçut que Roger Huggins passait de son ancien lycée noir au mien, elle fut horrifiée. Presque aussi terrible que l'intégration, il y avait aussi le fait que sa dépendance des services de Cleonie et Perdita la forçait à taire son indignation.

Elle resta sans voix lorsque Nathan Huggins arriva un jour à Meerymeeting au volant de notre vieille Edsel. Les pare-chocs et le capot avaient été remplacés et étaient d'une couleur différente – rouge et bleu – de l'original, mais c'était bien celle dont nous avions jadis été propriétaires. Mr Huggins l'avait trouvée en vente sur une route de campagne de Blackwater. Comme il ne l'avait jamais vue, il n'avait aucune idée de son passé jusqu'au moment où je poussai un cri de surprise ravie en la reconnaissant. Maman nia fermement avoir jamais possédé une Edsel. Miz Verlow en fit le tour et hocha la tête d'un air de déplaisir stupéfait, sans rien dire.

Mr Huggins ne contesta pas la dénégation de maman ni la désapprobation évidente de Miz Verlow. Il fit monter Perdita et Cleonie et les emmena chez elles après le travail, et prit l'habitude de les transporter quotidiennement. Elles cessèrent d'habiter Merrymeeting pendant la semaine : un changement de plus.

Maman était contente d'apprendre que Roger était extrêmement malheureux à l'école. Sa petite amie lui manquait. C'était une fille très gentille et très intelligente, qui s'appelait Eleanor, et qui n'avait pas changé d'école en même temps que lui. Son ancienne école était plus près de chez lui. Il me suffisait de regarder Roger pour voir qu'il se sentait isolé et vulnérable en face de l'indifférence glaciale et délibérée de la majorité et la persécution débile d'une poignée de résistants stupides. Malgré les avertissements précis de Miz Verlow pour me dire que le meilleur service que je pouvais rendre à Roger était de rester à l'écart, je tentai de lui offrir mon soutien. Roger me remercia et me dit que ce que je pouvais faire de mieux était de le laisser tranquille pour qu'il tente de s'adapter tout seul.

Au bout de dix semaines, il réintégra son ancien lycée. Je savais que c'était l'accord passé avec son père et sa mère. Je me suis rarement sentie aussi impuissante et aussi frustrée. J'en vins même à accuser Grady, qui n'y était absolument pour rien, de ne pas avoir aidé Roger à réussir son intégration.

Après que je lui eus demandé de m'excuser pour mon attaque, Grady resta longtemps assis sur la plage à côté de moi, sans parler. Puis il dit :

– Roger n'a pas à être malheureux sans raison. Tu lui donnes mauvaise conscience. Si tu veux être malheureuse pour défendre une cause, tu peux.

J'aurais voulu accuser Grady d'être comme les autres crétins de l'école, mais c'était impossible.

Il me passa le bras autour des épaules et ébouriffa affectueusement mes boucles désordonnées.

– Le prêtre a dit que chaque chose vient en son temps, continua Grady. Soit les choses vont s'arranger, soit elles ne vont pas s'arranger. C'est pas not' p'tite Calley qui va tout changer toute seule.

Maman eut du mal à réprimer son triomphe, même si elle n'avait rien fait pour obtenir ce résultat.

– Oh, ça va, maman, ferme-la, lui dis-je, pour la première fois de ma vie.

Sa mâchoire tomba de stupéfaction.

J'étais trop grande pour qu'on me frappe. J'aurais pu rendre les coups.

Étant donné que la fin de ma scolarité secondaire se profilait à l'horizon, et qu'il était clair que j'étais plus Dakin que Carroll, l'envie qu'avait maman de ne plus s'occuper de moi se faisait de plus en plus pressante.

Le vingt et unième anniversaire de Ford n'était plus que dans quelques mois.

Maman était incapable de garder secrète la fortune qui allait échoir à son fils, si bien que Tom Beddoes n'en ignorait aucun détail. Ce qui n'enlevait à maman rien de son attrait. Il était assez intéressé pour l'interroger avec précision, et se mêler de chercher un conseil en dehors de celui d'Adele Starret.

Peu m'importait désormais si maman restait avec moi, mais je n'avais pas oublié l'avertissement selon lequel, si elle quittait l'île, elle ne serait plus protégée. Ce n'était pas parce que ma patience était à bout et que je ne supportais plus ses jérémiades, la puanteur de son tabac ni sa prétention que je voulais qu'il lui arrive malheur. Je souhaitais de tout cœur qu'elle se remarie et aille habiter Eglin, qui non seulement était sur l'île, mais dont les portes étaient gardées par des sentinelles en armes.

D'abord, j'hériterais vraisemblablement de sa chambre, qui était beaucoup plus agréable que mon trou de souris. Je la repeindrais d'une couleur claire et la meublerais avec du mobilier qui n'aurait pas l'air de venir d'une ancienne plantation. Ces pensées me traversaient l'esprit au moment même où je savais que je projetais de quitter l'île. Je voulais aller à l'université, d'une part, et je voulais découvrir le monde. Évidemment, j'avais l'intention de revenir. Merrymeeting et l'île de Santa Rosa seraient toujours mon chez-moi, finalement. Je ne l'imaginais pas autrement.

Un samedi matin, je trouvai Merry Verlow dans son bureau, la porte ouverte. Je m'assis sur l'unique chaise. Elle leva les yeux et se replongea dans ses comptes.

– Tu veux quelque chose, Calley ? demanda-t-elle d'un air absent.

– Oui, ma'ame. Je veux aller à l'université…

Elle leva la tête et m'interrompit.

– Bien sûr. Tu vas passer ta licence à Wellesley, puis tu iras à Harvard pour préparer un doctorat. Tu habiteras chez Mrs Mank, à Brookline. Si tu regardes sur une carte du Massachusetts, tu verras que c'est une banlieue de Boston à une distance commode de ces deux universités. Mrs Mank a une très haute opinion de ton potentiel.

J'avais rarement eu affaire avec Mrs Mank, à part pour la servir, mais de temps en temps elle annonçait qu'elle voulait aller se promener sur la plage, juste avant le dîner, ou juste après, et requérait ma présence pour pouvoir m'enseigner un peu d'astronomie.

Et c'est exactement ce qu'elle avait fait. Mrs Mank s'asseyait sur la plage dans une vieille chaise longue un peu rouillée, moi à ses pieds, et elle m'indiquait une étoile, une constellation, une planète, ou observait la phase de la lune. J'appris à trouver l'étoile Polaire dans l'enfilade de la Petite Ourse et, à partir de là, Bételgeuse et Rigel, comment localiser Spica en suivant le bec du Corbeau. J'en avais assez appris pour être consciente du ciel nocturne et, souvent, du ciel diurne, où la lune froide était suspendue, pâle et émaciée dans l'azur, où Vénus brûlait en bordure du monde.

Il me fallut une minute pour reprendre mon souffle. Le regard de Miz Verlow était retourné à ses chiffres.

– Mais si je quitte l'île ?

– Et alors ?

Son stylo griffonna une inscription sur l'un de ses papiers.

– Il n'y a pas de danger ?

Elle émit un bref reniflement de mépris.

– Bien sûr que non. C'est sur le territoire américain, tout le monde y parle anglais ou quelque chose d'approchant, et tu as toutes tes vaccinations. Reste à l'écart des émeutes raciales et tout ira bien.

– Et les ennemis de maman ?

Le stylo de Miz Verlow décrivit une arabesque en l'air.

– Oh, elle réussira toujours à s'en faire de nouveaux, où qu'elle soit.

Je restai assise sans rien dire, prenant mon courage à deux mains pour affronter le ridicule total.

– Mon père a été assassiné, dis-je à voix basse, et malgré mes efforts pour avoir l'air adulte et calme, ma bouche se mit à trembloter.

Miz Verlow leva à nouveau les yeux et posa son stylo. Puis elle fouilla dans la poche de son gilet. Elle en sortit un mouchoir propre, qu'elle m'offrit silencieusement.

Je me mouchai.

– C'est un chagrin qui ne te quittera jamais, Calley. Tout ce que je peux te dire, c'est que le passage du temps l'atténuera. Le destin de Roberta Ann Carroll Dakin est entre ses mains, comme il l'a toujours été, en fait. Si elle est assez stupide et lui aussi, elle peut épouser le colonel Beddoes sans objection de ma part. Je serais heureuse de récupérer la chambre. Ton frère peut avoir son mot à dire, cependant.

Mon frère. Je ne lui avais pas accordé une pensée depuis une éternité. C'était maman qu'il obsédait.

– Comment le savez-vous ? m'écriai-je.

Miz Verlow ne répondit pas à la question. Elle fixa son attention sur ses papiers.

– Tu devrais y aller, maintenant, Calley. Tu as du travail et, comme tu le vois, moi aussi.

– Pourquoi ne pouvez-vous pas répondre ? Il y a tant de choses que j'ai besoin de savoir, dis-je.

– Dommage, dit-elle. Mais au moins tu auras des choses à espérer.

*

Quelques jours plus tard, en revenant du lycée, je grimpai l'escalier quatre à quatre pour poser mes livres dans ma chambre et j'y trouvai maman, très occupée à fouiller dans les tiroirs de ma commode.

– Mais qu'est-ce que tu fais ?

Passé le premier choc de surprise, elle afficha en un clin d'œil une attitude d'innocence agressive.

– J'avais besoin d'un tampon, dit-elle d'une voix irritée. Je croyais en avoir et il ne m'en reste plus.

Elle mentait et elle savait que je le savais. Je dus me retenir pour ne pas la jeter dehors.

– Pourquoi est-ce que tu ne te bouges pas les fesses pour aller en acheter ?

– Je ne m'abaisserai pas à répondre à cette question.

Elle passa à côté de moi en se faisant toute petite.

– Tu ne trouveras pas d'argent, tu peux toujours chercher ! lui dis-je.

Dans le plafond triangulaire de ma chambrette biscornue, sous lequel je ne tenais plus debout, j'avais une cachette. L'éclairage du réduit était une ampoule nue suspendue à un fil. J'avais simplement détaché le collier de la suspension, tiré un peu sur la corde de l'interrupteur et nettoyé les gravats et les crottes de souris autour du trou dans le plafond. Il y avait juste la place de loger une boîte en métal contenant mes économies, uniquement en billets, que j'avais récoltés surtout comme pourboire des clients et par conséquent que je n'avais pas déposés sur mon compte avec mon salaire. Quand la corde était resserrée pour remonter l'ampoule, le collier fermement remis en place, je prenais soin de laisser la poussière sur l'ampoule, et la cachette était parfaitement dissimulée. Maman ne toucherait jamais une ampoule électrique ni une douille de peur de s'électrocuter. Plutôt que de devoir changer une ampoule, elle préférerait rester dans le noir.

Maman serra la bouche, et le rouge se plissa en ridules sur sa lèvre supérieure. Elle était encore loin d'être vieille, mais elle passait trop de temps au soleil, persuadée que sa peau paraissait moins flasque quand elle était bronzée. Elle n'était pas la seule, évidemment. Il s'en fallait encore de bien des années avant que les médecins ne commencent à avertir les gens des risques d'un excès de soleil. Bien sûr, n'importe quel idiot voyait bien que les travailleurs exposés au soleil avaient la peau abîmée, mais personne ne s'est jamais ruiné en sous-estimant la capacité de notre espèce à se raconter des histoires.

– Comment oses-tu me traiter de voleuse !

– C'est ce que tu as fait à chaque fois que j'avais un sou ! répliquai-je. Comment oses-tu fouiller dans mes tiroirs ?

– Je n'ai pas fouillé dans tes tiroirs ! s'écria maman, de grosses larmes de crocodile lui montant aux yeux.

Elle se précipita dans sa chambre. Je fermai la porte et posai mes livres sur le lit.

Est-ce que j'avais envie de l'avenir que Mrs Mank et Miz Verlow m'avaient concocté entre elles deux ? Wellesley ? Harvard ? C'étaient des noms que j'avais lus dans les magazines. Est-ce que je serais autorisée à suivre mes penchants ou avaient-elles déjà déterminé ce que je deviendrais ? Ces endroits lointains m'attiraient, certes, et mes seules autres options étaient l'un des campus d'une université d'État, ou pas d'études supérieures du tout. Je n'avais aucune réponse sur mon avenir, rien qu'un tourbillon de questions.

Où en était la lune ce soir ? Au dernier quartier ? Je vérifiai le calendrier lunaire dans ma table de nuit, où je le rangeais dans un carnet.

Le tiroir du milieu de ma commode était encore ouvert. Il n'y avait rien dedans, à part deux pyjamas de coton de chez Sears. La plupart des éléments de ma garde-robe portaient l'étiquette Sears. Parfois, j'achetais des vêtements dans une friperie, et ils avaient presque tous cette même étiquette. Ou celle de Montgomery Ward – Monkey Ward, comme disait Grady. Mrs Llewelyn m'envoyait encore de temps en temps un pull de laine tricotée, mais j'avais plus de chances maintenant de recevoir un billet glissé dans une carte de Noël ou d'anniversaire. Elle était désolée, mais disait qu'elle ne savait pas comment connaître mes goûts maintenant que j'étais adolescente, et que les styles avaient changé si radicalement. Le docteur Llewelyn envoyait cependant toujours du fil dentaire, du dentifrice et des brosses à dents.

Mon papa avait été assassiné. Je n'avais même pas une photo de lui. Et j'allais partir à Wellesley et à Harvard et habiter chez Mrs Mank et maman allait épouser le colonel Beddoes et mon frère allait peut-être avoir son mot à dire.

Je devrais lui parler, me dis-je. J'avais envie de savoir ce qu'il avait à dire, pas seulement quant au remariage de maman, mais sur tout le reste. Il était pratiquement adulte désormais, et moi aussi. Peut-être que le trou dans ma vie n'était pas tant l'absence de papa que celle de Ford. Et je ne savais même pas comment faire pour le joindre.

54

Grady me trouva accroupie sur la plage en train d'échanger des morceaux de sandwich au beurre de cacahouète contre des huîtres avec mon copain raton-laveur du moment. Grady tenait par le col deux bières Straight Eight. C'était le crépuscule, je n'avais donc pas besoin de mon chapeau.

– Salut, dit-il.

– Re-salut.

J'avais mon couteau à huîtres dans mon short et je sortis vivement les mollusques des coquilles. J'en donnai à Grady et en avalai moi-même.

On a fait descendre les huîtres à grandes lampées de Straight Eight. Je racontai à Grady que j'avais surpris ma mère en train de fouiller dans mes tiroirs, et que j'avais envie de reprendre contact avec mon frère. Je n'avais soufflé mot de ce que Miz Verlow avait dit quant à mon départ et je ne savais pas comment ni quand je serais capable d'en parler à Grady.

– Tu vois Bételgeuse ? lui demandai-je.

Il était désespérant. Il ne voyait jamais ce que je lui montrais dans le ciel.

– Non. Ta mère a pas une adresse ou un numéro de téléphone ou quoi que ce soit ?

Je secouai la tête.

– Alors tu sais même pas où il est ?

– Non, m'sieur.

– Tu m'donnes du m'sieur, maintenant ?

Grady fit semblant de me donner une taloche. Il voulait qu'on se fasse un câlin sur le sable. À notre place habituelle. Ça me paraissait une bonne idée, alors je lui ai pris la main et on est descendus sur la plage. Grady était moins maigre qu'avant, il commençait à s'étoffer, comme un homme. C'était bon de me sentir contre lui, avec ses bras autour de moi.

– T'as une idée ? demanda-t-il. Ma'ame ?

– Fais gaffe ! – Je lui rendis sa taloche pour rire puis m'allongeai dans ses bras. – Non, je n'ai pas d'idée, je ne sais pas comment faire.

Le silence s'installa confortablement entre nous et au bout d'un moment je m'aperçus que Grady s'était endormi. Je lui donnai un coup de coude dans les côtes.

Il fit claquer ses lèvres.

– Merde.

– J'ai besoin d'argent, dis-je.

– Moi aussi. Tu veux qu'on cambriole une banque ?

– Tu peux essayer, si t'as envie. Moi, j'vais devoir piocher dans mon compte pour prendre un ticket de bus aller-retour jusqu'à Tallassee. Si je vais là-bas, je dois pouvoir trouver où est Ford. J'en suis sûre. Je vais aller directement chez le docteur Evarts et j'exigerai de voir mon frère.

Grady se gratta la tête.

– J'aimerais aller avec toi mais j'ai du boulot.

– Pas tout de suite, dis-je. Mais bientôt, quand j'aurai des congés.

Je n'avais jamais demandé de congés, à vrai dire, et je n'avais même pas décidé si je devais dire à Miz Verlow ce que je comptais faire.

– T'auras pas besoin de payer le bus, dit Grady. On peut pas prendre ma bagnole, parce qu'elle est pas assez sûre, mais je pourrais peut-être emprunter le break, ou même l'Edsel du père de Roger, celle qui appartenait à ta mère.

– Tu es génial, dis-je à Grady. M'sieur.

– Oui, ma'ame. Mets ton pantalon, on va se boire encore un peu de bière.

Pendant que Grady allait chercher d'autres bières dans sa Dodge, je rentrai dans la maison et trouvai Miz Verlow dans la cuisine qui se faisait une tasse de thé, et demandai à utiliser le break pour faire une course.

– Une sortie bière ?

– Oui, ma'ame.

Elle indiqua du menton le crochet où étaient suspendues les clés du break.

– La voiture de ce garçon est un cercueil ambulant. C'est toi qui conduiras. Tu tiens mieux la bière que lui.

J'avais envie de l'embrasser mais quand je me levai et qu'elle vit mes pieds nus, elle me lança un regard horrifié.

– Mets des chaussures, Calley, dit-elle. Tu ne dois jamais conduire pieds nus.

Je n'ai jamais compris ce qu'il y a de si horrible à conduire pieds nus.

– Miz Verlow, dis-je alors que je commençais à mettre des choses à manger dans un sac, est-ce que vous vous rappelez quand la mère de maman nous a parlé de l'au-delà quand j'étais petite ?

Elle me fixa d'un long regard sérieux.

– Alors, tu t'en souviens ?

– Oui, ma'ame.

– Tu te rappelles que je t'ai demandé tout de suite après si tu entendais les morts ?

J'acquiesçai.

– Tu m'as dit que oui. Que tu ne les comprenais pas.

– Non, ma'ame. C'est vrai. La plupart du temps. Je veux dire, je comprenais ce que disait Mamadee. – Un autre souvenir refit surface. – Cosima, la grand-mère de maman, elle m'a parlé deux fois. La veille de Noël. Et ensuite. – J'avais l'impression de sauter d'une falaise. – Ensuite Tallulah Jordan a sonné à la porte.

Miz Verlow cligna des yeux au nom de Tallulah Jordan.

– Qui diable est Tallulah Jordan ? demanda-t-elle, une nuance de moquerie dans la voix.

– Un fantôme, comme Mamadee, et comme mon arrière-grand-mère Cosima.

Miz Verlow cligna à nouveau.

– Il faut que je te parle, dans ma chambre, dit-elle. Dis à Grady de rentrer chez lui, ou plutôt ce qui en tient lieu.

– Non, ma'ame, répondis-je. Je pars tout de suite avec Grady.

Les lèvres de Miz Verlow se serrèrent avec colère. Elle me fusilla d'un regard étincelant. Que je notai avec une satisfaction d'adolescente. Il ne me vint pas à l'idée que c'était encore un moment comme celui où Mrs Mank m'avait proposé de me dire un secret et que j'avais décliné. J'avais alors refusé parce que j'avais peur. Cette fois-ci, j'exerçais mon indépendance.

Miz Verlow prit sa tasse de thé et sortit, raide comme la justice, sans un mot de plus.

Je ramassai mes sandales où je les avais laissées, sur la véranda. Grady était déjà affalé sur le siège passager du break. Il appuya sur l'allume-cigare et alluma une Camel, qui était au-dessus de ses moyens. Mais de toute façon, les biscuits et le fromage à tartiner étaient également au-dessus de ses moyens.

Je déposai le sac de provisions sur ses genoux.

– Comestibles, dis-je.

Il farfouilla dans le sac.

– Com-estibles, répéta-t-il. J'aime ce mot.

On a acheté un peu plus de bière dans le village et on est allé se garer sur la plage de Pensacola. Grady avait les doigts tout graisseux après avoir mangé les restes de côtelettes grillées, puis tout collants en mangeant la tarte aux noix de pécan à pleines mains.

Il a fait descendre la bouffe avec la moitié d'une bouteille de bière, puis il a roté.

Ce qui m'a fait rigoler.

Il m'a tendu la main gauche et je lui ai léché les doigts pour les nettoyer. Puis il s'est tourné de l'autre côté pour que je puisse lécher l'autre.

– Merde, dit-il. Ça m'fait bander.

Je me suis rempli la bouche avec le contenu de la bouteille que je tenais entre mes jambes et je l'ai arrosé. Il a éclaté de rire.

Grady et moi, on se marrait bien, des fois. Je ne serais pas du tout étonnée d'apprendre qu'il était plus ou moins en famille avec les Dakin.

55

Maman était en train de roucouler en disant au revoir au colonel Beddoes.

De la fenêtre arrière du break, je les ai vus s'embrasser juste avant que maman ne rentre dans la maison. J'avais la main plaquée sur la bouche de Grady pour l'empêcher de rire ou de me faire rire. Nous étions quasiment emmêlés l'un dans l'autre, à l'arrière du break, où nous nous étions endormis. J'ôtai la main de la bouche de Grady et me rallongeai à côté de lui.

– Maman a besoin que tu lui masses les pieds, se moqua Grady en me donnant une bourrade dans les côtes.

Je lui rendis sa bourrade dans le ventre et il chercha à me chatouiller sous le menton. Le break était agité de soubresauts et j'entendis le gravier rouler sous les pas du colonel Beddoes.

C'était trop tard pour filer, et je me mis sur mon séant tandis que Tom Beddoes pliait un peu les genoux pour se mettre à notre niveau.

Il ouvrit brutalement le hayon du break.

– Je ne vous demanderai pas ce que vous faites là, dit-il. Je ne suis pas sûr que Miz Verlow apprécierait de vous voir utiliser l'arrière de son break pour vos parties de pelotage.

Je me glissai dehors et Grady se déplia à ma suite.

– Au revoir, m'dame, me dit-il.

Puis il salua prestement le colonel Beddoes et se dirigea d'un pas nonchalant vers sa vieille Nash.

Je l'ai regardé partir en essayant de ne pas rigoler quand je l'ai vu remonter son vieux pantalon kaki. Le colonel Beddoes hocha la tête.

– Ta maman serait déçue, Calley. Ce garçon est un moins que rien.

– Je déçois maman depuis ma naissance. Si je changeais, ça pourrait lui faire un choc.

Il fronça les sourcils.

– Ce n'est pas une manière de parler de ta maman, jeune fille.

– C'est elle, ma mère. Vous n'êtes même pas mon beau-père.

– Mais je le serai peut-être un jour. Peut-être, me menaça-t-il en se forçant à afficher un sourire factice.

– Ne soyez pas si pressé, Tom Beddoes, vous ne l'êtes pas encore.

Je m'enfuis en courant vers la porte de service.

Maman était dans sa chambre, en train de quitter ses chaussures.

– Voyons les mains, dit-elle en ôtant ses boucles d'oreilles.

Je lui montrai mes mains. Elle eut un mouvement de recul.

Je sortis pour les laver, me nettoyer les ongles, me mettre de la crème, et je revins dans la chambre de maman.

Elle était en chemise de nuit et se démaquillait.

Je suspendis sa robe, mis ses souliers de côté pour les cirer et ramassai ses dessous pour les laver à la main.

– Ton haleine sent la bière, dit-elle.

Je ne répondis pas et me contentai de lui montrer mes mains.

Elle s'étala sur le lit. Je m'assis et dévissai le couvercle du pot de crème.

– Je fais de mon mieux pour être une bonne mère, mais tu me rends la tâche très, très difficile.

Je la regardai en louchant.

– Tu passes trop de temps avec ce garçon. Je le vois sortir pour pêcher avec Roger Huggins. Je ne le vois jamais avec des Blancs de son âge. Les garçons blancs qui fréquentent des Noirs sont sûrs d'avoir des problèmes.

– Tu as raison, acquiesçai-je. Tu as déjà lu *Les Aventures de Huckleberry Finn* ?

Maman ignora la question, ce qui ne me dérangeait pas car je connaissais la réponse.

– Une fille qui sort avec un garçon qui fréquente des Noirs est sûre d'avoir des problèmes, dit-elle. Combien de fois j'ai vu des filles gâcher leur vie avec un minable péquenaud blanc de rien du tout.

Comme mon père.

– Calley, il va falloir que tu te débrouilles avec ce que la vie te réserve. Tu vas devoir faire preuve de toute la force dont tu es capable.

Je tenais son pied droit dans ma main. Ses ongles nacrés étaient assortis à ceux de ses mains. Ce soir, quand elle était sortie dîner avec le colonel Beddoes, elle portait du rouge à lèvres rose pâle. Ses cheveux étaient crêpés en chignon qui ressemblerait demain matin à un nid de pie. Quand une femme porte un style de coiffure et un ton de rouge à lèvres trop jeunes pour elle, ça la fait paraître automatiquement plus âgée qu'elle ne l'est en réalité. En tout cas, c'est ce qu'elle me disait avant de commencer à les adopter.

Maman alluma une cigarette.

– Prépare-toi à une surprise, bébé. Tom et moi sommes fiancés.

– Que Jésus soit loué !

Je pressai son pied un peu plus fort avant de le poser et de prendre l'autre.

– Je ne trouve pas qu'il est amusant de blasphémer, Calley. Nous allons acheter une bague demain.

Je ne réagis pas.

Elle continua à fumer.

– Puis je vais prendre un peu de vacances. Je serai partie six semaines.

– En lune de miel ?

Elle rit.

– Non, non. Nous ne nous marierons pas avant l'automne.

– Alors ?

– Alors j'ai besoin d'un peu de temps pour moi toute seule. Je partirai le premier jour de la semaine prochaine.

Les cours seraient terminés à ce moment-là.

– Miz Verlow est au courant ?

– Elle le sera. Tu feras ce qu'elle te dit quand je serai partie.

Maman écrasa sa cigarette.

– Tom veut être ton ami, Calley. Il m'a fait comprendre que tu es une grande fille, maintenant. – Elle soupira. – Pour moi, tu seras toujours un bébé. Enfin, je veux que tu saches que tu peux me demander tout ce que tu veux. *Tout.*

Je tapotai son pied, le reposai et revissai le couvercle du pot de crème.

– *Tout ce que tu veux*, répéta maman.

– Maman, est-ce que tu as une photo de mon arrière-grand-mère ?

– Ma grand-mère ? fit-elle, surprise.

– Cosima, dis-je. C'est bien comme ça qu'elle s'appelait, non ?

Maman soupira.

– Non, bébé, je n'en ai pas une seule.

– Dis-moi comment elle était.

Le visage de maman s'adoucit de plaisir.

– C'était une vieille dame quand je l'ai connue, bien sûr, dit maman. Mais j'ai vu des photos d'elle quand elle était jeune. Elle me ressemblait, Calley. Mamadee disait toujours que j'étais le portrait craché de sa mère.

*

– Bonne nuit, maman.

Je refermai doucement la porte de sa chambre. Je me demandais qui allait payer pour les « vacances » de maman, et où elle allait. Je savais où elle cachait son argent et les bijoux qui lui restaient. Elle avait réussi à garder la plupart des bijoux qu'elle avait en quittant l'Alabama mais quelques-uns avaient disparu, vendus avec ceux qu'elle avait volés à Mamadee. Peut-être avait-elle encore une partie de l'argent de Gus O'Hare. Elle devait en avoir assez pour financer des « vacances » plutôt coûteuses. Ou mes études universitaires.

Peut-être allait-elle voir Ford. Peut-être qu'on allait tous se rencontrer à Tallassee. Cette idée me fit sourire. Surprise pour tout le monde.

Je jetai un coup d'œil par la fenêtre au quartier de lune qui avait presque fini de traverser le ciel.

Je vois la lune.
Et la lune me voit.
Et la lune voit celui
que mon cœur désire.

Je voyais rarement la lune sans penser aux deux premiers vers mais je n'utilisais les deux suivants que quand je chantais toute la chanson.

Est-ce que je désirais vraiment voir Ford ? Je me disais que ce n'était pas exactement du désir. Peut-être était-ce seulement de la curiosité.

Maman était le portrait craché de Cosima. L'image était dans mon esprit aussi nette que le portrait du médaillon en forme d'œuf, le médaillon avec le harnais d'oiseau que j'avais trouvé dans le grenier. Le harnais et l'œuf dissimulés dans ma cache secrète.

56

Je bouillais d'impatience que l'école se termine et que maman parte en vacances.

Elle ne portait plus l'alliance que papa lui avait mise au doigt mais faisait étalage d'une nouvelle – et voyante – bague en diamant à table, dans l'un ou l'autre des salons ou sur la véranda, comme si chacun des pensionnaires était un soupirant éconduit ou un ex-mari à rendre jaloux. Comme si ce n'était pas assez écœurant, à chaque fois que Tom Beddoes était là, elle s'accrochait à son bras comme si elle avait peur qu'il ne se sauve. Tous les deux roucoulaient et se faisaient ostensiblement des mamours.

Pendant ce temps, l'Atlas de l'encyclopédie était sous mon lit, pour consultation immédiate de la carte de l'Alabama et mon calepin lunaire se remplissait de questions et de projets.

1- Renseignements téléphoniques de l'Alabama.
  a - Billy Cane Dakin (Montgomery ? Comté de Montgomery)
  b- Agence Ford, Birmingham.
  c - Jimmy Cane Dakin (Birmingham ? Comté de Jefferson.)
  d- Agence Ford, Montgomery.
  e - Lonny Cane Dakin, Dickie Cane Dakin (Mobile ? Comté de Mobile.)

f - Agence Ford, Mobile.
g- Docteur L. Evarts, Tallassee (comté d'Elmore), bureau, personnel.
h- Winston Weems, Tallassee (comté d'Elmore), bureau, personnel.
i - Adele Starret (Montgomery ? Ou Tallassee ? (Comté d'Elmore).
j - Fennie Verlow (Montgomery ? Tallassee ?)

Je saisissais toutes les occasions quand j'étais seule avec un téléphone. Miz Verlow finirait forcément par voir les appels longue distance sur la facture du téléphone mais j'avais prévu de reconnaître les faits et de proposer de lui rembourser.

Comme pour me punir de ces petits larcins, tout espoir de reprendre rapidement contact avec l'un ou l'autre des oncles qui pouvait savoir où se trouvait Ford mourut avant de naître : aucun d'eux n'était dans l'annuaire de Birmingham, Montgomery ou Mobile, ni dans les comtés respectifs de chacune de ces villes. Et dans ces villes, les agences Ford – qui n'étaient plus des agences Joe Cane Dakin Ford-Lincoln-Mercury – n'avaient personne du nom de Dakin dans leur personnel, ni personne susceptible de consulter des archives ayant existé depuis que l'agence avait changé de propriétaire. Quelqu'un me répondit qu'il mc « rappellerait peut-être s'il en avait l'occasion ».

Ni Adele Starret ni Fennie Verlow ne figuraient sur l'annuaire de Montgomery ou de Tallassee. Quant au docteur Evarts, le numéro de son cabinet n'y était pas non plus, ni son numéro personnel. Il n'y avait pas de numéro professionnel pour Mr Weems, uniquement un numéro personnel. Je supposai que le docteur Evarts était peut-être sur liste rouge et qu'il s'était associé avec d'autres médecins, mais l'employé des renseignements ne put me le préciser. Maître Weems, déjà âgé quand je l'avais vu pour la dernière fois, avait très vraisemblablement pris sa retraite.

Le dernier jour d'école arriva et, quelques jours plus tard, le colonel Beddoes emmena maman à l'aéroport. Moins de cinq minutes après avoir vu sa MG disparaître sur la route, je m'enfermai à clé dans la chambre de maman et passai au peigne fin toute la pièce et toutes ses cachettes. Il y avait un certain temps que je n'avais pas pris la peine de fouiller à fond dans ses affaires. Je les connaissais si bien que je ne trouvais pas ça amusant.

Le seul carnet d'adresses que je trouvai au fond d'un tiroir, était celui que je lui avais offert pour Noël en 1962 : encore vierge, page après page, sans même son nom sur la première. Dans le pot de chambre en étain de sa table de nuit, il y avait tous les papiers en rapport avec la contestation du testament de Mamadee faite par Adele Starret, y compris un exemplaire du document proprement dit. En relisant l'ensemble des papiers, il me parut que leur véritable but était de faire croire à maman que quelque chose se passait. Je copiai l'adresse et le numéro de téléphone figurant sur une des lettres, non sans une certaine excitation. En étudiant le testament, le fait que Mamadee se faisait appeler Deirdre Carroll me parut bizarre, ce qui ne m'avait pas frappée quand j'étais petite. Elle n'était pas née Carroll. Elle aurait dû avoir un nom de jeune fille entre son prénom et son nom. À moins qu'elle n'ait été une cousine Carroll suffisamment éloignée pour ne pas risquer l'inceste. Ou peut-être que l'inceste ne s'appliquait pas aux Carroll, comme pour les pharaons égyptiens. Des fouilles plus approfondies firent apparaître le certificat de mariage de papa et maman, puis mon certificat de naissance. Mais pas celui de Ford. Maman l'avait-elle détruit dans une crise de jalousie ou de frustration ? Vraisemblablement, il se trouvait avec les papiers qui concernaient la garde légale.

En ce qui concernait papa, il n'y avait rien d'autre, ni certificat de naissance ou de décès, ni papiers personnels, ni lettres d'amour. Et de preuves de l'existence des autres Dakin, il n'y en avait pas non plus.

Les seules photos étaient les deux que maman avait apportées des Remparts : une photo d'école de Ford à l'âge de onze ans, et d'elle, assise sur la rambarde, en short.

Aucune photo de mariage, ni de bébés, ni de famille.

Certaine qu'il n'y avait rien de plus à glaner dans la chambre de maman, je la remis en ordre, mais sans essayer de faire croire que rien n'avait été touché. Si elle remarquait que quelque chose avait changé de place, elle le mettrait sur le compte de Cleonie. Pour atténuer la culpabilité de faire porter le blâme à Cleonie, je me dis que vu la manière chaotique dont maman rangeait ses affaires, elle ne s'apercevrait certainement de rien.

Cleonie était largement capable de se défendre. Maman lui avait reproché quelque chose à peu près tous les jours depuis notre arrivée à Merrymeeting. Cleonie soutenait sans broncher le regard de maman, avec un calme imperturbable, ce qui rendait toute accusation intenable. La principale vengeance de Cleonie, que j'avais pu identifier comme telle, c'était qu'elle me servait la meilleure portion du plat et me traitait mieux que maman.

Roger m'avait dit que sa mère considérait la mienne comme une espèce à part, et les insultes et les sottises de maman comme manifestations de la méchanceté naturelle de son acabit. Il est normal qu'un chat se fasse les griffes sur un fauteuil d'osier. À part l'asperger d'eau pour l'empêcher momentanément de nuire, il n'y a guère autre chose à faire que d'accepter un fauteuil d'osier griffé. Maman et les chats faisaient partie des voies impénétrables empruntées par le Dieu chrétien des méthodistes de Cleonie. J'étais contente de savoir que Cleonie ne donnait à maman qu'un rôle mineur dans ses petits soucis.

Un après-midi, Miz Verlow alla chez le dentiste pour se faire dévitaliser une dent. Je pris la clé du grenier dans son bureau.

J'avais encore l'espoir de découvrir un vieux carnet d'adresses, une Bible familiale, un album, une boîte de chaussures pleine de photos, un carton contenant des papiers personnels. L'affiche encadrée. En me frayant un chemin à tâtons parmi les objets répandus sur le sol, dont la plupart étaient recouverts de bâches, je me disais que j'avais bien peu de chances de trouver quelque chose que maman avait apporté avec nous.

Un volètement me surprit. Je m'immobilisai un instant et le volètement reprit, sortant de l'obscurité, une ombre plumeuse et fluide qui se matérialisa sous la forme d'une corneille de mer se posant doucement sur un objet proche. Je restai sans bouger, pour ne pas effrayer l'oiseau, obéissant à mon instinct de précaution dans toute situation nouvelle.

La corneille perchée clignait des yeux en me regardant. Nous nous sommes observées un instant, puis elle a commencé à se lisser les plumes, à petits coups rapides de son bec pointu, cherchant ce qui la démangeait. J'étais vexée de l'avoir intéressée si peu de temps.

Aussi brusquement qu'elle s'était posée, la corneille s'envola soudain avec un *yyhhk* strident. Elle frôla au passage l'une des ampoules et, pendant quelques secondes, la lumière fut tremblante et confuse, éclairant tantôt une chose tantôt l'autre. J'aperçus une collection de porte-parapluies : les manches et les poignées se soulevèrent comme si quelqu'un y avait fourré des douzaines de flamants roses, de hérons et d'ibis, la tête en bas.

Dans une autre direction, la lumière mouvante tomba sur les gouttes et les pendentifs poussiéreux d'un lustre qui pendait de guingois d'un râtelier suspendu au-dessus de la forme approximative d'un piano à queue. La bâche transformait le piano en son propre fantôme. Sur son dos, il portait une collection de bougeoirs, de candélabres et de lumignons, dont certains garnis de bougies ramollies, fondues non seulement par la flamme mais par la chaleur du grenier.

Dans un autre sens encore, la lumière floue dévoilait des cadrans d'horloge. Toutes arrêtées. Je le savais par leur silence, tandis que je m'écartais et me baissais pour éviter l'ampoule mouvante qui pouvait me heurter. Ou me mettre en lumière.

La lumière se stabilisa, encore faiblarde et trouble. Je tendis la main pour m'aider à me relever et touchai des rivets et du métal. Je sursautai, perdis l'équilibre et atterris sur les fesses sur le plancher rugueux et plein d'échardes du grenier. Je venais de poser la main sur un coffre métallique. Quand mes yeux furent à nouveau adaptés à l'obscurité, j'avais la certitude qu'il était vert et noir.

Ma gorge se serra sous l'effet de la panique. Je reculai en hâte, sur les mains et les talons, le derrière levé pour ne pas m'écorcher sur les planches. De l'obscurité me parvint un *yyhhk* moqueur.

Si je n'avais pas eu la gorge si sèche, j'aurais crié, mais je n'avais plus une goutte de salive.

Je m'accroupis à nouveau. Les bras autour des genoux, j'examinai le coffre. Le clapet de la fermeture était enclenché mais il n'y avait pas de cadenas. J'étais fascinée par cette languette de métal traversée par le clapet. On aurait dit un emblème de torture, de torture inhumaine. J'avais la tête qui tournait : torture. Torture inhumaine. Complètement idiot de parler de torture humaine. Qui ferait hurler de rire. Inhumaine. Comme un chat jouant avec un oiseau, un sale gamin mettant un pétard dans le derrière d'un poisson-chat.

Un autre *yyhhk* me sortit de ma transe. Je ne distinguais pas la corneille dans l'obscurité mais je savais qu'elle était là, ses yeux moqueurs fixés sur moi. Je ne pourrais pas m'échapper du grenier avant d'avoir ouvert le coffre.

En rampant sur les mains et les genoux, la peau nue écorchée par les planches rugueuses, mon approche fut lente et douloureuse, mais j'avais besoin de cet inconfort pour m'aider à éloigner la peur, la terreur suscitée par ce que j'allais faire. Trop vite, j'avais atteint le coffre. Au ralenti, je portai la main sur la languette métallique. Elle était fraîche – non, froide – au toucher sous les combles surchauffés de ce grenier en Floride au mois de mai. Le couvercle se releva, *criiccriiccriic.*

Le coffre ne contenait rien, mais il était sans fond. Ce n'était peut-être même pas un coffre, mais une trappe vers on ne savait quel ailleurs. Il me sembla qu'il y avait des taches sur les parois intérieures et qu'il exhalait des relents de viande morte. Le premier cercueil de papa, que nous avions laissé à l'hôtel Osceola d'Elba, Alabama. Il était là désormais et sans doute depuis que nous vivions sous ce toit, sous ce grenier. Il était resté au-dessus de nous, attendant que je le découvre.

Avec précaution, je passai les doigts sur le bord supérieur puis dans le coffre ouvert. Lentement, sans cesser de les remuer, je descendis la main dans le vide. Ce vide était glacial. Mes doigts semblèrent noircir puis disparaître dans l'obscurité glacée. Je tentai de retirer la main mais elle était inerte. La panique me monta à nouveau à la gorge et mon cœur se mit à battre au grand galop mais, tandis que j'essayais inutilement de la retirer violemment, je sentis ma main reprendre vie.

Je perdis l'équilibre encore une fois et tombai sur le dos, la main droite toujours tendue. L'espace d'un instant, j'eus la sensation que mon bras s'allongeait, puis il redevint normal. J'avais les doigts serrés autour de quelque chose de flasque et dégoûtant que je lançai à toute volée contre le coffre. L'impact en fit trembler les parois. Le couvercle retomba comme une bouche affamée mordant à belles dents.

Allongée sur le plancher, je regardai entre mes genoux l'objet que j'avais tiré du coffre. Il était de la taille d'une poupée, pas une petite poupée comme ma vieille Betsy Cane McCall, mais de la taille d'un poupon assez grand pour qu'une petite fille le tienne dans ses bras pour le bercer. *Ida Mae, le baigneur que je n'avais jamais eu.* Il était mal enveloppé de chiffons jaunes et avait un visage de cire, une cire jaune sale et molle, qui avait l'air de tomber en ruine. Le crâne déformé était entouré de cheveux sans couleur attachés en deux couettes, au-dessus de protubérances de cire comme des ailes qui avaient pu être, avant que la cire ne se ramollisse, des oreilles démesurées. Derrière les lunettes à la monture de plastique rose réparée grossièrement au niveau du nez par un bout de sparadrap, les yeux étaient deux petits boutons de métal.

Je me redressai en tremblant et poussai la chose du bout de mon pied. C'était mou. Bourré de paille ? Une drôle de poupée de chiffon, le corps et les membres cousus avec des restes de tissu. Je les reconnaissais. J'avais eu une salopette et une chemisette qui leur ressemblaient. Je poussai à nouveau l'étrange poupée de chiffon et elle s'écroula. La tête branla comme sous l'effet de la panique et tomba. Près des grossiers pieds de cire, le visage, tel quel, regardait les solives. Les lunettes n'étaient pas tombées, elles étaient apparemment collées sur l'arête du nez.

Comme si on avait tiré sur une ficelle pour la démantibuler, les bras de la poupée se détachèrent du torse. Les jambes s'agitèrent par deux fois et s'écartèrent tandis que le torse retombait entre elles. Au moment où la poupée de chiffon se séparait en différentes composantes, les chiffons jaunes tombèrent aussi en formant un nid autour des morceaux. Mais il y avait une chose bizarre entre les jambes écartées de la poupée : Betsy Cane McCall. Presque nue, chauve, et l'air – disons, ébouillanté. Sa nudité était accentuée par les lanières qui lui ficelaient le torse. On aurait dit un vieux porte-jarretelles en soie tressée, très semblable au harnais d'oiseau que j'avais trouvé dans le tiroir du semainier le jour où j'étais avec Roger et Grady, mais sans l'œuf. Plus étrange encore, elle était toute recroquevillée, la tête baissée, les bras et les mains croisés sur la poitrine, les genoux repliés et remontés sur le ventre. Comme le dessin de l'Encyclopédie que j'avais vu à la bibliothèque, comme un fœtus.

57

L'eau montait lentement, se rapprochait de plus en plus. J'avais la pommette posée sur le sable mouillé. Un crabe dormeur faisait des pointes à quelques centimètres de mon visage. L'herbe tremblait et frémissait dans l'air léger au-delà de l'eau. Peu à peu, ma respiration s'accordait au rythme des vagues léchant la grève, à celui des battements de mon cœur, en contrepoint. Un flot de chuchotements me submergeait, me caressait, me tirait doucement. Se retirait, me libérait pour mieux me reprendre, m'entraînait au fond, me remontait, me berçait, et les rayons du soleil se réfractaient dans l'eau, allumant d'innombrables pointes de flamme froide. Le scintillement me léchait les yeux, les brûlant du feu de chaque cristal de sel.

Écouteécouteécouteécoute

Une ombre se pencha sur moi.

Un petit ventilateur poussif pétrissait l'air. Une bouffée d'odeur marine entrait par une fenêtre ouverte.

J'étais dans mon lit dans ma petite chambre biscornue. L'ombre qui se penchait était Cleonie. Sa main enserra la mienne sur le drap.

Je n'avais pas encore envie d'ouvrir les yeux. Je voulais d'abord faire l'inventaire, voir si j'étais entière, si je n'étais pas blessée, si je n'avais rien de cassé, s'il ne me manquait pas un membre. Je voulais être sûre de ce que j'allais voir : Cleonie, ma chambre.

Une goutte fraîche, une deuxième, tombèrent sur mes lèvres, de l'autre main tiède de Cleonie, près de mon visage. Encore deux gouttes d'eau : mes lèvres se décollèrent. Sa main lâcha la mienne et se glissa sous ma nuque pour me soulever un peu la tête, puis il y eut la sensation minérale du bord froid d'un verre, d'une gorgée d'eau glacée.

Elle me laissa retomber doucement. Je jetai un bref coup d'œil en soulevant à peine les paupières. Son regard rassurant me soulagea. Je pris une profonde inspiration et laissai mes yeux s'ouvrir. Cleonie était assise près de moi sur le bord du lit, un gobelet d'eau à la main. *Vroumticvroumtacvroumticvroumtac*, disait le petit ventilateur électrique posé sur la commode.

Elle a hoché lentement la tête d'un air émerveillé. « Jésus, ayez pitié. »

Miz Verlow arrivait dans le couloir. J'ai fermé les yeux, j'avais peur de la voir. Elle a frappé doucement et a entrouvert la porte pour jeter un coup d'œil à l'intérieur.

– Elle s'repose, dit Cleonie.

J'ai retenu un gémissement. Pourquoi Cleonie n'avait-elle pas dit à Miz Verlow que je dormais ?

Cleonie s'est levée et Miz Verlow a pris sa place sur le bord du lit, sa main fraîche s'est posée doucement sur mon front.

– Perdita me dit que Roger l'a trouvée sur la plage ?

– On croyait pour sûr qu'alle avait pris un coup d'soleil, qu'alle était noyée pis morte.

– Mais tu es encore de ce monde, dis-moi, Calley ? – Miz Verlow a enlevé sa main. – Ouvre tes yeux, je veux voir tes pupilles. – Puis elle s'est adressée à Cleonie. – Vous avez regardé ses pupilles ?

– Oui'm, Miz Verlow.

Je regardai fixement Miz Verlow, dans l'espoir que la seule chose qu'elle verrait dans mes yeux était l'état de mes pupilles.

– Je vais rester avec elle, Cleonie, dit Miz Verlow.

Cleonie est sortie.

Le visage de Miz Verlow était étrangement figé d'un côté et elle avait les yeux cernés. Le dentiste lui avait fait la dévitalisation prévue. Toute la partie inférieure de son visage se raidissait pour résister à la douleur.

– T'es-tu endormie sur la plage ou as-tu eu une crampe quand tu nageais ?

– Je ne me rappelle pas.

– Ça t'arrange bien. Quelqu'un est allé au grenier. C'est la clé que je vois autour de ton cou ?

On aurait dit que ses mots redonnaient vie à la chaîne et à la clé. Je ne les sentais pas jusque-là et maintenant ils m'étranglaient à moitié.

Elle a passé un doigt entre la chaîne et la peau de mon cou, et tiré d'un coup sec. La chaîne m'a mordu la peau avant d'apparaître suspendue à sa main, libérée.

C'était apparemment la chaîne de l'interrupteur du grenier, passée dans l'anneau de la clé.

– Je cherchais un sac de voyage à emprunter. J'veux aller à Tallassee, mentis-je. Je veux retrouver Ford. Ou un de mes oncles. C'est le bon moment, pendant que maman est partie.

Miz Verlow a hoché la tête.

– Et comment t'es-tu retrouvée à demi inconsciente sur la plage ?

– Je ne me rappelle pas. Je me suis peut-être évanouie.

Miz Verlow a regardé autour d'elle, vu le gobelet d'eau et me l'a tendu. J'ai bu une gorgée, puis une deuxième, étonnée que l'eau soit encore si fraîche et ma gorge si sèche. Miz Verlow a émis prudemment une observation neutre :

– La chaleur peut être épouvantable dans le grenier, et il est très facile de prendre une insolation sur la plage.

J'ai pensé à toutes les fois où maman, Miz Verlow et les résidents échangeaient des remarques sur la chaleur, le froid, le vent, la pluie, la sécheresse, à l'infini, et j'ai réprimé un rire.

Une supposition éclaira soudain le regard de Miz Verlow.

– Calley, tu prends bien tes vitamines, n'est-ce pas ?

Mes vitamines. Évidemment que je prenais mes vitamines. Je ne voyais pas pourquoi le fait de les oublier pouvait m'empêcher de m'évanouir de chaleur dans le grenier.

– Tu fais peut-être de l'anémie, a-t-elle déclaré, comme en réponse.

Je ne me suis pas sentie obligée de répondre.

– Calley, tu me le dirais, bien sûr, si tu pensais que tu étais enceinte ?

Je n'en croyais pas mes oreilles. C'est un cliché, certes, mais c'est exactement ce que je ressentais.

– Tu es trop jeune pour avoir un bébé. Et Grady Driver n'est qu'une expérience, rien de plus.

– Grady est mon ami et c'est pas « rien de plus ».

– Évidemment, acquiesça Miz Verlow. C'est un jeune homme utile, serviable et parfaitement approprié pour baiser.

Je rougis comme une pivoine jusqu'à la racine des cheveux. Elle voulait me choquer, naturellement, pour me montrer qu'il était impossible de la choquer, elle. Et que je ne pouvais rien lui cacher.

– Le coffre est là-haut dans le grenier. Celui où on a essayé de fourrer papa, et il est encore plein de sang, ai-je lâché tout de go. Maman et moi, on l'avait laissé à Elba mais il est dans le grenier, au-dessus de nos têtes. Il est là depuis le début. Et j'ai trouvé quelque chose dedans.

La main de Miz Verlow est revenue vivement se poser sur mon front. Dans mon agitation, je m'étais redressée comme un ressort.

– Allonge-toi, Calley.

Les mots continuaient à sortir précipitamment de ma bouche sans que je sache ce que j'allais dire. « Il y avait *quelque chose* dedans. »

Miz Verlow m'a fait taire.

– Chut. – Elle m'a bordée et a remonté la couverture. – Tu grelottes. Calme-toi, voyons, Calley. Je vais aller te chercher quelque chose pour t'aider à dormir.

Cleonie devait être en faction juste devant la porte. Elle est rentrée au moment où Miz Verlow est sortie et s'est assise près de moi pour me tenir la main. Quelques instants plus tard, Miz Verlow était de retour, tenant dans sa main le couvercle de plastique d'un petit pot. Il contenait deux comprimés confectionnés par ses soins. Pour la première fois et sans savoir pourquoi, ils me faisaient peur. Je fus submergée par un trouble d'une intensité jamais ressentie auparavant.

Pourtant, j'ai écarté les lèvres, ouvert la bouche, Miz Verlow a posé les comprimés sur ma langue et Cleonie m'a tendu le gobelet d'eau pour que je boive. Les comprimés sont descendus comme des pois chiches, petits et durs. Instantanément, je me suis mise à trembler de tous mes membres pendant un court moment puis, soudain, le calme m'a envahie. Je ne me rappelle pas avoir fermé les yeux ni m'être endormie. Quand je me suis réveillée le lendemain matin, j'avais le souvenir d'avoir rêvé et dormi les yeux ouverts. Allongée dans ma chambre, tandis que Cleonie me chantait une chanson et que la lune descendait dans la mer.

58

Quelques jours plus tard, juste avant le lever du soleil, je démontai la douille de la suspension électrique dans mon placard biscornu et cherchai à tâtons ma boîte en fer-blanc.

Je sentis sous mes doigts les gravats, les bouts de chiffon et la poussière. Un éclair, et mon bras se raidit sous le choc et de petites pointes aiguës explosèrent dans mes yeux. L'électricité me frappa assez fort pour me projeter dans le fond du placard et, ce faisant, rompre le contact entre ma main et le courant.

Pendant un instant, je restai sonnée. J'avais l'impression que ma tête allait exploser. Ma première réaction cohérente fut de craindre que les éclats que j'avais reçus dans les yeux ne fussent des échardes de verre. Mais je voyais clair. Je réussis à lever la main gauche pour la passer sur mon visage. Du sable, des peluches et de la poussière. Au-dessus de ma tête, j'entendais un chuintement de combustion, comme une petite souris qui grignotait.

J'avais mal au bras droit jusque dans l'épaule. Il pendait mollement sur mon torse et je ne pouvais pas le soulever. Tous mes muscles étaient en flanelle. J'avais fait pipi dans ma culotte. Il faisait sombre dans le placard mais ce n'était pas uniquement à cause du manque de lumière. Il était plein de fumée. Je toussai.

Aussi rapidement que je le pus, je me repris et sortis tant bien que mal du placard. J'étais surtout dégoûtée de ma propre stupidité. Si ça ne prouvait pas que personne sur terre n'était plus bête que Calley Dakin, je ne voyais pas ce qui le pourrait. Un petit nuage de fumée sale flottait sous le plafond de ma chambre. La fenêtre était ouverte. J'allumai mon petit ventilateur pour aider à évacuer la fumée et renouveler l'air.

Je pris ma torche dans le tiroir du bas et revins en chancelant dans le placard. Je fus grandement soulagée de ne pas voir de flammes. Je n'entendais plus le feu, qui apparemment s'était éteint.

Je reniflai. Délicieux. Un bouquet d'odeurs d'urine, de cendre et d'ozone. La lumière de la torche me révéla le fil électrique et le haut de la suspension. Là où le fil rejoignait le plafonnier, l'isolant avait disparu. J'avais immédiatement compris que j'avais touché un fil où passait le courant, mais la torche me permit de voir à quel endroit. La petite boîte de fer-blanc était grande ouverte, et pleine de cendres et de fragments de billets brûlés.

Qu'on ne me parle plus d'amasser des trésors en ce monde. Je me laissai tomber sur le lit, me cachai la tête sous l'oreiller et ris jusqu'à en avoir mal au ventre.

J'avais un fameux désordre à nettoyer. En plus de ma personne. J'avais une réserve de petits sacs en papier sulfurisé que je gardais pour jeter les tampons usagés. En m'en protégeant les mains, le plus silencieusement possible et en prenant garde de ne pas toucher le fil dénudé, je ramassai la boîte de fer-blanc et les cendres qu'elle contenait. Puis je vérifiai avec la torche que j'avais ôté tout ce qui pouvait être inflammable. La lumière révéla l'angle noir d'un objet. En utilisant la torche comme crochet, je réussis à l'amener vers moi. C'était un livre.

Avant même de l'éclairer complètement, j'avais reconnu la forme familière d'un guide ornithologique. Une pensée étrange s'insinua dans mon esprit : *Je ne le vois pas. Il n'est pas là.* Mais si, il y était. Sans aucun doute. Avec autant de prudence que s'il était électrifié, je le touchai du bout de l'index.

Ce n'est qu'un guide ornithologique. N'y pense plus.

Un amas de quelque chose de souple était drapé sur le livre et une boule d'or reposait sur la tranche. Le harnais d'oiseau. Le médaillon en forme d'œuf.

J'attirai le livre vers moi et saisis dans l'autre main les brins de soie et le médaillon.

Le livre tenait parfaitement dans ma main. Ce genre de livre est *conçu* pour convenir exactement à la taille d'une main. Cependant, je sentais monter en moi une émotion que je ne savais ni expliquer ni réprimer. Un choc. Une explosion. Comme quand j'avais entendu pour la première fois la musique de Haydn. Ou de Little Richard.

Je me souvenais : j'avais rangé le livre à cet endroit en aménageant dans ma nouvelle petite chambre. *Je n'en avais pas besoin. J'avais d'autres guides, plus récents. Maman, ou quelqu'un d'autre, aurait pu remarquer qu'il avait été volé. Que le nom de mon oncle Robert Junior était inscrit sur la page de garde.*

Mais je n'avais pas caché les autres livres que j'avais pris aux Remparts et, en fait, maman n'en avait jamais regardé aucun. Tous les livres que je possédais avaient le nom de quelqu'un d'autre inscrit sur la première page.

Écoute le livre.

J'avais l'impression que mon cœur était accroché à une de ces chaînes avec un embout blanc sur lesquelles on tire pour allumer une lampe. Quelque chose avait tiré sur la chaîne, et tout mon être sembla s'éclairer à l'intérieur. Je sentais au bout d'un de mes doigts une sensation de brûlure. Celui qui avait une cicatrice.

Et des rêves qui ressemblaient à des souvenirs s'ouvrirent tout à coup dans mon esprit.

Il y a longtemps, le fantôme de mon arrière-grand-mère Cosima s'était adressée à moi, pour me préparer à la visite d'un fantôme du nom de Tallulah Jordan, qui s'était évanouie avant que d'autres la voient. Et Tallulah Jordan m'avait ordonné d'écouter le livre. La brûlure que j'avais ressentie au doigt avait révélé que c'était ce livre dont elle parlait, mon tout premier guide ornithologique, que j'avais volé à mon oncle défunt.

Le médaillon d'or ovale que je sentais froid dans ma paume portait mon nom à l'intérieur, en face du portrait d'une femme qui devait être mon arrière-grand-mère. Elle était morte avant ma naissance. Pourquoi avait-elle écrit mon nom à l'intérieur du médaillon ?

La maisonnée commençait à peine à bouger. Le cabriolet Benz de Mrs Mank était garé à côté de la Lincoln de Miz Verlow, devant la cuisine. Elle était attendue. J'avais aidé Roger et Cleonie à préparer sa suite et je l'avais ensuite entendue arriver peu après m'être couchée. Je sortis de la maison pieds nus, les jambières de ma salopette roulées jusqu'aux genoux et attachées avec une épingle. Mon chapeau dans une des poches de ma combinaison. J'avais besoin de lumière, de soleil, et même la lumière pâle de l'aurore me réconfortait. Comme j'avais l'habitude de le faire depuis que j'étais toute petite, je me mis à courir dans les brisants, vers le nord, en m'éloignant de Merrymeeting.

Les oiseaux s'affairaient, ainsi que les bestioles dans le sable, mouillé ou humide, et dans la végétation au-delà de la première dune. Les souris des sables s'installaient confortablement pour dormir au soleil. Aucun autre humain n'était visible sur l'immense grève de sable blanc.

Plus je courais, et plus le livre dans la poche de ma salopette tressautait, jusqu'au moment où il en vint à me frapper comme si j'étais un cheval qu'on cravache pour le faire accélérer dans une course effrénée. Mais les autres chevaux de la course étaient invisibles, et je ne voyais pas non plus la ligne d'arrivée. Je ralentis, pris le trot, puis le pas, et virai sur la plage en direction des dunes. La ligne d'arrivée, apparemment, c'était mon petit nid dans les herbes hautes. J'y étais.

La respiration encore haletante après ma course, je sortis le livre de ma poche et m'enfonçai dans l'herbe panique et l'avoine de mer, dans le nid formé depuis longtemps aux dimensions de mon postérieur. Les hautes herbes rêches nous faisaient volontiers la place pour deux lorsque j'étais avec Grady, mais quand j'étais seule, elles semblaient se refermer douillettement autour de moi.

Le guide des oiseaux réveillait dans mes mains une sensation familière. Il était épais pour sa taille et le papier des pages était aussi fin que les caractères d'imprimerie. La poussière était presque complètement tombée du livre pendant qu'il était dans ma poche mais la couverture était encore un peu terne. Je frottai le dessus, le dessous, puis le dos du livre sur ma jambière de pantalon.

En tenant le dos vers moi, ma vue se brouilla comme si j'avais de la poussière dans les yeux. Je clignai rapidement des paupières pour m'éclaircir la vue et sentis quelques larmes perler automatiquement. Elles scintillèrent entre mes cils avant de disparaître quand je clignais des yeux.

Sur le dos du livre, où le titre :

Société Nationale Audubon
Guide pour l'observation
Des Oiseaux
Des Régions de l'Est

aurait dû figurer, étaient inscrits les mots :

Zoiseaux de la Saussiété Nacionnale Oh ! du bon

J'essayai encore de m'éclaircir la vue en clignant rapidement des yeux, mais la légende ne changea pas. C'était si absurde que j'éclatai de rire. Je ne me souvenais pas de l'avoir modifiée, et je ne voyais pas comment ça avait pu être fait. Il me fallut un effort pour retourner le livre dans la paume de ma main gauche et regarder la tranche. Puis je retournai vivement le livre et regardai à nouveau le dos, espérant qu'il reprenne sa forme initiale. L'inscription était toujours :

Zoiseaux de la Saussiété Nacionnale Oh ! du bon

Je feuilletai page par page : la première page vierge, la seconde page plus fine, vierge aussi, la page de garde. Et, au lieu de « Bobby Carroll », il y avait : « Hope Carroll ».

Et la page de titre indiquait : « Zoiseaux de la Saussiété Nacionnale Oh ! du bon ».

Quand ils sont neufs, les guides ont une reliure si ferme qu'il est pratiquement impossible qu'ils s'ouvrent d'eux-mêmes, mais la reliure de celui-ci, dans l'espace sec et confiné au-dessus du placard, s'était relâchée. Il s'ouvrit à la page des illustrations en couleur. Le croquis d'un pic plongeon me regardait – plongeon non seulement par l'expression, mais la coloration, car il était entièrement noir et blanc comme le mâle du plongeon commun, et arborait une crête rouge (les plongeons n'ont pas de crête, mais les pics en ont). Comme beaucoup d'oiseaux, le plongeon a les yeux rouges. Le pic plongeon était agrippé à un tronc d'arbre. Il était identifié ainsi :

Bec d'ivoire, le Pic Épeiche !
picképeichus quasiextinctus

Le pic plongeon me fit un clin d'œil, martela le tronc à coups redoublés et se mit à caqueter :

Haha… hahaha ! Haha… hahaha !

Je lâchai le livre comme s'il était en flammes. Le rire saccadé du pic se termina brutalement par un croassement indigné. Le son était très proche de celui de Woody Woodpecker, en plus sévère et plus sinistre.

Écoute le livre.

Avec précautions, je le ramassai et le laissai s'ouvrir.

Un perroquet caricaturé me regardait. Le dessinateur avait transformé les plumes jaunes de la huppe du perroquet en foulard noué autour de la tête et lui avait mis un bandeau de pirate sur l'œil. Les plumes vertes et duveteuses de ses pattes bouffaient comme un pantalon de pirate, attaché à la taille avec une ficelle. Il était identifié sous le nom de

Perroquet Papou
conuropsis introuvabilus

Le perroquet criaillait

ki-ho ! cot-cot-ki !

Je refermai le livre d'un coup sec entre mes paumes. Comme pour le pic épeiche, le cri de l'oiseau s'acheva en un croassement indigné, sur une tonalité beaucoup plus aiguë.

J'écoutais le livre, mais ce que j'entendais était si bizarre que je n'arrivais pas à me faire une idée.

Je le laissai tomber une troisième fois. C'était un pigeon caricaturé cette fois, dans un costume élimé à queue-de-pie et un baluchon de vagabond sous l'aile. Son nom était

Nestor Pigeon

ectopistes partibyebye

L'oiseau chantait moins qu'il ne s'énervait :

Oùmaisoùmaisoùmaisoùmaisoùmaisoù ?

Je tirai la langue au pigeon du dessin. Il plissa le bec – un oiseau dessiné peut le faire – et me donna une framboise.

Je fermai le livre et le rouvrit rapidement, comme pour surprendre le changement du contenu.

Le dessin qui me regardait cette fois était un perroquet écarlate. Il portait la trace d'un harnais.

Calley le perroquet écarlate

ara macao calliope

Cosima, croassa-t-il. *Cosima, Calley veut un biscuit. Calley veut un biscuit.*

Cet oiseau, me dis-je, a une vraie voix d'oiseau. Je refermai doucement le livre, comme on abaisse un abat-jour sur une cage.

Je serrai le livre dans ma paume moite et crispée de frustration. S'il avait autre chose à dire, je n'étais pas sûre du tout d'avoir envie de l'entendre. Après un moment d'exaspération, je laissai le livre s'ouvrir encore une fois.

La caricature que montrait cette page me représentait, avec des oreilles exagérées au point qu'on aurait dit des ailes. Elle indiquait :

Calliope Carroll Dakin

calliope clairaudientus

Calliope – kalliópê – est un mot grec ; clairaudient, à moitié français à moitié latin. C'était facile à comprendre. J'avais appris le latin autant pour son usage en taxonomie que pour les bases qu'il apportait pour toutes les langues romanes, ainsi que l'anglais, et j'avais bien l'intention d'étudier le grec dès que possible. Mais je n'avais pas besoin d'une fausse définition gréco-franco-latine pour m'identifier, ni moi ni mon genre. J'attendis. Le bec de l'oiseau s'entrouvrit légèrement et laissa échapper, chuchoté avec la voix de mon père :

You are my sunshine

Les larmes se mirent à couler sur mon visage et j'avalai un sanglot.

Je refermai le livre et, en serrant le dos entre le pouce et les doigts de la main gauche, j'agitai les pages comme un éventail. Je m'attendais à sentir un souffle sur mon visage. Au lieu de quoi j'entendis un chœur d'orgue.

Et, du livre fermé, par les voix des oiseaux caricaturés qui étaient représentés à l'intérieur, monta un hymne funéraire.

Bientôt dans la douceur
Nous nous retrouverons sur la rive jolie
Bientôt dans la douceur
Nous nous retrouverons sur la rive jolie.

Nous chanterons sur la rive jolie
Les chants glorieux depuis longtemps perdus ;
Et notre esprit jamais ne connaîtra ni chagrin
Ni regret des espèces disparues.

Dans l'obscurité de la lune
Nous renaîtrons sur la rive jolie
Des cendres et des ruines
Et sur nos ailes de feu nous prendrons notre essor
Croaaa !

Ainsi se termina la lecture, ou plutôt l'audition.

C'était tellement dingue que je me suis retenue de bondir et de lancer le livre dans les eaux du golfe.

Cependant, les pièces du puzzle étaient dans ma tête et je ne pouvais m'empêcher de les déplacer.

Le nom sur la page de garde, Hope Carroll, était celui de l'une de mes tantes, les sœurs de maman que Mamadee avait abandonnées à mon arrière-grand-mère. Je ne savais rien de plus à son sujet, sauf qu'elle avait une sœur, Faith.

Que pouvais-je tirer de ce méli-mélo audubonesque ? Les oiseaux dessinés – les caricatures du pic épeiche à bec jaune, du perroquet de Caroline et du pigeon voyageur – étaient des espèces connues ou en voie de disparition. L'hymne modifié commençait par décourager l'espoir puis impliquait une résurrection ou une renaissance. Le phénix, renaissant de ses cendres. Qui me disait exactement quoi ? Rien que ma pauvre cervelle d'*oiseau* puisse comprendre, en tout cas. Que je faisais partie des espèces en voie de disparition ? Les aras écarlates étaient loin d'être éteints. Et ce n'étaient d'ailleurs pas des oiseaux d'Amérique du Nord.

Désespérant de comprendre, je fourrai le livre dans la poche de ma salopette et sentis sous mes doigts le médaillon en forme d'œuf qui était au fond.

– Je suis malade, dis-je à haute voix. Schizo. Faut qu'on m'enferme.

Calley l'ara écarlate.
ara macao calliope

Le nom de l'ara écarlate était Calliope. Diminutif, Calley. C'était l'oiseau de mon arrière-grand-mère. Maman m'avait donné le nom du perroquet de sa grand-mère.

J'aurais pu rire, mais j'étais en train d'essuyer avec les doigts les larmes qui coulaient sur mon visage.

Au moins, Cosima avait aimé sa Calliope, sinon elle n'aurait pas attaché le médaillon ovale à son harnais.

Lorsque je sortis des herbes, une ombre dans le lointain se matérialisa en silhouette humaine. Je dégringolai la dune en direction de la plage. Quelques pas suffirent à confirmer mes soupçons : c'était Mrs Mank qui marchait sur la plage en remontant vers le sud. Aussi large que fût la plage, nous étions seules et je n'avais aucun moyen de l'éviter.

Après avoir douté de mes sentiments à son égard pendant des années, je savais que je n'aimais pas Mrs Mank, mais je souhaitais l'éducation qu'elle me proposait et ne savais pas du tout comment l'obtenir sans elle.

Mrs Mank était vêtue de manière aussi informelle que je la verrais jamais (jusqu'à sa mort) et portait des sandales, un pantalon de pêcheur de moules et un pull marin. En splendide contradiction avec son usage présumé, son pantalon était repassé avec un pli comme pour la parade. Tous les vêtements qu'elle portait étaient faits sur mesure et ça se voyait. Je ne sais quel animal mort-né avait été sacrifié pour le cuir fragile de ses sandales, mais c'était vraisemblablement le dernier de sa race. Elle avait des lunettes noires mais pas de chapeau et le soleil levant éclairait ses cheveux, qui étaient ni plus ni moins argentés qu'ils l'avaient toujours été.

Quand elle me rejoignit, elle posa directement la main sur mon bras droit, qui était encore largement endolori du choc électrique subi. Derrière elle, le soleil bas formait un halo autour d'elle, assez brillant pour me faire à demi fermer les yeux.

– Calley, viens faire un tour avec moi.

Mes jambes étaient plus longues que les siennes et je la dépassais de dix bons centimètres, ce qui me forçait à ralentir le pas pour m'accorder au sien.

– Tu vas mesurer un mètre quatre-vingt-dix, me dit-elle comme si j'étais une plante verte de concours. – Elle me jeta un regard malicieux. – Si tu restes ici plus longtemps, on ne pourra plus te transplanter.

– C'est ce qu'on appelle une métaphore, je crois.

– On dirait que l'école locale a réussi à t'apprendre quelque chose.

– Je l'espère, ma'ame.

– Qu'est-ce que cette grosse bosse, dans ta poche ? Un livre ? Lequel ? Fais-moi voir.

Avec réticence, je le lui passai.

Su le dos du livre, on pouvait lire :

Société Nationale Audubon
Guide pour l'observation
Des Oiseaux
Des Régions de l'Est.

– C'est une pièce de musée, déclara-t-elle. Tu n'as pas une édition plus récente ?

– Si, ma'ame. Si je mouille celle-ci ou si je mets du sable dedans, ce n'est pas grave.

Une expression sceptique s'attarda sur son visage. Ses élégants ongles manucurés cherchèrent à écarter les couvertures mais on aurait dit qu'elles résistaient. Surprise, elle haussa les sourcils.

– Il a été tellement mouillé, dis-je en tentant de cacher ma frayeur qu'elle réussisse à l'ouvrir ou qu'elle le jette dans la mer, que les pages sont toutes collées.

– Collées, en effet. Avec de la glu, tu veux dire, rajouta Mrs Mank, une nuance d'irritation dans la voix. Je ne vois pas comment tu peux séparer les pages sans les détruire.

Je sortis mon couteau à huîtres et elle le regarda de haut en faisant un bruit agacé. Elle me rendit brutalement le livre et je le fis disparaître dans ma poche.

– Merry Verlow t'a informée de l'endroit où tu irais à l'université et t'a dit que tu habiterais avec moi, dit-elle, reprenant le fil de ses remarques précédentes. Je sais que tu aimerais finir le lycée ici mais c'est impossible. Pour réussir dans une école du calibre de celle où tu vas aller, il faut que tu passes un an en classe préparatoire de haut niveau.

L'idée de quitter Merrymeeting et l'île de Santa Rosa suscita en moi un frisson de panique. Je n'étais pas aussi prête que je l'avais cru.

Mrs Mank pressa mon bras avec insistance.

– C'est le bon moment, Calley. Ta maman est fiancée au colonel Beddoes. Elle va commencer une nouvelle vie. Tu ne veux quand même pas qu'elle vive seule jusqu'à la fin de ses jours ?

– Certainement pas. Ce n'est pas maman qui me retient, Mrs Mank. Je m'étais préparée à partir, mais pas si vite.

Elle se tut un instant pendant que nous continuions à marcher. Mes propres pensées se bousculaient, mes émotions passant de la panique à l'impatience. Je frissonnais au point d'avoir la chair de poule.

– Quand ? demandai-je.

– Dans peu de temps, répondit-elle placidement. Dans très peu de temps.

Nous étions en vue de Merrymeeting.

– Rien de tel que l'air marin pour stimuler l'appétit, remarqua Mrs Mank. Je me sens de taille à *dévorer* les excellentes saucisses de Perdita. Ne dis rien à Roberta Dakin quand elle reviendra, Calliope. Laisse-la au plaisir de ses projets de mariage.

Nous nous sommes séparées dans le hall, Mrs Mank partant en direction de la salle à manger, moi de la cuisine.

Je ne dirai rien à maman, pensai-je. Je n'en parlerai à personne, pas même à Grady. Et pas seulement en ce qui concerne mon départ.

59

Le jour où nous sommes partis, Grady et moi avons réussi à arriver à Tallassee pour dîner, mais évidemment nous n'avons pas pris la route fantaisiste de maman en passant par Elba. Grady ne perdait jamais de temps en bavardages, nous avions donc fixé le jour qui nous convenait, emprunté l'Edsel de Roger et mis les voiles dès qu'il faisait assez clair pour y voir.

Tallassee avait rapetissé, apparemment. C'était l'impression que j'avais, même si je savais évidemment que c'était Calley Dakin qui avait grandi.

La première chose que nous avons faite, c'est de nous précipiter dans une baraque restaurant qui servait des petits déjeuners vingt-quatre heures sur vingt-quatre. Après nous être rempli l'estomac, nous sommes partis à la recherche d'une station-service pour remplir le réservoir de l'Edsel. À la vue d'une vieille enseigne rouillée de Pegasus, mon cœur s'est mis à battre la chamade. J'ai pris ça pour un bon présage, ce qui était le cas : la station-service avait une cabine téléphonique avec un annuaire accroché à une chaîne.

Je vérifiai le numéro de téléphone de Mr Weems pour voir si c'était le même que celui de ma liste dans mon calepin lunaire, et je copiai son adresse. Dans l'annuaire, les noms sautaient de Ethroe à Everlake sans mentionner de Evarts. Une observation attentive de la page des médecins m'informa que Tallassee avait plus de médecins que quand j'étais enfant, mais le docteur Evarts n'apparaissait pas parmi eux.

La liste des avocats ne proposait aucune Adele Starret, ni même de A. Starret.

– Je vais écrire au barreau d'Alabama, dis-je à Grady. Adele Starret doit bien être inscrite chez eux.

– Si elle existe vraiment.

Quand il a dit ça, j'ai eu l'impression qu'il se disait que j'avais inventé toute cette histoire.

Je cherchai également dans cet annuaire les Verlow et les Dakin, au cas où il y aurait de nouveaux abonnés ou si les renseignements m'avaient donné une fausse information. Pas un seul. Je ne m'attendais pas à voir le nom de Fennie Verlow, mais il semblait bizarre qu'un clan aussi nombreux que les Dakin ne figure pas sur la liste. Il était sûr qu'il y en avait parmi eux qui partageaient une ligne avec quelqu'un.

Grady regardait Tallassee avec des yeux ébahis. Il n'était jamais sorti d'un rayon de cinquante kilomètres de Pensacola et trouvait bizarre d'être aussi loin au nord. Il n'était pas certain que ça lui plaisait d'être si loin du golfe ou d'une autre étendue d'eau salée, et en plus il ne comprenait pas la moitié de ce que les gens disaient autour de lui.

Sans carte, et comptant sur mes souvenirs d'enfance, j'ai eu plus de mal à trouver les Remparts que je ne m'y attendais. Nous revenions sans cesse dans le même quartier récemment construit.

Grady nous conduisit au centre-ville, où je rentrai dans la vieille pharmacie. À mon grand soulagement, Mrs Boyer était à la caisse et Mr Boyer était visible au fond du magasin, occupé à ses tâches pharmaceutiques. Ils étaient tous deux plus âgés que dans mon souvenir, mais pas autant que je l'imaginais.

– Mrs Boyer, dis-je.

Pendant une seconde, elle a eu un regard interrogateur parce qu'elle n'était pas sûre de me connaître.

– Je suis Calley Dakin, dis-je.

– Calley Dakin, dit Mrs Boyer. Mon Dieu !

Mr Boyer a levé la tête pour me scruter avec intérêt.

Je lui ai fait un petit salut de la main.

– Mais te voilà devenue grande, s'émerveilla Mrs Boyer.

– Eh oui, dis-je, et j'ai éclaté de rire comme si devenir grande était justement le cadeau que j'avais demandé pour Noël. Il y a si longtemps que je ne suis pas venue, Miz Boyer, qu'on dirait que je ne sais plus trouver les Remparts !

– Oh, mon Dieu.

Le sourire de Mrs Boyer s'est éteint sur-le-champ et elle a eu l'air très gênée. Mr Boyer est venu sur le devant du magasin.

– Calley Dakin, dit-il en hochant la tête. Mon petit, les Remparts ont brûlé dans un incendie il y a… ma foi, des années, et tout a été reconstruit en nouvelles maisons. Tous ces vieux chênes verts, ils ont été abattus jusqu'au dernier.

C'était un soulagement inattendu de savoir que les Remparts avaient disparu, mais je regrettais un peu les arbres.

– Oh…

J'ai remis mon chapeau et renoué les brides sans les serrer.

– Elle ne savait pas, a dit Mrs Boyer à Mr Boyer d'un ton compatissant.

Il a hoché la tête.

– Ne savait pas.

– Merci, dis-je, et je suis sortie gauchement pour retourner à l'Edsel.

Les Boyer me regardaient quand je me suis laissée tomber sur le siège passager.

– Les Remparts n'existent plus, dis-je à Grady. Disparus dans un incendie.

Grady jeta un coup d'œil aux Boyer qui nous regardaient par-dessus la vitre de leur pharmacie. Il tourna la clé de contact.

– Merde, dit-il avec un mécontentement marqué. C'est tout l'temps comme ça. Moi qu'avais hâte d'voir les parapluies.

Au moins, la maison des Weems était toujours là, elle, même s'il nous fallut faire trois fois le tour du quartier avant de la trouver.

Cette fois, Grady est venu avec moi.

Une femme de couleur a répondu à mon coup de sonnette.

J'ai ouvert la bouche, avec l'intention de demander poliment si Mr Weems était chez lui, mais ce qui en est sorti fut : « Tansy ? »

Elle m'a dévisagée derrière des lunettes à verre épais en croisant les bras sur son estomac. Ses cheveux étaient devenus tout blancs.

Je quittai mon chapeau.

Elle cligna des yeux.

– Voilà-ti pas Calley Dakin, dit-elle, d'un ton de fausse stupéfaction.

– Oui. – Je tirai Grady en avant. – Voici mon ami, Grady Driver.

Elle lui accorda un coup d'œil rapide qui signifiait clairement qu'elle n'avait pas une très haute idée de ma façon de choisir mes amis.

Je réussis alors à demander si Mr Weems était là.

– M'sieur Weems toujous chez lui, dit Tansy. L'a eu une attaque y'aura trois ans à Noël. – Le ton de sa voix était empreint d'une grande satisfaction. – Peut pas parler, peut pas marcher, peut pas sortir d'son lit. L'est pitoyabe, pour sûr.

– Alors, peut-être que je pourrais voir Mrs Weems ?

– Miz Weems elle est morte, fit Tansy avec un sourire sinistre. L'a perdu la tête et l'docteur Evarts l'y a donné des comprimés pour ça aille mieux et l'a tout pris d'un coup.

– Et le docteur Evarts ?

– L'habite pus ici, me dit-elle, avec un plaisir non dissimulé. L'a divossé Miz Evarts et l'est pati. Elle, l'est r'mariée maint'nant avec quéqu'un d'Montgomery.

– Alors, où est mon frère Ford ?

– Docteur Evarts, l'a emm'né avec lui.

Même si Tansy me disait ce que je voulais savoir, j'avais l'impression de réclamer des biscuits et d'en avoir un seul à la fois.

– Tansy, où ?

Tansy s'est penchée pour me toucher le bout du nez.

– Qu'est-ce t'as fait à tes ch'veux, ma fille ?

Puis elle a commencé à me fermer la porte au nez. Tandis que la porte se refermait, elle a dit : « Nouvel'Léans. J'ai entendu dire qu'y sont patis dans l'Quartier. »

La porte se referma.

– N'avez pas d'adresse, par hasard ? demanda Grady.

Sa voix nous parvint de derrière la porte, comme si elle y était encore.

– Qui c'est qui veut l'savoir ? J'sais bien où y s'ront un jour, dit-elle. Où y sont, tous les autes Carroll, rue des Flammes d'l'Enfer, aux bons soins d'Satan lui-même.

Je tambourinai sur la porte.

– Tansy, j'ai pas fini de vous parler, ouvrez cette porte.

À ma grande surprise, elle entrouvrit la porte juste assez pour me regarder.

– Quel est le nom de famille de Rosetta ? Elle est où ?

– L'est dans l'cimetière noir. Ses filles l'y ont acheté une grosse croix d'pierre, et c'est marqué d'sus *Rosetta Branch Shaw*, avec ses dates et tout. *Maman.* C'est ti pas gentil ?

Nous n'avons pas échangé un seul mot avant de remonter dans la voiture.

– Le puits est sec, dit Grady.

– Sur la tombe de Tansy, il y aura un panneau : voie sans issue, répondis-je.

Il a éclaté de rire puis m'a dit sérieusement :

– J'peux pas prendre un aut' jour, même si elle ment pas et même si c'était possible de les trouver dans une ville aussi grande que la Nouvel'Léans.

– Je veux voir la tombe de papa et celle de Mamadee. On aurait encore le temps d'aller à Montgomery et peut-être de trouver Fennie, la sœur de Miz Verlow.

Il a haussé les épaules.

– Après ça, on fait d'mi-tour et on rentre à Pensacola, ok ? J'crois qu'j'aurai vu tout ce que j'voulais de l'Alabama, dit-il.

– On va encore regarder l'annuaire.

– Pour quoi faire ?

– Vérifier les salons funéraires. Les croque-morts doivent tout connaître des cimetières du coin.

– Ça, c'est futé.

– Pas tant que ça. Si j'y avais pensé plus tôt, j'aurais appelé avant.

– Allons secouer les squelettes, Miz Calley.

Il me semblait important de garder en vue le Pégase rouge pendant que je téléphonais au salon funéraire qui avait la plus grosse annonce.

Une voix essoufflée et âgée m'a répondu. J'ai dû répéter ma question deux fois, et on me l'a répétée.

Puis j'ai attendu, pendant que le téléphone transmettait les bruits du vieux monsieur se déplaçant dans ce qui était apparemment un petit bureau, essayant d'ouvrir un classeur à dossiers, y parvenant enfin, farfouillant dans des papiers, tout ça en chantonnant et en parlant tout seul.

En reprenant le téléphone, il se racla la gorge, ce qui prit facilement trois minutes, et cela faillit faire rire Grady quand je lui mis le téléphone à l'oreille.

– Ce que j'ai là est nécessairement partiel, me prévint gravement le vieux monsieur quand il réussit enfin à parler. Les gens de la campagne se font enterrer n'importe où, vous savez, et ils appellent ça un cimetière.

Puis il m'a lu la liste, avec des hésitations et beaucoup de répétitions quand je lui ai demandé des précisions pour l'orthographe et les adresses, ce qui lui faisait perdre l'ordre de sa liste.

J'avais espéré me rappeler en l'entendant le nom du cimetière où papa était enterré mais quand il a eu fini, rien ne m'avait évoqué de souvenir. Le seul renseignement que j'avais trouvé, et je n'étais pas certaine de l'utilité que ça pouvait avoir, c'était comment me rendre au cimetière de l'église de la Dernière Demeure où était enterrée Mamadee. Je n'étais même pas sûre d'avoir envie d'y aller.

– Tu crois que le vieux tubard a avalé un de ses poumons ? demanda Grady. On va l'rappeler pour voir si on peut lui faire avaler le deuxième.

En tout cas, il s'amusait. Il regarda les indications que j'avais notées.

– Tu t'rappelles où c'est ?

Je fis non de la tête :

– J'y suis jamais allée, à ma connaissance.

Il a fallu qu'on demande à un flic mais on a fini par trouver.

Mamadee avait bien déchu, c'est sûr. Le cimetière de l'église de la Dernière Demeure me rappelait celui où papa avait été enterré. En pire, même. Des sortes de cristaux minéraux scintillaient dans la terre parmi les pissenlits et le plantain qui avaient l'air d'être les seuls végétaux capables de pousser. Dans la plupart des cimetières, on a défini les emplacements où les gens sont enterrés. Personne ne l'avait fait dans le cimetière de l'église de la Dernière Demeure. C'était un étrange méli-mélo, les rectangles des tombes étaient en pagaille, comme les pièces d'un puzzle imbriquées les unes dans les autres. C'était un contraste bizarre avec le bosquet de pins fuselés derrière le cimetière, car les résineux, qui s'étaient fait leur place en acidifiant le sol grâce à leurs aiguilles, étaient espacés aussi régulièrement que des clous sur une plaque à la quincaillerie.

Grady et moi avons erré dans le cimetière chaotique pendant une bonne quarantaine de minutes avant de trouver la tombe. La pierre n'était même pas en marbre. C'était une plaque de ciment grossier, déjà fendue, posée de guingois sur le sol.

DEIRDRE DEXTER CAROLL
1899-1958

Grady frissonna en faisant la grimace :

– Brrr, c'est glacial. Elle a même pas une ligne de la Bible ou une épitaphe ?

– Il y a deux R à Carroll, dis-je. Ça m'étonne qu'elle ne soit pas sortie de sa tombe pour en rajouter un.

– Va pas lui mettre des idées dans sa tête de mort, dis donc. – Grady ne plaisantait pas totalement. – J'vois pas comment ça va aider à trouver le frangin Ford.

– Moi non plus. Fichons le camp d'ici. Je veux aller à Banks.

– Banks ? On va en cambrioler plusieurs, finalement ?

– Banks, Alabama. C'est sur la route de Pensacola.

– Qu'est-ce qu'il y a à Banks ? Tu m'as pas dit que la maison de ton arrière-grand-mère avait brûlé y a longtemps ?

– Il y aura peut-être un cimetière.

Grady retourna à la voiture, s'assit derrière le volant et déploya une vieille carte routière déchirée qu'on lui avait donnée dans une station-service de l'île de Santa Rosa.

Je m'accroupis vivement, mouillai mon doigt et touchai la terre de la tombe de Mamadee. Je léchai le bout de mon doigt. Du sel.

– Banks, dit-il. – Quelques secondes s'écoulèrent. – Bingo, je l'ai. C'est pas ce que j'appellerais direct, comme chemin de r'tour.

– C'est seulement à deux heures de Pensacola.

Il le voyait bien.

– Y'a rien là-bas, Calley. Une voie de chemin de fer et deux ou trois rues. Sûrement rien que des cimetières, si tous ceux qui ont vécu là-bas sont morts. Probable que ceux qui y passent la nuit, même, ils tombent comme des mouches, parce que y a tellement rien à Banks, Alabama, qu'y a même pas d'air.

Il n'avait pas tort. Trouver une maison qui avait brûlé une décennie plus tôt, voire plus, ça n'allait pas être une partie de plaisir, sans parler de la tombe de mon arrière-grand-mère maternelle, dans l'espoir d'apprendre quelque chose.

– Tu as raison, lui dis-je. Rentrons.

Il me chatouilla le menton.

– Désolé, Calley. J'regrette qu'on ait pas trouvé ton frangin.

60

M'attendant à servir le dîner et à débarrasser, j'entrai dans la maison par la porte de la cuisine.

Perdita, qui disposait des portions dans des assiettes, me jeta un coup d'œil.

– Miz Verlow t'attend su la v'randa

Alors que je traversais la cuisine, Cleonie revenait de la salle à manger avec un plateau vide.

Elle retint la porte battante et émit un bourdonnement au moment où je passais près d'elle. C'était un avertissement.

Dans la salle à manger, les convives s'empiffraient à cœur joie.

Je me suis arrêtée devant la porte pour écouter Miz Verlow et j'entendis non seulement sa voix mais celle de Mrs Mank. Elles étaient dans la petite alcôve où Adele Starret avait lu à maman le testament de Mamadee.

Les deux femmes fumaient. Elles avaient choisi de boire du bourbon, dans d'épais verres de cristal. La carafe était posée à proximité sur la petite table. À côté, une bougie allumée procurait l'unique lumière vacillante, qui se reflétait dans le liquide ambré de la carafe, comme s'il était embrasé en son centre.

Le visage des deux femmes était dans l'ombre. Je dus tirer une chaise en face d'elles avant de les voir clairement.

– Qu'as-tu appris ? demanda Mrs Mank, d'une voix neutre.

Je lâchai l'information que je croyais la moins utile.

– Le nom de jeune fille de Mamadee était Dexter.

Évidemment. Comme dans « Les Frères Dexter », sur l'affiche du cirque. Son père était le Dexter qui avait épousé Cosima, la dame à l'oiseau sur le palanquin.

Miz Verlow porta son verre à ses lèvres.

Mrs Mank ne dit rien pendant un bon moment. Elle tira une longue bouffée sur sa cigarette.

– Et… ? dit-elle enfin.

Des tests. Combien de tests ? Est-ce que j'allais laisser ces femmes diriger ma vie ? Pourquoi d'ailleurs le voulaient-elles ?

– Mamadee devait en avoir honte et si c'est vrai, alors maman aussi, et c'est pour cette raison qu'elle ne m'en a jamais parlé.

Miz Verlow se détendit.

– Le père de Deirdre n'était rien du tout, dit Mrs Mank avec une immense satisfaction. Deirdre a essayé de devenir quelqu'un en épousant un Carroll, mais voilà ce qui reste, inscrit dans le ciment.

Miz Verlow émit un gloussement discret.

– Je connaissais Deirdre, dit Mrs Mank. Elle a détruit ta mère et elle t'aurait détruite aussi. J'ai été très contente d'apprendre que ta mère avait trouvé refuge chez quelqu'un en qui j'avais toute confiance.

Elle se pencha pour tapoter la main de Miz Verlow. Celle-ci lui sourit affectueusement.

– Peut-être, dit Mrs Mank, que l'une de nous aurait dû te dire ces choses-là plus tôt. Mais tu étais une enfant. Tu as grandi à notre insu et nous n'étions pas prêtes. – Elle me sourit chaleureusement. – Il faut que nous fassions quelque chose pour tes cheveux et il va vraiment falloir que tu apprennes à t'habiller correctement, Calley. Tu vas t'en aller dans le vaste monde très bientôt !

Je ne pus empêcher un frémissement d'impatience de me serrer le ventre.

– Bon. – Mrs Mank se leva. – Au moins, tu étais à l'heure pour dîner. J'ai très faim, Merry, et je sens des odeurs délicieuses.

Je n'avais pas faim mais j'ai mangé quand même, puis j'ai aidé à débarrasser.

J'ai monté la tasse de chocolat de Mrs Mank.

J'ai pris un bain avant de me coucher. Malgré ma fatigue, je ne parvenais pas à trouver le sommeil.

Mrs Mank avait connu Mamadee. Elle n'avait aucune estime pour Mamadee ni maman. Elle ne m'avait pas seulement choisie par hasard ou selon ce que lui avaient dit Fennie ou Merry Verlow. Elle n'avait pas été loin de reconnaître qu'elle avait tenté d'intervenir avant que maman ne me détruise, quel que soit le sens que Mrs Mank donnait à cette « destruction ».

Quand ? Quand avait-elle fait ses observations et tiré ses conclusions ? Avant le meurtre de papa ? Avant que Fennie Verlow ne nous envoie chez sa sœur Merry, à Merrymeeting ?

Était-ce important ?

Je n'avais aucun souvenir de Mrs Mank dans ma petite enfance à Montgomery ou Tallassee. Étant donné mon âge à cette époque, l'absence de souvenir ne signifiait vraisemblablement rien. Mrs Mank connaissait peut-être Mamadee depuis des années et il se pouvait simplement qu'elle ne s'était pas trouvée là quand j'étais petite fille, dans la maison de mon père.

Mrs Mank avait parlé de Mamadee avec un mépris marqué, et personnel. Elles s'étaient peut-être connues dans leur enfance, et c'est ainsi que Mrs Mank savait que le père de Mamadee n'était « rien du tout ». Que signifiait le terme « rien du tout » pour Mrs Mank ? Le snobisme inhérent de cette expression me mettait en colère. Grady Driver n'était rien du tout, et moi non plus.

Si le père de Mamadee n'était rien du tout, est-ce que cela voulait dire que sa mère, mon arrière-grand-mère Cosima, était davantage ?

Comment allais-je faire pour me rendre à la Nouvelle-Orléans et, une fois là-bas, trouver mon frère ? Avant le retour de maman, en plus. Pour pouvoir organiser ce voyage, je devais savoir précisément où pouvait être Ford dans la capitale de la Louisianne, et même s'il y était toujours. Le plus logique était de localiser le docteur Evarts. Si Ford était dans une quelconque université, le docteur Evarts le saurait. Il me le dirait sûrement, si je le lui demandais. J'étais la sœur de Ford, une petite fille quand le docteur Evarts était devenu le tuteur de Ford. Il ne pourrait pas croire que j'étais l'agent de maman ni que j'avais des vues sur l'argent de Ford. Sûrement pas. Enfin… si, justement, c'était peut-être exactement ce que le docteur Evarts allait penser.

La seule chose que je pouvais faire, c'était de trouver le bonhomme. Il y avait forcément des chances que, si j'y parvenais, même s'il ne voulait pas me dire où était Ford, je trouve un indice quelconque. Par exemple, c'était peut-être les vacances universitaires et il était possible que Ford soit chez le docteur Evarts et ouvre la porte quand je frapperais. C'était un espoir, et pas une illusion, et c'était bon d'avoir de l'espoir, c'était nécessaire. Foi en moi, espoir d'un bon résultat. La foi et l'espoir, Faith et Hope, les prénoms de mes tantes. Il fallait que je pense à Ford.

J'attachais trop d'importance à sa découverte. Cette poursuite était probablement vaine. Si Ford se révélait odieux, me disais-je avec une rationalité que je croyais adulte, je serais libérée de mon enfance et de ce qui restait de ma famille détruite. Ce qui prouve à quel point j'étais jeune.

61

Les projets que Mrs Mank faisait pour moi ajoutèrent à ma détermination de ne pas me laisser détourner de la recherche de Ford ou de toute information concernant ma famille. Le voyage à Tallassee avait été une sévère déception. C'était ici, sur l'île de Santa Rosa, que j'avais retrouvé, pour ne plus les oublier, les souvenirs des événements de mes premiers mois à Merrymeeting.

Sur l'étagère au-dessus de mon lit, le guide ornithologique hallucinatoire était redevenu une vieille édition du *Guide pour l'observation des Oiseaux des Régions de l'Est de la Société Nationale Audubon.* Je le remis dans la poche de ma salopette, avec mon couteau à huîtres, avant de descendre et de prendre, sans rien demander, la clé du grenier dans le tiroir de Miz Verlow. Elle était dans la cuisine avec Perdita et pouvait surgir à tout moment, mais je n'avais pas peur qu'elle me surprenne, ni qu'elle se mette en colère en découvrant que j'avais pris la clé.

Cependant, quand j'ai tourné la poignée de la porte, pour voir, elle a cédé facilement : elle n'était pas verrouillée. J'ai remis la clé dans la poche de ma salopette. Après avoir passé la porte, je l'ai refermée aussi silencieusement que j'ai pu.

J'ai attendu dans le noir que mes yeux s'habituent à l'obscurité. Les chuchotements et les frottements des petites bestioles qui vivaient dans le grenier m'ont rassurée. Je me sentais très proche d'elles, dans ma lutte pour survivre à un monde prédateur. Et dans le noir. Le guide ornithologique, mon couteau et le pendentif en forme d'œuf pesaient dans l'une de mes poches. Si les bestioles de l'obscurité ne me faisaient pas peur, la chose contenue dans le coffre m'avait terrorisée, il n'y avait pas très longtemps. On pouvait se demander quelle protection un couteau à huîtres, un guide ornithologique et un pendentif en forme d'œuf allaient m'apporter, mais c'était tout ce que j'avais.

Quand je distinguai suffisamment les marches, je montai avec précaution jusqu'à ce que je trouve la petite chaîne avec le bouton de céramique blanche qui semblait m'attendre, suspendue dans le noir. En tirant, la lumière sale de la rangée d'ampoules du plafond se répandit sur les formes mystérieuses et indéchiffrables recouvertes de bâches qui remplissaient presque entièrement l'espace.

Le cliquetis d'une clé engageant le pêne dans la serrure me parvint aux oreilles depuis le bas de l'escalier. Mrs Mank aurait pu se déplacer sans que je l'entende, mais personne d'autre qu'elle ne l'avait jamais fait. Et elle n'était pas dans la maison. Quelle était la créature silencieuse qui avait refermé la porte derrière moi ?

Quelle que soit la réponse à cette étrange énigme, j'avais la clé dans ma poche.

Lentement, je me suis mise à explorer à nouveau le grenier. Il n'y avait aucun moyen de s'y atteler systématiquement. Malgré nos efforts au fil des années, Roger et moi, de tout ranger par catégorie et de rendre tout accessible, on aurait dit que quelqu'un passait derrière nous pour désorganiser – ou en tout cas que le désordre se réinstallait tout seul.

La lumière s'éteignit. Je restai pétrifiée dans l'obscurité. Pour que toutes les lampes s'éteignent, il avait fallu soit que quelqu'un tire sur la chaînette, ce que je n'avais pas entendu, soit ôte un fusible. Je n'avais pas de fusible de rechange dans la poche, sans compter que l'armoire électrique était dans l'arrière-cuisine. Ma vision se réadapta à l'obscurité, si bien que je n'étais pas totalement aveugle, et la lumière du jour s'infiltrait par les soupiraux sous les combles.

Je me dirigeai à tâtons vers l'endroit où était encore étendue la toile cirée que Roger, Grady et moi avions utilisée. Les bouts de chandelles abandonnés avaient depuis longtemps fondu à la chaleur en une flaque informe qui avait taché la toile cirée. Les mèches dessinaient des tirets noirs dans la cire jaune. Je n'avais apporté ni allumettes ni briquet, et je n'avais pas eu la bonne idée de prendre une torche. Je me suis accroupie près de la cire fondue et l'ai aplatie de mon mieux avec la paume. Roulée en un grossier cylindre autour du bout de mèche le plus long, il faudrait que ça passe pour une bougie. Elle ne tenait debout que parce qu'elle était trop courte pour tomber.

Je l'ai prise avec moi, dans l'espoir de découvrir une façon de l'allumer, et j'ai continué mon exploration. La bougie me rassurait. Je ne réussirais peut-être pas à l'utiliser. Mais je l'avais. Et je pourrais même l'allumer si je trouvais un briquet ou des allumettes. En attendant, je voulais retrouver le vieux coffre, celui qui m'effrayait.

Je me suis cogné violemment l'orteil sur la base de fonte d'une vieille machine à coudre et j'ai trébuché. Heureusement, l'objet était si lourd qu'on ne pouvait le déplacer et il me retint de tomber de tout mon long. Mon genre de beauté ne serait pas amélioré par l'incrustation d'un motif de pédalier Singer sur le visage, sans parler de me crever un œil avec les protubérances métalliques. *Ne cours pas avec un piton de machine à coudre dans les mains, Calley. Tu pourrais te crever un œil.* Cette pensée absurde me fit rire sous cape.

Après avoir repris l'équilibre, je me suis glissée le long des rangées de commodes et de tables, m'accrochant aux oreillettes de fauteuils, et je suis enfin parvenue à côté d'un autre soupirail sous les combles. Il était fabuleusement sale et couvert de toiles d'araignées, mais je n'étais pas beaucoup plus propre moi-même, à ce stade, si bien que j'ai passé la paume de la main sur le store du soupirail pour en faire tomber une partie de la saleté accumulée. Un air plus frais a pénétré, que j'ai respiré avec plaisir, au lieu de l'air lourd et poussiéreux du grenier.

Je me suis reposée un instant, savourant la baisse imperceptible de la chaleur et l'afflux de cet air légèrement salé. À contrecœur, j'ai poursuivi mon chemin et me suis immédiatement écorché les tibias sur une caisse, me rattrapant à un lampadaire pour ne pas tomber, trébuchant ainsi d'obstacle en obstacle jusqu'à me retrouver nez à nez avec la tête de totem du vieux semainier. Enfin quelque chose que je reconnaissais. Je me suis souvenue que je n'avais pas essayé tous les tiroirs et j'ai commencé à les ouvrir par le bas. Ils contenaient un fatras de bijoux d'apparence maçonnique et un joli choix de shorts de soie – des sous-vêtements qui dataient des années vingt, comme je m'en suis rendu compte en les prenant avec mes mains sales. Des pantalons, comme les appelait Perdita. Je les ai remis dans le tiroir et j'ai fouillé plus avant. Le bout de mes doigts a heurté un objet : un étui en fer-blanc rouillé, contenant une boîte d'allumettes.

Du feu ! Mon cœur bondit comme si j'étais un homme des cavernes tombant sur un mammouth foudroyé, éventré, offrant sa viande saignante et ses entrailles fumantes.

Quelques secondes plus tard, j'avais allumé ma bougie de fortune. Je la tenais avec précaution, tout en scrutant les alentours pour trouver un endroit où la poser. C'était frustrant de ne rien voir, pas même un vieux cendrier qui pourrait être utile, alors que j'avais vu tant de chandeliers et de bougeoirs au cours des visites précédentes. J'ai pensé à l'étui de fer-blanc, mais il était trop rouillé et léger et serait peut-être trop chaud à tenir. Je pouvais sûrement trouver mieux.

En effet. En me tournant lentement et en tenant haut la bougie pour projeter sa lumière le plus loin possible, j'ai aperçu un éclair de verre bleu violet sur l'étagère d'un petit meuble vitrine délabré dont le verre des portes était totalement cassé. J'ai passé la main avec précaution entre les morceaux de verre encore accrochés au cadre de la porte et sorti le chandelier de verre bleu cobalt que maman avait acheté à la Nouvelle-Orléans dans le magasin d'antiquités tictaquant. *Propriétaire : Mr Rideaux. La clochette de la porte qui tintinnabulait. La femme qui me regardait. Tout un mur de pendules qui donnaient toutes des heures fausses. Le sac Hermès Kelly que maman avait perdu et qui n'était pas perdu du tout.*

Malgré l'épaisseur peu courante de ma bougie, le chandelier épousa sa forme comme s'ils étaient faits l'un pour l'autre.

En la tenant haut et en me déplaçant avec précaution pour ne pas me cogner ni mettre le feu par inadvertance à quelque chose d'inflammable, j'ai progressé dans mon exploration. Je transpirais comme si c'était moi qui fondais, et pas la bougie. Ma salopette et le tee-shirt d'homme que je portais dessous me collaient à la peau comme les pages mouillées d'un livre qui s'agglutinent.

Ce qui m'a fait penser au guide des oiseaux. Je l'ai touché pour me rassurer. Il m'est venu à l'idée que je devrais le regarder pour voir dans quel état il était, l'état normal du Guide de la Société Nationale Audubon, ou l'autre, l'absurde « Oh ! du bon ».

Je l'ai sorti, et je me suis assise à proximité sur un meuble recouvert d'un tapis, à côté d'une table. Où j'ai posé le bougeoir. Entre mes deux mains, je pouvais lire sur la couverture du livre :

« Le guide d'observation Oh ! du bon de Calley Dakin »

Je m'attendais à ce qu'il s'ouvre tout seul mais rien ne s'est passé. Quand j'ai tenté de l'ouvrir, il m'a semblé aussi fermement collé que pour Mrs Mank.

Une voix désincarnée et légèrement agacée a dit, en énonçant clairement chaque mot :

Écoute le livre

J'ai cessé mes tentatives de l'ouvrir. Je connaissais cette voix. C'était celle d'Ida Mae Oakes. Les larmes me sont montées aux yeux et je me suis mise à pleurer comme un veau.

– Je suis tout ouïe, chuchotai-je. Ida Mae, j'ai tant cherché à entendre ta voix. Je regrette que tu sois morte.

Moi aussi, répondit Ida Mae. *Si ce n'était pour La Paix qui Surpasse tout Entendement, je préférerais être vivante. Cesse de pleurer tout de suite. Pour moi, le passage a été facile, ce qui n'est pas le cas pour tout le monde. J'ai fermé les yeux une minute pendant la deuxième messe du dimanche et quand je me suis réveillée, je flottais au-dessus de ma vieille carcasse, et personne s'en est rendu compte, tant y avait de gens qui piquaient un roupillon. Il faisait chaud ce jour-là et Frère Truman parlait d'un ton bien monotone, même si dans le coin des amen, ils faisaient ce qu'ils pouvaient pour donner du rythme. Et j'étais si jeune ! À peine cinquante-six ans. Ma mère vit encore, elle a du diabète, la cataracte, plus une dent, et un jour sur deux, elle se rappelle pas comment elle s'appelle. Elle a épousé son troisième mari quand elle avait cinquante-six ans et elle lui a élevé trois de ses enfants, qui tournaient mal à cause de la mort prématurée de leur mère. Elle a gagné le paradis, c'est sûr, mais elle n'est pas pressée d'y réclamer sa place. Elle demande toujours après moi, elle croit que je suis toujours en vie. Je l'entends qui dit : « Où est donc mon Ida Mae ? Pourquoi elle vient pas voir sa mère ?*

– Tu m'as manqué, lui dis-je. Horriblement.

Je sais, répondit-elle avec sa douceur de naguère. *J'ai tenu ma langue pendant tout ce temps, pour me repentir d'avoir été contrariée de mourir si soudainement, mais je t'aurais parlé en cas de nécessité. Je t'ai pas perdue de vue, ma chérie. Si tu savais toutes les âmes qui veillent sur toi... Enfin, tu le sais peut-être.*

– Papa ?

Tu le sais bien, chérie.

– Dis-moi pourquoi il est mort...

Chut, voyons. Son heure était venue...

– Non, c'est pas vrai ! m'écriai-je.

La bougie vacilla comme si je l'avais frappée.

– C'est moi qui ferai justice, a dit le Seigneur...

– Tu parles ! rétorquai-je.

Fais attention à tes paroles, dit sèchement Ida Mae. *Je ne veux pas entendre de blasphème dans la bouche d'une enfant qui devrait déjà être reconnaissante d'être en vie.*

– Je veux des réponses, dis-je – ou, plus exactement, ai-je hurlé.

Ida Mae a eu un rire très étrange. *En enfer, les gens veulent du thé glacé, Calley Dakin.*

– Mais je crois que je suis en enfer, moi, répondis-je.

Ça doit être encore bien plus dur pour y arriver que ce que tu as connu. Ida Mae se mit à chantonner. *Écoute le livre*, chanta-t-elle doucement, sur l'air de « Je vois la lune ». *Écoute le livre.*

Le livre est tombé ouvert sur mes genoux, à la page de garde. Qui portait l'inscription : *Calley Dakin*, écrite de ma propre main.

Ouvre le coffre métallique, a dit le livre avec ma voix, avec un léger frémissement de ses pages minces.

– Je ne sais pas où il est.

La voix d'Ida Mae m'est parvenue à nouveau de nulle part. *Tu es assise dessus.*

62

Je bondis en me retournant et lâchai le livre. Pire, je faillis renverser la bougie. J'abandonnai le livre et, à deux mains, remis la bougie en place. Sous l'effet de la frayeur, des rigoles de sueur dégoulinaient de chacun de mes pores depuis la racine de mes cheveux. En tout cas c'est l'impression que j'avais. J'avais la respiration coupée et le ventre noué comme un poing serré.

Une fois la bougie en sûreté, j'ai tiré le tapis qui recouvrait le coffre et, bien entendu, ce n'était pas un coffre ordinaire, mais une cantine militaire. Verte et noire. Fermée par un cadenas. Sans clé apparente. En reniflant, je n'ai détecté aucune odeur d'abattoirs.

Le guide ornithologique gisait sur le plancher poussiéreux. Je le ramassai et le fourrai dans ma poche. Ce faisant, mes doigts touchèrent la clé du grenier.

Je la sortis pour l'observer. C'était une clé de porte à l'ancienne, avec un canon long, pas le genre de clé plate et courte d'un cadenas. Je sortis aussi mon couteau à huîtres. Il fallait que j'ouvre ce cadenas avec l'un ou avec l'autre, sinon… Je ne savais pas trop ce que ce *sinon* impliquait, mais je savais que je ne lâcherais pas.

J'ai fait un essai avec la clé de la porte. Et, naturellement, ça a marché. Elle s'est glissée dans le cadenas comme l'eau dans une gorge asséchée. Et je pensais justement à l'eau à cet instant. J'avais très soif. J'ai tourné la clé et le cadenas a cédé.

Si je ne parvenais pas à ouvrir effectivement le coffre, Ida Mae allait intervenir et utiliser le manuel comme mégaphone – que j'avais donc été stupide ! Bien sûr, c'était exactement ça. Le guide était un mégaphone de fantôme.

Je pliai les genoux pour sortir le cadenas de la languette métallique et donnai un coup de reins pour soulever le couvercle. Aucune résistance, rien que le grincement triste des charnières inutilisées, au moment où il s'ouvrit avant de retomber en arrière sous ma poussée. Je regardai dans le coffre : il était plein de liasses de billets proprement maintenues par des bandes de papier. Posée sur le dessus de la pile de billets, il y avait une pièce d'argent d'un dollar. Aucun billet de ces liasses ne devait dater d'après 1958, j'en fus immédiatement certaine : c'était la rançon qui n'avait pas sauvé la vie de papa, et la pièce d'un dollar était apparemment la mienne.

Je la mis dans ma poche. J'aperçus un vieux panier à linge en osier à proximité et je le pris pour y vider l'argent de la rançon contenu dans le coffre. Le panier était moins lourd et moins volumineux et j'allais pouvoir le pousser vers l'escalier, jusqu'à l'endroit où il y avait des valises. Après y être parvenue, je retournai chercher la bougie, mon couteau à huîtres et mon guide d'oiseaux.

À la lueur de la bougie, je remplis un grand sac de toile bien usée avec l'argent. Sans excitation ni anxiété. Un million de dollars, c'était beaucoup d'argent. La pièce d'un dollar trouvée sur la pile voulait sans doute dire que l'argent m'appartenait et que je pouvais en disposer à ma guise. C'était la liberté. Je pouvais me payer mes propres études et me débarrasser de Mrs Mank, Miz Verlow et maman d'un seul coup.

Je refermai la valise, *clic-clac*, en réprimant un petit rire. Ce qui restait en moi de fidélité aux Carroll me procurait une profonde satisfaction, pour la première fois de ma vie. Je cherchai à tâtons dans ma poche la clé du grenier. Qui n'y était pas, naturellement, puisqu'elle était restée par terre à côté du coffre, dans le cadenas ouvert.

Je pris ma bougie, qui fondait à toute allure, et je retournai vers le coffre.

La chaleur m'oppressait à présent. La sueur perlait constamment sur ma lèvre supérieure et je n'arrivais pas à la lécher assez rapidement. Mais je continuais à le faire par réflexe, pour humidifier ma langue et ma gorge. Au bout de quelques pas, je commençai à douter d'avoir pris la bonne direction. Il me vint à l'idée que je pouvais mourir dans le grenier, mourir de soif, de faim ou de chaleur. Mais d'abord, bien sûr, je crierais et on m'entendrait. Ce n'était que parce que j'étais étourdie par la chaleur que cette idée horrible me semblait possible. Tant pis pour la clé, me dis-je, j'avais encore mon couteau à huîtres. J'allais bien retrouver l'escalier et la valise.

Un long moment plus tard, je n'avais pas retrouvé mon chemin. Je m'accroupis près de l'un des soupiraux pour aspirer goulument l'air qui passait à travers le store, en me maudissant de ne pas avoir apporté à boire. Et des miettes de pain, ou des cailloux blancs, n'importe quoi pour m'aider à retrouver mes traces.

La petite flamme de la bougie s'élargissait. Bientôt, elle allait se noyer dans sa propre cire.

– J'ai écouté le livre, ai-je marmonné. Et me voilà dans de beaux draps !

En me forçant à respirer calmement et à me concentrer, je tendis l'oreille, mais Ida Mae ne prononça pas un mot. J'écoutais assez intensément pour entendre le babillement couvert par les vagues du golfe, mais aucune voix connue n'émergeait. Je glissai la main dans la poche de ma salopette pour toucher le pendentif de Calliope, espérant à moitié en son pouvoir magique. Mais non, rien. À part la douceur veloutée de l'or sous le bout de mes doigts.

La chaleur monte, c'est bien connu. Même s'il faisait chaud au ras du sol, ce n'était rien en comparaison de la température à ma hauteur. Je me mis à ramper, maladroitement, à cause de la bougie que je devais tenir dans une main. Le livre me cognait le flanc comme pour me rappeler sa présence.

Je me suis arrêtée, accroupie, et j'ai posé la bougie par terre pour sortir le livre.

Alors que je le tenais en main, il a dit, parlant à nouveau avec ma voix :

Tends ton doigt. Suis-le.

Mon index, me dis-je. Celui que j'avais brûlé à la flamme d'une bougie le matin de Noël quand j'avais sept ans.

Alors, je me suis levée, j'ai fourré le livre dans ma poche, pris le bougeoir dans la main gauche et pointé l'index droit. Pas de démangeaison ni de sensation de brûlure. Je l'ai tourné doucement. Et la sensation est apparue. J'avais l'impression très nette de mettre le doigt sur la flamme de ma bougie de fortune dans son bougeoir bleu cobalt. Un bruit de sonnette résonna dans le lointain. *Ding-dong.* Le bruit venait de ma poche, je savais que c'était le livre.

Je me suis déplacée dans la direction donnée par mon doigt. Le chemin était loin d'être clair. Il me fallait passer par-dessus, entre, autour de différents objets, puis pointer à nouveau mon doigt jusqu'à ce que la brûlure se fasse sentir pour confirmer la direction.

En descendant sous les combles, les poutres m'obligeaient à m'arrêter, puis à m'accroupir. Je sentais à nouveau une odeur de chair morte. Finalement, j'étais à genoux, et j'ai vu le coffre, contre la paroi basse des combles. Ce n'était pas le même, j'en étais sûre. Celui qui contenait la rançon était plus loin des poutres. Il y avait un cadenas sur le plancher, ouvert. Sans clé.

Plus j'approchais du coffre, plus la puanteur me prenait à la gorge. La languette du coffre était détachée. D'un mouvement brusque, j'ai soulevé le couvercle et l'ai rabattu. Je me suis laissée retomber en arrière, pour ménager un peu d'espace entre le coffre et moi.

La bougie était à portée de main. Sa flamme flottait presque sur la cire fondue et translucide. Je l'ai levée doucement pour ne pas l'étouffer par un geste brusque et je me suis approchée du coffre, d'assez près pour l'éclairer par le dessus. Le fond semblait être très profond. L'effigie de Calley y était vautrée, avec Betsy Cane McCall entre les jambes, dans une position obscène.

Soudain, sans crier gare, l'idée m'est venue : il fallait que je mette le feu à la poupée de chiffon et l'utilise comme torche, pour le répandre dans tous les coins du grenier. Quand la maison serait en flammes, quelqu'un ouvrirait la porte du grenier. La poupée de chiffon me fixait de son regard froid. La flamme de la bougie se reflétait dans chacun de ses yeux, avec ma minuscule silhouette. Ses yeux me suppliaient. Elle voulait brûler.

En me penchant sur le coffre, j'ai abaissé le bougeoir. Un léger déséquilibre de ma main a fait tomber une grosse goutte de cire chaude sur le visage de la poupée, où elle s'est figée en larme trouble.

J'ai dirigé la flamme vers ses cheveux, qui se sont immédiatement enflammés. L'embrasement soudain m'a léché la main comme un fouet. J'ai laissé tomber la bougie dans le coffre. La cire chaude s'est répandue en giclant sur la poupée qui noircissait à vue d'œil, alimentant le feu. Une fumée noire de suie montait en volutes des flammes. La poupée s'est tordue en se recroquevillant. On aurait dit un merle en feu. La pauvre Betsy Cane McCall noircissait et fumait, elle aussi. En fondant, sa bouche de plastique s'ouvrit, ses yeux s'élargirent, elle semblait crier de douleur.

Je me laissai tomber sur les talons, puis je bondis et donnai un grand coup dans le coffre avec mon pied nu. J'eus l'impression que tous mes orteils explosaient. Mais la force de mon coup de pied avait repoussé le coffre contre le mur et le couvercle retomba en m'envoyant un panache de fumée à la figure. Cette fumée était noire et sale, et j'en aspirai une bouffée qui me fit tousser et vomir.

Je m'accroupis à proximité, en observant le coffre pour voir s'il allait prendre feu. Au bout de ce qui me sembla au moins une heure, même si je savais que ce ne pouvait être qu'une dizaine de minutes, je m'aventurai à la rouvrir. Ce qui, naturellement, libéra un autre nuage de l'atroce fumée que je pris en pleine figure. Une quinte de toux et quelques nausées plus tard, les larmes me coulaient sur le visage. Je m'essuyai avec le dos de la main, me barbouillant de suie.

Au bout d'un instant, je réussis à distinguer l'intérieur du coffre. Le feu s'était éteint, par manque d'oxygène. Le bougeoir de cobalt, dans l'amas de saleté noire au fond du coffre, ressemblait à une pierre précieuse brute dans une mine de charbon. Comme mon cœur, dur et noir de suie, il n'avait pas fondu. Je n'avais plus peur ni de la poupée de chiffon, ni du coffre. Je laissai retomber le couvercle.

Quand je me suis relevée, j'ai regardé en l'air en cherchant la poutre centrale du grenier. Une fois dessous, j'ai regardé dans les deux sens et je l'ai suivie en direction de l'escalier. Tout le long du chemin, je toussais à fendre l'âme.

Impulsivement, j'ai tiré la chaînette de l'interrupteur et toutes les ampoules se sont allumées. J'aurais pu le faire avant, quand j'avais rapporté l'argent dans le coin des valises, mais je m'étais rendu compte que j'avais oublié la clé dans le cadenas. J'aurais pu y voir clair, si seulement j'avais fait ce qui semblait si simple et si évident : essayer à nouveau de tirer la chaînette.

Il n'y avait qu'une façon d'allumer les lampes, et c'était cet interrupteur. Je n'avais pas entendu son cliquetis caractéristique, ni bien sûr quelqu'un qui aurait tiré sa chaînette. Je savais désormais que ce n'était pas le fusible qui avait sauté, mais il restait encore de graves questions sans réponses.

Je descendis l'escalier à reculons, en tirant le sac de toile qui rebondissait sur chaque marche. Je tentai d'ouvrir la porte mais elle était toujours fermée à clé. J'utilisai mon couteau à huîtres. Je réussis à l'ouvrir en me promettant de ne jamais sortir sans l'emporter.

Je me suis rendu compte qu'il n'était que midi en arrivant dans le couloir. J'entendais les bruits du déjeuner dans la salle à manger. Le meilleur endroit pour cacher l'argent, décidai-je, c'était dans la lingerie. L'étagère du haut, celle où on rangeait les décorations de Noël, et où personne ne regardait jamais, c'était l'idéal. En un instant, la rançon était cachée, j'avais pris des vêtements propres et je m'enfermais dans la salle de bains.

En me voyant dans le miroir, j'éclatai de rire, avant de me remettre à pleurer. Je ressemblais à une chouette carbonisée. Je sautai dans la douche pour couvrir le bruit que je ne pouvais m'empêcher de faire en pleurant.

Quand je descendis dans la cuisine par l'escalier de service, Perdita disposait le dessert sur les assiettes.

– Je vais le faire, proposai-je.

Elle me regarda dresser la première pour s'assurer que je le faisais correctement, puis elle fronça le nez.

– Ça sent le grillé. D'puis un bon quart d'heure. Y a pourtant rien qui a débordé, ni brûlé non plus.

L'indignation contenue dans sa voix indiquait que Perdita ne tolérerait jamais que quelque chose ne déborde ni ne brûle. Je reniflai ostensiblement et secouai la tête d'un air perplexe.

– Peut-être que quelqu'un fait un feu de camp sur la plage.

– Ben alors, qu'le Seigneur ait pitié de ceux qui vont manger c'te sal'té ! dit Perdita.

Miz Verlow ne parut rien remarquer, peut-être parce qu'à cette époque beaucoup de résidents étaient fumeurs et qu'il y avait toujours des odeurs de fumée provenant de la véranda. Elle me lança quand même quelques regards intrigués, comme si elle ne se rappelait plus très bien qui j'étais.

Je l'entendis qui montait dans le grenier ce soir-là. Elle se dirigea directement à l'endroit où elle voulait aller et y resta un bon moment sans bouger.

– C'est trop tard, Calliope Dakin, dit-elle ensuite très distinctement.

63

Maman est revenue avec une nouvelle paire de seins. La peau tendue de son visage lui donnait dix ans de moins. Ses yeux avaient acquis un angle imperceptible et sexy, comme ceux de Barbara Eden[1], alors que les cernes en dessous avaient disparu. L'évocation de Barbara Eden était entièrement délibérée. Maman était attifée d'un saroual bouffant et d'une veste ajustée destinée à présenter son décolleté comme des meringues sur un plateau. L'objectif était atteint.

Elle arriva à Merrymeeting avec une nonchalance affectée, portant encore ses lunettes de soleil de façon à pouvoir les quitter d'un air dégagé. Il fallait qu'elle s'assure de l'effet produit dans le miroir du salon, et sur ceux qui par hasard se trouvaient là. C'est-à-dire tout le monde, étant donné qu'elle avait prévu son entrée à l'heure des cocktails, quand les résidents se rassemblaient pour boire un verre avant le dîner.

Plusieurs d'entre eux étaient des habitués qui connaissaient maman. Ils se rendirent probablement compte qu'elle était

1. Actrice américaine célèbre, au milieu des années soixante, pour son personnage de génie court-vêtu et enfermé dans une bouteille, dans la série TV (inédite en France) : *I dream of Jeannie.*

différente, mais seules quelques-unes des femmes auraient pu dire en quoi. Il y avait une minorité de nouveaux, sur qui maman fit le plus grand effet. L'un des plus jeunes émit même un léger sifflement – très léger et très bref, qui se termina en un bizarre aboiement étouffé quand sa femme lui écrasa le bout de sa sandale.

Le colonel Beddoes, qui portait les valises de maman, rata les effets de scène. Il se débarrassa des bagages pour que je les monte à la chambre, s'empressant de passer le bras autour de sa taille et de l'embrasser dans le cou.

Miz Verlow poursuivit son petit manège, si attentive auprès d'un invité qu'elle ne remarqua rien avant que la commotion générale ne l'oblige à se retourner et à voir le colonel Beddoes suçoter l'oreille de maman. Maman a fait semblant de le rembarrer, pour garder sa dignité devant Miz Verlow.

Maman est ressortie après le dîner avec le colonel et il était tard quand elle est rentrée. Mais je ne dormais pas. Quand je l'entendis, j'allai frapper à sa porte.

Elle l'avait laissée entrebâillée, ce qui voulait dire que je pouvais entrer directement. Elle me regarda dans le miroir, devant lequel elle se démaquillait.

– J'ai affreusement mal aux pieds, dit-elle. Montre-moi tes mains.

Je les levai pour qu'elles soient visibles dans le miroir. Puis j'ai pris sa bouteille de lotion et je me suis servie. Mes ongles étaient corrects mais j'avais la peau sèche.

– Ça coûte cher, dit-elle. Ne la gaspille pas.

Il y avait une cigarette allumée dans le cendrier sur la coiffeuse et un verre de bourbon dont s'échappaient des arômes agréables. J'ai pris la cigarette et tiré une bouffée.

– Achète les tiennes, dit-elle sèchement.

J'ai bu une gorgée de son verre de bourbon.

– Calley !

Je me suis laissée tomber sur son lit en me débarrassant de mes sandales à la volée, et me suis allongée.

Maman s'est interrompue pour tirer sur sa cigarette et avaler une lampée de bourbon.

– Je ne sais pas ce que j'ai fait pour mériter une fille comme toi.

Je n'ai pas répondu. Elle a achevé de se démaquiller, attaché la ceinture de son déshabillé, pris ses cigarettes et son bourbon et est allée dans la salle de bains pendant un quart d'heure. Pendant ce temps, j'ai ouvert son portefeuille pour y prendre un billet de vingt dollars, puis j'ai ouvert les draps de son lit pour la nuit.

Maman est ressortie avec son verre vide, après avoir sans doute évacué son mégot dans les toilettes.

Elle m'a tendu le verre et s'est installée sur le lit. Quand j'ai ouvert le pot de crème, elle a poussé un soupir mélodramatique.

– C'était l'enfer, dit-elle. Tu n'imagines pas.

J'ai pris ses pieds sur mes genoux. Ses nouveaux seins débordaient fièrement du bustier de son déshabillé. Ses paupières portaient la trace de cicatrices rouges très fines mais encore visibles, et on en voyait d'autres derrière ses oreilles, là où elle s'était attaché les cheveux pour se démaquiller.

Méthodiquement, je lui massais les pieds pour faire pénétrer la crème.

– Mais, a dit maman en tendant la main pour prendre le paquet de cigarettes et un briquet sur la table de nuit, ça valait bien chaque maudit cent et chaque minute de souffrance.

Elle est rentrée dans les détails quant aux moments de souffrance, qui avaient été plus douloureux pour elle que pour tous les autres ayant jamais connu pareille expérience. Quand j'ai fini de lui masser les pieds, elle parlait encore. J'ai refermé le pot.

Elle se tut pour tirer sur sa cigarette.

– Bonne nuit, maman, dis-je, la laissant la bouche ouverte, prête à déverser des paroles que personne n'écouterait.

Je refermai doucement la porte.

*

Miz Verlow avait l'habitude de trier le courrier quand il arrivait, habituellement tout de suite après le petit déjeuner. Puis elle me le donnait pour que je le distribue. En règle générale, ses pensionnaires en recevaient très peu. Ils ne résidaient qu'à court terme, après tout.

Pendant les années que nous avions passées à Merrymeeting, maman n'avait reçu que des communications d'Adele Starret, parfois une carte postale ou une courte lettre de résidents dont elle avait fait la connaissance ou, encore plus rarement, un billet doux d'un soupirant. Il était plus courant que je reçoive du courrier, car je partageais les intérêts d'un bon nombre des habitués. Non seulement des lettres et des cartes arrivaient à mon nom, mais aussi des livres, des disques, des cassettes et même parfois des plumes, fleurs séchées ou sachets de graines.

Le lendemain du retour de maman, Miz Verlow me tendit une lettre pour elle. Elle me donna cette enveloppe avec une vivacité agacée qui m'était désormais familière. Miz Verlow m'ignorait la plupart du temps, depuis ma dernière visite au grenier, mais il était parfois évident qu'elle était extrêmement mécontente à mon sujet. J'avais pris rapidement la décision de ne pas faire attention à sa réaction, et je m'y tenais.

L'enveloppe était en beau papier épais, et portait la marque postale de Paris, France. Il n'y avait pas d'adresse au dos.

Maman buvait son café en se faisant les ongles sur la véranda. Jadis, elle ne se serait jamais fait les ongles en public. Miz Verlow fronça les sourcils en direction de maman en me tendant la lettre. Elle ne dit rien, mais je voyais bien qu'elle était irritée parce que maman faisait sa manucure sur la galerie.

J'ai porté l'enveloppe à maman, qui m'a regardée comme si j'étais transparente, en agitant une main en l'air pour faire sécher son vernis tandis qu'elle observait l'enveloppe.

– Paris, France, claironna-t-elle, au cas où un autre invité serait à portée de voix. Franchement, je ne vois pas du tout…

Maman fronça le nez. Elle ne voulait pas s'abîmer les ongles.

– Ouvre-la pour moi, Calley.

Je me suis assise sur la rambarde et j'ai fendu l'enveloppe avec mon couteau à huîtres. Une seule feuille pliée de papier épais emplissait l'enveloppe. Quand je l'ai ouverte, une photo est tombée. Je l'ai rattrapée de ma main libre. C'était un cliché noir et blanc d'un beau jeune homme sur un bateau à voile, une main sur le gréement.

Ford. Je l'ai immédiatement reconnu. Adulte, ou presque. Mais c'était toujours lui.

La photo d'une main, j'ai lu la lettre à haute voix.

Chère maman,

Il m'a fallu très longtemps pour me mettre à ta recherche. À l'évidence, quand j'étais petit, je ne pouvais guère le faire. Dès que j'ai pu, j'ai commencé à te rechercher. Je sais désormais que tu es toujours en vie, et j'ai hâte de te revoir. Je rentre bientôt d'une année universitaire à l'étranger. Je n'ai pas l'intention de m'immiscer dans ta vie actuelle. Je te propose de me retrouver à l'agence automobile Ford de Mobile, à 3 heures de l'après-midi le 17 août. S'il te plaît, viens seule.

Ton fils qui t'aime.

Ford.

P.S. : Laisse-moi t'assurer que si tu éprouves quelque honte de m'avoir abandonné, je sais désormais pourquoi tu l'as fait. Je le comprends, et je te pardonne.

Les larmes coulaient sur le visage tendu de maman. Je lui ai passé la photo. Elle l'a prise d'une main tremblante. En s'essuyant éperdument les yeux avec le revers de la main, comme un enfant, elle fixait la photo de Ford.

– Ford, chuchota-t-elle. Mon bébé.

Elle a fermé les yeux et posé un baiser sur le cliché.

J'ai laissé tomber l'enveloppe sur le plancher de la véranda. Aussi silencieusement que possible, je me suis éclipsée.

Le jeune homme de la photo avait l'âge qu'aurait Ford à présent. C'était un cliché brillant et récent. Ma première impression qu'il s'agissait effectivement de Ford semblait en soi une preuve convaincante de l'authenticité de la photographie.

Tout ce que j'avais fait pour retourner ciel et terre afin de retrouver Ford avait été du temps perdu.

Il ne parlait même pas de moi.

Évidemment, il était *normal* que maman soit plus importante pour lui.

J'étais curieuse de le revoir, maintenant qu'il était devenu adulte, mais il n'y avait plus désormais d'urgence particulière. Maman allait avoir ce qu'elle pensait être son dû, c'est-à-dire Ford, et l'accès à la fortune qui selon elle aurait dû lui revenir. Elle pouvait très bien ne pas épouser Tom Beddoes, si jamais Ford s'y opposait.

Tout naturellement, maman était rattrapée par la réalisation de ses rêves et de ses désirs. C'était la première fois, depuis la mort de papa, que d'un seul coup tant de choses lui souriaient.

J'avais l'impression d'un nœud qui se dénouait. Peut-être le dernier. Miracle. Mes questions sans réponses s'envolaient comme les fleurs de pissenlit sur un souffle de vent.

J'avais un million de dollars, plus un dollar, en lieu sûr. Pas dans le placard de la lingerie. Qui n'avait été qu'un arrangement temporaire. Partir me serait plus facile que je ne l'avais cru.

64

La lune décroissante brillait là-haut comme un cimeterre levé pour donner le coup de grâce. La nuit était trop étouffante pour dormir à l'intérieur. Même sur la plage, je n'ai pas dormi, allongée sur ma couverture à fixer le ciel. Le ronronnement de la Benz de Mrs Mank se fit entendre dans le lointain sur la route de Merrymeeting.

Je me suis assise, les genoux serrés dans mes bras, et j'ai attendu. J'entendais une souris qui faisait rouler des grains de sable sous ses pattes en filant d'un abri à l'autre.

Mrs Mank est apparue au sommet de la dune et est descendue vers moi sur la plage.

– Il est temps d'y aller, a-t-elle dit.

J'ai acquiescé de la tête.

– Avant de partir, je voudrais poser une question.

L'irritation lui a durci les traits.

– Pourquoi papa a-t-il été assassiné ?

– Je n'en ai aucune idée, a-t-elle répondu. Quelle drôle de question !

– Vous auriez dû me dire que c'était parce qu'il avait eu la malchance de tomber entre les mains de deux criminelles démentes.

Elle a repris une brève respiration.

– Est-ce que tu m'accuserais de complicité ?

Sa voix résonnait d'incrédulité et de colère. Derrière elle, je regardais les eaux du golfe éclaboussées par la lumière de la lune. Je n'ai pas répondu. Mais je demandai :

– Vous n'avez pas de question à me poser ?

Son expression se fit plus placide.

– Je devrais peut-être me creuser la cervelle, dit-elle d'un ton sarcastique. D'accord. Quelle est la dernière parole de l'au-delà ?

– Justice, répondis-je en souriant.

Elle sursauta comme si je l'avais giflée.

– Et qui es-tu donc ? Le juge et le jury ?

– Non, je suis Calley Dakin et mon père a été assassiné à la Nouvelle-Orléans en 1958.

– C'est le passé, dit Mrs Mank. Sa vie est terminée. La tienne ne l'est pas. Il faut que tu en vives le restant.

– Pourquoi diable vous en préoccupez-vous ? ai-je demandé, en chuchotant presque.

Elle eut un sourire perfide.

– Je ne m'en *préoccupe* pas. Je veux savoir ce que tu entends.

– Pourquoi ?

– Ne fais pas comme si tu étais idiote, Calley Dakin. Tu entends ce que personne d'autre ne peut entendre. Ce qui aurait pu te rendre folle. Je me suis donné énormément de mal pour te protéger quand tu grandissais. Je te dirai un secret, d'accord ? Mais pas avant que nous soyons à Brookline.

Cette fois, je ne refuserais pas, même si je devais d'abord aller à Brookline, Massachusetts.

Je me suis levée lentement, en ramassant ma couverture. Je l'ai pliée avec soin. Mrs Mank me regardait, debout à côté de moi.

Elle est restée près de la Benz. Je l'ai dépassée sans un mot et suis rentrée dans la maison pour monter par l'escalier de derrière. La chambre de maman était fermée, bien entendu. Je suis rentrée dans ma petite chambre biscornue.

Sur l'étagère au-dessus de mon lit, j'ai pris le vieux guide des oiseaux. Sur le dos, on pouvait lire :

**Société Nationale Audubon
Guide pour l'observation
Des Oiseaux
Des Régions de l'Est.**

Exactement comme lorsque je l'avais sorti de ma poche après l'avoir écouté sur la plage. J'étais sûre que la page de garde portait le nom de Bobby Carroll. J'ai écouté intensément mais le livre est resté silencieux. Je l'ai posé et j'ai dépouillé un oreiller de sa taie, dans laquelle j'ai mis pêle-mêle quelques vêtements, mon calepin lunaire, le vieux guide ornithologique et le médaillon de Calliope. J'ai regardé par la petite fenêtre la vue que j'avais eue le jour de mon arrivée à Merrymeeting. Chaque goutte d'eau du golfe, chaque grain de sable de la plage, chaque molécule d'air était différent et cependant semblable. Les choses changent, mais seulement en elles-mêmes.

Je suis redescendue, sortie, puis j'ai rejoint la voiture côté passager et j'ai ouvert la portière. Miz Verlow et Mrs Mank se sont embrassées sur la joue.

J'essayais de voir toute la maison d'un seul coup. Elle était en moins bon état. Elle grinçait plus dans les rafales de vent et le plancher de la véranda était plein d'échardes.

Mrs Mank s'est glissée derrière le volant tandis que je fermais ma portière.

Miz Verlow s'est penchée pour me faire un geste de la main, un geste très bref, et une ombre fugitive de sourire. Il y avait de la gêne dans ce sourire. Merry Verlow savait que le secret que j'allais apprendre allait tout changer et ne la révélerait pas sous un jour favorable. Elle a fait un signe de tête et un pas en arrière.

– Dors, me dit Mrs Mank. Nous avons une longue route à faire.

Dormir ? Ce serait difficile.

Je m'installai dans le fond du siège pour mieux regarder le golfe au passage. Juste après minuit, quand l'obscurité est aussi inconsistante que l'ombre, c'était l'heure qui m'avait toujours paru la moins nocturne : ni nuit ni jour, plutôt comme une suspension absolue du temps. L'eau et le ciel fondus en une unique pulsation liquide et noire, et le scintillement de la lune comme le clignement de l'œil d'or d'un oiseau.

Après le virage, quand on s'éloigne du golfe pour aller vers Pensacola, je me suis retournée. Les eaux noires n'étaient déjà plus qu'un horizon sombre et miroitant.

La lumière artificielle augmentait régulièrement en quittant l'île. Pensacola dormait dans la chaleur, toutes fenêtres ouvertes. Des lampadaires placides éclairaient les feuilles des arbres et scintillaient sur les trottoirs. Au moment où l'autoroute panoramique escaladait la rive ouest de l'Escambia Bay, je me suis retournée encore une fois. L'île de Santa Rosa se dessinait comme une estafilade irrégulière et fantomatique, piquée de rares lumières et parsemée d'une végétation noire d'encre, entre le golfe et la baie.

J'ignorais où nous serions quand le soleil allait se lever. Je savais seulement où je ne serais pas. Je ne savais pas non plus combien de temps durerait mon absence, mais je ne pensais pas qu'elle serait très longue. Je reviendrais. J'avais de l'argent à récupérer.

Je me sentais engluée dans la nuit d'été comme un insecte dans l'ambre. Dans le silence entre Mrs Mank et moi, la pendule du tableau de bord de la Benz se faisait remarquablement sonore.

Mrs Mank passa la vitesse supérieure et la Benz accéléra. Mon estomac bondit et la vitesse me colla au dossier du siège. La pendule du tableau de bord cliquetait ostensiblement.

cliképikétlikétrikéclikétsikétlikprikétlikétwikétwikt
je vais te dire un secret
secret tout noir
zyvazyvazyvazyvazy
tout noir secret secret secret
ne me fais pas dire ne me dis pas secret d'enfer soleil
la lune me voit froide la lune me voile le soleil noir la mer
calliopecalliopecalliopecalliope

J'ai ouvert les yeux dans un éclair de lumière. J'étais aveuglée. Et j'ai vu. La lumière m'a traversée, m'a enveloppée avec un grand bruit qui poussait et tirait chaque cellule de mon corps, comme le souffle des ailes d'un énorme oiseau qui passait. La lumière ne contenait ni chaleur ni froid, seulement une vibration qui résonnait dans l'espace étroit et sombre entre ma tête penchée et mes genoux.

Je me suis réveillée avec un petit sursaut et la sensation d'une chute. J'avais la bouche ouverte et sèche comme si j'avais avalé un fantôme, et les commissures humides de salive. Mrs Mank était à quelques centimètres de moi, de l'autre côté du levier de vitesses. Elle se découpait comme une ombre dans la lumière reflétée par les phares sur le bitume.

Je me suis dit : elle me voit comme une ombre, moi aussi.

– Je connais un secret, moi aussi, ai-je dit.

Elle jeta un rapide regard à droite.

– Papa m'a dit… papa m'a dit ce que vous avez fait, papa m'a dit pourquoi !

Mrs Mank haletait comme si elle courait à toute vitesse. Son regard était à nouveau rivé sur la route devant elle, le corps tendu sur le volant comme si elle allait s'élancer à travers le pare-brise.

J'ai fermé les yeux.

65

La voiture roulait doucement sur le gravier, caquetant et gloussant comme si elle riait toute seule. J'avais l'impression que mes paupières étaient scellées. Si je faisais l'effort de les ouvrir, c'était comme si je m'arrachais les cils.

Il y avait une lumière matinale et douce, tout alentour le monde était d'un vert enivrant. J'ai expulsé un long bâillement involontaire et la saveur de toute cette fraîcheur verte m'a submergé la bouche et les poumons. On aurait dit que mes cellules s'engorgeaient. Je me suis demandé si j'allais être verte quand je me regarderais dans le miroir.

La Benz a paru s'immobiliser inévitablement en s'installant lourdement dans le gravier. Mrs Mank a soupiré comme si elle avait fait un gros effort. J'ai tourné la tête vers elle et croisé son regard. Il était calme et confiant. Elle avait l'air très contente d'elle.

J'aurais voulu la gifler.

Un éclair de rage devait se lire dans mes yeux car elle eut un léger recul.

– Calley, dit-elle. J'essaie de t'offrir le monde.

C'était ça, le secret ?

– Je n'en veux pas, dis-je, sans réfléchir, du ton boudeur de l'adolescence.

– Tu n'as pas le choix, répondit-elle. Il y a des dettes qui doivent être assumées et remboursées.

– Pas par moi.

J'ai ouvert la porte et je suis sortie de la Benz. L'air frais était délicieux, la pelouse épaisse et immaculée un régal pour les yeux. Je me suis éloignée nonchalamment de la voiture pour regarder la maison bien en face. Si j'avais douté un jour que Mrs Mank soit très riche, la maison de Brookline balayait toute question. Elle n'avait pas de nom, contrairement aux maisons du Sud, mais la porte d'entrée à deux battants ouvrait grand sur un hall haut de plafond, et dans ce hall, trônait un piano à queue. Pas un demi-queue. Un vrai piano à queue.

J'y suis allée tout droit, l'ai ouvert et j'ai caressé chaque touche d'un doigt respectueux.

Mrs Mank parlait derrière mon épaule :

– Il ne va pas s'en aller, Calley.

Et moi non plus. En tout cas pas tout de suite. Je voulais explorer les lieux. Mrs Mank décida de faire comme si j'allais me conformer à ses projets, alors que je l'avais défiée quelques instants plus tôt dans l'allée. Tout à fait le genre d'attitude que maman aurait pu adopter.

L'homme plus tout jeune qui avait ouvert les portes quand la voiture s'était arrêtée dans l'allée est entré avec mon baluchon – ma taie d'oreiller plus exactement. Mrs Mank l'accueillit en l'appelant Appleyard et me présenta familièrement. Appleyard était un homme laid qui portait une courte barbe pour cacher des cicatrices d'acné. Cependant, il avait les plus beaux yeux que j'avais jamais vus, le violet qu'on associait naguère aux yeux d'Elizabeth Taylor.

On me conduisit à la chambre qui devait être la mienne, avec une salle de bains privée et un balcon orienté à l'est meublé d'une petite table et d'une chaise pour le café du matin. Un assortiment de vêtements neufs étaient suspendus dans le placard ou pliés dans les tiroirs de la commode. Les vêtements qu'avait choisis pour moi Mrs Mank ou un de ses esclaves me plaisaient. Pour la première fois de ma vie, je n'avais pas l'impression d'être une orpheline dans une friperie.

La salle de bains était également luxueuse, avec la plus grande baignoire que j'ai jamais vue, en plus d'une cabine de douche. Un peignoir de bain en tissu éponge, plié, était posé sur un tabouret près de la baignoire. Depuis le savon jusqu'aux petites culottes, tout ce dont je pouvais avoir besoin était à ma disposition.

Voilà donc comment c'était quand on avait de l'argent.

La première chose que j'ai faite, c'est de quitter mes vêtements et de prendre une douche. Ensuite, assise devant la coiffeuse, j'ai pris le peigne en me disant : voilà comment se sent maman, comme une grande personne. En me passant le peigne dans les cheveux, j'eus la surprise de voir une poignée de cheveux qui restait accrochée entre ses dents. J'ai continué à me peigner et en quelques minutes, je me regardais dans le miroir, entièrement chauve.

Mrs Mank n'en fut pas émue.

– Ils repousseront, déclara-t-elle.

Après le petit déjeuner, elle m'emmena en ville et m'acheta une perruque roux cuivré, d'une coupe asymétrique très théâtrale. Pour moi, les extrêmes de la mode des années soixante se répartissent entre le style hôtesse de navette spatiale et le déguisement de Halloween. Ma nouvelle perruque appartenait à la première catégorie. Même si maman avait accepté la variante Jackie Kennedy de l'hôtesse spatiale mariée au PDG de la compagnie d'aviation, elle aurait été horrifiée par la couleur et le manque de féminité de cette perruque trop *trop*, en plus de ne pas être convenable pour une jeune fille encore étudiante. La perruque m'amusait beaucoup, presque autant que Mrs Mank et Appleyard.

Appleyard se révéla être le factotum de Mrs Mank. Il était présent à un moment ou à un autre dans toutes les résidences de Mrs Mank, c'est-à-dire neuf, à cette époque. La maison de Brookline avait sa propre gouvernante, à qui on ne s'adressait que sous le nom de Price, et deux bonnes sourdes et muettes, Fritzi et Lulu, avec qui on devait communiquer par le langage des signes. Comme c'était la langue préférée de la maison, je l'appris le plus rapidement possible.

Compte tenu du peu de paroles prononcées à haute voix, la maison baignait généralement dans un silence de bibliothèque. Sans télévision, elle n'était cependant pas sans musique. Souvent, on entendait du classique, diffusé par la chaîne hi-fi connectée à des haut-parleurs dans toutes les pièces. La collection de 33 tours de Mrs Mank était immense et, je m'en rendis bientôt compte, d'une grande valeur par le nombre et la qualité de ses raretés. J'y ai trouvé des disques dont il n'existe aucune référence dans le commerce ; ils avaient dû être enregistrés spécialement pour elle.

J'étais autorisée à utiliser librement le piano. Sans avoir jamais pris une leçon, j'étais capable de jouer exactement ce que j'entendais. Mrs Mank ne jouait pas – ses instruments habituels étaient, de manière interchangeable, les gens, l'argent et l'information. Elle était sans arrêt au téléphone et, partout où elle s'asseyait, il y avait toujours des tas de journaux éparpillés autour d'elle.

Le piano n'était pas ma seule occupation. Je me plongeai dans une pile de livres qui constituaient les lectures d'été prescrites par ma nouvelle école, dont on ne m'avait encore donné ni le nom ni l'adresse. Je me dispensai soigneusement de demander ces renseignements à Mrs Mank. Je n'avais pas l'intention d'entrer dans cette école.

Et j'écoutais. Mrs Mank le savait. Elle m'avait amenée dans cette maison en le sachant. C'est sans doute pourquoi elle faisait si peu d'efforts pour me cacher ses secrets. Pour l'instant, j'avais décidé de ne faire aucune remarque sur ce que j'entendais. J'attendais. Et j'écoutais.

À la fin de la première semaine à Brookline, j'étais encore chauve sous ma perruque mais un duvet commençait à repousser. Je n'en étais pas certaine mais il me semblait qu"il était châtain clair comme avant mon arrivée à l'île de Santa Rosa. Quand j'en ai parlé à Mrs Mank, elle est restée impassible.

– Comment expliquerais-tu ce phénomène ? me demanda-t-elle.

J'y avais réfléchi depuis longtemps.

– C'est à cause du shampooing que m'avait donné Miz Verlow.

Mrs Mank eut son sourire mystérieux.

– Je t'ai pris un rendez-vous chez le gynécologue, mon petit. Tu vas avoir besoin d'une méthode contraceptive sûre, maintenant.

Ah ! les vitamines de Miz Verlow. Merci de m'avoir tenue au courant. Ce qui aurait quand même pu nous éviter quelques moments d'angoisse, à Grady et moi. Pas étonnant que Miz Verlow ait eu l'air un peu gênée quand je l'avais quittée.

À cause de la taille de mes pieds qui ne cessaient de grandir, l'achat de chaussures se révéla l'épreuve la plus effrayante de toutes. Un jour de la deuxième semaine d'août, Mrs Mank me ramena au magasin où elle avait commandé pour moi des chaussures sur mesure. Pendant que j'attendais qu'elle paye, un transistor babillait doucement au fond de la boutique. Un changement de rythme dans les paroles me fit comprendre immédiatement qu'un bulletin d'informations commençait mais ensuite des noms de lieux m'interpellèrent : golfe du Mexique ! cyclone ! côte du golfe ! presqu'île de Floride !

– Il y a un cyclone sur le golfe, dis-je à Mrs Mank.

– Oh, mon dieu, répondit-elle d'un ton léger.

La berline Benz dans laquelle Appleyard nous avait conduites était garée à quelques mètres de la boutique. Appleyard nous attendait sur le trottoir pour nous soulager de nos paquets quand nous sommes arrivées à la voiture. Tandis que Mrs Mank et moi nous installions à l'arrière, Appleyard eut le temps de mettre vivement les sacs dans le coffre, qu'il a refermé, avant de rabattre la portière derrière moi.

Quand il fut au volant, Mrs Mank lui demanda d'allumer la radio et de chercher une station qui donnait des informations météo. Nous étions déjà à Brookline quand nous avons entendu le reportage suivant sur le cyclone qui approchait. Appleyard a monté le son et nous sommes restés dans la voiture climatisée, dans l'allée, tandis que la radio nous informait qu'un cyclone du nom de Camille était en formation au-dessus du golfe du Mexique en direction de la côte du Mississippi. Il devait atteindre la presqu'île de Floride dans les prochaines vingt-quatre heures.

Tous les cyclones sont dangereux mais Camille, selon le reportage, était d'une intensité exceptionnelle.

Mrs Mank chercha en vain à joindre Miz Verlow. Les vents violents précédant l'ouragan avaient déjà fait tomber les lignes téléphoniques et isolé Merrymeeting sur l'île de Santa Rosa.

La menace de Camille fit naître en moi une tempête de culpabilité : j'étais partie sans dire au revoir à Perdita, Cleonie, Roger ni Grady. Ils me manquaient beaucoup. Et pourtant, je n'avais même pas envoyé ne serait-ce qu'une carte postale, sans même parler de lettre. Tous les soirs, je me couchais en me disant que le lendemain matin, j'allais partir, retourner à Santa Rosa, récupérer mon argent et m'inscrire dans l'école de mon choix. Tous les matins, je m'éveillais en me disant que c'était aujourd'hui que j'affrontais Mrs Mank, lui demandant le secret promis, et qu'ensuite je partirais immédiatement. Cependant, en sa présence, j'éprouvais une certaine crainte qui suffisait à me faire hésiter. Je me disais alors que je jouais sur la durée et que tout ce que j'apprenais en attendant valait la peine. Et zut, j'allais avoir une foule de choses à raconter à Grady sur la façon de vivre des nantis.

Après le cyclone, il serait inutile d'écrire. Aucun habitant de l'île n'aurait de courrier pendant un moment. Je cherchais l'oubli dans la lecture. Quand j'avais les yeux douloureux au point de ne plus voir clair, quand j'avais si mal à la tête que je ne comprenais plus ce que je lisais, j'errais dans la maison, essayant de m'intéresser aux disques de Mrs Mank ou aux livres posés sur les étagères dans presque toutes les pièces. Maman était censée retrouver Ford à Mobile le 17. J'espérais que les intempéries précédant le cyclone ne l'avaient pas bloquée sur Santa Rosa, empêchant ainsi une réunion qu'elle avait tant désirée.

Camille ne fit jamais l'écart prévu sur l'île de Santa Rosa et Pensacola. Elle frappa directement la côte du Mississippi, les 17 et 18 août, ravageant Mobile. Mais c'est à Pass Christian qu'elle fit le plus de dégâts.

C'est à Pass Christian et non à Mobile qu'on retrouva le corps de maman, flottant les seins en l'air dans la piscine d'un hôtel. L'hôtel lui-même avait disparu.

66

Maman ne fut pas recherchée longtemps. Flottant dans cette piscine au milieu des dalles de ciment sur lesquelles se dressait un hôtel deux jours plus tôt, comme un insecte dans une flaque au milieu d'un cimetière, il aurait été difficile de la rater.

Miz Verlow réussit à nous contacter par radio marine le 19 août, et c'est ainsi que j'ai su que maman était allée à Mobile. Elle avait engagé les services de Roger pour la conduire dans l'Edsel. Pourquoi cette vieille guimbarde ? Je me demande si elle n'avait pas pensé que cela aurait pu plaire à Ford, d'une certaine façon.

Ce fut plus long de retrouver Roger parce qu'il avait été admis avec une pneumonie dans un centre de secours improvisé dans une petite église noire de Mobile. Il n'avait aucun souvenir de la façon dont il était arrivé là, ni de ce qui était arrivé à l'Edsel ou à maman. La dernière chose qu'il se rappelait, c'était d'avoir fumé des cigarettes avec maman dans la voiture, garée sur le trottoir démoli qui était tout ce qui restait de l'agence automobile Ford ayant appartenu à papa, en se demandant s'ils devaient chercher un abri contre le cyclone. Maman avait tenu à attendre Ford qui avait, elle insistait, *promis* de venir. L'Edsel était ballottée en tous sens par les rafales de vent, ce qui les terrorisait tous les deux.

Mais quand Roger avait décidé qu'il fichait le camp de cet endroit et avait redémarré, il ne voyait plus rien à l'extérieur. La voiture s'était apparemment mise à rouler toute seule, avec maman qui hurlait sur la banquette arrière, Roger agrippé au volant. Les éléments étaient devenus un tourbillon si indistinct de vent et de pluie déchaînés que Roger pensait qu'ils avaient peut-être volé pendant quelques mètres dans la tourmente qui avait la violence d'un train de marchandises.

Après le cyclone, le trottoir délabré avait disparu, remplacé par la toiture d'un restaurant chinois. L'Edsel fut retrouvée fichée jusqu'à la moitié dans la coque d'un bateau de pêche nommé *Katie* échoué de guingois sur East Beach Boulevard, également connu sous la dénomination de Route 90.

Mrs Mank m'a transmis les informations données par Miz Verlow, dans le jardin de la maison de Brookline, juste devant le salon du rez-de-chaussée. J'avais entendu le téléphone sonner et la voix de Merry Verlow depuis l'endroit où je me trouvais, allongée sur un confortable transat, un livre à la main. Mrs Mank a raccroché et s'est approchée des portes-fenêtres du salon qui donnaient sur le jardin.

– Tu sais, dit-elle.

J'ai acquiescé, hébétée.

– As-tu entendu quelque chose ?

Elle parlait de maman. J'ai fait non de la tête. Je ne mentais pas. Elle savait que j'avais été à l'écoute depuis que nous avions appris la disparition de maman. J'écoutais aussi Roger.

Mon frère Ford, ou quelqu'un qui s'identifiait ainsi, réclama le corps de maman. Aucun des fonctionnaires que Miz Verlow questionna n'avait la moindre idée de l'endroit où Ford avait emmené les restes de maman, mais on lui dit qu'il avait parlé de crémation. Quand et où la crémation s'était passée, si une cérémonie funéraire quelconque avait eu lieu, ou s'il y avait eu inhumation de l'urne ou dispersion des cendres, nul ne put le lui apprendre. La désolation du colonel Beddoes s'accrut lorsqu'il apprit qu'il ne récupérerait pas la bague de maman, car elle ne fut pas retrouvée. Soit elle avait été emportée par l'ouragan, soit par un voleur.

Camille frappa aussi l'île de Santa Rosa, mais moins sévèrement que Mobile et Pass Christian. Elle arracha quasiment toute la véranda et fracassa le toit de Merrymeeting avec sept troncs de pins et une chaise Adirondack. Le compte-rendu des dégâts donné par Miz Verlow et transmis par Mrs Mank, ajoutait aussi qu'un autobus scolaire de Blackwater avait été découvert à moitié enseveli dans la dune devant Merrymeeting. Ses fenêtres étaient hermétiquement fermée, il était rempli d'eau et grouillait de serpents.

Deux jours après que Miz Verlow eut rapporté que Ford avait réclamé le corps de maman, le courrier arriva chez Mrs Mank. C'était la fin de la matinée, et j'étais encore dans le jardin. J'essayais de lire sans y parvenir, car j'avais un intense désir de partir. Mrs Mank était dans sa chambre, avec sa masseuse. J'avais entendu la camionnette sur le gravier et je savais que c'était l'heure de passage du facteur, mais j'eus la surprise de voir Appleyard sortir de la maison, une enveloppe à la main. Il me la tendit en silence.

C'était une enveloppe ordinaire de carte de visite, qui m'était adressée aux bons soins de Mrs Mank à Brookline. Elle ne portait pas d'adresse de retour.

Elle contenait une carte bordée de noir annonçant qu'un service funéraire pour Roberta Ann Carroll Dakin aurait lieu à Tallassee, Alabama. La date indiquée était le lendemain, le lieu un cimetière qui s'appelait la Terre promise. Je reconnus le nom du cimetière où papa avait été enterré, que je n'avais pas réussi à me rappeler quand j'étais retournée à Tallassee avec Grady. Il n'y avait pas de numéro pour répondre. Personne à contacter.

Plus tard, quand je montrai la carte à Mrs Mank, je lui dis :

– Elle vient de Ford, à l'évidence. Et je veux le voir.

– C'est loin. Comment vas-tu y aller ?

– En autocar, répondis-je.

Naturellement, je n'avais pas d'argent pour payer le billet. J'en volerais, si nécessaire, ou mendierais à la gare routière. Mrs Mank mesura ma détermination et haussa les épaules.

– Nous irons en avion…

– Vous n'êtes pas invitée, dis-je.

Elle dissimula sa stupéfaction sous un petit rire froid.

– D'accord, dis-je soudain. Allons-y en avion.

Le sursaut de surprise que je lus dans ses yeux me plut.

– Ne sois pas assommante, dit-elle. – Elle se croisa les bras sur la poitrine. – Tu n'es pas en position de me donner des ordres.

– Tant pis, répondis-je, en me tournant vers l'escalier. Je prendrai l'autocar.

– Non, dit-elle d'une voix cinglante. Nous irons en avion.

Je me souris à moi-même et montai faire mes valises flambant neuves.

Nous devions partir tôt le lendemain matin, le jour de la cérémonie.

Nous avons dîné aux chandelles, toutes les deux, comme à l'habitude, dans la salle à manger solennelle de la maison de Brookline. Mrs Mank avait commencé à m'enseigner le goût du vin et de la cuisine. J'avais été surprise de découvrir que le vin valait la peine d'être bu et la connaissance n'était importante que pour mon palais, pas pour impressionner qui que ce soit. Mrs Mank était contente que je possède apparemment un palais sensible et que le vin ne me tourne pas la tête.

À la fin du repas, Price installa les verres à brandy dans leur berceau d'argent ciselé. Mrs Mank versa elle-même le brandy décanté et alluma la lampe à alcool sous les verres avec une longue allumette de bois.

Le vin que nous avions bu au cours du repas nous avait alanguies toutes les deux, et atténué mon envie de défi.

– Parlez-moi du cirque, dis-je, en imitant le ronronnement du calliope.

Mrs Mank rit de ma hardiesse.

– Tu les as écoutés, dit-elle, non sans fierté.

Effectivement. Je repris mon imitation d'orgue, et elle rit encore.

– J'entends le terme dans son sens générique, dit-elle. Ne dit-on pas que la vie est un cirque ?

– Avec des grosses dames, des acrobates, des lions…

– En effet, acquiesça-t-elle.

– Ça signifie autre chose, non ?

– Bien sûr. – Elle fit tourner le ballon de cristal et la lumière des bougies embrasa son contenu. – J'apprécie le talent, les dons particuliers. Les gens qui ont des talents particuliers ont des besoins particuliers. Leurs talents ont besoin d'être protégés. Les gens qui sortent du lot, dit-elle, comme les oreilles trop grandes sur une tête de Calley Dakin, attirent la haine parfois meurtrière de ceux qui, tristement dépourvus de talent, constituent la multitude banale. Connaît-on comportement plus caractéristique de l'espèce humaine que la mise au bûcher des sorcières ?

C'était une assertion que je ne pouvais réfuter.

– Mon cirque procure un refuge à certains éléments particulièrement talentueux. Or, il se trouve que les dons qui m'intéressent peuvent apparaître, et apparaissent en effet fréquemment dans certaines familles. Ton arrière-grand-mère, par exemple…

– Cosima…

– Cosima, opina-t-elle. Que cette femme était douée ! Pour rendre à César ce qui lui appartient, l'idée du cirque comme refuge était une idée à elle. Je ne suis pas du tout surprise que la mort ne l'ait pas fait taire. Des personnalités aussi fortes que Cosima ne se défont pas facilement. Elle a épousé ton arrière-grand-père quand il était le propriétaire moyennement prospère de ce qu'il appelait « un spectacle ambulant ». Elle en a fait un véritable cirque. Elle attirait le talent comme un aimant. Elle a fait de lui un homme riche. Il l'a remerciée en la trompant. À son tour, elle s'est vengée en le soignant jusqu'au bout de la maladie dont il est mort, la syphilis. Avant que la syphilis ne le transforme en ricaneur fou et édenté, il a subi son extraordinaire gentillesse et sa douceur. Le pardon est une chose horrible, Calley. Il torture le coupable bien plus que la haine.

– C'est un point de vue, hasardai-je.

Je n'étais pas prête à m'engager à pardonner à qui que ce soit, Mrs Mank moins que tout autre.

– C'est la vérité, dit-elle, se redressant sur sa chaise. Quel foutu ange était Cosima ! – Son ton était sarcastique. – Elle pardonnait *tout.*

Le brandy lui déliait la langue. Je ne voulais pas l'interrompre.

– Ta grand-mère n'avait que sa beauté. Les jolies femmes sont aussi courantes que le péché, naturellement. Comme la beauté est extrêmement surévaluée chez la femme, les plus jolies deviennent souvent des coquilles vides. Moi-même, ajouta-t-elle, je ne suis pas belle.

Je me demandais si elle parlait de son visage d'aujourd'hui, qui ressemblait fortement à l'actuelle reine d'Angleterre, ou de celui qu'elle avait à sa naissance. Avait-elle changé de visage dans un but stratégique ou parce qu'elle détestait l'original ?

– J'ai un don particulier, qui est de reconnaître et d'utiliser les talents que le reste de la population étoufferait volontiers dans l'œuf.

Elle hocha significativement la tête dans ma direction. Peut-être voulait-elle que je la remercie. Je n'en fis rien. Elle but un peu de brandy et poursuivit :

– Ta mère n'a reçu en partage que l'inutile beauté de Deirdre et de Cosima. Ce qui ne lui a causé que du désagrément, je peux te l'assurer.

– On ne dit pas du mal des morts, dis-je.

– Si je veux. – Elle fronça les lèvres. – Les sœurs de ta mère avaient des dons. Deirdre a tenté de les tuer. Elle était furieuse d'être affligée de deux filles qui étaient tout ce qu'elle avait cherché à fuir en épousant le « capitaine » Carroll. – Mrs Mank prononçait malicieusement « capitaine », en imitant Mamadee. – Cosima les a sauvées de leur mère. Hélas, ta maman a anéanti tous les efforts de Cosima. Quand, à l'adolescence, Deirdre est devenue jalouse de sa beauté, elle s'est enfuie chez Cosima.

– C'est un conte de fées, dis-je. Miroir, mon beau miroir, dis-moi qui est la plus belle ?

Mrs Mank eut un sourire aigre.

– Bien sûr. Une fois dans la maison de Cosima, ta mère n'a pas pu se faire à la vie avec ses propres sœurs, ces jeunes femmes laides mais talentueuses. Avait-elle l'intention de faire brûler la maison et tous ses habitants, sauf elle ? Tu le demanderas un jour à Cosima, s'il te plaît. Ou à ta mère, si tu le peux. Peu importe. Faith et Hope ont péri, ainsi que Cosima.

Un instant, elle resta silencieuse, méditative.

– Je voulais haïr Cosima. Je n'ai jamais vraiment réussi. J'étais jalouse, car je n'avais ni la beauté de ta mère, ni le talent de tes tantes et de Cosima. Mes propres talents sont bien plus communs. Ce sont ceux de Jack Dexter.

Son visage s'affaissait sous l'effet de l'amertume.

– Oui, je suis la sœur de Deirdre. Ta grand-tante. Je suis à moitié saoule, dit-elle.

Elle me regardait avec des yeux soudain agrandis. J'éclatai de rire.

– C'était passionnant.

Elle rit comme si elle avait dit quelque chose d'intelligent.

– Je n'en doute pas. Écoute, j'ai été ta bonne fée, en quelque sorte. J'espère un retour sur investissement. Nous nous comprenons ?

J'ai opiné comme si j'acquiesçais. J'avais besoin d'elle pour aller à Tallassee à l'enterrement de maman.

J'ai bu son brandy, en lui laissant croire que c'était elle le maître de manège.

67

Le vol était direct, à partir d'un terminal privé de Logan jusqu'au petit aéroport de Tallassee. C'était pour moi une série de premières expériences : monter dans un avion, un jet, et privé de surcroît. Je me souvenais du train de la Nouvelle-Orléans à Montgomery, et je me promis d'avoir toujours une réserve de premières expériences jusqu'à ma mort, qui en serait une elle-même. Mrs Mank dormit tout le long du voyage, parce qu'elle ne voulait pas me parler mais aussi parce qu'elle avait la gueule de bois. Elle prit je ne sais quel comprimé et m'en proposa un, mais je refusai. Elle fronça les lèvres en se rendant compte que je tenais mieux l'alcool qu'elle.

La garde-robe qu'elle m'avait fournie manquait de noir, si bien que je portais une robe droite Courrèges style hôtesse spatiale, bleu cobalt, qui ne descendait que jusqu'à mi-cuisses. J'étais jambes nues, mais j'avais des chaussures noires, plates, parce que Mrs Mank disait que les filles de ma taille devaient porter des talons plats. Elle les avait choisies et payées. Je me promis qu'un jour je m'achèterais moi-même mes chaussures et que j'aurais une paire de talons aiguilles noirs. Ma perruque cuivrée couvrait mon duvet nouvellement poussé. Mon béret noir et l'épingle qui le fixait avaient tous les deux été empruntés à la garde-robe de

Mrs Mank qui me les avait proposés. Le béret portait l'étiquette Elsa Schiaparelli et c'est uniquement pour cette raison que j'avais accepté. Avec ma perruque, j'avais l'impression de porter deux chapeaux, mais je n'avais pas l'intention d'en faire une habitude.

Une voiture avec chauffeur nous attendait. C'était une Cadillac noire et le chauffeur était une femme. Mince, du genre méridionale et fatiguée, avec des yeux immenses et un teint abîmé par le soleil, de mauvaises dents et des doigts tachés de nicotine. Elle n'avait que la peau sur les os, pas de poitrine ni de fesses et les cheveux raides et roussis par les permanentes maison et les teintures.

La première chose qu'elle a faite, c'est de se présenter sous le nom de Doris, puis elle a exprimé ses condoléances pour feue Mrs Dakin. Elle avait une voix de tubarde, rauque et haletante.

Je me suis demandé comment Doris connaissait le nom de maman. Ford n'avait certainement pas fait d'annonce dans les journaux locaux. Mrs Mank avait peut-être inclus le nom avec l'adresse du cimetière où nous devions nous rendre.

Dans le rétroviseur, les yeux de Doris me parurent inquisiteurs, mais seulement pendant quelques secondes. Elle conduisait avec compétence et n'hésita pas une seule fois sur l'itinéraire. Mrs Mank jeta un coup d'œil à la Rolex à son poignet et dit :

– Nous allons être un peu en retard.

Doris appuya sur l'accélérateur. Elle faisait de son mieux, mais on ne pouvait pas conduire sur les routes de campagne comme sur les nationales, au plan sécurité.

Le cimetière de la Terre promise me bouleversa, tant il coïncidait exactement avec mon souvenir. Sa ressemblance avec une décharge de vieilles voitures était profondément troublante. Quelqu'un avait laissé une Corvette poussiéreuse à la limite de la route et du cimetière.

– Restez ici, s'il vous plaît, demandai-je à Mrs Mank.

Elle a descendu la vitre et s'est adossée au siège.

– Comme tu voudras.

Elle a sorti un flacon de son sac.

Doris m'a tenu la portière pour descendre.

– Je vais attendre avec m'dame, me dit-elle avec un clin d'œil en direction de Mrs Mank.

C'était comme si elle ne voulait pas prononcer son nom.

Il n'y avait pas de pelouse, juste quelques mauvaises herbes éparses par endroits. Les mauvaises herbes poussaient dans un sable grossier, parmi des cailloux si acérés que je les sentais couper la mince semelle de mes ballerines. Des bordures de ciment en mauvais état délimitaient les rectangles des tombes à demi effondrées et toutes les pierres tombales piquaient du nez comme si elles voulaient regarder de plus près l'homme, la femme, l'enfant ou le bébé mort-né qu'elles commémoraient. Sur pratiquement toutes les tombes, un pot de terre ébréché ou une vieille bouteille contenait des fleurs desséchées. Les rares arbres des alentours étaient tous tordus, noueux et apparemment à moitié morts. Ils ressemblaient aux arbres en papier qu'on découpait au jardin d'enfants quand on préparait les décorations d'Halloween, pour servir de décor aux chauves-souris et aux fantômes, en plus de l'inévitable lune.

Je cherchai un corbeau. Non seulement il n'y avait pas de corbeaux, mais il n'y avait pas d'oiseaux du tout, alors que je me rappelais qu'en Alabama, il y avait toujours des oiseaux dans le ciel.

Un cercueil attendait sur un support mécanique dans une tombe ouverte. Il n'y avait pas de fleurs. À proximité stationnait un gros corbillard noir, le hayon ouvert. Deux hommes étaient assis, sur le siège avant, les vitres descendues, dont s'échappaient des volutes de fumée de cigarette. Un homme blanc en costume noir était appuyé contre le véhicule et fumait une cigarette. Il portait un feutre noir. Il n'eut pas besoin d'enlever ses lunettes noires pour que je le reconnaisse.

Il envoya sa cigarette d'une pichenette dans la tombe ouverte par-dessus le cercueil.

– Qu'on en finisse, dit Ford d'un ton nonchalant.

Les deux hommes, le chauffeur et le croque-mort, descendirent du corbillard et se placèrent à côté, affichant une attitude respectueuse.

Ford releva le bas de sa veste de costume, qui était en soie et fait sur mesure, pour sortir un petit livre épais d'une poche arrière. La veste retomba parfaitement en place.

Il repoussa son chapeau en arrière. Il laissa le livre s'ouvrir.

– Amis bien-aimés, entonna-t-il sans le regarder, nous sommes réunis ici aujourd'hui pour donner le dernier repos à la malheureuse dépouille de feue Roberta Ann Carroll Dakin, pas très bien-aimée, veuve de Joe Cane Dakin, dont la plus grande partie est déjà en train de se décomposer un peu plus loin sur ma gauche. Si vous examinez sa pierre tombale – pardon, il n'y a pas de pierre tombale, car Roberta Ann Carroll Dakin ne s'est jamais résolue à en faire poser une. Que personne d'entre nous ne doute qu'elle avait alors des besoins plus pressants – à supposer qu'elle se soit seulement souvenue qu'elle avait à accomplir ce devoir de veuve – en cigarettes, ou bas de soie, ou maquillage. Permettez-moi d'y suppléer par de simples mots :

Ci-gît papa
L'âme encore douloureuse
Sans pierre tombale
Car c'était un Dakin
Un Dakin, un Dakin, un moins que rien de Dakin.

Ford fit un simulacre de révérence.

– Revenons à notre tâche.

Il regarda le cercueil. Étendit les mains sur le couvercle en bois poli.

– Maman, dit-il. Tu peux me faire des reproches. J'ai fait enbaumer ton cadavre bouffi pour le transporter depuis Pass Christian. J'ai acheté cet emplacement près de papa, juste pour toi. Désormais tes beaux os de Carroll vont passer l'éternité juste à côté de sa carcasse, ou de ce qu'il en reste, de Dakin. Maman, j'ai passé les dix dernières années à penser à ce que j'allais te dire. Mais aujourd'hui, je ne vais pas perdre ma salive.

Il leva le menton vers le ciel et ferma les yeux avec révérence derrière ses verres teintés.

– Les cendres retournent aux cendres, la poussière à la poussière, dit-il d'une voix lugubre, avant d'éclater de rire. Allons nous saouler la gueule.

– J'aimerais chanter un cantique, dis-je.

Il arracha son chapeau et le jeta brutalement par terre.

– Je le savais, dit-il. Par Dieu et son fiston Jésus-Christ, je savais bien que tu ne pouvais pas tenir ta grande bouche fermée.

J'ai fait comme s'il n'avait rien dit et j'ai chanté, de ma voix discordante :

Je vois la lune
et la lune me voit
et la lune voit celui que mon cœur désire.
Alors Dieubénisse la lune
et Dieumebénisse
Et Dieubénisse celui que mon cœur désire.

– D'accord, dit Ford. Et maintenant tu la fermes et on va se saouler.

68

– Je veux rester quelques minutes avec papa.

– Il est encore plus mort qu'elle, Dumbo, lança Ford les yeux au ciel.

Mais il a attendu. Et il a enlevé son chapeau.

J'ai fait quelques pas sur le côté vers l'emplacement affaissé qu'il avait désigné comme étant la tombe de papa. Je n'ai rien senti, aucune émanation, et aucun sentiment de paix.

– Il n'est pas là, dis-je.

– C'est ce que je disais. – Ford s'est lissé les cheveux en arrière et a remis son chapeau, de la même façon, gaiement incliné vers l'arrière. – Il vaut mieux aller le dire à saint Pierre.

Ignorant Ford, je suis repartie vers la Cadillac. J'avais l'intention de dire à Mrs Mank que je voulais aller boire un verre avec Ford, et peut-être même m'enivrer, et qu'elle pouvait retourner dans le Massachusetts, mais je n'ai pas pris la peine de le dire à Ford. Il était déjà assez satisfait de lui-même.

Cependant, il m'a suivie d'un pas nonchalant.

Doris attendait près de la voiture, les yeux plus grands que jamais après ce qu'elle venait de voir et d'entendre. Elle a ouvert la portière côté passager à mon approche.

Ford s'interposa entre moi et la portière ouverte.

– Vous ! dit-il à Mrs Mank d'un ton narquois.

Elle tressaillit.

– C'est ça, dit-il. Pourquoi ne sortez-vous pas de cette Cadillac pour vous creuser un trou dans un quelconque champ de navets, vous recouvrir de terre et crever, Tantine ? Je ne vous aiderai pas, d'ailleurs. Et je ne vous jetterai même pas une poignée de terre, la vieille.

Elle a grogné comme un chien qui va mordre mais semblait incapable de dire un mot.

– Elle veut d'abord faire une confession, dis-je.

Mrs Mank nous regarda alternativement, Ford et moi. Sa mâchoire tremblait violemment, au point de quasiment se disloquer. Enfin, elle réussit à articuler :

– Calley m'appartient. Je l'ai su à la minute où je l'ai vue, face à face, dans ce magasin de la Nouvelle-Orléans. Deirdre me l'avait promis. Sa stupidité m'a coûté Faith et Hope. Elles ne valaient pas à elles deux la moitié de Calley, évidemment, même si Deirdre ne voulait pas l'admettre. Elle croyait qu'elle allait récupérer aussi l'argent de Joe Cane Dakin. Fennie m'a aidée à lui régler son compte. Tu devrais m'en remercier, mon garçon. Vous n'avez rien à me reprocher, ni l'un ni l'autre. La vieille Cosima était déjà carbonisée avant votre naissance. Que pouvait-elle faire d'autre pour vous à part intervenir ?

Ford claqua la portière si violemment que la berline trembla.

À l'intérieur, Mrs Mank appuya sur le loquet de fermeture. *Clic.* Les verrouillages des portières de Cadillac font toujours ce bruit.

– Allons nous saouler. J'en ai ras le bol.

– Et elle, alors ?

– Quoi, elle, alors ? répéta-t-il, agacé.

Il est parti à grands pas vers la Corvette et, en me retournant pour jeter un coup d'œil à Mrs Mank qui devenait violacée, je l'ai suivi. Je me disais que je n'avais rien à lui dire. Je n'avais pas de comptes à lui rendre.

Ford ne m'a pas ouvert la portière. Il a sauté par-dessus la sienne, côté conducteur, naturellement, plutôt que de l'ouvrir. J'ai fait la même chose, côté passager, montrant sans doute ma petite culotte à Doris, Mrs Mank, le croque-mort et son commis. Ces deux-là n'avaient même pas encore commencé à descendre le cercueil. Ils restaient plantés, bouche bée, et qui aurait pu le leur reprocher ?

Je me suis enfoncée dans le siège baquet, j'ai enlevé l'épingle du béret et je l'ai quitté. Puis je me le suis posé sous les fesses.

Ford me regardait d'un air interrogateur.

– C'est un Schiaparelli, dis-je.

– Oh, maman, tu entends ça ? gloussa-t-il.

Il conduisait exactement comme je l'avais prévu, c'est-à-dire comme un dingue. C'était génial, et nous avons poussé ensemble des cris de joie et ri comme des fous.

Dans un crissement de freins assourdissant, nous nous sommes arrêtés devant un motel en parpaings sur le bord de la route. C'était un endroit ignoble à tous points de vue, comme doit l'être un tripot du Sud, puisque l'alcool et tout ce qui y est associé est un péché. Le moins qu'on puisse faire, c'est de pécher dans un endroit aussi sordide que possible.

En fait, nous ne sommes pas restés longtemps. Ford a acheté une bouteille de Wild Turkey au vieil aveugle qui tenait le bar et nous l'avons rapportée à la Corvette. Une limousine noire attendait dans un parking à proximité. Doris, au volant, me fit un signe de la main. Les vitres étaient fermées, et la climatisation fonctionnait sans doute pour garder Mrs Mank au frais, si bien qu'on ne la voyait pas.

– Est-ce que c'est illégal ? demandai-je à Ford.

– J'espère bien, répondit-il en arrachant la capsule.

Il m'a tendu la bouteille en premier, et ce geste inattendu de courtoisie aurait pu me faire monter les larmes aux yeux, s'il ne s'était agi de Ford.

– Bon Diou, dit-il en forçant l'accent, v'là qu't'as des nichons. Pas ben gros, mais on pouvait pas s'attendre à plus. T'as l'intention de boire tout la bouteille ?

– T'as pas changé du tout, dis-je avec un mépris dégagé.

Il siffla une bonne rasade et la fit tourner dans sa bouche comme un gargarisme avant de l'avaler.

– C'est pas vrai, dit-il. Maintenant qu'on est orphelins, t'as intérêt à être plus gentille avec moi.

– Tu vas être plus gentil avec moi, toi ?

– Peut-être.

Il a cherché dans la poche de sa veste, en a tiré une carte qu'il m'a passée.

– Fred Hartfield. Merde, dit-il. Je me sens tout chaud et tout ramolli.

J'ai rangé la carte dans la poche de ma robe.

– Papa avait créé une agence pour vendre des Ford aux gens de couleur, dit Ford. Pour Mamadee, ce fut la goutte d'eau qui a fait déborder le vase. Peu importe, d'ailleurs. Quand on veut tuer quelqu'un, la motivation sert de justification, c'est tout. Alors quand Tantine a proposé de se débarrasser de papa et de lui voler son fric, Mamadee a immédiatement marché. Elle aurait dû savoir que Tantine allait la doubler. Evarts, Weems et Mamadee ont trafiqué les comptes de papa. Ils avaient l'intention de rouler maman, et c'est ce qu'ils ont fait. Mais les deux folles qui ont assassiné papa, c'était seulement des instruments. Dans les mains d'Isobel Mank, qui avait pour papa à peu près les mêmes sentiments que Deirdre Carroll, mais qui voulait à tout prix te mettre le grappin dessus. Qu'est-ce que tu vas faire, avec cette vieille sorcière d'Isobel ?

J'ai haussé les épaules. Sincèrement, je n'en savais rien.

– Qu'est-ce qui est arrivé à tous les Dakin ? ai-je relancé.

Avec un sourire épanoui, il a frotté le pouce contre l'index.

– Ils ont accepté l'aimable assistance de Maître Weems, l'agent de Mamadee, pour déménager en Californie. Je t'enverrai toutes les adresses de ceux qui sont encore en vie.

– Comment la connais-tu ? demandai-je.

– Comme pour toi, dit Ford. Elle m'a acheté à Lew Evarts. Il a pris l'argent et s'est tiré. Elle m'a dit tout de suite qu'elle était la sœur de Mamadee et ma plus proche parente, après maman, qui avait filé comme la salope qu'elle était. Elle m'a dit qu'elle avait déjà ta garde et que tu étais dans une boîte pour débiles. Elle m'a inscrit à l'Académie militaire de Wire Grass, à côté de Banks, en Alabama. Il n'y a pas plus paumé, à part si on est mort. C'est tenu par des amis à elle, les Slater, et ça ressemble plus à une prison qu'à une école. Mais il y a des profs excellents. Ils ont tous été virés d'autres boîtes pour des peccadilles, genre ils se sont mis les doigts dans le nez pendant la messe, ou c'étaient des anciens nazis ou autre truc socialement douteux.

– Il y avait d'autres enfants ?

– Soixante-quinze, à peu près. Des délinquants juvéniles, essentiellement. – Ford sourit. – J'ai autant appris de mes camarades de pension que de la faculté.

– C'est toi qui as envoyé la lettre à maman, de Paris ?

– Ouais. Après Wire Grass je suis entré à l'académie Phillips Exeter, puis j'ai pris le contrôle de mon héritage et je me suis cassé en France.

– Comment tu as fait ? Pour prendre le contrôle de ton argent…

– J'ai fait chanter Mank. J'ai fait le lien entre elle et Fennie Verlow, le matin où vous êtes parties. J'ai entendu l'Edsel qui labourait l'allée et j'ai compris que maman était furax après Mamadee. Alors je suis descendu et là j'ai trouvé cette bonne Fennie Verlow en grande conversation avec Tansy. Tansy a planqué des billets à toute vitesse pour ne pas que je les voie, mais trop tard. Puis Mamadee a commencé à réclamer son café et ses toasts. Deux heures après, Mamadee avait ce truc dans le cou, qu'on ne voyait même pas, au début, et elle devenait dingue. Tansy a trouvé un prétexte pour ficher le camp, ce qui m'a donné des soupçons. J'ai farfouillé dans la cuisine et j'ai trouvé la motte de beurre frais dans la poubelle, à peine entamée. Il manquait juste de quoi beurrer les toasts de Mamadee. Ça ne sentait pas le beurre, mais une drôle d'odeur médicamenteuse. Après avoir couru dans toute la ville pour acheter des parapluies, Mamadee est rentrée dans sa chambre et n'en est pas ressortie. J'ai jeté un coup d'œil et à ce moment-là, le truc sur son cou était visible. Bon Dieu, c'était dégoûtant. J'ai bloqué la serrure avec un embout de parapluie. Lew

Evarts s'est pointé et a ouvert la porte. Je l'ai vu toucher le furoncle et après ça a explosé. Elle gigotait dans tous les sens comme un poisson au bout d'une ligne. Ensuite, elle est morte. Je n'ai pas vu Lew Evarts lever le petit doigt pour arrêter ça. Le sang, je veux dire. Il avait l'air complètement dégoûté, c'est tout.

Il s'est arrêté, pour la bonne cause, puis a repris.

– Enfin, ce n'est pas la seule chose que j'ai à reprocher à *Madame* Mank. Entre autres, elle manipule des fonds, tu le sais, et elle oublie souvent de le faire légalement. Je suis féru de recherche, malheureusement pour elle, et très bon escroc – il frotta l'extrémité de ses doigts – et même si je n'entends pas aussi bien que toi, Calley, j'ai approfondi les dernières techniques d'écoute téléphonique à Phillips Exeter. Il y a des gosses de riches qui apprennent honnêtement la malhonnêteté. T'as déjà fumé du hasch ?

Je hochai la tête négativement, à regret.

– Tu vas adorer la fac. Qu'est-ce que tu vas faire, maintenant ? Tu vas laisser Mank te payer tes études puis travailler pour elle ?

J'hésitais encore.

– Quelle liberté ai-je, pour l'instant ?

– Tu es assez libre pour dire non. Je te paierai tes études, Calley. Je suis un escroc, mais je suis aussi ton frère. La plus grosse partie de mon argent me vient de papa ou de Mamadee, et nous devrions en hériter tous les deux. Je t'en donnerai la moitié. Je t'emmène chez un avocat aujourd'hui et je te signe les papiers.

La proposition m'abasourdit.

– C'est moi qui ai la rançon, avouai-je.

Ford me fit un clin d'œil :

– Tu as bien du sang Carroll, en fin de compte.

Il me regarda boire une autre gorgée, lui repasser la bouteille. Je ne tenais pas en place et retournais tout ça dans ma tête.

– Tu crois que tu peux battre Mank à son propre jeu ?

– Toi, tu l'as bien fait, dis-je. Et tu pourrais peut-être m'aider.

Ce fut à son tour de boire, de s'agiter, de boire encore un coup et de me passer la bouteille.

– Je resterai à l'écart, dit-il, avec une tristesse inattendue. Il faut que je réfléchisse. Il s'agit de ton âme, tu comprends.

Impulsivement, je l'ai embrassé sur la joue. Tandis qu'il riait et s'essuyait la joue, je suis descendue de la Corvette.

Doris m'a vue arriver. Elle était déjà sortie de la limousine et m'ouvrait la portière quand je l'ai rejointe. J'ai tourné la tête pour jeter un coup d'œil vers Ford, avant de m'asseoir sur la banquette arrière. Je crois que je l'ai vu m'adresser un très bref signe de tête, puis il m'a fait un salut militaire.

Épilogue

Un de mes anciens fantômes s'évapora de manière inattendue et avec une facilité déconcertante. Pendant un cours de météorologie qui faisait partie du programme obligatoire de licence, j'ai découvert que le fantôme géant que j'avais vu dans le brouillard, c'était moi. Les phares de Mrs Mank avaient projeté mon ombre sur l'écran du brouillard. C'est ce qu'on appelle le Spectre de Brocken. Je n'en éprouvai aucune déception. Ça s'était passé dans des circonstances étranges, quand j'étais une petite fille ignorante. Cette découverte, cependant, m'a permis de me dire que les autres réminiscences de phénomènes bizarres de mon enfance étaient sans doute également explicables en termes rationnels.

J'ai utilisé mes dons naturels en langues et en sciences, ainsi que tout ce que j'ai appris en travaillant pour la radio pendant mes études dans les diverses universités pour me bâtir une double carrière de traducteur et de producteur de radio. J'ai suivi d'autres études grâce au mécénat de Mrs Mank, des études qui ne décernent pas de diplômes à accrocher au mur. Sous couvert de traductions et de production radiophonique, j'ai voyagé partout dans le monde et j'ai collecté des renseignements utiles à Mrs Mank et à ses complices. Je n'étais pas seulement une bonne recrue, j'étais brillante et, aussi élevé que fût mon salaire, je n'étais jamais surpayée. Je suis particulièrement fière des atteintes fréquentes que j'ai réussi à porter aux intérêts de Mrs Mank sans jamais éveiller ses soupçons. À nous deux, Ford et moi lui avons mis pas mal de bâtons dans les roues. Vers la fin, elle savait qu'un adversaire cherchait à lui nuire, et qu'elle s'affaiblissait et finirait par perdre.

Elle croyait que je lui transmettais des messages de sa mère, mon arrière-grand-mère Cosima, pour lui pardonner, lui donner des conseils. De la transmission télépathique, en fait. *Maman, irai-je en enfer ? Maman, dois-je vendre à bas prix et acheter quand le cours remonte ? Maman, dois-je miser sur cet homme politique ou sur celui-là ? Maman, blablabla, maman, ce n'était pas ma faute, j'ai été obligée de faire ce que j'ai fait, maman. Deirdre l'a bien cherché, maman, tu le sais.* Isobel Mank, qui escroquait le monde entier, se laissait rouler dans la farine par la fille de Joe Cane Dakin, avec un petit coup de main de Cosima. Il m'était facile d'imiter la voix de Cosima, mais souvent je lui transmettais ce que Cosima m'avait dit de lui dire.

J'ai eu le plaisir d'être au chevet de Mrs Mank quand elle est morte il y a sept ans. Le cancer du poumon avait envahi sa gorge et elle avait perdu la parole. Tout ce qu'elle pouvait émettre, c'était un croassement : « *ouhhk, ouhhk !* »

– Joe Cane Dakin veut vous dire quelque chose, lui dis-je sur son lit de mort.

Elle n'avait déjà pas bonne mine, mais lorsque ce nom sortit de ma bouche pour la première fois depuis qu'elle m'avait ramenée de l'île de Santa Rosa, ce fut encore pire. Un peu comme si quelqu'un s'était assis sur sa poitrine osseuse, pompant le dernier souffle de ses poumons ravagés.

– *Ouhhk !* croassa-t-elle.

– Il dit qu'on prépare une réception en enfer, et que tous vos amis attendent. Mamadee, le vieux Weems, le docteur Evarts, Tansy, Fennie Verlow et sa sœur Merry, Adele Starret et ces deux pauvres folles que vous aviez embobinées pour l'assassiner. Fennie et Mamadee ne veulent pas s'asseoir l'une à côté de l'autre, évidemment, à cause de cette petite goutte de séné vénéneux fournie par Merry que Fennie a mélangée au beurre de Mamadee, et qu'elle a ensuite payé Tansy pour tartiner ses toasts. Mais peu importe. Vous êtes l'invitée d'honneur, et le plat principal.

Puis, tandis qu'elle me regardait, horrifiée, les yeux comme des œufs durs sanglants dans leurs orbites gonflées, je lui ai rendu un service qui a réglé toutes les dettes qu'elle avait pu imaginer que j'avais à son égard : j'ai vidé la seringue de morphine dans un gobelet de papier et je lui ai insufflé de l'air dans les veines. C'était la mort la plus clémente qu'on peut souhaiter. Et la morphine n'a pas été perdue pour autant, je l'ai donnée à un malade qui ne pouvait pas se l'offrir.

Mrs Mank m'a tout laissé – elle n'en avait pas l'intention, mais elle n'avait pas d'autre héritier et ne pouvait l'emporter avec elle, j'ai donc fait ce qu'il fallait pour que le testament déposé dans son coffre me désigne explicitement.

La seule maison que j'ai gardée est celle de Brookline. Appleyard y vit et y mourra. C'est Appleyard qui s'est occupé de mon éducation sexuelle. Nous sommes amis depuis ce temps-là. Toute ma vie, le sexe a été pour moi au service de l'amitié, de la commodité et parfois du commerce, et m'a causé bien moins d'ennuis qu'à maman. Je me vois hétérosexuelle, mais ma plus tendre relation amoureuse a été avec une femme, qui ne fut pas la seule que j'ai connue de cette manière. En ce qui concerne les hommes, mon goût est resté marqué par Grady Driver : je les aime gentils et pas trop intelligents. Je n'ai jamais été amoureuse, quel que soit le sens qu'on donne à ce mot, et je suis sûre que je ne le serai jamais. Je ne me suis jamais mariée, n'ai jamais eu d'enfant, et n'en aurai jamais à présent.

Depuis la mort de Mrs Mank, j'ai passé l'essentiel de mes loisirs à distribuer son héritage aux causes charitables, bibliothèques et secours d'urgence humanitaire. Je tiens particulièrement à donner à la Fondation Carter à cause de son engagement en Afrique. Mrs Mank m'a fait remarquer un jour que le sida allait anéantir toute la population d'Afrique et, *entre nous*, que la dépopulation de ce continent ne serait que bénéfique. Elle détestait la bienfaisance presque autant que les gens de couleur. Je me suis énormément amusée à faire de son argent ce qu'elle n'aurait jamais voulu en faire.

J'ai revu Grady : il a retrouvé ma trace en demandant tout simplement à Miz Verlow où diable j'étais passée. Un soir d'hiver, je rentrais chez Mrs Mank à Brookline, pendant ma première année à Wellesley, je l'ai trouvé endormi sous le porche avec les deux mastiffs qui étaient censés nous protéger, la maison et moi, de je ne sais quoi. Pas de Grady, en tout cas. Mrs Mank était absente, ainsi qu'Appleyard. Price et les bonnes étaient en congé pour le week-end.

Nous avions la maison pour nous tout seuls. Grady et moi avons bu le Moët et Chandon de Mrs Mank et fumé l'herbe de première qualité que je pouvais me permettre grâce à la généreuse allocation de Mrs Mank. La nouvelle la plus importante qu'il annonça, c'est qu'un autre enfant vivait à Merrymeeting avec Miz Verlow.

Fennie Verlow, en personne, que je n'avais jamais vue à Merrymeeting tout le temps que j'y étais restée, était arrivée un jour avec un petit garçon de cinq ans qu'elle appelait Michael. L'enfant portait un costume marin, ce qui avait ravi Cleonie, et qui, par la suite, lui avait toujours fait désigner l'enfant sous le nom de Michael le Marin. Comment se faisait-il que Michael était venu vivre à Merrymeeting ? Grady, qui avait été appelé pour déboucher un lavabo, ne pouvait le dire, mais il avait fait la connaissance de Michael assis sur les toilettes dans la salle de bains en question.

Michael s'était coupé presque tous les cheveux, semblait-il, avec une paire de ciseaux qu'il avait trouvée dans une vieille boîte à chaussures au fond d'un placard biscornu dans sa chambre, qui avait été la mienne. Michael avait tenté de coller toutes ces mèches de cheveux sur les poupées de papier également trouvées dans la boîte. Après avoir fini, Michael avait tenté de faire disparaître son œuvre dans le lavabo, ce qui l'avait naturellement obstrué.

La curiosité de Michael était insatiable. Il voulut regarder Grady déboucher le lavabo.

Pendant que Grady s'y employait, Miz Verlow, qui venait d'être prévenue par Cleonie de ce qu'avait fait Michael, était montée dans la salle de bains pour le gronder.

– Les poupées de papier, dit Miz Verlow d'un ton méprisant, c'est pour les filles. Je ne supporte pas les filles.

– Tu es une fille, avait fait remarquer Michael.

– Les petites filles, précisa Miz Verlow.

– Tu es vilaine, on dirait, dit Michael. Je m'en fiche si t'aimes pas les petites filles. Je t'aime pas.

– Je ne suis pas vilaine, protesta Miz Verlow, vexée.

– On dirait, dit Michael. Qui a donné sa vie pour que tu te prennes pour Dieu ?

Grady était d'avis, comme moi, que l'enfant répétait ce qu'il avait entendu dire à une grande personne. Il était trop jeune pour l'avoir trouvé tout seul.

Michael avait été fiévreux, ce soir-là, et ce qui lui restait de cheveux était tombé. Ils avaient repoussé mais ils étaient différents, me dit Grady. Blond-roux et aussi épais que de la fourrure.

C'est la dernière fois que j'ai vu Grady, qui devait laisser sa peau dans une rizière trois ans plus tard.

Quand j'ai entendu les informations sur le cyclone Ivan qui frappait l'île de Santa Rosa, mon enfance là-bas m'est revenue en mémoire, avec les souvenirs insistants de la beauté sauvage de l'île.

J'ai reçu un courriel dans une des messageries que je n'utilise que pour mes communications les plus personnelles.

De : FordDakin@FCD.com

À : BetsyCaneMcCall@bcm.com

Salut, Dumbo. Je deviens sentimental en vieillissant. Je serai à Merrymeeting mercredi prochain.

Affectueusement,

Ford Cane Dakin

Je suis partie pour Pensacola le mercredi suivant. L'aéroport était rouvert mais toute la région était encore en désarroi, cinq semaines à peine après que le cyclone Ivan avait choisi pour cible l'île de Santa Rosa et Pensacola. La digue de la route 10 s'était écroulée en plusieurs endroits et était encore en réparations. Minée par l'onde de tempête, la route panoramique s'était effondrée sur de nombreux tronçons. Partout, les dégâts étaient encore évidents, arbres coupés, tas de copeaux, travaux, déviations, et décombres de moindre importance qui n'avaient pas nécessité de dégagement immédiat. Le moyen le plus simple pour se rendre à Santa Rosa était l'hélicoptère. J'en avais organisé la location à l'avance. Il m'attendait, les pales en mouvement, le pilote déjà à bord, lorsque mon jet a posé les roues sur la piste d'atterrissage de Pensacola.

J'ai effectué un transfert immédiat.

Le voyage en hélicoptère, évidemment, permettait d'avoir une vue complète des dégâts provoqués par l'ouragan. C'est particulièrement impressionnant de voir un pont effondré lorsqu'on est passé dessus en voiture si régulièrement qu'on croyait qu'il faisait partie du paysage.

Malgré les dégâts, il était encore visible d'en haut que les constructions immobilières avaient beaucoup progressé depuis mon départ à la fin des années soixante. Bien que le cyclone en ait détruit une partie, on pouvait en voir la preuve dans les décombres. Le pilote, dans nos écouteurs, nous indiqua la nouvelle plage que le cyclone Opal avait formée. D'autres endroits endommagés par les ouragans précédents, réparés par consolidation des grèves et replantation de végétation, avaient à nouveau été détruits par Ivan et d'autres cyclones. Les plages avaient submergé les routes et, après le cyclone, des chantiers routiers d'urgence avaient retracé la route dans le sable, si bien que ce qu'on voyait ressemblait à des routes enneigées dégagées par un chasse-neige.

Au nord de Pensacola Beach, le sable avait par endroits recouvert la route qui était également inondée en partie. La paroi de dunes qui délimitait la côte du golfe avait disparu et la ligne de grève n'était plus qu'une frange laiteuse. Une passe peu profonde séparait le fort Pickens du reste de l'île. Le fort lui-même était sous les eaux. Je savais ce qui s'était passé en ces lieux, bien sûr, mais c'était quand même ahurissant. Et dire que je m'étais demandé des années plus tôt si l'île serait changée quand je la reverrais.

Le faîte du toit de Merrymeeting émergeait du sable mais la charpente était rompue, et on aurait dit la carène de l'arche de Noé. La maison était abandonnée depuis longtemps. Chaque tempête l'avait usée, déchirée ou matraquée mais le cyclone Ivan l'avait réduite à une toiture brisée.

Merry Verlow est morte dans l'incendie d'un hôtel à Las Vegas. Elle ne m'a jamais dit ce qu'elle y faisait mais elle reconnaît que le feu a pris à cause d'une bougie allumée qu'elle avait laissée trop près d'un rideau.

Fennie a beaucoup pleuré Merry. Mrs Mank et moi sommes allées à son enterrement à Birmingham, où avaient grandi les sœurs Verlow. Les cheveux de Fennie étaient toujours de la même couleur étrange, et toujours permanentés. Elle s'est suicidée après l'enterrement de Merry, en prenant une overdose d'héroïne. Gentille attention de sa part, avait plaisanté Mrs Mank, puisque nous étions déjà sur place pour l'enterrement.

L'hélicoptère s'est posé à proximité sur la bande de sable qui semblait la plus compacte. Le pilote a laissé le rotor s'immobiliser. J'ai sauté et me suis écartée de l'appareil en me baissant.

À l'endroit où l'avoine de mer et l'herbe panique maintenaient jadis la dune en place et où les oiseaux aquatiques pépiaient dans les remous du rivage, l'eau du golfe entrait dans la baie de Pensacola. Finalement, si cette nouvelle passe ne se comblait pas, le sable allait s'y accumuler et de nouvelles plages allaient se créer. Pour l'instant, le sable noyé d'eau était désertique et jonché de détritus de toutes sortes apportés par le vent et les vagues. Ici, un bougeoir de verre bleu cobalt, usé par le sable, là un paquet de cigarettes détrempé et là-bas, une plume noire. À mes pieds, un fragment de *cassia alata, var. santarosa*. L'arbuste aux chandelles. La source de tant de potions de Merry Verlow. Et de ses poisons. Comme il avait dû être facile de suborner Tansy pour qu'elle empoisonne le beurre qui servirait à tartiner la brioche de Mamadee. Je me suis demandé ce qui était arrivé aux souris des sables.

Elles étaient déjà en danger avant ce désastre-ci. Mais quand même, elles avaient survécu à tant d'autres tempêtes.

Instinctivement, j'ai levé les yeux.

Je vois la lune.

Mais non. La lune n'était pas dans le ciel et n'y serait pas avant les premières heures du jour à venir. Comme j'en ai l'habitude, j'ai touché le pendentif de Calliope qui est suspendu depuis des années à la chaîne d'or que je porte autour du cou. Qui était mon porte-bonheur, mon réconfort, depuis tout ce temps.

Le pilote, mon frère Ford, m'a rejointe, son casque à la main. Ford a repoussé ses cheveux sur son front, d'une main. Ses tempes commençaient à s'éclaircir. Il y avait plusieurs années que nous ne nous étions pas vus. Il me sourit :

– Calley.

Il avait l'air vigoureux, sain et prospère. Comme quelqu'un qui jouit de chaque moment de sa vie. Sans morosité, sans ennui.

J'ai fermé les yeux pour écouter. J'entendais la respiration de Ford et la mienne. L'eau dans ses permutations constantes, flux et reflux, aller et retour, montée et descente. Le vent qui tirait et poussait, sifflements et soupirs. Claquements d'ailes dans l'air, frétillements des poissons dans l'eau.

Sous tout cela, plus profond.

Tu as une dette envers moi. Merry Verlow.

Tu as une dette envers moi aussi. Fennie Verlow. Les sœurs Échos.

Nous réglerons ça plus tard. Isobel Dexter Mank.

Nous pouvons le contester. Adele Starret.

Rien de Mamadee. Elle avait dit tout ce qu'elle avait à dire.

Voilà pour le chœur des menteuses.

Dieu que j'ai mal aux pieds.

Tu avais des chaussures trop petites, maman, et la crème avec laquelle je t'ai massé les pieds tous les soirs t'a fait rester à Santa Rosa. Pauvre maman.

Mets ton pantalon et allons chercher de la bière. Grady, en riant.

Ce fut instantané, dis-moi, Grady ? Cette morsure qui se cachait dans les tendres pousses du riz ?

Long silence.

You are my sunshine. Papa, de très loin et de tout près.

– Elle l'a fait couper en morceaux, dis-je, pour qu'il soit plus dur de l'entendre.

Les lèvres de Ford esquissèrent un sourire.

– Pour que je sois obligée d'écouter encore plus fort, ai-je poursuivi.

Ford hochait la tête, incrédule.

– Ce qu'il avait à dire ne l'intéressait pas. La seule chose qu'elle voulait, c'était pouvoir entendre Cosima.

– Et alors ?

Ford se frottait les mains pour mimer l'impatience.

– Je te le dirai peut-être un jour, répondis-je.

– Merde, Calley. Ce n'est pas juste, grimaça-t-il.

L'eau roulait quelque chose, en direction du rivage, roulait sans cesse, doucement, sur le sable de quartz qui jadis était du marbre, du marbre d'Alabama.

Le vent frôlait mon visage comme une main caressante. Les vivants s'interposèrent : Cleonie et Perdita, toutes deux encore en vie, bien que veuves, toutes deux ferventes méthodistes, habitaient avec Roger, sa femme et sa tripotée de gosses, en Ontario. Roger cultive des lys hybrides qui obtiennent des médailles aux concours. Il m'avait gardé la rançon jusqu'au moment où il avait été menacé de partir pour le Vietnam. Quand je l'ai appris, je lui ai fait prendre la moitié de l'argent et emmener toute sa famille au Canada. Il a conservé le reste sur des comptes bancaires auxquels je pouvais accéder en cas de besoin jusqu'à la mort d'Isobel Mank. C'est le départ de Perdita et Cleonie qui a finalement forcé à fermer Merrymeeting, car Merry Verlow n'a jamais réussi à les remplacer par des employés qui lui convenaient.

Au bout d'un moment, j'ai ouvert les yeux et me suis dirigée lentement vers l'eau de la nouvelle passe. Ford m'a suivie.

La limite entre l'eau et le sable était aussi molle et instable que de la gélatine. L'eau avançait et reculait, avançait et reculait. La lune est dans l'eau, me dis-je, mais naturellement c'était impossible. Mais si, elle était là, comme tombée dans la mer et posée sur le sable, tardive pierre tombale. Que je suis bête ! me dis-je. La lune me regardait de son unique orbite.

– Ford, dis-je. – Il s'approcha immédiatement. Je montrai l'eau du doigt. – Tu vois ça ?

Son regard a suivi la direction indiquée par mon doigt. J'ai perçu le bref hoquet de sa respiration, puis il s'est arrêté pour délacer ses chaussures. Il est entré dans l'eau, s'est penché et des deux mains a cherché à tâtons sous la surface. Il a soulevé dans ses mains la lune froide, dont le visage brisé dégoulinait. J'avais l'impression de reconnaître ce visage. J'ai tendu les mains et il y a posé le crâne. Qui n'avait pas de mâchoire, bien sûr. Ne pouvait pas parler. J'ai soulevé la pauvre chose cassée et posé les lèvres sur son front lisse que les éléments avaient poli à la perfection.

Ford a émis un son rauque.

– Qui…, commença-t-il. – Puis il s'est arrêté, ruisselant et bouleversé. – Papa ?

– *Tu es mon rayon de soleil*, chuchotai-je. *Tu me rends heureux.*

– *Sur les rives riantes*, dit soudain Ford, comme s'il venait de s'en souvenir. C'est ce que tu as chanté au cimetière.

Un bref claquement d'ailes me fit sursauter. Je levai les yeux : un oiseau noir s'inscrivait à contrejour dans le soleil. Du disque aveuglant nous parvint un ricanement prolongé : *Croaaahaha.*

Cet ouvrage a été composé par
IGS-CP à l'Isle d'Espagnac (16)
et achevé d'imprimer par
Imprimerie France Quercy à Mercuès (46)
Dépôt légal : octobre 2009
N° d'édition : 0929/01
N° d'imprimeur : 81634/
Imprimé en France